LA SONRISA DE ELENA

LA SONRISA DE ELENA

ENRIQUE TEROL

EDICIONES MONTANILLA

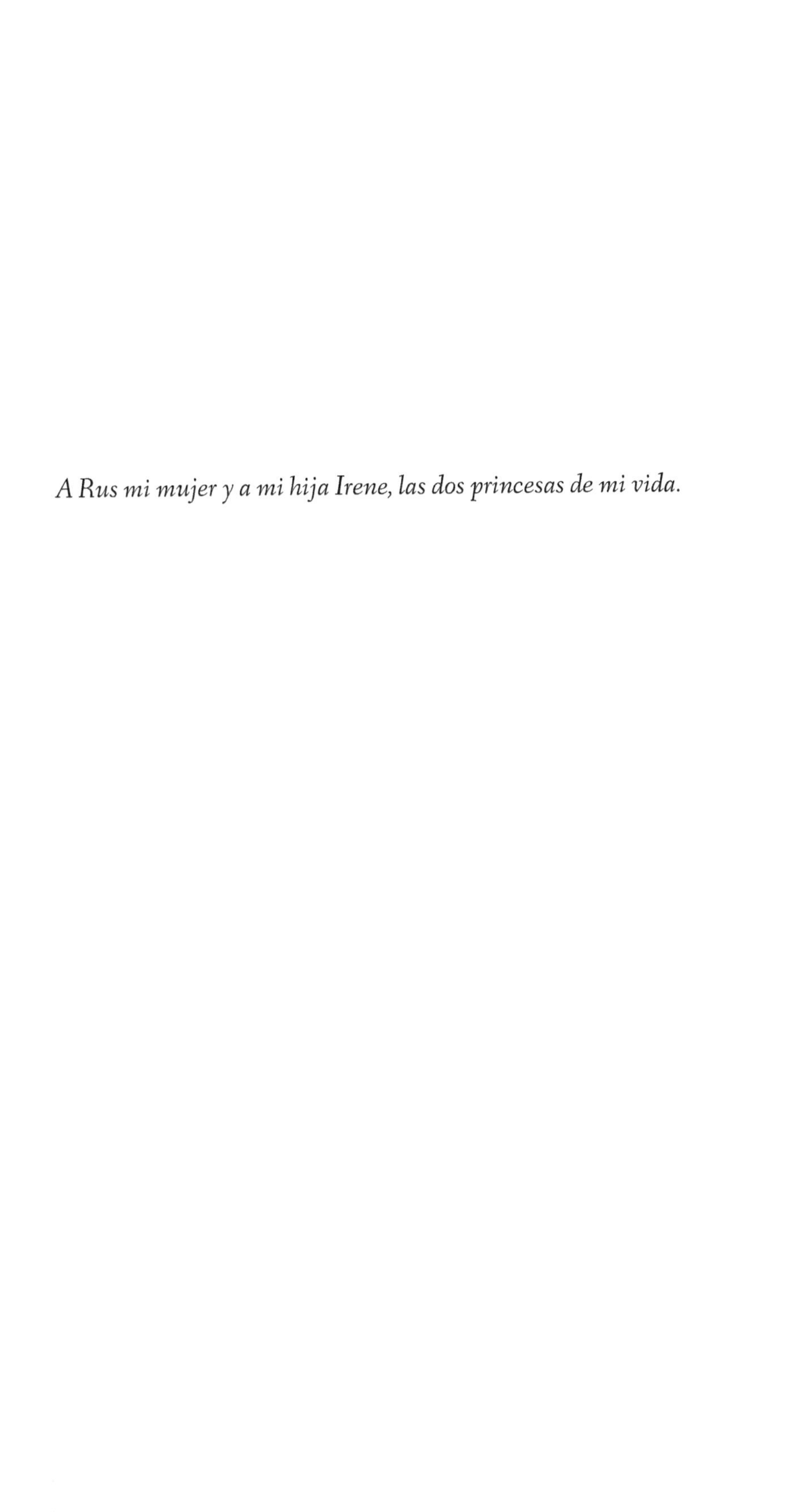

A Rus mi mujer y a mi hija Irene, las dos princesas de mi vida.

Cualquier parecido de los personajes de esta novela con personas reales es pura coincidencia con la única excepción de aquellos que han consentido expresamente en ser mencionados con su nombre real. En otros casos los nombres y lugares han sido alterados.

En cuanto a Montanilla del Arlanzón obviamente es un lugar que existe tras la segunda estrella a la derecha.

— EN LA HORA DE PRIMA, DE LA LUZ,
LA LUZ

La verdad es más extraña que la ficción porque la ficción está obligada a ser verosímil. La verdad no.

— **MARK TWAIN**

ÍNDICE

EPILOGO

POEMA DE LA PRINCESA

He oído que a orillas del Arlanzón ha tiempo
que vivía una princesa,
Menuda de talle, de ágil paso,
Ojos verdes cual esmeraldas, voz cálida cual
fogata invernal.
Aún nacida en tierras lejanas dicen que en tal
día las campanas de la catedral replicaron
doblemente.
Y las gentes piadosas, arrodilladas, rezaron
por su dicha.
Muchos han sido los viajeros que quisieron
saber de ella, su nombre y abolengo, más
solo les respondieron que era la Princesa
del Arlanzón.

PARTE I
EL DESCUBRIMIENTO
SURGEN LAS PREGUNTAS

CAPÍTULO I

MONTANILLA DEL ARLANZÓN

De fumar en pipa, regatas y otras actividades al aire libre.

Érase una vez una ciudad de brumas, de lluvia dispersa, de nieve, una ciudad quieta y guardada cruzada por un río de aguas sedosas.

Sobre sus bajos tejados, proyectando sombras sobre la profusión de recovecos que a sus pies abundaban se alzaban hermosas y orgullosas las torres de la catedral.

Esta ciudad se llamaba Burgos.

A unos kilómetros al este de la misma, como en otras ciudades similares, se encontraba una pequeña población tranquila y sosegada junto a los márgenes del mismo río Arlanzón. El río, una vez rendida la debida pleitesía ante la Gran Señora y sus torres, había acudido a bañarla a su vez.

Fue aquí, en aquel frío día de octubre donde empezó todo.

Montanilla del Arlanzón contaba con una escasa población, unos pocos comercios y varias librerías de viejo que daban un toque singular al conjunto en comparación con los pueblos vecinos.

Formada por viejas casas de gruesa piedra, había sido durante siglos una población dedicada al pastoreo y la ganadería. Tras duros años de peleas con la diputación local, el ayuntamiento actual había logrado añadir el hidrónimo «del Arlanzón» a su noble nombre inicial dotándole así de mayor prestigio. Tras atravesar la población, un amasijo de casas apretujadas junto a un grupo de árboles asimismo próximos entre sí, daban la impresión de querer posar para una foto familiar. Un poco más allá de los mismos solo el campo saludaba la mirada del observador casual.

Por delante de ese camino cruzaban todos los días furgonetas de reparto y camiones pesados procedentes del cercano polígono industrial de Burgos Este que, cargados de género, lanzaban sus humos cotidianos, urbanos y prosaicos sobre este paisaje idílico.

La nevada de la noche anterior había desdibujado los contornos del camino, camuflando aún más la entrada a este rincón escondido. Solo un cartel solitario indicaba que uno había llegado a un lugar especial, en concreto, a ese centro del saber conocido como la Universidad de Montanilla del Arlanzón.

Un poco más allá, un caminante deambulaba en ese momento por el sendero señalado por el cartel, que serpenteando hacia el interior, parecía seguir la larga sombra que el cuerpo del caminante proyectaba bajo ese escaso sol espectral.

El hombre, de unos cuarenta años de edad, tenía aspecto de ser un miembro del profesorado. No parecía tener prisa alguna ni objetivo concreto. Tras observar despacio el paisaje nevado que le rodeaba miró su reloj. Las cuatro de la tarde. La hora de su paseo acostumbrado.

Mantenía la cabeza gacha, el gesto concentrado en la labor de colocar un pie delante del otro sobre la nieve caída mientras recordaba la conversación que había mantenido con el rector esa misma mañana.

Delante de él, la Universidad se alzaba orgullosa en lo alto de un monte, semejando soñar en ese atardecer nuboso con la cercana capital. A los pies de dicha elevación, el Arlanzón serpenteaba lanzando reflejos hirientes, como si de un cuento de hadas se tratara.

La moderna institución se alojaba en un viejo edificio que había sido destinado como sanatorio durante los siglos XVIII y XIX. Ahora, acondicionado para los nuevos tiempos, resaltaba sus pretensiones académicas. Don Eusebio Mogueroles, su fundador había sido un nostálgico de la vieja tradición académica, siguiendo la cual había querido dotarla de una pátina clásica, de un hacer escolástico británico y tradicional.

Pero la leyenda de este sitio del saber no acababa ahí. Después de haber sido un centro de salud —o, en los términos de la época, un preventorio al que acudían pacientes con la esperanza de aliviar sus males—, fue a mediados del siglo XIX un casino y hotel propiedad de cierto barón de la Cuesta. Según se decía, al viejo barón —no haciendo el debido honor a su apellido—, no le costó gran cosa perder toda su fortuna en la mesa de juego de su propio casino tras haber despilfarrado el resto de su fortuna en mujeres y especulaciones de ultramar en la Guayana holandesa. Todo ocurrió en una vuelta vertiginosa de ruleta, tan rápida como el destino girando una esquina, al haber incluido en la última apuesta que realizó su hotel y el casino anexo al mismo en un magistral *tour de force*.

Don Eusebio Mogueroles había logrado su objetivo, sí, pero no sin antes haber sufrido sobre su persona los desvaríos de la burocracia, no sin haber dado mil vueltas a la Ley de Universidades 6/2001, y lograr sacar del tejido articular de la misma el jugo vital que había permitido la existencia de su proyecto educativo, aunque por desgracia dejando este mundo sin haber visto cumplido su sueño. No obstante su legado le sobrevivió en forma de la fundación Mogueroles.

El pasado curso, siguiendo sus últimas directrices, se había dado comienzo a los preparativos para crear la tradición de una regata anual en el río, en clara imitación de la de Oxford y Cambridge sobre el Támesis. El objetivo era que la primera de ellas tuviera lugar el próximo curso. Esto no había sido fácil dada la casi nula navegabilidad del río y su escasa profundidad pero largas conversaciones con las autoridades habían permitido el desplazamiento de las barreras y saltos de agua durante su recorrido para crear un tramo con la longitud suficiente para hacer posible el evento.

Al iniciar el proyecto universitario, el insigne fundador había querido asemejar el edificio al Magdalene College de Oxford, fantaseado con la visión pastoral de imaginarse las dos torres de la lejana catedral asomando por encima de las copas de los árboles. El que esto no fuera más que un sueño romántico, un deseo inalcanzable, dada la evidente distancia existente entre la Universidad de Montanilla y Burgos que hacía imposible contemplar tal vista, no había sido óbice para que la idea hubiera perdurado a través de la visión artística de su cercano amigo el conde Dabrowski, gran aficionado a la pintura y que había inmortalizado tal visión utópica en un cuadro que ahora colgaba en el despacho del actual rector, don Patricio Noguer.

El paseante, perdido en sus pensamientos no parecía especialmente preocupado por la carga histórica del lugar que así atravesaba. Tras cruzar los jardines y el estanque artificial, congelado en esta época del año, se encontró ante el edificio que albergaba el departamento de Historia. Era esta una edificación anexa construida en madera con más aspecto de cabaña de leñadores del viejo Arkansas que de un departamento de facultad con el aire inicial de *college* buscado por su fundador. Un mundo aparte, escondido y guarecido en la misma. En su interior, largos corredores daban paso a la luz a través de estrechos ventanucos dando al conjunto un aire espectral, digno de descubrimientos arqueológicos en siglos venideros.

El contemplar los lejanos edificios desde este lugar producía en el paseante cierta sensación de confort. Su mirada parecía perdida en rincones del pasado real o imaginado.

Había salido también sí, de modo más prosaico, a estirar las piernas y fumar su pipa. Sus estudiados movimientos parecían querer marcar cada paso del modo adecuado, como una hipótesis que debiera ser probada antes de su ejecución final.

Desde donde se encontraba contempló las largas filas de ventanas de la biblioteca central así como el ala oeste donde se encontraban los dormitorios de los estudiantes. Podía imaginar sus cabezas inclinadas sobre los libros en cada una de esas ventanas, del mismo modo en que también lo había hecho él en un pasado impreciso.

Podía también ver desde allí los tejados inclinados, llenos de moho y hojas arrastradas por el viento, tejados que eran ahora soporte de las palomas que sobre ellos se posaban. Bajo sus aleteos, bajo esos tejados y próximos a sus estufas, con ojos nublados y replegados en su interior se sentaban los académicos residentes —otro tipo de aves—, leyendo bajo la luz mortecina de flexos inclinados como sus espaldas, oxidados como sus articulaciones.

¡Cómo recordaba el paseante la sensación de confort de tardes similares, cuando inclinado sobre sus libros, la nieve o la lluvia arreciando en el exterior, golpeando los cristales de su habitación, sentía la cercana estufa y la madera chisporroteando en su interior! Le venían también a la mente por asociación los volúmenes que había leído en tardes así, no necesariamente concernientes ni relativos a sus estudios. Recordaba en concreto el día en que leyó *Cumbres borrascosas*, y recibió de pleno el impacto de la obra de Emily Brontë. El momento en que esos páramos llenos de viento aullando sobre el paisaje cobraron vida por la similitud de las circunstancias.

Miró fascinado el modo en que los gorriones y algún que otro tordo escarbaban entre los claros de césped que asomaban en los espacios donde la nieve había desaparecido. Le maravillaba esa blancura inesperada después de años de ausencia. Por fortuna el actual estaba siendo pródigo en esta blancura caída del cielo.

Frente a él una pared invadida, o más bien colonizada por hiedra de Boston, extendiéndose por toda su superficie, cubriendo el campo de visión, antes de que el invierno la hubiera despojado de su vestido y dejado en su lugar ese esqueleto reptante sobre las paredes.

Al pie del muro y apoyadas contra el mismo dos bicicletas cubiertas de nieve. Parecían hibernar, soñando con largos paseos por caminos sin fin, quizá con la cesta de mimbre frontal bien surtida, incluyendo sin duda en la misma algún que otro libro de filosofía o lingüística.

El puente de madera que cruzaba el estanque era mudo testigo de la actitud reflexiva del hombre, de su deambular por el campus tras pasar cruzado primero por el estanque y el templete situado en lo alto de una colina artificial. El hombre se detuvo en el mismo.

Tras unos minutos sacó del bolsillo una pipa —quizá la razón oculta de este solitario paseo— y, tras golpear previamente la cazoleta sobre el pretil del puente, procedió a preparar y encender con cuidado su contenido.

Olisqueó la bolsa que contenía esa mezcla especial de tabaco preparada por él sobre una base de picadura de Virginia y a continuación procedió a rellenar la pipa metódicamente, con la misma meticulosidad que había empleado en su caminar, sin prestar importancia a la nieve en lo más mínimo.

Pareció entonces dispuesto a emprender el regreso hacía su despacho después de haber visto con los ojos de su imaginación un Burgos lejano sobresaliendo sobre los árboles del campus. Su figura se fue alejando entre los caminos, cruzando los setos nevados. Unos cuervos que recorrían en breves saltos el césped, le observaron con curiosidad. Parecían estar calibrando si el intruso era uno de los suyos debido a su peculiar modo de caminar. Al ver que este ser emitía humo por la boca y comprobar así que se habían equivocado, siguieron con su tarea.

La figura del paseante se perdió, confundiéndose entre los árboles existentes sobre ese pasaje desierto y blanco. Como una imagen de otra época, el último fumador en pipa sobre la tierra.

~

UN PASEO POR EL RÍO

Desde un sendero cercano apareció mi estudiante portando unos remos, señal inequívoca de que había estado practicando piragüismo en el cercano río.

—¡Buenas tardes, profesor!

—¡Hombre, Pinedo! ¿Cómo ha ido el remo hoy? Un poquito fresco el día, ¿no es así?

—¡De fábula! Ya conoce nuestro lema: ¡no hay tiempo malo para un estudiante de Montanilla! Esos dos norteamericanos que tenemos este año en el equipo nos van a ayudar a dar una paliza increíble a los de Burgos! —dijo, dejando por unos momentos los remos apoyados contra el puente.

—Ya veo. Pero no se confíe, los de la UBU harán alguna de las suyas para demostrar que el río no es navegable —apuntó el profesor con una sonrisa—. ¡No espere cambiar viejos prejuicios con una victoria en el río!

—Una lástima, la verdad —dijo Pinedo con una mueca—, pero si buscan excusas para la derrota en la primera regata entre las dos universidades lo tienen difícil. Estuvo en el acto de presentación de la medalla, ¿no es así? —y cuándo vio que el profesor asentía continuó —.¡Preciosa! ¿No es verdad? Me encantaría tener esa Burganda Blue colgando algún día en mi habitación. Me temo que tendré que esperar hasta el próximo curso para que se haga realidad.

El remo en las frías aguas había ciertamente estimulado al estudiante. Unos cien metros a sus espaldas y cercano al embarcadero podía verse el vestuario así como el almacén donde se guardaban las piraguas. Un grupo de jóvenes se encontraba allí dejando su equipamiento y frotándose las manos para entrar en calor.

—Por cierto, ¿cómo va su trabajo sobre la Revolución francesa? —interpeló el profesor.

—Bueno, no me puedo quejar, va avanzando poco a poco, ya sabe como es esto, es un proceso lento. Hay días en los que todo fluye como la espuma y otros donde no sé por qué camino atravesar. En cualquier caso, quería darle las gracias por el libro que me prestó. Es increíble. Tenía razón acerca de ver los hechos pasados a través de las novelas de la época. No podré ver la Revolución francesa del mismo modo después de haber leído *Historia de dos ciudades*.

—Tampoco debe uno dejarse vencer por el lado novelesco de las cosas, Pinedo, tampoco es eso. Simplemente creí que le ayudaría a tomar cierta perspectiva el estudiar los hechos desde otro punto de vista. ¿Quiere que le cuente un secreto a este respecto? Le advierto que sus notas finales bajarían de un modo apreciable en caso de divulgarse el mismo.

—¡No, por Dios! —rió el joven con una risa que parecía clara y chispeante como la corriente que acababa de dejar—¿De qué se trata don Carlos?

—Pues... cuándo supe por primera vez de Napoleón durante mis años de bachillerato, me lo imaginé con el rostro de Marlon Brando —y antes de continuar, miró de reojo a su estudiante para ver la reacción ante sus palabras—. Sí, sí, no se ría. Había coincidido en que pusieran por la tele por aquellos días una película sobre el emperador interpretada por este actor y, créame, los hechos históricos cobraron para mí un aire de aventura e intriga en vez de las desnudas fechas y datos que me ofrecía mi libro de texto. A partir de ese momento, era como si se hubiera creado una extraña conexión en mi cabeza. Comencé a percibir que los nombres que aparecían en mis libros de historia habían sido reales. Tan reales como yo. A partir de ese momento procuré ver películas ambientadas en hechos históricos. Aun con la salvedad propia de Hollywood, esto daba magia y atractivo a las fechas y nombres.

—¡Qué cosas dice profesor! Nunca me hubiera imaginado verlo desde ese ángulo, pero supongo que tiene sentido. Todos deberíamos tener algún tipo de teoría en la vida. ¿Quiere saber cuál es la mía?

—Claro, cuénteme.

—¿Ha oído hablar en alguna ocasión de las coincidencias significativas?

Nacido en Bilbao y mudado recientemente a Burgos con su familia era Arturo Pinedo uno de sus mejores alumnos de postgrado. Aunque siempre atento en clase y dotado de una singular iniciativa, había algo en él que el profesor no lograba fijar. De cabellos alborotados y ensortijados, gustaba el joven de llevar siempre una corbata a medio anudar que daba al mismo el aspecto de haberse levantado de la cama en cualquier momento que uno se topara con él. Apuesto y dotado de una mente brillante, podría haber sido el *alter ego* sacado de algún sueño del profesor. El joven poseía además una curiosidad innata y un entusiasmo contagioso. Vivaz y en perpetuo estado de movimiento, se hacía difícil concebirlo bajo el perfil de futuro profesor de Historia y mucho menos de investigador universitario sentado largas horas ante sus libros.

Arturo compaginaba la lectura de volúmenes de historia con otros menos ortodoxos que entroncaban con el esoterismo, las viejas religiones y tradiciones, faceta esta que no era del agrado de su mentor. En un lugar prominente de la reducida biblioteca de su habitación, podían verse varios libros sobre los templarios y rosacruces.

Un grupo de alumnas bien protegidas bajo gorros de lana y orejeras pasaban riendo en ese momento por el puente en que los dos se encontraban.

—Hasta luego, Arturo —dijo una de ellas con evidente acento

argentino, sonriendo efusivamente al joven a la vez que saludaba con un gesto de reconocimiento al profesor.

—¡Hola, Camelia! Sí, nos vemos en el comedor.

Miradas brillantes, risas en el aire que se cruzaban detrás del aliento que salía de sus bocas. Al verlos el profesor recordó aquella frase oída hace tiempo. ¿fue un académico quién la había dicho, algún conocido? Poco importaba, el resultado era invariable: lo cruel de ser docente era que uno se iba haciendo mayor mientras los estudiantes mantenían la misma edad. Aunque por otro lado, ¿no era esto una manera de haber encontrado la fuente de la eterna juventud que Ponce de León no pudo hallar?

Unos cien metros a sus espaldas podía verse el vestuario, cercano al embarcadero así como el almacén donde se depositaban las piraguas.

—Nos vemos luego, profesor —se despidió finalmente el joven, menos dado a la especulación teórica mientras recogía los remos y sin dejar de mirar en dirección al grupo de chicas que se alejaba. Acto seguido se ajustó la gorra y se dirigió hacia el lugar donde se encontraba el resto de sus compañeros.

El profesor permaneció en el mismo lugar, viéndole partir en pos del grupo anterior. Este era el mundo por el que había peleado. Cierto era que el director no era santo de su devoción, pero ya sabía que la perfección no existía tampoco en el mundo académico, aunque algún atisbo, algún arañazo se dejaba ver de vez en cuando en su día a día.

«¡Bueno!» —se dijo— «siempre ha existido un diablo en el Paraíso inicial».

Se acordó en ese instante que había olvidado un cuaderno de notas en el aula. Regresaría en su búsqueda aprovechando el paseo. Sin pensárselo dos veces deshizo lo andado y se dirigió hacia el aulario.

Cualquier estudiante que hubiera demorado su salida de la biblioteca hasta esa hora de la tarde se hubiera sobresaltado al encontrarse con este hombre desgarbado, que, desplazándose con movimientos inconexos, cruzaba los pasillos del departamento de Historia al atardecer, con enhiestos, aunque bien peinados cabellos. Por otro lado sus largos brazos y mirada penetrante, constante y obsesiva, mirando por encima de sus gafas otorgaba al aspecto del profesor un algo de inquietante, pareciendo que pudiera mirar en el interior de las almas.

Algunos de sus compañeros de claustro, poco caritativos, le comparaban con la viva imagen de un moderno Fausto. En cualquier caso un rizo que caía sobre su frente, resistiéndose al orden del resto de su peinado le daba el necesario toque de humana imperfección, disipando todas las dudas.

Cuando abrió la puerta del aula doce, la fría luz del neón cayó sobre la silueta larguirucha del profesor y a continuación sobre su mesa, de donde extrajo con cuidado la libreta que había venido a buscar.

Enarcó las cejas.

El aula presentaba un aspecto diferente por efecto del sol poniente. Pero había algo más, algo que no podía precisar.

Delante de él se extendían las filas de asientos que habían acogido a sus cerca de cuarenta alumnos escasas horas antes. Bancos de diseño nórdico, colocados en filas simétricas, ordenadas, dentro de estas modernas instalaciones, sin dejar nada al azar, en claro contraste con el exterior del edificio. Conocimiento por metro cuadrado. Contrastando con esta imagen de pulcritud y orden, varios libros yacían apilados sobre la mesa del profesor. Junto a ellos, notas y marcas señalando el progreso del saber, los pensamientos a medio formular fruto de un día de trabajo, de machacar explicaciones, hipótesis y fechas, como si de ese modo pudiera revivir los hechos y hacerlos presentes ante sus alumnos.

Las ventanas daban a los hermosos jardines poblados de árboles, a una extensión de tranquila blancura, salpicada de bancos donde los estudiantes charlaban en las mañanas, guareciéndose del sol o buscándolo, según la época del año.

El profesor tuvo una extraña impresión al entrar en el aula fuera del horario habitual. La sensación de una ausencia, de algo olvidado. Intentó rebuscar en su memoria sin éxito.

«¡Qué idiota soy! Siempre tengo que estar obsesionado por algo» —se dijo.

Al salir del aula, Lafuente se topó con una joven de mediana figura y largos cabellos castaños que se dirigía por el pasillo hacía un despacho dos puertas más allá del suyo, portando unas carpetas de color verde en su brazo izquierdo. Al verle, esta hizo un gesto de saludo con la cabeza mientras se llevaba dos dedos de la mano derecha a la frente en actitud militar.

—Buenas tardes, Carlos ¿Trabajando todavía? —dijo sonriendo tras quitarse la tarjeta que había sostenido en la boca mientras abría la puerta. Era la suya una sonrisa amplia que se extendía por todo su rostro y que por un momento dio la impresión de que el pasillo hubiera ganado en luminosidad.

Carlos contestó con un nervioso murmullo apenas audible y que sonaba a algo semejante a «hmmm... err... hmm» y encaminó sus pasos en sentido contrario mientras guardaba las llaves del aula en el bolsillo interior de la americana con cierta dificultad.

Solo una débil lamparilla aislada iluminaba el largo corredor. No se molestó en dar el interruptor principal. Le gustaba la complicidad del silencio, las sombras que se combinaban para ofrecerle ese rincón de tranquilidad.

La profesora Elena Serna con la que acababa de tropezarse en el pasillo era también doctora en paleografía. Se trataba de un nuevo fichaje procedente de la «otra» universidad, esa otra que estaba prohibido nombrar en el campus, bajo amenaza de expulsión fulminante.

Ciertamente una profesora dedicada, atenta y cordial, amable de trato y con una gran capacidad de empatía.

Tras subir a la primera planta, el profesor se detuvo delante de una puerta de roble, labrada con gran detalle, sobre la que colgaba una placa,

Dr. Carlos Lafuente. Departamento de Paleografía.

Pulsó el PIN de seguridad que controlaba la apertura de la puerta. Se escuchó un sonido suave y esta se abrió con suavidad, dejando paso a un gato blanco que salió con rapidez del lugar para rozarse contra sus piernas.

Su despacho se encontraba lleno de pergaminos y papeles de toda clase, de libros amontonados por doquier, colocados en doble y hasta en triple fila sobre las estanterías que llenaban todas las paredes.

Al fondo, una escalera de caracol se elevaba hacia una pequeña estancia superior, en la cual una torreta con un estrecho ventanuco albergaba una cafetera entre dos estanterías. Los libros se extendían por el suelo del despacho dejando un breve sendero que era necesario atravesar si uno quería dirigirse a la mesa situada en el extremo opuesto. Los volúmenes llegaban incluso hasta el aseo anexo que había quedado por completo inhabilitado para cualquier otro uso que no fuera el de almacén. Un amplio ventanal miraba al campus e inundaba de luz la totalidad de la estancia.

El profesor tenía dos pasiones; la oficial era obviamente era la Historia. La otra —escondida de todo el mundo, salvo de los más íntimos privilegiados invitados a su casa—, la formaba una colección de mariposas que clasificaba con minuciosidad. Los detalles de la misma podían encontrarse en un libro de tapa negra cerrado bajo llave en un viejo buró.

Su gato Ismael lanzaba unos leves gruñidos cuando le veía dedicado a esa tarea, descuidando de modo tal las caricias que consideraba debidas a su rango de habitante de más edad en ese hogar. Mostraba el minino sobre su costado un curioso patrón que en el lado izquierdo semejaba un corazón y en el otro la cabeza de Mickey Mouse recortada en silueta.

Rodeando el despacho multitud de cuadros antiguos, oscurecidos por falta de luz, hundidos en rincones que Lovecraft hubiera adorado describir. Lugares donde ni siquiera la mujer de la limpieza se había atrevido a introducir el plumero.

Sobre una de las estanterías, un guerrero enfundado en armadura —una antigüedad heredada de su abuelo—, enarbolaba una lanza en posición vertical, mostrando su vieja patina dorada. Había sido tal figura custodio de libros durante más de ciento treinta años y pretendía serlo unos cuantos más.

Otra figura idéntica se encontraba en el despacho de su casa.

Arturo Pinedo le ayudaba a veces con la clasificación y preparación de los documentos que, como en esta ocasión, se le encomendaban para su estudio. Le rejuvenecía escuchar las preguntas de su alumno, los gestos de exclamación de este ante cualquier nimio detalle encontrado, que le asemejaban más a un participante en un concurso televisivo que a un investigador en ciernes, que a un miembro de la tradición escolástica del saber. Sonrió.

Arrojó una mirada cansada sobre los manuscritos que tenía pendientes de examinar con cierto disgusto. No en vano se había visto obligado a interrumpir el trabajo que estaba preparando sobre la historia de la marina española para su presentación en el congreso internacional que se iba a celebrar el próximo mes en Valladolid. Todo a fin de favorecer los deseos de la aristocracia, de un conde ególatra más propio de una novela del siglo XIX que del mundo actual.

Se colocó los guantes con resignación y cogió la lupa. Según la información inicial que le había llegado, lo que tenía delante eran unas cartas apócrifas atribuidas a un monje del siglo XIII, encontradas en unas recientes excavaciones en la localidad de Silos.

Silos.

Recordó el viejo monasterio. Ese trozo de la Edad Media que aún sobrevivía sobre la superficie de la tierra.

Cada vez que se veía con un encargo semejante no podía evitar acordarse de Mónica, aquella chica de ojos saltones, la única compañera de estudios a la que, en aquel lejano Santander de 1977, se atrevió a pedir una cita en durante las vacaciones de verano. De eso hacía ya unos cuantos años.

«—¿Por qué no dejas tus libros por una tarde y te comportas como una persona normal? ¡Podríamos ir al cine, a pasear, en fin, pasar el rato como el resto de parejas! Venir aquí a ver el modo en que hojeas tus libros tarde tras tarde está bien para un momento, pero... ¿Qué quieres que te diga?»

Sí, sus dos pasiones habían acabado con esa posibilidad de amor. Una cierta comezón hervía en su interior cuando se acordaba de Mónica, pero enseguida la ahogaba refugiándose en sus libros, en sus mariposas.

Era bien sabido entre el resto de docentes el cuidado y atención científica que el profesor Lafuente prestaba a sus investigaciones, aparte de sus amplios conocimientos en dicha especialidad.

Solo Patricio Noguer, el rector eclipsaba algo su dicha en su eterna búsqueda de obtener más fondos de la fundación Mogueroles para la universidad en pos de una creciente competitividad académica, así como de dotar de mayores infraestructuras al campus. Se empeñaba en que se dedicara más horas a la docencia y menos a la investigación. El muy idiota era de la opinión que la persecución incansable del Nobel o similar por parte del profesorado no iba a ningún lado y que no pasaría nada por inculcar algo de conocimientos a sus alumnos. ¡Sus alumnos! Esos cabezas de chorlito que no sabían ver la relevancia de un período histórico respecto de otro o el brillo en el horizonte histórico de una figura como Alfonso El Sabio, incomparable con ninguna otra de la actualidad. Tan solo esperaba demostrarle algún día quien tenía razón.

La foto que colgaba en la pared opuesta mostraba algo diferente. Se trataba del ala de una mariposa vista a través de un microscopio. Miles de venas, de escamas coloreadas eran así reveladas al ojo humano. Era una obra de la fotógrafa Linden Gledhill, otra loca amante de las mariposas.

El profesor había intentado reproducir esas maravillosas fotografías, llegando incluso a hacerse con el mismo microscopio que la artista había utilizado, un Olympus BH2, incluyendo ese accesorio llamado StockShot y usado por la misma. Le fascinó descubrir así los miles de abanicos de colores, de diseños y estructuras irrepetibles capturados a través de la luz del microscopio e invisibles a simple vista.

Eso le recordó el objeto de lo que iba a inspeccionar esa tarde, la primera vez que le trajeron esos manuscritos para su examen.

CAPÍTULO 3

EL ENCARGO

Al entrar en el despacho del rector encontró a este dando vueltas con aire abstraído al globo terráqueo colocado estratégicamente a la derecha de su escritorio. Esta ubicación le permitía poder realizar este gesto habitual con cierta comodidad cada vez que algo demandaba una concentración mayor de lo corriente.

La pintura del conde Dabrowski, hijo de inmigrantes rusos y gran aficionado a la pintura —y no menos a las recepciones del rector y personalidades locales, a las que era con frecuencia invitado—, colgaba de la pared opuesta al escritorio. La improbable pintura —que recordaba las obras del romántico Caspar David Friedrich— mostraba en primer termino las figuras de unos paseantes sobre el campus de la moderna universidad. Al fondo las torres de la catedral asomaban tras la curva de un serpenteante Arlanzón, dando mágica culminación a este utópico ideal, recreando y subsanando el olvido de los constructores de la ciudad, así como el de la propia orografía, ninguno de los cuales había tenido la deferencia de crear esta vista privilegiada en el mundo real.

—Tenemos que emitir el informe a Patrimonio Nacional cuanto antes, Lafuente. En todo caso antes de que acabe el curso. Se de buena tinta que el conde tiene intención de subastar los manuscritos en Sotheby's de Londres o Nueva York de confirmarse la legítima propiedad de los manuscritos—los dedos de su mano derecha tamborileaban ya sobre la madera del globo terrestre provocando un sonido opaco.

—Es sorprendente que nadie antes haya dado con ellos en Silos —dijo Lafuente—, con la ingente cantidad de estudios y restauraciones que se han realizado en el monumento hasta la fecha.

—Ya sabe estimado profesor, las sorpresas están a la orden del día en nuestro campo. Silos sigue siendo una joya inestimable, por añadidura. Así que no le entretendré más. Tiene trabajo por delante.

Ni que decir tiene que el hecho de que el cuñado de don Patricio contara con un alto cargo dentro de Patrimonio Nacional sin duda había jugado ciertamente algún papel para que se hubiera encomendado a la Universidad de Montanilla el examen de estos manuscritos. No, no era este un hecho desdeñable.

Lafuente se echó hacia atrás en su silla dandole vueltas a la tarea encomendada. Aunque lo que le habían traído era más bien poca cosa. Una pequeña caja de madera, casi podrida por completo en cuyo interior unos pergaminos amarillentos dejaban ver sobre su superficie caracteres pálidos, del mismo color ambarino que la caja que los contenía. Era evidente que solo con paciencia y el material adecuado podrían dar algo de si.

Uno de ellos había sido extendido sobre la mesa. Al lado, su viejo bloc de notas, nada digital en aspecto ni diseño, pero extremadamente práctico. Podía llevárselo consigo a cualquier lugar sin tener que preocuparse por la duración de las baterías o del hecho de que la excesiva luz solar le impidiera leer su superficie. En sus paginas, anotado con apretada letra, la cuidadosa reconstrucción del texto medio borrado, casi imperceptible a simple vista.

Extrajo con cuidado un nuevo pergamino de la pequeña caja, tomando todas las precauciones de mantenerlo alejarlo de cualquier contacto con ninguno de los productos colocados al azar sobre la mesa destinados a la restauración de las piezas más dañadas. El examen con la lupa reveló que estaba en bastante buen estado. Parecía una vieja crónica. Iba a dejarlo junto a los demás para continuar con el examen de otro cuando lo vio. Un texto iluminado con cuidado y detalle bajo una gran «"K"».

Una breve lectura fue suficiente para constatar que el mismo guardaba relación con la vieja crónica de la princesa Kristina de Noruega, hija de Haakon IV de Noruega y Margarita Skulesdatter, perteneciente a la casa real de Sverre.

Kristina.

Recordó la leyenda que no adolecía de romanticismo. Los pormenores sobre las razones por las que la princesa vino a España diferían en sus detalles dependiendo de la fuente historiográfica que uno pudiera consultar.

Según la mayoría de ellas Kristina había muerto sin descendencia a los pocos años de contraer matrimonio con Felipe, uno de los hermanos de Alfonso X.

Una línea separada del resto del texto y colocada cerca del pie del pergamino destacaba de las demás. A diferencia del resto del texto escrito en castellano antiguo, esta estaba escrita en latín. ¿Un modo de asegurarse la transmisión del significado al considerar que esta lengua iba a ser algo efímero, una moda pasajera? ¿Para ocultar el mismo de ojos desconocedores de la lengua antigua?

Era un texto sencillo. Una sola linea, clara y breve que en apariencia, hacia innecesaria su redacción en latín:

Quede en custodia de los hermanos el sagrado secreto de la flor del norte.

Nada particularmente excepcional. A la princesa solía llamársele «la niña del norte» en razón de su juventud.

La sombra del profesor Lafuente, proyectada por la luz del flexo contra la pared posterior, alargaba la misma hasta el techo y daba a la escena un aire espectral.

Había otro pequeño detalle en el manuscrito.

Había otro texto en el margen. A simple vista parecía escrito con otra tinta y claramente por otra mano a juzgar por la distinta intensidad del trazo. Leyó con atención. Sí, el tipo de caligrafía, el modo en que alguna de las consonantes había sido cuidadosamente dibujada daba fe de ello. La tinta, aunque de diferente tonalidad, era similar y denotaba que el texto había sido escrito en la misma época, quizá pocos años después,

Quodam frate vel sorpresa insigniter auxiliante Quoque obvenient, cuius.

Los años de estudio del latín bajo la supervisión de aquel profesor de cabellos rizados a quien por razón de la materia y de su aspecto físico todos habían dado en apodar «El Caligula», dieron sus frutos:

«La disponibilidad y premura, la ayuda cualificada de un hermano, facilitarán el descubrimiento del sentido».

O algo así.

Extrañas palabras situadas en el contexto en que se encontraban.

Carlos volvió a leer el párrafo y lo contrastó con el que había leído en el fragmento de manuscrito anterior.

Fue la frase escrita con caracteres góticos más abajo la que atrajo su interés,

En la hora de Prima de la luz, la luz

Y a renglón seguido,

Quienquiera que desee ver en la palabra de Dios una letra distinta la verá, quien tenga ojos para ver distinguirá entre la noche y el día.

¿Qué significaba esto? ¿Y qué relación guardaba con la linea anterior?

Y un poco más abajo, otra frase,

La Virgen Maria, sentada en su templo, se purifica bajo el sol.

Y a modo de colofón,

Maese Johannes lo arreglará.

No cabía duda. Tenia ante si un texto críptico, de esos que hacen las delicias de un paleógrafo. Un Cluedo académico. Habría que consultar esto. Era necesaria una segunda opinión, la mirada de otro paleógrafo. Pasó por su mente la imagen de su colega Elena. Su timidez natural buscaba excusas para no hacerlo. Pero Elena Serna era la mejor paleógrafa que conocía.

CAPÍTULO 4

PATRICIO NOGUER

No muy lejos de allí, detrás de las colinas que rodeaban la serenidad de los venerables edificios e ignorante de las tribulaciones del profesor Lafuente, Patricio Noguer pedaleaba con dificultad en aquellas partes no conquistadas por la nieve. Era el de la bicicleta un ejercicio cotidiano que realizaba para alejar el fantasma de la edad y retomar de un modo, siquiera efímero, sus años de estudiante en Oxford cuando, acompañado de sus camaradas y portando en la cesta de mimbre una buena botella de *Chateau d'Armignon* o *de la Motte,* se perdían por la campiña inglesa.

Había conservado de aquellos años el sentido de la constancia y la perseverancia, unidos a una gran fuerza de voluntad.

A juzgar por su obesa figura algunas malas lenguas decían que también había retenido cierta abundancia de líquidos.

Detuvo su bicicleta frente al cartel indicador, a la altura del camino recorrido minutos antes por el profesor Lafuente en su humeante y meditativo deambular. Contempló con cierta vanidad los caracteres en tonos rojizos trazados sobre el mismo así como el peculiar logotipo del escudo universitario cuyo diseño —al igual que su ubicación en este lugar preciso a unos cinco metros de la carretera habían sido escrupulosamente supervisados por él.

Patricio Noguer había desempeñado labores de todo tipo en diversas empresas, pero fue la herencia de un viejo tutor de la infancia y al que profesaba gran cariño, unido al reencuentro con uno de sus antiguos camaradas de sus años universitarios, devenido miembro de la prestigiosa fundación Mogueroles, lo que le convertiría, andando el tiempo, en el mas firme y ciego seguidor de las ideas del fundador y causa de que se encontrara inmerso en el proyecto de expansión y modernización de la universidad sobre las bases preconizadas por aquél.

El viejo edificio decimonónico había agradecido las numerosas manos de pintura así como las nuevas instalación de electricidad y fontanería. Tras las oportunas recalificaciones los terrenos adyacentes, antiguos campos de cultivo, formaban parte ya del campus, gracias no solo a la labor de la Fundación, sino también al apoyo del gobierno local. En esta parte del campus y sobre una colina artificial podía verse un templete de estilo neoclásico así como una capilla neogótica separados entre si por grupos de sauces llorones.

En la cercana Universidad de Burgos se habían reído de este experimento que auguraban ruinoso, de la locura que representaba crear una universidad en un lugar tan alejado y aislado. Otros decían que ello era resultado de aquellas lenguas envidiosas que no habían pasado el proceso selectivo de admisión del nuevo cuadro docente celebrado cinco años atrás.

Aunque sin duda extravagante a ojos de muchos, la idea de

recrear el modelo académico británico en este proyecto siempre había estado presente en la mente de Patricio Noguer. No por eso dejaba esta de ser menos estimulante a los ojos del rector.

¿Por qué no iba a ser así? Ni los valores tradicionales tan denostados hoy en día ni la misma cultura hispana iban a quedar malparadas por ello.

¿No existían acaso en las antiguas colonias británicas como Hong Kong herencias culturales semejantes? ¿No se mantenía en ese resto del imperio británico la cultura autóctona, firme y solida, dando como resultado el efecto visual de pequeños grupos de escolares con rostro oriental saliendo de iglesias neogóticas?

CAPÍTULO 5
UNA APRECIACIÓN ARTÍSTICA

La profesora Serna permanecía de pie frente al cuadro que colgaba en su despacho sosteniendo una taza de té rojo entre las manos. Le encantaban las formaciones nubosas, el modo en que estas rodeaban y envolvían el paisaje. El grupo de casas, las edificaciones, algún que otro puente, el molino junto al río...

Simplemente adoraba a Constable, la habilidad con que el pintor hacia de los fenómenos meteorológicos una parte más de la pintura. Pero este cuadro en concreto... No podía dejar de mirarlo. En la parte baja del marco, el nombre y la fecha, *La carreta de heno, 1821*. Le hubiera gustado penetrar dentro del mismo como una moderna Alicia, ver lo que se ocultaba detrás de la casa representada en la pintura, preguntar al pastor como le había ido el día, así como inquirir del hombre que aparecía junto a los bueyes donde había adquirido tan maravillosos ejemplares. Le hubiera gustado sentirse bañada por esa luz irreal, contemplar esas formaciones nubosas. En momentos así se acordaba de las palabras de su padre:

—«Deberías haber estudiado Bellas Artes en vez de viejos libracos de Historia».

Por el contrario ella pensaba que la Historia escondía una faceta artística, un modo de entender la vida. Le fascinaba la eterna relación del pasado con el presente. Y claro, siempre podía perseguir su otra vocación, e incluso combinarlas como había hecho en varios de sus libros, tales como *El Arte del Medievo* o *El foro romano en el Arte*, publicados recientemente por la editorial Arlanzón Press.

Elena se encontraba en su despacho, uno muy distinto al del profesor Lafuente. Aquí, los libros —cuidadosamente encuadernados, alineados primorosamente y con gusto en una estantería lacada en blanco sobre la que reposaba una escalera para permitir el acceso a los estantes superiores—, decoraban por si mismos el lugar. Si el profesor hubiera estado presente mientras Elena permanecía absorta de este modo ante el cuadro de Constable —y de haber sido su pasión la pintura, cosa que no era el caso—, hubiera notado en la suave curvatura del rostro de su colega cierto parecido con las pinturas de Johannes Van der Meer y, al igual que en ellas, cierta luminosidad nacida de un extraño lugar que poetas como Wordsworth o Coleridge hubieran situado sin dudarlo en la luz del sol poniente. Guardaba la profesora n especial un gran parecido con la obra del pintor citado, *La joven de la perla* si esta hubiera prescindido del recogido con que el que estamos familiarizados y dejado caer en su lugar los cabellos sobre hombros y espalda.

Por una peculiar paradoja la belleza real, fresca, nunca es consciente de si misma y quizá sea este uno de sus misteriosos componentes. De modo que ese perfil, la mirada límpida de sus ojos, la delicada inclinación de su nariz desde la raíz a su extremo y sus dorados pómulos quedaron huérfanos de apreciación externa. En momentos así la belleza, como los cuadros de un museo al cerrar sus puertas se repliega sobre si misma aunque sin perder su esencia, existiendo fuera del aprecio más o menos vano del mundo exterior.

El sentir de la profesora en líneas generales era que, considerando su trabajo como su bien más preciado, debía rodearse en él de la mayor comodidad posible, de modo que había convertido y acondicionado su amplio despacho para que pareciera mas bien un salón de estar, su estudio particular y de hecho era aquí donde pasaba la mayor parte del tiempo, cuando no visitando galerías de arte en compañía de sus amigos Alberto y Sonia.

Criada en una familia humilde junto a tres hermanos, a Elena le había costado mucho llegar hasta aquí, llegar a tener lo que la escritora británica Virginia Woolf había dado en denominar «una habitación propia», cualidad indispensable esta para que tanto ella como la escritora mencionada pudieran afianzarse profesionalmente. El fuego de la chimenea a sus espaldas corroboraba esa sensación. Había trabajado unos pocos años en una óptica hasta que un buen día, tras haber leído una novela histórica que la impresionó profundamente, decidió, de modo inopinado, iniciar sus estudios en Historia compaginándolos con su empleo. Esta decisión, andando el tiempo, la había convertido en una de las paleógrafas más prestigiosas del país.

Un golpe en la puerta la sacó de su abstracción. Dejó con pesar la taza de té rojo sobre la mesita y dirigió su mirada a la misma.

—¡Adelante! —dijo con cierto aire de resignación. Algún alumno que precisaba de una tutoría adicional, un cambio de orientación en su tesis...

La cabeza del profesor Lafuente apareció en ella. Nunca se acostumbraría a las entradas inesperadas de su peculiar colega en su sanctasanctórum. Sonrió. Había llegado a descubrir en él la misma pasión por su profesión, la misma dedicación.

—!Vaya! Pensaba que estabas encerrado en tu despacho examinando tus manuscritos misteriosos. ¿Como te va? ¿Dónde te has dejado a tu Watson particular?

—De eso precisamente quería hablarte Elena —dijo Lafuente—. ¿Estas ocupada ahora o vuelvo más tarde?

—Iba a tomar un poco de té, ¿te apetece una taza?

—No, no, escucha, tengo algo que mostrarte —dijo con cierta brusquedad, sin levantar la mirada del suelo, como si el patrón del enlosado fuera del máximo interés artístico en ese momento.

Tras unos segundos se decidió a cruzar la estancia dirigiéndose hacia un sillón cercano a la ventana rematado con un cabezal bordado con rosas. Junto a él se encontraba una mesita auxiliar donde reposaba la bandeja con la tetera y el juego de té. El profesor adoptó un aire displicente y descuidado, como si la idea de sentarse en ese lugar no pasara de ser un hecho aislado, anecdótico, como los avatares de la

Historia, como la consecuencia final de una batalla que hubiera dependido de una ultima decisión, de un postrero gesto altivo y no, por supuesto, de que ese rincón hubiera sido estudiado y apetecido desde el mismo momento en que entró en la estancia y constatar que era el lugar mas cercano a la chimenea. Desde allí podía además contemplar la curva del río y los sauces llorones.

Carlos Lafuente idolatraba a su colega, aunque ni entre tres personas hubieran podido sacar de él una admisión tal.

Elena había sido calificada en la «otra» universidad por alguno de sus antiguos colegas como una enseñante «bisagra» por haber recibido su educación bajo una metodología diferente y tener que practicar la enseñanza en otra muy distinta donde se esperaba que el alumno se dedicara a la investigación desde el primer año de carrera. Sabía el profesor de sobra acerca de sus amplios conocimientos acerca de la historia medieval de los siglos XIII y XIV, de lo que daban cuenta alguna de sus ultimas publicaciones como *El Becerro de Illuecas*. El único «pero» que existía en su relación era el rechazo sistemático de la profesora a escucharle en cuanto el profesor quería hablar acerca del último lepidóptero adquirido o peor aun, mostrarle una foto del mismo. En momentos así Elena alegaba un compromiso urgente o bien rehusaba la invitación mediante el método mas rápido, practico y expeditivo de no prestar atención a la pregunta como si no la hubiera escuchado o esta no hubiera sido emitida.

—Mira, ¿qué te parece? —dijo Lafuente con tono brusco, a la vez que extendía su libreta negra abierta por la pagina que mostraba la traducción realizada momentos antes, junto con el resto de frases enigmáticas.

Elena echó un vistazo por encima al contenido que se le mostraba. Sus ojos se abrieron, mirando alternativamente al profesor y al texto que acababa de leer.

—Bueno, he de reconocer que suena muy bien, poético incluso y todo eso, ¿y qué tiene esto de especial? Supongo que es parte de los manuscritos que estas examinando, ¿no? Me parece curiosa esa mención a la «Hora Prima», la antigua hora que usaban los monjes entre las horas de Laudes y Tercia.

—¿Has oído alguna vez la historia de la princesa Kristina de Noruega? —dijo el profesor Lafuente por toda respuesta— ¿La que vino a España con la intención de unirse en matrimonio con Alfonso X para crear una alianza entre el reino de Castilla y el de Noruega?

—Bueno, estudié algo de eso en la facultad y conozco algo los hechos como todos aquí en Burgos, claro —dijo la profesora con su modestia habitual mientras apartaba su cabello—. Creo que, algunos de mis antiguos colegas de la Universidad de Burgos, bueno, de la otra universidad, han escrito algo sobre ella —dijo mirando por encima de su hombro en un acto reflejo en cuanto se dio cuenta que había mencionado el nombre prohibido.

—Me pregunto si el objeto de venir a España no hubiera sido solo para contraer matrimonio. ¿Y si hubiera habido algo más? —dijo el profesor.

—Pues, con franqueza Carlos, si hubo algo más no lo sabremos porque como tú mismo sabes apenas existen crónicas al respecto. Y la del *Codex Frisianus* tiene todos los visos de ser la más fiable.

—¿Y no te parece chocante que este manuscrito aparezca en el Monasterio de Silos o al menos en sus cercanías? ¿No podría tratarse de una crónica añadida que aporte información nueva?

Elena sostuvo la mirada de Carlos. Sabia distinguir los momentos en que su colega hablaba con convicción, esos instantes en los que la certeza de una idea le penetraba hasta lo más intimo. Era bien sabido entre el claustro de docentes que cuando el profesor se encontraba poseído por una idea o determinada teoría de modo semejante, despertada la fiera académica que habitaba en su interior, nada en el mundo podría pararlo salvo una pared pétrea.

La luz del atardecer parecía teñir la escena de irrealidad, el meandro del río congelado en el tiempo. Tuvo la repentina impresión de que todo el mundo exterior se hubiera convertido en un paisaje nevado del mismísimo Constable o Van der Meer con la luz llegando a través de puertas entreabiertas.

—¿Quieres que te diga realmente lo que pienso? —dijo al fin Elena.

—Sí, claro, me interesaría saber tu opinión profesional.

—Creo que necesitaremos mas té —dijo la paleografía, levantándose y cogiendo la tetera que se encontraba a su derecha.

El acceso al comedor, enmarcado por dos grandes maceteros en piedra colocados a ambos lados de la puerta, estaba ya dando paso a los profesores residentes y estudiantes que entraban ordenadamente en él tras haber esperado con paciencia y apoyados en la balaustrada exterior, su apertura.

Conforme entraban en la amplia estancia los comensales se iban encontrando con tres filas de largas mesas. Los mas puntuales ya se encontraban sentados ante ellas en silencio, mirando la carta del menú colocada delante de cada silla, esperando que el brócoli o las verduras no figuraran de modo demasiado prominente en él y lanzando a continuación silenciosos suspiros al verificar que sus esperanzas, una vez mas, habían sido en vano. Las camareras, de origen hispano en la mayoría de los casos, simpatizaban con las cuitas de los estudiantes y lanzaban mensajes de ánimo aquí y allá con la esperanza de hacerles más llevadera la cena.

—El postre es realmente delicioso hoy —dijo Rosa, una simpática chica mexicana que llevaba pocos meses trabajando allí— ¡luego les traeré una ración extra de la tarta si se portan bien!

En el extremo norte del comedor y en nivel superior, en un extremo de la larga mesa reservada al profesorado a imitación del modelo inglés que todo lo permeaba, y alejados de esas intrigas académicas, se encontraban sentados Elena y Carlos Lafuente.

Detrás de los dos y colgado en un lugar destacado colgaba un enorme retrato del fundador, algo oscurecido por el tiempo. En la parte inferior del mismo y bajo la insignia podía leerse el lema de la universidad:

Et in Arcadia Ego.

Patricio Noguer había elegido el mismo a raíz de su pasión por la obra de Evelyn Waugh *Retorno a Brideshead* con cuyos valores comulgaba a pies juntillas.

—Por favor, si te sirven pato, me lo pido a cambio de guardar el secreto de tu investigación hasta la tumba —bromeaba Elena con su colega, en referencia a las frases halladas en los manuscritos.

Lafuente hizo una mueca y asintió con la cabeza mientras hacía gestos a su interlocutora para que bajara la voz.

—Estuve pensando algo anoche —dijo Carlos—. Algo relacionado con, bueno, ya sabes...

El profesor permaneció callado a continuación, mirando su plato con interés. Parecía haberse olvidado por completo de lo que iba a decir. En realidad estaba recordando la conversación que había tenido con Pinedo esa tarde.

—¿Y bien? —dijo Elena, dejando sus cubiertos sobre la mesa.

—Perdón, es que me parece tan extraño... verás, ¿has oído hablar alguna vez de la teoría de las coincidencias significativas?

—¿Te refieres en un sentido distinto a lo que entendemos de modo habitual por coincidencia, ¿no? Porque no creo que hayas puesto esa cara de misterio y ausencia por un tema de enseñanza básica escolar.

—No, no, claro que no,. Como bien sabes Carl Gustav Jung escribió sobre ello en varias ocasiones. De hecho le sucedía muchas veces en su día a día tener este tipo de coincidencias. Algo así como cuando vamos por la calle pensando en un amigo al que hace más de veinte años que no vemos para, nada mas girar la esquina, damos de bruces con él. Del mismo modo en que, tras pensar en un libro o un recuerdo, vemos a los pocos minutos o máximo horas en un escaparate o un cartel una referencia a esa misma información.

—Si, algo de eso he oido alguna vez. El mismo que contaba aquello del escarabajo en la ventana, ¿verdad? Cuando, estando en consulta con un paciente y tras relatarle este que había soñado con un escarabajo de alas muy extrañas, escuchó un sonido en la ventana y, al acercarse a cerrarla se encontró un insecto idéntico.

—Si Elena, eası es. Me alegra que lo recuerdes —dijo el profesor apartando el planto de sopa para dejar paso al salmón y a las albóndigas que siguieron al primer plato en contra de las funestas previsiones de Virginia Woolf al respecto.

—¿Y a qué viene esa reflexión *ex tempora*, mi querido colega?

La respuesta del profesor se vio interrumpida por la visión de don Patricio acercándose hacia el lugar de la mesa donde se encontraban una vez acabada la cena y depositando sobre la mesa el *Diario de Burgos* que llevaba en la mano.

—¿Cómo va la inspección de los manuscritos, profesor Lafuente? Espero que bien.

—La verdad es que sí, don Patricio. De hecho, me gustaría comentarle algunos puntos de lo que he descubierto.

—¿En serio? —dijo el interpelado sin demasiado entusiasmo al tiempo que miraba su reloj como si allí se encontrara su agenda—. Pase entonces mañana por mi despacho después de las clases y me lo comenta. Pero no se demore más de las doce porque tengo una reunión en Burgos a continuación.

—No se preocupe. Seré puntual.

Dicho esto, el rector asintió con gravedad y sin decir más palabra, como si hubiera colocado un invisible punto final en la conversación, bajó del estrado balanceándose con movimientos de ardilla satisfecha, dirigiéndose hacia la salida a la vez que saludaba aquí y allá a algún colega.

Carlos Lafuente se quedo mirando en su dirección, viéndole desaparecer por la puerta como si esta fuera una madriguera.

—Los manuscritos podrían ser parte de alguno de los que obran en el monasterio, fragmentos perdidos —dijo Carlos Lafuente al ver que el rector parecía estar nadando en hondos pensamientos ante sus explicaciones, mirando con excesivo interés la bola del mundo frente a sí—, al fin y al cabo, como usted mismo dijo, debemos descartar mas allá de toda duda el que puedan pertenecer o no al expolio de documentos que sufrió el monasterio a finales del siglo XIX. Esa referencia que aparecen en los mismos, "a los hermanos" «bien podría apuntar en esa dirección.

Su interlocutor escuchaba con paciencia, asintiendo con gesto ausente a las explicaciones del profesor Lafuente. Su mano derecha se deslizaba con gesto automático entre las paginas de un libro que tenia a su lado, *La caída del imperio romano* de Gibbons, un volumen que gustaba de releer cada cierto tiempo y en especial escuchar el sonido que producía el mismo al ser depositado sobre la mesa.

Mientras esta conversación tenia lugar, Elena asentía, testigo silencioso de la conversación, intentando pasar desapercibida desde un poco más atrás, casi oculta tras la gran bola del mundo que ocupaba un lugar especial en el despacho.

—Sinceramente que si examinásemos los manuscritos existentes en la biblioteca de Silos, encontraríamos entre ellos alguno realizado por la mano de este copista —terminó Lafuente.

—Bueno —carraspeó el rector, mientras asentía con gesto de aprobación—, lo de ir a Silos me parece en cualquier caso una idea acertada. Es ciertamente algo a contemplar... algo a contemplar —aquí pareció deleitarse en el sonido de sus palabras—. De hecho, como universidad nos vendría bien el tener más presencia en lugares así. Los de Burgos, ya se sabe... a esos ya se les ve demasiado por allí y otros sitios semejantes. Debemos consolidar nuestra presencia investigadora, eso esta fuera de toda duda. De hecho me encontré hace unos meses con el anterior abad del monasterio y ya le hice llegar entonces el interés de esta universidad por el estudio del cenobio en su conjunto.

Tras decir esto se dejo caer en su asiento y extrajo con determinación un puro del interior de una cajita de ébano preciosamente trabajada con motivos hindúes que tenia frente a sí. Miró con aire de propiedad el fino acabado de su frontal que mostraba un elefante conducido con destreza por un *mahout* encaramado al mismo.

—¿Quiere uno? Disculpe —dijo volviendo a guardarlo en la cajita—. Es puro habito, nunca me hago a la idea de que es usted un fumador de pipa empedernido y que la profesora no gusta de ellos.

Se encogió de hombros. Estos profesores ortodoxos formaban parte de una especie que nunca comprendería. Procedió a a examinar el habano que había escogido, dándole vueltas entre los dedos antes de cortar su extremo y continuar:

—Aunque, por otro lado, no desearía que abandonara su trabajo sobre la historia de la marina en relación con la novela histórica.

Valladolid está solo a un mes de distancia y me gustaba el enfoque que le estaba dando. En especial aprecié el modo en que personalizó en el congreso del pasado año las vidas de cada uno de los marineros que iban a bordo con Juan Sebastián El Cano en su memorable viaje. La conmemoración de la vuelta al mundo lo merecía. Un trabajo brillante por añadidura. Pero respecto al trabajo cuestión, recuerde profesor que contamos con un condicionante serio —dijo con un gruñido, apoyándose sobre la chimenea de piedra, en un pensamiento de última hora— el tiempo, profesor Lafuente, el tiempo. No es necesario que se lo recalque. Esos manuscritos nos los han prestado por un periodo muy, muy limitado. No hace ni dos días que el conde Dabrowski volvió a preguntarme por el estado del informe. Está claro que no es de los que esperan que éste se dilate mucho.

—¡Vaya! Eso se llama echar leña a la maquinaria. Luego dicen que trabajamos relajados y aletargados sobre los libros...

—No se crea que es el único en sentirse así. La fundación también me presiona a su vez con el resultado de su análisis. Tenga en cuenta que la idea inicial no era la de seguir pista alguna como la que usted me acaba de sugerir. Pero en cualquier caso, si quiere mirar algo en ese sentido, mi sugerencia es que hagan uso de las facilidades que nos da el propio monasterio a través de su hospedería. Rentabilizará más su tiempo evitando desplazamientos. ¿No le parece? Es algo a considerar. Eso si, su colega deberá permanece aquí. El curso acaba de empezar y alguien tiene que seguir con las clases en su ausencia mientras hace de Indiana Jones por los cenobios españoles— dijo con una risa seca, divertido por su propia ocurrencia—. Llévese consigo si quiere a ese alumno suyo tan especial... Roberto o Ricardo creo...

—Arturo. Se llama Arturo Pinedo —se atrevió a corregir Lafuente.

—Quizás aprenda alguna que otra cosa si logra sacarlo del río y que deje los remos aparcados por un tiempo, claro —hizo una mueca que pretendía ser una sonrisa antes de continuar—. Y ya sabe, ajústense al presupuesto aprobado para investigación y no al de miembros de la realeza.

—Por supuesto, don Patricio. Así lo haremos. Muchas gracias —

dijo Carlos, cruzando su mirada con Elena quien, desde algún punto situado por encima del polo norte del globo tras el que estaba situada, hizo un movimiento de encogimiento de hombros. Había interpretado esta correctamente la mirada paleográfica de su colega: era preciso salir a escape de allí antes de recibir una contraorden. Ya sabía de sobra las limitaciones que tenían en su trabajo y no iba a ser ella quien contraviniera los deseos del gran hombre.

CAPÍTULO 6

DE TIERRAS LEJANAS

De como Arturo escuchó un cuento de hadas una tarde de invierno

Ese atardecer el profesor y su alumno se encontraban sentados bajo el templete del campus, en uno de esos bancos de piedra que rodeaban su periferia. La vista era magnífica desde allí.

Esta construcción, encargada por el fundador, don Eusebio Mogueroles, había sido construida a imagen y semejanza del bello monóptero existente en el *Englischer Garten* de Múnich. Los únicos testigos de la conversación, las copas de los árboles en la lejanía, bañados en esa tenue luz, un mero esbozo de un paisaje que se estaba diluyendo por momentos.

—Bien Pinedo, es usted un alumno ya crecidito para esto, pero no tengo más remedio que contarle un cuento de hadas... bueno, mejor dicho de princesas, aunque en mi descargo final este no tenga nada de Disney, por desgracia. Sitúese para ponernos en materia en el año del Señor de 1256 o rizando el rizo podríamos llegar incluso a decir eso de «corría el año de 1256» para darle más tono al asunto. Al fin y al cabo es usted un hombre aficionado a las letras, ¿no? Bien —continuó tras ver la cara de estupefacción de Arturo—. Por aquel entonces, el rey Haakon de Noruega consideró ventajoso para su país concertar un matrimonio de conveniencia entre su segunda hija Kristina y el rey de Castilla Alfonso X el Sabio, dado que este no contaba en ese momento con heredero al trono de Castilla. Y todo esto a la vista de las grandes probabilidades que tenía en aquel tiempo el rey español de convertirse en el futuro emperador del Sacro Imperio Romano Germánico, gracias a la intercesión del entonces Papa. La princesa era bella, rubia y alta, Arturo, en eso estamos todavía dentro de los cánones de la tradición, ya sé que no estoy siendo muy original, pero tranquilo, ahora viene lo interesante. Entre los miembros de la comitiva formada por numerosos caballeros noruegos estaba Lodinn Nepur, el propio diplomático del rey, junto al obispo Pedro de Hamar y varias damas de compañía. Acompañaba al séquito una impresionante dote formada por joyas, reliquias y pieles.

El profesor y su alumno estaban sentados bajo el templete del campus

Aquí Lafuente hizo una pausa que quería ser dramática y medir así en los grandes ojos abiertos de su alumno, el grado de atención del mismo.

—Pero el trayecto duró mucho tiempo —prosiguió, satisfecho del resultado obtenido—, tanto que, cuando Kristina llegó ante el rey, este había decidido continuar su matrimonio con la reina Violante de Aragón, ya que en el interim esta le había dado un hijo, el tan necesario heredero. Decretó entonces desposar en su lugar a la princesa con uno de sus hermanos. Y así se creó la leyenda, reflejada ahora en diferentes versiones de la historia. Pero el hecho cierto fue que, por primera vez, una princesa pudo elegir a su marido de entre los hermanos del rey de Castilla.

—¡Vaya!, sí que suena interesante —dijo Pinedo en voz baja, imaginando ese lejano mundo nórdico de caballeros y lealtades. En parte gracias al frío que sentía en ese momento y a la reciente nevada no le había costando gran trabajo sumergirse en la historia.

—Lo malo es el final, Arturo. En este caso concreto fue el que la princesa muriera de tristeza en Sevilla a los tres años de haber llegado a España, o por lo menos eso es lo que se cree en la mayoría de las crónicas. Y no me pregunté el porqué, sus restos reposan ahora en la cercana población de Covarrubias. A veces, los finales son así, nada dramáticos, nada de cruce de espadas o lucha contra dragones.

Pese al tono casi sarcástico y burlón de su voz, el profesor mostró en el tono de su voz cierto aire de melancolía.

Arturo continuó mirando los restos de la hiedra que hasta hace poco había cubierto las columnas del templete. Al trepar esta había dejado rastro de su crecimiento por toda su parte superior, al igual que en varios de los edificios de la universidad, tiñéndola de dorados tonos otoñales antes de despedirse hasta la primavera, dando a la escena el marco adecuado, ese tono ocre y luminoso que uno puede asociar con un relato así.

CAPÍTULO 7

LA CUSTODIA DE LOS HERMANOS

De cómo la investigación paleográfica no está reñida con la jardinería, el buen vino o los desayunos con croissants.

Era una fría mañana cuando el pequeño Volkswagen T-Cross de color verde aparcó en el exterior del Monasterio de Silos tras haber atravesado el desfiladero de La Yecla, lleno de cavidades naturales y de esos rincones secretos que los espeleólogos, esos otros paleógrafos de la naturaleza, exploran con ahínco.

El coche había hecho su entrada de modo insospechado por una de las calles tranquilas del lugar, bordeada a un lado por viejas casas de piedra y al otro por los muros del antiquísimo monasterio, que, inseparable y pegado a la población vigilaba la entrada de nuevos visitantes.

Despacio recorrió el pequeño vehículo las calles; sus ocupantes observaban con curiosidad los raros árboles situados en un parque próximo al cenobio, árboles de nudosas ramas, en ese invierno que había desnudado su estructura, que se negaba a irse sin dejar su marca. Buscó su conductor metódicamente un lugar donde aparcar, lugar que encontró finalmente en una pequeña explanada próxima a las puertas del monasterio y que parecía anunciar a los recién llegados que se encontraban a punto de penetrar en un lugar secreto.

Del coche descendieron, con lentitud y en silencio dos figuras que, tras cerrar las puertas del vehículo se detuvieron a observar el grueso muro que rodeaba el venerable edificio. No eran estas otras que Carlos Lafuente seguido de Pinedo, actuando este último en calidad de sombra paleográfica, testigo de excepción de una desconcertante investigación.

DOS DÍAS ANTES, SENTADO FRENTE A ÉL EN SU DESPACHO, Lafuente había expuesto a su alumno su intención de ir a Silos.

—Déjeme recapitular profesor —le interrumpió Pinedo sin pestañear y mirando al profesor directamente a los ojos—. ¿Me está pidiendo que deje de preparar el trabajo de fin de carrera así como los próximos exámenes, que deje de entrenar para la regata para en su lugar irme con usted unos días al monasterio de Silos a rebuscar entre los viejos códices que allí se encuentran?

Carlos Lafuente se movió incómodo en su asiento. Quizás la idea era disparatada después de todo y escuchar así, tan expresivamente enunciadas, las consecuencias de intentar alejar de sus estudios a uno de sus mejores alumnos no le reconfortaba precisamente.

—Más concretamente, que deje mis libros —continuó Arturo—, los flexos y la rutina universitaria para vivir unos días explorando el pasado, viejos edificios y leyendas en busca del rastro dejado por unas misteriosas notas en unos pergaminos llegados a través de los siglos. ¡Ah, y casi se me olvidaba!... todo eso en relación con una lejana princesa que casi nadie sabe que existió —y, tras una corta pausa, añadió— ¡Cuente conmigo profesor!

En ese momento el joven se levantó impetuosamente de su sillón estrechando la mano de Lafuente que había permanecido sentado con ojos abiertos y una frase a medio formular en los labios, mirándole como si el joven se hubiera vuelto loco. No pudo evitar que una sonrisa se dibujara en su rostro.

· · ·

Apenas habían pasado unos días, tan solo unos pocos días desde la escena anterior, unos pocos días desde que el profesor hiciera la primera llamada para iniciar los trámites necesarios. De aquella mañana en que una voz apagada susurrara al auricular la palabra «... *monasterio...* », en uno lacónico como único saludo e información, como si la persona que había atendido el teléfono hubiera sido interrumpida en mitad de una oración, de una plegaria concentrada y fervorosa. Quizás era su modo particular de prevenirles de que iban a entrar en otra época, en otra dimensión.

Tal y como les había sugerido el rector habían hecho la reserva en la hospedería del monasterio. Un invento moderno para conciliar el mundo actual con el recogimiento y la religiosidad propia del lugar.

—¿Preparado? —dijo el profesor Lafuente, mientras cerraba el maletero tras haber extraído las dos pequeñas maletas que habían traído consigo.

—¡Preparado! —dijo Pinedo con una amplia sonrisa que no lograba ocultar del todo su nerviosismo o mas bien su inquietud a la vez que intentaba ajustar su corbata a rayas.

Y tras este breve intercambio de palabras iniciaron la marcha, dejando el coche en la pequeña explanada, una explanada que algún arquitecto ilustre había concebido como mezcla de aparcamiento y zona de juegos, sin haberse decantado claramente por ninguno de ellos.

Quizá por efecto del frío aire de la mañana, a la bocanada de humo que salía de su boca o a que la estación era muy distinta a la de su primera visita al monasterio años atrás, Arturo se sorprendió ante un pensamiento que le llegó en ese instante y que parecía nacido fuera de su consciencia. Le invadió una extraña sensación, la sensación de que no debería de estar allí, en ese momento, en ese día, como si su presencia fuera más necesaria en otro lado. Una sensación que a veces había podido experimentar cuando, camino a clase, hechas todas las rutinas habituales, sentía que había dejado algo inacabado, pendiente. Pagar determinado recibo, realizar algún recado o tarea inminente o quizás determinada llamada telefónica. En cualquier caso, una tarea que no lograba ubicar o nombrar bajo ninguna forma concreta.

Se encogió de hombros.

Ambos caminaban en silencio, apreciando ambos el privilegio que suponía encontrarse allí, en ese lugar.

La Hospedería de Santo Domingo estaba situada —con ese exceso de imaginación que los responsables del callejero local suelen derrochar—, en el número cinco de la calle Santo Domingo, en un pasaje sin salida que abría entre dos edificaciones de sólida piedra, como casi todas las de la localidad, haciendo de puente natural entre el mundo externo y ese otro escondido tras los muros del monasterio.

Antes de entrar el profesor procedió a limpiar la cazoleta de su pipa con aire lastimero. No en vano sabía que iba a pasar bastante tiempo hasta que volviera a encenderla, a sentirla en sus manos. De entre toda la información inicial recibida previamente, se encontraba claramente la clara advertencia de que ni en la hospedería ni en el propio monasterio estaba permitido fumar.

Las habitaciones que les habían tocado en suerte contaban con una decoración espartana: un crucifijo sobre la cabecera de la cama, un estrecho armario y una mesita de madera sobre la que reposaba un teléfono blanco junto a una ventana y cuyos cristales empañados impedían ver el exterior. La grata compañía de un radiador bajo la misma en un día así era algo de agradecer.

El profesor había mirado días antes con cierta envidia el folleto de la otra hospedería, sita en el antiguo Convento de San Francisco, adquirida por el monasterio de Silos, aunque preservando el mismo nombre además de un lugar prominente en la página de booking.com. Había visto en dicho folleto las fotos que mostraban las elegantes estancias, los amplios salones, no obstante lo cual se había visto obligado a decantarse, en función del presupuesto exigido por el rector por la más modesta de Santo Domingo.

«Realmente estimulante para salir de aquí y pasar el día en la biblioteca» pensó el joven discípulo tras contemplar su habitación y lanzando la maleta sobre la cama.

· · ·

Media hora más tarde y tras cruzar la entrada principal del monasterio fueron saludados por un poema enmarcado en lugar destacado en una pared situada a la izquierda del mostrador donde se vendían los tickets para visitar el monumento. El poema llevaba el elocuente título «*Al Ciprés de Silos*».

Envalentonado por la presencia del mismo en ese lugar, Pinedo, más dado a la literatura que su mentor, recordó los versos del poeta Gerardo Diego cantando a ese mismo ciprés, viéndose impulsado a recitar en voz alta algunos de ellos:

> *Enhiesto surtidor de sombra y sueño*
> *que acongojas al cielo con tu lanza».*
> *«Silencioso ciprés que en la limpia tersura*
> *Del estanque retratas tu severa figura (...).*

—¿Qué tal si nos ponemos un poco serios, Arturo? —dijo el profesor con cierto tono de reprobación en la voz, no muy dado a los desvaríos poéticos de su alumno.

—Perdón, me he dejado llevar por el lugar —dijo Arturo ruborizándoselos hasta las cejas.

Tras las primeras formalidades se dirigieron hacia el bajo claustro y en concreto hacia la sala capitular, el lugar donde el abad se había reunido desde la antigüedad con sus monjes para debatir la gestión del cenobio.

Carlos miró en silencio por unos minutos a su alrededor.

—Este fue el lugar donde, muy a su pesar, el abad reunió en 1835 a los monjes para anunciar el cierre del monasterio, produciéndose así la diáspora de la congregación religiosa y verse forzado el mismo días después a decir adiós a la vida monacal en este lugar.

—Debió ser algo trágico para ellos —dijo Pinedo mirando el lugar indicado.

—Bien puede decirlo. Ciertamente cuando uno ve esto, no puede evitar verse contagiado por su sosiego aparente, por su alejamiento del mundo por utilizar el tópico fácil, pero la vida se mete por los rincones. La Historia no es letra fija, ya lo sabe...; la gente sufría, anhelaba y perseguía las mismas cosas que hoy en día...

—«*Amor, trabajo y salud*» —dijo de carrerilla su acompañante.

A esa hora de la mañana el viejo ciprés parecía custodiar el claustro, protegiendo bajo sus ramas y sombra el acervo cultural encerrado entre sus muros. A falta de algún monje que pasara por allí en aquel momento, su sola presencia era suficiente para infundir respeto e instar al silencio.

Carlos se giró súbitamente y se alejó con paso ligero y sin decir palabra en dirección a uno de los extremos del claustro. Pinedo, absorto en la contemplación de uno de los bajorrelieves existentes en una de las esquinas no reparó en la ausencia del profesor hasta que, al cabo de unos segundos, oyó al mismo llamarle desde lejos.

— ¡Venga aquí, por favor! Tiene que ver esto Pinedo.

El larguirucho profesor permanecía inmóvil en un punto cercano a la puerta que daba salida a la visita turística, señalando una de las esquinas del claustro.

Algún turista había comenzado ya a penetrar ya en el lugar, cámara en mano, prestos todos ellos al selfie rápido y urgente, la cabeza gacha sobre el smartphone para transmitir ese *WhatsApp* transgresor. Alguno que otro miraba al profesor con ceño fruncido y torva la mirada mientras este pasaba, cruzaba y se detenía entre ellos, observando los muros, aparentemente inconsciente por completo de que había estropeado más de una foto frente a los relieves del bajo claustro.

Pinedo seguía a Lafuente, un poco abochornado y con cierta vergüenza ajena, alejado su mentor de cualquier circunstancia externa que no fuera su propio hilo de pensamiento. Al llegar a su altura vio como el profesor señalaba triunfalmente un punto en la pared.

—¡Fíjese, y no me diga que no eran previsores nuestros antepasados!

—¿Se refiere a esas rayas?

—¡Por favor, preste más atención! Me va a hacer dudar si su trabajo del año pasado fue obra suya o copiado de ese cretino de Meseguer. Cuando se construyó el cenobio, el papel era impensable como instrumento para dibujar o planificar algo. Los obreros utilizaban cualquier superficie, ¡cualquiera! para trazar el diseño. En este caso, fue la propia pared lo que usaron. Era como un borrador que había que pasar a limpio luego, el equivalente medieval de un plano, ¿entiende? El diseño aquí reproducido es el de la puerta que tenemos frente a nosotros.

—La Historia no deja de sorprenderme cada día. Parece que detrás de cualquier cosa en apariencia habitual hubiera otra explicación distinta a la esperada —contestó admirado Arturo, colocando su mano sobre el muro.

—Sí, ¿verdad? Son estas pequeñas cosas, estos minúsculos detalles, los que humanizan un lugar. Es aquí donde vemos el esfuerzo genuino, humano, no de superhombres, no de una entidad amorfa que haya construido estos monasterios de la nada, sino de gente real, como usted o como yo. Gente que se habría sentado aquí para almorzar un bocadillo en algún descanso de la construcción. Y ahora, ¡ahora vamos a ver la biblioteca! Los días que nos esperan van a ser cruciales.

—Esto se me va a hacer largo —dijo Pinedo por lo bajo antes de seguir en pos del profesor Lafuente.

LA BIBLIOTECA. LA PALABRA EN SÍ SE QUEDABA ESCASA Y HUECA frente a lo que contemplaron sus ojos cuando, tras ascender al claustro superior donde se encontraba una de las puertas de acceso. El paleógrafo había oído hablar repetidas veces de este lugar a través de otros colegas que habían realizado alguna consulta, investigación o catalogación de manuscritos y documentos entre sus muros. Sin embargo sus expectativas no le habían preparado frente a esto. Se encontraban en la parte superior de una escalera que presidía un amplio espacio rodeado de libros. El entorno emanaba una atmósfera cuasi religiosa, sacramental que invitaba al recogimiento interior, al mundo intelectual.

La madera vestía aquella espléndida estancia. Un lugar de culto dentro de otro. Sendas escaleras subían a otros tantos niveles superiores similares a aquel en el que se encontraban. Desde ese punto privilegiado podían contemplar sinuosas montañas de libros que, apilados sobre las mesas, eran examinados con atención por algunos afortunados usuarios que allí se encontraban y que no prestaron atención alguna a su entrada.

Un Cristo sobre fondo negro gobernaba todo el lugar. A sus pies, una virgen tallada en madera de menor tamaño e, inmediatamente bajo estos, y protegidos por ambos, se alojaban varios voluminosos códices, alineados en una estantería especial.

El resto de la amplia biblioteca estaba distribuido como una iglesia. La totalidad de la nave, escoltada por los niveles antes mencionados, estaba presidida a su cabecera por las dos figuras anteriores. La parte superior de la escalera por la que habían hecho su entrada y sobre la cual se habían detenido, parecía ocupar el lugar de un imaginario púlpito.

Descendieron en silencio.

Miraron a su alrededor esperando ver al padre bibliotecario con el que Lafuente había hablado por teléfono días atrás.

En el muro opuesto, una puerta de madera con forma de medio punto, mostraba la palabra «Biblioteca» contorneando todo el arco superior. Evidentemente esta era la entrada habitual.

Al alzar la mirada vieron una claraboya central que, en forma de pirámide invertida, permitía el paso de una difusa luz.

En lo alto de las escaleras, la puerta por la que habían descendido desde el claustro superior se abrió nuevamente. Un monje con aspecto grave descendió las mismas con rapidez, pareciendo deslizarse en su descenso cual una lagartija en pos del saber.

—Este sitio no dejaría de impresionarme por muchas veces que viniera —dijo Lafuente en un susurro—. Aquí trabajaron los mejores copistas e iluminadores de la antigüedad. Por lo que sé existió también un taller de orfebrería para la creación de objetos litúrgicos y demás... ¡y eso sin contar los otros artistas que reunieron aquí sus esfuerzos!

Arturo reparó en una peculiar escalera de caracol que, cual estructura helicoidal de ADN podía verse en el otro extremo de la larga estancia. Elegante, plegada sobre sí misma. Más arriba, en el cielo de la biblioteca, algunos libros se sostenían en precario equilibrio, semejando asirse a las vigas de madera que sostenían el techo. Volúmenes demasiado grandes para ocupar otras estanterías más bajas. Parecían haber alcanzado el estadio más alto de la evolución dentro de la biblioteca. El joven pudo ver que afortunadamente aún había huecos suficientes en los niveles inferiores para dar cabida a nuevas investigaciones y catalogaciones.

La madera vestía aquella espléndida estancia. Un lugar de culto dentro de otro.

El monje que tan raudamente había descendido por las escaleras y que tenía todas las trazas de ser el padre archivero, se encontraba ahora ocupado ante una moderna fotocopiadora situada al lado de la puerta principal. Un joven sacerdote aguardaba tras él la entrega de fotocopias con apropiada paciencia benedictina. A Arturo se le vino a la mente la semejanza de ambos con un sacerdote y un sacristán o monaguillo que asistiera al primero en una misa silenciosa ante unos pocos feligreses que, sentados en lugar de arrodillados, continuaran con su plegaria interior.

—Aquí tiene —dijo el primero— y dígale al padre Rufino que tenga cuidado con su vista. Debe salir a pasear y no pasar todo el día leyendo viejos tomos.

Cuando el joven sacerdote hubo desaparecido por la puerta de arco antes mencionada, el bibliotecario, que ya había reparado en su presencia a juzgar por una rápida mirada en su dirección, terminó de ordenar con parsimonia y cuidado los folios que tenía entre las manos antes de volverse hacia ellos.

—Buenos días, caballeros, soy fray Anselmo —dijo dirigiéndose al profesor y evitando mirar al joven que le acompañaba. Uno de esos estudiantes en prácticas que, con toda seguridad dejaría algún chicle pegado bajo el asiento. Tendría que observarle con cuidado, no fuera a olvidarse de colocarse los guantes antes de examinar ningún manuscrito—. Vienen ustedes de la Universidad de Montanilla, ¿verdad? ¿En qué puedo ayudarles?

El monje, de aspecto vivaracho y locuaz, fluía con movimientos rápidos a la vez que miraba a su alrededor sin cesar, comprobando con vistazo rápido y sagaz que las luces de las mesas estuvieran apagadas, que nadie se hubiera dejado un libro olvidado en alguna mesa, un bolígrafo, un trozo de papel con algún apunte garabateado en aquel lugar sagrado y clasificado, asegurándose en todo momento de que los polluelos estuvieran cerca para poder acudir presto con el gusano en la boca ante el menor síntoma de amenaza.

—Veo que están ustedes puestos al día tecnológicamente hablando —dijo Carlos intentando crear un ambiente propicio.

—La de Silos es una biblioteca seria. La Historia no está reñida con el progreso —contestó lacónico el bibliotecario.

A su lado Pinedo se limitaba a mirar en silencio el alto techo y la doble hilera de estanterías en madera que se extendía a lo largo de la biblioteca. Era efectivamente una catedral del saber, y como toda catedral invitaba al silencio. Los ojos se le iban irremediablemente hacia la claraboya central mientras el soplo de siglos atrás se hacía sentir sobre el cuello del investigador en ciernes.

Lafuente continuaba hablando con fray Anselmo mientras este examinaba las credenciales y autorizaciones previas.

—¿En qué códice están interesados? Al parecer en su solicitud no indicaron ninguno en concreto —dijo el bibliotecario levantando la cabeza con gesto reprobado, mientras su mano sostenía el bolígrafo para cumplimentar el formulario de consulta.

—Bueno, en ninguno en concreto, esa es la verdad —y ante la desconcertada mirada del bibliotecario procedió a explicarle en líneas generales el objeto de la visita—. Hemos encontrado unos fragmentos incompletos y pensamos que quizás guarden correspondencia con algún códice o manuscrito que pueda encontrarse aquí, ya sabe, alguna obra del mismo copista o que por lo menos guarde alguna relación. Quizá alguna glosa, alguna anotación al margen...

—Eso parece poco probable —dijo Fray Anselmo volviendo a mirar la autorización con el sello estampado de la universidad, dando la impresión de querer poner la misma al trasluz para comprobar su autenticidad—. ¿De modo que quieren corroborar si los manuscritos que han encontrado pudieron haber sido escritos por el copista que dicen? Déjenme que les ahorre un montón de trabajo, y ya se lo explico yo. No, no creo que exista ningún otro manuscrito, existente o perdido obra de ese autor en Silos, sencillamente porque ya en el siglo XIII se elaboró un inventario de todos los bienes existentes en el monasterio y muy en especial de los libros que en él se encontraban. Estos siempre formaron parte del monasterio como si de las reliquias de Santo Domingo de Silos se tratara y se guardaban en un armario en las dependencias privadas que habían pertenecido al santo.

—Pero, hombre pienso yo... el nombre al pie del mismo... el colofón... —dijo el profesor, dudando ante la seguridad mostrada por el archivero.

—Le reitero que todo está catalogado y bien catalogado. En cualquier caso, lo que pretenden investigar me parece un poco...

Aquí el bibliotecario se detuvo, buscando la palabra precisa. Era maestro en esas artes. Un profesional que se complacía en gestionar la información mediante la fácil técnica de denegar el acceso a cualquier cosa que se le pidiera. El placer en la respuesta siempre era proporcional al deseo que el solicitante tuviera en obtenerla. Examinaba así mil y un modos con los que poder negarse o postergar a lo sumo la aportación de una gota de conocimiento, de la existencia o no de determinada pieza, libro o códice y dado que lo que más tenía en el monasterio era tiempo, había logrado consumar esta habilidad hasta extremos insospechados.

Satisfecho por la expectativa creada ante sus dos interlocutores, soltó finalmente su respuesta, dejándola caer sin red en la conversación:

—Su investigación parece... un poco novelesca, ¿no? —y aquí sonrió, con una sonrisa que era tan solo una delgada línea cortada en su cara.

Estando próxima la hora de cierre de la biblioteca y tras haber acordado con el bibliotecario los volúmenes que iban a ser examinados al día siguiente, decidieron dejar el lugar.

Fray Anselmo se dirigió a ambos con una amplia sonrisa a modo de despedida:

— ¡Tengan cuidado sobre todo con el cotejo de los pergaminos originales, no los vayan a estropear al examinarlos!

—¡Estúpido idiota autosuficiente! —dijo Lafuente en cuanto salieron del monasterio— ¡En dos palabras ha puesto en duda nuestra profesionalidad como paleógrafos! ¡Cretino!

Se detuvo unos pasos más adelante e inhaló aire. La furia de Carlos Lafuente no era nada disimulada. La hospedería se adivinaba ya delante de ellos.

—¡Vamos profesor! Déjelo, es tarde y sí, tiene usted razón, ese hombre es un estúpido, pero nada va a hacerle cambiar de forma de ser y recuerde que todavía tenemos que seguir viniendo aquí por algún tiempo.

A PARTIR DE ESE MOMENTO Y DURANTE LOS DÍAS SIGUIENTES, pareció cobrar realidad la semejanza de las escaleras de la biblioteca con el de un improvisado púlpito cada vez que fray Anselmo hacía una de sus apariciones misteriosas obsequiándoles con una falsa sonrisa zalamera desde lo alto de ellas. Lafuente recordaba entonces las palabras de su alumno, y, concentrándose en su tarea, con el ceño fruncido, examinaba con mimo las iluminaciones miniadas o el texto en latín que tuviera delante en ese momento como si en ello le fuera la vida.

Aquella primera noche, una vez solo en su habitación Lafuente abrió la ventana y contempló desde allí el claustro iluminado del monasterio. La silueta del alto ciprés sobresalía por encima de los tejados del edificio contiguo. Todavía podía escucharse el canto gregoriano de los monjes que estaban celebrando la misa de Completas. Esa misa que marcaba el momento para los mismos de ponerse en manos de Dios. Las voces parecían perderse en la noche estrellada.

Respiró el frescor de la misma, la tranquilidad que lo inundaba todo. El silencio, ese silencio nocturno que no había vuelto a oír desde hacía tiempo, un silencio que había llegado a apreciar desde que de niño, siempre cogido del brazo de su madre, cruzara las vías del tren en el extrarradio de Santander, para ir a saludar a alguna vecina, o ya un poco más mayor realizar alguno de los «mandados» a que tan aficionadas eran las madres por entonces. En aquella época le había atraído en especial el farolillo amarillo de la caseta cercana del guardagujas, quizás también la luz aislada en una ventana próxima, el lejano ladrido de algún perro rompiendo el silencio que anunciaba misterios en la oscuridad. Viendo ahora el ciprés y las luces nocturnas de Silos se sintió cerca de casa, incluso creyó adivinar las vías del tren en la oscuridad unos metros más allá.

«Bueno, ya estamos aquí —se dijo— mañana veremos si te encontramos amiguito; a ti y a tu secreto».

CAPÍTULO 8

OFICIO DE LAUDES

ORA ET LABORA

Arturo sintió como un brazo le sacaba de su sueño.

—¡Vamos, levántese!—. Era la voz de Carlos Lafuente, llena de premura y urgencia.

Atravesando la nube de sopor el joven acertó a ver el reloj sobre la pequeña mesita de noche. Las 5:45 de la mañana.

—¡Pero si no son ni las seis de la madrugada aún!

—Una hora perfecta para asistir al oficio de Laudes —dijo el profesor mientras abría la ventana y dejaba que la luz penetrara en la pequeña estancia.

—¿De Laudes? —dijo éste, mirando a la habitación y a continuación al rostro del profesor, intentando descubrir en el mismo algo que se le hubiera escapado. No, no había en ella nada nuevo. Seguían estando en la hospedería a donde habían llegado el día anterior. Se sintió en parte aliviado, ya que por un momento creyó que estaba en un gulag ruso sometido a algún tipo de interrogatorio.

—Sí, eso es. Vamos a integrarnos con la comunidad del mejor modo posible. ¿No dice siempre que para entender algo hay que dejarse penetrar por su espíritu y esas cosas? ¡Demuéstreme ahora que eso no era solo palabrería inducida bajo el efecto de alguna sustancia!

Había que rendirse a la evidencia de la situación, así que, maldiciendo por tener la lengua tan suelta como para expresar sus opiniones de modo tal ligero, Arturo Pinedo se dirigió hacia el baño dispuesto a ser una vez más el héroe de un nuevo día, o morir en el intento.

Poco después salían de la hospedería para asistir al oficio religioso e imbuirse —esas habían sido las palabras del profesor—, en la atmósfera del monasterio, en un tiempo pasado.

Nada más entrar en la iglesia pudieron ver a algunos monjes a través de una reja. Recorrían en silencio el oscuro pasillo paralelo que allí se encontraba, negras capuchas echadas sobre sus inclinadas cabezas.

Se oían las campanas. Tañían con fuerza. No era necesario que nadie hablara. Ya lo hacían ellas por todos los que estaban allí. Transmitían la constancia, la costumbre, la perseverancia de siglos, así como la paciencia y el recuerdo de que había que volver a atender el huerto, regar las lechugas y prestar atención a esa parra que no terminaba de agarrar.

A sus oídos llegó en ese momento un coro de voces masculinas, llenando con su belleza la mente.

Se detuvieron.

—¡Escuche, Pinedo, escuche!... ¿No le parece una maravilla? El canto gregoriano logra sacar de mí hasta la última gota de sangre.

Arturo asintió ante la belleza de esas voces que, surcando el aire, llegaba hasta ellos. Era una experiencia privilegiada. Solo la voz humana cantada a *capella* sin alardes de fondo, sin estridencias. Mera belleza llegando a través del aire.

A esas horas, cerradas todavía las puertas a los turistas y sin necesidad de emprender ningún exótico viaje, los investigadores se encontraron en otro universo.

Tras el madrugón y el canto gregoriano, todavía con los ojos entornados, Lafuente y Pinedo se dirigieron en busca de otro café matinal, cualquier cosa que hiciera que la mente investigadora de ambos, o por lo menos la parte gris dedicada a esos quehaceres, entrara en acción. El café con leche de la hospedería estaba más cerca del cielo que de la tierra para sus mentes dormidas.

Encontraron su destino a pocos metros, concretamente en el cruce existente entre la calle Santo Domingo con la principal que atravesaba la población. Un lugar en el que no habían reparado antes dado lo temprano de la hora. Un enclave estratégico para compensar quizá la carta de la cercana hospedería y hacer así que el tránsito por este valle de lágrimas fuese un poco más llevadero.

Sobre la fachada, escrito en letras sobrias en un par de rótulos de hierro forjado enfrentados a las dos calles podía leerse «Mesón de Adolfo». Un escudo nobiliario esculpido en piedra sobre la puerta y unos balcones de hierro forjado girados hacia el interior daban al lugar un aspecto pintoresco. Eso y la presencia de un cercano estanco unos metros a la derecha hizo que el profesor se decidiera sin dudarlo por este lugar.

Apenas había gente a esa hora en el interior. Solo unos pocos parroquianos que hicieron un esbozo de levantar la cabeza al verlos entrar antes de volver a sus carajillos y conversaciones en voz baja.

Tras la sobriedad de la hospedería, este les pareció un lugar acogedor. Varias lámparas de estilo castellano colgaban del techo. Las paredes, recubiertas de la misma piedra local que recubría el exterior, daban una inmediata sensación de calor y cobijo.

Arturo y Carlos escogieron un sitio junto a una ventana que miraba al callejón y pidieron un par de cafés.

Se les acercó un hombre de aspecto rollizo y amplia sonrisa —con toda seguridad el Adolfo del cartel—, seguido de un joven que aparentaba unos veintisiete años y que intentaba llevar lo mejor que podía una bandeja conteniendo sus desayunos en inestable equilibrio.

—Aquí tienen... un cortado, un café con leche y... —en este punto hizo un movimiento magistral y despreocupado con el brazo izquierdo, cogiendo los artículos mencionados de la bandeja que portaba el joven que le seguía, aparentando no darse cuenta de las maniobras, apuros y equilibrios de éste para sostenerla. A continuación y repitiendo idéntica operación colocó con cuidado sobre la mesa un plato con dos croissants—. Y aquí... la especialidad de la casa.

—Gracias —dijo lacónicamente Lafuente sin levantar la mirada.

Los dos investigadores comenzaron a cotejar sus notas mientras sorbían su café; uno en una libreta negra, el otro en la pantalla de un iPhone, pero ambos con la misma concentración y silencio.

El mesonero, al percatarse del exquisito estado de ensimismamiento de sus clientes, hizo un gesto a su joven acompañante para que le siguiera abandonando a sus huéspedes a su suerte académica o cualquier otra semejante.

Carlos Lafuente depositó la taza que tenía delante de sí y miró el contorno del recipiente. Era una taza sólida, de cierto peso. Comenzó a efectuar pequeños giros con la cucharilla para remover el azúcar. Le gustaba el modo en que este, siguiendo reglas inmutables se deshacía en ese movimiento cuando, tras haber echado el terroncillo, esa forma cúbica y perfecta dejaba de serlo, transformándose en algo más, hasta desaparecer.

Sí, era tranquilizador ese fenómeno repetitivo que venía a ser echar un terrón de azúcar dentro de una taza. De repente el amargor del café desaparece, transmutado mediante la alteración de un único elemento, ayudado por unos delicados movimientos de muñeca.

Pinedo le observaba en silencio, acostumbrado ya a las manías extemporáneas de su profesor, a su proceder tanto dentro como fuera del aula, objeto éste de bromas y comentarios entre sus compañeros de clase. Ahora, en esta incursión académica estaba descubriendo que Carlos Lafuente precisaba de esos momentos de ausencia y desconexión para gestionar quizás sus procesos mentales, poner en orden sus ideas o ¿quién sabe con que objeto? El caso es que eso también le venía bien al joven mientras pasaba a limpio sus notas, aunque fuera sobre la mesa de la taberna, consolado por el pragmatismo del café caliente entre las manos.

Después de permanecer unos minutos en esta actitud, Lafuente levantó la cabeza.

—¿Se ha dado cuenta Pinedo? ¿Se ha fijado usted alguna vez en el milagro diario que supone tomarnos una taza de café? —dijo sonriendo.

Le sorprendió ver que este no le había prestado atención, ocupado en garabatear algo en un papel mientras consultaba a su vez su teléfono móvil.

—Perdone, don Carlos, estaba repasando algunos datos sobre el índice de los libros que debían de encontrarse en el famoso armario que nos mencionó nuestro simpático amigo bibliotecario. Parece, por mucho que Fray Anselmo quiera pensar lo contrario, que existen más obras originarias de Silos fuera de él que dentro ¿no es así?

El profesor se levantó de su silla mientras asentía, su mente ocupada ya en otra tarea.

—Sí, así es. Y ahora ¡Vámonos! Es hora de empezar —dijo escuetamente.

Lafuente había encontrado en Silos un lugar tentador, tranquilo, un lugar que le hacía bien. Había tanto que observar aquí... tantas pistas, tantas claves del pasado a la vista, de ese pasado que quería estudiar. Estaba impaciente por descubrir aquellas que le hubieran podido pasar desapercibidas tras el examen inicial de los manuscritos.

A LLEGAR A LA BIBLIOTECA, ENCONTRARON FRAY ANSELMO cerca de la puerta. Parecía haberles estado esperando, ya que en cuanto les vio aparecer, y tras un breve «buenos días» y un leve asentimiento de cabeza, les condujo hacía una de las largas mesas que parecía haber sido preparada a tal efecto en el rincón más alejado de la amplia biblioteca.

Al cabo de unos minutos, retornaba el bibliotecario portando uno de los códices solicitados por el profesor que depositó con sumo cuidado y no con muy buen agrado sobre la mesa. Se trataba del famoso *Códice Calixtino*. Profesor y alumno se acercaron al mismo y procedieron a examinarlo en detalle lamentando no poder sentir su tacto tras los guantes protectores que ambos se habían colocado con antelación.

Así, durante horas, en el silencio que impregnaba la biblioteca, los dos visitantes se dejaron llevar por los siglos. Rastrearon los trazos, el alma del escriba que los había dejado, esas iluminaciones detalladas, esos pigmentos que habían luchado contra el tiempo.

Al pie del manuscrito dieron con una curiosa frase, destacada en otra tinta, con tono y forma algo distinta. La caligrafía se asemejaba a la del manuscrito de Montanilla, aunque el profesor pareció detectar en el trazo una mano más joven. La anotación semejaba haber sido escrita con posterioridad, como un apunte efectuado días o meses después,

Ora per la mia anima, o lector.

Lafuente se quedó pensativo ante esta frase.

El monje que copió este manuscrito para la posteridad pedía piedad para él. Una oración por su alma. ¿Tenía alguna razón en especial al hacer este ruego?

Arturo se imaginó por un momento al copista autor del mismo, inclinado sobre el *scriptorium*, mezclando con cuidado los colores de las iluminaciones, dejándose no solo la vista, sino el tiempo, toda su vida en copiar a lo sumo y con suerte unos pocos volumenes.

El profesor parecía compartir el sentimiento con su estudiante.

Tras este examen siguieron otros pero estos ya a través de las pantallas de los ordenadores, en detalladas digitalizaciones con el fin de no manipular los incunables a no ser que fuera extremadamente necesario y justificado por razón del estudio del papel o de las tintas.

—¡Cuánto daría por tener este volumen entre las manos...! ¡Esto es inhumano! —decía de vez en cuando el profesor, señalando la imperturbable pantalla que parecía burlarse del investigador, los pequeños iconos que representaban un número idéntico de manuscritos reales protegidos en algún lugar de esa biblioteca.

Continuaron durante el resto del día mirando sus pantallas, esas imágenes que, por muy bien definidas que fueran, carecían del olor, el peso, y la tangibilidad de un libro entre las manos. Siglos y siglos de trabajo representados burdamente por un puñado de píxeles en una pantalla. De vez en cuando intercambiaban una mirada, un gesto que indicaba el progreso del material que estuvieran examinando en ese momento.

De vez en cuando vieron cruzar frente a su mesa a algunos sacerdotes vistiendo esas largas sotanas que hacía tiempo se habían dejado de ver en la España cotidiana. Paseaban entre los estantes, depositando, hojeando o consultando aparentemente al azar un nuevo tomo. Cuando alguno de esos volúmenes les despertaba cierto picor intelectual, procedían a llevárselo a su mesa de estudio con cierto aire reservado. En casi todas ellas había un moderno y reluciente ordenador que contrastaba con los lomos oscurecidos de los libros e incunables. Algunas personas vistiendo batas blancas pasaron minutos después.

—Pertenecen al personal a cargo de las catalogaciones y digitalizaciones de los archivos —explicó Lafuente a su alumno—. Los culpables en suma de que usted y yo estemos pegados a estas pantallas.

En más de una ocasión en que habían salido a respirar un poco de aire fresco creyó Arturo haber visto la figura de Fray Anselmo tras ellos, asomándose por detrás de cualquiera de las columnas románicas del claustro, mirando, aparentemente observando sus movimientos.

Al día siguiente cuando dejaron la hospedería camino de la misa matutina se cruzaron por los pasillos nuevamente con él, la capucha inclinada hacia delante. Solo sus ojos penetrantes de colibrí delataban su presencia, mirándoles con rapidez y volviendo a su punto original como si no hubiera reparado en los investigadores.

Pero si esto no era más que un hecho ocasional durante los paseos que realizaban por el exterior del monasterio para estirar las piernas, una vez que se encontraban de nuevo en el interior de la biblioteca, la sensación era opresiva. Cada vez que levantaba la vista del libro que tuvieran entre las manos, allí parecía estar el hombrecillo, cerca de ellos como al azar, para, acto seguido, levantar su mirada al descuido y captar la de Arturo.

Este último tenía la impresión de que, cada vez que intercambiaba un comentario con el profesor, apareciera el bibliotecario, presto a escuchar cualquier alteración en el tono de voz de cualquiera de los dos. ¿Intentaba quizás percibir cualquier matiz de excitación, algo fuera de lo corriente en su conversación? «¿Sería posible que estos dos pazguatos encontraran al final algo de lo que estaban buscando?» —parecía querer decir su mirada.

~

—No hagan mucho caso del bibliotecario —dijo el mesonero tras oír las cuitas de sus clientes. Estos habían vuelto a acudir al mesón Adolfo a la hora de la comida y ocupado su lugar de costumbre junto a la ventana—, se piensa que la biblioteca es suya, ya saben. Por lo que he oído tiene normas y teorías para casi todo. Se ve que el haber recibido tantas visitas de personajes ilustres a lo largo de los años se le ha subido un poco el cargo a la cabeza.

—Ya, ya se me estaba pasando por la mía algo similar —dijo Lafuente, esbozando una sonrisa—. Eso de ser descendiente del Cid Campeador debe de tener lo suyo.

Adolfo soltó una risotada sonora ante la réplica de su huésped, agradeciendo la predisposición de este para la conversación a diferencia de la primera mañana.

—Mi hijo aquí presente que aunque permanezca tan silencioso sabe más de lo que calla, me contó una vez que algún que otro libro se prestaba entre los monasterios. Y que nuestro rey de entonces, Alfonso X el Sabio —¡que Dios tenga en su gloria! tuvo a bien hacer uso de su prerrogativa real de no devolver más de uno de los libros que se le prestaban. No me cabe duda alguna de que los hermanos de Silos le tienen presente en sus oraciones de tanto en cuando.

—¡Es bueno saber que no he sido el único en eso! Y que don Alfonso se comportó como un moderno usuario de biblioteca —dijo Arturo con una sonrisa culpable—. Quizás eso explique porque fray Anselmo piense que somos descendientes de los emisarios del rey en busca de libros que llevarnos al escritorio.

—Si quieren saber mi opinión, la labor de siglos que hicieron los copistas fue maravillosa, paciente y todo eso. Pero para mí, para mí, el que tuvo un par de cojones fue el último abad en el momento de la disolución de la orden. ¡Eso sí que fue echarle narices! Eso sí que fue una labor de responsabilidad ante la Historia. Nada menos que cargar sobre sus espaldas toda la tarea de cuidar cual capitán de barco de la herencia cultural que contenía el monasterio, hundiéndose con él. ¡Pero qué injusta es la vida! Me recuerda esas viejas películas de Errol Flynn que solía ver de niño. Y lo irónico del caso es que después de haberse guardado esas joyas durante más de cuarenta años, fuera precisamente al volver a abrir sus puertas el cenobio cuando a unos hijos de mala madre se les ocurriera sacar provecho de la situación. Se despertó su avaricia por lo visto. Todo eso había estado ahí, en sus casas, muerto de risa y ahora era su última oportunidad. La ambición mandaba ahora y tenían que darse prisa, digo yo. De lo contrario no se explica tanta prisa.

El hombre asentía a sus propias palabras, como queriendo dar así más fuerza a sus ideas, mientras su hijo, más desenvuelto en ese momento que no tenía bandeja alguna entre las manos, corroboraba con la cabeza los argumentos de su padre.

—Rodrigo Echevarría —aquí hizo una pausa el posadero para dar más énfasis a sus palabras— recuerda ese nombre muchacho —dijo mirando a Arturo—, ese fue el último abad del monasterio antes de la desamortización y para mí, también el último héroe noble. Noble, ese es el término. ¿A qué sí, Pedro? —dijo mirando a su hijo que asintió con vehemencia—. En vez de marcharse de Silos permaneció allí más de veinte años ejerciendo de párroco, hasta que le nombraron obispo de Segovia, cuidando y poniendo a buen recaudo como pudo el legado de la abadía. En casas de familias de confianza, en lugares escondidos... ¡Vaya usted a saber! Y así permaneció el patrimonio más de cuarenta y cinco años fuera de la vista de los humanos. Lo sorprendente no es que se haya perdido parte de su contenido, ahora repartido entre Inglaterra, Francia y Alemania por decir los más conocidos, sino que algo de él quede todavía en la biblioteca. Como dije, la virtud milagrosa que existió en el pueblo con el carisma del antiguo abad comenzó a evaporarse al venir a tomar posesión del monasterio una nueva hermandad de monjes benedictinos — ¡y por ende franceses!—. Entiéndalo usted en el contexto de la época. La población no estaba para bromas después de la reciente guerra de Independencia.

—Desde luego, los avispados no perdieron el tiempo en destrozar todo el esfuerzo que hizo el buen hombre para preservar la herencia del monasterio —aventuró el profesor.

—De esos siempre hay unos cuantos listos en cualquier esquina para pedirte la hora y llevarse el reloj después —. Aquí el buen hombre guardó silencio mientras pasaba un trapo por encima de la mesa y colocaba los dos cortados que le habían pedido sus clientes. En este momento pareció asaltarle una idea. Miró a los dos investigadores y frunciendo el ceño, bajó el tono de voz— ¿Dicen ustedes que el manuscrito que encontraron apareció en casa del conde Dabrowski? Bueno, eso huele mal si me permite opinar. La compra de todos los incunables que salieron de aquí la hizo por aquel entonces un también marqués de título dudoso que se dedicaba en Madrid a la compraventa de antigüedades, ayudado de una tal Jesusa que ni sabía leer, ni escribir.

Y así continuaron un buen rato, sin darse cuenta del paso del tiempo, acompañando la conversación con renovados cafés seguidos de unos licores de manzana. Hablaron sí, de los más de ciento ochenta libros catalogados en algún momento en el monasterio, sin olvidar el saqueo de las propias tropas francesas que se llevaron bajo el brazo del mismísimo José Bonaparte el códice del Beato de Silos. Arturo les observaba entretanto, mientras jugaba al ajedrez con el hijo del mesonero en una mesa vecina, mirando de uno a otro y maravillado de la cultura de su anfitrión, secundado en esta labor por su nuevo amigo.

Ya eran las once cuando alumno y profesor dejaron el mesón y se dirigieron hacia la hospedería.

—Y no se preocupe Pinedo —añadió Lafuente deteniéndose al llegar a la calle, absorto en que la pipa prendiera del modo adecuado —, mañana no nos levantaremos para laudes.

CAPÍTULO 9

INVESTIGACIÓN EN LA BIBLIOTECA

De estudios, estilográficas y reflexiones nocturnas.

Los días siguientes siguieron una pauta similar. Tras llegar a la biblioteca poco antes de las nueve, el profesor y Arturo se sentaban delante de sendos monitores para emprender el estudio de esas digitalizaciones de gran calidad. Digitalizaciones donde se podía apreciar hasta el mínimo detalle de un manuscrito o documento, sus ojos escudriñando cada detalle, página tras página, peleando con los signos ocasionales.

Habían acudido armados con la extensa bibliografía ya realizada por autores como el profesor Clark, siguiendo el inventario realizado por el padre Ferotin cuando la comunidad benedictina francesa volvió a hacerse con el control del abandonado monasterio. Procedían con esta rutina hasta la una y, tras una breve comida, volvían a las cuatro de la tarde a la tarea, permaneciendo en la biblioteca hasta las ocho, hora en que debían de finalizar su trabajo, con una mezcla extraña de pesar y alivio. En algunas ocasiones, y no sin haber ejercido previamente la adecuada presión sobre fray Anselmo, podían llegar a sentir bajo sus manos protegidas con guantes, alguna joya tangible, estudiando así con mayor detalle la calidad de las tintas, algún detalle del pergamino, el tipo de pautado, las marcas de página o su preparación.

No podían escapar al sentimiento, lento y gradual de sentirse en cierto modo atrapados, presos de otra época en ese lugar, como los mismos códices que estaban examinando. Al igual que los folios permanecían sujetos a los nervios que unían las páginas, ellos se encontraban asidos por una extraña desazón. Carlos temía estar perdiendo el tiempo de modo lamentable.

A veces, salían a media mañana a pasear por el claustro. El profesor introducía con un gesto mecánico su mano en el bolsillo de la chaqueta en búsqueda de esa pipa que no podía ser fumada. Veían a veces cruzar a algún monje por la galería superior donde se encontraban las celdas de los mismos. Cruzar era una palabra demasiado imprecisa para describir ese deslizar sinuoso desde una puerta hacia otra, puertas que se abrían y cerraban sin emitir sonido alguno a uno y otro extremo del claustro, absorbiendo en su interior a cada uno de ellos.

En aquellos raros momentos en que no había ningún turista en derredor, cualquier ruido, tal como la rama de una planta que rozase la base del bajo muro en el jardín interior, llamaba su atención, distrayéndoles así del tedio que produce el trabajo concentrado y constante.

—No sé lo que estamos buscando —dijo Arturo, soltando un suspiro, al cabo de unas horas empleadas en el estudio minucioso de un folio—. No sé si vale la pena estar aquí día tras día persiguiendo algo que tal vez, como bien dice nuestro amigo el fraile, sea tan solo una idea novelesca.

—¿No se ha parado a pensar que alguien tuvo que hacer este tipo de trabajo una y mil veces antes de obtener resultados? ¿Cree que estos aparecen ya con la firma al pie, enmarcados como una brillante tesis *cum laude*? Esto no se compra en unos grandes almacenes. Las investigaciones hay que trabajárselas. No hay otro modo —contestó el profesor, intentando convencerse a si mismo.

Pasaban nuevamente por delante del lado norte donde Lafuente había enseñado a Pinedo el primer día el esquema trazado, dibujado sobre la piedra. Solo dos días habían pasado, pero los frecuentes paseos, los giros y vueltas dadas a los capiteles y la atenta mirada a los bajorrelieves bajo distintas circunstancias de luz y sombra, le produjeron a Arturo la sensación de que llevaran meses en ese lugar. Comenzó a identificarse con aquellos monjes silenciosos, ¿Se convertiría él también en una de esas figuras que parecían no caminar? ¿Sería tal vez visto desde fuera, por alguno de los turistas que llenaban el lugar todos los días, de un modo semejante?

Llegó a soñar el joven estudiante con las letras capitales de los códices miniados, con el tinte rojo de esa pintura que había ido envenenando a los monjes durante siglos, en silencio, sin saberlo, sin hacer estruendo. Al igual que su trabajo solitario, la guadaña les había ido venciendo, usando la misma táctica que la Muerte Roja del relato de Poe.

Sí, tras llevar así días sentados delante de aquellos pergaminos, el monasterio de Silos parecía habérsele revelado a Arturo como lo que era en realidad. Un lugar lleno de secretos. Antiquísimo, sagrado, una joya arquitectónica, de eso no cabía duda alguna, pero también un celoso guardián de su intimidad.

Imbuido de esos pensamientos, el joven se sentó esa noche cerca de la ventana, frente a la pequeña mesa oscura de su habitación y encendió el flexo.

Sacó a continuación con cuidado un delgado estuche del bolsillo interior de su chaqueta. Una cajita blanca sobre cuya tapa de color rojo se podía leer, escrito en caracteres blancos, las palabras *«Mont Blanc»* junto a la figura de la familiar estrella de seis puntas distintiva de la marca y un diminuto logotipo de un avión diseñado expresamente para esta edición.

Lo abrió con suma delicadeza. En su interior se encontraba su tesoro personal. La estilográfica reposaba dormida en la pequeña depresión que tenía su forma, esperando ser despertada. Pero esto era algo más que una Mont Blanc.

Una preciosa pluma en color granate y dorado.

Era el modelo *Meisterstück Doué Classique— Le Petit Prince Edition* para los entendidos.

Había sido el regalo de sus padres cuando obtuvo la beca para estudiar en Montanilla. Una beca para unos escasos veinte puestos de entre más de catorce mil aspirantes. La estilográfica había venido a significar la justificación de encontrarse allí. Cada vez que tenía un momento de desánimo, le bastaba mirarla para recordar las palabras de su madre:

«—Tú eres especial. No desaproveches esta oportunidad. Puedes escribir tu propia vida con ella.»

Recuerdos aparte, era toda una experiencia escribir con ella, cuando, cargada la misma con el plumín de tamaño M la sentía deslizarse sobre el papel como una bailarina sobre pista de hielo, haciendo giros insospechados, rematando una línea, una letra.

Y así le gustaba llamarla.

La pequeña bailarina.

A partir de ese momento la luciría con orgullo a la mínima ocasión en el bolsillo de su *blazer* de turno.

Abrió a continuación la libretita que había guardado en el cajón. Una libreta sencilla, de tapa dura, manoseada por el uso. Comenzó a escribir con cuidada letra sobre ella, complaciéndose en la escritura:

En la hospedería del monasterio de Silos, a 24 de noviembre de 20...

Estoy experimentando una extraña sensación desde el primer día que llegamos. No es tan solo verme constreñido en un sitio cerrado como la biblioteca tras estar acostumbrado a moverme con libertad por el campus o remar con el máximo vigor en el río. No. Es algo más. Quizá el profesor pudiera encontrar palabras más precisas para explicarlo, aunque no es muy partidario de mis puntos de vista sobre la realidad mágica de las cosas.

Existe sin duda el Silos que lucha por subsistir, por convivir con la modernidad, por hacerse un hueco en el mundo contemporáneo, brindando su imagen de recogimiento, de espiritualidad y paz.

Pero creo que existen también otros Silos a los que pertenece sin duda el hermético y oscuro mundo medieval oculto en este como una caja dentro de otra. Un Silos privilegiado cuyos secretos, transmitidos a lo largo de lo siglos, acaso solo los monjes conozcan. Quizás solo unos pocos de estos tengan conocimiento de ellos. Sí, me atrevería a asegurarlo, no únicamente el secreto de los incunables y manuscritos, sino también el misterio que acompaña las vidas de los monjes, contenidas, dedicadas a Dios, con sus inquietudes, sus preocupaciones y sus probables desvíos pecaminosos. Para preservar dicho conocimiento, solo unos pocos tienen acceso a su totalidad, mientras otros, ansiando poseerlo algún día, laboran y mantienen encendido el hogar, abrillantan los pomos de las puertas y abren las ventanas para que la luz entre en el lugar y el polvo no se apodere de este. Por lo menos no del todo.

Cansado de escribir sus reflexiones, Arturo cerró la libreta con un gesto de cansancio y se introdujo en la cama no sin antes mirar por la ventana que daba sobre la puerta principal de la hospedería y contemplar las solitarias farolas que iluminaban el estrecho tramo de calle. Al fondo, en la esquina, la bodega acababa de cerrar y solo la silueta de su metálico cartel apenas recortado en la oscuridad, indicaba su posición. Cayó preso del sueño.

~

CAPÍTULO 10

EL ESTUDIO CONTINUA

De códices, serpientes, bibliotecarios, aves rapaces y otras cosas que se mueven en silencio.

Arturo examinó el volumen que le había pasado el profesor. Se trataba de una preciosa reproducción en facsímil del *Beato de Liébana*.

—Aquí lo tiene, Pinedo —dijo Lafuente—, copiado alrededor del año 1100. Aunque este no sea el manuscrito auténtico, es una reproducción increíble, fiel en tamaño y calidad. Un trabajo minucioso sin duda alguna.

—¿Y dónde se encuentra el original?

—En la British Library de Londres —dijo el profesor—. Algún día me gustaría verlo ¡Fíjese Pinedo que cuidada elaboración la de las miniaturas! Nada menos que ciento seis se encuentran en este libro.

Las bellas y trabajadas imágenes, el colorido de las tintas y el detalle en cada trazo daban fe del esfuerzo y el tiempo consagrado podía dar de si a lo largo de los años.

—¿En la British Library dice? ¿Y cómo llegó allí?

—¿Recuerda lo que nos contó nuestro amigo el mesonero acerca de los esfuerzos del abad para cuidar del contenido del monasterio?

¿Cuándo los libros depositados en el armario de Santo Domingo se vendieron al mejor postor? Pues bien, este tiene el dudoso honor de ser una de esas obras malogradas.

El facsímil mostraba unas cubiertas elaboradas con cuidado en una piel verdosa, estampada en seco y contenida dentro de un estuche del mismo material.

Arturo, despertada su curiosidad, y tras haberse apoderado con disimulo del volumen se dispuso a examinarlo con mayor detalle. Venía precedido de un estudio monográfico en color escrito por el que había sido el anterior abad de Silos, el padre Clemente Serna González.

—Todo un ejemplo de modernidad —dijo el profesor, posando una y otra vez el dedo sobre el nombre del autor—. Él fue quien potenció y promocionó el canto gregoriano en Silos hasta llevarlo a niveles internacionales. Nadie podría haber hecho más por la herencia cultural de este lugar y darlo a conocer al mundo.

También figuraban en el prefacio los nombres de la jefa del departamento de antigüedades medievales del Museo Arqueológico Nacional así como de Miguel C. Vivancos, el predecesor del actual archivero del cenobio. «El anterior bibliotecario del Monasterio» pensó Arturo... ¿Habrían tenido mejor suerte de haber coincidido en el tiempo con él, en lugar de fray Anselmo?

Fue al llegar a los folios 147 a 148 del códice cuando Arturo se encontró con una ilustración extraña. Se trataba de una pequeña imagen representando una serpiente. Tras fijarse con detenimiento, creyó descubrir su significado. Simbolizaba la lucha del reptil contra el hijo de la Mujer. Tomó una pequeña nota aparte en su libreta de bolsillo en la que recogía siempre las ideas rápidas. Otro detalle más para su tesis.

Por su parte Carlos Lafuente no dejaba de recordar la frase de ese copista anónimo que tenía colocada en un pequeño marco en su despacho:

«Tú, seas quien seas, que te aprovechas de este libro, no te olvides de los escribas, para que el Señor se olvide de tus pecados (sic). El trabajo de la escritura hace perder la vista, dobla la espalda, rompe las costillas y molesta al vientre, da dolor de riñones y causa fastidio a todo el cuerpo. Por eso tú, lector, vuelve las hojas con cuidado y aleja tus dedos de las letras, porque igual que el pedrisco destroza una cosecha, así el lector inútil borra el texto y destruye el libro».

Una frase repetida muchas veces entre los paleógrafos al comparar la tarea del lector nutriendo su mente con la del copista que cansa su cuerpo.

El tiempo que los dos visitantes llevaban empleando en la biblioteca estaba comenzando a hacerse sentir.

Fray Anselmo continuaba acercándose a su mesa, siempre con una sonrisa complaciente, o por lo menos con ese corte de cuchilla en su rostro que quería pasar por tal. Arturo no se llamaba a equivoco a pesar de la misma de que el reverendo padre parecía disfrutar del fracaso cotidiano de los dos historiadores en su lucha por sacar algo en claro de los manuscritos.

—Buenos días, caballeros —saludaba siempre obsequioso al verles entrar a la biblioteca— ¿Dispuestos a otra jornada de investigación y reflexión? ¡Qué Dios les bendiga! Perdone que se lo diga joven —dijo a continuación dirigiéndose a Pinedo—, pero parece que lleva usted la corbata algo doblada.

—¡Que te parta un rayo! —dijo Arturo por lo bajo, menos circunspecto que su mentor, apegado a sus buenos modales.

—Creo que algo se nos escapa y no acierto qué puede ser—dijo Lafuente—. Es posible que el archivero tenga razón y estemos tan solo ante un texto apócrifo como tantos otros y que el copista autor del mismo, agotado y medio moribundo, decidiera crear una historieta para la posteridad con la intención de trastornar a unos pobres idiotas como nosotros. Debería estar preparando la ponencia para el congreso de Valladolid y no aquí perdiendo el tiempo.

No era propio de Carlos Lafuente hablar así. Su alumno le miró en silencio durante unos segundos antes de hablar:

—¡Vamos, profesor! Ya verá como hoy damos con la referencia perdida o al menos con un vínculo relacionado con los manuscritos. ¡Estoy seguro!

—¿Y cómo está usted tan seguro? Ah, perdón, me había olvidado, será por esa adivinación preclara del futuro sobre la que tanto lee... ¿Clarividencia se llama verdad? ¡Claro! ¡Cómo pudo olvidárseme algo tan básico!

Arturo levantó la mirada al notar de nuevo una extraña sensación. No, no se había engañado. En la otra punta de la biblioteca, fray Anselmo bajaba con rapidez la cabeza. Había estado observándoles cual ave rapaz que celosa guardara su nido. No cabía duda alguna. Temeroso, protegía los escondidos secretos de Silos.

La hora de la comida encontró al estudiante particularmente locuaz.

—En el mundo hay gente que vive de los silencios, de los secretos, de las cosas escondidas —dijo separando en tres trozos el pan que tenía entre las manos a fin de explicarse mejor—. Necesitan dárnoslos poco a poco, como a un niño para que no se malcríe. Una pizca de conocimiento cada ciertos años y nada más —y al decir esto colocaba los trozos en puntos distintos del mantel con riesgo de que algún cubierto cayera al suelo—. Y cuando éste llega a ser peligroso por alterar una cierta visión de las cosas, se corta, se esconde un poco más. Nada misterioso, nada de thriller como pintan algunos, solo te hacen mirar para otro lado a la vez que sacan la carta de la manga o el conejo de la chistera. ¡Cha-Chan! Tan solo hace falta ese pequeño gesto para habernos perdido el momento, y ya es otro día.

—Muy interesante. Realmente muy interesante esa metáfora conejil, pero con franqueza, muy de película —dijo el profesor—. Desde luego más en su línea que en la mía amigo mío. Verá Arturo, aquí se trata de algo más que intentar comprender el significado de una oscura referencia en unos trozos de pergamino encontrados al azar. No se trata tan solo de observar la historia, reordenarla e intentar darle un sentido acorde a nuestro presente. Aunque, en parte, acabo de decir algo que sí es la clave, y este algo seria la palabra "orden". Sin Historia solo podemos transmitir caos. Es la idea, el principio, lo que me interesa. La idea y seguir con respeto la pista que alguien, a través de los siglos nos ha querido dejar. Con estas cosas se aprende no solo a ser humilde, sino también a ser respetuoso con el pasado.

Y diciendo esto se levantó dando la sobremesa por terminada.

Esa noche Lafuente salió solo de la hospedería. Necesitaba caminar y ordenar sus pensamientos. Recordaba con ironía cómo, antes que él, los filósofos peripatéticos y el buen Einstein habían caminado así, sin rumbo, entre ráfaga y ráfaga de creatividad, impulsando sus mentes.

Las calles de Silos semejaban también jugar al escondite con él aquella noche. Las fachadas de la población que tan amables y abiertas le habían parecido los primeros días, mostraban ahora un aspecto retraído y hostil, semejando replegarse hacia atrás para no ser vistas, sus ventanas en oscuridad, a modo de ojos entrecerrados bajo las persianas bajadas, rehusando el reconocimiento, pareciendo decir «nunca nos hemos visto». Al llegar a la ermita y tras cruzar el humilde arroyo miró hacia atrás y contempló, allí abajo, un Silos silencioso.

Solo unos racimos de luces desparramadas contorneaban las viviendas y dibujaban la silueta de las calles que acababa de atravesar.

En una de esas calles, estaba la hospedería y en una de las habitaciones de la misma, Pinedo dormía inconsciente de las tribulaciones que pasaban por la mente de su mentor.

CAPÍTULO 11

UNA CHARLA CON FRAY ROMANONES

O de cómo la religión y el vino hacen buenos compañeros en el consuelo de las almas.

Era ya el tercer día de su estancia en Silos. Era evidente que el profesor estaba concentrado. Lo que no lo era tanto a los ojos de Arturo era lo que éste trazaba con su mano derecha sobre esa hoja de papel. Dibujaba en ella una y otra vez círculos dispersos. Meros círculos que no parecían seguir ningún patrón en especial. Cuando había dibujado cierto número de ellos —en torno a unos quince según el rápido cálculo que realizó Pinedo—, procedía a unirlos meticulosamente con líneas, a modo de conexiones, como si fuesen diagramas de Venn.

Lo curioso de todo ello era que el profesor parecía no ser consciente de sus esfuerzos artísticos, estar al margen de toda esa estrategia desarrollada de modo tan particular, su mente concentrada en el problema principal.

Esa mañana había poca gente en la biblioteca. Acababan de sentarse en sus sitios de costumbre. Transcurridos un par de minutos, y tras vacilar unos instantes, Lafuente dejó los intrincados trazos por un momento y se dirigió a fray Anselmo que se encontraba impertérrito junto a la fotocopiadora.

—Fray Anselmo, me estaba preguntando si sería posible hablar
con el abad —alcanzó a decir el profesor haciendo acopio de valentía
—. Quizás él pueda tener conocimiento de alguna otra fuente no catalogada, ya sabe, debido a la historia del...

No pudo seguir.

Si el templo de Salomón hubiera vuelto a partirse en dos en aquel
momento no habría generado la misma alarma que la que mostraba el
rostro de fray Anselmo.

—Mire —dijo el bibliotecario tras inspirar aire durante unos
segundos—, el abad les diría lo mismo que yo. Es más, llevo más de
veinte años a cargo de la biblioteca junto con mi compañero y
conozco al dedillo su catálogo como creo que ya les dije, así como la
historia de esta institución —continuó con cierta hostilidad mal disimulada—. De cualquier modo, el abad no recibe a nadie en su despacho, salvo invitación personal. Es él, en todo caso, quien baja a
atender a algunos visitantes destacados a la biblioteca, lo siento —dijo
con cierto matiz en su voz que parecía indicar todo lo contrario—. Es
más —continuó como si recordará una anécdota graciosa que se
hubiera olvidado—, acabo de recordar que hace unos meses vino una
persona diciendo que buscaba documentarse para una novela. Me
pidió si le podía indicar en qué piso se encontraba el abad. ¡El abad
nada menos! ¡Qué se había creído este hombre! Le conté la historia
del monasterio, pero no le debió parecer demasiado novelesca porque
apenas me escuchó y... ¿Saben qué le dije? Que si osaba mencionar
mi nombre como actual responsable de la biblioteca actual o incluso
el del anterior, el padre Vivancos, se encontraría con una demanda
por derechos de imagen. ¡Otra cosa hubiera sido si se tratase de un
libro basado en una investigación, con hechos reales, con bibliografía
que lo apoyase! ¡Eso sí que es una cosa seria! Pero, eso... lo suyo era
una novela, todo ficción, todo...

—¿Todo mentira entonces según usted? —apuntó con una sonrisa
Lafuente sin darse por enterado del cierre de la conversación, dando

pie a que el hombrecillo terminara de volcar sus sentimientos antiliterarios.

Fray Anselmo se mordió los labios mientras se tocaba el lóbulo de la oreja con la mano izquierda.

—Hay cosas que es mejor mantener alejadas del monasterio, solo eso. Esto no es un libro de Umberto Eco, ¿sabe? Es un lugar real. No estamos aquí para que nos pueblen de monjes siniestros las celdas, las galerías o nuestra convivencia diaria. Esto no es un museo, es un lugar de culto, un lugar vivo —dijo mientras se volvía hacía la fotocopiadora del mismo modo en que un confesor se introduce en el confesionario, sus ojos examinando a través de sus bifocales con suma atención los folios que tenía entre sus manos a la vez que presionaba con energía el botón «*copy*»—. En cualquier caso —continuó volviéndose hacia el profesor en un pensamiento final, a modo de apostilla —no en vano era bibliotecario—, si quieren ver el resto de manuscritos siempre pueden acudir a buscarlos al British Museum, a París o a Leipzig. Quizás los ingleses o alemanes con su pragmatismo habitual vean esa idea suya de otra manera —terminó fray Anselmo con un brillo pícaro en los ojos, ya recuperado de la indignación inicial.

Al salir de la biblioteca poco antes de las siete, se encontraron con un monje de apariencia afable. Carlos se había fijado en él alguna vez. Solía sentarse a primeras horas de la mañana al fondo de la biblioteca, concretamente en el extremo opuesto al que ellos ocupaban, en actitud atenta. En los días que lo habían visto allí, no observaron que realizara tarea o labor concreta alguna. Al contrario que el resto de usuarios e investigadores, transcurrida una hora u hora y media, se levantaba de la mesa que había ocupado y, con una sonrisa que nunca parecía borrarse de su rostro, se marchaba, dejando en perfecto orden su superficie así como los libros que había tenido entre las manos y que apenas había consultado.

Un poco más allá tras haber cruzado la puerta de salida, un tablón anunciaba futuros eventos en el salón de actos.

Sobre el mismo se encontraba colocado en lugar destacado un gran cartel mostrando la foto de un sacerdote rodeado de libros que, situado junto a un ordenador, miraba al frente.

Bajo la fotografía se podía leer:

Seminario
EL MODERNO SCRIPTORIUM Y LAS NUEVAS
TECNOLOGÍAS
por fray Romanones -Abad de Silos
Miércoles, 27 de noviembre. 19:00 horas
Salón de actos de la Hospedería de San Francisco.

—¡Diablos, Pinedo, yo asistí hace unos años a una conferencia suya en Madrid! —dijo Lafuente a su alumno señalando el cartel—. Muy curiosa por cierto su manera de exponer ante el público. Explicaba todo el proceso de fabricación del pergamino desde que se desollaba el cordero hasta que llegaba a la mesa del copista. Demasiado detallado en su explicación para algunos asistentes, ya se puede figurar, pero preciso y veraz. ¡Así que este es el actual abad!

Sus ojos brillaban. Juntó las cejas y apretó los labios.

Tras unos instantes de permanecer con la vista fija en el cartel, se giró hacia Arturo.

—Y esta charla es mañana —dijo entre dientes.

Y sin decir más se dirigió con paso decidido en dirección al monje que habían visto momentos antes y que caminaba despacio delante de ellos en dirección al claustro.

—Perdone padre —dijo el profesor— ¿sería posible hablar con el padre Romanones? —y, alentado quizá por la sonrisa que le prodigó su interlocutor al levantar la cabeza e intentando imprimir cierto aire de autoridad a su voz mientras señalaba al mismo tiempo la fotografía sobre el cartel—. Solo quisiera saludarle. Tuve el gusto de asistir a una conferencia que dio hace años en relación con la historia del *scriptorium.*

El amable monje pareció dudar un momento. Miró a su alrededor y tras atusarse la capucha un par de veces, sonrió.

—Claro, síganme por favor —dijo con la mayor naturalidad, como si fuera un cicerone acostumbrado a realizar diariamente esta labor.

Su guía espiritual dirigió a continuación a los atónitos visitantes por un par de pasillos con escasa iluminación en los que no habían reparado los días pasados y a continuación hacia un tramo de escaleras que conducían al claustro superior. Una vez alcanzado éste y tras avanzar unos pocos pasos, se detuvo frente a una puerta discreta y oscura situada en el ala opuesta a la entrada de la biblioteca por la que habían descendido el primer día. Pinedo, sin comprender todavía muy bien la idea del profesor les seguía con los ojos abiertos, maravillado de la aparente facilidad de la maniobra.

El religioso dio unos leves golpes sobre la puerta.

—Adelante, pasen, pasen por favor —dijo una voz educada y medida, ahogada por el grueso panel de madera.

Al entrar se encontraron con una estancia de paredes encaladas, y casi desnuda de mobiliario como cabría esperar de un buen benedictino. Un par de estanterías, un crucifijo, un calendario y un moderno ordenador Ives sobre una mesa de caoba componían la totalidad del mismo. Entre los volúmenes, Carlos pudo distinguir sin esfuerzo alguno, las obras de fray Vivancos y del padre Serna.

—Tomen asiento, sean tan amables —dijo el propietario de la voz anterior.

Fray Romanones se echó hacia atrás en su asiento mientras en su cara se dibujaba una sonrisa amplia y blanca.

Tal como mostraba su fotografía, el abad era un hombre de aspecto jovial, con una sonrisa que iluminaba su cara mientras hablaba. Era el suyo un rostro de tez morena, el rostro de un religioso que quería comunicar al mundo la impresión, la certeza irreal de que un sitio tan reverente como Silos podía tener en su seno a personas como él. Personas que contagiaban su alegría de vivir y la pasión por el estudio.

Lafuente no pudo por menos de recordar de inmediato el parecido de su sonrisa con la de otras semejantes vistas en el rostro de religiosos que había conocido tanto en los Hermanos Maristas como en los Salesianos y Jesuitas. Sabía que cuando uno se enfrentaba a una de esas sonrisas tenía todas las de perder, pasaba a encontrarse en territorio desconocido. Volvió a sentirse como un estudiante cogido en falta, como si los años no hubieran pasado.

—Permitan que les dé mi bienvenida a Silos. Es un honor tener aquí a dos representantes de la Universidad de Montanilla. ¡Vamos! no muestre esa cara de asombro, profesor. Sabía de antemano de su llegada por el señor Noguer que me puso en antecedentes de su visita. Su hermano y yo fuimos compañeros en los estudios de Teología en Orihuela. Lamento que mis obligaciones me hayan impedido acudir a saludarles a la biblioteca en persona como hubiera sido mi deseo. Les ruego me disculpen—. Fray Romanones fijó entonces su mirada clara y profunda en la del historiador y procedió a escuchar las quejas de los dos hombres en relación con el escurridizo monje archivero. Su cabeza asentía comprensiva durante toda la exposición. El hecho de que conociera al rector hizo que el profesor inhalara aire. Por alguna razón cuanto más asentía y sonreía el padre, más incómodo empezaba a encontrarse el profesor Lafuente, que comenzó a trabarse en sus frases para terminar en un confuso hilo de voz:

—En fin que durante el examen de los libros, de los manuscritos y demás... pues... no sé... a veces...

—No nos ha dejado tranquilos en ningún momento, esa es la verdad —concluyó Pinedo con valentía, en ayuda de su apurado mentor enrojeciendo hasta las orejas en cuanto terminó.

Ante esto fray Romanones soltó una estruendosa carcajada que pareció casi sacrílega viniendo de quién venía y del lugar donde se encontraban. Lafuente desconfió más de esta explosión jovial que del eterno ceño fruncido de fray Anselmo.

—Profesor, joven, tienen mucha razón. Lleva muchos años en Silos y cuida de los libros y manuscritos como si fueran suyos. De hecho, la biblioteca está abierta para ustedes siempre que quieran. Han de perdonar el exceso de celo de fray Anselmo. . Verán, son tantas las personas que acceden a la biblioteca hoy en día... no se pueden dar una idea. Tantas las manos que desean examinar los facsímiles, los viejos manuscritos que toda preocupación es poca. Usted sabe como paleógrafo que cuanto menos se toque un original mucho mejor. La historia del cenobio ya ha pasado por innumerables momentos tristes, por muchas zonas de sombra. Por otro lado, la tradición del mismo ha sido siempre la de unir pasado y futuro. Ustedes han sido testigos de la implantación en el mismo de las nuevas tecnologías, de su remodelación, de la inversión dada por distintos organismos públicos y privados para su conservación y mantenimiento. Estamos abiertos al conocimiento, deseosos de compartir este con el mundo a la par que sosiego a los que acuden a estar con nosotros unos pocos días. Por cierto, tengo entendido que se han alojado en la hospedería. ¿Qué tal su estancia en ella? ¿Ha sido de su agrado? Según me han dicho no cuenta con las mismas comodidades que la Hospedería Convento San Francisco. Es una lástima, nuestros invitados suelen preferir alojarse en esta última. He podido comprobar que su cocina es excelente por no hablar de la comodidad de sus salones.

—Sí, sí, hemos estado muy bien —dijo Lafuente con el mismo hilo de voz anterior, recordando de nuevo las tentadoras imágenes del folleto tan fielmente evocadas de esta manera.

Fray Romanones se levantó despacio, sigilosamente, como parecía ser la tónica general de todo lo que se hacía en este lugar. Por el contrario, las sillas de Pinedo y Lafuente crujían con cada movimiento, rechinaban en exceso, llenando el silencio con su sonido, cuando estos se levantaron en mimesis con su anfitrión. Carlos miró hacia atrás esperando oír susurros de desaprobación de un inexistente público.

El religioso avanzaba despacio, impulsándoles imperceptiblemente hacia la salida mediante el sencillo método de avanzar con lentitud, reconquistando metro a metro el terreno de su despacho. Cuando se apercibieron de ello, profesor y alumno se encontraban de pie junto a la puerta. Era imposible no darse cuenta de que estaban siendo expulsados con una galantería impecable.

La entrevista había concluido. Con elegancia, con amabilidad y con una sonrisa benedictina acabada y medida, pero había terminado.

Sintió el profesor que por esta vez no avisarían a sus padres de su pequeña travesura, no habría reprimenda esa tarde ni se quedarían sin paseo ni merienda, siempre que pidieran perdón y prometieran no volver a hacerlo.

—Si encontraran otro material, algún nuevo hilo del que tirar, esperamos que nos lo comunique profesor. Estaría sumamente complacido en serles de utilidad —dijo el sacerdote, como si la maniobra de avance que acaban de presenciar fuera simplemente una consecuencia natural en la que él no hubiera tomado parte alguna.

Después de una pausa bajó la cabeza sonriendo antes de volver a mirar a sus interlocutores.

Estaba saboreando con ánimo más jesuítico que benedictino la despedida, como esa penitencia que se imparte a un alumno díscolo, aunque prometedor.

—Por cierto, su teoría es brillante. Extremadamente brillante, si me lo permite. Sigan con su estudio. Esperaré con ansiedad la publicación del mismo. Por favor, no deje de enviarnos una copia en cuanto se publique. Y si desean asistir mañana a mi conferencia será un placer verles de nuevo allí —dijo dando un apretón de manos a sus visitantes.

La puerta se cerró con un suave clic apenas perceptible.

Pocos minutos después llegaban en silencio a la taberna y ocupaban nuevamente su lugar de costumbre cerca de la ventana.

Carlos Lafuente cogió su servilleta y la miró con fijeza antes de doblarla en cuatro pliegues y colocarla en el lado derecho de la mesa. Al parecer no muy seguro de su resultado, volvía a abrirla al cabo de unos segundos.

Adolfo se les acercó despacio, con gesto amable aunque preocupado. Llevaba demasiado tiempo en el lugar para no saber distinguir el final de un buen día de otro que distaba de serlo. Y su lado profesional de huésped se sentía especialmente tocado en días así.

—Buenas noches, profesor —y a continuación, dirigiéndose a Arturo con afabilidad al ver el escaso grado comunicativo del primero —, chaval, ¿cómo ha ido el día?

Carlos dejó de ejecutar pliegues sobre la servilleta y levantó la vista.

—Digamos en buen romance que el Real Madrid no ha ganado el partido —dijo escuetamente.

—Bueno, si es esa la situación tengo algo que decirles. ¿Han terminado ya el día, verdad? No tienen que coger el coche ni nada parecido, ¿no? Bien, estando así la cosa... Mire, yo no seré de grandes entendederas, a diferencia de mi padre que sirvió en casa del alcalde. Era mi señor padre un hombre dado a las cuentas y leía todo lo que caía en sus manos, lo mío, en cambio, ha sido más de andar por casa. Ya saben, seguir a las mozas y esas cosas. Pero sí les puedo decir algo con toda seguridad.

Y en ese momento el posadero e les quedó mirando fijamente a los ojos, el semblante serio.

—He visto a mucha gente pasar por aquí, unos venían para una noche, otros para meses. Todos en mayor o menor grado interesados por el monasterio y lo que en él se encuentra. Estudiantes de arte, escritores en busca de una historia, investigadores como ustedes, sí, y claro, también obreros que vienen para los trabajos de restauración que de tanto en tanto son necesarios. Pero todos ellos, desde el primero al último tenían un denominador común. Todos eran personas de carne y hueso, y como tales, sometidos a las inclemencias del tiempo, al cansancio diario, al esfuerzo. Mi hijo Pedro que es más poeta que yo en esto, y por eso está siempre callado rumiando sus historias, diría que perseguían un sueño distinto. Pero, cuando estas diferentes personas se encontraban cansadas, desanimadas quizá, y venían a mi mesón en busca de una silla donde resoplar al final del día, yo les ofrecía mi solución, la solución de nuestra casa... ¡La olla podrida de Silos! Aún más diría yo, ¡la olla podrida de casa Adolfo! ¿A qué sí, Amelia?

—¡Si será tonto! —replicó la interpelada desde el mostrador—. Ya estás contando tus historias a la gente.

Minutos después Adolfo traía a la mesa un humeante plato.

—¡Ande, pruebe esto y luego me cuenta como ha ido la cosa! —dijo el buen hombre con una sonrisa que le cruzaba el rostro de parte a parte—. Y recuerden, que, en palabras de nuestro insigne Calderón de la Barca, este plato es «la princesa de los cocidos». Y ya metiéndome en aguas más profundas, incluso me atrevería a citar a Cervantes que lo llamaba por su consistencia «el platazo».

Arturo y Lafuente hicieron gestos de aprobación en cuanto probaron el primer bocado, acompañados por el excelente vino que el tabernero les había suministrado, un Cillar Joven de Silos, guardando durante toda la cena los dos comensales el mayor de los silencios.

—¿Qué? ¿Cómo ha ido la cosa? ¿Hemos levantado ese ánimo un poco? ¿La investigación va ahora por mejor camino? —dijo el amable posadero en cuanto dieron cuenta de la cena, frotandose las manos una y otra vez en el delantal, que, a fuerza de tanta manipulación, presentaba un lamentable aspecto.

—La verdad es que tenía razón, se ve todo con otro ánimo —aquí el profesor hizo una pausa mientras paladeaba la copa que se había llevado a la boca momentos antes sin poder evitar la sonrisa que estaba naciendo en su rostro—. Muchas gracias Adolfo. La verdad era que lo necesitábamos.

—Ya lo decían los romanos... «*in vino veritas*».

El buen hombre estaba exultante tras haber logrado subir de este sencillo modo el ánimo de sus huéspedes.

—Pues como dicen en el circo, ¡no se vayan que todavía hay más! Tienen que probar el postre del abuelo, según mi receta especial. La heredé de mi padre y ahora es mi hijo quien la prepara con esas manos de estudiante que Dios le ha dado.

Y en efecto, por la puerta trasera apareció el mencionado, quien traía sonriente dos platos con esa delicia hecha a base de queso de Burgos, nueces y miel.

—¡Esto soy yo el que más va a apreciarlo! —dijo Pinedo, olvidada toda discreción y cogiendo la cuchara más próxima.

Tras la cena Arturo y el hijo del mesonero se retiraron a un rincón junto a la chimenea para jugar al ajedrez como habían tomado por costumbre los pasados días. Pedro sonreía en silencio mientras sacaba las piezas y acariciaba los peones, parte ya de la familia después de tantos años.

AL ECHARSE EN LA CAMA, ARTURO SE QUEDÓ PENSANDO, mezclando en su mente la imagen de aquella lejana princesa nórdica mirando las aguas del Arlanzón, con la del excelente cocido que habían degustado esa noche. Y así, suavemente, casi sin pensarlo, cayó en un sueño profundo mientras sobre la silla, su chaqueta colgada mostraba en su superficie algún que otro resto de la abundante cena que el buen Adolfo les había ofrecido.

CAPÍTULO 12

ARTURO SE DEDICA A LA JARDINERÍA

O de cómo Arturo Pinedo pudo comprobar que ayudar a los demás fortalece el ánimo y conduce al enriquecimiento espiritual.

Arturo había salido temprano aquella mañana para estirar las piernas y dar una vuelta a la población antes de acudir a la biblioteca.

Al volver por la carretera que contorneaba el monasterio pasó frente al acceso reservado a los monjes y proveedores. No había nadie en las cercanías en ese momento, por lo que fue completamente natural que le asaltara la idea de explorar con mayor profundidad el entorno en el que habían estado pasando estos días.

Recordó que una hora antes, cuando inició la caminata había observado a dos monjes dirigirse hacia un punto situado a la izquierda de ese patio interior. Eso le alentó a acercarse despacio descubriendo al hacerlo un portón en ese lugar.

Vio entonces una figura a su derecha. Apenas había reparado en ella debido a su lento caminar.

Se trataba de un viejo jardinero empujando una carretilla, aunque dado el ángulo de la curvatura de su espalda y la carga que arrastraba, daba la impresión de que fuera el pequeño volquete quien impulsará a este hacia la puerta. Si no recordaba mal sus escolares estudios de física, sabía que eso era imposible.

En el interior de la carretilla, restos de flores marchitas, tierra dura, y algún que otro ladrillo. Y alrededor de la misma, hojas, cientos de hojas secas que habían caído en el otoño que acababa de irse, pendientes aún de su recogida. Distintas a las del pasado año pero a la vez idénticas en forma y color. El mismo tono rojizo, similar contorno, perpetuándose así durante siglos, la misma configuración en sus células.

—Perdone, ¿le puedo ayudar? —dijo Arturo antes de que la idea de colaborar con el jardinero hubiera pasado por su mente.

El hombre alzó la cabeza, un poco sorprendido al oír que alguien se dirigía a él. Llevaba tantos años ejecutando las mismas tareas de modo automático que el sonido de una voz en medio de su rutina le sorprendió.

—Ahora que lo dice... si me hace el favor... ¿Puede coger ese extremo de la carretilla y levantarla desde allí? —dijo, recuperado con rapidez de su sorpresa ante esta ayuda inesperada, dirigiéndose a Arturo como si el joven fuera un nuevo aprendiz que le hubieran asignado y tuviera que formarlo con rapidez.

Al parecer la tradición escolástica, el saber de varios siglos acumulado en el monasterio todavía no había dado con la solución a la tarea cotidiana y prosaica de salvar el travesaño inferior de un viejo portalón.

—¿Buscaba a alguien en particular? —preguntó el anciano, una vez depositada la carretilla en el suelo y hecho alarde ante Arturo de toda una serie de jadeos en distinta intensidad, salpicados por algunos golpes de tos. Se había dado cuenta de que la idea del aprendiz, aunque un concepto excelente en principio, había sido tan solo una ilusión.

—Bueno, solo quisiera saber si sería posible entrar a la biblioteca por aquí.

El jardinero le miró como el que ha estado escuchando la misma petición durante todo el día. Abrió la boca, pero antes de decir algo comenzó a toser de nuevo moviendo brazos de modo incontrolado, con una fuerza que a Arturo le pareció sorprendente en un hombre de su edad. Por fin, en una de las pausas, el jardinero miró al joven mientras con la mano derecha señalaba hacia el interior de la puerta que acababan de atravesar.

—Llame a ese timbre y el padre portero le guiará hasta la biblioteca.

Sobre el interruptor, un monitor y una pequeña cámara. La moderna tecnología al servicio de la vida monacal.

Arturo sonrió para sus adentros. A veces creía que solo el profesor y él mismo seguían creyendo que los antiguos monumentos, abadías, iglesias, colegios y castillos seguían conservando en su interior, en sus muros y suelos, la misma humedad, el mismo musgo y tapices que les habían cubierto desde antaño. La suya era una profesión de románticos que se resistía a desaparecer.

A sus espaldas el jardinero se estaba sonando la nariz con estruendo.

Tras pulsar el botón indicado, una voz respondió a los pocos segundos:

—¿Qué...? —un ruido estático cortó en seco la comunicación, como si un enjambre de abejas hubiera decidido instalar su nido trás los delicados circuitos del portero automático. El sonido terminó con un tono agudo, semejante al que pudiera producir un jilguero aplastado por el quicio de una puerta en un golpe preciso y seco, sin piedad alguna.

Se sentía ridículo teniendo que repetir su petición de nuevo en voz alta ante este aparato. Parecía como si cada vez que lo hacía su relato fuera perdiendo credibilidad. ¡Qué idea más tonta! Ya habían hablado el día anterior con el abad. ¿Qué pensaba que iba a conseguir él después de toda una semana viendo las pantallas de los ordenadores de la sala?

Un monje de apariencia rechoncha le abrió la puerta.

—Sígame joven, le llevaré hasta la librería y allí ya habla usted con el padre prior. Fray Anselmo ha tenido que ausentarse hoy.

Avanzaron despacio por un largo pasillo y a continuación,

subieron al mismo paso una escalera de piedra que conducía al piso superior.

El padre portero ejecutaba un curioso movimiento de balanceo al caminar, quizás por efecto de algún problema de cadera. Esto, unido a lo cadencioso del mismo daba a su figura un aspecto tranquilizador, casi hipnótico.

—Y dígame —dijo Arturo, entre nervioso y aliviado al saber que no iba a encontrarse con fray Anselmo al final de su recorrido y a la vez inquieto porque fuera el mismo prior quien le iba a atender—. ¿Han notado mucha diferencia desde que no está el padre Vicente como abad?

—El padre Vicente fue un abad como pocos —contestó sin romper ese ritmo ascendente y mostrando al alumno un rostro en el que se podía leer una profunda compasión, manteniendo la cabeza gacha—. Muchos aquí lamentamos que tuviera que dejar el cargo. El Alzheimer es algo tremendo. ¡Terrible! —terminó callando repentinamente, como si hubiera sido otro quien hablara. Siguieron en su lugar varias sacudidas de cabeza mientras continuaban ascendiendo.

Arturo, maravillado ante la aparente facilidad con la que había llegado hasta allí no pudo evitar imaginarse cómo habría reaccionado su acompañante si en lugar de haberle solicitado hablar con el archivero le hubiera pedido una ametralladora Dillon calibre 7,62, similar a la usada para la captura del «Chapo» Guzmán o bien un par de entradas para ver el musical *Mamma mia* en primera fila. ¿Habría reaccionado igual? ¿Se habría balanceado de otro modo? ¿O quizás, debido a su cargo hubiera podido obtener un par de entradas preferentes?

Jamás lo sabría, ya que mientras estos pensamientos pasaban por su cabeza, habían llegado por fin a la planta superior, justo cuando el joven empezaba a sentir la tentación de adelantarle y ofrecerle su ayuda para terminar el resto del camino.

A través de una ventana abierta en el muro interior reconoció la familiar biblioteca.

Ante la fotocopiadora en ese momento se encontraba el que debía ser el padre prior. Al mirarlo de nuevo Arturo reparó en que se trataba ni más ni menos que del mismo monje amable y enigmático que les había acompañado hasta las dependencias del padre Romanones.

—¡Fray Lucas! —dijo el padre portero dirigiéndose al mismo—, este joven quería hablar con usted.

Y sin más palabra se retiró en dirección a su puesto en la cancerbería del monasterio, imprimiendo de nuevo a su cuerpo velocidad para poder sortear las escaleras en esa aventura que significaba su camino de vuelta.

Fray Lucas sonrió al ver a Arturo como si le hubiera estado esperando o fuera algo habitual ver jóvenes llegar a la biblioteca de este modo y a esta temprana hora.

—Buenos días... ¿Te ha pillado el paseo por la parte trasera del monasterio?

—Sí, perdone, no quería molestar. Sé que todavía no han abierto, pero al ver al jardinero fuera...

—¡Ah!, ¡Jerónimo! Siempre tan voluntarioso. Tanto como rebelde. Se empeña en no pedir ayuda alguna, fíjate. Se le ha dicho una y mil veces que informe en portería cuando tenga que cargar algo pesado, pero no da su brazo a torcer. No es fácil dar el brazo a torcer, ¿no te parece joven?

Arturo sintió que la mirada de fray Lucas al hacer esta pregunta tenía algo de peculiar.

—No, supongo que no... —dijo al azar.

—Bueno, puede que tengas razón, puede que tengas razón. Por cierto, ¿habéis visitado los archivos, verdad?

—Sí, claro, los libros que están en el extremo de la biblioteca —dijo Arturo, extrañado ante la pregunta pues no en vano su interlocutor había sido testigo de su presencia en la biblioteca día tras día—. Hemos examinado algunos de ellos.

—No, no, me refiero a los archivos de verdad. ¡Ah, entiendo! —dijo con una mirada que lo decía todo, observando a Arturo con la misma sonrisa, como si se tratara de un juego de mesa entre adultos en el que todo se redujera a encontrar la casilla de salida—. Fray Anselmo... entiendo, entiendo... —volvió a repetir mientras miraba las puntas de sus zapatos—. Verás, el anterior padre archivero, fray Vivancos, era muy distinto, ¡tan amable! No ponía traba alguna a nadie, para él lo que uno hiciera con los resultados de una investigación o el tiempo pasado en la biblioteca era algo con lo que cada uno cargaría sobre sus espaldas. El actual es muy distinto, se ha convertido en una conciencia que lo filtra todo al punto, distribuye, concede y niega.

Y tras masticar con énfasis estas palabras hizo un ademán a Arturo de que le siguiera a la vez que cruzaba la puerta ojival por la que el joven había entrado minutos antes. El estudiante se sorprendió al ver que el archivero se detenía unos pasos después ante una puerta de madera al otro lado del corredor de piedra. Sin decir palabra, sacó una llave de su bolsillo derecho con la que procedió a abrirla con cierto aire de prestidigitador.

La puerta se abrió a un lugar enorme y oscuro.

El padre prior encendió un conmutador y una luz blanca inundó la estancia. Estanterías y más estanterías llenaban el espacio hasta donde alcanzaba la vista. Una escalera descendía al nivel inferior. Un extintor colocado a la izquierda junto con el conmutador de la luz y un cartel donde aparecía indicada la situación de los libros en los pasillos por razón de su materia, eran el único toque de modernidad.

—En estas tres plantas se encuentra el resto de volúmenes que no están en la sala principal. Solo se llevan allí bajo petición, claro está. En este sitio están a una temperatura controlada.

—Entiendo, es suficiente conque aparezcan en el catálogo general.

Un pequeño silencio por parte del padre.

—Sí, bueno, no todos ellos están en el catálogo —aquí tosió levemente—. Muchos están todavía en fase de digitalización y otros quedan bajo la consulta discrecional del bibliotecario y, por supuesto, del abad.

—Ah, claro —dijo su acompañante, la mirada fija en ese dédalo de libros.

Arturo sintió que había descubierto las entrañas del monasterio.

El corazón del monstruo, aquello que le hacía latir. Aquí no había visitas, consultas, ni trasiego de pies por los pasillos.

El padre cerró la puerta y el laberinto de textos, códices y manuscritos desapareció tras la misma. Pensó por un momento en lo que hubiera dado el profesor por haberlo contemplado.

—Muchas gracias por mostrarme esto. Es muy interesante —dijo Arturo mientras se retiraba para retornar hacia la biblioteca.

Sin evidenciar señal alguna de haber oído o captado la intención del joven por dejar el lugar, el monje se dirigió hacia otra puerta situada un poco más a la izquierda de la primera. Al llegar a ella, sin decir palabra y como si estuviera realizando una tarea normal y corriente y simplemente estuviera mostrando a un nuevo ayudante su lugar de trabajo, de un modo similar al que había empleado antes el jardinero, sacó con gesto prosaico otra llave del bolsillo.

El interior de esta nueva estancia era muy distinto al anterior. La pared derecha mostraba una amplia estantería de unos treinta metros de largo, cubierta de libros desde el suelo al techo cruzado de vigas.

A la izquierda, amplios ventanales inundaban de luz la estancia junto a unos farolillos negros colocados a intervalos de cuatro metros, completando la decoración del lugar.

—Este es el almacén de los libros repetidos —dijo fray Lucas.

—¿De los libros repetidos?

—Sí, de aquellas ediciones que ya existen en la sala principal y que, en caso de no encontrarse en el monasterio por haber sido prestadas o por cualquier otra razón, puedan ser consultadas en un momento dado. No hablamos de los códices en sí, pero sí de sus facsímiles, estudios sobre los mismos, etcétera.

—Pero entiendo que hay códices también en el archivo general que hemos visto antes, ¿no?

—Por supuesto y es allí el lugar donde deben estar. En especial los más frágiles. Es más fácil protegerlos en ese lugar que en la biblioteca.

El padre prior volvió a toser.

Arturo se quedó mirando aquel lugar. Una pregunta estaba surgiendo en su mente. Débil, improbable, remota, pero pregunta al fin y al cabo. Y como todas ellas podía tener una respuesta o ninguna en absoluto.

—Solo espero que hagas el mejor uso de lo que has visto— fueron las últimas palabras de fray Lucas antes de que el joven entrara a la biblioteca para reunirse con Carlos Lafuente, portando lo que parecía ser un grueso volumen bajo el brazo.

CAPÍTULO 13

GONZALO DE BERCEO Y EL CIERRE DE LA BIBLIOTECA

De cómo las clases de literatura en días lluviosos ayudan a comprender los hilos del destino.

El profesor lanzó un suspiro. Arturo no había llegado todavía. La pila de libros en la mesa se había tornado un infranqueable muro. Un muro que paradójicamente parecía bloquear su acceso al conocimiento. Miró el manuscrito que le había tocado en suerte ese día y a continuación, delante de él, la pantalla neutra y burlona del ordenador, prometiéndolo todo y no dando nada.

—¡Lo tenemos profesor, creo que lo tenemos! —dijo Pinedo en un susurro nervioso, luchando a duras penas por no elevar la voz, llegando a la mesa en ese momento y depositando un grueso volumen sobre la misma.

Lafuente lanzó un respingo al ver llegar a Arturo en este estado y, una vez recuperado de la sorpresa, examinó el códice que éste le mostraba.

—¿Cómo te has hecho con esto? —dijo en alta voz el profesor despertando al hacerlo algunas miradas hostiles, con un rostro en el que se pintaba el asombro al más puro estilo impresionista.

—Los hilos invisibles del universo profesor, los hilos invisibles, ya se lo dije. De vez en cuando se mueven.

En cuanto Lafuente abrió el volumen reconoció la letra.

La misma mano que había iluminado los manuscritos que estaban en su despacho de Montanilla. Por fin.

Miró con detalle las iluminaciones.

El famoso pergamino número dos del catálogo de Ferotin.

Le pareció curioso que fuera éste, precisamente éste códice el catalogado como Manuscrito número doce del libro *Grimualdo, Gonzalo de Berceo y Pero Marín*, el que les hubiera traído hasta aquí, el que fuera escrito por el monje autor de los manuscritos que habían originado todo. Y le pareció curioso, ya que este era el más novelesco de todos ellos, escrito a medias en latín y castellano entre los siglos XIII y XIV.

—Arturo, este es el manuscrito que le comenté. El que encontró el reverendo padre Mateo del Álamo en 1914 en el cercano pueblo de Carazo cuando era bibliotecario y párroco de Santo Domingo de Silos.

—¿El que guardaban en una cocina?

—Buena memoria Arturo, buena memoria. Más bien un desván para ser exactos. El padre preguntó si acaso no disponían las vecinas de algún libro viejo en los desvanes o en la cocina, y le dijeron que había un montón de vetustos libracos en el desván. Entre ellos estaba este, destrozado en parte, pues sus páginas habían servido para alimentar el fuego, y no el espiritual, para ser exactos.

—¿En serio? Déjeme verlo por favor.

La parte del manuscrito que correspondía a los folios 1–20 estaba escrita a doble columna.

—Gonzalo de Berceo —dijo el profesor con voz queda mientras posaba con extremo cuidado sus manos enguantadas sobre el volumen.

El solo nombre le trajo a la memoria las clases de doña Eugenia, esa profesora delgaducha con gafas que cabalgaban sobre aguileña nariz. Las ventanas entreabiertas permitían escuchar el golpeteo de la lluvia mientras, la maestra, con su aguda voz de pito, ensalzaba las glorias del autor español. No debió de hacerlo muy mal la señora porque logró despertar en él un sentimiento casi mágico por la Edad Media española, por el mester de clerecía en si y sí, también por la lluvia.

Cerró los ojos. Podía sentirse de nuevo allí. Su mente recreaba aquellos versos al igual que la primera vez y le parecía prodigioso, casi tanto como uno de esos *Milagros de Nuestra Señora* escritos por el lejano poeta.

—Un placer verte de nuevo después de tantos años, Gonzalo amigo mío —dijo el profesor en un susurro.

Tras la inicial e inefable sensación de tener aquellas páginas entre sus manos vendría el examen detallado, el volver a fijarse en aquellas abreviaturas, en aquellas diferencias entre las efes y las tes... Pero este códice parecía transmitirle algo más. Miró en torno suyo, intentando no fijarse en el resto de estudiosos que se encontraban a su alrededor, tanto aquellos que formaban parte de la congregación como de los investigadores externos como ellos, sus cabezas inclinadas sobre los textos, las pantallas blancas de los ordenadores en claro contraste con el de los antiguos escribas, nuevos *scriptorium* actualizados a la última versión.

Sin embargo, esta sensación no iba a durar mucho pues, conforme avanzaba la tarde hacia el sol poniente, Arturo iba sintiendo como la saliva se le espesaba en la boca después de la ilusión primera. Su mente se encontraba en blanco por efecto de la fatiga acumulada.

Pese a la riqueza del volumen, a todo lo que significaba el tenerlo frente a sí, no se encontraba en el mismo nota o glosa milagrosa alguna, obra del «copista bromista» como ahora lo llamaban, no sin cierta amargura. Ninguna pista, empujón o dato que incentivase la esperanza.

La máquina de escribir seguía funcionando, pero ya no había papel en el rodillo.

—¿Qué relación pueden tener los manuscritos encontrados con este códice? —dijo Arturo—. No veo nada aquí que nos ayude...

—Bueno, sabemos al menos que el copista misterioso estuvo en Silos o al menos lo estuvo su sombra —dijo Lafuente—. Si formó parte del *scriptorium* o colaboró en él no hay anotación posterior que lo indique. No hay nexo ni referencia alguna a las enigmáticas frases que aparecen en los manuscritos de Montanilla.

—«*En la hora de prima de la luz, la luz*» —recitó de memoria Arturo en voz baja.

El suave y apagado runrún de la fotocopiadora hacía llegar su sonido hasta ellos. Una tos lejana de algún monje atrevido y el ruido de sus propios pies al cruzarse bajo la mesa, dotaba al momento de una sensación de irrealidad. Durante estos días habían vivido un sueño, buscado la fina línea que pudiera unir varios de esos círculos, semejantes a los dibujados por Lafuente días antes sobre el mantel, pero no la habían encontrado. No era tan ingenuo éste para no saber como investigador que eso debía ser lo habitual.

—Los manuscritos de Montanilla decían algo referente a que una copia de los mismos y del secreto de la princesa habría quedado "con los hermanos" —dijo Pinedo intentando animar al profesor—. Si estos se encontraron en este pueblo y concretamente en las propiedades del conde Dabrowski para ser más exactos, lo más lógico sería pensar que dicha copia pudiera estar en el monasterio, no es tan descabellado, ¿no? Quizás se corresponda con alguno de los volúmenes perdidos.

—No se engañe Pinedo. No hay nada en sitio alguno. Estamos en un callejón sin salida. Todo esto pudo no ser otra cosa que la mera y simple obra de un copista bromista como llegué a sugerir. No sería la primera vez que alguien, cansado de estar inclinado todo el día sobre un pergamino, tuviera la brillante idea de darle un aire de misterio a su trabajo. Tampoco tiene poco mérito... ¡Nada menos que el autor de la primera novela de suspense! —dijo cerrando su libreta de notas con un golpe seco y guardándosela en la cartera de cuero—. ¡Y en ese caso nosotros tenemos el dudoso mérito de haber sido los afortunados de dar con él!

Llegó por fin esa otra hora, la del cierre de la biblioteca, anunciada por el reloj, precedida por toses nerviosas, agitar de pies y asientos que iban quedando vacíos paulatinamente.

· · ·

El tabernero se acercó en silencio.

Habían compartido más de una noche hablando en el patio trasero de la posada, viendo la luna y el tranquilo paisaje de los montes circundantes. Nada tenía que decir ahora. Nada que no fueran trivialidades.

Carlos Lafuente sacó su pipa y Adolfo por su parte aprovechó para extraer de un cajón escondido un buen habano. Al parecer, y a juzgar por las miradas que el posadero lanzaba a su alrededor, el origen del mismo era un secreto familiar de difícil solución.

Tras realizar esta delicada operación, el posadero inhaló con concentrada atención.

—Creo que mañana tendrán buena carretera —dijo—. Anoche llovió lo suyo, pero hoy, ya ven, el cielo está despejado y todo indica que mañana seguirá así.

Carlos asintió. Terminaron su ritual como los jefes de dos naciones indias que se hubieran reunido en un *pow wow*. La tierra del hombre blanco les había vencido, ya no había refugio alguno.

Un abrazo viril selló la despedida.

—¡Vamos, tenemos que irnos! —dijo Lafuente a Arturo, con más intención de animarse a sí mismo que a su alumno.

Arturo dejó a Pablo guardando las piezas del ajedrez en la pequeña caja de madera. Tras terminar éste escrupulosamente tan delicada tarea, se levantó y entró en la casa con ella, arrastrando los pies, con la elocuencia que le había caracterizado durante toda su estancia.

CAPÍTULO 14

LA PROPUESTA DE ARTURO

Las calles habían amanecido mojadas después de todo tras un chaparrón fugaz.

Los dos cafés se enfriaban sobre la mesa mientras profesor y alumno, sentados en silencio, miraban los muros del viejo edificio frente a la taberna a la que habían acudido esa mañana a desayunar. Entre los dos no habían reunido el valor necesario para volver a la bodega de su viejo amigo tras la emotiva despedida de la noche anterior.

El camarero remoloneó a su alrededor en un par de ocasiones, pasando el paño una y otra vez sobre las mesas vecinas, extrañado por el silencio que mantenían los dos nuevos parroquianos frente a sus cafés. Aunque solo en parte porque sabía que la cercanía del monumento silense traía extrañas visitas y curiosos clientes que dejaban como resultado una caja diaria nada satisfactoria.

Pinedo miraba de reojo al profesor. Había algo extraño en el comportamiento de éste.

—Bien —dijo por fin Lafuente—, no tenemos nada más que hacer aquí. Será mejor que recojamos nuestras cosas de la biblioteca y nos vayamos a casa.

Pinedo asintió sin mediar palabra. Se levantó y abonó la cuenta.

Durante estos días ambos habían llegado al acuerdo transaccional de pagar alternativamente las consumiciones con el dinero que la dulce Sofia, la secretaria de dirección de la universidad, les había entregado para dietas.

Arturo se dio cuenta entonces de que lo que había echado en falta en el profesor Lafuente estos últimos días, con la única excepción de la noche anterior. Ni en un solo momento había acudido éste en busca de su pipa, que reposaba silenciosa en el bolsillo interior de su chaqueta, ni incluso cuando habían dado un paseo fuera del monasterio.

—¡Vamos Pinedo! —repitió el profesor en lo que parecía un esfuerzo final, mientras cogía las llaves depositadas junto al café que no había terminado de tomarse—. Vámonos de aquí.

El estudiante le siguió arreglándose la corbata. Por una extraña casualidad ese día el nudo había quedado casi perfecto, pero esta última maniobra devolvió las cosas a su *statu quo* habitual.

El delgado bibliotecario les despidió con cierto aire de alivio en la mirada, volviéndose con rapidez hacía la fotocopiadora, como si estuviera en la cuenta atrás del lanzamiento de un cohete espacial, confundiendo quizá en su celo profesional el nombre SILOS con las siglas de la NASA, tal aparentaba ser su estado de concentración. En cualquier caso nunca le habían gustado del todo estos dos advenedizos llegados de esa universidad de nueva hornada, como tampoco le había sido de su agrado la excesiva confianza en sí mismo de la que hacía gala ese jovencito, seguramente de costumbres laxas, bajo toda esa pátina de curiosidad intelectual.

—Seamos positivos, hemos sacado dos conclusiones de todo este periplo aquí —dijo el joven mientras empujaban las dos maletas hacia el aparcamiento, rompiendo así un largo silencio.

—¿Sí? ¿Y se puede saber qué es lo que ve tan positivo en todo esto, Pinedo? —dijo Carlos.

—Bueno, por un lado hemos confirmado tanto la autenticidad del copista como la fecha en la que los códices fueron escritos. Sabemos que fue alguien que trabajó aquí, que colaboró en el primero de los manuscritos, alguien de carne y hueso.

—Eso no nos soluciona nada. Pero también me habló de un segundo punto, ¿no? —dijo Lafuente tras una pausa, mientras pasaban frente a las antiguas fuentes de piedra ahora sin uso fuera del puramente ornamental.

—Sí, ningún otro manuscrito existente en Silos guarda relación con la época, el tipo de caligrafía, o la técnica aplicada. O bien porque están completos, o bien porque el palimpsesto pueda pertenecer a otro periodo más alejado en el tiempo.

—Genial deducción Pinedo, ¡genial deducción! —dijo Carlos Lafuente, deteniéndose en su trayecto y recorriendo con la mirada la plaza medieval que habían cruzado cada día como si la viera por vez primera.

Silos era ya un capítulo cerrado. Había mantenido sus secretos al igual que hicieron los viejos copistas inclinados sobre el scriptorium, acortando de este modo su vida día a día ante esos manuscritos y pergaminos. Algo de estos se había quedado en ellos. Parte de los secretos y de los misterios del antiquísimo cenobio y sobre todo de la paciencia que habitaba el mismo, quedaría para siempre dentro de ellos sin saberlo.

Salieron de la población en silencio, despacio, como unos prófugos, cuáles ladrones que evitaran llamar la atención, no habiendo obtenido por ende botín alguno.

El monasterio, ocupado en recibir a un autobús de turistas que acababa de detenerse frente a sus puertas, parecía haberles olvidado ya cuando el coche arrancó.

Por el retrovisor pudieron ver como Santo Domingo de Silos semejaba alejarse marcha atrás, retornando hacia sus orígenes, replegándose tras el horizonte y con él, todos y cada unos de los códices, de los manuscritos y de los documentos contenidos en su interior hasta ser invisible a los ojos.

El viaje de retorno a Montanilla se convirtió en un trayecto efectuado en silencio. Los dos hombres miraban la carretera extenderse delante de ellos, una carretera que ocultaba tras cada una de sus curvas nuevos caminos, nuevas rutas que seguir. Volvieron en su vuelta a atravesar la sinuosa carretera que cruza el río Mataviejas, dejando atrás los angostos desfiladeros de La Yecla y sus silenciosas cuevas.

Pinedo no dejaba de consultar de tanto en cuando los apuntes que había tomado esos días, alternando esa actividad con una adormilada contemplación del paisaje. El joven, quizás en simbiosis con los copistas del cenobio, había entrado como ellos en una especie de estupor hipnótico, de ese estupor en donde imágenes de todo tipo pueblan la consciencia, se presentan sin avisar frente a nosotros. Fue entonces, cuando Burgos comenzaba a adivinarse en el horizonte, cosido al cielo por las dos torres de la catedral, que el joven, conmovido quizá por la visión abrió la boca.

—No sé usted profesor, pero yo creo que hay una cosa que tenemos que hacer antes de rendirnos.

El destinatario de este comentario no pareció haber escuchado el mismo al tener su mirada fija en la carretera. Parecía descorazonado, aunque en su interior sabía que era ridículo sentirse así. Esto formaba parte del trabajo de cualquier investigación: las paredes, las puertas cerradas, el cambio de dirección, de orientación, de protocolo si se quiere, la formulación de nuevas hipótesis y sí, también el reconocimiento de la humana incapacidad de saberlo todo o ni siquiera una minúscula parte de lo que uno quisiera saber. Debía de alegrarse, sí. Emitiría el puñetero informe para que el asimismo jodido conde Dabrowski hiciera lo que quisiera con él y poder volver así a su vida ordenada. Podría preparar su ponencia y continuar con su libro sobre la Armada Invencible.

—Le repito profesor, que hay una cosa que debemos hacer.

Por fin Carlos se giró y le miró.

—¿Sí? ¿Ver otro pergamino? Porque si es así aún podemos desviarnos al monasterio de Cañas en el próximo cruce.

—No, por lo menos no todavía —dijo Arturo sin darse por enterado del tono irónico del profesor—. Creo que usted ha despertado mi vena infantil.

—¿Su vena infantil?

—Sí. Me gustaría que me siguiera contando cuentos de hadas y princesas. En especial de estas últimas.

—¿Eh? —esta vez Lafuente se giró para ver a su compañero. ¿Se había vuelto loco este chico después de tantos días frente a un ordenador?

—Me gustaría ver ese lugar del que me habló un día, cuando me contó por primera vez acerca de los manuscritos. Ese sitio donde se quedó dormida la protagonista principal, el lugar donde está enterrada la princesa Kristina.

—¿Covarrubias?

Solo era una pregunta más hecha en un pequeño coche verde perdido en los caminos, buscando llegar a casa mientras el sol se iba poniendo un día más, otra vez más.

∼

CAPÍTULO 15

UN ENCUENTRO HISTÓRICO

De cuentos y otras historias.

El amanecer descubrió a más de uno acercándose a la mítica ciudad de Valladolid. Su solo nombre, la eufonía del mismo transmitía solidez e historia. Aunque Madrid tenía la idéntica terminación, en esa eterna lucha castellana —en buena lid para los amigos del chiste fácil—, no comunicaba, al ser pronunciada, tal contundencia heroica y caballeresca, la visión de las tropas prestas, los pendones alzados.

Valladolid, cuna de la nobleza castellana, antes y después del imperio, yacía ahora dormida esperando al escriba, al trovador que viniera a cantar sus viejas glorias para un mundo que las había olvidado.

Ese momento pareció haber llegado ese diecisiete de noviembre cuando cientos de historiadores y novelistas de varios países se dieron cita de entre todos los escenarios posibles frente al moderno centro cultural Miguel Delibes situado en las afueras de la ciudad, a un paso de la autovía y de otras tantas vías congestionadas de coches. Un lugar que cabría calificar, en busca del adjetivo feliz y conciliador, como un sitio «bien comunicado». Un lugar, en suma al que era fácil llegar si se seguían las instrucciones de los GPS y otros artilugios semejantes.

Era lógico que fuera aquí donde este grupo de historiadores celebrara el congreso. Más de uno, en esos momentos, desconocedor incrédulo de la importancia del evento, se preguntaba por qué se habían reunido aquí gentes de varios países y culturas, pueblos con un largo pasado rico en tradiciones para hablar de Historia precisamente a las afueras de la ciudad, en un lugar que carecía de ella.

Pues era este un lugar frío e impersonal, vacío en su derredor de vida y vegetación, alejado del casco urbano y desnudo de viandantes. Lejos, sí, de ese centro de la villa marcado por los pasos y las huellas que durante siglos, alguien antes había pisado, levantado la cabeza y mirado los tejados de esas mismas casas, esas farolas, esos parques, esas fuentes.

El frío era lacerante, hacía sonrojar las mejillas y favorecía la creación de esas pequeñas nubes que de forma milagrosa, se formaba con tan solo abrir la boca a la medida de cada cual. No estaban los congresistas no obstante para metáforas similares, ocupados en sacudirse los pies y frotarse las manos mientras se dirigían a la entrada donde, desde primerísima hora de la mañana, ya se habían estado formando cúmulos de niebla a ambos lados de la misma y de la cercana carretera.

Salir de los climatizados autobuses, de los coches de alquiler o del propio y cruzar el parking camino de la entrada principal, ya era toda una aventura en un amanecer así. Más de uno repasaba para sí los motivos que le habían conducido hasta allí, recriminándose el haberse apuntado a esta aventura, dejado el caluroso sur en algún caso, el confort del espacio habitual y las aulas que el sol estaría dorando a esta hora. De nada servía el consuelo de pensar que seguían el modelo de los aventureros, piratas y descubridores en el caso de aquellos subyugados por la novela; o de los reyes, guerreros y conquistadores en el caso de los historiadores, para dejar de lamentar este desplazamiento de sus zonas de confort para enfrentarse a este frío penetrante. Los pájaros no cantaban todavía, aún no habían retornado de sus residencias de verano, permitiendo en tanto, que estas otras especies ocuparan en su ausencia las plazas de la ciudad así como la gran explanada frente al centro cultural. No era de extrañar —podría pensar algún mal pensante con ironía— que a la vista de tanta profusión de pájaros, Miguel Delibes, insigne hijo de la ciudad, escribiera y fuera tan gran aficionado a la caza.

Muchos de estos mismos asistentes habían acudido el año anterior al congreso organizado por la facultad de Filosofía y Letras de la Universidad de Valladolid.

Habían dado las nueve de la mañana y sobre la puerta principal, flanqueada por toda una fachada de cristal, colgaba un gran cartel que rezaba para beneficio de aquellos despistados que precisaban ser recordados de cuál era el objetivo del mismo:

Historia y Literatura
Una Edad Media de novela o la novela de la Edad Media en España

EL AMPLIO AFORO PARA MIL SETECIENTAS ASISTENTES PARECÍA que iba a quedarse corto a la vista del número de personas que se encaminaban hacía la entrada. Por sus puertas desfilaban ya grupos de congresistas e invitados que acababan de descender de autocares, taxis, coches y pequeños furgones procedentes de todas las partes del mundo. Grupos que empezaban a formarse nada más bajar de los mismos en función de su universidad de origen, en busca de esa ansiada Edad Media.

Algunos de estos grupos discutían con el conductor la tarifa a pagar entre los puntos A y el B, quizás basándose en ancestrales derechos de transporte de años anteriores, que ahora eran reivindicados. Grupos desolados que entraban con premura en el interior del pabellón sin mayores distracciones, intentando huir del aire gélido y de la niebla que invadían la amplia explanada abierta.

Sin embargo uno de los congresistas parecía no tener prisa alguna. Tras dejar su coche aparcado y cruzar las acristalaras puertas miraba a su alrededor con aire de familiaridad. El profesor Lafuente estaba ciertamente contento de haber vuelto a Valladolid. Se acreditó en recepción, recogió su tarjeta de identificación que se colocó mecánicamente en la solapa y esperó a su alumno Pinedo tras la puerta principal. Este último había logrado en tanto, a base de maña y un poco de esfuerzo dejar el coche en el extremo más lejano del inmenso aparcamiento.

—No me esperaba tanta afluencia —dijo el joven al llegar por fin frente al profesor y ver toda la logística que se había montado en torno a la puerta principal y que por un momento le recordó la entrada a una estación de esquí en plena temporada alta.

Arturo venía preparado contra el frío, llevando enroscada en su cuello cual boa constrictor una gran bufanda de color gris que hacía las veces tanto de protección frente a las bajas temperaturas como de protección frente a las miradas indiscretas atraídas que su juventud y falta de look académico provocaban.

—Una ciudad que llegó a tener las famosas piscinas Samoa en un margen del río Pisuerga se merece como menos una visita, Pinedo —dijo el profesor a modo de saludo.

—Tiene usted la facultad de intrigarme cada vez que abre la boca. ¡Ande, no se calle ahora y cuénteme lo de esas piscinas y así matamos el tiempo de espera!

—Poco hay que contar Pinedo, poco hay que contar... son cosas de las ciudades que cambian.

—No se haga el interesante conmigo a estas alturas profesor —dijo este mientras seguía al primero hacia el mostrador de recepción.

—Bueno, como cuentista oficial invitado y para abrir boca a lo que nos espera ahí dentro, se lo contaré —dijo este indicando el camino hacia el salón de actos tras haberse registrado su acompañante—. Sobre 1935 alguien tuvo la genial idea de convertir un margen del río en una especie de playita con su arena y todo eso. La cosa cuajó o al menos duró unos cuantos años hasta que, como sucede con los buenos proyectos, desapareció igual que vino a finales de los noventa. Pasó de moda o el ayuntamiento no se preocupó por su continuación, eso ya no lo sé. Pero sí recuerdo que cuando veníamos en verano con nuestros padres desde Santander acudíamos a ellas. Era un espectáculo curioso, la verdad.

—¡Increíble profesor! ¡Una playa en Valladolid!

—Sí, por desgracia no es la única cosa que ha ido desapareciendo. Supongo que ahí entramos nosotros. Para recordar a la población que una vez su ciudad, o por lo menos su barrio, fue diferente una vez. Que en el solar donde ahora se amontona la basura se alzó quizá un palacete modernista o la primera fábrica de harina de la ciudad. Cosas así —dijo Lafuente con tono lacónico mientras ajustaba por enésima vez los documentos en la carpeta con la que había sido obsequiado al acreditarse.

Los portafolios bajo el brazo, los papeles y libretas en los bolsillos, la tablet recién cargada. Todo estaba preparado.

—¿Dónde está Elena? —dijo Arturo mirando hacía la amplia cristalera— ya debería haber llegado, ¿no?

—Si se refiere a mi colega, debería llamarla doña Elena o bien por su apellido, ¿no le parece? —dijo Carlos frunciendo el ceño para añadir a continuación— supongo que debe de estar aparcando.

El gesto censor del profesor se disipó en cuanto el aviso discreto de un *WhatsApp* sonó en su teléfono.

—Ya está aquí —dijo Lafuente con aire de haber visto confirmada su teoría.

Volvió a echar un vistazo a los edificios que se adivinaban tras los cristales del inmenso centro de congresos.

Sí, era la segunda vez que acudía a un evento en esta ciudad, para él todavía la eterna capital de Castilla. Había sido en relación con el Congreso Internacional en conmemoración del V centenario de la vuelta al mundo efectuada por Magallanes, al que se había referido el rector aquel día en que autorizó su visita conjunta a Silos. Había sido aquella ciertamente una ocasión memorable a la que habían acudido historiadores de prestigio de todo el mundo, tales como la doctora Sally Alexander de Inglaterra, Maurice Agulhon de Francia y Han Assmann de Alemania, sin olvidar a talentos locales como los catedráticos Sánchez Conesa y Pérez Adán.

Ahora sin embargo, en detrimento del prestigio debido al evento —y todo ello según una opinión que guardaba muy para si de exteriorizar—, se había permitido acudir al mismo a escritores de la mal llamada novela histórica, esos pretenciosos que justificaban las tonterías incrustadas en su ficción mediante tres o cuatro datos no corroborados obtenidos de la Wikipedia o, peor aún, de Google.

Hoy, por una de esas casualidades académicas, iba a estar rodeado por todos ellos en este espacio funcional, aislado de la ciudad y sin posibilidad de escape. Colaborador necesario de una algarada callejera.

Intentó crear en su mente un refugio, aislarse en esa burbuja emocional acerca de la cual le había contado Arturo. ¿Cómo era? Sí, algo acerca de una técnica que los actores practican desde los tiempos del actor y también teórico Stanislavsky, buscando crear un mundo personal, privado y alejado del público, a fin de encontrarse con su personaje y lograr cierta sensación de intimidad.

A través de los ventanales pudo ver cómo Elena y Arturo intercambiaban saludos en la entrada. Se oteaba desde allí también el horizonte que dibujaba la arquitectura de la ciudad y en especial su casco antiguo que tan familiar le había sido años atrás. Recordó que allí, en alguna parte, en un remoto pasado tuvo lugar la boda de esa misteriosa princesa a la cual seguían la pista, con Felipe de Castilla. La iglesia donde se casaron ya no existía. Sobre ella se alzaba ahora la catedral. Se le antojaba incierto pensar que en un lugar como este se hubieran juntado los Reyes Católicos, Magallanes, Quevedo, Colón, Cervantes, y Zorrilla entre otros en distintos momentos de su historia. Sin olvidar a la princesa Kristina por supuesto.

Mientras esperaba a sus compañeros, hojeó un poco el *Norte de Castilla,* decano de los diarios españoles que se encontraba a disposición de los congresistas en diferentes mostradores habilitados a tal efecto junto con diversa prensa nacional e internacional. Le hubiera gustado poder sacar su pipa en este preciso momento para entretenerse hurgando en la cazoleta, en la preparación inicial del tabaco picado; poder en suma hacer algo con los dedos y calmar así los nervios de la espera. En su lugar tuvo que conformarse con la tarjeta que colgaba de su solapa.

Elena y Pinedo se acercaban en ese momento, luciendo la primera, flamante y orgullosa sobre su pecho la acreditación que acababa de recoger mientras el profesor había estado perdido en sus pensamientos.

La profesora había escogido para la ocasión una chaqueta cruzada de color azul marino y un discreto pañuelo gris claro anudado al cuello. Bajo este se ocultaban sus largos cabellos que, desenfadados, enmarcaban con delicadeza su escote. Las puntas del pañuelo por su parte habían sido anudadas con exquisito cuidado y giradas hacía un lado, con precisión milimétrica, indicando las dos y diez, desviando así la atención desde su pecho a otras latitudes.

—¿Has visto Carlos? No me han sacado nada mal en la foto que me hicieron para esta cosa! —dijo la recién llegada, señalando con orgullo y aire alegre el carnet que colgaba de su pecho, como si en lugar de un congreso hubiera acudido a un pícnic—. Ya era hora que me incluyerais en vuestras excursiones de chicos. Es mi primer simposio después de todo.

—Sí, sí —contestó el interpelado, apartando la mirada con rapidez e intentando ocuparla en algo. Buscó auxilio por toda la estancia. Al fin lo encontró en forma de la máquina de café situada frente a ellos que, discretamente apartada del paso, estaba siendo ya rodeada por alguno de los congresistas mientras rebuscaban en sus carteras, en pos de ese despertar, de ese incentivo creativo que pusiera la tilde sobre sus mentes.

Desde uno de los escasos sillones que rodeaban el infernal aparato, Pinedo parecía observar la escena con aire divertido.

—Este... ¿Queréis tomar un café antes de pasar? —dijo Carlos con sonrisa aliviada mientras sacaba el monedero del bolsillo.

Ya en la entrada del auditorio, una amable azafata de congresos vistiendo el uniforme de la vallisoletana empresa Veltin, contratada ese año por primera vez para la organización del evento, se dirigió hacia ellos y, tras comprobar sus credenciales, dijo con aire profesional:

—¿Van juntos, ¿verdad?

— Bueno, pues... —comenzó a decir el profesor.

—Sí, sí, vamos los tres juntos —sentenció Elena con una sonrisa.

Arturo permaneció rezagado mientras recogía unos cuantos

programas de manos de la azafata, momento que aprovechó para ofrecer a la misma un guiño que no tenía nada de académico.

Una vez acomodados entre las primeras filas junto al resto de ponentes, situado el profesor entre su compañera y su ayudante, echó éste un rápido vistazo a su alrededor, a la vez que saludaba a algunos de los presentes—repetidores la mayoría del anterior congreso. Entre ellos se encontraba un hombre de baja estatura y gafas redondas que, sentado un poco más a la izquierda, correspondió con torpeza a su saludo. Ambos habían compartido asiento en la facultad en sus años mozos en Santander. «¡Dios, espero no estar tan cambiado como él!», pensó y se sumergió en el programa del acto por enésima vez repasando el orden de las ponencias.

Arturo que había estado absorto leyendo el suyo, no pareció reparar en la inquietud que, de modo intermitente, había mostrado el profesor a lo largo de toda la mañana. Cuando levantó la cabeza tras poner su móvil en modo avión reparó en que Lafuente parecía no saber qué hacer con sus manos.

—¡Tranquilo profesor, la ponencia la tiene muy bien preparada! —dijo, pensando que era este el motivo de preocupación de su tutor.

—No, no es eso Pinedo. No es eso. Es que, con todo esto del congreso y demás, tengo la impresión de que nos estamos apartando de lo que importa. Hemos dejado la investigación hace ya una semana. Me fastidia tener que interrumpir mi trabajo para venir a escuchar tonterías cuando precisamente andamos cortos de tiempo. Y sí, sé que le prometí mientras volvíamos de Silos que iríamos a ver la tumba de Kristina.

—Pero también la universidad precisa que estemos aquí —dijo Pinedo, sin quedar muy convencido por la explicación del profesor—. No se preocupe e intente disfrutar un poco del momento.

Elena por su parte había decidido que pasados los trámites iniciales de identificación nada le obligaba a seguir luciendo el tarjetón identificativo por lo que procedió a guardarlo en uno de los bolsillos de su chaqueta. Sería una congresista anónima, creía que podría soportarlo. Después de estar catalogando manuscritos, libros e información diversa no quería ser a su vez una pieza más en el estante.

De las notas de Ernesto Santos

Cuando comencé a escribir este relato que comenzó como un diario no tenía idea alguna de hasta que punto me iba a llevar. Había leído historias increíbles y había fantaseado como casi cualquier hijo de vecino con aventuras y relatos imposibles. Pero nunca me hubiera imaginado en esos lejanos sueños de juventud ser protagonista a la vez que testigo de una de ellas.

No, no había una tormenta cerrando el cielo ese día. No barría el viento las calles ni se había ido la luz en el horizonte, escenarios siempre propicios para narrar historias de este tipo. El sol lucía siempre esplendoroso —o casi siempre— en mi ciudad y aún así...

7:20 horas de la mañana.

Nuestros dos móviles se han puesto a sonar al unísono como descosidos esta mañana. Tras varios días investigando melodías, Clarisa y yo habíamos encontrado por suerte un par de ellas que se aliaban muy bien cuando se escuchaban juntas. Yo me había decidido por el adagio del *Concierto para clarinete y oboe en La mayor K 622* de Mozart que siempre me había cautivado desde que lo escuché por vez primera en la película *Memorias de África*. Clarisa por su parte se ha decantado por la canción de Michael Bublé, *Feeling Good* que habíamos escuchado alguna vez en el pasado.

—¡Despierta dormilón! —dijo Clarisa mientras me lanzaba la almohada seguido de un beso de buenos días—. ¡Hoy les vas a dejar sin palabras!

—¡Dios! Ni me lo mientes, estoy que no me cabe la camisa en el cuerpo —contesté devolviéndole la almohada del mismo modo.

Y era cierto. Todo estaba sucediendo con demasiada celeridad. El libro se había publicado hacía escasos meses y las ventas iban francamente bien según la información que Desirée nos iba proporcionando con puntualidad. Pero de ahí a ser invitado por alguno de sus amigos del mundo de las letras —a quienes apenas había visto un par de veces en la editorial y con los que tal vez había tomado uno o dos cafés—, a dar una ponencia sobre nada menos que Novela e Historia, había un gran salto.

Esa mañana optamos por dejar el coche en el hotel y hacer uso del chofer que la organización de la conferencia había puesto a nuestro servicio y llegar de este modo más distendidos al palacio de congresos.

El nombre del chofer era Pietri. Era de origen turco. Esta y otra información varia nos fue suministrada por el mismo de modo voluntario en los escasos veinte minutos que empleamos desde el hotel, demostrando con este hecho ser una persona con una tremenda capacidad de síntesis. Venido desde Estados Unidos, a donde había emigrado inicialmente, al parecer no había echado de menos hasta ahora —*precisamente* esta misma mañana a las 8:30 horas, tan afortunados habíamos sido, tal había sido nuestra fortuna —, las tardes de verano sentado en la puerta de su casa mientras el día moría y se escuchaba el griterío de los chiquillos frente a la tienda que solía regentar. Anécdotas similares nunca hubieran surgido en nuestro coche particular y tratándose de una jornada como la de hoy, añadía interés al momento. Nos bajamos del coche tras acordar que pasaría a por nosotros al finalizar el día.

Al entrar al pabellón sentí una extraña sensación de familiaridad. Había tenido alguna experiencia en el mundo de la exportación en mi larga vida laboral, me había movido en un entorno multicultural, de organización de eventos, reserva y adecuación de stands, etcétera. Esto era algo distinto pero familiar. Cuando vi las tarjetas identificativas con nuestros nombres y demás datos personales comencé a sentirme como en casa y con cierta nostalgia por esos tiempos pasados.

Me detuve un momento para consultar unas revistas mientras Clarisa terminaba de registrarse.

—Bueno, vamos por allí. Creo que esa es nuestra puerta —dije, apoyando mi mano sobre su brazo mientras la guiaba en esa dirección.

Delante de nosotros caminaba una mujer con paso apresurado llevando un par de refrescos en la mano, quizá para amenizar la primera ponencia.

Las luces empezaron a apagarse, sumiendo el gran auditorio en la penumbra. Solo unas toses nerviosas de última hora parecieron anunciar el comienzo del evento.

Don Rufio Colmenar, catedrático del departamento de Historia de la Universidad de Ohio, fue el encargado de abrir el acto. Siguió a continuación el inevitable discurso vacío de la autoridad de turno que emprendería, tras finalizar el mismo, una rápida retirada entre el público asistente para dirigirse a su coche oficial o avión particular según fuera el caso y volver a su cómodo despacho. Lo demás, sería, en efecto, historia.

Tras la presentación inicial fue el turno de D. Clemente Násera de la Universidad de Murcia, quien, actuando como maestro de ceremonias, introdujo a los ponentes.

Tras la intervención del tercer participante ya quedaba menos para mi intervención, menos para dejar de fijarme en la tapicería con que estaban recubiertas las paredes, menos para prestar atención a la distribución de la iluminación de la sala.

—Y ahora estimado público —dijo el señor Násera—, tengo el placer de anunciar la ponencia de mi amigo y colega el profesor de la Universidad de Montanilla del Arlanzón, don Carlos Lafuente Lázaro. Un aplauso para él por favor.

De una de las filas frente a nosotros se levantó un tipo cuya desgarbada figura que con paso firme se dirigió hacía los escalones que subían al estrado. Su porte me recordó de inmediato a un maduro James Stewart.

El profesor Lafuente dio un discurso convincente acerca de la investigación paleográfica en general, la labor desinteresada del estudioso en esa tarea de desgaste frente al tiempo para lograr una mínima unidad de significado, aunque lamentablemente no presté mucha atención.

El siguiente ponente era yo.

—Lo vas a hacer muy bien, ¡Ánimo! —dijo Clarisa.

Subí de dos en dos los escalones —eso siempre da una impronta de seguridad—hasta alcanzar la mesa alargada preparada para los ponentes y que me había recordado desde el primer momento la de la última cena. No tenía mucho sentido la extensión de la misma pues tan solo era utilizada por uno de los ponentes a la vez.

Las palabras y la sonrisa de Clarisa me habían aportado convicción, fervor y fuerza. Estaba preparado para hablar.

Tenía un vaso de agua frente a mi y al otro lado del vidrio, el público, expectante. No guardo memoria del momento en que rompí el silencio, pero supongo que debí hacerlo en algún momento tras haber cambiado el recipiente varias veces de lugar. No recuerdo haber bebido de él, pero la maniobra no obstante me ayudó a tranquilizarme. Tampoco fui consciente del público mientras escuchaba la presentación de mi ponencia entre brumas y sonidos lejanos a pesar de la excelente megafonía del salón de actos.

Había hecho teatro en mi juventud, por lo que en principio, debería haber estar acostumbrado a subir a un escenario y dirigirme al público. Había una diferencia no obstante. Ahora no estaba escudado detrás de ninguno de los personajes que interpretaba. Ahora era yo mismo hablando sobre cosas en las que creía. Eso era. Ahí estaba la clave. De modo que abordaría el tema desde la convicción, la pasión y la reciente fuerza que la sonrisa y las palabras reconfortantes de Clarisa justo antes de subir, me regalaron.

Se podría decir que me encontraba en mi ambiente. Y sí, estaba nervioso, era el primer congreso al que asistía como ponente. Al fin y al cabo, era un autor apenas recién publicado. Mi experiencia anterior más cercana a esto había sido el congreso sobre lingüística inglesa celebrado en Málaga el último año de mi carrera. Lo recordaba con especial cariño porque había descubierto en los ponentes que me acompañaban el mismo nivel de entusiasmo que descubrí en los universitarios de mi edad que allí acudieron y muy en especial, la pasión y curiosidad por el saber que mostraron los representantes de Deusto.

Este congreso ha traído de nuevo a mi memoria ese aspecto aventurero de mi juventud estudiantil. En cierto modo ha sido un consuelo ver a ese montón de personas que llenaban los pasillos o que conversaban en las butacas cercanas antes de comenzar el acto, en una sintonía similar a la que yo recordaba y que hicieron que la niebla de la memoria se acortará y que el pasado se acercara de nuevo.

Comencé con un suave carraspeo. Eso siempre da un toque profesional. Por lo menos desde mi experiencia dramática podría decirse que era un recurso oratorio. Eso y el mover convenientemente los folios antes de levantar la cabeza y mirar a los asistentes.

—Dicen mis compañeros historiadores que aquí los «cuentistas» estamos en nuestro ambiente —al decir estas primeras palabras se oyeron algunas risas apagadas entre el público—. Pero no es así como lo percibo yo. Creo que son mis doctos compañeros historiadores quienes gozan del beneficio, de la autoridad que da el apoyarse sobre hechos rigurosos. Ciertamente que existe un terreno resbaladizo, un terreno donde ambos nos encontramos... la zona gris de los hechos no probados. Es este el colmo del historiador, su frustración, creo. En cambio, también es este el paraíso del novelista pues es ahí donde se le abre su puerta, la posibilidad de crear la historia, de colocar su idea. Los que hemos nacido en la generación del 58 y otras vecinas y colindantes, recordaremos sin duda con agrado y nostalgia el sentimiento de aventura que nos perseguía en la calle por aquel entonces.

Aquí hice una breve y estudiada pausa para respirar y ver el efecto causado entre el público antes de continuar:

—Las viejas series de televisión de entonces hacían hincapié en este aspecto, al igual que los tan denostados libros infantiles de Enid Blyton y otros similares que devorábamos todo el tiempo. Leíamos a Julio Verne como si nos fuera la vida en ello y a los clásicos de aventuras del mismo modo. Podríamos decir que casi con idéntica obsesión con la que algunos jóvenes de hoy en día se enfrentan a la Play—nuevas risas de los asistentes—. Los novelistas escribimos historias, nos inventamos aventuras, es cierto. Pero hubo otros que sin embargo las vivieron en primera persona, que con su arrojo y su apuesta personal, hicieron realidad un mundo hasta entonces inimaginable más allá del horizonte, lejos de la tierra conocida. Me preguntan muchas veces cuál es nuestra fuente de inspiración, ese inconsciente travieso y misterioso que según la leyenda anda detrás de nosotros, pero yo creo, al margen de la historia, que la trama no deja de ser algo más o menos técnico, al igual que la guerra no es más que la continuación de la política por otros medios, o que el arte no es sino la expresión del dolor por otra vía. Ese es el verdadero objetivo del arte y por eso a través de los siglos ejerce esa fascinación sobre nosotros.

Entre los rostros del público un grupo de tres personas a la altura de la fila siete parecía estar prestando la máxima atención a las palabras del ponente de turno. Uno de ellos era Carlos Lafuente. Sí, había algo de razón en lo que decía este hombre, parecía transmitir el rostro imperturbable de Lafuente.

«No obstante —pensaba el profesor—, seguían siendo ideas poco prácticas y valga la redundancia novelescas. ¿Sería este el escritor que había ido merodeando por Silos? ¿El causante del mal humor constante del bibliotecario?». No dejaba de ser una posibilidad. Sonrió con malicia imaginándose la escena. Miró de soslayo a sus compañeros. Tanto Elena como Arturo seguían concentrados, atentos. Este último, siguiendo su costumbre habitual, garabateaba sin cesar en su pequeña libreta. Elena, más paciente, chupaba la punta de un lápiz con el que tomaba alguna que otra nota esporádica, sin abandonar en ningún instante una mueca de complicidad cuando asentía a alguno de los puntos tratados. La verdad es que le sentaba muy bien ese pañuelo que llevaba en el cuello.

El escritor estaba terminando:

«—Y es por eso por lo que, a veces en el curso de nuestro trabajo común, ya sea derivado del estudio de viejos códices, restos arqueológicos, obras de arte y otros bien sea por parte del historiador o bien por una idea descabellada que ponga en relación dos puntos hasta entonces inconexos y que, en el caso de los novelistas, cree esa escena que buscábamos, tenemos que dar las gracias a algo especial que solemos calificar en mi campo como «Epifanía» —tal como la describió James Joyce—. Ese algo es la clave de nuestro trabajo. Otros, más prácticos o menos dados al romanticismo dirían que es un tipo de intuición. Y es así, amigos míos, con esa parte especial y romántica de nuestro ser, de ese modo, como volveremos a recuperar el sentido de aventura del estudio de la Edad Media española.»

Con estas palabras y tras guardar el novelista los pocos folios que había colocado frente a sí, bajó del estrado con cierta sensación de alivio entre los aplausos de los presentes.

Llegado el momento del descanso, Carlos se levantó junto con sus compañeros.

—¡Profesor! —dijo Arturo con una voz que apenas lograba ocultar su excitación— ¡Esa charla estaba destinada a nosotros! ¿No se ha dado cuenta? ¡Dígame si eso no es sorprendente, una verdadera Epifanía!

—Ha sido ciertamente un discurso muy franco y directo —dijo Elena por su parte—, muy emotivo.

Lafuente terminó de guardar sus papeles antes de pronunciarse al respecto.

—Sí, claro, tan directo como los pronósticos del horóscopo en el periódico de hoy. Y tampoco es para ponerse así Arturo, procure calmarse —replicó el profesor con un gruñido.

Sí, por supuesto que había leído acerca de las epifanías, ese término que los alumnos de literatura gustaban de nombrar con demasiada frecuencia para su gusto. Él siempre se había referido a este tipo de cosas como el fenómeno Newton en referencia a la dudosa historia de la manzana y el científico. Se negaba a aceptar ninguna de las pintorescas teorías pseudocientíficas que con tanto fervor seguía Pinedo. No era sensato buscar el esclarecimiento de los fenómenos extraños más allá del método científico y le molestaba el hecho de que no se huyese con cautela de explicaciones improbables e inverosímiles.

Sí, hacerlo así era lo más sensato. Lo más coherente. Lo más lógico.

Quizás lo más aburrido también.

ERNESTO SE SINTIÓ OBSERVADO. AL MIRAR A SU ALREDEDOR comprobó que el profesor alto y desgarbado que momentos antes le había recordado a James Stewart, se acercaba hacia ellos por el pasillo lateral con pasos cortos. Iba acompañado de un joven y una atractiva mujer morena de largos cabellos. A juzgar por el identificativo de color amarillo que llevaba el joven en la chaqueta frontal debía ser uno de los escasos estudiantes de posgrado invitados.

Al llegar a su altura el profesor pareció dudar unos instantes y, tras comentar en voz baja algo con sus compañeros, una vez vencida la timidez inicial, se decidió finalmente a avanzar hacía Ernesto, la mano derecha extendida.

—¡Enhorabuena por su discurso! Me ha gustado en especial su referencia a la aventura en relación con las exploraciones marítimas. Una lástima que no asistiera al último congreso. Le hubiera encantado.

—Bueno, gracias, pero no tiene gran mérito, la verdad. Soy novelista, recuerde. Nos pagan por inventarnos cosas y soltar un montón de palabras. Aunque en eso nos parecemos según dirían los que dicen en plan peyorativo que contamos «historias». Creo que hay que reivindicar los viejos valores de vez en cuando para que no se olviden demasiado, ¿no le parece?

El hombre sonrió. A pesar de su aspecto tímido, sus ojos brillantes transmitían una cierta cercanía que hizo sentirse cómodo a su interlocutor al instante.

—Permítame que le presente a mi colega la doctora... —comenzó a decir Lafuente.

—¡Hola! ¡Soy Elena! ¿Qué tal? Nos ha gustado muchísimo su discurso —dijo esta, interrumpiendo a Carlos en las presentaciones formales.

—Y yo soy Arturo Pinedo, estoy haciendo prácticas con el profesor Lafuente —dijo el sonriente joven, interrumpiendo a su vez a la paleógrafa en medio de las presentaciones.

—No es un mero estudiante, no hagan caso de su excesiva modestia—dijo el profesor al escritor cuando su alumno no podía oírle—. Este chico tiene un don especial. Perdón, disculpe mis modales. Carlos Lafuente, de la Universidad de Montanilla del Arlanzón —dijo extendiendo nuevamente la mano.

—¿También escribe usted ficción? —preguntó Ernesto a su interlocutor una vez hechas las presentaciones—. Por algunas referencias en su ponencia me dio la impresión de que hubiera hecho algo en este sentido.

—No, me temo que soy de la parte enemiga, pero he de confesar que después de oírle me encontrará enarbolando la bandera blanca en nuestra universidad —aquí bajó la voz en señal de confidencia y, con una mueca añadió— por lo menos en los departamentos de historia.

Minutos más tarde, Arturo se acercó al escritor aprovechando que el resto del grupo estaba hablando entre sí comentando las diferentes ponencias expuestas y el programa de actos para el día en curso.

—Perdone la pregunta si le parece extraña, pero tras haber escuchado su ponencia la considero del todo punto necesaria. ¿Ha oído hablar usted de las coincidencias significativas?

Ernesto se disponía a responder tras recuperarse del impacto inicial ante tan peculiar pregunta, cuando sobre sus cabezas se escuchó un suave zumbido de aviso para volver a entrar a la sala. Los asistentes retornaron con celeridad a sus asientos entre comentarios y alguna que otra mirada hacia el grupo que se demoraba en volver a entrar en la sala. El breve descanso se había acabado.

Era el segundo día del congreso.

Desde el interior del centro cultural, de pie frente a uno de los ventanales, Arturo veía levantarse el día. Allí lo encontró Lafuente tras acudido a la máquina de café. Traía el vaso en la mano, del que iba bebiendo en pequeños sorbos.

La imagen de Arturo, con su tarjetón colgando en su frontal, la mirada perdida en los amplios ventanales, le recordó al profesor esos días mágicos de sus años universitarios y en concreto cuando asistió a su primer congreso de Historia en Santander, tan solo un año después de haber regresado de un curso de postgrado en París.

El joven se volvió al oírle llegar.

—¡Bienvenido a un día recién hecho! —dijo Arturo, extendiendo una mano en dirección a la ciudad que se adivinaba tras la vidriera como si invitara a esta a unirse en el saludo.—. ¿Sabe profesor? Estuve callejeando ayer después de cenar por el centro de la ciudad. Me impresionó mucho ver todas esas calles señoriales, esos edificios monumentales. Ya me dijo que había pasado algunos veranos aquí. Seguro que guarda muchos recuerdos de este lugar...

El profesor desvió la mirada y la fijo en el paisaje que se veía tras los cristales antes de contestar. Se llevó la taza de café a los labios.

—Sí, la verdad es que pasaba algún verano que otro con mis padres. Vivíamos en la calle Mirlo, muy cerca del Parque Patricia, ¿recuerda que le conté nada más llegar acerca de las muchas sorpresas que encierra Valladolid? Una de ellas es el Cafetín, uno de los pocos bares que pueden encontrarse donde extender una tarde hasta el día siguiente. Mi amigo Benito y yo quedábamos allí todas las mañanas. Era nuestro punto de partida para recorrer las calles en busca de trabajo o simplemente con el único objeto de perder el tiempo, deambulando sin rumbo fijo, sin saber qué hacer. Todavía no había decidido por entonces que estudios quería emprender. Y cuándo lo hice, cuando lo hice, nuestras vidas se separaron.

Carlos permaneció pensativo. Fue un breve instante, lo justo para volver a ver el rostro de Benito, esa expresión un poco descuidada de su boca que le había caracterizado por entonces y que daba al mismo el curioso aspecto de aparentar estar continuamente sonriendo a la vez que prestando atención.

—Me pregunto qué será de él ahora —prosiguió—. Era un cabeza loca, siempre preparado para pelearse con cualquiera, pero una parte de mí siempre se acordará de los paseos que dábamos por la ciudad en aquellos veranos cuando ambos teníamos la edad de usted, Pinedo. ¡Válgame Dios! pensar que una vez tuve su edad... ¡En fin! —dijo levantando la cabeza y dándole una palmada en la espalda a su alumno— ¡Fin de la nostalgia, Pinedo! Vivimos demasiado en el pasado, créame y no sea como yo. ¡Huya mientras pueda!

CAPÍTULO 16

UNA COMIDA SEGUIDA DE UNA CENA

De cómo las restauraciones, Epifanías y coincidencias despiertan el apetito y la sed de saber o cómo se organiza un viaje de exploración en un entorno art-deco.

El grupo que se había formado en la cafetería del centro de congresos era cuanto menos curioso. A la izquierda de una alargada mesa situada junto al gran ventanal se encontraban Carlos Lafuente y su colega Elena. Desde allí podían admirar la amplia vista del aparcamiento. Frente a ellos, Ernesto Santos y Clarisa, acompañados de Arturo Pinedo que había decidido cruzar el abismo que separaba las dos disciplinas para sentarse a su lado. Junto este último se encontraba Rus Bermejo, una reconocida restauradora de arte de la UBU. El maestro de ceremonias, don Clemente Násera, estaba en el otro extremo de la mesa, prestando la máxima atención a todo lo que se desarrollaba en la misma. Era don Clemente un hombre de rostro clásico enmarcado por una perilla gris y unas gafas redondas que daban a su cara cierta semblanza con el insigne Ramón y Cajal y que, al igual que este, parecía estar buscando migajas de microscópico conocimiento en todos los sitios. Don Rufio Colmenar por su parte mostraba, en claro contraste con la cortesía y moderación en el hablar del anterior, una exuberancia de gestos y de brindis a diestro y siniestro, entusiasmado por toda esta actividad que quizás echaba de menos en la universidad de Ohio.

—¿Sabe una cosa señor Santos? —dijo Lafuente al escritor.

—Por favor, profesor, tratémonos de tú. A estas alturas ya hemos rebasado la Edad Media, ¿no es así? Llámame Ernesto, por favor.

Carlos hizo un esfuerzo por cambiar su registro. Estaba claramente alterando muchas costumbres demasiado rápido. Miró a la superficie de la mesa antes de seguir.

—¿Sabes... Ernesto? —dijo por fin no sin cierto esfuerzo—. Lo que mencionaste en la ponencia... eso acerca de la Epifanía y demás...

—Sí, sí. —contestó el escritor con tono alentador.

—Mi alumno Arturo Pinedo, aquí presente, siempre alerta en este tipo de cosas, gusta de llamarlo coincidencia significativa en relación con...

—Sí, lo sé... el bueno de Jung. Ya me hizo una pregunta así Arturo antes —dijo Ernesto, guiñando un ojo cómplice al joven—. Algo de psicología leemos en Filosofía y Letras, aunque tan solo sea para interpretar el hacer de nuestros profesores. En cualquier caso siento discrepar en esa idea. En mi profesión —por lo menos los que escribimos ficción—, no nos podemos permitir el lujo de acudir a las coincidencias para hacer avanzar la acción. Ni siquiera para intentar explicar una historia. Esa sería la solución fácil, la primera que viene a la mente, ¿no os parece? Siento ser un poco pedante diciendo esto...

Hay veces en que, súbitamente, uno encuentra una gran conexión entre un grupo de personas que acaba de conocer. De repente todo se torna familiar, cotidiano, y sentimos que podríamos abrir el alma y casi nuestro diario a esas personas y casi casi dejarles nuestra cartera en custodia. La sintonía llega a ser tal que bajamos la guardia y cambiamos el paso del ritmo cotidiano.

Carlos Lafuente estaba experimentando algo así. Sin notarlo, desde el mismo principio de la cena, esa conexión había ido cobrando forma. No tardó en sorprenderse dando cuenta de toda su investigación acerca de la princesa Kristina a los compañeros de mesa que le rodeaban. Era irremediable que así fuera, contagiado por este ambiente, a la vez erudito y distendido.

—Lo que dice usted me parece ciertamente sorprendente –dijo Clemente Násera—. Si no le he entendido mal, podría darse el caso de que el propósito del viaje de la princesa fuera otro distinto al que narran las crónicas, ¿no?

Había permanecido callado durante toda la comida, escuchando a unos y a otros, realmente complacido de ver la curiosidad saltar por todas partes, mientras jugaba con el sello que llevaba en uno de los dedos de la mano izquierda.

—No se trata solo de eso —dijo Carlos, entusiasmado ante el interés despertado—. La verdad es que ahora mismo estamos en un callejón sin salida. No tenemos certeza de que los manuscritos encontrados sean auténticos. Podrían ser obra de algún bromista. Tendemos a pensar por el mero hecho de que algo sea antiguo, su contenido tiene que ser necesariamente verídico olvidándonos al hacerlo que nuestros remotos antepasados también tenían sus cosas.

—Bueno —intervino Ernesto, dirigiéndose a nadie en particular aunque mirando de reojo a Arturo—, si venir a Valladolid y encontrarme con alguien que está siguiendo una pista como la que tenéis entre manos en relación con el viaje de una misteriosa princesa por estas tierras no es una coincidencia significativa de esas, ya no sé qué puede serlo más.

—¿Les parece que sigamos la conversación en torno a una buena cena? —interrumpió con amabilidad Clemente Násera, acercándose a los dos hombres. Elena y Arturo se miraron entre sí, sorprendidos ante este arrebato de amabilidad y hospitalidad por parte del maestro de ceremonias.

—¡Vamos amigos! No me digan que no. Quisiera que conocieran un restaurante estupendo que tenemos aquí en el pasaje Gutiérrez. No me dejen disfrutar sin compañía de su arquitectura *beauxartiana* por favor. Y usted, Rus —dijo dirigiéndose a la restauradora que se encontraba en esos instantes ocupada bebiendo de la copa de cava a la que habían sido invitados por el ponente—, debería de interceder en mi favor. Al fin y al cabo, estaríamos todos ayudando a preservar parte del casco histórico de Valladolid con nuestra modesta aportación. Y yo me sentiría muy honrado de tenerles por contertulios. Sería, si me permiten, una mezcla entre cena histórica y literaria para contentar a todos en cuestión de terminología.

Lentamente, como surgida de la nada, una forma se extiende, se alarga por el suelo. Es una sombra furtiva, casi imperceptible, que sigue a los paseantes y se oculta tras las columnas, tras las esquinas de la vieja ciudad. Se asoma, perversa, mezclándose con cada uno de los adoquines, de los adornos, de los gastados portales de las viejas edificaciones. Se introduce en los mismos y permanece allí justo el tiempo necesario para pasar desapercibida y resurgir luego, victoriosa y amenazante, buscando su presa. Se acerca por fin a la calle empedrada, salvando como puede los charcos que se han ido creando entre las piedras que la forman, sorteando y saltando sobre alguno de ellos. Por fin llega hasta la ventana iluminada que se adivina en la esquina del pasaje que tiene enfrente. Mira hacia arriba. El cartel es inconfundible. Se trata del Restaurante Olid, de desconcertante aspecto antiguo. Pero nada engaña a esta sombra que mira y remira, que escarba bajo la superficie de las cosas. Se acerca y atisba con paso lento. Escruta el interior y descubre allí la presencia de un grupo de extraños, al parecer forasteros llegados el día anterior a la ciudad procedentes de caminos diversos y que ahora se encuentran compartiendo una mesa entre risas y copas alzadas.

El viejo farol de la calle se balancea levemente movido por el viento que acaba de levantarse. La sombra se detiene por un momento, mira hacia arriba al cartel que se mueve por ese mismo viento bajo el poste que lo sostiene y duda, temblando ante la pajiza luz que da el farol también situado allí. Tras un breve intervalo continua su avance en dirección a la salida del pasaje que desemboca en la calle Castelar. Una fina lluvia comienza a caer minutos después. Lo hace con suavidad, lavando las aceras con un sonido sordo que solo un conocedor amante de la lluvia con el oído agudizado puede percibir, levantando ese peculiar olor a ozono por todo el lugar. Así, solo así, desganada, con malas maneras, sin un solo gesto amable, esa sombra qué muchos llaman niebla, se va esparciendo hasta desaparecer por completo, dejando las farolas del pasaje y en especial las del exterior del restaurante Olid reinar en todo el mismo.

El pasaje Gutiérrez, situado entre las calles Fray Luis de León y Castelar de Valladolid es uno de los pocos en nuestro país que rinde homenaje a los primeros pasajes comerciales surgidos en París con la revolución industrial de 1799. También lo hacen sin duda la Galería Víctor Manuel II de Milán, la Galería Umberto I de Nápoles y el pequeño pero coqueto pasaje Burlington Arcade de Londres. Nos referimos aquí a lugares como el Verdeau, el Jouffroy y el de los Panoramas que confluyen en varias calles de París.

En su interior Arturo tiene la mirada fija en uno de los paneles de nogal que recubren las paredes y en concreto en el reloj de madera de roble que cuelga allí. Indica las 00:30 horas. Lo ha mirado en varias ocasiones durante la cena, como si necesitara cerciorarse de lo tangible del restaurante, de que este ocupa un lugar real en el espacio y en el tiempo.

El cartel es inconfundible. Se trata del Restaurante Olid, de desconcertante aspecto antiguo.

La cena ha transcurrido con placidez. En un extremo de la mesa se encuentran los miembros de la Universidad de Montanilla junto con el escritor y su pareja. Estos últimos han caído bajo la evidente protección tutelar del profesor Násera, quien, interesado en todos los aspectos de la actividad humana, no les ha brindado refugio alguno frente a su inagotable curiosidad.

El pasaje muestra aún a esa hora paseantes y grupos que, sentados en las terrazas, disfrutan de una tranquila conversación, refugiados de la niebla inicial y de la lluvia posterior, iluminados por esas farolas en forma de figuras de Mercurio, que, colocadas a intervalos regulares, iluminan el lugar con las esferas de luz que sostienen.

Entrar en el pasaje Gutiérrez es de hecho realizar un viaje por el tiempo. Al mirar las cristaleras y faroles que adornan sus paredes, uno puede creerse con facilidad en algún lugar de finales del siglo XIX. El local ha sido decorado en perfecta conjunción con su entorno, con un exquisito buen gusto que es del agrado del profesor Lafuente y sus amigos, recibiendo asimismo palabras de aprecio de Rus Bermejo ante el cuidado prestado en la adecuación y restauración del lugar.

—No sabía que se pudiera encontrar algo así hoy en día. Este sitio es encantador —dice Arturo extasiado mientras continua contemplando la decoración *art nouveau* del local a juego con el exterior del pasaje. Cantidad de espejos, lámparas, estatuas pseudo griegas, reproducciones de cuadros y marinas adornan las paredes y hacen creer a los presentes que se encuentran en un museo más que en un restaurante. Si mira a su espalda puede ver los cortinajes de terciopelo que enmarcan las escaleras por donde descendieron horas antes.

—De hecho poca gente lo conoce —contesta Clemente Násera por encima de sus gafas al reparar en el entusiasmo tanto del joven como de la restauradora—. Hace poco más de seis meses no había nada aquí. El propietario es un hispanófilo francés. Sí, sí, no se rían, existen algunos entre los franchutes. El hombre tuvo la idea de restaurar en Valladolid uno de esos lugares al estilo del café Gijón y los cafés decimonónicos que existieron tanto en Francia como en España, además de en otros países. Y la verdad es que como pueden ver, le está yendo francamente bien.

Y así es... por la puerta no han dejado de entrar personas vestidas con elegancia, con esa elegancia y *savoir faire* naturales que precisa de un buen marco donde moverse. Por las escaleras descienden desde la entrada caballeros acompañando a bellas damas llevando estas últimas vestidos de tejidos imposibles que, con movimientos igualmente sofisticados y tras haber dejado el abrigo en el guardarropa, piden con la carta en la mano un buen vino, asistidos por el *sommelier*.

Un lugar, en suma, donde el culto a la elegancia no se siente avergonzado de mostrarse.

Un camarero se acerca a Santos y al profesor Lafuente para rellenar sus copas.

—La verdad es que, una historia con tan escasos elementos, tan poco conocida y con unas pistas recogidas casi al azar, a través nada menos que de ocho siglos, dan para muchas especulaciones. Como escritor no puedo evitar reconocer que está llena de posibilidades.

—Desde mi óptica profesional—interrumpe Rus Bermejo—, sería algo similar a descubrir bajo una vieja pintura objeto de restauración una obra aún más antigua. Cuando esto ocurre no puedo dejar de acordarme de la película basada en la novela *Julia de* Lillian Hellman. La autora llamaba a esto «pentimento»: ...«cuando el pintor se arrepintió». ¿Y qué hace uno en ese caso? ¿Qué obra prevalece? Porque si restauras la más antigua te cargas la que ya es conocida por la humanidad hasta ese momento. Es como si debajo de la Gioconda descubriéramos ahora que hay otra pintura del mismo Da Vinci. ¿Cuál nos cargamos? ¿Eh? Hay algunas voces críticas, partidarias de dejar el cuadro o la obra de arte lo más cercana posible a como la creó su autor. Otros por el contrario dicen que únicamente habría que impedir su mayor envejecimiento y decadencia, dejándola tal y como nos hemos acostumbrado a verla.

—Claro, comprendo— dice Ernesto—. Sería como restaurar Notre Dame o el Parlamento británico con su piedra blanca original y no con ese color negruzco que les ha dado la pátina del tiempo todos estos años, ¿no?

—Exacto. Veo que lo has entendido.

Arturo inclina la cabeza en ese momento mientras dice algo en voz baja al profesor. Éste sonríe levemente al escucharle y tras asentir varias veces con la cabeza se levanta. Muestra una expresión concentrada.

El piano suena a contraluz bajo los hábiles y rápidos dedos del pianista jamaicano que se está empleando a fondo esa noche mientras interpreta *Claro de Luna* de Beethoven.

—Amigos —comienza Lafuente—, ya os habréis percatado después de lo que os hemos contado esta noche de que lo que estamos intentando en Montanilla es algo asimismo difícil. Encajar en suma lo poco que sabemos en un marco histórico. Posiblemente todo cobre entonces sentido. Y si llega el momento de encontrar otro Da Vinci debajo... si hay otro Da Vinci debajo, por lo menos tendremos el convencimiento de que existe —en este momento el historiador baja la voz antes de continuar—. Por lo pronto, aquí nuestro amigo Arturo es el responsable de haberme instado a una inminente excursión cultural en busca de su Excalibur particular. Él mismo me ha convencido para que acudamos en las próximas semanas a la localidad de Covarrubias donde se encuentra enterrada la princesa Kristina. ¿Qué os parece si nos acompañáis? —dice dirigiéndose a Ernesto y Clarisa—. Me dijiste antes que no tenéis que volver a Valencia hasta dentro de una semana, ¿no es así? Puede que no encontremos nada, es cierto—y al decir esto aprieta algo los dientes, todavía resentido por los días pasados en Silos—. Puede que, como diría nuestro novelista agregado, todo sea tan efímero como la niebla entre los pastos, pero no siempre va uno a visitar a una princesa ¿No estáis de acuerdo?

El escritor y su pareja se miran con expresión divertida. Clarisa, que ha permanecido callada durante casi toda la cena, se levanta en este punto de su silla y alza su copa.

—¡Por las coincidencias significativas!—dice con una amplia sonrisa que conjuga a la perfección con el lugar donde se encuentran.

Todo el mundo acierta a coger su copa del mejor modo posible tras las numerosas libaciones de la noche.

—Sí, brindo por ello —dice Ernesto levantándose a su vez, contagiado por el entusiasmo general— y porque esa Epifanía salvaje de Arturo nos lleve a buen puerto.

—La verdad es que no lo había visto de esa manera —admite Pinedo—, pero si se trata de brindar cualquier pretexto es bueno.

Rus Bermejo lamenta por su parte el no poder acompañarles al estar inmersa en la restauración de una de las capillas de la catedral de Burgos.

Es el turno ahora de Clemente Násera de levantarse de su silla entre las sonrisas de los presentes mientras mira complacido en torno suyo. No ha esperado jamás, ni aún bajo el mejor de los auspicios que al hacer su propuesta inicial convocando la cena, ésta hubiera tenido un resultado semejante. Durante unas pocas horas ha salido del ostracismo de su despacho y de las desabridas charlas a las que está acostumbrado tanto en la universidad como en la Cámara de Comercio local.

Nadie se atreve a verbalizarlo con claridad, pero cierto ambiente de misterio ha quedado en el ambiente.

El pequeño grupo de exploración designado queda formado informalmente—como no—, por los promotores de la idea inicial, Carlos Lafuente, la profesora Elena, y el eterno pupilo Arturo Pinedo. Como añadido y cronistas de la historia quedan inscritos Ernesto Santos y Clarisa, todos ellos bajo la promesa explicita de dar cuenta de sus peripecias al señor Násera.

La situación trae a la memoria de Ernesto el principio de la obra prima de Dickens, *Los papeles póstumos del club Pickwick* cuando, al inicio de la misma, los miembros de dicho club inician su periplo de aventuras.

Ya han entrado en funcionamiento las pequeñas horas de la madrugada —en feliz expresión anglosajona—, cuando los allí reunidos se despiden a la salida del pasaje Gutiérrez, llenando el lugar de ecos que se apagan mientras éste se vacía paulatinamente.

19 de noviembre de 20...
    Acabo de asistir a la reunión más extraña de mi vida. Vine a Valladolid invitado por unos amigos de Desirée, mi editora, para

dar una charla sobre novela. Dejo la ciudad ahora con nuevas amistades y un curioso compromiso para conocer los misterios de una princesa que tan solo unos solos días atrás, era una completa desconocida para mi. Pero era imposible que pudiera resistirme a una historia como esta. Todo parecía hecho para mí.

Las pistas, el olor del misterio que alguien ha dejado, tentador, desafiante. Clarisa está tan emocionada como yo y se divierte viéndome en este estado. Durante toda la cena y la subsiguiente conversación en la sobremesa me estuvo mirando sonriente, transmitiéndome esa confianza que tanto aprecio en ella. Por otra parte los comentarios de ese chico, este alumno *cum laude* del profesor, *Laudy*—con este benevolente apodo nos referimos a él Clarisa y yo, cuyas ideas filosóficas y esotéricas, mezcladas con la historia que nos habían desvelado, me parecieron sumamente interesantes a la vez que perturbadoras.

De modo que aquí me encuentro a las puertas de este mundo mágico que se ha cruzado en mi camino. Tanto es así que estoy convencido que, de no ser un estorbo, estaré encantado de embarcarme en esta aventura de exploración. Quizás no sea la vuelta al mundo de Magallanes, pero a cambio podría tratarse de la vuelta a Castilla en términos histórico-novelescos. Tal vez descubramos una nueva realidad. Y eso, eso siempre me ha cautivado. Por no decir que aquí podría haber material para una novela.

Porque esto es distinto. Aquí no hay que ir en pos de una historia, una trama, un motivo. No hay que perseguir ese pretexto necesario para construir el argumento, esa excusa para expresar mi infierno, mis pesadillas, para huir de mi mismo una vez más. Solo tengo que coger esa leyenda, cualquier leyenda o historia del mundo y firmarla. Hacerla mía. Eso es todo. Tiempo tendré después para pelearme con las metáforas, embellecer el lenguaje y completar las frases y los párrafos con mis ideas. He leído en alguna parte que estas no se crean, que están fuera de nosotros, esperando que las reconozcamos como el fruto del árbol del Bien y del Mal, que reparemos en él, brillante, en su justo punto de maduración. Y luego, una vez captada la atención, ser devoradas sin piedad.

Se ha fletado la nave pues. La expedición está preparada, los ánimos prestos. La tripulación, reclutada de diversos puertos. La posada del almirante Benbow ha sido visitada por cientos de personas, pero nadie ha logrado hacerse con el mapa, con la ruta marcada en el mismo por un lejano escriba de siglos pasados, flotando en el aire de la Historia.

Solo cabe esperar que una galerna no destroce las velas, que no se amotine la dotación y que la isla del tesoro se encuentre en el lugar descrito en el único plano que hemos encontrado.

CAPÍTULO 17

LA PRINCESA DEL ARLANZÓN

De cómo nuestros héroes hicieron una visita a la localidad de Covarrubias, de cómo allí visitaron a una princesa seguido de una reflexión sobre las relaciones fraternales.

De las notas de Ernesto Santos

Burgos, 23 de noviembre.

Al salir del hotel Rice Reyes Católicos esta mañana sobre las nueve, nos hemos dado casi de bruces con una clásica furgoneta Volkswagen de color amarillo conducida por el joven Arturo Pinedo. En el lateral derecho de la misma las palabras *Scooby Doo* asaltaron mi visión, recordándome la vieja serie de animación que solía ver los sábados por la tarde en compañía de mi hermano. La similitud entre aquellos descubridores de misterios y nuestra peripecia personal me hizo sonreír.

—¡Bienvenidos! —dijo una sonriente Elena mientras asomaba la cabeza por una de las ventanillas —. ¿Preparados para la aventura?

—¿Y esta furgoneta? —dijo Clarisa que había permanecido sin articular palabra durante un largo minuto ante esta insólita visión—.

Creía que ya no circulaba ninguna de ellas salvo en esas miniaturas que se ven en algunas tiendas.

—Es de un compañero de la uni —contestó un orgulloso Pinedo mientras simulaba girar el volante a toda velocidad—. Me la ha prestado a cambio de que le explicara ciertos esquemas y le diera alguna que otra lección extra. La usa para llevar el equipo de música del grupo en el que toca. Tened cuidado. Igual os encontráis cables o trastos por los asientos traseros.

—Bueno —dijo Clarisa abriendo la portezuela y, haciendo caso literal de las instrucciones recibidas, apartaba un par de micrófonos que se encontraban sobre los asientos traseros. A renglón seguido y reparando en todos los que ocupábamos el vehículo añadió:

—¡Solo nos falta el perro! Porque el misterio ya lo tenemos.

Así, con ese buen ánimo iniciamos la aventura que habíamos esbozado días atrás en el Pasaje Gutiérrez de Valladolid. Al fin y al cabo, esto era más de mi agrado que acudir a conferencias y escuchar aburridas ponencias, pero no se podía tener todo.

Pertrechado con mi móvil y bloc de notas para registrar cuanto aconteciera, me sentía en efecto el cronista de una expedición por tierras ignotas. Llevábamos con nosotros solo lo imprescindible como corresponde a exploradores de pro: algunas bebidas en el maletero y abundante lápiz y papel, al margen de nuestros respectivos móviles. A esto había que añadir una misteriosa carpeta de piel negra de la que Carlos Lafuente no se despegó ni por un instante. Consciente de la importancia del momento y de mi papel como narrador del mismo, abrí la ventanilla e inhalé el aire que nos venía de cara, un aire que, suponía yo, ya había visitado el lugar al que nos dirigíamos. Aunque hubiera preferido el olor del salitre azuzado por el viento golpear nuestros rostros, tuve que contentarme con el que provenía de las tierras y cosechas con las que nos íbamos encontrando.

Atravesamos la sierra absortos en la contemplación del planeo incesante de innumerables buitres leonados cruzando el cielo. Me había dejado sumir en una especie de letargo en mi asiento trasero viendo pasar el paisaje. Era este un panorama que ya el naturalista

Félix Rodríguez de la Fuente había recorrido tiempo atrás en busca de imágenes de esa naturaleza esquiva.

El grupo de Montanilla apenas habló durante el trayecto. De vez en cuando Arturo o Elena señalaban alguna particularidad del paisaje, algún risco, algún cerro de caprichosas formas que debía de llevar en ese lugar desde el Diluvio Universal., observaciones que Lafuente contestaba a lo sumo con un silencioso gesto de cabeza, la vista fija en la carretera.

Antes de llegar a la población pudimos ver a mano izquierda y a un nivel por debajo de nosotros unas imponentes ruinas en estado de próxima restauración. De entre ellas destacaba, todavía orgullosa, la portada principal, dando cuenta de su pasado glorioso. Estas ruinas eran todo lo que quedaba de lo que una vez fue el monasterio de San Pedro de Arlanza a cuyos pies se encuentra el río del mismo nombre. La monumental portada por fortuna todavía se mostraba intacta, desafiante, como desafiante había sido su construcción en esa colina, en este terreno sobre la corriente. Alrededor del lugar se veían claras indicaciones de las labores de reforma y reconstrucción con las que se intentaba evitar el derrumbe y total destrucción del venerable edificio.

Era media mañana cuando nuestra comitiva hizo su entrada en la pequeña población de Covarrubias, situada a unos sesenta kilómetros al sudeste de Burgos. Me habían hablado mucho de ella y había obtenido cierta información en algunos libros, pero eso era todo. En cualquier caso, nada, ni siquiera en esta época de Internet y san Google, puede compararse con la experiencia directa de encontrarme en un lugar así. No deja de sorprenderme la humana capacidad de asombro que nos permite seguir maravillándonos una y otra vez de un nuevo escenario, de una nueva experiencia.

Tras cruzar por delante de un pub que se anunciaba bajo el nombre de "La Serna" dejamos el coche en una pequeña explanada cercana a la carretera al estar prohibido el acceso de vehículos al interior de la población.

—¡Mira, Elena! ¡Parece que los tuyos llegaron a Covarrubias

antes incluso que los vikingos! —dijo Arturo con una mueca mientras señalaba el cartel del mencionado pub.

Por toda respuesta la paleógrafa le sacó la lengua en un gesto de puro pragmatismo académico.

Iniciamos la entrada al pueblo por unas calles empedradas y vacías de vehículos. A esa hora muchas de sus tiendas mostraban aún sus puertas cerradas, en ese dormitar de establecimientos semejantes, apartados del ritmo regular de los días. Unos maceteros colocados cada pocos metros, bordeaban la calle por la que caminábamos. De las fachadas sobresalían algunos faroles negros que daban un toque pintoresco a la escena. Sobre una tienda situada a mano derecha colgaba un discreto cartel anunciando con modestia la venta de mantecados. Al final de la calle dimos con una plazuela en cuyo centro se alzaba una cruz de piedra. Junto a ella se encontraba el bar restaurante Galín. Sobre el mismo y aguantada sobre viejos soportales se encontraba la pensión del mismo nombre. Llamó mi atención que el bar justo enfrente de este establecimiento, ostentara apropiadamente el nombre "The Vicky".

En esta misma plaza, entrecruzada de multitud de casas con vigas a la vista que evocaban incesantemente la Edad Media y bien custodiada por la pensión arriba mencionada y un par de bares más se encontraba el ayuntamiento.

La imposible perspectiva de unas casas peleadas con la simetría, inclinadas unas sobre otras, intentando ver quién pasaba por la calle en esos momentos, lo llenaba todo. Era imposible no sustraerse a una extraña sensación de irrealidad.

Me imaginé como tuvo que sentirse Carlos cuando abrió por primera vez en la tranquilidad de su despacho de Montanilla esa caja deteriorada conteniendo los manuscritos. Aquella tarde que tan lejana debía antojársele ahora.

Era fácil identificar el ayuntamiento no solo por la bandera que colgaba de su fachada sino por tener, como obligado distintivo, al igual que similares poblaciones, un reloj colocado en la parte más alta de la fachada, quizá con el secreto propósito de recordar al visitante que, pese a ser un pueblo medieval, Covarrubias seguía viviendo con los tiempos.

Al entrar en él nos encontramos a una agradable joven con gafas de nácar, concentrada ante la pantalla de un ordenador.

—Buenos días, tenemos una cita con el concejal de Turismo, el Sr. Valverde —dijo Lafuente carraspeando.

Antes de que la joven tuviera tiempo de contestar un hombre surgió de uno de los despachos de la planta baja situados frente al mostrador.

—Bienvenidos a Covarrubias —saludó el recién llegado con una amplia sonrisa—. ¿Los profesores de Montanilla, verdad? Soy Ramón Valverde. Un placer tenerles aquí—dijo, y tras reparar a continuación en el resto de nosotros que habíamos quedado un poco atrás curioseando a través de las ventanas que daban a la plaza, hizo extensiva su invitación con un gesto de la mano— ¡Vengan por aquí por favor, hablaremos mejor en mi despacho!Rebeca, por favor no me pase llamadas durante unos minutos.

Y con estas palabras hizo un gesto profesional con la mano a la joven de las gafas de nácar.

—Claro, señor Valverde.

—Perdonen el desorden —dijo nada más entrar al mismo mientras echaba lo que parecía ser unos impresos que tenía en la mano sobre la mesa—, pero hasta ayer mismo hemos tenido infinidad de visitas, entre otras las del ministro de Educación y Cultura, la preparación de las fiestas, las diferentes misiones culturales noruegas... esto a veces se nos va un poco de madre. Eso cuando no se estropea el ordenador.

—Tranquilo, no se preocupe, debería de ver mi despacho un día cualquiera —dijo Carlos.

—No es por otra parte algo habitual que recibamos una visita de este calibre... unos paleógrafos en busca de información sobre la princesa Kristina ya es motivo de interés en si mismo, pero si además vienen acompañados de un escritor en busca de documentación para una novela, esto ya es algo absolutamente excepcional —dijo mirando en mi dirección.

—Bueno, ya sabe. Lamento tener que reconocer no ser el primero.

Ya sabrá usted a estas alturas que se ha escrito ya alguna que otra historia sobre el tema —dije.

—¡Sí, por Dios, sí, estamos al tanto! Esto de la novela histórica se está poniéndose de moda ciertamente.

—La verdad es que estamos un poco desconcertados —comenzó el profesor—. He intentado contactar con el director de la fundación Princesa Kristina enviando varios correos electrónicos, pero no he recibido respuesta alguna.

—Bueno, no puedo responder en nombre de la fundación. Por lo que sé, la presidencia es un cargo más o menos simbólico y poco remunerado, si lo es en algún aspecto. No obstante, para compensarles por sus esfuerzos... —dijo abriendo un cajón de su despacho como si fuera a darles un caramelo a cada uno—. Les voy a presentar a una persona que hará que su estancia aquí haya valido la pena. Por lo menos esa es mi intención. Se trata de Hans, un colaborador ocasional de la fundación Princesa Kristina. Estoy seguro que estará encantado de acompañarles. Por lo habitual, está siempre viajando de un lado a otro. Es una especie de agregado cultural —y luego bajando la voz para no ser oído por las señoras presentes—, entre ustedes y yo un afortunado y verdadero hijo de puta que puede vivir como yo quisiera. La verdad —continuó ya en voz alta—, es que aunque estamos algo al tanto sobre los distintos eventos en el ayuntamiento, quizá no tengamos todas las respuestas a las cuestiones que puedan haberles traído aquí. Bien, síganme por favor, les acompañaré a su casa. Está muy cerca. Bueno, en realidad todo lo está aquí —dijo, mientras nos indicaba que le siguiéramos con una sonrisa que parecía un fiordo a fuerza de recibir visitantes noruegos.

Salimos a la calle. El concejal y Lafuente pronto encabezaron la pequeña comitiva. Era placentera la sensación de deambular de este modo por esas calles empedradas mirando a nada en particular mientras el sonido de nuestros pasos sobre el adoquinado llenaba de ecos las mismas. Había no obstante algo de artificial en el ambiente. Al fin y al cabo, en palabras del mismo concejal, el pueblo no era en realidad más que una maqueta que cobraba vida en el verano, con dos o tres puntos de interés para los visitantes dando la impresión de haberse convertido por desgracia en un parque temático más. Fuera como fuese, suspendí mi pensamiento crítico y me dejé llevar por esa cacofonía de sonidos, de formas, de vigas y casas moviéndose en caprichosas siluetas a mi alrededor... Hacía tiempo que no había visto un pueblo así, en concreto desde que descubrí en mi niñez en *Pinocho*, el viejo clásico de Disney, esa aldea tirolesa solitaria en la noche, hacia la cual la cámara se acercaba con lentitud hasta llegar a la ventana de Geppetto para descubrirnos su cálido interior.

Nuestro destino estaba efectivamente un poco más atrás, entre la calle de los Olmos y la de Santo Tomás. Era esta una edificación con vigas a la vista decorando su fachada y sobre la que aparecían tres o cuatro balcones llenos de geranios. Una casa casi idéntica a la reproducida en las curiosas papeleras que en número abundante aparecían repartidas por todo el pueblo. Nada hacía en apariencia suponer que aquí, en este lugar tan discreto, en esta calleja escondida como tantas otras de la población, pudiera encontrarse la persona que buscábamos.

Nos abrió la puerta una joven alta y rubia con el cabello en largos tirabuzones y con una de esas sonrisas imposibles que solo las escandinavas de ojos azules pueden esgrimir. Tras hacernos pasar, nos acompañó hasta una pequeña salita donde tomamos asiento.

Al cabo de unos momentos volvió a aparecer la misma beldad portando la misma sonrisa, aumentando al hacerlo las pulsaciones de Arturo.

—Vengan conmigo, por favor —dijo la joven con un fuerte acento nórdico.

Penetramos en un despacho luminoso donde, sentado frente a un ordenador Macintosh, se encontraba Hans, la persona en cuya busca habíamos venido.

Era este un joven noruego de aspecto agradable y largos cabellos tostados que colgaban a ambos lados de su rostro. Unas gafas de pasta negra daban al mismo cierta semejanza con un Clark Kent vikingo.

—Les presento a Hans —dijo el concejal—, el actual responsable y coordinador de la Fundación Princesa Kristina aquí en Covarrubias.

El noruego se levantó desvelando su última arma: una elevada estatura de alrededor del metro noventa, lo que nos hizo sentir a todos los que allí estábamos fuera de lugar. Clarisa y Elena mostraron en ese momento una extrema parquedad en sus palabras.

—Les dejo en buenas manos pues. Si me lo permiten he de regresar al consistorio, aunque si precisaran de alguna otra cosa antes de marcharse, no duden en acercarse por el ayuntamiento —dijo el concejal estrechando nuestras manos en un tono que parecía indicar que esto no sería necesario.

—Pensábamos encontrar una sede oficial de la fundación o algo similar en el pueblo —comenzó Lafuente una vez se hubo marchado el concejal.

—Bueno, entiendo su confusión. Es algo difícil de explicar. La fundación, aunque tiene oficialmente su sede en Madrid se encuentra a efectos prácticos alojada físicamente dentro de la embajada de Noruega por razones logísticas. Al fin y al cabo no deja de ser una misión comercial y cultural más o menos encubierta entre los dos países ayudada por la historia de la princesa como nexo. He de pedirles perdón por mi español —aquí Hans dijo algo en noruego—, todavía estoy intentando mejorarlo, pero acabo de volver de mis vacaciones en Noruega y eso no ayuda mucho —y aquí estalló en una carcajada sonora que parecía salida de un fiordo de su tierra natal mientras se degusta una cerveza al atardecer—. Y la próxima semana tengo que volar al sur de Italia con un grupo de mis compatriotas en visita cultural.

No sin esfuerzo y no sin consultar primero sus notas, Carlos, Elena y Pinedo iban formulando sus preguntas al joven. Clarisa y yo por nuestra parte grabábamos en nuestros respectivos móviles la conversación.

Hablaba Hans con convencimiento, con el aire de alguien acostumbrado a responder una y otra vez las mismas cuestiones en torno a Kristina de Noruega, pero sin dejar por ello ni un momento su aire amable, su mirada profunda y clara cada vez que contestaba una de las preguntas del grupo que tenía delante. Hans, con su indudable atractivo y abismales ojos azules, ayudado por sus maneras cuidadas y elegantes, era el embajador ideal de su país. Todo en él estaba estudiado para distraer la atención del interlocutor que tuviera enfrente, y hacer que la conversación derivara en una comparación entre culturas, lenguas y maneras de entender la vida.

—Pero, vengan conmigo —terminó el joven tras unos minutos con ánimo de cambiar de tema mientras se levantaba y apagaba diestramente el ordenador—. Ustedes han venido aquí también para ver el sarcófago de la princesa Kristina in situ, ¿no? Será un placer acompañarles hasta la Colegiata de San Cosme y San Damián y presentarles al párroco. Ya está harto de verme por allí llevándole gente, así que podemos darle en cualquier caso un motivo más que justificado para sus quejas.

Hacía tiempo que no había visto un pueblo así desde que descubrí en mi niñez en el viejo clásico de Disney

Hans avanzaba a largas zancadas, seguido a trote ligero por nuestro pequeño grupo que intentaba disimular de este modo el esfuerzo producido al seguir el ritmo de ese caminar apresurado, manteniendo el tipo y haciendo creer a cualquier observador casual que tal proceder era algo habitual en nosotros.

Pasamos de modo arrebatado frente a la llamada torre de Fernán González junto al río Arlanza, viendo a continuación y a duras penas, la casa de Doña Sancha, una de las visitas obligadas, que, como casi todas las visitas de idéntica índole no iban a poder ser realizadas en esta visita, conformándonos en su lugar con ver su silueta alejarse detrás nuestro. A la derecha, un puente de arcos cruzaba el río. Unos árboles desnudos parecían hablarnos de otra época, preparándonos para la misión que nos había traído hasta aquí.

Era el nuestro un curioso grupo, objeto de las miradas y del interés tanto de los visitantes y turistas que caminaban por las calles cámara en mano, como de aquellos parroquianos sentados en cualquiera de los tres bares que ocupaban la plaza central. Debido a la emoción inicial y al hecho de haber viajado apretujados en la furgoneta no había tenido tiempo de contemplar la imagen que formábamos. Hans caminaba en el centro, con seguridad de líder o de caballero medieval según el símil que uno prefiriera. A su lado la figura pensativa y atenta a la conversación de Carlos Lafuente asentía de vez en cuando a algún comentario del noruego. Elena, a la derecha del grupo con un largo y esplendoroso vestido floreado que había traído para la ocasión y a su lado, en animada conversación con ella, Clarisa, con esa falda larga y camiseta azul marino que la convertía en una ilustración sacada de cualquier obra de Norman Rockwell. Pinedo completaba tan pintoresco cuadro con su gorra universitaria de remero, dando la impresión de haber salido de un grabado inglés y de estar intentando buscar el marco para retornar al mismo.

Nuestro peculiar noruego me había traído esa tarde a la memoria ese otro Hans literario, en concreto, el de la novela de Julio Verne *Viaje al centro de la tierra*, aquel hombre de pocas palabras que había servido de guía y silencioso amigo al profesor Liddenbrock y a su sobrino por el interior del planeta. Esa asociación literaria era reconfortante y me hizo sentir que estaba con alguien al que conocía desde hacía mucho tiempo.

—Nada de lo que ven aquí es real —decía nuestro agregado noruego cuando por fin di alcance al grupo ante la envidia de algunas turistas con las que nos cruzábamos en ese momento—. Como les habrá dicho el concejal, el pueblo cobra vida en especial durante el verano, durante las fiestas, y en concreto el veinticuatro de julio, el día de Santa Kristina. El resto del año salvo la Semana Santa es, al igual que ahora, una cáscara vacía esperando al visitante ocasional y más concretamente al peregrino noruego que viene a honrar a su princesa, con la excepción del final de septiembre en que la fundación noruega celebra un festival de música con un mercadillo de productos típicos noruegos.

—Pues es una auténtica pena —dije— que la gente deje de lado pueblos como este para irse a la ciudad.

Me asomé al pretil del puente. Me sentía atraído por el río. Quería ver su discurrir, esa inquietud viva que formaban sus aguas.

Una turista que al parecer había olvidado su cámara de fotos en un bar cercano al puente de arcos que habíamos visto momentos antes, bajaba corriendo la cuesta de una calle próxima, justo cuando el autobús que la había traído se disponía a partir entre los gritos del resto de pasajeros que pedían al conductor que esperase.

En mi interior —y a pesar de la apariencia de tranquilidad que intentaba transmitir—, sentía el deseo de llegar cuanto antes ante la estatua, ante la colegiata y sus secretos. Esa figura y más que ella, ese sarcófago que había visto en Internet y de cuya extraña y romántica historia oí hablar por primera vez en Valladolid, nos había traído hasta aquí. Nos acompañaba el miedo, el suspense casi infantil de esperar que una vez más la realidad no destruyera la imagen que había forjado en mi interior. ¿Habíamos venido en busca de hechos, de datos o simplemente de un fantasma? Como escritor no podía en absoluto desestimar esta última posibilidad, aunque solo fuera como excusa para encontrar justificación a muchas de las cosas que había podido experimentar recientemente.

CAPÍTULO 18

LA COLEGIATA DE SAN COSME Y SAN DAMIÁN

Una princesa duerme junto al río.

Tras dejar atrás una cruz de piedra situada en el centro de una plaza, Hans se detuvo. Unos pocos pasos más abajo y a la izquierda se encontraba ya la Colegiata de San Cosme y San Damián. Con gesto teatral no exento de cierto orgullo, nuestro guía nos indicó a nuestra derecha una figura en bronce colocada en un diminuto parterre verde rodeado por unas cadenas. Una placa resumía brevemente la historia que ya conocíamos.

—Bueno, he aquí nuestra particular princesa del Arlanzón.

La estatua se alzaba delante de nosotros.

—Así que esta es la joven Kristina —dije mirando a la estatua que se alzaba frente a nosotros.

No pude por menos de esbozar una sonrisa al ver la efigie. Era como la había imaginado.

—¿Cuándo se colocó? —preguntó Elena.

—Fue en 1978. Fue una donación de Bergen, el pueblo natal de la princesa como homenaje para celebrar el aniversario de su llegada. Hay otra idéntica levantada allí —contestó Hans.

—Debió ser un espectáculo curioso —dijo Arturo.

—Sí —replicó Hans con cierta nota de orgullo en la voz—, asistieron personalidades noruegas e incluso la banda municipal de Tønsberg.

Clarisa, que entretanto se había acercado en silencio tras salvar las cadenas decorativas que rodeaban la efigie, extendió el brazo para tocarla.

Estaba claramente fascinada por el aspecto de porte regio y acerada mirada que mostraba la imagen, pareciendo atravesar el tiempo a través de todas las épocas. Era la de la estatua una eterna contemplación de nostalgia, de amor, una mirada del norte. La mirada de una princesa que tuvo que venir a vivir aquí, a estas tierras de Burgos, un lugar donde encontró casas construidas con una piedra de color similar a las de su país. Las circunstancias hicieron que muriera en este mundo del sur, lejos de su tierra y su ambiente, lejos de los cielos plomizos de Noruega. Pero había sido aquí, en cierto modo en este otro norte, donde habíamos dado con ella. Altiva y orgullosa, como correspondía a alguien de noble cuna, con una pequeña corona en su cabeza y una capa que parecía levantarse al viento en este frío día invernal.

Estaba, sí, junto a ese río brillante y estrecho que fluía bajo su regio porte, perpetuamente recordando al visitante ocasional sus orígenes, en eterno homenaje.

Las estatuas siempre me han transmitido una peculiar idea de irrealidad o, mejor dicho, de hiperrealidad, como si fueran ellas las que habitaran el mundo verdadero, la auténtica realidad y nosotros estuviéramos en otra dimensión, en el lado equivocado de la existencia. Pareciera al contemplarlas que el tiempo y el instante hubieran sido milagrosamente preservados, congelados en su mejor momento. ¡Ojalá pudiéramos hacer algo semejante a cuando, deteniendo una película con el mando a distancia, nos alejamos para observar la escena, las personas presentes, pudiendo así examinar los rasgos, los gestos huidizos de nuestro rostro y el de nuestro interlocutor a nuestra entera comodidad!

Era la de la estatua una eterna contemplación de nostalgia, de amor, una mirada del norte.

Son las estatuas y con ellas los viejos edificios, monasterios y catedrales, un recuerdo perenne de nuestros actos sobre la posteridad y de que estamos unidos como humanidad por debajo del océano, en palabras de John Donne.

Elena contemplaba también con embeleso y atención la efigie. Sentí de repente un escalofrío recorrerme la espalda.

—Puedo sentir la presencia del Norte en mis huesos —dije.

—Eso por aquí lo llamamos frío —replicó Carlos con una de sus muecas—. Es bastante habitual dada la época del año.

—No puede negarse que esta parte de España no cuente con su buena ración de princesas y caballeros como Mío Cid y demás, ¿eh? ¡Nada que ver con la zona donde me he criado yo!

—Sí, es cierto, es más los rachelillos, que así se llaman los nativos de Covarrubias, están encantados con la idea —dijo Hans.

Nuestro guía ya se había adelantado a grandes zancadas y entrado el primero en la colegiata. Cuando a su vez cruzamos bajo esa vidriera en forma de gigantesco rosetón que saludaba al visitante, pensando que habíamos perdido a nuestro guía, lo descubrimos detenido frente a nosotros. Junto a él y parapetado tras uno de esos mostradores estratégicamente colocados a la entrada de los templos, diseñados expresamente para exigir el derecho de admisión, se encontraba un hombrecillo al que parecía estar explicando los motivos de nuestra tardía visita. Este movía los brazos con cierto nerviosismo, aunque dada la distancia que nos separaba de ellos no logramos oír nada de sus palabras. En un momento determinado de las negociaciones, el noruego se giró hacia nuestro grupo y, con su habitual aire tranquilo, como si lo que terminábamos de presenciar no hubiera tenido lugar, dijo con sonrisa candorosa:

—Venid por aquí. Acaba de pasar un grupo de turistas y el párroco está a punto de darles una breve explicación. Podemos mezclarnos con ellos sin problemas. No nos van a decir nada, ya me conocen por entrar y salir con gente de la fundación y estudiantes noruegos cada dos por tres. —y a continuación añadió con una sonrisa —. Es casi como ser invisible.

En efecto, la presencia de nuestro pequeño grupo no fue detectada, o por lo menos, no despertó más que una breve mirada en nuestra dirección y esto únicamente en razón de la alta figura de Hans.

Nada más entrar nos sentamos en silencio en uno de los bancos de la Iglesia, cercano al grupo de turistas que allí se encontraba y que habían pagado religiosamente los tres euros por cabeza para poder entrar a la iglesia de San Cosme y San Damián.

El párroco estaba encantado. Por fin tenía público entusiasta frente a él, preparado para escuchar sus palabras. El verano todavía quedaba algo lejos y no eran muchos los visitantes que habían venido este año. ¿Y qué pasaba con el discurso que había meticulosamente elaborado, perfeccionado con el paso de los años? ¿Tendría que dejarlo pendiente para las fiestas, después de los últimos retoques realizados con esmero creativo?

Estábamos así, sentados entre el resto de los visitantes, mezclados como un turista más de los que habían pagado los tres euros por cabeza para poder entrar a la iglesia de San Cosme y San Damián.

—Bueno, vamos a empezar —dijo, alzando su brazo derecho en cuya mano llevaba un llavero cubierto por una funda de cuero que utilizaba a modo de puntero para señalar los puntos destacados de su explicación—. En el año 970 fallece Fernán González, pero ustedes no estarían por aquí claro, no se acordarán, aunque los restos del conde reposaron en el monasterio de San Pedro de Arlanza —algunos de ustedes habrán visto las ruinas al llegar a Covarrubias—. Allí permanecieron hasta que en 1841 fueron traídos hasta aquí. A mi izquierda —nueva señal del llavero—, pueden ver su tumba y frente a ella, a este otro lado, la de su mujer. Como podrán observar las losas superiores no pertenecen a esos sarcófagos, lo que se puede comprobar porque sobresalen unos centímetros sobre la inferior.

Hizo una breve pausa.

—Estoy dando mucho rollo, ¿no?—. Se rió con cierto aire de profesor, de maestro, de esos maestros de escuela nacional que aún quedan en la memoria, en el inconsciente colectivo de un país que se estaba diluyendo en Internet.

—Es lo que se espera de nosotros, los curas, ¿no es cierto? —dijo socarrón mientras miraba al público congregado —Fernán González —continuó inflexible—, mandó construir la iglesia original. El abad Diego Fernández la reconstruiría en 1474 sobre el templo anterior. En cualquier caso ese año sí que estuvieron ustedes, ¿verdad? De ese sí se acordarán —de nuevo el irritante tono socarrón—. Ahora pasen por aquí, vamos a ir al claustro. Pueden hacer fotos y videos si quieren, pero... —y en este punto hizo otra pausa más larga semejante a la del propio Hamlet en su famoso monólogo— ¡sin flash!

Estas palabras fueron seguidas de movimientos nerviosos entre el grupo de turistas en busca de sus cámaras y teléfonos móviles.

Sí, acabábamos de entrar en el pequeño claustro donde se encontraba el pequeño museo q ue se había ido formado con el tiempo en el interior de la colegiata. El edificio se había convertido en un lugar en el que los preciados restos arqueológicos que se habían descubierto en las inmediaciones se habían ido guardando y concentrando, apilados sin ningún orden en concreto. Una preciosa columna en mármol bruto de piedra *sigillata* podía verse en lugar destacado en el primer tramo que estábamos recorriendo.

De repente, la puerta por la que habíamos penetrado se abrió, y el hombrecillo de aspecto seco y áspero que habíamos visto custodiando el pequeño mostrador, asomó la cabeza, la mirada fija en un punto indeterminado, pareciendo no dirigirse a nadie en particular.

—¿Tiene llaves para cerrar? —preguntó abruptamente.

—Déjalas ahí fuera en el mostrador—dijo el párroco, molesto por la interrupción nada más haber dado comienzo su charla.

—Es para que pueda cerrar luego —volvió a insistir el hombre.

—Te he dicho que las dejes ahí fuera. Yo cerraré —dijo terminante el párroco. Esta vez el tono era firme, casi amenazante.

Continuó con la charla y tras decir unas pocas frases más, volvióse a abrir la puerta de acceso al claustro. Esta vez se trataba de la guía que había traído al grupo en autobús, quien, con cara compungida y, juntando sus manos en actitud suplicante, se dirigió al párroco:

—Padre, por favor, a menos veinte, que tenemos el tiempo apretado, por favor... —y tras ver la expresión del cura y darse cuenta de que había interrumpido la charla, desapareció con rapidez cual marioneta antes de recibir el palo del villano.

El párroco se quedó mirando a los presentes con mirada vacía.

—Milagros, lo que son milagros, honestamente yo no sé hacer —, dijo con un suspiro resignado, buscando la complicidad de los asistentes y prosiguiendo su presentación en el mismo tono pausado con el que había comenzado. Estaba claro que nada le iba a estropear su escena maestra, su monólogo particular de Hamlet, escrito e interpretado por él mismo con tanto cuidado.

—Fíjense en estas estatuillas de allí. Hasta hace bien poco se pensaba que este santo pertenecía al retablo hasta que alguien se dio cuenta de que la pintura no es de la misma calidad que el resto. Fíjense, no tiene el mismo brillo ni textura. Presten atención además en que en el tríptico este santo aparece dos veces, no tiene razón de ser que haya dos figuras idénticas en el mismo lugar, ¿no creen?

En la mampostería irregular de las paredes se podían apreciar los restos de la antigua colegiata, reutilizados y reciclados en caprichosas formas, presentes en los fragmentos de columnas, de las piedras... el pasado alimentando como siempre a sus descendientes.

Llegamos ante un hermoso retablo en madera, un tríptico.

—Aquí tenemos a la Virgen y los tres Reyes Magos... Fíjense en el rey negro. ¿Qué observan en él? ¿En qué se diferencia de los demás?

—Pues en que es más alto —dijo alguien.

—Más elegante —dijo otra persona.

—¿Algo más?

Una señora más atrevida que las demás se pronunció claramente.

—¡Vaya, que es más guapo!

Hubo algunas risas contenidas.

—Pues este retablo lo pidió el pabellón del Vaticano para la Expo de Sevilla, pero los vecinos de Covarrubias dijeron que de aquí no salía y... ¡No salió!

En este momento hizo otra pausa, complaciéndose en el suspense que había generado en el público. Tendría que alargar ligeramente más las frases en esta parte.

Cuando se encontraba ante alguna obra controvertida, de esas que habían vuelto de cabeza a los investigadores, gustaba de hacer una pausa y coger aire antes de hablar:

—Yo tengo una interpretación... —decía entonces, guardando una pausa calculada. No más de dos segundos para no aburrir a ese público expectante.

Un poco más a la derecha y colocados dentro de un marco dorado al que apenas habíamos prestado atención al entrar en esa estancia, podían verse cuatro piezas de tela oscurecida por el tiempo. Un cartel en la base las identificaba como restos de las vestimentas con las que la princesa Kristina había sido enterrada.

Nos acercamos en silencio a leerlo mientras el párroco seguía explicando alguna de las otras obras expuestas, otro retablo en el que al parecer los santos habían sido sustituidos por una pintura que no correspondía a la original.

Miré las telas expuestas con detalle mientras él seguía con sus peculiares explicaciones. Una de las piezas llamó en especial mi atención. Semejaba el resto de un corpiño de color amarillo con dos tiras negras a ambos extremos que, aún hoy en día, ocho siglos después, seguían transmitiendo elegancia y un brillo apagado en el tejido. Las otras telas quedaban atenuadas a su lado, pero, en cualquier caso, mostraban el buen hacer de una civilización pasada.

Comprendí en ese instante el interés que Carlos Lafuente encontraba en esos vestigios. Hacía ocho siglos una mujer se había levantado por la mañana y, ayudada por sus damas, se había vestido con esas mismas prendas. Las había escogido, tocado el tejido con sus manos, sintiendo la caricia de este, de ese modo que solo una mujer puede hacer. Quizás cuando las tocó la última vez no sabía que sería la última vez que lo haría. Ese pensamiento cruzó los siglos y me alcanzó. Sentí mi propia mortalidad a través de la de ella. El periplo que acababa de iniciar en su compañía me había hecho recordar, una vez más, que antes de nuestra, en apariencia, avanzada cultura ya existía civilización, que no habíamos descubierto nada. Que la obra de Shakespeare y Cervantes sigue viva en nuestros días precisamente porque los sentimientos y las pasiones de los hombres y mujeres que nos precedieron no han cambiado. Que el sufrimiento humano continuará del mismo modo y con él y paralelamente a sus miserias, también surge ocasionalmente la gloria y la belleza.

—Conoció a su novio por teléfono... —estaba diciendo el párroco cuando salí de mi estado meditativo. Reposaba su brazo derecho sobre el sarcófago de la princesa mientras miraba al grupo que había formado un semicírculo frente al mismo.

Después de esta nota contemporánea que Carlos encontró particularmente irritante y vulgar a juzgar por una mueca que hizo en ese momento, el párroco siguió haciendo su discurso, pero este ya estaba vacío de interés para mí. Pareció dudar un momento a mitad del mismo, cansado quizás ya en esta parte al no poder elaborar demasiado sus interpretaciones:

— Y entonces vino de Noruega en barco hasta Francia y del norte de Francia a caballo...

Jugaba con las llaves que sostenía en la mano izquierda. ¿Se las habría dejado en algún momento aquel hombrecillo que había asomado la cabeza? ¿Era otro juego distinto al usado como puntero inicial?

Prosiguió su entrecortado relato:

—Y finalmente, el día de Nochebuena de 1257 llegaron al Monasterio Real de las Huelgas y entonces, bueno, pues...—. Aquí hizo un gesto ambiguo, esperando quizás que alguno de los santos que había estado mencionando le iluminara para terminar—, enseguida... se casa... con el hermano de Alfonso X el Sabio. Su marido fue abad de la colegiata y al morir ella, éste manda que sea enterrada aquí.

Continuó contando una leyenda gris acerca del origen de la campana que allí colgaba. Al parecer la princesa la había tocado una noche para llamar a su marido que se había marchado de cacería para que éste retornara al castillo. Una nota pintoresca, claramente dedicada a los turistas.

Esta había sido la parte menos atractiva de la visita. El interés de los turistas pareció haberse desinflado al compás de la peregrinación por el interior de la colegiata llegado este momento. Pero no pude por menos de entender y simpatizar en parte con la actitud del párroco.

Al fin y al cabo él no había elegido tener allí la tumba de la princesa Kristina, por muchos visitantes noruegos que vinieran, por mucho que fuera engalanada y adornada del modo en que lo estaba por la fundación hispano-noruega. El objetivo de la visita ya había sido logrado a estas alturas. Ya no había nada más que decir o comentar.

De entre todos los recuerdos que allí se encontraban, milagrosamente recuperados, preservados y cuidados para la posteridad, el turista visitante solo buscaba en su mayoría el sarcófago de esa vikinga desconocida. Como si se tratara de la protagonista de un serial televisivo, situada en una especie de altar cuasi religioso. Eso debía de ser lo que odiaba el párroco, esas visitas que perturbaban la paz de la colegiata, que despreciaban y pasaban por alto el resto de los tesoros que allí se escondían. Al menos el sarcófago se encontraba nada más entrar al claustro. De este modo él podría dar trámite rápido a esas visitas de balbucientes nórdicos que ignoraban sus explicaciones, prestos en sacar la cámara y tocar la inevitable campana de las narices que alguien tuvo la genial idea de colgar en un momento de desvarío iconoclasta.

Pero yo me encontraba entre los privilegiados. Sí, porque yo me había dejado caer detrás del grupo mucho antes, nada más penetrar en el claustro en cuanto reconocí, gracias a las fotos que había visto los pasados días, el sarcófago de la princesa en un lugar situado a nuestra derecha. Ni el grupo, ni mis compañeros repararon en mi acción, sujetos al encantamiento de las palabras del párroco, a excepción de Clarisa a la que hice urgentes gestos con la mano para que ocultara mi incursión temeraria. Ninguna visita guiada me iba a distraer de la razón última que nos había traído hasta aquí. Como en cualquier comedia británica protagonizada por Hugh Grant o Peter Sellers, me escabullí y corrí con mi cámara de fotos hacía el sarcófago. Ya tendría después tiempo de sucumbir ante el encanto del resto de joyas que se escondían en este lugar.

Me encontré así ante un impresionante sepulcro gótico de piedra labrada con una arquería de vanos y un friso superior de roleos.

Era una obra de arte, de eso no cabía duda alguna.

Junto a las banderas de Castilla y León colgaban a ambos lados del mismo las de España y Noruega.

A la izquierda un cartel rojo sobre el que aparecía escrito en un texto blanco:

KRISTINA DE NORUEGA
LA PRINCESA QUE VINO DEL FRÍO

Aquello parecía una especie de altar sobrecargado de mementos: sobre el muro, un cuadro con una recreación de una mujer con larga capa roja en regia pose. A su lado los restos de unas flores secas depositadas en algún ceremonial que esperaban ser sustituidas en la próxima visita.

Frente a ese sarcófago hecho en piedra me sentí diminuto, débil.

Siempre me había gustado encontrarme con las tumbas o lugares recorridos por personajes históricos o incluso actores de películas clásicas. La atracción por sus personalidades podría considerarse un modo indirecto de intentar encontrarnos con ellos, sentirlos, acercarnos. Una puerta falsa, trasera de la experiencia, dada la imposibilidad de coincidir con ellos en el tiempo ni en el espacio. Acudimos de este modo a visitar el lugar donde se hallan sus pobres restos mortales para intentar un encuentro que no se pudo producir en vida, para creernos más cerca de ellos en cierto modo.

Me encontré con un impresionante sepulcro gótico de piedra labrada con una arquería de vanos y un friso superior de roleos.

Pero hay algo que sí puede hacer nuestra pobre naturaleza como defensa frente a la vida —y por supuesto, frente a la muerte. Se trata de cincelar los hechos en la mente, fijarlos, aunque sea imperfectamente para, gracias a la memoria, evocarlos, recuperarlos y volver a traer esos momentos de felicidad incompleta reviviendo así una y mil veces aquel beso, aquella palabra amable de la amada, aquella sonrisa, el modo en que el viento agitó aquel día su cabello...

Me alegré sobremanera de haber podido escabullirme momentos antes y haber podido pagar mi pequeño homenaje particular y solitario ante Kristina.

PERO ESO HABÍA OCURRIDO ANTES. AHORA EL PÁRROCO ESTABA obsequiándonos con su versión científica alternativa a un par de preguntas hechas por los visitantes en relación con su museo particular. La tumba de Kristina era tan solo el final del viaje. Y como le había recordado el portero antes, tenía que cerrar pronto. Quizá pudiera deleitarse entonces con unos torreznos en el cercano mesón.

—¿Qué te ha parecido? —me dijo Lafuente en voz baja al terminar.

—Mejor de lo que me esperaba —contesté sin dejar de mirar a mi alrededor y deseoso de contarle mi experiencia privada.

Y era cierto. Había visto fotos, leído descripciones de lo que acababa de descubrir. Breves pinceladas turísticas, anotaciones inconexas, con poca base y autoridad todas ellas. Había sido algo semejante a ver París, Londres o cualquier otra gran ciudad por primera vez y constatar su existencia fuera del concepto teórico y abstracto de las páginas de un libro.

La bandera noruega se encontraba muy cerca de los restos mortales de la princesa. Ondeaba suavemente bajo el efecto de una ligera brisa procedente del claustro. Toqué la tela entre mis manos aprovechando que nadie miraba en mi dirección. Quería sentir su grosor, ya que ella no podía hacerlo. Era irónico pensar que Kristina jamás sabría que la capilla que tanto deseó en vida se había construido al fin.

La campanilla que antes había mencionado el párroco se encontraba colocada a la derecha, casi escondida entre los pliegues del estandarte noruego.

—¿Así que esta es la famosa campana? —dijo Carlos mirando a Hans.

—Sí, a este paso pronto habrá que poner otra. Cuando a la gente le da por una moda no para hasta que se la cargan.

Delante nuestro el grupo de turistas comenzó a dejar el lugar hablando entre sí, preguntándose quizá acerca del mejor lugar donde tomar una cerveza o unas torrijas dada la hora mientras se dispersaban con presteza.

—Si les apetece sería un placer invitarles a tomar unas cervezas y contestar las preguntas que quieran —se ofreció Hans—. ¿Conocen el pub La Serna? Está muy cerca de aquí.

Elena y Arturo intercambiaron una sonrisa que pasó desapercibida al resto, aunque no para mí que había sido testigo de la pequeña broma de este último.

CAPÍTULO 19

UN PASEO SEGUIDO DE UNA REFLEXIÓN

De cómo un paseo puede dar lugar a una reflexión sobre hermanos y hermanas.

El profesor y Arturo se habían quedado rezagados tras el grupo que se alejaba de la recién visitada colegiata. El primero había manifestado su deseo de observar con más detenimiento el puente de piedra sobre el Arlanza, lo que el segundo interpretó sagazmente como un hábil pretexto del profesor para rellenar su pipa.

Unas nubes oscuras asomaban por el horizonte; un intenso olor a humedad llegó hasta sus narices. Al detenerse en ese lugar la bufanda de Pinedo comenzó a moverse por efecto de la brisa.

—A la gente le gusta creer en leyendas, en mitos, en eso no hemos cambiado nada —dijo el profesor—. Después de siglos, de costumbres y países, al final todos somos iguales, hijos de Dios como dirían nuestros amigos de ahí atrás —dijo señalando hacia la colegiata—, todos somos hermanos.

—Y hermanas, profesor. No se olvide de las hermanas en estos tiempos tan políticamente correctos.

—Eso, como hermanos y hermanas, tiene razón, Pinedo, descuide mi desliz.

Caminó unos pasos inhalando el humo de su pipa, escuchando las campanas de la colegiata que sonaban en ese momento, contemplando el paisaje a su alrededor.

Se detuvo.

Se giró repentinamente buscando la mirada de Arturo.

Este dio unos pasos atrás. La expresión del profesor parecía alterada, tenía la boca crispada, la mirada fija, las mandíbulas apretadas, la pipa sujeta en la mano inmóvil.

—¿Le ocurre algo profesor? ¿Se encuentra bien?

Después de unos segundos, Lafuente pareció reaccionar.

—¿Encontrarme bien? Sí, sí, estoy perfectamente, Pinedo —dijo con el semblante serio—. Escuche, voy a quedarme por aquí fumando mi pipa un rato. Vaya usted con los demás. Yo acudiré enseguida. Necesito componer mis ideas un poco —y tras decir esto el profesor pareció cambiar de opinión—. No, mejor, espéreme en ese bar de allí enfrente —dijo indicando el establecimiento donde la desafortunada turista había acudido presurosa a recuperar su cámara—. Iré enseguida.

Y sin esperar respuesta alguna del confundido Arturo, el profesor se marchó a grandes zancadas, perdiéndose entre las sinuosas calles en dirección a la ribera del río y de un pequeño camino que corría paralelo a este y que habían divisado momentos antes.

En una zona umbría y próxima a una fuente situada frente al bar indicado, llamado con oportuna vista comercial El Torreón, Arturo permanecía sentado en una de sus mesas esperando al profesor. El lugar estaba desierto a esa hora. Finalmente Arturo vio surgir al profesor desde una de las callejuelas cercanas.

Dos cervezas aparecieron mágicamente sobre la mesa a los pocos minutos de su llegada. Un par de folios llenos de círculos que el profesor acababa de dibujar les hacían compañía. Tras haber trazado

Lafuente los tan necesarios vínculos y líneas entre uno y otro, levantó la cabeza como si hubiera reparado solo entonces en la presencia de Pinedo.

—Tomó usted la decisión adecuada al querer venir aquí, Pinedo. Tenía usted razón.

—¿Razón? ¿Razón en qué? Solo hemos llegado a ver la tumba de la princesa Kristina y poco más —dijo este, todavía inquieto por el reciente cambio de actitud del profesor.

—¿Recuerdas lo que me dijiste hace unos minutos? ¿Ese comentario acerca de no olvidarnos de la parte femenina? ¿Eso de los hermanos y hermanas? —y al decir esto el profesor no pareció reparar en que había pasado a tutear a Arturo.

—Sí, pero sigo sin encontrar la relación —dijo Arturo, frotándose el mentón, rehaciendo una y otra vez la corbata sobre su cuello.

—Ahí estaba la clave. Nos habíamos olvidado por completo del lado femenino de la cuestión. Hemos estado investigado unos pergaminos relacionados con una princesa, con una mujer. Y precisamente yo, el autor de *Problemas de la paleografía moderna* no he reparado en ello. ¡No había cometido un error semejante desde que era estudiante! Hemos estado buscando en Silos indicios de una supuesta copia dejada «en la custodia de los hermanos» según decían los manuscritos. Claramente no debíamos haberla buscado en el lugar donde aparecieron los mismos como habíamos supuesto. Bueno, solo yo tengo la culpa de eso, no quiero cargarte con la culpa querido muchacho.

Arturo bajó la mirada hacia aquellos papeles llenos de círculos como si de ellos pudiera sacar alguna explicación a sus palabras.

—¿No me sigues, Arturo? Hemos leído mal el contexto. Fíjate en el facsímil que fotocopiamos en Silos —continuó Lafuente, extrayendo algunas fotocopias de la carpeta de piel negra de la cual no se había despegado en todo el viaje—. El *Codex Victorianus* escrito por el mismo autor. Fíjate, aquí, al lado de esta iluminación. ¿Ves esta «I», el tono esmeralda de la letra «a»?

—Sí, claro que lo veo. Lo hemos repasado cientos de veces.

—Te acordaras entonces del comentario del copista al final de los manuscritos que tenemos en Montanilla: «Quienquiera ver en Dios una letra distinta la vera, quien tenga ojos para ver distinguirá entre la noche y el día».

—Sí, claro.

—Pues... ahí está el *quid*. El texto no se refiere en absoluto a los hermanos de Silos. Menciona todo el rato a otra cosa. ¿No adivinas el qué? Este de aquí es claramente un nombre femenino, —dijo trazando un círculo sobre uno de los caracteres en la fotocopia—. Esta coloración distinta en el manuscrito es una llamada de atención sobre el género, un guiño del copista. ¡Dios, hemos sido un par de imbéciles los dos! La frase ha estado delante de nosotros todo el tiempo. Cuando el texto original, ¡míralo!, dice «se hace precisa la ayuda de un hermano o hermana», se refiere a que el secreto queda a salvo «con las hermanas».

Arturo comprendió finalmente el alcance de las palabras del profesor. Se hizo un extraño silencio.

—¡Joder!, pero si fue una orden religiosa femenina... ¿Cómo saber a cuál se refieren los manuscritos?

—Esa respuesta la tienes a tu alrededor. Me refiero en Covarrubias —dijo al ver que Arturo miraba ingenuamente en torno suyo como si esperara ver la solución materializarse ante sus ojos—. Hace un rato, cuando meditaba acerca del trágico destino de la princesa caí en la clave. Por fin lo comprendí. ¿Recuerdas que hace algún tiempo me hablaste de esa frase que Sherlock Holmes menciona reiteradamente? Algo así como «cuando lo razonable no nos da la respuesta, pensemos en lo irrazonable y por muy cogido de los pelos que sea, ahí encontraremos la solución»?

—Sí, eso es, pero no entiendo que tiene que ver con nuestra situación, que además...

—Pues que hay una orden religiosa femenina mencionada con todas sus letras en la vida de la princesa Kristina. Precisamente la misma orden que, en una tarde fría de diciembre de aquel lejano año del señor de 1257, como dirían las buenas crónicas, la acogió nada más llegar a Burgos en vísperas de celebrarse la Nochebuena. Y ahora no me digas que no te viene a la cabeza el nombre de ese monasterio habitado por religiosas del bello sexo —continuó observando atentamente el rostro de Pinedo.

Los ojos del profesor brillaban. Una sonrisa cruzaba su boca.

Arturo se echó a reír, contagiado al fin por la idea que había estado germinando lentamente en su mente.

Los dos hombres hablaron a la vez.

—¡El Monasterio de Nuestra Señora de Las Huelgas!

Sin decir más pagaron las consumiciones y aligeraron el paso para reunirse con los demás. En ese momento, Carlos Lafuente sintió una especie de opresión, como si tuviera que alcanzar puertas en su mente antes de que se cerraran. Sentía inquietud. Una desazón que a veces había experimentado en medio de una investigación. No era esta otra que el miedo a no encontrar nada al final del camino, un miedo que creía desterrado para siempre y que ahora resurgía con fuerza.

CAPÍTULO 20

EL PUB «LA SERNA»

De cartas de amor y Rock and Roll seguido por el aullar de los lobos.

Tras salir de la colegiata, el grupo se dirigió en pos de las zancadas de este guía noruego que había surgido de la nada en pleno Castilla y León. No tardaron en sorprenderse, tras sortear las callejuelas de Covarrubias de encontrarse antes de lo esperado ante las puertas del pub La Serna.

Era este un lugar amplio en su interior, aunque recoleto como se diría en castizo castellano, más propio de las construcciones que le rodeaban que de la época actual y en claro contraste con su exterior rural que semejaba más bien la puerta de un garaje donde se guardaran un par de tractores y alguna que otra maquinaria. Nada más entrar se toparon con unas mesas de billar, un par de dianas y unos carteles que anunciaban los próximos eventos musicales, así como un pequeño rincón elevado reservado para actuaciones y sobre el cual se podían ver algunos instrumentos a medio instalar entre un amasijo de cables.

Veinte minutos más tarde llegaban el profesor y Arturo. El primero precisó de diez minutos adicionales mientras terminaba de fumar su pipa antes de poder reunirse con el grupo.

Elena apreció enseguida una extraña expresión en el rostro de Carlos. Este, sintiéndose interrogado con la mirada, dijo por lo bajo a su colega:

—Luego te cuento —dijo, desviando acto seguido la atención hacia el resto de los miembros de la mesa con la misma naturalidad que si hubiera comentado el resultado del cambio de hora de las clases de la mañana.

Sobre las mesas se encontraban ya varias jarras con los restos de unas cañas repartidas entre los que allí estaban así como sendas tazas de té para Elena y Arturo.

—Pedro, pon otra ronda, pero tráeme a mi lo de siempre —dijo el noruego al interpelado que se había acercado con rapidez nada más ver a los recién llegados

—Perdona Hans, pero no nos queda *Two Captains*, la recibiré esta tarde —contestó éste a modo de disculpa.

—Que sea entonces *Dark Horizon* —dijo Hans con cierto aire de contrariedad—. Es una cerveza noruega. Les gustará —, explicó éste al ver los rostros inquisitivos de los visitantes ante semejante intercambio de códigos cifrados.

*No tardaron en sorprenderse de encontrarse antes de lo esperado ante las
puertas del pub La Serna.*

Un solitario jugador de dardos de poblada barba y clara ascendencia nórdica lanzaba los mismos a intervalos metódicos de escasos minutos entre uno y otro sobre las mesas de billar, evitando con pericia los cuerpos de los jugadores que rodeaban las mismas y que parecían acostumbrados a este insólito proceder. Como si fuera un Nadal noruego, efectuaba una rutina cíclica consistente en ajustarse las gafas y cambiar de mano los restantes dardos que tenía en su poder, concentrado, consciente de la tremenda responsabilidad que había caído en sus manos, en el sentido tanto literal como metafórico, como único animador del pub a esa temprana hora de la tarde.

Después de tomar un tentempié ligero tras la insistencia de su nuevo amigo Hans, se dispusieron a hablar del tema que les había traído hasta allí.

—Hay algo que ha dicho el párroco que no me cuadra mucho con lo que he leído acerca de la princesa —dijo Carlos, una vez relajados todos en el acogedor rincón que habían ocupado.

—¿Sí? ¿Qué cosa? —contestó Hans.

—Bueno, según tus cálculos, el viaje de la princesa duró unos nueve meses y medio; mientras que en otros sitios he leído que entre unas cosas y otras duró algo más de dos años o así. Hay que tener en cuenta los transportes de la época, ¿no? Y si además cruzó Inglaterra y Francia...

—Sí, eso es cierto, no hay muchas crónicas más aparte de la noruega de Otón de Freising y la del propio Alfonso X. Dependiendo de a cuál acudamos salió en una fecha u otra de su país. —contestó Elena.

El sonido del toc toc sobre la diana semejaba un pensamiento recurrente.

Su inconsciente aguardando el siguiente toc, mientras continuaban ocupados en la conversación.

—Bueno, hay otra cosa más en la que no se ponen de acuerdo— dijo Arturo.

Los reunidos se giraron en su dirección. Había estado callado tanto tiempo en su rincón, mirando la evolución de los dardos con aspecto divertido y sorbiendo un té que su presencia había pasado desapercibida.

— Hans —continuó el joven—, creo recordar por lo que he leído que la tumba fue descubierta accidentalmente por un obrero en 1950 durante la realización de unas obras durante las cuales se encontró una urna de madera conteniendo el cuerpo momificado, ¿no es así?

—Sí, sí, eso es —asintió Hans, sorprendido de que el joven conociera este dato—. Pero la apertura oficial no se hizo hasta 1958 a raíz de un documento que encontró el párroco de la Colegiata de San Damián en aquella época. Luego, las autoridades noruegas pidieron por su parte las comprobaciones pertinentes para asegurarse que eran los restos de la princesa y fue entonces, ese mismo año, cuando se organizó el acto de reconocimiento a la «niña nórdica» al que asistieron personalidades de los dos países.

—También he leído que cuándo se abrió el sepulcro se hallaron en el interior del mismo una receta para el mal de oido o algo así junto a unas cartas de amor... ¿No es así?

El chispear de la lluvia que acababa de comenzar, pareció, al golpear sobre los cristales, sumarse a la cacofonía de sonidos. Todos miraron a Hans en ese momento.

—¿Dónde están entonces esas cartas de amor? —continuó Pinedo — ¿En qué lengua se escribieron? ¿Dónde están custodiadas después de abrirse la tumba en 1958? Porque no se ha vuelto a saber nada más de ellas, ¿no?

—Sí, yo también he leído esos artículos, pero no hubo ninguna carta de amor —dijo Hans—. Lo que sí se encontró fue una oración a la Virgen María junto con la prescripción para ese mal de oido que dices, nada más. Creo que la tenía entre sus manos, pero no podría asegurarlo. Eso sí, junto al cuerpo había joyas que indicaban su alto linaje, bordados de oro y piedras preciosas. Tenía intacto su pelo rubio y sus uñas rosadas.

—Y ese manuscrito, ¿dónde se encuentra ahora? —dijo Pinedo sin darse por vencido—. ¿Se puede examinar? ¿En qué idioma estaba escrito?

Clarisa y Ernesto inclinaron las cabezas hacia delante, la curiosidad pintada en sus rostros ante el curso de la conversación.

—Por desgracia se perdió —contestó Hans—. Sé que se redactó en antiguo noruego, eso sí. Fue visto por última vez en poder de un farmacéutico de Bilbao, según ciertas fuentes sin confirmar. Esa receta o remedio como quieran llamarlo fue impresa en una publicación del ramo y luego...

Todos aguardaban en silencio sus palabras.

El joven noruego, consciente del efecto que estaba causando, esbozó una sonrisa que quería ser ingenua, pero que mostraba cierta turbación.

—Después de eso, silencio —dijo Hans, a modo de conclusión, agachando la cabeza, consciente de que sus palabras iban a decepcionar a sus oyentes.

Al cabo de unos segundos, Elena dijo:

—Ya hemos oído lo que nos ha dicho nuestro apuesto noruego.

Pero digo yo, si hubo un forense cuando se abrió o descubrió la tumba... porque al fin y al cabo se levantaría un acta notarial, ¿no? —dijo mirando a Hans, invitándole a contradecirla.

—Sí, sí, así fue, claro —dijo Hans de nuevo volviendo a agachar la cabeza y mirar su jarra de cerveza.

—Pues francamente me encantaría verla —interrumpió Carlos, adivinando el curso del pensamiento de Elena con interés renovado —.¿No te parece Ernesto?

—Claro, claro, que no sea solo escuchar un bonito cuento de campanas que suenan en la noche para que acuda el príncipe encantador a salvarnos del peligro —asintió el escritor con convicción ante una pregunta tan directa.

En la barra el camarero abría el grifo de la cerveza sin detenerse, sirviendo una jarra tras otra para un grupo de personas que parecían no haber visto jamás ese líquido. Acudían estas, curiosas, examinando de cerca el dispensado, el modo en que se producía esa distribución, en que la espuma se agolpaba y saltaba de las jarras que era consumida antes de que esta rebosara y se precipitara al vacío.

El profesor Lafuente echó un vistazo a un cartel situado detrás de

Clarisa y en el que no había reparado antes. Se trataba de un póster anunciando las fiestas de San Cosme y San Damián. La fecha era del año pasado. Un brillante dibujante había recreado en él las calles del pueblo engalanadas con banderines colgando de fachada a fachada. Bailando en ellas, entre la multitud aparecían nada menos que las figuras de Tintín y Tornasol, acompañados por el capitán Haddock. Hasta la mismísima Castafiore situada en un balcón amenizaba las fiestas con su peculiar estilo. Carlos lanzó un suspiro de desánimo. Hasta Tintín había llegado allí antes que ellos llevado sin duda por la fama de la princesa.

Ernesto recordó la sensación de familiaridad que había experimentado al entrar en la población y que le había traído a la memoria ese otro pueblo donde vivía Pinocho... ese otro lugar donde Geppetto había dado vida a un trozo de madera adoptándolo como su hijo. Aquí, por el contrario, era una persona de carne y hueso quien se había transformado en estatua y quedado por siempre vigilando la colegiata, preguntando a cada uno de los caminantes que cruzaban frente a su figura donde estaban las cartas, esa compañía de todos esos años.

Elena, situada en un cómodo rincón con respaldo de madera desde donde podía escuchar con atención permanecía en silencio. El calor de la taza de té verde entre sus manos parecía reafirmar la sensación de confort que sentía. La posición frente a la ventana era similar a la adoptada durante sus años de estudiante, ante esas infinitas tardes pasando apuntes o con los libros de paleografía abiertos frente al ventanal de su habitación.

Entonces, como ahora, fuera quedaban el frío y el viento, las hojas cayendo interminables sobre el jardín que luego entre su madre y ella recogerían. La lluvia, golpeando repetidamente los cristales del pub le hizo ver de nuevo los pequeños charcos formándose a los lados del porche de casa, las hojas secas que su padre había colocado en una gran bolsa negra, que comenzaba ya a empaparse lentamente. La taza de té, cual magdalena de Proust había traído todo eso a su mente.

Un *toc* de un dardo sobre la diana la sacó de su ensimismamiento.

Miró con rapidez a sus compañeros de mesa, esperando que

ninguno se hubiera dado cuenta de su momentáneo estado de abstracción.

—A nadie se le ha ocurrido plantearse una cosa... tenemos a la princesa enterrada en Covarrubias, ¿correcto? —dijo Elena de repente, sin darse cuenta apenas de lo que decía.

—Sí, claro —dijeron todos con miradas desconcertadas.

—Y ella, tras llegar a estas tierras, se casó con su marido en Valladolid y se fueron a Sevilla que era donde estaba la corte, ¿no?

Nuevo asentir de cabezas.

—Y yo me pregunto... si la princesa muere en Sevilla, por mucho que su marido hubiera sido abad de la colegiata, ¿qué narices hace esta mujer enterrada aquí? Y perdón por mi francés como dirían los ingleses.

—De hecho, ahora que caigo creo que apenas se habla de eso en parte alguna, ¿no? —dijo Pinedo con convencimiento—. Es como si se hubiera querido desentenderse de ella de un modo rápido, a la vez que respetuoso, me parece a mí.

Carlos lanzó una mirada a sus compañeros de mesa y a continuación otra hacia el ruidoso grupo de la barra; frunció el ceño y se dirigió a su colega.

—Elena, tú eres la que tienes más contactos en Patrimonio. ¿Crees que podrías tirar de algunos hilos a ver qué puedes obtener en relación con eso?

—Claro, ya sabes que haré lo que esté en mi mano.

—Bien. Hay otra cosa en que creo estaremos todos de acuerdo. Estamos en pleno siglo veintiuno. ¿No pensáis que para tratarse de una princesa tan famosa no deja de ser curioso que poco tiempo después de descubrirse la existencia de su sepulcro, se pierda toda la documentación relacionada con ella? Quiero decir, parece que sabemos más de ella por las antiguas crónicas que de los hechos más recientes. Todo lo relacionado con el descubrimiento del sarcófago y sus circunstancias es borroso, ¿no es así? ¡Y tan solo en unas pocas décadas!

La rápida reacción del profesor antes las diferentes alternativas no dejaba de sorprender a sus compañeros. Organizaba, distribuía tareas y dosificaba las estrategias.

La música empezaba a sonar con más fuerza. El grupo de intérpretes locales que había estado hasta el momento preparando su instrumental y conexiones eléctricas, comenzaba a hacerse notar.

Arturo se fijó en especial en la persona que estaba a los teclados del sintetizador, una pequeña, pero nerviosa chica que contorsionaba con peculiar gracia la pierna izquierda, marcando el compás. El lugar se había empezado a llenar gradualmente de gente joven que se balanceaba en movimientos sincopados. Un grupo de chavales situados a espaldas del grupo comenzaba ahora a reclamar su espacio, de ese modo sutil empleado por la juventud, ganando terreno milímetro a milímetro, con suaves roces que no podrían llegar a ser catalogados como empujones ante un tribunal pero que no obstante, iban logrando su objetivo.

Llegaron entonces hasta sus oídos fragmentos de la canción que estaban interpretando en ese momento:

> Se puede, porque siempre se puede
> Porque la lluvia no puede
> Esperar mi verdad...
> Se puede, solo sé que se puede
> Ser pequeño en mi sueño y llegar al final.

Esa letra semejaba un ligero mensaje de esperanza para el grupo, un diminuto empujón de aliento.

Clarisa miraba divertida al grupo de músicos, involucrados ya por completo en su espectáculo.

Hans no mostraba aspecto de tener muchas ganas de hablar más de un tema que ciertamente parecía cansarle ya. Su jarra se había quedado vacía hacía un rato. Miraba el reloj y daba vueltas al iPhone X con funda dorada que mantenía en su mano derecha.

Carlos apuró el resto de la cerveza que tenía frente a sí.

—¿Nos vamos? —dijo—. Ha dejado de llover y todavía tenemos camino por recorrer. Aún tenemos que ver la capilla de San Olaf.

Y allí quedó el pub, dominado y controlado por una nueva reserva, un nuevo turno, esta vez de cuerpos inquietos que precisaban movimiento.

—Prométanme que me mantendrán informado del resultado de lo que encuentren, ¿de acuerdo? —dijo Hans mientras repartía apretones de manos y despedidas al borde de esa carretera que les había traído hasta allí.

DE ESTE MODO DEJARON COVARRUBIAS ATRÁS, SIGUIENDO LA furgoneta el camino previamente indicado por el joven noruego. Al cabo de unos pocos kilómetros, recorridos entre el barrizal formado por el reciente aguacero, llegaron al pequeño valle antes de que el rápido atardecer les dejara sin ver el último resquicio de lo que querían contemplar. El único sonido que se percibía por encima del motor, fue el aullido postrero del viento llenando el paisaje.

Este paraje era el llamado Valle de los Lobos y, si bien no vieron ninguno a su llegada, sí que pudieron percibir al fondo de ese lugar resguardado y delante de ellos, alzarse una silueta gris y extraña, que parecía arañar el cielo y las escasas nubes que habían quedado en él, como si el reciente aguacero hubiera sido una broma. Al mirar el edificio construido, esa torre de metal oscuro elevándose hacia el firmamento, Arturo no pudo por menos que acordarse de Mordor, o por lo menos de la torre oscura de Saruman. Tal era lo tétrico del lugar, en esa tarde que iba muriendo.

A esa hora, en esa explanada amplia y desierta, aislada entre los charcos que la rodeaban, la torre semejaba un gigantesco reloj solar a la que le faltaran los numerales a su alrededor. Como un gigante perdido parecía mirar desconsolada a lo largo del valle buscando el lugar donde debería estar el norte mientras rezaba a San Olaf.

A su lado y cual ballena varada en la playa se encontraba, situado sobre una elevación, el edificio principal que conformaba la capilla construida en madera y hierro.

Las revistas y comentarios más favorables que hablaban de esta construcción se habían referido a ella como una obra vanguardista basada en el contraste entre el diseño y los materiales. Pero amablemente, habían obviado hablar de esa otro contraste de la misma con el entorno en que se encontraba.

—Eso se puede entender como un gesto romántico por parte del gobierno —dijo Ernesto.

—¿Qué te parece Pinedo? Que no nos confunda la semántica —dijo Lafuente—. Para mí y a pesar de toda esta historia del homenaje a la princesa noruega, no deja de ser una mera sala de conferencias multiusos destinada a las empresas hispano—nórdicas que ambas embajadas quieran impulsar. Por otro lado, no veo mal esos conciertos de los que tanto Hans como el concejal de turismo nos hablaron, esas «Notas nórdicas», tengo entendido que las llaman. Todo lo que sirva para unir a los pueblos no es ninguna tontería.

— Sí —contestó el aludido—, aunque visto de otro modo, la misión diplomática del rey Haakon dio sus frutos creando una alianza con España, ¿no le parece? Aunque sea triste que esa misión no se reduzca más que a...

Las palabras murieron en su boca. Pinedo había sentido algo especial esa tarde.

Era difícil de explicar. No podía hablar de una presencias fantasmagóricas ni nada por el estilo, pero sí de sensaciones que no podía descifrar. Quizás el pasado no estaba tan lejano como los libros, la metodología y las crónicas le querían hacer creer. Más bien pertenecía a lo cotidiano, algo casi vivo en el sentido más físico del término.

Ernesto se había enterado antes de salir del pub de que en las cercanías del valle se había rodado la película de Sergio Leone *El bueno, el feo y el malo,* en concreto en la sierra de Hortigüela. Hoy, a la vista de esta capilla podía creerlo ya todo. Desde el vuelo sigiloso y silencioso de los buitres leonados, planeando sobre las cumbres, anunciando la proximidad de Covarrubias hasta la de exploradores vikingos acudiendo en tropel al rescate de una princesa caída en manos de esas gentes del sur por un error logístico de un rey mal aconsejado.

—¿No lo oléis ninguno? —dijo el profesor mirando a su alrededor.

—¿Oler? No, no huelo nada en especial —dijo Clarisa con esa ingenuidad que siempre desarmaba al interlocutor.

—Es el olor del dinero. Eso es lo que ha hecho que se construya esta capilla. No ha sido la promesa incumplida a la princesa, no. Es la riqueza que setecientas mil visitas anuales de ciudadanos noruegos aportan a la población. ¡Vámonos, por favor! —dijo Lafuente caminando de regreso hacia la furgoneta—. Tengo ganas de volver a examinar la documentación acerca de esas cartas de la princesa.

— Por mi bien —dijo Ernesto—. Necesito poner en orden mis apuntes. Ha sido un día muy emocionante. Quizá para vosotros todo esto esté muy bien. Estáis acostumbrados a estas cosas, a moveros por lugares históricos y demás, pero para mí que vengo de una ciudad donde pocos restos del pasado se pueden encontrar, todo esto me parece muy estimulante.

Ninguno de los presentes lamentó en ese momento que Kristina no pudiera ver la capilla varada en ese lugar. Ernesto sentía pena por la triste historia de Kristina. Había notado su presencia muy de cerca esa tarde, desde que aquel escalofrío le había recorrido mientras contemplaba la estatua. La muerte es piadosa en ocasiones con aquellos que se lleva.

Salieron así cual sombras de aquel valle, huyendo de lo que habían visto.

CAPÍTULO 21

LA CIUDAD QUIETA

De las notas de Ernesto Santos

Como aún disponíamos de unos días libres Clarisa y yo decidimos aprovecharlos para visitar Burgos.

Burgos no es una ciudad fría como por lo común cree la gente. Lo que ocurre es que empezó a vivir a medianoche cuando el nuevo día todavía no ha despertado. Su frío es el de las primeras horas del alba, de esa aurora que se anuncia y despide al rocío. Es la escarcha de la vida que despierta, nueva, aletargada.

Como una bella joven, la ciudad está simplemente peinándose, arreglando su tocado, esperando a que salga el sol para lucirse, para ponerse en *shorts* y salir a las terrazas. Su belleza es la de una niña que duerme plácidamente, sus cabellos dorados sobre la almohada, sus ojos claros y azules ocultos tras los párpados cerrados.

Burgos es una de esas ciudades que al igual que la Soledad de la canción no sabe que es hermosa. A semejanza de ella, no entiende de amor ni engaños, de vanidades. No es como esas ciudades llenas de franquicias que invaden por completo su casco antiguo. En su lugar, y sustituyendo al restaurante chino, al kebab y a la pizzería, continuan sus viejos portales callados bajo balcones acristalados. Sí, es cierto que de alguno de ellos brota la música de un rap desgastado y cansado, de movimientos convulsos, pero por encima de él y contiguos, los otros edificios le miran ceñudos, como esos hermanos que reprueban una conducta fuera de lugar, una frase grosera surgida de la incultura y la zafiedad.

Una suave lluvia comenzó a caer. Sonreí a pesar mío. Fue un día así lo que cimentó nuestro amor y era un día así el que me lo recordaba nuevamente.

Su frío es el frío de las primeras horas del alba.

Creo que los días de lluvia son días tristes porque al igual que los sueños parecen caer del cielo y se rompen contra el suelo, una y otra vez. Cada gota encierra por tanto una esperanza, o quizás un recuerdo, un plan, una ilusión no realizada. La nube antes de romper contiene todos ellos en potencia.

De las piedras que nos rodeaban brotaba la paz. Voces y sonidos saltaban y se acercaban procedentes de las cercanas calles peatonales.

Como esa bella moza en edad de merecer que cruza con discreción bajo los balcones camino a la fiesta, intentando no llamar demasiado la atención, la ciudad ha de aprender a seguir guardando su belleza.

La naturaleza ha querido ayudar a Burgos con sus frecuentes brumas y nieblas, ocultarla bajo la nieve, borrarla tras un manto de lluvia para que no sea vista desde fuera. Es nuestro Rivendel particular.

En ella, uno puede sentirse eternamente joven si se tiene la paciencia de bajar el ritmo y escucharla respirar. La geografía ha querido también resguardarse entre sus calles tranquilas, arrebujadas, haciéndose compañía las unas a las otras. Fuera de ese círculo de viejos compañeros están las vías modernas, las anchas avenidas. Las tiendas de moda y las marcas contemporáneas la quieren tentar, pero ella resiste. Como mucho podemos encontrarnos con algunas tiendas de recuerdos para turistas enfrentadas a la catedral así como en las calles de Laín Calvo y de la Paloma.

En esta misma vía, un poco más allá, encontramos la pequeña plaza donde uno puede ver —sentados en un banco— a la pareja de viejos burgaleses esculpidos en bronce que, insensibles al frío, observan desde el mismo a los paseantes que cruzan en uno y otro sentido.

La vieja hermana de la catedral —la abadía de las Huelgas—se siente abandonada y triste al encontrarse más lejos de este lugar, aunque gozando ella misma también de un entorno placentero. Clarisa me ha insistido en que tenemos que verla antes de volver a casa.

¡Ay del paseante cuando Burgos abra sus ojos! Quedará cautivado e inmóvil en el sitio. Solo el río se mueve, despacio, sin prisa.

CAPÍTULO 22
LA LAGUNA NEGRA

Dos figuras en el paisaje. Solo dos formas lejanas moviéndose, cruzando las altas hierbas.

Una larga bufanda se arrastra detrás de la primera que avanza a saltos entre los altos matorrales y el bajo bosque. La otra figura —más pausada—, se detiene, mira a su alrededor y observa de nuevo como un perro de caza olfateando el ambiente, el mundo circundante antes de avanzar.

Carlos había detenido el diminuto Volkswagen minutos antes en una pequeña explanada para introducirse a continuación con su peculiar compañero por los caminos.

Hicieron un alto en la vereda por la que descendían. Un cartel a la izquierda indicaba un desvío hacia la Laguna Negra. Ahí estaba. Un lugar real. Toda la poesía y misterio del pasado reducido a unas letras ennegrecidas sobre un cartel con fondo blanco. Ahora solo quería llegar. Ya tendría tiempo después para curiosear por la región y ver si encontraba nuevos lepidópteros que añadir a su colección, siempre y cuando Ismael no mostrará excesivo interés por la misma. «La Laguna Negra» —volvió a repetirse. El solo nombre ya traía a la mente imágenes fantasmagóricas, leyendas, historias macabras y fantasmales, de esas que se susurran en noches de invierno frente a la chimenea. Por lo menos en aquellos que la tuvieran.

Sí, este era un lugar silencioso. Algunos pájaros perdidos cruzaban el paisaje. ¿Grajos? ¿Cuervos? Difícil saberlo con certeza dada su lejanía, meros puntos en el aire límpido. El paisaje se movía. Demasiado rápido. Sí, demasiado fugaz. Sentía el profesor cierto vértigo, y no solo en virtud de este descenso apresurado. Los últimos días habían sido de por si frenéticos y desordenados. Necesitaba poner un poco de orden antes de pedir los permisos necesarios para acudir al Monasterio de las Huelgas.

Las vacaciones de Navidad servirían a este propósito. Sí. Unos escasos días bastarían. El informe podía esperar un poco más.

Patricio Noguer y su soberbia renacentista tendrían que aguardar.

Acababa de regresar de Santander adonde había acudido para pasar unos pocos días con sus padres y su hermano Marcelo. Santander no estaba tan lejos después de todo, y sentía que ese deber filial había quedado un poco dejado de lado en los últimos meses. Santander en otoño e invierno. Su Santander particular. Su padre, un modesto empleado jubilado de una oscura oficina de seguros dejó entrever su alegría en cuanto abrió la puerta de la vivienda sita frente a la playa del Sardinero con algunos gruñidos y unos cuantos abrazos viriles. De niños los dos hermanos habían estado bajo el ala protectora de tía Engracia, la hermana de su padre, casada con un reputado médico que había vivido sus mejores momentos en la década de los sesenta y setenta al establecer su consulta privada en Burgos.

—Mira, mira este sextante, ¿no te parece fantástico? —había dicho su hermano Marcelo—, lo encontré en un mercadillo callejero de París, ¡fíjate! Es de 1850 o por ahí. ¡Una auténtica maravilla! ¡Y todavía funciona! —y procedía a mirarlo con mimo, acariciando sus formas antes de volver a depositarlo en la vitrina junto a otros tres o cuatro allí colocados, en esa colección revisitada una y otra vez.

¡Qué cambiado había encontrado a su hermano! Era curioso lo mucho que se parecían en infinidad de cosas a pesar de los diez años de edad que les separaban. Mientras que él se dedicó a la ciencia de un modo formal, Marcelo había surcado el mundo pragmático del día a día, con esa modestia cotidiana del coleccionista.

Carlos sentía una sensación extraña cuando le veía en esos encuentros, en estas visitas espaciadas. No podía dejar de recordar al niño prometedor, de sonrisa encantadora y ojos brillantes al que le había gustado martirizar en ocasiones en el patio de colegio para poder a continuación complacerse en consolar y llenar de caricias, en un evidente juego de sadismo infantil, sintiéndose a la vez culpable y protector, en ese extraña mezcla de amor fraternal.

Marcelo había sido la gran esperanza blanca de la familia hasta que una extraña enfermedad tronchó todas las expectativas y le dejó en esa silla de ruedas marrón.

—¡Y no pases mucho rato entre tanto libro que sabes que no es bueno para la vista y ponte la sariana al salir por la noche! —le había vuelto a decir su madre momentos antes de regresar a Burgos, no acostumbrada aún a ese afán de los hombres de la casa por los libros.

La «sariana» había sido durante años motivo de chanzas entre su hermano y él. Este era el modo peculiar en que su madre se refería a la cazadora o sahariana, y ni los años ni el diccionario habían logrado erradicar de su vocabulario tan curioso apelativo. Se había convertido así en uno de esos nombres que, al pronunciarlo, evocaba escenas enteras, trozos llenos de vida de un pasado ya lejano, de comidas familiares frente a platos de sopa mientras la familia veía en el pequeño televisor la única cadena disponible en la época.

A SU REGRESO DE SANTANDER, TODAVÍA CON ALGÚN TIEMPO libre, y a consecuencia de la insistencia de Pinedo tras haber pasado este unos días en Soria, ese diecisiete de diciembre ambos habían dejado Montanilla al amanecer.

—Profesor, tiene que ver Soria —le había dicho en cuanto se encontraron de nuevo dentro del coche—. Es absolutamente imprescindible. Y no debería perderse tampoco Vitoria a la menor ocasión.

Yo iba muchas veces de niño los fines de semana a ver a mis tíos —

había dicho con esa precisión e insistencia de lo acuciante, de lo realmente importante, con esa urgencia que da la juventud.

Lafuente siempre había deseado visitar estas dos ciudades tan cercanas a Burgos, aunque para él, eternamente perdido en sus estudios, tan lejanas como si hubieran estado en otro continente. Había siempre libros que leer, exámenes que preparar, reuniones a las que asistir, de modo que así se fue pasando un tiempo precioso. ¿Perdido?

¿Ganado? En cada ocasión lo había ido dejando, postergando como tantas otras cosas. Al fin y al cabo no podía abandonar sus clases así como así y la nueva universidad reclamaba toda su atención.

El aire gélido atravesó sus fosas nasales, recorrió sus rostros, rodeándoles y haciendo que su caminar deviniera en una serie de saltos continuos con el fin de estimular la circulación y sentir así un nuevo impulso de sangre recorrer sus cuerpos.

Unos cúmulos rodeaban el cielo a la altura del horizonte, formando una aglomeración en distintos grados de grises. La parte inferior, de una tonalidad más azulada parecía confundirse con el horizonte, dando a éste el aspecto de un brazo de mar hacia al que pudieran dirigirse los paseantes.

Lafuente recordó la última conversación que había mantenido con su colega Elena, y en especial el brillo y la rabia de su mirada mientras tenía su rostro frente a él.

«—Carlos, ¡no te lo vas a creer! He preguntado por todos lados en relación con el notario que se supone levantó el acta, acerca del trabajador que accidentalmente encontró el sepulcro e incluso por el nombre del tabernero. ¡Ah! y también el de la cerveza que servían. Todo esto ya por preguntar algo y obtener alguna respuesta. ¿Y sabes lo que he encontrado? Nada, nada en absoluto. Me siento como si en vez de ser una paleógrafa fuéramos los puñeteros Scully y Mulder. ¡Dios! Esto es exasperante.»

Y ahora se encontraban aquí. En las cercanías de la Laguna Negra. El nombre parecía contener en sí mismo un drama potencial. Novelesco.

Parte de una intriga. De un misterio. ¿Qué diría Pinedo ahora si le pidiera su opinión? ¿Le saldría otra vez con la puñetera coincidencia significativa? ¿Algo más propio de Ernesto Santos que de un departamento de paleografía?

Se preguntó por qué había decidido venir hoy aquí.

Precisamente aquí de entre todos los lugares posibles. ¿Necesitaba alejarse acaso del laboratorio, del despacho? Posiblemente. A veces precisaba eso, comprobar —como no dejaba de explicar en sus clases—, que los libros obedecían a una realidad exterior. Hubiera deseado en esos momentos tener la intuición de Pinedo para adoptar la actitud correcta. A veces se preguntaba quién era el alumno y quién el profesor.

Se detuvieron al pie de un cartel indicador en el que podían leerse varios nombres: Senda de los Abuelos del Bosque, Alto Tres Fuentes, Pico de Urbión y —en caracteres más pequeños—, Nacimiento del Duero.

—Bien, Pinedo, ya estamos aquí como deseabas. Aunque por tus recomendaciones anteriores pensaba que era otra Soria la que me querías enseñar.

— Ya tendrá tiempo para ver la ciudad que tampoco carece de interés —dijo Pinedo sin hacer mucho caso de las quejas del profesor mientras miraba a su alrededor, a ese paisaje carente de presencia humana o vehículo alguno.

—Solo dime una cosa. Después de ver estos carteles supongo que el siguiente cruce nos mandará a la casita de los siete enanitos, ¿no? Ah, no, perdona me he confundido de cuento... ¿No será al palacio de la reina de corazones?

—¿Sabe profesor? Comprendo que pueda parecerle extraño el que estemos aquí, pero piense con lógica... todo deja huella, desde un carro que pasa por un camino hasta la decisión que cada uno de nosotros pueda tomar en un momento dado. De hecho, una de las razones que se dan en parapsicología para explicar los sonidos que se producen en las casas encantadas es la de que determinados acontecimientos traumáticos hubieran podido permanecer de algún modo grabados en el entorno. ¿Se acuerda del curso que hice en Estados

Unidos? —prosiguió, alentado por el mutismo del profesor—. Recuerdo en particular una conferencia de un tal Robert Root titulada *Para saber quién eres y dónde has estado*. En ella mencionó algo así como «no habitamos o pasamos por determinados lugares a lo largo de la vida, sino que nos llevamos estos con nosotros; en cierto modo viven en nuestro interior».

— Sí, eso parece tener sentido. A veces los sitios que nos han impresionado los llevamos en el pensamiento largo tiempo, pero de ahí a las casas encantadas Pinedo...

—Piense otra cosa, y solo continuando únicamente con el razonamiento lógico, lo inverso podría ser del mismo modo real, ¿no? Si hemos sido felices, desgraciados o simplemente muy marcados por un ambiente o lugar determinado, ¿no sería posible que al menos parte de nosotros se quedara en ese espacio, en ese sitio?

—¿Como una especie de fantasma? ¿Es ahí donde quieres ir a parar? ¡Tonterías! Me parece ridículo que un alumno como tú hable en esos términos. Precisamente tú, dos días después de haber finalizado un trabajo de postgrado que ya me hubiera gustado a mí preparar en su día.

—Usted tiene una mente lógica, científica. No se deje llevar por la etiqueta fácil del vulgo. Piense en lo que le he dicho. Eso explicaría muchas cosas, infinidad de hechos, así como el porqué determinadas personas pueden, en momentos y lugares concretos, sentir como si algo en el ambiente les hablara. ¡Sería fantástico! No sería descabellado pensar que tras tantos siglos de coexistencia, el mundo natural y el ser humano hubieran aprendido a comunicarse entre sí, a entenderse, ¿no le parece? Ni a Wordsworth ni a Coleridge les pareció raro cuando decidieron vivir en el Lake District. Ni a Thoureau al retirarse a ese paraíso apartado de Walden.

Pero, al ver la gravedad pintada en el rostro de su mentor cambió ligeramente el tono de la conversación y, tras contemplar el entorno donde se hallaban continuó:

—Hay algo en la imaginación popular en relación con este lugar que me atrae. Desde Pedro de Medina en 1548, pasando por el relato de un tal Juan José García en 1880, Pío Baroja y hasta Antonio

Machado en *La tierra de Alvargonzález*, existen montones de leyendas que hablan de extrañas cosas en el fondo de esta laguna —y al ver la atención que había despertado en el profesor continuó hablando mientras indicaba con sus brazos distintos puntos del horizonte, como si quisiera conjugar la presencia de cada cosa que nombraba, al igual que un director de orquesta que reclamara de las cuerdas un *staccato* furioso en ese momento—: Lagartos gigantes, extrañas voces, hombres misteriosos que surcan sus aguas. Pío Baroja incluso dijo que en su fondo habitaba una mujer y que aquel que la miraba moría. Toda leyenda trae dentro de sí un trozo de verdad. Muchas de ellas han hablado de cosas horribles sucedidas aquí —dijo Pinedo continuando su caminar cuesta abajo sin mayor preocupación, como si las palabras anteriores hubieran sido dichas por un guía y no por él. Tras dar unas pocas zancadas más se giró en un apunte final—. Y sin ir más lejos permita que le recuerde que éste es el lugar donde cayó enferma la princesa Kristina en su viaje hacia Valladolid aquejada de una misteriosa dolencia ; dolencia que retrasó su viaje y el encuentro con el rey, aunque algunos cronistas no lo recojan.

Tras escuchar estas palabras, Carlos echó un vistazo a su alrededor. Contempló los viejos árboles a ambos lados del camino, el sendero, escasamente hollado y lleno de maleza. Quizá influido por el libro de Ernesto Santos que había comenzado a leer, *La luz del atardecer*, se pudo imaginar por un momento a la princesa acompañada por su séquito atravesando estos lugares.

La laguna estaba cerrada a la izquierda por una muralla de piedra casi vertical y a la derecha por los árboles y ese bosque que se extendía por toda la Sierra de Urbión.

Miró a continuación a lo alto del cerro. Sí, era fácil imaginarse allí a un séquito detenido en esa pequeña loma. Una figura femenina se encuentra en el centro del círculo que han formado los soldados antes de descender. Por mucho que lo intenta no puede llegar a verla de frente. Solo sus largos cabellos trenzados a su espalda. Es suficiente.

Es una mujer preparada para enfrentarse a la luz cegadora de un país desconocido.

Prevenida, lista para sobrevivir, con esa madera que las mujeres de esa época, de cualquier época han sido capaces de encontrar en su interior para resistir, para adaptarse. Con ese poder de perseverancia frente a la adversidad que toda mujer lleva en su interior desde su nacimiento.

Siempre había admirado a las mujeres. Al igual que Truffaut y su personaje Antoine Doinel creía que eran seres mágicos.

Entre Ernesto y Arturo no se lo estaban poniendo muy fácil.

Escuchó un sonido apagado. Un ruido sordo un poco a la izquierda. Unos goterones aislados comenzaban ya a caer sobre los matorrales cercanos, estallando y repartiéndose sobre las hojas.

Recordó que no habían oído ruido de ave alguna en los últimos minutos. Un segundo después, las gotas caían sobre sus cabezas.

Al alzar la mirada vieron que una nube aislada a la que no habían prestado atención alguna hasta ese momento, se había ido desplazando y cercado ominosamente el cielo.

Los dos hombres aligeraron el paso para, a continuación y —ya sin ningún miramiento—, ampliar las zancadas.

—Creo haber visto una especie de refugio o similar por allá. Vamos a guarecernos o acabaremos empapados —dijo Lafuente—. Si quieres empaparte literalmente del ambiente de un modo realmente espeluznante, no tenemos más que quedarnos un rato más bajo este aguacero.

Pinedo asintió y los dos se encaminaron hacia el lugar indicado saltando como pudieron entre los matorrales.

Cuando llegaron al refugio miraron hacia la colina por la que habían descendido. El coche se veía claramente visible en su parte alta. Desde esa altura y protegido bajo los árboles, parecía burlarse de su situación allí abajo, dos scouts desobedientes, perdidos tras haberse apartado del sendero.

La lluvia se había declarado ya abiertamente. Era un chaparrón silencioso e intenso, cayendo sobre las hojas y los matorrales sin que ningún viento viniera a perturbarla, provocando un suave golpeteo al caer sobre su objetivo.

—Mientras no nos aparezca ninguna de las criaturas del fondo de la laguna, supongo que todo irá bien —dijo Arturo riendo.

La temperatura había bajado repentinamente unos cuantos grados.

La tormenta había llegado por sorpresa y no tuvieron otra opción que enfrentarse a ella con los escasos recursos de vestuario con los que contaban, así como con el expedito remedio de frotarse las manos.

«Otros tuvieron aquí quizás su primer encuentro con lo imposible», pensó el profesor mientras aguardaban a que escampara. Él también lo había tenido en cierto modo. Testigo una vez más de las ideas peregrinas de este alumno díscolo caído en suerte, ideas tales como abrazar árboles para equilibrar la energía del cosmos o buscar el avistamiento de platillos volantes en tardes perezosas de verano.

—Me ha parecido ver una libélula intentando esquivar la lluvia. Creo que se ha metido en ese tejadillo —dijo Arturo señalando una edificación semiderruida unos metros más allá del refugio.

—¿Una libélula, eh? Ahora que mencionas eso y dado que creo que nos queda algo de tiempo hasta que escampe, aprovecharé para contarte una historia curiosa. Ocurrió hace tiempo en una calurosa tarde de junio durante mis años de estudiante en Santander—dijo Lafuente—. El lugar, el cercano barrio pesquero de Sotileza y más concretamente la casa de mi amiga Isabella.

Y mientras contaba su relato, Lafuente volvió a revivir de nuevo aquella lejana experiencia, amodorrado quizás por el ritmo, por el salpicar repetitivo de las gotas cayendo sobre la vegetación circundante.

La luz roja del cuarto oscuro llenaba todo aquella tarde mientras Isabella se preparaba para revelar las fotografías que había tomado esa mañana.

En la diminuta radio Telefunken de transistores situada en equilibrio precario sobre una pequeña estantería de madera, sonaba una canción de los Carpenters.

Isabella guardaba silencio, contando en baja voz a la vez que introducía sus manos en el líquido revelador. Aunque disponía de cronómetro y demás artilugios técnicos para tal menester había preferido desde siempre revelar las fotos utilizando el viejo remedio de contar en voz alta.

—Mi padre me enseñó esta técnica y así es como me gusta hacerlo —me había confesado un día.

Allí, en ese cuarto sentía que tenía el control absoluto de la situación.

Bañada en esa luz roja que permeaba todo el lugar, con las luces y la realidad al otro lado de la puerta, podía controlar el mundo, por lo menos su apariencia. El resto se quedaría fuera todo el tiempo que ella deseara. Ahí dentro lo podía ampliar y reducir a las dimensiones apetecidas, eliminar defectos o suprimir una figura molesta, dar realce a un detalle aparentemente insignificante.

Únicamente un reloj de pared colgado frente a nosotros indicaba una tenue conexión con la realidad, con el tiempo, aunque con un tiempo interpretado de un modo muy particular. Este reloj media los segundos de la magia, de la aparición de formas, impresiones y sensaciones.

—¿Puedes pasarme ese papel que tienes a la derecha por favor?

Acerté a encontrar lo que me pedía como pude, moviéndome torpemente en ese ambiente extraño para mí y dando con lo solicitado casi por casualidad en un mundo que me parecía tan desconcertante como a un murciélago la clara luz del día.

Al introducir en el revelador el papel fotográfico y colocarlo bajo la placa, Isabella esperaba expectante el milagro, el milagro que siempre la sorprendía. Lentamente, poco a poco, primero en leves tonos grises —o lo que pasaba por tonos grises bajo esas condiciones de luz—, el contorno de una forma familiar, reconocible, comenzaba a dibujarse sobre él, completando rápidamente su transformación en unos pocos segundos, dando al mundo otro ser aunque solo fuera sobre la superficie de un papel que parecía ennegrecerse por momentos.

Allí estaba. El resultado del trabajo de esa mañana. Una espléndida libélula surcando el aire con majestuosidad. Con gallardía incluso. Los dos pares de alas parecían moverse, desafiantes, extendidas con elegancia en toda la extensión del papel.

—La vi cuando paseaba a mi perrita en el descampado detrás de mi casa. ¿No es espléndida? —dijo mientras me miraba con esa eterna sonrisa que le caracterizaba.

Isabella era una amante de la vida, del triunfo de la naturaleza, de la luz, el color y el brillo sobre todas las cosas, siempre atenta a sus mínimos gestos y señales, siempre presta a abrazar tanto a un amigo o compañero como a su fiel perrillo con una calidez que no dejaba impávido a nadie.

Ahora, entregada en ese cuarto oscuro a su tarea, me parecía una persona totalmente diferente a la que creía conocer.

Había existido cierta conexión entre los dos por entonces, eso era indudable. Una pasión compartida por lo mágico de la vida. En mi caso habían sido las mariposas y posteriormente la Historia. Para ella fue la fotografía y la medicina. Convertida ahora en una reputada doctora, gustaba de colgar la bata blanca tan pronto llegaba a casa y olvidarse por un momento de sus responsabilidades, del mundo duro e injusto de la mañana y sumergirse en esta otra realidad alternativa.

Durante la reciente visita a Santander acudí a su consulta y volví a ver a Isabella y a esa otra vieja amiga, la libélula que me saludaba desde la mesa del consultorio donde estaba enmarcada, al lado del ordenador. Y recordé entonces, inevitablemente, aquella tarde en Santander mientras escuchábamos a los Carpenter en la radio de transistores.

～

CAPÍTULO 23

LA CASA DEL PASEO DEL ESPOLÓN

Todos hemos conocido diferentes tipos de viento a lo largo de nuestra vida. Nos hemos familiarizado así con la brisa tranquila, aquella que acaricia los soplillos de las orejas, deslizándose sobre ellas para coger carrerilla e impulsarse hacia la siguiente víctima. Conocemos al céfiro, a la temida galerna. También nos es familiar el airecillo confidente que murmura secretos en nuestros oídos, que cesa cuando queremos prestarle atención, quizá avergonzado por haber ido tan lejos en sus confidencias y que, transcurridos unos segundos, vuelve con la cabeza baja aunque con insistencia a repetir su mensaje.

Y por supuesto, conocemos al querido amigo de media tarde, el cierzo, que acude puntual a acariciar nuestras mejillas. Pero de entre todos ellos, el más temido es sin duda el ventarrón huracanado que no es sino un viento enfadado, lleno de odio por tener que recorrer el planeta una y otra vez durante toda la eternidad. Es un vendaval que no acepta su destino, que desea permanecer en un sitio cuando su esencia es precisamente la movilidad. Es el viento que sopla con furia en los cementerios, agitando las hojas, rabioso de que estas se posen, se queden quietas sobre los bancos, en silenciosa reverencia a los difuntos. Es el que ataca el rostro de los seres vivos, celoso de su ritmo más pausado, de su caminar sobre la tierra.

Fue un primo lejano de este último —quizá descendiente directo de aquel que acompañara a Jack London entre los desfiladeros de Alaska—, el que había decidido visitar Burgos esta tarde y en concreto, el paseo del Espolón.

Inconsciente de su llegada, Carlos contempla a través de la ventana de su estudio los recortados setos del jardín y el templete de música situados frente a su casa. Al recordar la construcción similar existente en la universidad el profesor parece aceptar que es su destino tener uno en su proximidad. Algunas hojas han empezado a dar vueltas en el centro del mismo, anunciando la cambiante tarde.

Abajo, el paseo del Espolón transmite esa serenidad que tanto aprecia el profesor, serenidad que no se quiebra hasta mucho más allá a la izquierda del paseo a causa del tráfico que se dirige al puente de San Pablo procedente del cruce de la plaza de Mío Cid con el vecino Teatro Principal y la Diputación Provincial.

Frente a estos lugares, se encuentra ese eterno envidioso, ese aprendiz del Arlanzón que es el pequeño río Vena. Tráfico y viandantes cruzan así el puente, la antaño llamada Vía Sacra Cidiana, inconscientes de la Historia, ignorantes de la belleza del entorno, pasando sin ver bajo las estatuas situadas a ambos lados del mismo desde 1953, como tampoco observan las bellas farolas en hierro forjado colocadas a intervalos asimismo regulares.

Pero aquí, a esta altura del Paseo todavía reina la tranquilidad a pesar del viento. Lafuente respira hondo al ver el querido río fluyendo como siempre junto a esos árboles que le saludan con sus curiosas formas y gruesos nudos entrelazando el cielo.

Abajo, el paseo del Espolón transmite esa serenidad que tanto aprecia el profesor

Unos metros más allá se extienden las nuevas edificaciones. Edificios modernos, anónimos, que han ido suplantando poco a poco, palmo a palmo la vieja ciudad. Ya casi nada queda del vetusto Burgos en este frontal del río salvo los edificios administrativos, la misma catedral y la puerta de Santa María. Entre esta última y la plaza de Mío Cid antes mencionada se encuentra una de las escasas manzanas que ha sobrevivido en esta parte del río.

El número veintiséis del paseo está ocupado casi en su totalidad por el Palacio de Cultura y Recreo, antes denominado Círculo de la Unión. Para el común de los burgaleses es sencillamente «el casino». Una institución fundada en 1881 según testimonia una placa situada en el lado izquierdo de la portería, aunque el actual edificio fuera construido en 1930 tras la fusión a su vez de lo que fueron la Peña la Amistad y el Café Montañés, descendientes todos ellos de aquel otro Café Suizo ubicado en el mismo paseo. Decíamos que el edificio está casi prácticamente ocupado por el Círculo de la Unión porque en la parte superior, en el último piso, existe un reducto inexpugnable que ha resistido con tenacidad la venta y posesión posterior por ninguna empresa, asociación o particular.

Aquí, en esta torreta cuasi inconquistable, cual castillo medieval de cualquiera de sus libros se encuentra el domicilio del profesor Lafuente.

El edificio se mantiene así con estos dos inquilinos, tozudo en su puesto. Se ha negado a dejar hueco a esos advenedizos con forma de edificios modernos, con bancos y comercios en la planta baja. Desde las tres filas de torreones que rematan su perfil, la casona mira ceñuda la calle y los viandantes que interrumpen la tranquilidad del lugar.

Hay una razón para esta resistencia. La familia Bordallo, una de las fundadoras del casino, había sido respetada y tenida en alta consideración por la burguesía de la época. Los Bordallo, conscientes quizá de la importancia que pudiera tener la situación de la edificación, habían insistido desde el principio en reservar para su uso esta ala de la misma, donde habían residido desde entonces de modo discreto y sin grandes ostentaciones.

Hasta tal punto había llegado la discreción que pocos habían sido los miembros del casino que habían tenido conocimiento de su existencia o del particular arreglo alcanzado tiempo entre fundadores y la familia. Ni la corporación local ni la sociedad más destacada de la época supieron nunca del verdadero papel que la familia Bordallo, y en concreto Evaristo Bordallo, tuvo en el diseño, financiación y construcción final del edificio.

No había sido éste hombre de gestos, de notas de sociedad y actos públicos, prefiriendo dejar que fueran otros los que recibieran la luz de los faroles en sus rostros, sus nombres impresos en el *Diario de Burgos*. Y fue de este modo, discretamente y en la sombra, como el nombre de Bordallo pasó a formar parte del panteón de ilustres héroes anónimos y magnánimos de que está llena la historia.

El viejo portal por el que se accede al edificio se encuentra junto a los ventanales del casino.

Sobre él, las ventanas acristaladas de los pisos superiores miran la calle, observando y preguntándose si van a recibir ese día alguna visita. Hace tiempo que ninguna visita cruza la invisible barrera que separa el Casino y su biblioteca de esta región exclusiva situada en el último piso con la intención de pasar la tarde en esta zona privada y elevada, donde reside esa extraña rémora que se niega a marchar.

Más de cuarenta años lleva el edificio sin oír los pies de niños subir las escaleras, de oír las puertas vecinas cerrarse por las mañanas cuando sus propietarios marchaban camino al trabajo.

Los árboles desnudos situados en el paseo de la explanada frontal habían sido mudos testigos de esos mismos propietarios cuando se marcharon o desaparecieron sin dejar señas.

Esta había sido la casa de tío Enrique y tía Engracia, esta última nieta de Evaristo Bordallo. Una tía Engracia a la que había acudido puntualmente todos los jueves de sus años escolares, a veces acompañado de algún compañero de clase para conseguir algunas galletas o un caramelo con el que la buena mujer les obsequiaba siempre.

«—Tu amiguito también quiere. ¿Eh? Bueno, ¡toma, otra para ti! —decía tía Engracia al buenazo de Fermín, su acompañante ese día—, y ahora id a la salita y haced vuestra tarea hasta que venga tu madre.»

Carlos había heredado la casa tras la muerte de tía Engracia.

Esa misma casa donde había celebrado tantas Navidades en compañía de sus padres y tíos. Jamás desde entonces, y pese a las suculentas ofertas recibidas se le había pasado por la cabeza el venderla.

Tan solo había que preguntar a Aurelio, el portero de la finca vecina, para obtener todo lujo de detalles acerca de las llamadas, de las visitas mal disimuladas de un supuesto familiar lejano intentando indagar por cuánto estaría dispuesto a vender el excéntrico propietario que la habitaba.

Después de él, el Círculo de la Unión quedaría en plena posesión del caserón. En cierto modo moriría con él de no tener descendencia, como parecía el caso mas probable dado el curso de su vida. Ese había sido el trato.

Jamás vendería la casa. Sabía que gozaba de una situación excepcional, que era afortunado por vivir aquí, por poder fumar su pipa frente a la ventana abierta, observando los árboles desnudos y el río. A espaldas del edificio se encontraba la plaza Mayor y el ayuntamiento, la totalidad del centro, el corazón de la ciudad.

Se lo debía todo a tía Engracia, sobre todo sus estudios en aquellos años en que la enseñanza privada costaba un ojo de la cara. Le debía esa misma infancia feliz junto a los primos y sobrinos que por entonces frecuentaban la casona y con los que compartió vida y juegos, que le trataron como uno más de la familia. Gracias a su tía pudo disfrutar de las mieses de una clase que no fue la suya, sintió despertar en su interior el ansia de saber y el aprecio por una buena educación que de otro modo, no hubiera conocido cuando por Reyes le acompañaba a la librería más cercana para comprarle un montón de libros con los que entretener las tardes.

Para Lafuente era aquí, en este lugar, en este despacho donde los pensamientos y las ideas se enlazaban unas a otras. Por otro lado, y gracias a sus buenas relaciones con la junta directiva y miembros del casino podía hacer frecuente uso de los doscientos metros cuadrados de la biblioteca del Circulo donde podía vérsele en alguna que otra ocasión.

El rector podría decir por doquier que regía una de las universidades pioneras en España y todo lo que quisiera, pero sabía en su fuero interno que tenía que contentarse con una vista ficticia de la universidad en esa pintura que colgaba frente a su mesa.

En tardes como la de hoy, a Lafuente le molesta el viento más de lo acostumbrado. En días así echa de menos despertarse con el sonido de los vencejos y la puntual bandada de estorninos.

Sentado en un sillón orejero de terciopelo verde y acompañado de su eterna pipa, el profesor hace un rápido repaso mental de la investigación.

Deja vagar su mente mientras observa la pared de enfrente, los cuadros medio descolgados, aquel reloj del abuelo que conserva por puro cariño junto con el microscopio fabricado en 1890 y situado al lado del anterior. Nada menos que un auténtico Carl Zeiss, el mismo modelo usado por Cajal en sus investigaciones, según pudo comprobar años más tarde. Un microscopio a través del cual tuvo en su niñez el primer atisbo de un mundo oculto a la vista.

Una auténtica joya que le traía infinitos recuerdos de mañanas sentado al lado de su tío Enrique, comiendo unas galletas empapadas en leche mientras en el tocadiscos sonaba la voz lenta y melosa de Jorge Sepúlveda. La canción era «Mirando al mar soñé» seguida a continuación por «Santander».Un Santander envuelto y acariciado por la voz de este cantante hasta ahora desconocido para él. Fue entonces, al escuchar por vez primera el nombre de su ciudad natal en la voz de este interprete de grueso bigote cuando la nostalgia entró en su vida por vez primera.

Lafuente procedió a recapitular en su mente los hechos de los últimos días.

La historia de la princesa había sido realmente azarosa. Desde el mismo instante en que dejó Bergen con destino a Inglaterra donde permaneció unos meses por miedo de los piratas que asolaban los mares, seguido por la larga travesía a caballo cruzando Francia hasta llegar al condado de Barcelona. Una pausa allí de unas semanas antes de arribar a Burgos, donde se alojó apenas una sola noche antes de reemprender el camino hacia Valladolid. Nueva y breve parada durante unos días en la laguna Negra de Soria a causa de esa extraña enfermedad que la retuvo allí y por fin su encuentro con el rey en Valladolid. Solo de pensarlo la mente se cansaba del periplo.

Un viaje de aproximadamente nueve meses, semana más, semana menos, antes de trasladarse a Sevilla para morir allí al cabo de unos pocos años sin descendencia, con todas las promesas hechas hasta el momento sostenidas en el frágil aire. Uno no podía por menos de sentir compasión por esa mujer que había dejado todo atrás para acabar sus días en una tierra remota, tan distinta a su lejano norte, rodeada por un idioma desconocido, costumbres extrañas y un calor sofocante.

El hecho de que hablara latín, la lengua internacional de la época, había sido ciertamente una ventaja, pero aun así...

Dio una inspiración a la pipa.

Vinieron a su mente las tan disputadas cartas de amor que pudo contener el féretro así como la conversación que habían mantenido con Hans en Covarrubias. ¿Estuvieron las mismas alguna vez en el interior de la tumba? Había cierta incertidumbre al respecto. Y de haber existido ¿Dónde estaban? ¿Qué decían exactamente? A la vista de las recientes indagaciones efectuadas por Elena quizá nunca lo sabrían.

Todo apuntaba ahora al Monasterio de las Huelgas en Burgos, situado a escasos kilómetros de la Universidad de Montanilla, del centro de la ciudad. A escasos kilómetros de su casa. El secreto, de haberlo, había estado custodiado bien cerca durante todos estos siglos.

A MEDIA TARDE EL PORTAL DEL NÚMERO VEINTISÉIS SE ABRIÓ para dar paso a su figura. Nada más poner un pie en la acera, una ráfaga de viento, de ese cierzo vespertino. puntual como un reloj, le empujó de nuevo hacia el interior, pillándole por sorpresa. Repuesto del sobresalto, agachó la cabeza gacha, y se enfrentó al viento que, enfilado en su dirección se había propuesto que el profesor no saliera de casa esa tarde, poniendo una traba más a sus intenciones.

Apenas a unos pocos metros a su derecha según salía del portal, concretamente en el número 30 podía verse el cartel en letras doradas sobre madera pintada en rojo de la Librería del Espolón, fundada en 1907. Aunque su destino en el día de hoy era otro, no obstante se detuvo frente a la misma bajo la fuerza de la costumbre. No era hombre capaz de pasar sin detenerse ante cualquier librería con la que se encontrase. Eso habría sido una grave descortesía en contra de toda su educación, de innumerables tardes entrando y saliendo de ellas aunque solo fuera para oler el papel impreso y tocar unas páginas nuevas que parecían esperarle. Hoy, sin embargo y tras lanzar un vistazo obligado al escaparate continuó caminando, pasando a continuación por delante de otro testimonio del antiguo Burgos, en concreto la farmacia del licenciado Castellanos de Grados con sus preciosos arcos en madera y el cristal de sus puertas primorosamente decorado con motivos modernistas.

Tiempo atrás su rutina hubiera sido otra. Tiempo atrás hubiera girado a la izquierda nada más salir de casa para dirigirse a la Confitería Ibáñez en el cercano número 16 para degustar un cortado o un chocolate caliente, pero por desgracia el establecimiento no había podido aguantar la crisis de los últimos años, viéndose obligado a cerrar recientemente tras haber aguantado más de un siglo en ese lugar. Una moderna chocolatería mantenía ahora el viejo nombre. El profesor aun recordaba el saludo cordial de Severiano, su anterior propietario, cuando entraba acompañado de su tía a comprar golosinas o algún pastelito para esa ocasión especial —que solía ser cualquier fin de semana que pasaba con sus tíos. Ese saludo no podía ser sustituido con facilidad.

La fidelidad jurada a esos recuerdos le había hecho prometer odio eterno a este usurpador que se permitía utilizar ese nombre sagrado para él.

Así pues, no pudiendo optar por este apetecible curso de acción, los pasos de Lafuente le llevaron con prontitud hasta la puerta de Santa Maria donde tuvo que detenerse bajo el arco de la misma, atrapado por una ráfaga de viento más fuerte que las anteriores.

Poco después llegaba a su destino, un escondido pasaje situado en uno de los laterales de la calle de la Paloma y cercano a Laín Calvo, uno de esos lugares en perenne sombra que parecen haber retenido en sus paredes y adoquinado los tiempos pasados cuando estos mismos adoquines se escurrían ya, desapareciendo, del resto de calles principales.

Carlos Lafuente se detuvo ante una pequeña librería oculta en la mitad del pasaje. Ya cada vez iban quedando menos librerías de este tipo. Frecuentaba también en ocasiones la Librería Hijos de Santiago Rodríguez, una de las más antiguas de Europa, según decían los habituales de la misma. Al profesor Lafuente le seguía tentando buscar su bibliografía usando estos viejos recursos antes que los cauces oficiales de la propia biblioteca universitaria, por otro lado bien nutrida.

Tiempo habría para recurrir a ella en caso de no encontrar en sus paseos lo que buscaba.

El sol poniente, merced a la caprichosa disposición de un espejo de tocador en una casa cercana, reflejaba sus rayos a través de uno de los ventanales superiores. Esto, combinado con el vidrio de una farola situada en la pared opuesta, filtraba de algún modo imposible un delgado rayo de luz que acababa proyectado de modo cómplice sobre el escaparate de la librería, bañándolo en tonos dorados, esos tonos sin los cuales una librería no es nada. Era curiosa por otro lado la sincronización de ese ventanal con las horas de apertura de la librería, fenómeno este que hubiera merecido estudios más profundos y sesudos sobre el particular. La luz así proyectada calentaba y daba realce a las viejas maderas, a los arrugados volúmenes expuestos en los escaparates que, olvidados, ansiaban el momento en que un alma curiosa los mirara y, dándose cuenta de la belleza que todavía se ocultaba en ellos, penetrara en el interior del local y se los llevara presurosamente tras un breve intervalo de índole comercial.

Una incipiente decoración navideña se había adueñado ya del lugar recordándole al profesor las fechas en las que se encontraban. Se demoró todavía un rato en el escaparate. Valía la pena soportar el frío viento pensando en el abrigo que iba a encontrar en su interior.

Siempre le habían atraído esos espumillones colocados entre los libros. Su atención se vio atraída por la figura de un gnomo situado en el rincón izquierdo del escaparate. Llevaba en la mano lo que parecía ser un saco presumiblemente lleno de juguetes y Carlos Lafuente tuvo por un momento la impresión de que tan curioso ser pudiera haber salido de uno de los volúmenes allí situados para mayor solaz y atractivo de la clientela más joven.

Era en suma esta una de esas librerías enormes, aunque pequeñas en tamaño, donde los tomos crecen y se multiplican entre los estantes. Libros detrás de libros, estantes ocultos detrás de otros. Uno de esos lugares donde al penetrar en el establecimiento todavía podía oírse una lejana campanilla sonar en la distancia. El viejo Esteban se encontraba hablando con un cliente. Cerró la puerta con dificultad, frenada esta por un hilo de viento que soltó un silbido lastimero, un lamento en el último segundo al ser atrapado por la hoja.

—Estaba buscando un ejemplar de *Los tres mosqueteros* — preguntaba al librero el cliente que allí se encontraba.

—¿Está interesado en alguna traducción o edición en especial? — inquirió el propietario, hablando casi en susurros. La edad y el polvo acumulado sobre los libros habían hecho su efecto en su naturaleza.

Tras oír la respuesta el librero se dirigió con presteza y sin dudar hacía una esquina oscura, llegado a la cual apartó una escalera que debía de haber estado varios meses en el mismo lugar. Finalmente y tras mover dos filas de libros, introdujo la mano y extrajo, con un golpe de efecto magistral, un volumen manoseado que puso delante de los ojos de su cliente.

—Esta edición de Bruguera de 1968 es una de las mejores. No es cara, es ligera y cumple su propósito —dijo el librero con unos ojos donde brillaba cierta luz al referirse al libro—. Por otro lado esta novela tiene para mí un carácter especial. No en vano la reina de Francia y madre de Luis XIV se casó aquí, en la catedral.

—Me lo llevo —dijo el cliente, convencido de las bondades de la obra. Carlos aprovechó el tiempo de espera observando a su alrededor.

Había otros clientes en la tienda. Alguno que otro ojeaba, o más bien leía los volúmenes entre cubierta y cubierta, pues esta librería había venido a sustituir a los viejos cafés de principios del siglo XX y los parroquianos, conocedores de la amabilidad de su patrón, acudían a ella a pasar las horas.

Una vez se marchó el cliente anterior con su Dumas bajo el brazo, el librero se dirigió a Carlos Lafuente con una amplia sonrisa.

—¡Buenas tardes, profesor! ¿Cómo le va?

Este hizo una consulta en voz baja, intentando que la misma no fuera escuchada por el resto de clientes. No había porque preocuparse. Estos continuaban absortos en sus respectivas lecturas y ojeo de los diferentes volúmenes.

El librero asintió con rapidez y ascendió jadeando por unas escaleras que se encontraban a su espalda, hacia lo que parecía ser un altillo. Un lugar donde solo él tenía acceso.

Al cabo de un rato retornó con un libro de tapas oscuras, delicadamente decorado con ribetes en bordes y lomo.

—Aquí tiene. No es muy habitual hoy en día que nadie pida esta obra. Hace años que la tengo —dijo mientras agachaba la cabeza como un oriental al reconocer a un iniciado con el que compartir un antiguo rito.Y así, reconfortado el profesor con el peso del recién adquirido volumen entre las manos, volvió a abrir la puerta por la que entró con rapidez el viento, curioso y rabioso a la vez por habérsele impedido el paso.

Regresó a casa por el paseo, llevando el libro bajo el brazo izquierdo mientras la tarde menguaba y callaba. Le adelantó un grupo de cuatro niños dando patadas a un balón y cuyas voces ya le habían dado alcance desde mucho antes de llegar a su altura. Al parecer se encaminaban en su misma dirección, ocupando todo el ancho de la acera con sus pases magistrales. Uno de ellos, portando orgulloso una gorra del C.D. Mirandés, gritó:

—¡Aquí, aquí Felipe! ... ¡Pasa, Felipe, pasa!

Ese mismo paseo había sido testigo de las piedras que antaño él y sus amigos habían arrojado al río desde sus muros. Muchas de las veces intentando alcanzar la otra orilla y en otras, menos confesables, la figura de algún rapaz de la pandilla contraria con la secreta esperanza de acertarle de pleno en la espinilla.

Las calles traseras a la casa de tía Engracia habían sido ciertamente testigo de esas correrías. En aquella época, todavía lejos de la invasión de las cadenas de las grandes marcas, los comerciantes salían a la puerta de sus tiendas a última hora de la tarde, a la espera de que algún cliente entrara en ellos mientras se solazaban con la presencia del paseante y con los juegos de los niños que llenaban el aire de risas hasta el momento en que sus madres los llamaran para la cena, esa cena que siempre interrumpía precisamente los momentos más álgidos del juego, precisamente cuando estaban a punto de coronar el fuerte Williams, salvar a la princesa o ganar el concurso mundial de la canción. Eso cuando no encarnando al capitán Lee de la inmortal serie *Viaje al fondo del Mar* enfrentado a un monstruo marino infiltrado en el submarino Sea View o a David Janssen en *El fugitivo,* a punto de ser detenidos por la Ley.

Tan pronto les encontraba la tarde en las cercanías del Teatro Principal como subiendo a la carrera las calles de la Moneda o de Laín Calvo, invadiendo con sus gritos las cercanías de la iglesia de San Lorenzo. Tan pronto en la Llana de Adentro como en la Llana de Afuera, no había rincón ni pasaje desconocido para ellos. Todo el centro de Burgos no era sino un gigantesco tablero de juegos para el grupo de amigos. Y en especial para el pequeño Carlos Lafuente, su cabeza siempre llena de ideas aventureras, de islas desiertas, de barcos que cruzaban el océano hacia puntos de la geografía que no sabía muy bien como descifrar. Aún no tenía por entonces el globo terráqueo que al año siguiente le traerían los Reyes Magos. Le parecía entonces que las aventuras de Emilio Salgari o de Julio Verne sucedieran en las cercanías del Palacio de la Capitanía situado unas calles más arriba y cuyo sonoro nombre ejercía sobre el joven un atractivo especial. Le daba la impresión de que ese lugar fuera frecuentado por los héroes de sus lecturas, y que la plaza de Alonso Martínez se viera llena, no de turistas en busca de la cercana Oficina de Turismo, sino por personas con gesto torvo y concentrado más semejantes a Phileas Fogg que a otra cosa.

«Siempre salvar a la princesa» —sonrió para sí— ¿Era por eso por lo que le interesaban tanto esos pergaminos, esa historia extraña de la princesa Kristina? ¿Era acaso un regreso a la juventud? Un viaje por los pasillos de la memoria. Más bien un síntoma de que se estaba haciendo mayor, no cabía duda alguna.

De vuelta en casa volvió a encerrarse en su estudio. Allí se quedó callado, mirando la librería llena de gruesos tomos que llegaban hasta el techo. Documentación y conocimiento de otros años. Desde niño siempre se le había inculcado que todo podía ser encontrado en los libros y, sin embargo, lo que buscaba ahora no lograba hallarlo en parte alguna. Estaba solo con su inquietud a excepción de Ismael que dormitaba, hecho un ovillo en el sillón orejero. Había conseguido tras mucho esfuerzo que el minino se acostumbrara a este piso que carecía de los largos pasillos y túneles como los que tenía a su disposición en la Universidad, y que aguantara con estoicismo los traslados en el transportín entre uno y otro punto.

Abrió el ejemplar que acababa de adquirir. Se trataba de *La abadesa de las Huelgas*, escrito nada más ni nada menos que por José María Escrivá de Balaguer, una obra que, según había leído, había sido repudiada en cierto modo por la orden del Opus Dei creada por el mismo Balaguer. Por lo visto parecía molestarles el que en ella se hiciera demasiado hincapié en el papel de la mujer en la iglesia.

Dejó la ventana para volver a sentarse en su escritorio.

Unos segundos más tarde pudo escuchar el reconfortante sonido en ese iMac contemporáneo tras haber presionado la tecla de encendido en su parte trasera. Esperó a que la pantalla se llenara de ese flujo de fríos datos en forma de caracteres sobre la misma. Su ordenador servía ahora de ventana al pasado. Comprobó la información que este le mostraba. Sí, según la *Crónica Frisinicus* y otras, esas eran las fechas con ligeras variantes.

Las horas fueron pasando. Lafuente tomaba notas, consultaba en Internet así como en algún que otro volumen de la biblioteca. Las reproducciones que contenía el libro recién adquirido no tenían precio.

Pudo comprobar una vez más que el poderío del monasterio se había extendido hasta tiempos todavía muy recientes por una amplia parte de la provincia de Burgos, incluyendo pueblos enteros, familias enteras.

Familias enteras.

A través de las ventanas podía oír los ruidos amortiguados del juego de los niños en el paseo, niños a los que el viento no lograba disuadir, tarde tras tarde de golpear una pelota contra una pared, contra un portal cerrado, contra una espinilla si era necesario, en lucha constante contra la edad, el futuro y el tiempo.

Niños.

Reconoció entre las voces la de aquel devoto seguidor del

Mirandés con el que se había cruzado en la calle hacía tan solo una hora.

Volvió a intentar concentrarse en la lectura y en los apuntes sobre su mesa.

«...*Salida de Inglaterra hacía Francia...*»

Un fuerte golpe contra la pared del edificio seguido por un triunfante grito de victoria desde la calle anunciaba el gol de un equipo ficticio contra un rival inconquistable.

«*La princesa guardaba algo...*»

«*... El tiempo empleado en egar...*»

—Esa no se vale. No estaba mirando —aulló una voz desde la calle.

«*La princesa*»

«*Esos nueve meses*»

Los benditos niños, gritando como energúmenos levantando su voz en competencia con el viento que les robaba el balón.

«*Nueve meses de travesía*»

«*La princesa Kristina*»

«*Quede el secreto bajo custodia de las hermanas*»

—Pues el próximo día te vas a jugar con los de tu calle, ¡idiota! —nuevo berrido desde el exterior.

«*Nueve meses de travesía*»

«*Prácticamente un embarazo*»

«*Nueve meses*»

—¡Esta vez ha sido gol, toma ya!

¡Malditos críos!

«*Un niño...!!*»

Se rió de su desbordante imaginación. Había visto muchas películas de conspiraciones e intrigas últimamente.

— «No debo de leer tanto» —se dijo.

Tuvo que reconocer no obstante que como teoría no dejaba de ser atractiva, pero si algo semejante a lo que le pasaba por la cabeza ocurrió alguna vez, no aparecía ni un atisbo de sospecha en crónica alguna, artículo o estudio.

Se levantó de golpe y dio tres o cuatro largas zancadas por la habitación, pasándose la mano por la barbilla una y otra vez. Abrió de nuevo la Wikipedia y tecleó rabiosamente en la barra de búsqueda: «*Monasterio de las Huelgas*». Cuando el resultado apareció en la pantalla lo leyó con avidez, línea tras línea. Allí estaba.

Leyó el nombre de la abadesa de aquella época.

Doña Elvira Fernández.

La pista volvía una vez más a señalar la abadía.

Ciertamente la abadesa había tenido privilegios ilimitados de toda índole: jurídicos, religiosos, incluso para cobrar diezmos y demás impuestos hasta finales del mismo siglo diecinueve. ¿Podría haber sido en cierto modo cómplice el monasterio del secreto de la princesa? Imposible.

Berenguela, la hermana del rey había estado presente en aquella lejana Nochebuena en que recibieron la visita de la princesa aunque por lo que sabía, el verdadero poder, el poder del día a día lo había tenido la abadesa doña Elvira, un puesto que en la época era vitalicio.

La frase que les había llevado inicialmente hasta Silos parecía ahora cobrar otro significado:

«*Y quede bajo custodia de las hermanas*». Esto podía referirse tanto al secreto en sí como a este nuevo aspecto de la situación que le abrasaba la mente.

Recordó entonces esa sensación experimentada en la infancia cuando, en compañía de sus amigos, miraba con insistencia las ventanas de una casa abandonada que la chiquillería del barrio suponía embrujada, observando con insistencia hasta que en el anhelo, en el suspense así creado, en la fiebre de su propio deseo, finalmente llegaban a ver aquello que temían: figuras espectrales que parecían moverse en la oscuridad de aquel caserón abandonado, sombras blanquecinas de movimientos inciertos cruzando de estancia a estancia.

¿Era esto lo que estaba experimentando ahora? ¿Suponiendo cosas o hechos que por otro lado deseaba que hubieran ocurrido? Su mente pragmática y científica se negaba a considerar ideas semejantes.

De haber estado tía Engracia presente en este momento y podido ver su expresión, la buena mujer hubiera sacado el termómetro sin pensarlo un minuto.

Por supuesto también se habría quedado sin tarta de chocolate como postre.

Pero Carlos se encontraba solo con su intuición, con esa sensación interior que le perseguía, ese sentimiento de que algo fallaba, de que existía una grieta, un hueco, una piedra suelta en la pared que, al ser pulsada abriría ese pasaje secreto. Por otra parte no podía eso ser posible. Era bien consciente de que la princesa nunca estuvo sola al llegar a España. Su absurda idea no tenía base alguna en la realidad, no podía ser apoyada por evidencia alguna. Una idea por otro lado que todavía no se atrevía a formular en palabras. Desde que dejó Bergen Kristina Håkonsdatter había estado acompañada de numeroso séquito y damas de compañía. Entre los primeros, el mismísimo diplomático del rey, Loddin Nepur y el obispo Hamar. Kristina habría estado por otro lado rodeada en todo momento por las religiosas del monasterio en aquella lejana Nochebuena celebrada entre ellas, al calor y bajo la protección de ese santuario.

La protección del santuario.

Rodeada por esas santas mujeres.

«Y quede bajo custodia de las hermanas»

¿Podría haber sido este en efecto el secreto de la princesa? ¿La protección dada por el santuario?

Hasta ahora había sido más fácil pensar en teorías de conspiraciones, en alianzas y contra alianzas entre reinos vecinos. Pero a veces la realidad podía ser algo terriblemente simple.

Tan simple como el llanto de un niño en la noche.

La princesa Kristina guardaba un secreto, sí.

Pero no había sido este un secreto de estado. Por lo menos no había sido únicamente eso.

La princesa estaba embarazada cuando llegó a Burgos.

Pero si esto fue así, ¿quién pudo darse cuenta de ello? ¿Dónde pasó su primera noche en Burgos?

En el Monasterio.

Las cosas parecían ponerse cada vez más claras.

O más confusas según se viera.

Una vez más, la sensación de contemplar la presencia de fantasmas blanquecinos a través de las ventanas volvió a recorrer sus venas. Necesitaba contar con la confirmación de sus compañeros de que no estaba creando un universo alternativo. No otra vez.

Cogió repentinamente el grueso abrigo y salió a la calle invadida por el viento que seguía barriendo el paseo.

El jodido Pinedo volvía a tener razón.

CAPÍTULO 24

EL JARRÓN DE FLORES

De cómo la botánica ayuda a controlar el tiempo.

Elena dejó la taza sobre la mesa y contempló con semblante serio a su colega sentado frente a ella. Se encontraban en el estudio de Lafuente adonde había acudido la profesora tras afrontar un Burgos cruzado por el viento, intrigada por la llamada de su colega. Había traído consigo un victorioso ramo de rosas rojas perfectamente protegido del viento en celofán y que acababa de adquirir esa misma tarde en una tienda cercana.

—Como me dijiste una vez que no tenías ninguna planta aquí, pensé que esto podría alegrarte algo la vista. Que entre tanto folio y libraco no estaría mal que tuvieras alguna hoja de otro tipo que mirar —dijo Elena sonriendo mientras dejaba la misma sobre la repisa de la ventana, quitándose el abrigo y descubriendo así un vestido a cuadros rojos y negros con cuello vuelto. Cruzó los brazos permitiendo así que éste y el lazo que llevaba en la cintura hablaran por sí mismos.

Frente a ella los papeles se asomaban como canoas al borde de una catarata desde la superficie de los muebles que allí se encontraban, desentonando junto a los libros primorosamente clasificados, los adornos equidistantes unos de otros.

Era la primera vez que había osado hollar el *sancta sanctórum* del profesor Lafuente y la ocasión no presentaba desperdicio alguno para su mente escrutadora. En milésimas de segundo ya había recorrido con los ojos las estanterías, los cuadros y el diverso *bric à brac* acumulado. Claramente, Carlos había hecho del lugar una extensión de ese otro despacho más abigarrado y amplio de la universidad.

Junto a la ventana, una pequeña mesita con dos sillas. Sobre esta, un servicio de té, donde reposaba la taza que Elena acababa de depositar tras haber escuchado durante la última media hora una historia fantástica.

—Profesor Carlos Lafuente —. Y aquí Elena se levantó de la silla, los brazos cruzados sobre el pecho mientras avanzaba determinada hacía el ventanal que daba al parque —¿Te das cuenta de lo que estás diciendo? ¿Te has oído hablar? Eres el catedrático de Historia de la Universidad de Montanilla, no de un politécnico y ciertamente no de un instituto de barrio. ¿No te has parado a pensar que en una comitiva formada por tal número de personas alguien se daría cuenta de lo que sugieres? Eso sin contar con toda esa multitud que aguardaba a la princesa tanto en Barcelona como en Burgos, Soria o Valladolid. Esa mujer, para su bien o para mal no estuvo sola en ningún momento de su viaje. ¿Tanto te cuesta entender esto? Era lo más parecido a una artista pop de la época que cualquier otra cosa que podamos pensar.

— Sí, tienes razón. Reconozco que la idea me gustaba, sin embargo. Es verdad, nunca estuvo nunca sola —reconoció el profesor, agachando la cabeza y repitiendo con palabras monocordes ese razonamiento—. Además, ¿qué interés podría haber tenido la abadesa para ocultar esa información? ¡Un secreto de estado nada menos además de un amor prohibido!

—No te olvides que su divulgación hubiera puesto en peligro la unión de las dos coronas que era el objetivo inicial, ¿o no te acuerdas de que ese era precisamente la razón del inicio y el final del periplo? ¿Qué pretendías afirmar Carlos? ¿Que la princesa iba a poder volver como si tal cosa a su país y decirle a su padre que había fracasado como hija y como esposa? ¿Me quieres decir eso? —, y en ese momento dio en su entusiasmo un golpe en la mesa con la palma abierta con tal énfasis que la vibración llegó hasta los bolígrafos contenidos en el portalápices de madera situado en la esquina de la misma.

El profesor levantó la cabeza hacia su compañera. Depositó en silencio la taza de té que había tenido entre sus manos durante los últimos minutos, la taza que había manipulado con dificultad sin lograr acertar a beber de su contenido.Desvió su mirada hacia el exterior.

Elena se inquietó al ver la mirada perdida del profesor, quieto junto a la ventana. Se levantó y se apoyó contra el cristal de la ventana, próxima a él. Ismael maulló en señal de protesta al ver su esquina invadida, ese rincón que nadie había osado ocupar jamás.

—Créeme Elena, sé lo que me digo —dijo el profesor con cierto esfuerzo, girándose y mirando a su colega cara a cara. ¿Siempre había tenido estos ojos verdes? —. Yo también me he dicho lo mismo una y otra vez. Pero escúchame, si no tengo razón, si no hay nada allí, no habremos hecho más que perder un poco más de nuestro tiempo. Odio decirlo, pero una voz interior me dice que aquí hay algo más de lo que parece. Creo que no hemos dado con estos pergaminos por casualidad. Las cosas pasan por una razón. Una razón que tal vez no podamos explicar. A veces podría hasta decir si no sonara totalmente imbécil que estos nos han encontrado a nosotros.

Carlos vagaba de un lado a otro de la estancia, acompañando con sus largos brazos su desasosiego. De vez en cuando introducía la mano izquierda en el bolsillo mientras movía la derecha en el aire como si sus argumentos fueran algo tangible y pudiera así amasarlos y darles forma, consistencia, como un alfarero de la Historia.

—Carlos, estas en un buen puesto, eres un profesor bien considerado en esta universidad. Hasta una recién llegada como yo puede darse cuenta de esto. ¿Y quieres echarlo todo a perder por un presentimiento?

Elena se había sentado en el pretil de la ventana, observándole con las piernas cruzadas, sus pequeños pies luciendo unos botines verdes con un diminuto lazo del mismo color carmesí que las flores que había traído y que ahora se encontraban a su lado.

— Fíjate en lo que tenemos por el momento—dijo Carlos al fin—.

No te pido que pienses más que en eso. Es una oportunidad única. Ante nosotros tenemos algo importante. No es únicamente la peregrina historia de una princesa venida de Noruega, no. ¿no lo entiendes? No es solo la historieta de un nacimiento ilegítimo más, entonces como ahora. Es algo más que eso. ¿Te acuerdas de lo que te dije una vez al respecto? ¿Lo que dijo Ernesto en aquella ponencia en Valladolid?: «Recordamos lo que queremos recordar para explicarnos a nosotros mismos lo que fuimos.» Cuando era estudiante, eso era en lo que yo también pensaba, en comprender...

Elena asintió. Había algo en la energía con la que Carlos hablaba que hacía imposible no escuchar sus argumentos.

—En la ciencia, eso es lo único que tenemos al principio Elena —continuó el profesor con un tono de voz más calmado—. Solo ideas. Hasta ahora pensé que trabajábamos con algo más sólido. Pero hasta la más sólida de las teorías de cualquier ciencia, Elena, se ha basado en una idea, en una hipótesis aparentemente absurda que había que probar. No creo necesario recordarte eso, ¿no? Por lo menos pensaba que a ti no —y al decir esto el tono de voz del profesor fue más bajo de lo habitual.

¿Había detectado Elena cierta ternura en el mismo, como una frase musical contrapunteada al fondo de la melodía principal?

Carlos estaba mirando nuevamente por la ventana por lo que Elena no pudo confirmar esa extraña sensación o intuición sentida momentos antes. ¿Había mostrado el grave profesor algo de delicadeza, había dejado de lado algo de su brusquedad habitual?

Elena contempló la estatuilla del guerrero con la lanza que se encontraba sobre la estantería, similar a la existente en el despacho del profesor en Montanilla. Le recordó a Lancelot du Lac, uno de sus personajes mitológicos favoritos, perdidamente enamorado de la reina Ginebra. Trajo a su mente aquellas tardes leyendo a Virginia Woolf junto a sus amigas en una terraza un día cualquiera de un verano lejano.

—¡A la mierda! ¿Por qué no?—dijo esta colocando súbitamente el manojo de flores que había dejado en la repisa en uno de los jarrones vacíos que allí se encontraban—Estarán mucho mejor aquí! Este es su lugar sin duda alguna, ¿no te parece? —dijo enérgica—. Y ahora me voy, tengo montones de cosas que hacer. En alguna parte de mi agenda debo tener el teléfono de alguien de Patrimonio Nacional. Hay que ir preparando esa visita al Monasterio de las Huelgas, ¿no te parece?

Ismael que había estado dormitando hasta ese momento en el sillón orejero se incorporó. Había apreciado un cambio en las costumbres de la estancia y, evidentemente, las voces habían perturbado su descanso. Contemplaba ahora, apoyado sobre sus patas traseras, las evoluciones de esta recién llegada que se atrevía a cambiar el mobiliario, colocando para mayor afrenta ese jarrón en «su» ventana.

—¿Vas en serio a llamar a Patrimonio Nacional? Me dijiste que tenías que trabajar en el próximo simposio y en esos artículos pendientes de escribir.

—Bueno, profesor Lafuente —dijo la profesora, entrecerrando los ojos mientras sonreía—, eso no debería representar ningún problema para dos historiadores serios como usted y yo ¿no le parece? Recuerde, trabajamos con la Historia. Tenemos todo el tiempo del mundo en nuestras manos.

Y tras dar un último toque a la planta, ese toque final que solo a una mujer se le ocurre realizar y que equivale a la firma, al acabado personal de la obra bien hecha, Elena, sin pronunciar una palabra más salió del despacho con agilidad y pasos cortos aunque rápidos. Carlos la vio cruzar por delante de toda esa selección de clásicos alineados en la estantería más baja. Era increíble cómo un par de zapatos nuevos podían acentuar el movimiento de caderas de una mujer. O quizás la culpa era de ese vestido a cuadros.

Golpeó con la cazoleta de la pipa sobre la mesa de su despacho, desparramando sobre su superficie parte de su contenido al hacerlo. Lafuente se dio cuenta de que estaba sonriendo.

Era cierto. Iban solo a perder un poco más de tiempo. Ya lo había dicho su colega. Tenían todo el tiempo del mundo.

∾

CAPÍTULO 25

EN CUSTODIA DE LAS HERMANAS

De lugares encantados, de cómo Arturo dio un paseo por Disneylandia, de cohetes y castillos y del modo en que el frío ejerce su influencia en la Administración.

El sol, desprovisto de cuidados, lucía esplendoroso en el cielo, aunque sin tener mucho efecto allí abajo sobre la ciudad cruzada por el viento.

Arturo descendía a grandes zancadas la calle hacia el punto de encuentro con sus profesores. Volvió a ajustarse la bufanda gris que había comprado el día anterior, intentando protegerse así del frío aire que se había levantado, dejándose embargar por ese calorcito producido por su propio aliento, por esa sensación de confort primitivo. La calle Madrid acababa de dar paso a la calle Plaza Vega, y con ella dejó el joven también a sus espaldas la residencia universitaria San Agustín donde algunos de sus compañeros, menos afortunados que él, estarían apurando las últimas horas antes del examen inminente del día siguiente. ¿O quizás era al revés? A diferencia de él, ellos no estaban inmersos en una historia de intriga y secretos históricos. Miró al frente y descubrió que la Vieja Señora ya se había dado cuenta de su deambular. Cada vez que veía la catedral le era imposible huir de esa extraña sensación de ensueño, de estar contemplando una puerta medio entornada que parecía llamarle al descubrimiento de otro territorio, de otro mundo más allá de lo cotidiano.

Llegó al final de la calle. Sí, allí estaba. Como siempre. Más o menos oculta por un autobús urbano que pudiera cruzarse en su campo de visión en ese momento... la puerta de Santa Maria con sus dos torres, invitándole tentadoras a pasar otra vez bajo el arco, a atreverse a penetrar ese mundo secreto que de algún modo sabía que existía. Todo lo que había leído hasta el momento en relación con inexplicables emociones guardaba, de algún modo inconsciente, una conexión con ese frontal, con ese río que avisaba tentador de que las cosas no eran lo que parecían. El Arlanzón. Siempre fijo y cambiante a la vez. ¿Por qué no le había dicho el profesor Lafuente que las dos torres almenadas que enmarcaban la puerta de Santa Maria no eran en realidad sino dos silos que albergaban en su estructura sendos cohetes de mediano alcance, quizá como resultado de una conspiración entre Alfonso XI y el Papa Clemente VI durante su construcción?

Ciertamente esas extravagancias hubieran sido permitidas en un profesor universitario pero en lugar de eso Lafuente le había hablado de una princesa que había ocultado un embarazo durante una larga travesía hacia España! Y luego decían que era él quien tenía ideas descabelladas por leer sobre teosofía, o querer avistar uno o dos platillos volantes ocasionales.

Esa entrada, esa perspectiva desde la calle por la que había descendido mostraba la piedra blanca de Santa Maria con sus seis hornacinas en la parte superior de un modo que Arturo Pinedo siempre había comparado en su mente con la entrada principal de Disneyland. Por supuesto que ese pensamiento jamás saldría de su boca aunque alguien decidiera someterle a algún tipo de tortura, pero siempre estaba allí cuando cruzaba ante ella. Con más empaque esta sí, con más historia, con más trasfondo cultural si se quiere. Sí. Todo eso estaba bien. Pero para él, este siempre había sido un lugar mágico. Porque tras esa maravillosa puerta estaba la catedral y junto a los aledaños de la misma podía encontrarse un mundo que idolatraba.

Allí detrás las farolas mostraban sus brazos de negro hierro forjado, allí se encontraba el núcleo de calles peatonales, ese conjunto de plazas conocidas durante siglos como Las Llanas, con sus terrazas, numerosos bares, restaurantes y mesones, sus tiendas de todo tipo, y también de esos pasajes estrechos que parecían no ir a parte alguna. Y siempre, siempre al cabo de media hora, al dejar el lugar con la sensación de haber recorrido cientos de metros darse cuenta sin embargo de que no se había movido del entorno de la catedral, como si un magnetismo especial, centrífugo y potente arrastrara toda vida, comercio y actividad a moverse en su cercanía.

Tras la puerta de Santa Maria, quizás adivinando los pensamientos del joven, se alzaban las torres de la catedral, semejantes al castillo de la Bella Durmiente. Curiosas e inquisitivas, parecían echar un vistazo previsor sobre qué tipo de personas iban a cruzar esa tarde frente a ellas, esos pocos afortunados.

Había compartido Arturo muchas conversaciones con sus compañeros comparando los beneficios de vivir y estudiar aquí, rodeados y atravesados por un río tranquilo y de poco caudal en lugar del frecuentado y transitado Támesis, del Sena o incluso del entrañable río Cam, donde cientos de estudiantes se empeñan en remar hacía Grantchester para degustar unas pastas y un té a media tarde.

El viento era penetrante. Perseguía a los caminantes pidiéndoles un poco de su tiempo, suplicándoles con su aullido que disminuyeran el paso y le prestaran atención. Había escasos viandantes esa tarde de diciembre, y hacía más frío de lo acostumbrado incluso para los burgaleses. Lejos había quedado el calor templado del verano, lejos la primavera y las nuevas hojas. Solo el viento se atrevía a cruzar una y otra vez las casi vacías calles. Los comerciantes de las tiendas a espaldas de la catedral, y en concreto los de la calle de la Paloma, habían cerrado sus puertas en prevención de daños a sus mercancías. Las cafeterías del cruce consolaban a los parroquianos con café y chocolate caliente envueltos en una cálida conversación. A través de las ventanas la alegría contenida de la iluminación navideña de los hogares se volcaba al exterior.

El coche de Carlos Lafuente estaba estacionado en el aparcamiento de taxis situado al final de la calle Plaza Vega, su propietario apoyado contra el mismo, disfrutando de su pipa pese al frío.

Lafuente iba embutido en un largo gabán dentro de cuyas solapas levantadas parecía buscar algo de refugio. Al verle Arturo se ajustó aún más la bufanda para protegerse de la ventisca antes de entrar en el vehículo, oyendo mientras lo hacía como el reloj de la catedral daba las cinco y cuarto. Elena estaba en en el asiento del copiloto, empacada y sellada dentro de un jersey de cuello alto y bajo una gorrita de lana. El viento enmudeció en cuanto las puertas del coche se cerraron, pero las hojas aún lo persiguieron un rato, rabiosas ante el desprecio así demostrado.

—No hace precisamente un día agradable para llevar documentación de valor en la mano —dijo Elena al cabo de unos minutos mientras permanecían detenidos ante un semáforo.

Ajenos a la furia de los elementos continuaron por la carretera N-120, sin prestar atención a esa impresionante visión de sauces a su derecha, desparramados aquí y allá en ese margen del río, sus ramas movidas con violencia. Burgos parecía llorar econ ellos, gritar en silencio a través de los cristales cerrados del coche.

Arturo, apretado junto a la ventanilla en la parte trasera se permitía en tanto la libertad de dejar volar la imaginación. Se preguntaba en ese estado qué motivo podría tener la ciudad para estar triste. ¿Echaba de menos algo o a alguien?

El profesor Lafuente, ignorante de los pensamientos que pasaban por la mente de su pupilo, giró a la izquierda a la altura del parque de la Isla. Tras pasar frente al antiguo Hospital del Rey que albergaba ahora anexos de la Universidad de Burgos pareció que hubieran entrado en otro mundo. El sonar de las ruedas del vehículo sobre el empedrado pareció despertar de una larga siesta a esta vecindad residencial y silenciosa.

La calle, construida en forma de media luna y adecuadamente llamada de Alfonso VIII en honor del rey fundador del monasterio, había preservado sus viejas edificaciones que se sostenían a duras penas bajo la influencia del cenobio; eran las llamadas casas del Compás.

Estacionaron frente al monasterio a la altura del Bar Faja de Huelgas. A unos pocos metros de la entrada del mismo una moderna señal de prohibición de aparcamiento contrastaba con el sueño monástico del lugar.

Habían llegado a su destino.

Frente a ellos, el conjunto de piedra constituido por los distintos edificios que formaban el Monasterio de Nuestra Señora de las Huelgas se agrupaba en torno a su torre cuadrada central. Desde sus alturas, las campanas se asomaban a través de arcos de medio punto.

Los tres caminaban en perfecta formación. Un curioso grupo el suyo, semejante al que hubiera podido presentar unos nerviosos estudiantes ante el primer día de clase en una universidad prestigiosa. Carlos con su grueso abrigo, Elena con una carpeta bajo el brazo derecho y un bolso que intentaba llevar y compaginar del mejor modo posible en el otro. Por su parte Arturo agarraba bien sujeto en el bolsillo derecho de su abrigo su iPhone 8 Plus preparado para cualquier eventualidad.

El empedrado gris de la calle se prolongaba hasta el mismo patio central tras salvar el arco construido en la torre que albergó contra su voluntad a muchos de los capellanes que, reticentes a obedecer las órdenes de la abadesa, tuvieron que ser persuadidos de este modo sutil. Todo recordaba que en otro tiempo, el centro y el poder de la totalidad de esa zona, emanaba de este edificio y de su abadesa.

El profesor tocaba la cartera de cuero que llevaba en la mano. En ella llevaba las preciadas autorizaciones que les habían llegado el día antes desde Madrid con el sello del Archivo Real. Sin ellas no les hubiera sido posible el examen físico de los códices que pretendían examinar. Tinta sobre tinta para poder a su vez inspeccionar otras grafías más antiguas. Gracias a su prestigio en el mundo académico y a algún que otro conocido en las universidades de la capital había podido salvar el obstáculo mayor. Pero había sido la rápida ayuda de Elena en la gestión de los permisos la que había garantizado el éxito.

La puerta de acceso a las oficinas del Patronato era compartida con la tienda de recuerdos y el lugar donde se adquirían los tickets para entrar a visitar el monumento.

Nada más atravesarla salió a su encuentro una joven con uniforme azul y larga melena. A su lado, un abeto con sobria decoración navideña y un belén la hacía aparecer como una enviada especial de Santa Claus para esta ocasión. A todas luces un miembro de Patrimonio Nacional a cargo del monumento.

Hacía ya tiempo que las religiosas habían cedido su poder sobre el mundo a cambio de seguir residiendo en el monasterio.

—Buenos días— ¿son ustedes los investigadores de Montanilla? —dijo la joven extendiendo una mano—. Mi nombre es Remedios Ponciél, del Patronato de Huelgas. Síganme por favor, les llevaré hasta el primer piso donde se encuentran las dependencias administrativas.

Dejaron así la tienda de *souvenirs* y la siguieron a través de una puerta disimulada en el muro en la que no habían reparado hasta el momento y que dió paso a unas escaleras iluminadas con una luz difusa.

—Por favor, por aquí —volvió a repetir al ver que Arturo se había detenido mirando a su alrededor y subiendo los escalones con agilidad marcial, nacida tanto de la costumbre como de la juventud, dando tiempo así al joven a lanzar detalladas miradas de admiración hacía sus pantorrillas bien formadas sin miedo a ser sorprendido en esta grata tarea.

Descubrieron arriba un nuevo mundo en esa zona de acceso exclusivo para el personal de Patrimonio Nacional; unas amplias oficinas enfrentadas al Compás de Adentro que acababan de dejar hacía escasos momentos.

La joven caminaba con aire profesional —como no pudo por menos de observar Arturo con el más estricto espíritu científico—, como si las mesas y archivadores que atravesaban a su paso fueran incunables y los ordenadores, cables y demás material administrativo con el que se iban encontrando, formaran parte también del patrimonio nacional y por tanto, objeto de especial veneración.

Nada hubiera podido hacer sospechar al visitante que se encontrara en ese momento en el exterior que tras esos viejos ventanales se encontraran unas modernas oficinas dotadas de calefacción y ordenadores.

No obstante, en un día frío y húmedo como el de hoy el lugar se asemejaba más bien a un enorme albergue de cazadores que hubieran huido de la tormenta exterior que a otra cosa. Una amplia variedad de abrigos aparecían repartidos en tres perchas estratégicamente colocadas y que corroboraban la impresión inicial. Por otro lado la calefacción central daba una sensación de extremo confort que obligó a los visitantes a desprenderse de sus prendas con premura si no querían morir de un sofoco, buscando acto seguido un lugar donde depositar las mismas.

Carlos lanzó una mirada descorazonada a su alrededor. Sus compañeros, más rápidos que él, ya se habían desprendido de sus chaquetas y abrigos mediante el expedito método de colocarlos en la percha más cercana a la entrada y que amenazaba con volcar bajo su peso, por lo que el profesor optó por llevar su grueso gabán doblado en el brazo derecho.

Las oficinas ocupaban buena parte de la primera planta del ala del edificio donde se encontraban. El material moderno de oficina armonizaba en distintos grados de congruencia con la vieja piedra que les rodeaba. Un retrato del rey Felipe VI —el descendiente que Alfonso VIII no hubiera esperado encontrarse allí—, sonreía con afabilidad desde las alturas.

Los libros de arte sobre las estanterías, mezclados con otros sobre economía y contabilidad, daban cuenta del pragmatismo que nunca había abandonado el cenobio, acostumbrado desde épocas lejanas en bregar con la autoridad eclesiástica, civil y local. Entre volumen y volumen alguna que otra bola navideña destellaba bajo la luz recibida. No había sido este un mero centro religioso de retiro para las mujeres de la realeza y la nobleza. Otro tipo de sangre noble la ocupaba ahora, la formada por el actual personal del Patronato encargado de su custodia y mantenimiento con el mismo aire de autoridad legítima que antaño.

La joven del Patronato se había sentado tras una mesa donde una pantalla mostraba en tonos fríos la realidad cotidiana del siglo XXI, los datos y el puntero de un cursor en espera de un clic sobre la pantalla.

—Tengo entendido que quieren examinar alguno de los códices que se encuentran en el monasterio —dijo, adoptando nuevamente un aire profesional—. Como supondrán guardamos una relación muy clara y detallada de todo lo que se encuentra aquí, así como del año en que tuvo entrada cada códice, a que monasterio u orden religiosa fue prestado y demás. Bueno, aguarden aquí un momento. Bien, mi compañera del fondo les rellenará enseguida la ficha de investigación y una vez acreditados, me pondré en contacto con el técnico de archivos para seguir con el procedimiento.

—¡No se queden ahí quietos y vengan hasta aquí. No esperarán que vaya yo!—sonó al pronto una voz desde el lugar que les había indicado la joven.

La voz, aflautada a la vez que estridente, parecía provenir desde detrás de una pantalla situada en el otro extremo de la estancia.

Conforme se aproximaron, Arturo comprobó que la propietaria de la misma era una diminuta figura femenina que había permanecido escondida tras la pantalla. El orden alternativo de su cabello hizo recordar al joven de inmediato que no había guardado bien la alfombra de su cuarto. La mujer seguía haciendo señas perentorias para que se acercaran.

—Debo cumplimentar su ficha antes de nada. Déjenme sus carnets de identidad por favor. ¡Ah! y necesitaré también la autorización del Archivo General de Palacio —dijo la mujer con un tono que denotaba la secreta esperanza de que no contaran con la misma y con unos movimientos que recordaron a Elena los títeres que solía ver de niña en las fiestas del pueblo.

—Por supuesto —dijo Carlos al tiempo que depositaba su maletín en la silla situada frente a la mesa de la funcionaria.

—Perdone, le he dicho que me muestre los carnets de identidad, no que puedan dejar sus cosas en mi silla. Como habrán podido suponer, este es mi espacio de trabajo.

Carlos cogió con un rápido movimiento su maletín y lo colocó al lado derecho de la mesa.

—Tampoco puede dejarlo ahí—interpuso esta de nuevo—. De hecho, no necesita para nada ponerse detrás de mi mesa ni al lado. Déjeme terminar primero con lo que estoy haciendo y les podré atender, ¿de acuerdo?

—Disculpe, pero usted me dijo que pasara y pensé...

—El que les dijera que se acercaran no significa que tenga que contarme o presentarme documentación alguna hasta que esté en disposición de poderles atender. Como comprenderán son varias las personas que vienen aquí cada día y varias las gestiones que tenemos que realizar en cada caso antes de proceder.

Al terminar los trámites después de un tiempo que se les antojó eterno y cuando se disponían a dejar el lugar, el gabán de Carlos cayó al suelo. Tanto Elena como él se agacharon a cogerlo.

Remedios Ponciél, que se había mantenido a una distancia prudencial y protegida por las dos pantallas situadas en su mesa se levantó para acompañarles hasta la salida. Una vez en el pasillo se giró hacia los investigadores.

—El técnico estará aquí mañana a primera hora. Pero ya que están aquí, quizá estén interesados en dar una vuelta por el monasterio —dijo con una sonrisa que intentaba disipar tanto el frío exterior como el que habían experimentado en el interior de las oficinas—. Si aguardan abajo unos minutos mientras termino aquí, con mucho gusto les puedo mostrar yo misma algo del lugar. A esta hora hay poca gente y dispongo de algunos minutos.

Arturo miró hacia las ventanas iluminadas de las oficinas que acababan de dejar. Sí. Sería ideal aprovechar de este modo el resto de esa tarde ahora que Hhabía cesado de nevar y la nieve se extendía con su manto, cubriendo las fuentes y parte de los patios interiores.

Todo buen ejército ha de comenzar la batalla por un reconocimiento del terreno con margen suficiente. Este ofrecimiento, esta visita previa al cenobio era un soplo de aire fresco después de la fría recepción anterior.

La temperatura no era excesivamente baja para este mes de diciembre. Burgos vivía feliz con esos dos grados centígrados. El pronostico del tiempo para la tarde y los días siguientes seguía augurando una bajada de las temperaturas que oscilaría alrededor de los tres grados, lo cual incitaba aún más al recogimiento.

Estaban en el llamado Compás de Adentro, el patio interior donde, a pesar del frío algunos visitantes ya esperaban que les fuera asignada una guía para el recorrido turístico habitual.

—Hace tiempo que no había venido. Nada ha cambiado —dijo Elena mirando sonriente a su alrededor, la nariz levemente colorada por efecto del frío.

Al fondo, enfrentado al pequeño grupo, un ala del edificio con unas rejas limitaba un leve espacio interior. Arturo reconoció a su derecha el llamado claustro de los Caballeros por las imágenes que había visto en sus libros.

—Este es el lugar donde los visitantes al monasterio dejaban sus armaduras, caballerizas y demás objetos personales antes de permitírseles la entrada en el cenobio —les indicó su improvisada guía.

Elena indicó a sus compañeros una fuente cercana que, más pequeña que la central, surgía sobre un muro lateral a unos pocos pasos de ellos. En la parte superior, en una placa esculpida en piedra podía leerse con cierta dificultad «Construida siendo abadesa Doña Benita Oñate y Samaniego...». Un leve chorrillo brotaba de ella. Instintivamente se acercó y la tocó con las manos sin parecer importarle la temperatura del agua a punto de congelación. En ese momento Elena le trajo a la mente de Carlos la imagen de una niña traviesa que estuviera inmersa en una travesura en clase aprovechando la ausencia de su profesora. Era como si una damisela de las novelas históricas de Ernesto Santos hubiera cobrado vida.

El profesor detectó con el rabillo del ojos un leve movimiento a su derecha.

Sí, había una figura inmóvil detrás de la reja situada al fondo y cerca de la puerta de acceso por donde había salido el anterior grupo de turistas.

Estaba próxima a la entrada de la hospedería y al claustro reservado a la comunidad religiosa. La figura, al sentirse observada dio un leve paso atrás en un movimiento reflejo.

Era una religiosa. Al parecer había estaba contemplando como debía hacer con frecuencia y no sin cierta curiosidad, al grupo de turistas que empezaba a formarse frente a la fuente central, aguardando con cierta impaciencia al nuevo guía.

Lafuente pensó cuán aburrida debía de ser su vida; prisionera de la rutina, condenada a repetir el mismo paseo día tras día, idénticas tareas, sin posibilidad de ver el mundo exterior. Quizás fuera una suerte en lo referente a las noticias o a los canales de televisión, sin duda. Pero, ¡cuántas experiencias, cuántas posibilidades de vida no realizadas!

Sonrió en su dirección. Se acordó de tantas y tantas religiosas de su infancia. En su caso, el recuerdo era el de hermanas dedicadas y preocupadas por los niños, con verdadero amor por su trabajo, con una enorme capacidad de entrega.

Remedios Ponciel salió en ese momento del interior del edificio con pasos rápidos. Su uniforme azul y la placa identificativa en su solapa destacaban sobre la nieve.

Cuando Carlos volvió mirar la monja había desaparecido.

—Debido a la tutela real, el monasterio acogió como monjas a importantes damas de la nobleza castellana —comenzó Remedios sin perder un segundo y con claridad profesional mientras caminaba con pasos cortos y decididos, adoptado ya el aire formal propio de su profesión—. Sirvió además de panteón real. Era punto de máxima importancia política y militar y vio la coronación de algunos reyes, además de ser el lugar donde los monarcas armaban caballeros. Como verán contiene partes romanas, góticas, mudéjares, almohades y renacentistas —Bueno, lamentablemente les tengo que dejar aquí —dijo con cierto pesar tras cruzar el Claustro de los Caballeros—. Lamento no disponer de más tiempo. En cualquier caso supongo que preferirán recorrer el monumento a su aire. En cualquier caso dentro de unos minutos comenzarán las visitas guiadas y podrán seguir con alguna de mis compañeras si lo desean.

Y dicho esto se marchó ante el pesar del joven Arturo.

Una vez se quedaron solos Lafuente examinó el lugar donde se encontraban. Doña Leonor, la esposa del fundador había querido crear una abadía donde las mujeres alcanzasen la misma autoridad que los hombres, al estilo del monasterio francés de Fotevrault al que se había retirado su madre. Lo había conseguido sí, pero únicamente para ser derrotada por el enemigo más temible de todos, el tiempo. El tiempo que todo lo traicionaba había arrebatado al monasterio de todos sus privilegios a raíz del concilio de Trento. El «para siempre» había quedado reducido a la frágil memoria de los hombres.

Como había dicho Remedios Ponciel, la hora de apertura a los turistas se iba acercando. Muy pronto grupos de entre cinco y quince personas comenzarían a llenar el lugar. Había que aprovechar la circunstancia.

Arturo se había ido quedado entretanto rezagado mirando las distintas imágenes, columnas y sarcófagos que formaban parte de esa decoración abigarrada que llenaba toda la iglesia. Cruzaron de este modo claustro tras claustro viendo distintos tipos de capiteles, de columnas, de inscripciones por doquier.

Detrás de ellos comenzó a escucharse a intervalos la voz cansina, profesional y aguda de la primera guía, acompañando al primer grupo de la tarde.

» ...Y allí lo tenemos, al lado de sus padres donde quiso ser enterrada en una tumba sin decoración... Berenguela reina... quería que su hijo fuera rey y enseguida le regaló el trono... fue el gran Fernando III el Santo... las madres tenían dinero, ya les digo, y por eso los reyes se lo pedían y así hace Carlos I de España, V de Alemania. Carlos les pide el dinero y luego les regala los reposeros para darles las gracias... son de terciopelo, brocado de oro, seda natural, no están restaurados, —aquí con una inflexión que remarcaba dicho particular—, así que imaginen la calidad que llegaron a tener. Detrás de ustedes tienen el retablo de las Manchas. Es una obra renacentista de madera de nogal. En el centro, Santa Maria la Mayor, patrona de la ciudad, a la izquierda la última cena de la escuela de Diego de Siloé, autor de muchas obras en la catedral, entre ellas la capilla de los Condestables y la escalera dorada. A la derecha nuestra Señora de Huelgas, ¿recuerdan lo que les explique antes?, «Holgar», reposar, descansar; así se llamaban las tierras donde se construyó el monasterio y así se llamó el mismo. Y las tumbas a derecha e izquierda son princesas, la de la izquierda, una hija de Fernando III que sí que quiso ser monja. Había princesas que venían con vocación. Y cuando eran monjas y princesas eran abadesas; abadesas hasta la muerte.

Esto no era del todo correcto —sonrió Carlos para sus adentros—. ¿Cuántas de estas incorrecciones leves y sesgadas se iban transmitiendo poco a poco, día a día? De hecho, solo unas pocas princesas llegaron a ser abadesas, aunque por esos malentendidos de la Historia la confusión se perpetuase a través de los siglos.

Un monasterio cedido a perpetuidad a la orden cisterciense con esa relatividad de lo perpetuo que da la condición humana del momento. La tumba de la reina Leonor, situada frente al coro y gestora de la idea, recordaba con la recalcitrante tozudez de la piedra dicho propósito.

Si a veces intentaban adelantar a un grupo o, mejor aún, utilizando esa técnica sesgada y hábil de quedarse atrás a propósito, cediéndole el paso para tener el espacio a sus anchas y poder examinar el edificio más a conciencia, la alegría no era duradera y se evaporaba rápidamente de sus rostros cuando otro grupo —a veces más numeroso todavía—, aparecía a intervalos de media hora con otra guía, con otro repaso de los hechos y fechas para desesperación de Arturo que clavaba los ojos en las bóvedas sobre su cabeza, en las figuras y en los relieves de las tumbas intentando concentrarse. Era por lo menos de agradecer que las fotografías estuvieran prohibidas durante la visita.

Miraba sí, la expresión de las estatuas, los pequeños grabados de este lugar majestuoso donde, por todas partes, los sarcófagos colocados a ambos lados del porche de los Caballeros y en otros lugares del edificio, les recordaba que esto era un culto no solo a la gloria sino al polvo.

La piedra se había ido desgastando, pero cada milímetro de desgaste era contrarrestado por otro de historia y de lejana melancolía.

Llegaron al final acompañados —¡cómo no!— por uno de los grupos al Museo de Ricas Telas donde pudieron ver expuesto el pendón de las Navas de Tolosa junto con las vestimentas preservadas que habían pertenecido a antiguos reyes y caballeros y que las tropas napoleónicas no se llevaron consigo al considerar que carecían de valor.

Los tres visitantes hablaban en susurros, pensando con cierta inquietud en las personas que habían poblado esos pasillos y claustros. Todas esas presencias se habían quedado calladas, silenciosas, en esas tumbas desperdigadas por todo el cenobio. Sombras entre sombras que a su vez habían cobijado a otras.

—Pisar lugares históricos como este y saber que los nombres que hemos estudiado en los libros existieron, siempre causa asombro— dijo Pinedo al profesor—. Creo que nunca me acostumbraré a esto. Es como leer sobre una ciudad extranjera, sobre un país desconocido y, luego, un día al visitarlo por fin, constatar por sorpresa que tiene tres dimensiones, que hay olores en él, gente que pasea por sus calles, que coge el autobús, que fuma, que juega, que va al colegio...

Iba siendo hora de dejarse de tanta melancolía histórica. Al día siguiente visitarían el locutorio y comenzarían la tarea que les había traído hasta allí.

~

CAPÍTULO 26

UN PASEO POR LAS CLAUSTRILLAS

De como Arturo examinó capiteles y arcos y tuvo una extraña visión al atardecer

Burgos les sorprendió al día siguiente con una nueva nevada. Una figura les estaba esperando al pie de las escaleras por las que habían ascendido el día anterior. Se trataba de un hombre de mediana edad y elevada estatura con una perilla recortada que encuadraba sus facciones. Su pose estática al pie de la escalera le asemejaba a uno de los nobles que habían pisado el monumento en tiempos atrás y que hubiera decidido salir a estirar las piernas antes de volver a incorporarse al tapiz o cuadro del que hubiera emergido.

¿Había optado el buen hombre por esperarles en la planta baja como medida preventiva? ¿Estaba familiarizado con la funcionaria encargada de las acreditaciones en el piso superior? Era esta una suposición aventurada, ya que de su gesto, porte y movimientos no se desprendía más que naturalidad mientras se frotaba las manos y golpeaba el suelo con los pies para entrar en calor.

—Buenos días—dijo con un firme apretón de manos a través de unos guantes de piel de conejo que transmitían calor con su mero contacto—. Soy Marcos San Lúcar, el técnico designado por Archivo Real para sus gestiones en el monasterio.

En el interior y tras examinar nuevamente las acreditaciones de los investigadores, el técnico se dirigió a estos como si se tratara de un grupo de turistas que estuvieran a punto de iniciar un tour.

—Bien, bien, la documentación parece estar en orden. Creo que ya les han explicado las normas, ¿verdad? Se las resumo de todos modos. No pueden acceder a la biblioteca en sí aunque podrán solicitar de la madre archivera cualquier libro que deseen consultar en el locutorio y ella se los llevará allí. Y ahora, si me siguen les llevaré a su presencia. Creo que ya está esperando su llegada. Será su persona de contacto durante estos días. Ni que decir tiene que cualquier duda o procedimiento extraordinario que precisen fuera de lo habitual deberán solicitármelo a mí. No olvidemos que de puertas hacia adentro esta sigue siendo una orden benedictina.

—Lo comprendemos —asintió Lafuente.

—Una cosa más he de advertirles —dijo el técnico bajando la voz en tono respetuoso—. La madre archivera es la religiosa de más antigüedad en el cenobio y la pobre no anda muy bien del oido derecho. Tendrán que hablarle un poco alto. Por otro lado, tantos años de reclusión sin ver más que a las escasas visitas ocasionales que llegan como ustedes para examinar libros y códices, han formado cierta excentricidad en su carácter, pero a su edad, ya se sabe.

Tras atravesar el viejo claustro llamado de las Claustrillas —el más antiguo del cenobio construido en el siglo XIII según les había explicado la guía el día anterior—, el técnico les llevó hasta una puerta situada al fondo de un pasaje.

Tras cruzar la misma se encontraron en un cuarto de paredes blancas, iluminado con recortada nitidez por una moderna lámpara colocada en el techo. Una oscura puerta de roble cerraba la estancia en el extremo opuesto. Arturo tuvo la impresión de que la misma estuviera observándoles con gesto fruncido, quizá un efecto producido por el arco gótico que la remataba.

La sala estaba ocupada por algunas mesas para facilitar el examen y lectura de los libros y documentos. Unas lámparas situadas sobre ellas y un crucifijo al fondo de la habitación era todo el mobiliario que podía verse. Las mesas, hechas de la misma madera que la puerta estaban enfrentadas a la pared, quizás con la oscura finalidad de hacer sentirse a los investigadores que allí acudieran como niños castigados después de clase a repetir varias veces su lección. La situación por otro lado era idónea para hacerles sentir de un modo similar a los copistas y amanuense de antaño, inclinados sobre los pergaminos durante horas.

Un techo abovedado por encima de ellos mostraba una bella franja decorativa en escayola que lo cruzaba de un extremo a otro.

En el resto de las paredes modernos archivadores remataban el mobiliario del lugar, salvo en aquella situada al fondo donde una ventana mostraba la huerta del monasterio, a la que al parecer se podía acceder a través de una pequeña puerta.

Carlos miró alrededor con cierto desaliento.

—¿Ocurre algo? —dijo Elena, al percatarse de su actitud.

—Nada en realidad, una tontería del colegial que aún llevo dentro, supongo. Esperaba verme un lugar tenebroso lleno de polvo con estanterías de madera donde los libros dejaran posarse el tiempo y el moho sobre ellos. Influencias de la literatura y el cine, supongo.

—Sí, el realismo roba a la vida de mucha de su poesía.

—Un lugar incómodo para consultar un códice, en cualquier caso —apuntó Arturo más pragmático en voz baja.

—Desde luego no invita a pasar muchas horas en él —replicó el profesor.

—Entonces ¿los archivos están cerca de aquí? —preguntó Elena a Marcos San Lúcar.

—Sí, por supuesto —contesto éste solícito—. Justo en la estancia anexa para que los libros y documentos puedan ser transportados con mayor comodidad.

El sonido suave de una canción se escuchó en la lejanía.

—Permanezcan aquí, por favor. Esperaré fuera hasta que les hayan traído los códices a examinar —dijo San Lúcar, con cierto nerviosismo al escuchar dicho sonido.

Y sin esperar respuesta, abandonó la estancia.

En ese momento la misteriosa puerta de madera situada al fondo del locutorio en la que habían reparado momentos antes se abrió y de ella surgió una religiosa de diminuto aspecto que se movía con un leve contoneo, al parecer derivado de algún problema de cadera. La hermana caminaba con evidente dificultad pero esto no le impedía continuar con el canturreo que habían escuchado antes ni dejar de arrastrar un enorme carro metálico semejante a una camilla sobre el cual se encontraban dos gruesos volúmenes cual pacientes esperando ser intervenidos quirúrgicamente.

Sor Amalia —pues era ella la religiosa que había entrado en la habitación—, continuó canturreando por lo bajo mientras empujaba el carrito a saltos, como si hubiera hecho de esta tarea un juego, algo con lo que honrar a Dios. Y dado que no disponía de una comba al alcance y que la edad por otro lado no le permitía demasiadas audacias, había hecho de esta tarea su pasatiempo particular.

Era a todas luces evidente que se había tomado en serio el lema de san Benedicto, *Ora et labora*.

Al llegar a la mitad de la estancia se paró a la altura de una mesita donde había colocadas un cierto número de macetas de reducido tamaño. Sor Amalia se acercó despacio y acarició con la mano alguna de ellas mientras cogía una regadera, olvidada al parecer de las personas que la esperaban frente a ella así como de los libros que había traído consigo.

—No os pongáis malitas ahora, ¿eh? Ya sé que hace mucho frío, pero aquí no os pasara nada. Yo os cuidaré preciosas.

Sobre una de las mesas se encontraba un pequeño recipiente de cerámica decorado con dibujos de dragones conteniendo un buen número de caramelos.

—¡Mire profesor! Son caramelos —dijo Arturo en voz no lo suficiente baja y con una sonrisa de sorpresa ante el hallazgo.

La hermana Amalia reparó en el interés del joven.

—¿Quieres uno? Son muy buenos, ¿eh? —dijo dirigiéndose a ellos con una sonrisa afable y empujando el recipiente en su dirección—. Yo los como a todas horas.

—No puedo tomar caramelos, gracias. No me sienta bien el

azúcar —dijo el profesor jugando con la pipa oculta en el bolsillo derecho de su chaqueta.

—¡No seas tímido! Puedes tomar todos los que quieras. Bueno, aquí tenéis alguno de los libros que solicitasteis ayer al rellenar la ficha. Mirad, allí en esa mesa del rincón estaréis más cómodos. Hace menos corriente que en las otras. Voy a ver si la madre Otilia ha encendido la calefacción. ¡No tardo nada!

La hermana Amalia había vivido en el monasterio muchísimo tiempo. Tanto que no podría recordar si le hubieran preguntado acerca de la vez en que, siendo niña la encontraron caminando sin rumbo buscando a sus padres en medio de la contienda civil. Acogida por una de las monjas de la época, tutelada y cuidada en una de las casas del barrio de Huelgas, había sido leal desde entonces al sitio que le había ofrecido techo y comida. Y también la fe, la fe para seguir creyendo en el ser humano después de aquello, de recuperar la alegría de vivir a través del servicio a los demás.

—Espero que encontréis lo que buscáis en esos libros —dijo Sor Amalia.

—Soy consciente madre de que lo que estamos rastreando es algo impreciso. Buscamos en particular los códices y cartas que puedan existir en el monasterio pertenecientes al siglo XIII —dijo Carlos mientras abría uno de los libros que tenían delante, intentando repetir la logística seguida en Silos.

—Pues hay un buen número de ellos. Vais a necesitar bastante tiempo. Si me pudierais decir algo más, quizás podría ayudaros. Veréis, tenemos dos fondos: el propio del monasterio y parte del correspondiente al Hospital del Rey que, como sabéis, dependía de este, jurídica y administrativamente.

—Bueno, es difícil de precisar. Estamos examinando unos textos que parecen ser parte de algún códice. Nuestro interés estriba en encontrar a cuál pueda pertenecer de ser eso posible viendo las iluminaciones y miniados de otros similares de la época.

—Me vais a perdonar, pero creo que he cometido un pecado —interrumpió la hermana—. Os he mentido. Os he comentado que existen un buen número de esos documentos cuando debía haberos dicho que es probable que en el archivo se guarden miles de ellos y eso hablando tan solo de los referentes a las actas de los Capítulos o reuniones presididas por las abadesas y celebradas durante toda la vida del monasterio.

—He leído que existía un inventario de las escrituras, censos, juros, feudos y demás referidos a los bienes del cenobio, ¿no es así?

—Veo que conoce su trabajo profesor. Sí, se está refiriendo quizá a las *Definiciones* que Doña Ana de Austria mandó redactar. Era muy puntillosa en lo que ella llamaba «hacer minuta de todo ello» para evitar la manipulación de los originales. Se apuntaba así el cajón, legajo y la anotación puntual. Antes, como seguramente sepáis, las abadesas eran perpetuas hasta la abolición de este privilegio por el obispo de Segovia en 1490. Supongo que al pasar esto el control sobre el archivo bajó un poco. Si añadimos los códices y demás documentos en sí estaríamos hablando de un número muy considerable. Y permitidme que os diga que habéis tenido mucha suerte. Como sabéis los de Patrimonio Nacional —y aquí la madre miró por encima del hombro para comprobar que Marcos San Lúcar continuaba alejado de ellos en el claustro exterior—, no dejan ver los libros así como así. Le quitan a una la poca distracción que pueda tener, pero en fin, ¡son cosas de los tiempos, con todo eso de los ordenadores y demás! Supongo que me estoy haciendo vieja —dijo con aire de haber entrado recientemente en esa etapa de su vida—. De hecho, podéis creerme si os digo que ya ni los Sugus saben como antes—continuó Sor Amalia con un suspiro que Elena no supo si atribuir a los cambiantes tiempos o a la perdida de calidad del caramelo.

El profesor Lafuente había imaginado algo semejante, pero había esperado no obstante un poco de endulzamiento de la realidad.

Durante la semana anterior y en preparación de la visita, los tres habían consultado el reciente inventario general de las obras contenidas entre esos muros, hoy nevados, catalogado por distintos autores. La información dada por la religiosa no les pilló por tanto desprevenidos.

Lo que buscaban no era tan solo el escrito que cotejar, la supuesta copia o referencia custodiada en el monasterio, sino cualquier aspecto relativo al hipotético secreto de la princesa en sí. Cartas privadas de las abadesas, oficios de la época, eventos, capítulos celebrados por las dos abadesas que tuvieron el bastón de mando a lo largo del siglo XIII y subsiguientes.

—Bien, comencemos por el primer libro y veremos por dónde seguimos —dijo Carlos lanzando un suspiro.

Y ASÍ, DURANTE LOS SIGUIENTES TRES DÍAS, LA HERMANA Amalia pudo ver a los investigadores repasar los códices y demás documentos que les traía. La labor paciente de Silos volvía a repetirse. Sor Amalia estaba acostumbrada ya a la mirada de gozo o de esperanza ante el ejemplar presentado, a ver las caras y la mirada de los investigadores posarse en cada una de las páginas, tomar notas. Acostumbrada sí a contemplar el desfallecimiento lento, sordo y casi insensible apoderarse de las facciones y de los gestos de quienes en esos bancos se sentaban.

Ni los canturreos esporádicos de la madre al aportar una nueva remesa de folios y códices hacía mella ya en ese silencio contenido que reinaba en la sala de estudio.

Incluso después del filtrado inicial que habían realizado con la mejor de las voluntades, la tarea se presentaba ingente.

A Arturo se le había encomendado la revisión en su portátil de los documentos en formato digital para ir eliminando con rapidez el material examinado, a tenor del trazo del copista, la época y por último el tema tratado.

Elena, por su parte, escudriñaba los códices y cartas en silencio al lado del profesor.

Ante ellos fueron exhibidos los preciosos libros miniados del monasterio. Arturo se maravillaba en particular ante los temas vegetales elaborados y desarrollados en las letras capitales que abrían los capítulos, en esos remates de trazos caligráficos en los que las colas de los dragones y arpías parecían invadir los manuscritos. Los tallos se alargaban y multiplicaban en voleos que tendían a rellenar todos los espacios, unidos en su comienzo en amplio y simétrico ramillete.

Sabían que era una carrera contrarreloj. Al mirar atrás, Silos semejaba ahora un paraíso para los investigadores, libres para merodear, sentarse y consultar a pesar de la presencia de Fray Anselmo. Aquí por el contrario, el tiempo y el poder de la omnipresente administración en la persona del técnico de que de tanto en cuando hacía su presencia en la sala, se hacía en ocasiones opresivo.

Así fueron transcurriendo los días. El tiempo, ese material con el que se construía su trabajo, iba pasando. Habían visto de todo: desde mandamientos hasta cartas privadas de las diferentes abadesas, remontándose en su búsqueda incluso hasta dos generaciones después de la llegada de Kristina, comenzando con doña Elvira Fernández, la abadesa que gobernaba Huelgas por entonces. Por si fuera poco no habían descuidado en su afán las actas de los diferentes capítulos celebrados durante los años siguientes. Nada. ¿Había sido todo un sueño improbable?

Estaban llegando así al término del tercer día de su reclusión en esa pequeña habitación con alguna que otra escapada ocasional para fumar una pipa, tomar un café o simplemente estirar las piernas por alguno de los claustros.

—El pasado se resiste —dijo Lafuente en voz alta esa tarde.

—El pasado nunca se cierra hasta que pasamos la última página, hasta que se escribe la última firma. Hasta que dejamos de mirarlo y de indagar en él —contestó Pinedo de modo mecánico recordando una máxima del mismo Lafuente que este solía repetir en el aula, sin reparar en la extrema solemnidad casi teatral de su tono, ni del aire melodramático del mismo, que causó impresión en sus compañeros.

Le hubiera gustado creer en esas palabras, no obstante. ¿No eran éstas algo más que un puro juego retórico, trampas que el lenguaje emplea, jugando con nuestra humanidad para hacernos más soportables la existencia? ¿Pura palabrería en suma?

La Historia es, en efecto una maestra que nunca pone nota sobre los trabajos realizados. Nunca marca con un bolígrafo rojo los errores, los argumentos perdidos o mal desarrollados. Nunca nos llama la atención si nos hemos entretenido por el camino, si debemos de poner más entusiasmo en nuestra tarea.

—Voy a tomar un poco el aire —dijo Arturo intentando reprimir un bostezo —, la vista del cursor me está matando.

Y tras decir esto el joven dejó el locutorio.

Sabía que hacía frío fuera, pero este le vendría bien. Le dolía la cabeza. Llevaba mucho tiempo viendo de cerca esas iluminaciones bajo esa luz tenue y difusa.

Paralelo al locutorio existía un estrecho pasaje que llevaba desde el más reciente —en términos relativos— y amplio claustro de San Fernando hasta el de las Claustrillas. Era el llamado pasaje de Santiago, o, como se referían a él las religiosas, el «zaguán».

Este fue el camino que empleó el joven tras cruzar el arco de medio punto que daba a este pasillo. El frío del exterior mientras se dirigía a su destino le fue despertando poco a poco los entumecidos miembros.

Al fondo, a la izquierda e insinuada a través de la negrura, en esa quietud de la tarde y bajo la luz tenue del lugar, una puerta cerraba el paso, rodeada de un marco también oscuro y vigilada a ambos lados por ennegrecidas placas situadas en las paredes.

Al final del largo pasaje se adivinaba la puerta que daba a la capilla de la Asunción.

Arturo se había colocado la bufanda enroscada alrededor de su cuello a pesar de su grosor y evidente peso, como si fuera la serpiente que mostrara con naturalidad al público un domador de fieras en las fiestas del pueblo.

Miraba abstraído el joven las diversas columnas de Las Claustrillas, tocándolas levemente, apreciando sus capiteles y arcos, observando la diferencia entre las que contaban con una «R» impresa en un lateral, señal de que sus arcos y capiteles habían sido restaurados durante los años cincuenta y sesenta del pasado siglo, de aquellas que no la tenían, notando, al hacerlo la precisión del acabado de las más antiguas, el buen hacer de aquellos obreros de siglos atrás.

Era fácil en tardes así sentirse abandonado y lejos del mundo. Era una sensación difícil de describir, similar al experimentado cundo viendo una película era consciente de su entorno, pero al mismo tiempo alejado de él. No sabía cuánto tiempo permaneció así, fijándose en las figuras, en las filigranas de las columnas que le rodeaban, en los juegos de luces que invadían ese claustro construido en el siglo XIII, el más antiguo del monasterio. Las sombras se iban extendiendo, proyectando sobre el suelo, creando figuras caprichosas que se unían bajo el efecto de la luz, dando forma a un camello en un lugar, a una especie de transporte con tres ruedas en otro... Los reflejos sobre la quietud de la nieve parecían hablar con un lenguaje propio.

Un movimiento en el extremo opuesto del claustro.

Sí, una figura se había movido en la parte este de las Claustrillas, concretamente en el punto donde se encontraba una de las antiguas puertas selladas que antaño daban acceso a la iglesia. El movimiento le había sacado de esa especie de trance intemporal en que se había sumergido.

Era una mujer.

¿Quizá una de las religiosas que había salido tarde y no había reparado en que el horario de visitas no había terminado y de que podía encontrarse con algún turista?

Le llamó la atención el que la figura apenas llevara ropa adecuada para tan bajas temperaturas, como si estuviera acostumbrada a días tan gélidos como el presente. Por otro lado, tampoco llevaba el tocado de monja, la cogulla.

¿Era acaso una de las funcionarias del Patronato buscando a hurtadillas el perdón por sus pecados? ¿Quizás la desabrida supervisora que les atendió el primer día? Sonrió al visualizar el rostro de Mercedes Ponciel como contrapeso a la visión anterior.

La joven parecía estar inclinada sobre una las columnas, al parecer realizando un examen semejante al que el mismo Arturo había llevado a cabo minutos antes, aunque en el lado opuesto del claustro. La fuente de piedra central no le permitía ver bien sus facciones aunque parecía ser extranjera.

Una ráfaga de viento se levantó en ese momento. Aire cortante y helado, incluso para un nativo burgalés. Una punzada gélida y aguda, como si la temperatura hubiera caído con brusquedad en cuestión de segundos, tras revolcarse en la nieve del patio central. Arturo agachó la cabeza y se apartó del lugar, guareciéndose en el interior del claustro bajo una de las puertas de piedra en dirección del locutorio, intentando huir de este fenómeno cuando, tan de repente como vino, la ráfaga desapareció.

Volvía a estar solo en el claustro.

Ni rastro de figura o sombra alguna.

¿Había sido víctima de una falsa impresión provocada por ese juego de luces del atardecer? No en vano las Claustrillas parecían haberse quedado fijadas en un tiempo y época imprecisa.

No hacía falta un gran exceso de imaginación en un lugar así para recrear delante de él una figura detenida al fondo del claustro, mirando con curiosidad su entorno, la vista fija en el jardín central, al igual que le había parecido ver sobre el suelo, animales y vehículos momentos antes.

—No debe hacer tanto frío porque me he encontrado con una chica hay fuera que no llevaba abrigo —dijo en cuanto entró en la sala de consulta—. Debía ser del grupo que ha pasado antes con la guía.

La madre Amalia que estaba haciendo entrega a los profesores de una caja conteniendo cartas de anteriores abadesas levantó la cabeza y miró a Arturo. Frunció el ceño, abrió la boca y, tras el suspiro de un segundo, pareció cambiar de opinión cerrándola repentinamente y desapareciendo por la puerta del fondo sacudiendo la cabeza.

La mañana del siguiente día encontró a Lafuente dando uno de sus paseos solitarios antes de acometer el escrutinio de los libros. Era como si cada peregrinaje interior tuviera que prologarlo con uno en el exterior, en una especie de reflexión peripatética. En este sentido la puerta que comunicaba el locutorio con el huerto era ciertamente una tentación para él. Tenía allí tiempo para reflexionar sobre la vida de las religiosas que allí se encontraban, muchas de ellas recluidas en el monasterio durante años, en ese mundo aparte al que no tenía acceso el resto de los mortales.

Esa mañana se encontró en su paseo con dos religiosas que caminaban lentamente por el jardín, las cabezas inclinadas, seguramente rezando, quizá envueltas sus mentes en alguna especie de abstracción no muy diferente a las que el profesor mismo solía tener alguna tarde frente a sus libros, mientras se dejaba llevar por la laxitud de un paisaje, de una jornada en remo por el río o simplemente por la música.

«Recluidas, eso es» —pensó—, «pero sólo desde nuestro concepto peculiar y subjetivo». Ese concepto que se erige en supremo porque es el nuestro.

¿O somos nosotros los que nos hemos quedado encerrados fuera?

¿Quién no ansiaría una paz así, vivir por lo menos una vida alternativa sin sobresaltos, salvo los que la propia naturaleza trae consigo?

El olor a sopa.

Años de sopa servida en el colegio, ese era su recuerdo cuando pensaba en las monjas. Si la religión tenía un olor, para él era ciertamente el olor a sopa. Un olor que llenaba las escaleras que desde el patio ascendían hasta el pequeño comedor donde los niños comían ordenadamente.

¿Era ese el olor a santidad del que tanto se hablaba en los libros de lectura obligatoria del antiguo bachillerato? Si así era, jamás llegó a saberlo, puesto de rodillas en aquella esquina con sendos libros sobre sus manos en equilibrio precario bajo pena de un castigo mayor en caso de caerse alguno de ellos al suelo, todo ello frente a una clase que se dividía entre las sonrisas burlonas de unos y de los que, sintiendo vergüenza ajena, eludían su mirada y se concentraban en sus cuadernos Rubio.

Sentía como alrededor de este lugar se escondían secretos, rincones misteriosos semejantes a los de tantos pasajes medievales existentes en la vecina catedral. Menos visitados quizás, estos duermen en silencio sus secretos, sin despertar la envidia de su posesión ni la curiosidad del paseante y quizás así, solo así, hayan podido perpetuarse hasta la actualidad.

AL FINAL DEL TERCER DÍA, ELENA REPARÓ EN QUE SU COLEGA mantenía prolongados silencios.

—¿Qué te pasa Carlos? —dijo esta, levantando la vista de las cartas escritas por la abadesa Ana de Austria y aprovechando que el técnico de Patrimonio Nacional se había ausentado hacía pocos minutos—. Te noto un poco callado y hosco desde hace unas horas.

—¿No os ha extrañado tanta facilidad, tanta amabilidad para enseñarnos todo? Pero si nos han ofrecido hasta caramelos —dijo el interpelado levantando las dos manos en el aire.

—Bueno, ¿qué tiene eso de malo? —intervino Arturo—. Su actitud ya raya en la paranoia, si me permite que se lo diga. Antes decía que si en Silos nos ocultaban las cosas. Ahora se queja precisamente de lo contrario. ¿Quiere decirme que la amabilidad de sor Amalia es sospechosa también? ¿O quizás pretende insinuar que los caramelos están envenenados? ¿Es eso profesor?

—Escúchame bien, y presta atención. Se supone que estabas escribiendo una tesis sobre estas cosas, ¿no es cierto? Un libro acerca de los complots de la historia y demás. Bueno, estas cosas no hay que verlas tan solo como existentes en un pasado remoto del que jamás volveremos a tener noticia, ya te lo dije. Las intrigas, querido muchacho, los secretos forman parte de un modo u otro de nuestra vida diaria, de la misma esencia del ser humano. Si no te quedó claro en Silos no te quedará claro nunca. Como esa bufanda que forma parte de ti al igual que la corbata que presumo se oculta en alguna parte debajo de ella. Toda esta aparente apertura, facilidad y buenas maneras apunta para mí a otra cosa.

—¿Qué cosa Carlos? Por favor, mírame a la cara. ¿A qué cosa te refieres?— interrumpió su colega, un poco cansada de la actitud negativa de su colega.

—Elena, no me estoy volviendo loco ni estoy desvariando aunque así os lo parezca a los dos. Lo veo ahora con claridad. Cuando no hay nada que temer, cuando un secreto está bien escondido es precisamente cuando nos podemos permitir el lujo de saltar encima del lugar donde está enterrado, con la seguridad y la bravuconeria de saber en nuestro interior que nadie dará con él. Aquí no vamos a encontrar nada. Por lo menos si utilizamos la autopista que todo el mundo usa, la de los setos recortados y eso sí, tras haber pagado el peaje.

—¿Y qué sugieres? —apuntó Elena.

—Estoy seguro de que si pudiéramos hablar con la abadesa, quizá pudiera esta decirnos alguna cosa, alguna pista. Tengo la certeza de que lo que estamos buscando no se encuentra en los lugares habituales. Algo me dice que está aquí, pero no donde debería estar. El ejemplo de la aguja en el pajar viene ahora que ni pintado.

—¡Carlos! Deja por favor descansar esa imaginación tuya por un momento y céntrate un poco. Has visto que aquí las monjas ya no pintan nada. Se limitan a encerrarse y dar sus misas con tranquilidad —dijo Elena.

—Hablaré con Marcos San Lúcar. No tenemos nada que perder — dijo Carlos saliendo de la sala y dirigiéndose hacia las oficinas subiendo de dos en dos las escaleras que conducían a las mismas.

Elena y Arturo se miraron sin decir nada. Este último se desplomó en una de las sillas y procedió a ocuparse en entrelazar su bufanda, creando complicados patrones que luego se entretuvo en deshacer.

Unos pocos minutos más tarde vieron entrar de nuevo al profesor Lafuente.Venía con el ceño fruncido. Al llegar a la altura de sus amigos, sacó la pipa de su bolsillo sin decir palabra alguna. No era necesario. Su gesto vivaz, rápido y seco al realizar esta última acción lo decía todo. Una vez acabado el protocolo volvió a guardar la pipa tras recordar que no podía fumar allí y levantó el mentón.

—Nada que hacer, no tenemos autorización alguna para hablar con las religiosas fuera del locutorio y mucho menos con la abadesa. Por lo visto, solo familiares muy cercanos de alguna de ellas pueden hacerlo en contados casos excepcionales, de los que no han querido informarme ni darme más detalles.

—Es comprensible Carlos. Estamos hablando de libros muy valiosos. Los responsables de su custodia no son las religiosas sino Patrimonio Nacional.

Pocos minutos después habían dejado el locutorio y se dirigían hacia el coche.

—Tenías razón Elena. Quiero decir ¿de qué modo iba a transmitirse algo, un secreto como el que yo me he sacado de la manga tan alegremente?¿Con una carta dirigida al director? No, teníais razón los

dos. Era demasiado fantástico, demasiado increíble. Aún así, aún así...
—y al decir esto miró a sus compañeros sonriente antes de decir con cierto tono displicente:

—Aún así he conseguido de nuestro buen amigo una pequeña charla con la abadesa mañana. Eso sí, solo unos minutos aunque debería bastar.

Y sin decir palabra, Carlos se adelantó en dirección a la salida, moviendo las piernas a grandes zancadas a través del empedrado del Compás de Adentro mientras sus compañeros le miraban en estupefacto silencio, admirados de su talento para el drama.

BÚRGOS.—PATIO DEL MON

A LA REAL DE LAS HUELGAS.

CAPÍTULO 27

UNA CHARLA CON LA ABADESA

Dejaron la portería y la hospedería acompañados por la madre portera y cruzaron el Patio de las Infantas, un lugar acogedor y acristalado rodeado de pequeñas macetas. Un enclave que sin duda alguna Sor Amalia debía frecuentar, pensó Arturo.

Al entrar en las dependencias de la madre abadesa, descubrieron a esta oculta bajo unas gruesas gafas, de esos anteojos que parece ya improbable encontrar en nuestros días. Detrás de ellas unos ojos claros y profundos inspeccionaron a los presentes con rapidez en cuanto estos traspasaron la puerta.

—¡Buenas tardes! —dijo Sor Inés, con toda propiedad apellidada De la Cruz—. Que el Señor guíe sus pasos en esa búsqueda de hacer el bien en sus diversas actividades —continuó invitándoles con la mano a sentarse en unas diminutas sillas frente a su mesa—. Si puedo responder a sus cuestiones, por mi encantada, y si no está en mis manos hacerlo, pues, sencillamente se lo diré también, y tan amigos.

La monja sonrió como si hubiera dado con la solución a un complicado acertijo.

—Gracias hermana, ante todo, disculpe que la molestemos de esta manera —dijo Lafuente, alentado por el aire afable de la misma—.

Como le habrá dicho el señor San Lucar hemos estado toda la semana en el locutorio ocupados en el examen de libros y códices del siglo XIII. En concreto, estamos buscando algún documento relacionado con la breve estancia en el monasterio de la princesa Kristina de Noruega.

—La verdad sea dicha profesor —dijo la abadesa en un tono donde pareció detectarse una nota de censura—, es que deberían haberme consultado a mí directamente el primer día. A veces la gente de Patrimonio Nacional se toma demasiado en serio su trabajo. Ya sabrán ustedes a estas alturas que las religiosas y la orden del Císter en sí no pintamos ya gran cosa en estos tiempos, pero mientras nos permitan dedicarnos a la oración y honrar a Dios, no podemos quejarnos hijo mío. ¡No podemos quejarnos! —añadió con una mirada en la que Arturo no pudo dejar de detectar cierta tristeza—. De todos modos aquí no hay protocolos especiales, libros ocultos ni nada de eso—continuó después de unos segundos al sentir que quizá había bajado la guardia demasiado, moviendo las manos como si quisiera alejar los últimos pensamientos—. Han de entender que la comunidad restrinja el uso de los libros para su uso personal. Al fin y al cabo, se trata de documentos relacionados con las posesiones y derechos propios del monasterio.

—La clave está aquí. Lo sé—dijo Carlos nada más salir de la audiencia—. No he estado jamás tan seguro de algo. Quizá tengas razón con tus teorías paranormales, Arturo o me estoy contagiando después de ver tanto claustro, tanto manuscrito...

Se detuvo en sus pasos y miró de uno a otro lado antes de continuar.

—No sé en qué forma, pero está aquí —repitió nuevamente sacando la pipa del bolsillo y haciendo gestos con ambos brazos sin llevársela a la boca bajo el pálido sol que se había atrevido a asomarse por encima de las nubes.

—Si es así —dijo Arturo con un suspiro de exasperación—, parece evidente que los chicos de Patrimonio Nacional muestran más apego por sus instalaciones que las propias monjitas. Aunque por otro lado es natural que, estando albergada la institución en el Palacio Real, tiendan a hacer suyo el poder prestado como cualquier administración que se precie. Recuerde Silos.

—Ellos hacen válido el refrán de contra el vicio de pedir, la virtud de no dar —dijo el profesor—. En nuestro trabajo somos cual cruzados de la verdad buscando el arca perdida.

—Sí, de eso me he dado cuenta fehacientemente —dijo Arturo—. La humanidad parece eternamente dividida entre los que buscan ocultar con celo el conocimiento, por razones puramente banales en muchos casos de esos otros que desean descubrir algo por el simple hecho de saber que se les ha ocultado bien sea a través de la simbología oculta en las catedrales, en códigos secretos y demás.

—¡Ahí le has dado Arturo! ¡Ahí le has dado! —saltó Lafuente— ¿Recuerdas alguna ocasión en que tu madre te escondiera un regalo, o simplemente no quisiera hablarte de algo? Quizá te dijera que no era cosa de niños, o que tenía que hablarlo con tu padre. Podía ser algo tan banal como un recibo de luz impagado, un folleto de publicidad encontrado en el buzón que describiera las maravillas de una alfombra nueva para el salón, poco importaba. Tú no pararías hasta saber de qué habían estado hablando tus progenitores en el salón, en tono serio y urgente.

—Sí, hasta a mí me ha quedado claro —intervino Elena, no dispuesta a quedarse como mudo testigo del cruce de teorías de sus compañeros—. Si durante todo este tiempo, y gracias a la preocupación y al deseo de la abadesa de la época, se tomaron precauciones para ocultar el secreto embarazo de la princesa —suponiendo que el mismo hubiera existido efectivamente—, tendría que existir al menos una anotación de ese hecho, algo que dejara bien clara la tarea encomendada al monasterio. Tanto cuidado debería haber quedado traducido, o más bien reflejado en algún tipo de instrucciones susceptibles de ser pasadas de generación en generación. La razón nos dice que lo lógico, y más en un lugar como Huelgas, sería mediante un códice, unas cartas.

—Sí, eso parece que tendría que ser —dijo Arturo con convicción.

—Pero no, no aparece nada por ningún lado. ¿Es que a pesar de lo que creemos, de las teorías tan cabal y cuidadosamente planteadas, las religiosas del monasterio, con la abadesa de la época a la cabeza, prefirieron confiarlo todo a instrucciones dadas de boca en boca, de abadesa a abadesa? De ser así, cualquier cosa, cualquier muerte inesperada, cualquier inconveniente, habría dado al traste con todo. Se me hace difícil pensar que alguien capaz de controlar los diezmos, impuestos y la vida de cientos de pueblos en derredor, tanto en lo eclesiástico como en lo civil, pudiera fiarlo todo a la débil memoria humana.

—Pero no podemos descartar esta posibilidad por descabellada que parezca, por remota que sea —dijo Lafuente.

—Sí, por lo menos tendríamos la seguridad de que no hemos dejado ninguna hipótesis por verificar —dijo Elena desalentada—. También sería posible que al catalogarse las obras para formar el actual inventario, Patrimonio Nacional o cualquiera de los paleógrafos anteriores, hubiera agrupado textos desperdigados, pergaminos sueltos bajo ese cajón de sastre, ese epígrafe genérico llamado de «manuscritos varios». Esa es otra opción que habría que descartar.

—Tienes razón, Elena. ¿Te puedes encargar de ello? —dijo Lafuente mirándola con una sonrisa agradecida—. Claro que —continuó imperturbable el profesor—, siempre cabe la posibilidad más factible de que con el paso del tiempo el secreto perdiera el encanto del comienzo, como sucede con un amor acostumbrado, y que el simple y mero olvido fuera la consecuencia final.

Carlos dio unos pasos más, la gabardina escrupulosamente doblada bajo el brazo derecho, la mirada anclada en el suelo. De haber levantado la cabeza hubiera visto el rostro pensativo de Elena fijo en él.

—Por otro lado, hay otra cosa que me intriga —continuó el profesor—. Y es la conexión existente entre Silos y este lugar. No nos olvidemos de que en la Edad Media la relación entre las órdenes religiosas era más fluida de lo que es ahora. Eran las librerías itinerantes de la época; como sabéis se prestaban constantemente volúmenes y manuscritos unos a otros para su copiado, lectura y consulta. Estoy seguro de que lo que buscamos está delante de nosotros, de algún modo que no conocemos, pero frente a nosotros.

Era la hora de marcharse.

—Lamento que no hayan encontrado lo que buscaban —dijo Marcos San Lúcar mientras se despedía de los investigadores—. En cualquier caso estaré por aquí un par de horas más. Mi tren no sale de la estación de Rosa de Lima hasta las siete y media.

Carlos asintió con un gruñido mientras estrechaba la mano del técnico.

—La hermana Amalia ha sido un verdadero encanto —dijo Elena—. Nos hemos sentido bien atendidos.

—Abusando de su amabilidad —dijo Arturo, con un último pensamiento y ante la sorpresa de sus compañeros—. Me pregunto si sería posible terminar de examinar unos documentos que estaba leyendo. Es más pura curiosidad por la historia del monasterio que otra cosa.

—Desde luego —replicó San Lúcar con expresión divertida ante el celo académico del joven—. Dejaré aviso a la madre archivera.

Se dirigieron hacia la puerta. La mirada acerada de la funcionaria de cejas espesas y encrespados cabellos que les había atendido el primer día permaneció clavada en los tres mientras salían por ella. Carlos marchaba el primero, visiblemente incómodo y deseando dejar el lugar cuanto antes.

Pinedo se retrasó un poco y, tras arreglarse la corbata y bufanda con un movimiento amplio y elegante hacia atrás acompañado de una de sus miradas más simpáticas a la joven Remedios, se detuvo a la altura del árbol de Navidad situado junto a la puerta y dijo, mirando a la funcionaria de mirada de hielo tras haber resistido la tentación de regalarle un cepillo con su nombre dado el entrañable momento del año:

—Por cierto, querida, no le he preguntado, pero creo que si hubiera algún manuscrito secreto, bueno, de esos que oculten alguna clave interesante sobre el pasado del monasterio, nos lo diría, ¿verdad?

Al oír la salida de su alumno, Carlos decidió que era el momento definitivo de apretar el paso y desaparecer en el pasillo exterior.

Las aletas de la interpelada se movieron hacia arriba. Su boca comenzó a abrirse.

—Ya suponía yo que no —dijo Pinedo desapareciendo con repentina velocidad detrás del profesor, no sin antes detenerse unos segundos ante la mesa de Remedios con un guiño y una sonrisa dirigidos expresamente a esta.

-- ¡Feliz Navidad!

Arturo se dirigió con prontitud hacia la sala de documentación para terminar el examen del volumen mientras los profesores dirigieron sus pasos hacia el claustro de San Fernando y de un último café en la hospedería.

Al igual que en Silos se habían despedido del monasterio.

Aunque no del todo.

Porque esa tarde aún permanecía una lámpara encendida en la sala de consultas.

Allí una solitaria figura se inclinaba sobre un libro.

Arturo estaba repasando el último de los códices que había estado examinando.

Se trataba de una de las actas de 1263.

Le costaba decir adiós a esta nueva etapa de investigación. No entraba en los parámetros del joven dejar algo sin hacer.

Una mano se posó sobre su hombro.

Arturo lanzó un pequeño grito que se apagó en cuanto vio de quién se trataba. La hermana Amalia se había aproximado en silencio. La ausencia de sus canturreos habituales había sido la causa de que el estudiante no la hubiera oido acercarse.

Mostraba esta una expresión extraña en su mirada, una fijeza a la que Arturo no había estado acostumbrado, a excepción de aquel día en que retornó de su paseo en las Claustrillas.

—Lo siento madre. Solo quería echar un último vistazo —dijo el joven, pensando que quizás sor Amalia estuviera molesta por su insistencia en retornar a la sala de consulta tras haberse despedido con anterioridad—. El señor San Lúcar me ha permitido examinar este último documento, me dijo que se lo comunicaría y como todavía estaba sobre la mesa, di por sentado que lo había hecho...

—No, hijo mío, tranquilo, tómate tu tiempo, no se trata de eso. Con la historia tan larga y desgraciada que ha tenido este monasterio, con todo lo que se ha escrito de él, con todo lo que ha publicado y más que publicado en todas partes ya prácticamente no queda ningún documento en él por examinar, a excepción de las crónicas, pero esas, claro, ya las habéis visto también.

Miró el libro que el joven mantenía frente a si.

—Veo que aprecias el arte; no he podido por menos de fijarme durante estos días en que has tenido un especial interés por las iluminaciones de los códices y en particular por aquellos manuscritos y volúmenes relacionados con el arte y la arquitectura del lugar. Permíteme que te recomiende tanto a ti como a tus compañeros que asistáis a la misa de Vísperas. Comienza en diez minutos; aún podéis llegar a tiempo. Seguro que el canto gregoriano os encantará y os consolara un poco. Por lo menos relajará y confortará vuestras almas tras estos días de trabajo entregado a Dios. Yo, por mi parte no puedo pasar un día sin oírlo. No, no me mires así, ya sé que tu profesor no es creyente, pero créeme, es posible honrar y entregarse a Dios aún sin serlo. Y no me preguntes más porque si no lo puedes deducir por ti mismo no eres tan listo como yo me creía, jovencito. Y ahora, coge esto y ve en busca de tus amigos.

Y diciendo estas palabras puso un puñado de caramelos en la mano del estupefacto Arturo que permaneció largo tiempo sin reaccionar, como si en lugar de un estudiante de postgrado, hubiera sido un escolar a la espera de que se abrieran las puertas del colegio y la hermana cocinera le hubiera dado un premio por su paciente espera.

El joven se incorporó a la vez que se inclinaba para besar a la hermana en la mejilla como despedida.

—¡Pero qué haces! ¡Déjate de zarandajas, jovencito! —dijo la monja intentando aparentar severidad.

—Solo quería desearle una feliz Navidad —contestó el aturdido joven mientras hacía entrega a la monja del códice que había estado examinando, como si de este modo pudiera evitar la reprimenda. Sor Amalia procedió a colocarlo con cuidado sobre el carro, envolviéndolo a continuación entre los paños que allí tenia preparados a tal efecto, recordándole a Arturo aquella semejanza inicial a un paciente traído sobre una camilla.

La hermana se dirigía ya hacia la puerta de donde había surgido el primer día que acudieron al monasterio, cual hada misteriosa salida de un cuento cisterciense.

Arturo se quitó los guantes protectores y se dispuso a abandonar el lugar.

Cuando estaba a punto de salir escuchó de nuevo la voz de la hermana:

—Escucha jovencito —dijo esta, como sujeta a un impulso de última hora, de pie en el vano de la puerta, la carretilla entre las manos— ¡Feliz Navidad! Que Dios esté en tu corazón. Sé que la luz brilla en ti. He visto algo de ella en tu profesor, pero eres tú quien entenderá la verdad. La verdad que nadie más sabe ver.

—Igualmente, madre —dijo Arturo iluminándosele la cara, aturdido por completo. Era evidente que la mujer era ya muy mayor para seguir haciendo este trabajo— ¡Feliz Navidad!

Y salió del lugar mientras se colocaba la bufanda.

A sus espaldas la religiosa sonreía al tiempo que apagaba las luces de la estancia.

CAPÍTULO 28

CANTO A CAPELLA

Eran ya casi las seis de la tarde.

Dentro de unos minutos iba a comenzar la misa de Vísperas.

Las figuras de Elena y Carlos seguían en pos de Arturo que ya entraba a la iglesia delante de ellos.

Lo primero que hizo la paleógrafa al entrar fue mirar hacia arriba.

Había leído en algún momento durante sus años de estudiante que la razón de ser de los techos elevados de las iglesias y catedrales se debía a un intento por provocar un efecto de eco, por hacer que las voces del coro rebotaran sobre las altas bóvedas y devolvieran ese sonido, multiplicando las voces, dotándolas de fuerza y simbolismo, haciendo parecer de este modo que la música descendiera desde el cielo.

Y así había sido. Desde Notre Dame a Chartres, pasando por Viena, Burgos y cientos de otros lugares de culto, haciendo parecer que los mismísimos ángeles hablaran, que el mismo Dios se manifestara ante los congregantes, haciendo verdad la escritura de la Biblia en el sentido de que Dios, si no hombre, se transmutaba en voz y bajaba a habitar entre nosotros.

«Todo a partir de la mera voz humana.» —se dijo Elena—. La

palabra de Dios multiplicada, transmitiendo su mensaje de modo cotidiano para aquellas monjas. La sensación era casi epidérmica.

Cerró los ojos en cuanto comenzó el oficio religioso, embargada de emoción. Resonaban las voces sobre la cabecera y el crucero. Hacía tiempo que había dejado atrás la fe ciega e ingenua de su infancia, poseída y secuestrada por la razón, la duda y mil cosas más que se apoderaron de su adolescencia. Pero ahora, sintiendo esa música que hacía tiempo que no escuchaba todo quedaba en suspenso: la duda, la razón, el pensamiento, la lógica... todo abandonado a un sentimiento más profundo, el mismo sentimiento que le había hecho permanecer horas sentada frente a una bella pintura de Constable.

Sintió una sustancia caliente caer por sus mejillas. Sacó con rapidez un pañuelo de su bolso.

La profesora miró de reojo a Lafuente esperando que este no se hubiera dado cuenta de su reacción.

Comprobó no obstante que su colega se encontraba en un estado similar al suyo: arrobado, los ojos cerrados, quizá cabalgando en su mente sobre las notas. Arturo por su parte, mirando en torno suyo con los ojos y la boca bien abiertos tampoco parecía haberse dado cuenta, de modo que su breve lapsus emocional pasó desapercibido.

La mente analítica del profesor buscaba una explicación a estas sensaciones. Sí. La música semejaba avanzar para quedarse en el mismo sitio, parecía sugerir que no había progresión. El efecto en el oyente era el de crear una especie de trance donde el tiempo parecía no transcurrir, donde uno podía dejar las horas transcurrir; mecido, arrullado por las notas, unas notas que transmitían confort, placidez y serenidad. El canto gregoriano, tal vez el único canto verdadero, no hacía sino aumentar las emociones que el oficio religioso producía.

—Toda una experiencia, ¿no es así Elena? —dijo Carlos al salir de la iglesia y encontrarse de nuevo en el Compás de Adentro.

—Emocionante. Esa es la verdad. Magia a plena luz del día — dijo Arturo.

—No, magia, no. Más bien un milagro —dijo Elena sin mirar a sus acompañantes, sus ojos fijos en el torreón que se alzaba frente a ella, en la alta torre, en los altos muros que les rodeaban—. Un milagro del pasado recreado una y mil veces cada vez que una de esas gargantas se atreve a abrir la boca y cantar. Lo que pasa es que lo vemos a diario y ya no nos sorprende gran cosa. Supongo que pasa como con la electricidad y tantas, tantas cosas que damos por sentadas —dijo en un tono más frívolo, consciente de haberse dejado llevar—. Al fin y al cabo, el canto no dejar de ser un medio económico de comunicación para transmitir un mensaje a través de los siglos...

Carlos miró con admiración a su colega. De vez en cuando esta le sorprendía con una de estas reflexiones. Carraspeó un poco y hurgó en su bolsillo derecho donde había guardado su pipa antes del oficio religioso. La tarea pareció resistírsele, ya que empleó cerca de un minuto en encontrarla.

Tan pronto la tuvo entre sus manos se dirigió a sus compañeros:

—¿Os acordáis del bar que vimos el primer día que vinimos? ¿Dónde aparcamos el coche cerca de la puerta del monasterio? Creo que nos vendría bien tomar algo después de esta experiencia. ¿no os parece?

Y los tres atravesaron el arco situado bajo el torreón en dirección a las casas del Compás que se enfrentaban con valentía al monasterio.

El profesor dio unas cuantas vueltas a la cucharilla y a continuación al cortado que se encontraba entre sus manos para terminar poniendo el conjunto en el lado derecho de la mesa sin dejar de girar la cucharilla en un movimiento que había perdido ya todo propósito, como si esta fuera un objeto extraño que no debiera estar allí.

—¿Recuerdas Elena aquello que te dije sobre la esteganografía? —dijo mirando de repente a esta— ¿Eso de que podía ser posible que la clave estuviera delante de nosotros todo el tiempo y no la viéramos?

La interpelada asintió.

—Lo que dijiste al término de la misa acerca de la música me lo hizo recordar —continuó Lafuente.

—¿Te refieres a lo que dije acerca de que parecía magia? —dijo Elena con una sonrisa desconcertada.

Arturo seguía el juego de pelota verbal de sus amigos intentando como otras veces rastrear el hilo mental del profesor.

—No, no, lo otro... «Un medio económico de comunicación para transmitir un mensaje a través de los siglos...»

—Sí, sí, supongo que es una de esas metáforas artísticas que me vienen a veces —dijo sonriendo mientras las mejillas se le llenaban de color.

Aquí el profesor hizo una larga pausa.

—Me he estado preguntando... ¿No podría haber sido la música ese nexo, el hilo conductor del mensaje sobre la princesa Kristina? —dijo por fin—. ¡Pensad por un momento! Hemos estado buscando un códice donde apareciera en un castellano clarito o por lo menos en un latín universal como si de un libro de texto se tratara,

que Kristina vino embarazada a España, con todos los pormenores, detalles e implicaciones. En el que se nos explicara las consecuencias tanto para ella como para la criatura que llevaba en su vientre, pero nunca habíamos considerado que pudieran haber hecho uso de un método codificado en la transmisión del mensaje.

—¿Un método codificado? —dijo Arturo— ¿A través de la música? No entiendo... ¿Y qué narices es la esteganografía? Por su tono me hace temer que es algo que va a entrar en algún momento en el temario de este año, ¿me equivoco?

—Podría ser, podría ser —dijo Carlos sonriendo—, en el fondo es una cosa bien simple, Arturo. Verás, alguien se dio cuenta ya en la antigüedad que la mente humana es cómoda, tirando a perezosa. De ahí los ancestrales juegos de palabras, junto con los crucigramas y acertijos de tiempos más recientes que intentan luchar contra esa laxitud. De ahí el «buscar a Wally» y juegos semejantes. El principio de la esteganografía es bien simple, Arturo. Se basa en colocar la información delante de la persona que la busca, aunque disimulada entre otros mensajes similares sin importancia. Como estudiante estarás familiarizado con la icónica rana de piedra que puede encontrarse sobre la fachada de las Escuelas Mayores en Salamanca. Como sabes, en una de las últimas restauraciones a alguien se le ocurrió la idea de «actualizarla» en cierto modo colocando un astronauta entre los monjes, diablos, ángeles y otras figurillas traviesas que la pueblan.

—Sí, entiendo donde quiere ir a parar.

—Pero, al igual que en estos dos ejemplos, una vez que se nos da la clave de dónde mirar y el modo ...de hacerlo ya nada podrá retornar el objeto escondido a su lugar de origen, ¿me sigues muchacho?

—Algo así como cuando colocamos una perla entre un montón de piedrecitas blancas, ¿no? Por mucho que brille nos costaría encontrarla porque tendríamos primero que saber que se encuentra allí antes de iniciar la búsqueda. A nadie se le ocurriría observar con detalle todas y cada una de ellas, ¿no es así? Nos gusta saber que nuestro esfuerzo al hacer algo es proporcional al resultado obtenido. O en lenguaje llano, que vale la pena.

—¡Exacto! Y lo que tenemos aquí, tanto en el manuscrito como en la música podría ser un ejemplo similar. Este es para mi un caso obvio de código esteganográfico, solo que no sabemos todavía cómo leerlo.

Pensad. Hemos estado hasta ahora buscando textos escritos y yo me pregunto, ¿Qué obra existe en el mundo dónde se encuentra escrita la mayor parte de la música religiosa desde el siglo XII hasta nuestros días? Sí, amigos míos... hay una obra así. Se trata de uno de los códices musicales más antiguos del mundo, si no el más remoto, reflejo de toda la música sacra cantada desde entonces hasta nuestros días...el Códex musical.

—¿Y dónde se conserva ese códice? —dijo Arturo.

—Esa es precisamente la ironía. Mira a tu alrededor Arturo. Nos encontramos en el preciso lugar, en el sitio exacto donde se custodia el mismo desde la Edad Media. Nunca se ha movido de aquí. Siempre ha estado en el mismo lugar. No en ningún museo, mansión, organismo público o nada semejante. En el mismo lugar donde se escribió.

Miró el profesor a su alrededor. A través de las ventanas de la taberna parecía que los muros del monasterio y con ellos la fuente, las viejas torres, el patio, el claustro de los Caballeros y todo el entorno de la plaza del Compás estuviera escuchando sus palabras. No había turistas en ese momento. Ningún guía que hubiera dejado al último grupo saliendo por la puerta para fumarse un cigarrillo. Nadie.

«Un mensaje oculto a la vista de todos» —pensó Arturo, «oculto en la atmósfera que les rodeaba, en el aire expulsado por el canto de las religiosas día a día, perpetuando esa herencia, esa responsabilidad».

El secreto, los secretos de tiempos pasados de cuyo origen se había olvidado todo o casi todo, podía estar contenido en la música.

En ese momento, de no ser por sus ropas occidentales y contemporáneas podrían haber estado en tiempos remotos, esperando quizá a que la reina Leonor seguida de sus doncellas apareciera por la puerta que daba a la capilla.

Arturo reaccionó con rapidez.

—Bueno, es bien fácil. Hoy ya es tarde pero podemos volver mañana—dijo mirando su reloj.

—Es inútil Arturo. Deberías de saber ya que las cosas no funcionan así. El técnico de Patrimonio ya se habrá ido a estas alturas, ¿recuerdas? Tenía que tomar un tren. Y necesitamos un permiso concreto y específico del Archivo Real para cualquier documento que queramos consultar. En resumidas cuentas... tenemos que volver a solicitar esa inspección. Esto sigue siendo España y su burocracia tiene también una larga historia que quizás algún día te cuente. Y además, viendo las fechas en que nos encontramos, todo se va a retrasar más.

El profesor permaneció callado mirando con sumo interés el empedrado del Compás de Afuera, las casas alineadas frente a él así como la señal de prohibido aparcar situada junto al bar como si la misma fuera una pieza de valor incalculable perteneciente al cenobio.

No estaba el Códice en París, Londres, Berlín, Bruselas, ni en ningún rincón perdido de Europa. Estaba en la misma ciudad donde había trabajado y vivido durante más de veinte años.

Por otro lado, ¡Qué medio más imperecedero que la música, resistiendo el paso del tiempo como ningún otro. La propia música cantada día tras día en el coro, recordando a las hermanas que estuvieran en el secreto, aparte de la propia abadesa, aquel nacimiento!

Pero ahora, con las puertas del Monasterio cerradas y el técnico del Archivo Real camino de Madrid, el profesor no pudo por menos de lanzar un suspiro de desaliento pensando en ese retraso, aunque con una renovada esperanza.

ESTABAN JUNTO AL COCHE. PINEDO PERMANECIÓ DETENIDO unos metros atrás, mirando ese lugar en cuyo interior tantas horas habían pasado los últimos días, como antes hicieron en Silos. La sensación era muy similar.

Introdujo la mano derecha en el abrigo para sacar sus guantes y notó algo en su interior. Un par de caramelos. ¿Otro tipo de alimento para el alma?

Recordó entonces de las palabras de la hermana archivera y su recomendación para que acudieran a misa de Vísperas.

Sacudió la cabeza y entró en el coche.

Tras arrancar y avanzar unos cuantos metros, el profesor detuvo el vehículo al llegar a la altura del arco de entrada al Monasterio.

Era la despedida por el momento.

Miraron los gruesos muros, la alta torre cuadrada, los gruesos muros y los arbotantes que sujetaban las paredes. Carlos pensó en la cantidad de reyes, reinas, nobles y demás personal a su servicio que durante más de ocho siglos habían habitado y permanecido entre sus muros.

—¿Estás aquí esperando, verdad? Pronto nos veremos las caras —dijo en un susurro antes de volver a arrancar el vehículo que continuó su marcha dejando atrás las casas del Compás.

Nadie habló durante el trayecto de vuelta, cada uno inmerso en sus pensamientos.

Pero esa tarde parecía que estuviera amaneciendo y que el sol se hubiera equivocado de lugar.

～

CAPÍTULO 29

UN DESENCUENTRO Y DOS ENCUENTROS

Del color rojo, de desapariciones y visitas inesperadas.

Esa tarde Arturo había bajado a la sala común con la esperanza de leer el periódico antes de entrenar un poco en el río.

—¡Ya queda menos para la regata, Arturito! ¿Te has cambiado los pañales ya? Me han dicho que los chicos de la UBU vienen preparados este año para destrozaros—fue el grito a modo de saludo de Meseguer en cuanto el joven entró en la sala de estudio.

La televisión estaba puesta. Arturo, ocupado en buscar su rincón habitual o algún otro que pudiera hacer sus veces, no prestó ninguna atención a la misma hasta que a sus oídos llegaron unas palabras que le hicieron olvidar su persecución del lugar perfecto.

Había escuchado la frase «Monasterio de las Huelgas».

Alzó la cabeza. En la tele la presentadora dio paso a la imagen de una profesora hablando. Prestó atención. Su cara le resultaba familiar. Los rótulos de la pantalla la identificaban como miembro de la UBU, pero fue su rostro afable y sonriente —cercano en suma—, el que le transmitió una confianza instantánea, como si la entrevistada fuera una de sus profesoras o alguna amiga de su madre.

—Sabemos que ha publicado usted un libro dedicado en concreto a este tema —preguntaba la periodista—. Háblenos más de él, por favor.

La conversación giraba en torno a las vidrieras medievales. Al parecer la entrevistada, la profesora Abad era una especialista en la materia. Mencionaba la periodista que la misma se había consolidado como una auténtica experta en el tema así como en el estudio del Camino de Santiago. Todo ello había sido seguido de la publicación de varias obras que le habían cosechado algunos premios.

—De hecho, lo que no he encontrado más que aquí, tanto en Huelgas como en la Catedral de Burgos es el llamado «rojo burgalés» —decía la misma en esos momentos.

—¿Y qué tipo de rojo es ese? ¿Qué tiene de particular esa tonalidad en las vidrieras de Burgos? —continuaba la entrevistadora, visiblemente sorprendida por el calificativo.

—Cuidado, no pretendo afirmar que solo exista aquí —aclaró la profesora sin dejar de sonreír—, aunque sí puedo decir que es el único sitio de Europa donde lo he visto, y eso que he hecho varios viajes visitando catedrales como Chartres, Notre-Dame y otras ya que me interesa en particular la técnica empleada para obtener la calidad de muchas de ellas.

—«Rojo burgalés»...— repitió la presentadora sonriendo—. Me gusta el nombre. No puedo negar que es eufónico. Y en esta época de marcas e identidad corporativa, no viene mal una reivindicación en tal sentido, ¿no es cierto?

Sí, Arturo sabía de lo que estaban hablando. Había experimentado algo parecido durante sus recientes visitas monacales, tanto en el monasterio de Silos primero, como luego en el de Huelgas. En concreto, el recogimiento bajo la luz espectral y policroma de las altas vidrieras, el silencio que le había acompañado en esos momentos, invitando a la oración y a la meditación.

—¿Podríamos estar hablando en ese caso de un lenguaje de los colores? —continuó la periodista.

—Sin duda. Esto ha existido en todas las culturas; la existencia de un lenguaje íntimamente unido a la religión, y que vemos reaparecer en los vitrales de las catedrales góticas durante la Edad Media.

La sencillez de la profesora Abad, ese pañuelo colgado del cuello de modo tan natural, su sonrisa cercana en esa mañana de abril, contrastaban con sus frases decididas, precisas y claras. Eran como cada una de las gotas que en ese momento caían, golpeando sobre el cristal, un toque de atención en la conciencia.

«Algo muy necesario» —pensó Arturo.

LAFUENTE LLEGÓ AL DESPACHO DE LA UNIVERSIDAD INMERSO EN sus pensamientos. Al abrir la puerta, Ismael salió del mismo como una exhalación topando contra sus piernas. Cerró la puerta a sus espaldas mientras lo calmaba con gestos mecánicos, su mente todavía barajando los últimos acontecimientos mientras guardaba la llave de seguridad en su bolsillo.

Fue entonces cuando se dio cuenta.

Lo primero que llamó su atención fue que uno de los volúmenes que le gustaba tener en la mesita auxiliar, un librito sobre mariposas europeas, parecía había sido movido de sitio y colocado en una de las estanterías próximas.

Alguien había estado en su despacho.

—«¿Pero qué narices...?» —se dijo.

Lo vio entonces. La mesa de estudio estaba limpia y ordenada. Sí, quizás *demasiado* ordenada, al menos no del modo en que él la dejaba habitualmente tras colocar lápices y plumas dentro del pequeño recipiente de madera situado en el lado derecho.

La superficie del escritorio estaba despejada, sin libros ni folio alguno sobre la misma.

Cruzó la estancia en dirección a la mesa auxiliar situada en la esquina opuesta.

El pequeño cofre de madera carcomida se encontraba sobre ella, su tapa abierta revelando su interior vacío.

Los manuscritos ya no se encontraban en él.

· · ·

El rector bloqueaba con sus espaldas la escasa luz que intentaba penetrar a esa hora por la ventana de su despacho. Gruesas cortinas rojas enmarcaban su silueta a ambos lados. Este era el lugar que, según había calculado, resaltaba más su posición de poder en momentos así. Una posición tan estudiada como el diseño de los jardines y la situación del templete del complejo universitario.

Miró despacio la figura del desgarbado docente que tenía delante de sí, antes de hablar con deliberada calma.

—¿Qué por qué no están los manuscritos en su despacho, profesor Lafuente? —dijo avanzando hacia el centro de la estancia mientras encendía un cigarrillo, aprovechando hábilmente esta acción para evitar mirar al profesor a los ojos—. Pues sencillamente porque no hacían nada allí. Ayer por la tarde me llamó el director de archivos de Patrimonio Nacional desde el Palacio Real. Al parecer ha solicitado usted un nuevo permiso para examinar otro códice de los que se encuentran custodiados en el Monasterio de las Huelgas, ¿no es así? —. La voz parecía salir de modo misterioso de entre sus dientes cerrados, como si esta hubiera sido proyectada por un ventrílocuo--. ¿Es que no ha tenido bastante con los tres días que le fueron concedidos?—. Y aquí se recreó en un intento de sarcasmo que no lograba arrancar del todo.

Patricio Noguer volvió a situarse frente a la ventana, esta vez dando la espalda al profesor, observando con cierto arrobo el campus que había mandado reformar recientemente así como el contorno del río que aparecía a la vista. Un poco más allá, unos chicos estaban practicando remo en anticipación de la inminente regata. Entre ellos pudo ver la figura de Alfonso Pinedo animando a sus compañeros, ¿o era Alberto? Todos esos nombres le parecían iguales. Otro grupo, situado más cerca del edificio principal, arrastraba una piragua desde la caseta donde se guardaban estas y se disponía a botarla entre risas. ¡Desde luego había que ganar esa regata! No había otra opción. ¡Maldita sea!

— Sí, es verdad —dijo Lafuente intentando todavía comprender las palabras del rector—. Pero no entiendo por qué no me han dicho nada. Les di el teléfono directo de mi departamento para que me enviaran la respuesta como hicieron la última vez.

El rector se dio la vuelta mostrando su rostro colorado por efecto tanto de la indignación como de la copiosa comida de aquel día. La corbata de color granate que llevaba ese día parecía incrementar el efecto.

— Sí, dieron la respuesta, pero lo hicieron a la persona adecuada. Es decir, a mí. Alguien tiene que actuar con responsabilidad y autoridad ante un caso así, por añadidura. ¿No cree? Hay algo en esta universidad profesor Lafuente que parece no haber entendido todavía—. Y aquí hizo una pausa para enfatizar aún más sus palabras —, y es que determinadas investigaciones, ciertas indagaciones han de ser sancionadas por mí. Es de agradecer que tanto Patrimonio Nacional como el Archivo Real al menos hayan tenido el buen sentido de dirigirse a mí para comunicarme esta circunstancia anómala. Hace tan solo dos semanas que le dije que se nos acababa el tiempo, que era esencial elaborar el informe y poder devolver los manuscritos a su propietario en caso de no obtener pruebas irrefutables de que estos pudieran ser declarados como bien de patrimonio nacional. Por si eso fuera poco el conde Dabrowski amenaza con acciones civiles si no se le retornan los mismos en un mes y usted mientras tanto, ¿qué hace? Pues anda por ahí, correteando por los monasterios de la península, jugando a ser Indiana Jones por cierto. Además, no contento con esto, ha persuadido a otro colega de esta universidad y a uno de sus alumnos para que le sigan en esa aventura disparatada que se ha empeñado en llamar investigación y que yo, a falta de otra palabra mejor, llamo locura. Lo siento mucho, pero a la vista de que estaba usted más ocupado en presionar a la misma gente que nos ha encargado la elaboración del informe que de realizar el mismo, he encargado su realización al profesor Manuel Tordesillas que, con toda seguridad debe de haberlo comenzado a estas horas, rápida y escrupulosamente como eran las órdenes iniciales. Así que finalizaremos y daremos por cerrado este asunto para satisfacción de todos.

Otra pausa pensada, consciente del efecto que sus palabras

estaban teniendo sobre Lafuente. El rector se recreó en esa sensación mientras inhalaba y saboreaba el habano que había sacado de la cajita de madera labrada, siempre bajo la vigilancia del *mahout* grabado en ella.

—Esa y solo esa ha sido nuestra única misión —continuó—. Profesor, me ha puesto usted en una posición incomoda ante el director de Archivos de Patrimonio Nacional por haberles presionado únicamente en justificación de su teoría. No solo eso, sino que han recibido una queja directa del mismo conde Dabrowski. Dadas las circunstancias, no tengo más remedio que asegurarme de que cualquier queja posterior llegue a los oídos adecuados.

La mirada de Carlos Lafuente permanecía fija sobre el cuadro de Burgos enfrentado a la mesa del rector mientras oía estas palabras con incredulidad. Parecía como si fuera la primera vez que lo viera. Esa alteración de la realidad para acomodarla a unos fines personales le produjo de repente cierta repulsión. ¿Crear una curva del río donde no la había? ¿Cambiar el curso de la orografía? Desde un punto de vista artístico podía tener su explicación, pero este trabajo, un encargo hecho así...

—Perdone señor Noguer, pero la hipótesis sobre la que hemos estado trabajando...

—Disculpe, pero creo no haberle escuchado muy bien, ¿acaba de volver a decir hipótesis? —interrumpió bruscamente Patricio Noguer mientras se sentaba delante de su interlocutor, tamborileando los dedos sobre la mesa con un ritmo nervioso. La furia del rector era difícil de ocultar. Apartó sin miramientos una agenda que se encontraba en su camino, mientras movía su dedo índice delante de Lafuente—. Le dije, y se lo vuelvo a repetir, toda esta historia de la princesa Kristina que usted tan bien se ha montado, toda esta... —y en este punto se quedó mirando a la ventana, mordiéndose el labio inferior en busca del calificativo preciso y determinante que su condición de académico y cabeza visible de la institución exigía—, es una pura construcción de castillos en el aire. No es nada científico, Lafuente y no me juzgue mal. Bien sé que ha hecho usted cosas encomiables en el campo docente estos pasados años. Ha sacado adelante varias promociones con brillantez, pero sus investigaciones, sus teorías son demasiado novelescas. Desde que vino de Valladolid es usted un hombre distinto, si me permite que se lo diga.

—Pero señor Noguer, existen documentos, pruebas concretas... solo pido la oportunidad de examinar el Códex musical que sabemos positivamente se encuentra en el monasterio. Un documento real. Estoy seguro de que si lleva allí más de ocho siglos pueda encontrarse en el mismo algo que respalde mis sospechas.

Patricio Noguer estaba situado junto al globo terráqueo. Se inclinó hacia delante, cual Atlas cogiendo impulso antes de cargárselo sobre los hombros.

—Voy a resumirle el estado de su teoría para beneficio de todos. ¿Me quiere decir usted que en plena Edad Media una mujer extranjera llega y da a luz a un hijo bastardo en un breve lapso de tiempo justo antes de conocer a su futuro esposo? Y no solo eso, sino que —dígame usted como—, nadie de su entorno o su séquito se entera; es más, la princesa pasa una noche completa en un monasterio cisterciense el día de Nochebuena y todo el mundo sigue sin darse cuenta. Y créame que no sé cómo empezó esto —. Y a renglón seguido marcó cada punto con los dedos del modo en que se exponen los argumentos en una clase para su mejor definición en beneficio del alumnado—. A raíz de haber conocido a ese escritor que hablaba acerca de, ¿cómo era el nombre que mencionó usted una vez? —. Noguer se quedó pensando un momento—. ¡Ah, sí! Ya recuerdo... ¡«coincidencias significativas»! Eso sí, avaladas nada menos que por el doctor Jung, ¡Vamos hombre! En cualquier caso y sin entrar en el fondo del asunto, Lafuente, no nos ocupamos de psicología social en esta facultad ¿no es cierto? Eso déjeselo a la UBU por favor.

Aquí hizo una estudiada pausa de unos segundos antes de continuar:

—Por otro lado la fundación también pide explicaciones. Esa senda de investigación hace peligrar los fondos recientemente aprobados para la ampliación de la universidad.

—Pero este es un campo nuevo de investigación. Una cátedra que no alienta un modo distinto de pensar está fracasando en su esencia.

Francamente señor Noguer, no entiendo su negativa cuando tan solo se trata de examinar un último, un único documento.

—Sigue sin entender que su campo es la paleografía, la interpretación de códices, manuscritos y crónicas, no la persecución de ideas novelescas por muy pintorescas que estas parezcan. ¡Déjele ese puesto a los profesores de literatura por favor! No creo por otro lado, que su asociación durante su labor investigadora con un escritor más o menos conocido respalde de seriedad sus mal llamadas hipótesis—. Aquí escupió la palabra sin ocultarlo, sin disimulo alguno—. Examinemos las cosas con calma, ¿cómo sugiere usted que pudo tener lugar esa —le permitiré llamar hipótesis si quiere por esta vez—, máxime cuando doña Berenguela, la mismísima hermana del rey Alfonso X con el que se suponía iba a estrechar lazos, se encontraba allí durante la estancia de la princesa? Yo también conozco la Historia. He hecho mis deberes, Lafuente. Todo el mundo estaba allí, esperando a una princesa virgen, joven y bella. ¿Y usted pretende decirme que, entre toda esa multitud de escoltas, soldados, damas de compañía, sacerdotes y embajadores, se mantuvo oculto un embarazo y un posterior alumbramiento? Sí, suena fascinante eso de las conspiraciones por el trono germánico, por el dominio sobre la Europa de la época, la lucha contra el infiel y todas esas cosas. Pero usted pretende reducir eso a un chismorreo más propio de un reality show de nuestros días que de hechos reales. ¿Y en qué se basa nuestro estimado profesor de paleografía? ¿En textos, en referencias, en crónicas? No, señores, no, el profesor Lafuente, catedrático de la prestigiosa universidad de Montanilla, se ha sacado de la chistera una intuición basada en un fragmento de texto para presumir de una tremenda confabulación. Ni siquiera un códice completo y cotejado, no. Da a entender nada menos que todas las mujeres de la comitiva más las religiosas del monasterio de las Huelgas, y por supuesto, la propia abadesa al frente del mismo, se pusieron de acuerdo para salvaguardar el nacimiento... ¡de un bebé!

—Señor Noguer, no es exactamente así —interrumpió Lafuente incómodo al verse retratado bajo esa luz—. Los manuscritos que estamos examinando hacen claramente referencia a un secreto, a algo real salvo que tengamos que rendirnos a la evidencia de una broma hecha por el copista. Además, no se trataría de un bebé cualquiera sino del descendiente que hubiera podido dar al traste con la unión entre los reinos que Haakon IV y Alfonso X habían intentado fraguar. De descubrirse el nacimiento del mismo, esto hubiera hecho fracasar el proyecto de su querido padre, cosa que de ningún modo hubiera entrado en la cabeza de Kristina. Y más tarde, cuando ya se encontrara esta en Sevilla, sabiendo por entonces que no iba a ser la reina esperada, sino la eterna infanta, y sin tener conocimiento alguno de qué había pasado con su descendencia en el lejano norte de España, no sería tan descabellado creer que se hubiera dejado llevar por la desesperación y la tristeza. ¿No le parece? A efectos prácticos para ella era como si su hijo se encontrara en la mismísima Noruega.

Patricio Noguer estaba mirándole con fijeza, como si hubiera descubierto la presencia de Lafuente por vez primera. El profesor, alentado por este silencio que interpretó como de actitud receptiva por parte de su interlocutor, prosiguió:

—Además, la hipótesis sobre la que hemos estado trabajando... los trabajos que hemos realizado apuntan con claridad a...

—Permítame una precisión profesor —le interrumpió tajante el rector—, y por favor no se moleste por lo que voy a decir. Es la segunda vez que se refiere a esto como una hipótesis. Si nos referimos a la historia que plantea, entonces no tiene ninguna, lo que tiene es un argumento para una película, para una novela si quiere, pero no una hipótesis. Debería saber a estas alturas de su carrera que las hipótesis solo son válidas como planteamientos dentro de un proceso científico —. Ya sabe: hipótesis, tesis, síntesis... que además hay que fundamentar con información objetiva. En Historia como en cualquier otra área, las ideas u opiniones que pueda tener cada cual no son hipótesis. Son solo «opiniones». Y en su caso, al tratarse más bien de una historieta, algo totalmente acientífico. Se lo diré una vez más y no pienso repetirlo. Si la fundación Mogueroles, que es de la que se nutre esta universidad, como usted se empeña en olvidar, se enterara de estas quimeras, de esta persecución de fuegos fatuos, nos dejaría sin un euro y le puedo prometer profesor que si esto ocurriera usted seguiría sus hipótesis en otro lugar. Le recuerdo que he trabajado mucho para conseguir lograr que la idea de la regata con la otra universidad sea algo tangible, haya cogido forma por fin. La semana que viene tengo una reunión con la fundación y no pienso dejar que se vaya todo al cuerno por una mala interpretación de nuestro deber académico, ¡de su deber académico profesor! ¡Así que no me haga perder el tiempo y olvídese de toda esa mierda! Y, ¡deje a su amigo escribir novelas sobre ello, si quiere!

Y sin más se levantó dando por terminada la reunión e imprimiendo con su mano izquierda un movimiento al globo terráqueo que, de haber estado éste habitado hubiera hecho saltar a sus ocupantes por los aires.

Carlos Lafuente se dio cuenta de que, como era habitual en él, había hablado de más en el peor momento, justo al final.

Aquella noche, tras llegar a casa y dejar el transportín de Ismael en el suelo, Lafuente se sentó frente a la ventana. A su derecha un vaso conteniendo un poco de whisky con hielo, una bebida que en el fondo detestaba, pero que, precisamente por eso le ayudaba a meditar mientras esperaba a que los cubitos se derritieran dentro del vaso.

Los sonidos se percibían con pristina claridad a esa hora. Un claxon lejano. Un grito aislado de una madre llamando a su hijo. El reloj, marcando los segundos a su espalda. Nunca había reparado en ese ruido rítmico y constante que siempre había estado allí, sumergido siempre en sus estudios y en sus libros, conversando con sus alumnos en sus tutorías, o enfrascado en sus propios pensamientos.

En otro momento esos mismos sonidos le habrían relajado pero no hoy.

Hoy en cambio le recordaban el paso inexorable del tiempo, las innumerables tareas y esfuerzos realizados en los últimos meses y lo idiota que ahora se sentía. En algún momento se había extraviado. Había dejado de lado sin apercibirse de ello de miles de sueños, abandonados a lo largo del camino. Sueños profesionales, amorosos, de toda índole.

«Bueno, supongo que eso significa madurar» —se dijo mientras daba un sorbo al vaso de whisky.

Pero algo dentro de si le decía que eso no era totalmente cierto. Que ésta mal llamada investigación no era sino la punta del iceberg. Quizá debería abandonar esta persecución de fuegos fatuos, sí, volver a mirar en su derredor, redibujar el mapa de su vida y plantearse una vez más hacia donde dirigirse.

Pero como hizo Scarlett O'Hara esto tendría lugar en otro momento. Ahora se encontraba terriblemente cansado a la vez que confuso.

Se preguntaba de dónde le había salido ese acuciante celo profesional, ese deseo por descubrir la verdad escondida en los manuscritos, esa sed de conocimiento. ¿No tenía bastante con sus investigaciones habituales, marcadas a su propio ritmo, como hacían los investigadores de otras universidades? Sus trabajos sobre el uso de la madera en la Edad Media le parecían descoloridos en este momento. ¿Se había cansado de usar el método científico? No, no era eso... Precisamente ese mismo método le había traído hasta aquí, hasta este terreno de nadie.

Y lo peor de todo, lo que más pesar le causaba era haber arrastrado a dos personas consigo. Si alguna vez creyó en algo cercano a la amistad, había sido en estas últimas semanas con Elena y Arturo. Y ahora...

Iban a tener que abandonar.

Habían perseguido un espejismo, una imagen aparentemente cercana que sin embargo se alejaba conforme se acercaban a ella. ¿Llevado en su caso por la esperanza de ser aclamado como el descubridor del secreto de la princesa Kristina? ¿A quién quería engañar? Quizás solo había buscado escapar de sí mismo durante este tiempo. Pero la vida no era una película que acaba bien.

Ni tampoco una novela que uno pueda dejar de lado cuando el argumento no nos gusta.

Se quedó mirando a la pared de enfrente un largo tiempo. Demasiado tiempo. Pero como le dijo Elena una vez, ¿qué era el tiempo para alguien cuya tarea era rebuscar en él?

Le sacó de su trance un sonido peculiar. Ismael había saltado al suelo maullando, señal inconfundible de que le estaba pidiendo comida, cansado ya del torpor letárgico en que parecía haber caído su amo.

—¡Pero si te acabo de poner hace nada! ¿Qué te pasa hoy? Bueno, ¡por lo menos alguien tiene ganas de comer algo!

Faltaban escasos minutos para las seis de la tarde.

Había pasado una semana.

La atención de Carlos estaba puesta en la figura sentada frente a él en el sillón ovejero.

Arturo parecía haber madurado desde su último encuentro. Ya no parecía aquel alumno al que había acompañado una lejana tarde a las oficinas del decanato para ayudarle con los trámites de su beca. Tampoco era el chico tímido que apenas se atrevía a alzar la mano en clase antes de exponer alguna teoría. Una parte de él sentía admiración por esta nueva persona que tenía delante.

La luz procedente de los enormes ventanales situados en el lado este de la estancia iluminaba los cantos dorados de los volúmenes de la librería situada enfrente.

Lafuente se sentía también otro hombre. Permanecía callado, contemplando el jardín exterior.

—Disculpe, profesor —dijo Arturo —, pero creo que hay algo que necesito entender. Durante años le he seguido en sus enseñanzas. Sus comentarios, dotes de observación y agudeza intelectual están fuera de toda duda, no solo para mí sino para todo este mundo académico donde nos movemos. Pero si me permite decirlo hay algo que no ha tenido en cuenta en esta investigación, algo que debería considerar.

El interpelado se detuvo en el acto de encender su pipa y observó extrañado a su pupilo. La mirada de éste era diferente ahora, segura de sí misma, con ojos que parecían brillar mientras hablaba.

—No es solo cuestión de literatura —dijo Arturo al observar el silencio de su mentor—, ni de bonitas metáforas. En los albores del ecologismo, el biólogo americano, Barry Componer, fijo la primera ley de la ecología: «todo está conectado a todo lo demás».

—No sé si estoy entendiendo muy bien lo que quieres decir, Arturo —dijo Carlos—. Te he dicho que no hay nada que hacer. Me equivoqué en mis planteamientos. Me dejé llevar. Eso es todo. Pero sigue con esa ley que dices. En cualquier caso sé que lo dirías igualmente...

—Piense, sienta en todo lo que hemos logrado hasta ahora. Pero no se quede solo en los hechos, piense en las sensaciones, en los instintos, en los pensamientos inconexos que hemos tenido, en esos mensajes no recibidos, que nos han susurrado desde el inconsciente, transmitiéndonos pistas a las que quizás no hemos prestado atención alguna.

—¿Y cúal es la segunda ley de ese hombre tan listo?

—«Todo va a algún lado», y antes de que me pregunte le voy a decir también la tercera, y es que la naturaleza sabe lo que se hace. ¡Ah! Y la cuarta y última, y esta va de propina, es que no existe un desayuno gratis en ninguna parte —terminó el joven con una sonrisa —. Profesor, yo procuro seguir el método científico que me enseñó, pero cuando la ciencia se queda sin argumentos, ¿sabe qué hago?, sigo mi intuición.

Pinedo se inclinó hacia delante en el sillón.

--Usted me dijo que no bastaba con la docencia, que había que transmitir la pasión de lo que uno enseña, ¡por favor, no lo deje ahora!

Y tras decir estas palabras el joven se levantó y se dirigió al ventanal más próximo mientras jugueteaba con su corbata. Del exterior llegaban, flotando sobre el aire, algunas risas quebradas y lejanas. Tras comprobar su origen, se volvió de nuevo hacia su mentor.

—Recuerde que una universidad es algo más que un campus o su situación, sea este cercana o no a un río u otro. Ni siquiera por las vistas que pueda tener desde su despacho. Ni por supuesto por contar o no con unas malditas regatas. ¡Bien sabe todo el mundo lo que significa el remo para mí, pero con gusto dejaría ese Blue colgado ahí delante si pudiera saber la verdad que se esconde en el Códex de las Huelgas!

El profesor seguía mirándole sin pronunciar palabra. Arturo daba vueltas por delante de la estantería, deteniéndose de vez en cuando para resaltar algún punto, sosteniendo el brazo izquierdo detrás de la chaqueta mientras levantaba el derecho a modo de énfasis como si el joven fuera un calco del mismo Lafuente en el aula.

—Piense en lo que le he dicho profesor, pero no lo haga solo con la cabeza. Deje que el corazón trabaje también, que sienta. Se dará cuenta de que tenemos mucho por hacer todavía. Me dijo una vez que no solo aprendió a ser humilde en esta profesión, sino también a ser respetuoso con la historia, ¿recuerda? Porque yo sí lo recuerdo muy bien. ¿Dónde se ha quedado su idea de respeto ahora, profesor Lafuente? En este caso no solo respeto hacia la propia historia, sino hacia su propia metodología. ¿Dónde está la persona que me enseñó no solo a ser paciente, sino a enfrentarme a la frustración del día a día que trae la investigación paleográfica, la historia y la ciencia en general? Tiene usted un deber que cumplir, recordarnos lo que somos, lo que hemos sido. Su papel es importante. Piense bien eso, y cuando lo haya pensado, dígame que estaba equivocado, que todo lo que me enseñó era mentira. ¡Que la razón de ser de mis estudios era una pura mierda!

—Espera Arturo, no es así, no quería decir...

La puerta se había cerrado con un portazo.

Arturo se había ido.

Carlos miró a su alrededor, pareciendo inspeccionar los estantes y los ventanales.

Carlos Lafuente se había quedado solo. Solo en esa biblioteca, rodeado por esa impresionante colección de libros apilados durante años desde que, en su juventud empezara a sentir la comezón y la curiosidad de la lectura. En esa biblioteca donde había creado un espacio dedicado a la meditación al igual que su despacho de casa. Esa tranquilidad que tanto había deseado. En este momento le parecía vacía y fría.

Entendió por fin esa extraña sensación percibida cuando entraba a su aula vacía por las tardes. Cuándo, desprovista esta de la presencia de sus alumnos, ni la belleza y fragancia de los jardines que podían verse desde las amplias ventanas le compensaba de esa ausencia. Era todo demasiado perfecto. Un cascarón vacío.

¿Se había olvidado en este tiempo de darle vida a ese ser que había estado creando cada día en sus horas lectivas?

Faltaba una pieza en el puzzle y había sido uno de sus alumnos quien se lo había recordado.

La luz iba cayendo en la estancia. A través de la ventana, al igual que todos los días, caía también la tarde. ¿Qué era lo que hacía de este día algo distinto, diferente? ¿Por qué no recordaba haber llegado allí, a esta silla? ¿Haber encendido la pipa? Pasaron varios minutos. El reloj sobre la biblioteca seguía dando las horas, resonando el segundero en la estancia, como debía de ser en el despacho de alguien acostumbrado a trabajar en silencio.

El fuego se iba apagando en el hogar. El gato, sintiendo que necesitaba calor y quizás un poco más de comida, se frotó contra sus piernas durante unos minutos para terminar encaramándose a la mesa, colocándose entre el teclado y la pantalla. Esta vez ninguna mano lo apartó. Esta vez logró hacerse un ovillo con calculada morosidad, seguro de estar cerca de esa fuente de luz que le fascinaba día a día.

La pipa se consumía en silencio.

Sobre la mesita auxiliar detrás del profesor se encontraba, olvidada y abierta, la vieja caja de madera carcomida.

Sin embargo sus visitas no habían terminado aquel día.

Unas horas más tarde nada más haber retornado a su despacho tras dar su paseo rutinario oyó un leve toque en la puerta.

—¿Puedo pasar, Carlos? —dijo una voz familiar mientras abría la misma.

La esbelta figura de Elena entró en la estancia llevando una carpeta bajo el brazo izquierdo.

Como estaba siendo habitual en los últimos meses el escritorio del profesor aparecía limpio, ordenado y despejado. Las plumas y lapiceros recogidos y en su sitio. No había ningún libro abierto a la vista.

Elena se sorprendió de encontrar a su colega sentado en el sillón orejero que horas antes había ocupado Arturo, el gatito sobre su regazo al cual acariciaba de modo mecánico, el corazón de su costado claramente visible.

Tras intercambiar un breve saludo, Elena tomó enseguida control de la situación, dirigiéndose con gestos decididos a la cafetera situada en el pequeño torreón interior.

Pocos minutos después una bandeja con dos tazas había hecho su aparición sobre la mesa situada entre los dos. Todo en ella, desde el propio servicio de té japonés, hecho en porcelana y cuidadosamente escogido y almacenado en un pequeño armario cercano a la chimenea, hasta las cucharillas y el azucarero, denunciaba la mano femenina en su preparación y elaboración. Elena extendió hacia Carlos una taza que éste cogió con gesto mecánico.

La profesora procedió a sorber el té lentamente mientras sus ojos seguían el patrón de la alfombra.

—Parece que esta vez el rector te lo ha dejado clarito. —dijo con una sonrisa de simpatía al tiempo que levantaba la cabeza.

—Sí, eso parece —dijo Carlos lacónicamente.

—Mierda, este es el último —dijo Elena tras sacudir la cajetilla de tabaco y sacar de ella un triste cigarrillo que se llevó con avidez a los labios—. A veces necesito refugiarme en la novela negra para encontrar ejemplos de gente fumando como cosacos. Esto ya no es lo que era. Los investigadores auténticos deben de fumar como descosidos. ¡Esos sí que eran buenos tiempos!

El comentario de Elena logró arrancar una sonrisa del rostro concentrado del profesor.

—Sí, con toda la pantalla del ordenador llena de humo, ¿eh? —contestó este.

Elena miró a su colega con cara de circunstancias.

—Carlos, sabes que la historia es una ciencia, aunque hoy en día nadie se lo crea más que algunos de nuestros compañeros y nosotros mismos. Estoy cansada de pelearme con gente que dice lo contrario ante la ausencia aparente de métodos científicos para probar teorías, de escuchar que no hay forma posible de hacer experimentos para demostrar lo que queremos. Es imposible dictar leyes, pues las propias variables son susceptibles de cambio, ya que precisamente es el propio ser humano el objeto de nuestro estudio. Aún así tenemos que seguir un método, unas pautas, contrastar datos... Todo eso lo sabemos Carlos, pero también creía que tenías algo de aventurero dentro de ti, ¿no...?

—Con lo que me paga la universidad ya no sé si me puedo permitir ese lujo. Esto no es como en esas novelas históricas de nuestro amigo Ernesto que tanto te gustan, ¿sabes?

—Mira, no me digas tonterías. La respuesta te está esperando si tienes la valentía de leer entre líneas, Carlos. El cartel es bien grande y los caracteres escritos en él están bien claros. Solo tienes que ser capaz de entender como paleógrafo el lenguaje en que te están hablando. ¿No lo entiendes?

No le iban a dejar solo esa tarde. Posiblemente estos dos habían ensayado sus respectivos discursos antes de hablar con él, pensó Lafuente.

—He aprovechado estos días para repasar nuestro trabajo. Para mí, —continuó Elena— todo el rato nos han estado hablando en el manuscrito ese, literalmente paseando por delante, las frases: «el cuidado del niño», «cuidemos al niño», «dejado al cuidado de las santas hermanas»... Durante todo este tiempo y quizás influídos por la costumbre, por la iconografía cristiana, por nuestra cultura quizá, o no sé que mierda, el caso es que no habíamos entendido el mensaje —en este momento Elena destrozó el cigarrillo que tenía en la mano, apretándolo con fuerza sobre el cenicero que imitaba la empuñadura de una espada colonial española—, pero nuestros antepasados sí sabían lo que íbamos a intentar, sabían que no íbamos a ver el bosque porque los árboles nos lo estarían ocultando. No, Carlos, no se trata de un mensaje metafórico, divino, celestial o como quieras llamarlo — y en este momento Elena se levantó de la silla sin olvidar su taza de café—. Aquí no se está hablando del hijo de Dios, se está por el contrario hablando de un niño de verdad. ¡Repasa tus notas, míralas y déjame ver que tienes la valentía de enfrentarte a la verdad! De lo contrario, creo que me he confundido contigo. La ilustración de la mujer montada sobre el monstruo que visteis en aquel códice en Silos, no era sino el intento de otro copista para traducir el mundo del deseo en términos visuales, tal como éste era percibido por la religión de la época. La posesión de nuestro intelecto por las bajas pasiones. Y otra cosa Carlos: tú eres un historiador, un buen paleógrafo, pero nuestra labor no es dar tan solo cuenta de la historia tal cual, a documentar el pasado. Eso estaría bien para un profesor de instituto. Tu labor y la mía es la de dar cuenta del modo más próximo y veraz que podamos de lo que fue real, de lo que pasó y transmitir su valor relativo a futuras generaciones. Si nos olvidamos de eso, estaremos cayendo en los argumentos de aquellos que dicen que la Historia no sirve para nada. Que solo tenemos el presente. Y estaremos condenados a repetir ese pasado.

Ahora era el turno de Carlos contemplar a Elena mientras estaba cruzaba de un extremo a otro de su despacho. En su mirada podía verse la idea no traducida del gesto, a falta de palabras exactas, ese «¿Tú también Bruto?», «*Et tu, Brute?*». Las palabras de la profesora hirieron, alcanzaron alguna parte de la diana aunque Elena nunca supo qué círculo de la misma había sido tocado. Tampoco se acercó la profesora a la ventana como había hecho Arturo. En su lugar cambió de sitio alguna de las figuras que se encontraban aquí y allá desperdigadas por las estanterías, deteniéndose frente al cuadro de la mariposa allí colgada. La miró largamente, antes de continuar hablando.

—Las respuestas, ya lo sabes tú muy bien, plantean a su vez nuevas preguntas y si no has llegado a entender eso ya después de tantos años de experiencia, si no puedes vivir con eso, es mejor dedicarse a otra cosa. Este es nuestro sino. El perpetuo dilema de una vida vivida en la constante incertidumbre.

Hubo una pausa. El profesor sacudía la cabeza.

Sin levantar la cabeza Elena procedió a retirar el servicio de café.

Tras haber depositado la bandeja en lo alto de la torreta se giró.

—Me dijiste hace poco que querías volver ver a tu hermano, ¿no? Volver a Santander y quizás visitar Soria, ¿no? Pues haz eso. Haz eso.

Tomate una o dos semanas. Yo me puedo encargar de repasar los exámenes que te queden por revisar. Vete si quieres. Haz eso. Busca un rincón tranquilo si lo deseas. Tan solo te pido que no tires la toalla. Por favor, Carlos, no todavía.

Le miró largamente a los ojos.

—No todavía, ¿puedes prometerme al menos eso?

Por fin, tras unos segundos que parecieron dilatarse en el tiempo, fluir como aquel Arlanzón que se adivinaba al otro lado de la ventana, el profesor levantó la cabeza.

—Te lo prometo Elena.

La puerta se cerró con suavidad tras la figura de su colega. Carlos aún mantuvo unos instantes la mirada sobre la misma.

Hay días en que el clima se presta cómplice a la expresión de determinados sentimientos. Así pasa especialmente en días de lluvia cuando el corazón se abre al escuchar el gozoso golpeteo de las gotas en los cristales con su monótono sonido, rellenando los momentos de silencio.

Al igual que la música, la lluvia crea a su vez cierto estado de trance. En el rincón, las chaquetas, abrigos, bufandas y sombreros aguardan el fin de la velada.

Del inconsciente surgen imágenes, ideas a medio formar que terminan por concretarse bajo la influencia del ambiente. En tardes así uno recuerda aquellas pequeñas sensaciones y detalles que pasaron desapercibidos, como un guante en el bolsillo de un gabán, una taza dejada en un estante, todo ello por debajo del umbral de lo consciente. Son instantes estos en sintonía con lo melancólico, que recordamos únicamente en momentos de nuestra vida en que nos hallamos en una onda similar.

Quizás despierte así la visión de una tarde de nuestra niñez en el balcón de casa. En ella nos vemos gritando jubilosos ante las primeras gotas que caen, mirando el relámpago a lo lejos, extasiados ante la maravilla de la lluvia junto a nuestros padres. O quizás recordemos nuestro paseo hacia el colegio el primer día de curso con el uniforme nuevo e impoluto, arrastrando una enorme cartera. Y sí, también es momento para el amor, para recordar esos sueños de ayer, esos rostros que, aunque lejos en el tiempo, seguirán en nuestra memoria tan vivos como el primer día, aflorando en momentos similares a este.

En días así es posible encontrar al profesor Lafuente sentado en una mesa del restaurante The Bier, la mirada fija sobre uno de esos ventanales de grueso y opaco vidrio oscurecido que permiten ver las siluetas imprecisas de los paseantes del exterior, a la vez que impiden, desde allí, toda visión de este mundo interior.

Allí, bajo las lámparas de metal que cuelgan de ese techo labrado con un cuidado dibujo, destaca el suelo entarimado del lugar. Detrás del profesor, cuelga asimismo un grabado enmarcado de una vieja locomotora de vapor. Al lado de esta litografía, un barbo intenta nadar sujeto en una tabla de madera clavada a la pared con cara de estupefacción ante la potencial velocidad que puede llegar a alcanzar esa máquina infernal, junto a otro cartel que reza «*Blended Whiskies*».

Como el barbo que cuelga en el tablón, como esos otros cuadros, esas lámparas y cristales de colores que llenan el bar central, como las luces que se columpian en sus apliques de metal, él forma parte del mobiliario. Es una nota más, una estampa de color reconocida, a la vez que requerida por los ocasionales estudiantes que puedan entrar en el lugar. Aunque el sitio llega a ser ruidoso en algunos momentos del día, es aquí, a esta hora, entre las tres y las cuatro de la tarde, cuando el sol cae sobre las mesas, cuando el profesor prefiere buscar ese especial estado de abstracción rodeado de sonidos cotidianos, de cañas solicitadas, de menús del día y de la repetida oferta de los postres. Y es allí, rodeado de la cacofonía de lo cotidiano donde su inspiración interior le mantiene unido al mundo real.

CAPÍTULO 30

POR TIERRAS DE CASTILLA

De paseos por el Duero, de poesía y del correcto modo de fumar en pipa.

La carretera se extendía solitaria. Algún coche que otro cruzaba la llanura soriana. «*Soria quiere futuro*» había leído en la plaza del ayuntamiento aquella mañana cuando, tras dejar la maleta en la pensión Vitorina en la céntrica calle del Paseo Florida, había salido a deambular.

Encontró el lema repetido en numerosos lugares de la ciudad. Pero el visitante, a diferencia de esta, buscaba un presente, algo a lo que agarrarse. ¿Cómo empezó todo esto? ¿Cómo había llegado hasta aquí en busca de quién sabe qué? ¿Por qué había hecho caso de algunos comentarios deslavazados, sacados al buen tun tun de quien sabe dónde? Podría estar ahora cómodamente sentado en su despacho, revisando su colección de mariposas, viendo a Ismael agazapado frente al fuego como era su costumbre a esta hora del día.

Sí. Hubiera estado así una tarde más perdido entre sus libros, con la certeza que da el conocimiento guardado y custodiado entre sus páginas.

En lugar de eso, ahí estaba, en medio de una llanura, con unas breves notas, fechas y apuntes que había estado tomando aquí y allá y que al parecer no importaban a nadie.

Tras vaciar de modo meticuloso su pipa, volvió al coche.

Echo un vistazo al asiento trasero. Allí estaba el libro que Pinedo le había dejado aquella tarde antes de partir de vacaciones.

Tierras de Castilla, de Machado.

«—Léalo profesor, ya sé que no es usted dado a la poesía, pero si va a Soria, tiene que prometerme que por lo menos lo intentará, por favor» —le había dicho su alumno aquella tarde con su fervor habitual antes de salir y haciéndole entrega del mismo tras haberlo extraído de uno de los enormes bolsillos de su abrigo, quizá en un gesto de disculpa tras el rapapolvo de días antes—. «Ya verá como le gusta.»

Recordaba haber asentido de mala gana. Ahora tenía otra tarea que realizar.

"—Quizá lo tuyo no sea la historia—" había dicho su padre aquella lejana tarde, sentados los dos en aquel viejo banco de madera repleto de incisiones efectuadas con su navaja, situado frente a su casa.

Sí, quizá debía haberse dedicado a otra cosa, ¿La biología quizá? ¿Seguir dibujando aquellos eternos árboles de clasificación de las especies, memorizando esos nombres en latín que tan sonoros le parecían? Sí, recordaba con sonrisa amarga alguno de esos momentos: el orden de los paseriformes, los vulgarmente llamados pájaros... Y sí, los fringílidos, como ese jilguero que se columpiaba incesantemente en la jaula colocada en el balcón.

¡Cómo le llenaba por entonces pavonearse ante sus compañeros de clase con esos nombres sonoros en la punta de la lengua! ¡Cómo disfrutaba trazando esos árboles, escribiendo, copiando las clasificaciones, los géneros y las especies en su libreta! De haberlo hecho podría estar ahora vagando por los montes como estaba haciendo ahora, pero en ese caso con un propósito concreto, en calidad de seguidor oficial de alguna especie de lobo en extinción, un segundo Rodríguez de la Fuente. Posiblemente.

O tal vez solo se estaba dejando vencer por el desánimo, algo a lo que era propenso en días como este.

Las sierras, las cuestas, los caminos, la gente que cruzaba a los lados de la carretera, todo le recordaba que estos lugares y parajes ya habían sido transitados desde tiempo inmemorial. Desde la época en que la niebla aún no los cubría... Quizás, incluso desde antes de que esta misma existiera.

Estaba en tierras de Castilla, la misma tierra que habían habitado hombres como El Cid, Machado, Fernán Gómez y cientos de otras insignes figuras de las que había oído hablar. Probablemente equivocados a su vez en sus respectivos sueños, tal vez incluso con el mismo tipo de dudas internas que él. ¿Acaso alguno se detuvo a su vez al lado de uno de estos caminos y pensó en darlo todo por perdido? Pero la historia nos cuenta también algo diferente. Esta había sido tierra de hombres y mujeres de temple, de carácter. De ese carácter que ya no estaba de moda defender, pero que da justificación a muchos de nuestros actos.

Decía Pinedo sin cesar que había que sumergirse en los lugares y dejar que estos nos hablen a su propio ritmo.

Era fácil sugestionarse con esa idea viendo el paisaje circundante.

«Sí, la tierra nos habla —pensó Lafuente—, nos habla en su dialecto particular de lo que lograron los que por aquí pasaron, nos cuenta que siguieron peleando. Es lo único que nos queda al fin del día. De eso sabían mucho los antiguos. Dejar reposar las armas antes de otra batalla.»

Soria, lejana y sola. Bien podrían haber salido estas palabras de la pluma de García Lorca en relación con esta ciudad.

EL PROFESOR CONTINUÓ PASEANDO SIN RUMBO FIJO, DEJÁNDOSE llevar por sus pies hasta que estos le encaminaron a la parte baja de la ciudad, topándose finalmente con esa frontera natural que es el Duero.

Un poco más allá a la izquierda se encontraban los restos del primitivo claustro del monasterio de San Juan de Duero, que dejaba ver sin pudor, al aire libre, su heterogénea mezcla de estilos. Enfrentado al monte opuesto, un grupo de turistas rodeaba a un guía de gafas de carey y zapatillas deportivas a juego belicoso con su traje.

—Este lugar es el llamado Monte de las Ánimas —decía el mismo con cierto placer al ver la cara de temor mal disimulado entre risas por parte de los turistas que le rodeaban—. Algunos de mis compañeros acuden aquí, se agachan y recitan frases ceremoniales para invocar las energías de la tierra y cosas así...

¡Dios! ¿Es que se había soltado la jaula de las fieras? Ya tenía bastante con oír las tonterías de Pinedo para escucharlas ahora bajo otra variante. ¿Qué sería lo siguiente?

Miró las cercanas colinas.

En este lugar, o muy próximo a él, había estado la frontera de Soria con el antiguo reino de Navarra, las espadas prestas y los ánimos en tensión.

Continuó el paseo, pasando la iglesia de San Polo, un poco más allá, en esa tarde agradable que fluía como el río. La cantidad adecuada de brisa, justo la necesaria para hacer moverse los olmos y crear un susurro encantador y constante que acariciaba los oídos del paseante.

Se sentó en un banco solitario. Desde aquí pudo oír minutos después las palabras del guía con gafas de carey.

El grupo de turistas le había dado alcance en su ruta.

Sus palabras llegaban a él como un murmullo. Se había encaramado el cicerone sobre el murete del puente que llevaba a San Saturio. Allí sin rubor alguno sacó un libro del bolsillo y comenzó a declamar a Machado en el mejor lugar posible, junto al Duero. Los olmos se sentían halagados. Carlos reparó en que el libro que el guía sostenía entre las manos presentaba todos los signos de un uso continuado, fruto de consultas repetidas, de miradas culpables en su interior. Los guías tienen su corazoncillo después de todo, pensó.

> He vuelto a ver los álamos dorados,
> álamos del camino en la ribera
> del Duero, entre San Polo y San Saturio,
> tras las murallas viejas
> de Soria —barbacana
> hacia Aragón, en castellana tierra.

Tras leer estas palabras, quizá un poco temeroso de haber mostrado demasiado de sí sobre aquel murete, el guía volvió a guardar con presteza el libro en el bolsillo de su abrigo, como si hubiera sido otro lazarillo rival quien hubiera declamado esas frases en su lugar.

Al escucharle, Carlos recordó que aún tenía en el bolsillo el volumen que Pinedo le había prestado.

Miró su portada.

Un típico libro de viejo, de esos que da gusto dar vueltas y vueltas entre las manos, oler el papel una y otra vez, fijarse en los caracteres, las formas de las letras, la fecha de impresión, el color de sus páginas descoloridas y todas esas tareas que se realizan con un libro salvo leerlo. ¿Un modo este quizá de demorar el placer, de posponer enfrentarse a sus secretos, semejante a los preparativos de esos cuentos que nos relataban nuestros padres antes de dormir? El preparativo en sí ya era una fiesta... la media luz de la habitación, el rostro de su madre desdibujado por la penumbra y ese sentido de confidencia pronta a descubrirse. Todas esas imágenes le habían vuelto a recorrer al coger este pequeño libro de poemas entre las manos.

Tuvo una idea. Había leído en alguna parte que muchos creyentes abren la Biblia al azar y que, al posar sus ojos sobre los primeros versículos que atrapan su mirada, pueden encontrar allí respuesta a sus problemas. Si esto era bueno con la Biblia, quizá ¡Oh, pensamiento profano! sería igual de acertado con cualquier novela o, como en este caso, un libro de poemas.

Así que, sin pensarlo más y tras echar un último vistazo a la iglesia de San Saturio en las alturas, como esperando su aprobación, abrió el libro de Machado al azar y leyó:

> El alma del poeta
> Se orienta hacia el misterio.
> Sólo el poeta puede
> Mirar lo que está lejos
> Dentro del alma, en turbio
> Y mago sol envuelto.

No del todo convencido probó otra página al azar, una segunda oportunidad:

> En nuestras almas todo
> Por misteriosa mano se gobierna.
> Incomprensibles, mudas,
> Nada sabemos de las almas nuestras.

Bien, no había estado nada mal esta vez. Sí, posiblemente tuviera razón el poema. Esto de los misterios le recordaba demasiado los problemas del puñetero manuscrito que habían tenido entre manos, así que intentó alejar el pensamiento de su mente. ¡Había venido aquí para olvidarse de él y eso iba a hacer! Por otro lado, aquellos versos estaban, al igual que los buenos horóscopos, hechos de medias verdades igualmente aplicables a cualquiera, dependiendo del estado de ánimo en que el lector se encontrara. Un modo muy sagaz de enganchar a la lectura.

Envolverlo todo en misterio y así no tener que explicarse. Aunque, por otro lado, ¿no había sentido en su interior cierta familiaridad con el sentimiento descrito? ¿No habían sido las palabras leídas, precisas y acertadas cuál flechas que dieran plenamente en la diana?

El grupo de turistas se alejaba ahora a paso acelerado siguiendo al guía, terminado ya el interludio poético. El autobús esperaba. La vida esperaba. El ritmo vertiginoso de un viaje organizado. Hay que ver cosas, más cosas. No hay que parar. Hay mucho que ver. Después de todo aquí no había tiendas.

Lafuente se quedó sentado en el banco solitario junto al Duero.

Ahora podría percibir por fin el paisaje, oír el fluir del río que le recordaba sus paseos vespertinos en Montanilla o frente a su casa. No obstante, aquí parecía hablar con otra voz. El murmullo producido por las hojas de los álamos susurrando con el viento. El sonido de algún tordo, de algún pajarito despistado que se acercaba volando sobre el agua y desaparecía en las alturas de la orilla opuesta, entre ellos, pardillos y verderones, le volvieron a traer a la mente sus sueños de ornitólogo en ciernes.

En la orilla opuesta, perdiéndose en lo alto hacía San Saturio, pudo ver un alcaudón dorsirrojo.

Sacó su pipa. Sonrió al verla. ¿Cómo podía alguien decir que fumar era malo para la salud? Sí, claro, todo eso podía ser cierto en el caso del fumador apresurado, el que consume con urgencia ese cigarrillo y lo echa antes de volver al trabajo cuando todavía queda tabaco apresado, prendido en él. Su pipa en cambio le transmitía serenidad. Era esta una puerta a la reflexión, a otro modo de percibir la realidad. Todo el protocolo de abrir la bolsa de tabaco, sentir el aroma de la picadura —semejante al olor del libro recién abierto—, mezclar la misma y, colocar con suavidad un poco de esta en la cazoleta de la pipa. Ese ritual implicaba todo un universo de sensaciones. Y tras ello aplastar la mezcla y entonces, solo entonces, acercar ese encendedor de cuerda en el ángulo preciso. Sí, toda esa liturgia le sumía en una especie de trance que había aprendido a reconocer, si no a ponerle nombre... Las caricias casi promiscuas y prohibidas que se le imprimen a la base de la cazoleta mientras se asienta la pipa en la boca, la virilidad de la postura correcta de los dedos al rodear esta y, por último, la decisión final de inspirar por la boquilla.

*En ese momento llegó a ver, en la orilla opuesta, perdiéndose
en lo alto hacía San Saturio, un alcaudón dorsirrojo*

Sí, Machado se había ido sin haber escrito el poema definitivo.

Describir una buena pipa a las orillas del Duero mientras la oropéndola y el pinzón dejan oír su voz.

Miró a su alrededor. Solo un hombre sentado en un banco más allá, absorto a su vez en el paisaje y sin parecer haber reparado en su presencia, era la única persona visible en esa Soria que se estaba vaciando tristemente.

La tarde semejaba haberse quedado congelada en algún momento de principios del siglo XX.

Estaba ciertamente en los dominios del poeta Machado, en el lugar por el que este gustaba de pasear durante el tiempo que vivió en Soria.

«Quizás —pensó Lafuente—, si espero un poco más,

pueda ver al poeta y a su querida esposa venir, cogidos del brazo por el paseo, procedentes de la cercana ermita de San Polo.» ¡Qué fácil contentar el de nuestros antepasados! En esta época vertiginosa en que cruzamos el planeta, los mares y ciudades a increíble velocidad, yendo a miles de sitios a la vez con urgencia, comiendo cada día en un restaurante distinto de la geografía española en esa loca carrera por descolocar al contrario mediante nuestras experiencias personales, hemos olvidado el placer que se encuentra en un sencillo paseo cotidiano, el placer de la pereza vespertina acompañada por el sentir de la mano querida, mientras se recorren lugares familiares, saludando aquí y allá a algún conocido y conversar, simplemente conversar.

El hombre del banco continuaba mirando al río.

Transcurridos unos minutos se levantó y, suspirando con lo que parecía un gesto de pesar, cogió un bastón que había dejado apoyado contra él, preparado ya para volver a la ciudad. Por su manera de andar, ora caminando hacia la derecha del camino, ora hacia la izquierda, pareciese que el casco urbano estuviera a kilómetros de allí en lugar de tan solo a unos pocos centenares de metros, recordando al profesor la semejanza con un manantial escondido que, paralelo al río y bajo el camino, buscase el curso de agua principal.

El hombre se detuvo a su altura. Su mirada ausente, sus ojos claros y amables se posaron sobre el profesor casi sin querer, a continuación sobre el banco y, finalmente, sobre el libro que reposaba bajo la mano izquierda del mismo.

El aparente cansancio de su cara desapareció de repente y una sonrisa apareció en sus ojos.

El balanceo se detuvo.

—Veo que está leyendo usted a Machado —dijo con firmeza—.

No es que me sorprenda, fíjese usted. Muchos lo hacen, como ese guía de hace unos minutos. Pero lo que me ha llamado la atención es que usted se está tomando su tiempo.

—Sí, bueno, me gusta disfrutar del lugar. Se está muy tranquilo aquí —dijo Lafuente, buscando las palabras al haber sido sacado así de su ensoñación particular.

El anciano parecía tener ganas de hablar.

—Sí, sí, eso está bien. Hay que buscar el sentimiento en el ambiente, en los árboles que rodean el Duero, en los álamos. Hay más aquí de lo que aparenta, ¿sabe usted? Es lo que tiene este lugar. A todos nos atrapa de un modo distinto. No sabría precisarlo en palabras. Para unos, es el sonido de las hojas, para otros, el color, los ruidos, el fluir del agua, qué sé yo... lo importante es quedarse así, atrapado de algún modo.

Volvió a mirar unos segundos en dirección al río sin decir nada más, como si hubiera escuchado a alguien llamarle por su nombre. Asintió un par de veces y, tras golpear con el bastón sobre el suelo, se sentó en el otro extremo del banco del modo más natural del mundo. Su bastón tenía una empuñadura curiosa, plateada, con la forma de un león. La madera lucía en toda su superficie figuras caprichosas. Era fácil ver que había sido labrado con cuidado, muestra de un arte ya en retroceso.

—Y, dígame, ¿va a estar usted mucho tiempo en Soria? Porque por su aspecto, y no haberle visto nunca por aquí, deduzco que es usted forastero, como solíamos decir antes.

—No, no, me marcho mañana. Solo he venido de paso desde Santander camino de Burgos. La verdad es que uno de mis alumnos me recomendó expresamente esta visita —acabó diciendo en voz baja, casi a modo de disculpa.

—¡Ah! ¿Conque es usted profesor? ¿De algún instituto quizá?

—De la Universidad de Montanilla en realidad. Soy profesor de Historia.

—¿De Historia? Ah, muy interesante, muy interesante. Habrá leído usted muchas cosas sorprendentes, estoy seguro.

Se quedó mirando frente a sí a la vez que apretaba con sus dos manos el bastón contra el suelo, dibujando sobre la arena unos pequeños círculos.

—¡Profesor de Historia! ¡Dios mío! Ya me hubiera gustado a mí haber podido estudiar, ya me hubiera gustado a mí —dijo, y siguió moviendo la cabeza, como si el resorte se hubiera roto y fuera incapaz de detener su movimiento. Tras unos segundos y con un guiño brillante y malicioso, continuó hablando señalando con el bastón al cercano río.

—Yo también sé algo de Historia, ¿sabe usted? En este lugar por ejemplo, se puede escuchar al pasado hablar. Contarnos sus cosas. A lo mejor no parecen importantes, cosas tales como la hojarasca que se ha amontonado bajo el árbol junto a la iglesia, el llanto de un bebé al que sus padres han sacado a dar su primer paseo, las gallinas que acaban de poner un huevo más. Cosas así. Uno solo tiene que pararse a escuchar.

—Bonito bastón el suyo —dijo Lafuente sin pensar, hipnotizado por el movimiento del mismo sobre el suelo.

—Era de mi padre —contestó este con un gesto de orgullo mientras lo miraba, balanceándolo unos momentos en el aire como para corroborar la buena hechura y solidez del mismo—. Cuando me siento en este banco me parece como si el tiempo no hubiera pasado. Claro que cuando nosotros veníamos no había aquí ningún banco sino una roca. Pero da igual... como le decía, solo tengo que quedarme un rato y siempre siento su presencia en algún momento del día. Siempre. Es como si de algún modo, algo de él se hubiera quedado aquí. ¿Ve usted esa colina que está ahí detrás? —. Se trataba de una pequeña subida frente al puente que enfrentaba a San Saturio—.

Ahí solíamos volar cometas en cuanto empezaba la primavera. Mire usted, ¿Sabe una cosa? —, dijo repentinamente cambiando de expresión a la vez que negaba con la cabeza—. ¡No, no, no me creería! Al fin y al cabo, solo soy un viejo chiflado junto al río viendo pasar el día. ¡Pero, espere un momento!

Lafuente contempló como el hombre extraía a renglón seguido una cartera llena de gomas que la cruzaban en toda su superficie sujetando su contenido para evitar que este se desparramara a su alrededor.

Finalmente, y con mucho cuidado, extrajo de ella una foto envuelta en un fino papel. Era vieja, deslucida, con ese característico tono sepia de principios del siglo XX. En la foto unos colegiales con aspecto solemne posaban junto a su profesor en la puerta del entonces colegio de la Compañía de Jesús de Soria. El anciano señaló con el dedo al maestro que aparecía en el centro.

—¿Lo reconoce? Es el mismísimo Machado cuando fue profesor en el colegio de aquí —dijo mirando a Lafuente como animándole a contradecirle—, cinco años estuvo aquí. Y este, ... Este de aquí... —dijo señalando la figura de un niño más pequeño que el resto de sus compañeros y que se encontraba cerca del profesor como si estuviera buscando cobijo en su proximidad—. Este era mi padre por aquella época. Ya ve... como decía un vecino inglés que vivió aquí, ha pasado mucha agua bajo el puente desde entonces. Dígame, —dijo bruscamente dotando a su tono de cierta urgencia—. ¿En qué pensión se aloja usted?

—Estoy en Vitorina en el paseo Florida... ¿Por qué lo dice? —preguntó Carlos, sonriendo a pesar suyo.

—Creo que guardo por casa algo que quizá podría interesar a un profesor como usted, algo que hemos tenido en la familia muchos años, relacionado con lo que acabo de contarle. Y ahora si me disculpa, todavía me queda un buen trecho antes de llegar a casa sobre estas piernas. Disculpe si le he molestado con mi charla. ¡Qué tenga usted un buen día!

Y con estas presurosas palabras de despedida, el misterioso anciano se levantó con la misma rapidez y agilidad inesperada con la que se había acercado y con ese vaivén peculiar que imprimía a su cuerpo la cualidad de un péndulo, se marchó en dirección a San Polo.

Volvió a levantarse una ligera brisa.

EL ÚLTIMO DÍA EN SORIA. YA HABÍA CARGADO EL PROFESOR LA ligera maleta en el coche y tomado el segundo café de la mañana en la plaza del ayuntamiento, tras haber dejado atrás la estatua de Machado situada cerca de la pensión, esa estatua que se aviene con paciencia a ser fotografiada con cualquiera que se siente en el banco opuesto. La mirada fija en el reloj del ayuntamiento y en la vieja campana de hierro forjado, Lafuente distraía los minutos haciendo un rápido repaso de los acontecimientos del día anterior, recordando en especial al peculiar hombrecillo con el que se había encontrado junto al río y de su promesa de traerle una especie de regalo de despedida antes de su partida. Sacudió la cabeza con sonrisa pensativa. El hombre ciertamente había tenido una vida larga y dura.

Una de esas que los señoritos como él, criado en buena familia en el lejano Santander y posteriormente en casa de su tía Engracia, no podía sino comprender a través de los libros.

Fue entonces cuando le vio acercarse. Venía calle abajo, con el mismo balanceo especial que tanto le había llamado la atención el día anterior.

—Buenos días tenga usted —dijo el hombre al reconocer al profesor, mientras le miraba con esos ojos claros y detenía su bastón rompiendo el ritmo hipnótico del mismo—. Me alegro de haberle encontrado. Iba camino de su pensión a ver si no se había marchado usted todavía. Me alegra ver que no ha sido así.

—¡Muy buenos días! —contestó Lafuente sin poder evitar una sonrisa—. ¿Le apetece un café? Acabó de desayunar ahora mismo.

—No, no, muchas gracias —respondió el hombre con rapidez—. A mi edad solo tomo uno a eso de las seis de la mañana y ya nada hasta las once o así. Uno se acostumbra ya a tirar con lo que tiene.

El hombre parecía apurado y un poco cortado. Quizá se había arrepentido de su larga perorata del día anterior o acaso era consecuencia del natural agotamiento producido por subir la cuesta de la calle hasta la plaza.

—Espero que su estancia aquí haya sido provechosa —dijo al cabo de unos silenciosos minutos que los dos hombres emplearon en mirar con extrema atención la esfera del reloj de la plaza como si esta fuera de una increíble rareza. Dos señoras que cruzaban la plaza en ese momento les saludaron con amabilidad al pasar por delante.

Tras unos minutos comentando la actualidad de la plaza y el devenir histórico de la misma, el hombre se levantó y mirando a Carlos con expresión decidida, sacó del bolsillo interior de su chaqueta una carta.

—Miré usted. Ayer quizás le aburrí mucho con mi charla. ¿Qué quiere usted? —dijo encogiéndose de hombros—, tal vez he perdido la medida en la conversación, pero sí pude darme cuenta de que es usted un hombre de letras, un hombre leído, como decía mi padre y es por eso por lo que después de consultarlo con mi mujer, he decidido entregarle esto. Es poca cosa, pero para mí significa mucho. Mi hija hizo ayer una copia y los dos acordamos hacerle entrega a usted de esta. Es la última carta que mi padre me escribió y para mí siempre ha sido como una especie de testamento. En ella habla de sus días de escuela, de todo eso que le conté y tal. Quizás le puedan dar algún uso en su universidad de usted y eso. Es que los sorianos tenemos nuestro corazón en su sitio.

Fueron inútiles las protestas e intentos de rehusar la misma por parte del profesor.

La carta de aquel hombre estaba ahora en su maletín de regreso a Burgos junto con un montón de folios y anotaciones tomadas durante los últimos días.

Arturo no había permanecido desocupado durante este tiempo.

El nuevo curso había comenzado hacía escasamente tres semanas. Con la cercanía de la regata y los primeros exámenes a la vuelta de la esquina, intentaba tener todo su tiempo ocupado para no preocuparse por el lamentable parón en la investigación.

El mundo de la princesa Kristina parecía haberse quedado fuera de su campo de visión por el momento.

Aquella tarde, tras haber estado estudiando en su habitación, y entrenado durante una hora en el remo Oxford de banco fijo en el gimnasio, decidió bajar a la sala común para relajarse un poco en compañía de sus amigos y compañeros de la residencia estudiantil.

—Luego os veo —dijo antes de salir de su cuarto, dando un golpecito al cartel que tenía frente a la mesa de estudio y que mostraba las fotografías del «cuarentón» Cracknell y la española Pérez, ambos en representación de Oxford en la carrera contra Cambridge de 2019.

Eran su inspiración en estos meses previos a la regata con la UBU.

Seis estudiantes se encontraban en ese momento en la sala común, seis estudiantes holgazaneando, sentados en los sillones que rodeaban la estancia, frente a la librería del fondo, las piernas displicentemente colgadas en el lateral de los mismos. Algunos leían, otros hojeaban el periódico, jugaban al ajedrez o charlaban en voz baja.

Meseguer se acercó en cuanto le vio entrar y, tras echar un vistazo despectivo al libro que llevaba Arturo bajo el brazo, se giró mirando a los demás. Meseguer, que se sentaba dos bancos detrás de él en clase, no había podido sobreponerse a la envidia que éste recién llegado despertaba en él. Este advenedizo proveniente de Santander que tras llevar solo un curso allí se había convertido en pocas semanas en el centro de expectación tanto del profesorado por sus elevadas notas, como de las alumnas de todo tipo por su atractivo. Pero lo que se le hacía más insoportable era la levedad y falta de interés que el joven Pinedo parecía prestar a estas cuestiones. Como único modo manifiesto de mostrar su agresividad Meseguer había probado en dirigirse a Pinedo con el apelativo *«Laudy»* en clara referencia a sus altas notas. Por desgracia, el apodo había sido adoptado con una clara connotación positiva por el resto de los alumnos, malogrando así su intención inicial.

—¡Vaya! *El misterio de las catedrales...* —dijo, leyendo el título del libro que llevaba Arturo en cuanto el anterior entró en la sala común—, ¿Os habéis dado cuenta chicos de las lecturas de nuestro *Laudy* para relajarse? ¿Qué puede haber misterioso en una catedral *Laudy*? ¿El lugar donde se guardan las hostias? ¿Alguna mezcla especial del vino de la eucaristía? —dijo torciendo un extremo de la boca.

Sin decir ninguna palabra Arturo le quitó el libro de las manos mientras sostenía la mirada de Meseguer.

Fulcanelli, ese misterioso autor al que no había tenido tiempo de leer, le fascinaba. Le había abierto una nueva visión.

Al cabo de unos minutos entró en la sala de estudiantes Pedro Santillana el cual, tras depositar un par de libros sobre la mesa, se aproximó a Arturo. Pedro era un estudiante de medicina con el que había intercambiado alguna que otra conversación en este mismo lugar. Un chico recién llegado que comenzaba a sentirse cautivado por la experiencia que esta universidad representaba.

No tardo en acercarse también Claudia Cocaro, acompañada de Azhira, una chica pakistaní.

Claudia era su mayor confidente al estar estudiando paleografía como él. Venida venido recientemente desde Argentina compaginaba su interés por la Historia con la literatura y el dibujo. Pedro, Claudia y Azhira eran sus más íntimos amigos y confidentes en ese mundo de privilegio.

—¿Y por qué te parece tan especial este autor? —quiso saber Pedro, con una curiosidad natural mientras cogía a su vez el libro y lo hojeaba.

—Verás, —dijo Arturo, sintiendo al fondo de la estancia la sonrisa autosuficiente de Meseguer y de su aliado y compañero Redondo—, según el autor, las catedrales góticas ocultan en su diseño y estructura un mensaje. Las iglesias serían como una enciclopedia muy completa y variada de todos los conocimientos medievales y las efigies de piedra una especie de educadoras, de iniciadoras.

—¿Y cómo se podría transmitir eso? ¿Quieres decir sin ponerlo por escrito?

Claudia y Azhira, se inclinaron hacia delante, despertada su curiosidad.

—En la Edad Media los libros estaban reservados a unos pocos como sabéis. De hecho, la misma palabra «gótico» viene de «argot», un término usado para referirse a una lengua particular de los individuos que tenían interés en comunicar sus pensamientos sin ser comprendidos por los que les rodeaban. Imaginaros, el conocimiento oculto, el arcano disimulado bajo la certeza petrificada del libro mágico escrito en los muros de nuestras catedrales. Maestros sin voz ni palabra, tal y como dice el propio Fulcanelli —terminó Pinedo consciente del efecto causado.

—¿No vas a tomar anotaciones con tu Montblanc, Pinedo? —interrumpió Meseguer desde su rincón, celoso de la atención que recibía Arturo—. ¿No nos la vas a enseñar a ver si es más larga que las nuestras?

Me ha dicho mi padre que es una mierda, que cuando menos te lo esperas pierde tinta y te pone los dedos que ni un betunero.

El padre de Meseguer era la referencia externa a la cual este se remitía constantemente para contrastar todo lo que su intelecto era incapaz de hacer por sí mismo. No en vano había sido la influencia y el dinero de su progenitor los que habían hecho posible su estancia en la universidad.

Pedro había abierto entretanto el libro por el principio.

El prólogo de Canseliet de 1925 figuraba ostensible en la página.

—A ver… —«*Ha recibido usted verdaderamente el don de Dios*» —dijo leyendo el en voz queda— dice alguien al autor en una carta. Me gustaría saber qué quiere decir toda esta gente cuando se refieren al don de Dios, ¿alguna habilidad paranormal quizás? —dijo sonriendo y mirando a su amigo como si estuviera leyendo un *comic* de Marvel.

—¡Vete a saber! —dijo Arturo, dejando el libro por un momento.

Pese a su carácter extrovertidoPedro era uno de los pocos amigos que había hecho en la universidad, uno de los pocos a los que podía abrir sus inquietudes—. La expresión con los años ha llegado a ser un cajón de sastre… En la actualidad tiende a interpretarse como algo bueno que te da Dios, una habilidad especial que sin esfuerzo aparente te abre nuevos caminos.

—¿Cómo superpoderes, no? —dijo su amiga Claudia con una carcajada.

—«*La ave del arcano mayor consiste sencillamente en un color, manifestado al artesano desde el primer trabajo*» —continuó leyendo Pedro y aquí se detuvo mirando a su amigo —¿Qué color era ese? —dijo, incansable en sus preguntas.

—Eso es lo bueno, que no lo dice en parte alguna que yo sepa— contestó Arturo—. En los tratados de alquimia se insinúa a lo sumo.

En realidad todo son insinuaciones en esos textos. Es algo que el iniciado debe averiguar por sí mismo. Supongo que es deliberadamente impreciso al igual que el color de tu coche.

—Demasiado profundo para mí —dijo su amigo mientras echaba un rápido vistazo al más prosaico *Diario de Burgos* que se encontraba sobre la mesa y en cuya primera página se anunciaba a bombo y platillo el resultado del Mirandés en el partido de la Copa del Rey. 3-0.

Espectacular.

Eso sí que era magia.

Poco después, el reloj de pared colocado en lo alto de las escaleras que daban al estudio dio las doce. Las luces de la sala se fueron apagando poco a poco a medida que cada estudiante iba apagando la luz de la mesilla junto a la cual estuviera sentado.

No era este el único libro que había interesado al joven Pinedo últimamente.

¿Qué hubieran pensado sus compañeros de la sala común si hubieran sabido que la semana anterior había estado leyendo algunos ensayos del buen Einstein?

Su teoría de la relatividad aplicada al tiempo demostraba que no había pasado ni futuro, solo una línea de tiempo sobre la que todo coexistía a la vez. De que todo era cuestión de sintonizar el canal adecuado para aprovechar la emisión.

Y con una sonrisa, que era un guiño hacia sí mismo más que otra cosa, Arturo apagó la luz.

CAPÍTULO 31
UNA MARIPOSA REGRESA
A CASA

Era tarde ya cuando Carlos Lafuente dejó la universidad de Montanilla. Unas nubes negras habían empezado a formarse.

Al llegar a Burgos cenó apresuradamente en el mesón La Posada Ducal sito en la plaza Mayor, tras haber resistido la tentación de hacerlo en la cervecería La Mayor o en el mas internacional Sibuya Sushi.

Tras despedirse de Mariana, su amable propietaria, dio un breve paseo hasta su casa donde se encerró en su torre de marfil.

Una vez se puso el batín se sentó en su lugar de meditación favorito, la ventana próxima a la biblioteca. Allí su inquieta mente hizo un repaso de las experiencias de los últimos días. En su abstracción no se dio cuenta que aún llevaba puestos los guantes.

Sus ojos repararon en el pequeño volumen que reposaba sobre la mesa auxiliar.

Tierras de Castilla.

Tenía que acordarse de devolvérselo a Pinedo en cuanto volviera a verlo.

Recordó el reciente viaje por tierras de Soria. ¡Qué lejos le parecía el verano ahora!

A Pinedo le hubiera gustado ciertamente todo eso acerca de los álamos, el fluir de la corriente y demás.

¿Habían hablado en efecto los árboles a Machado? ¿Le habían contado sus secretos? ¿Había tenido el joven maestro alguna habilidad especial que le permitía sintonizar con facilidad con la Naturaleza, sentir su pulso, sus impresiones, escuchar sus mensajes para la Humanidad? ¡Qué poco sabemos de la Naturaleza, del lenguaje de los árboles! Siempre los hemos tenido como un adorno de nuestro entorno, ¿Querían decirnos algo esas aparentes coincidencias significativas o como puñetas queramos llamarlas? ¿Había en efecto una fuerza secreta en el Universo que desconocemos? ¿Tendría al fin y al cabo razón *Laudy* en sus argumentaciones? No podía como historiador dejar de lado muchas cosas simplemente porque no se conocieran.

¿Eran los poetas una especie de médiums que podían contactar con el lado oscuro y secreto de las cosas? Si era así, ciertamente Machado había sido uno de los adiestrados, de los iniciados.

El viejo olmo le había querido decir algo al poeta. Le había querido transmitir esperanza...

Pero él en cambio...

No sabía nada. Nada con certeza.

Únicamente que estaba solo esta noche.

Aunque no del todo. Su mente siempre estaba agobiándole, de modo incesante con nuevas ideas y modos de proceder.

Miró la ciudad medio dormida al otro lado de la ventana, acunada por el Arlanzón. Dejó pasar las horas. El reloj de la repisa marcaba intransigente los cuartos, segundo tras segundo, una vez más, una hora más.

Pudo ir un trueno en la lejanía.

Levantó la cabeza y fijó su mirada en el espécimen de mariposa, enmarcado con primoroso cuidado sobre la pared situada a la izquierda de la ventana; la joya de la corona de esa colección que ya ocupaba prácticamente un salón entero. El hermoso ejemplar —una *Diaetheria anna* o mariposa 88 para el resto de mortales debido al número que aparecía en sus alas—destacaba sobre el fondo ocre del estudio del profesor debido a sus brillantes colores.

Al mirar sus manos y darse cuenta de que aún permanecían enfundadas en los guantes, procedió a quitárselos mientras observaba la mariposa con los mismos ojos de quien contempla una pintura recién terminada, admirándose ante el modo en que había finalizado su preparación y enmarcado.

Nítida, clara, con su taxonomía claramente fijada por la ciencia, fruto de un común consenso de entomólogos en algún momento de la historia de las ciencias naturales. ¿Por qué no podría la historia ser así de clara, de directa? ¿Por qué los movimientos culturales, los acontecimientos, las motivaciones que los anteceden no pueden tener una razón igualmente obvia?

Allí estaba la mariposa, clasificada, específica, como el nombre de un colibrí. Su hábitat, su comportamiento, todo claro sobre un fondo verde neutro, enmarcada y fijada para la posteridad.

Siempre había sabido en todo caso que ese lamento no era sino una manera de dar salida a su frustración ya que de haber sido el estudio de la historia tan nítido como clamaba, nunca hubiera dedicado su vida a ella, pues era precisamente esa curiosidad incesante suya, esa sed de saber, la que complementaba su otra sed de coleccionista. La certeza de que siempre habría lagunas en el mundo, sombras a las que la luz de la linterna del científico jamás alcanzaría, le hacía devorar más y más libros, luchando contra el tiempo, contra su propia mortalidad, en un deseo de compensar con el conocimiento esa insatisfacción vital.

Con la mirada aún fija sobre la mariposa cogió una ajada agenda con tapa de cuero que colgaba de una pared vecina. En cuanto abrió la misma, unos lejanos ecos dentro de su cabeza comenzaron a emerger:

«—¿Estás seguro de que vamos bien encaminados por aquí?

Solo veo bananeros por todos lados. Para mí como si estuviéramos todavía en la puñetera Santa Rosa.

—Sí, sí, sigue con el machete, joder. Tiene que haber un sendero cerca. Es lo que nos dijo el hombre ese de la cantina.

—No estoy muy convencido de sus indicaciones, ¿sabes? El buen hombre parecía más interesado en vendernos aguardiente que ponernos en el buen camino.

BRASIL 17 de julio 1977 —En algún jodido lugar de la jungla.

«Un clima pegajoso, opresivo. Nos sentimos rodeados de humedad por todos lados. Entra y sale de nuestro cuerpo en un proceso simultáneo e inacabable.

Nos encontramos a unos cuarenta kilómetros de Cuachibamba, la población más cercana donde nos habíamos aprovisionado de víveres tres días antes de internarnos en la jungla.

Acabamos de cruzar el río Urua. Estamos a 55° de longitud oeste y 8° 30' 40" grados de latitud sur, o por lo menos eso era lo que decían nuestro sextante y cronómetro la última vez que hice las comprobaciones.

Esos aparatos y una mala brújula son nuestros únicos instrumentos de supervivencia. La brújula no es realmente mala si uno tiene la precaución de golpearla repetidamente contra los troncos con los que nos cruzamos para, de este modo, ayudarla a recordar dónde se encuentra el norte. Aparte de eso contamos con unas pocas latas de provisiones y de nuestras cantinas llena con el agua de los escasos arroyos que hemos podido encontrar.

Nueve días llevamos aquí.

Nuestra interpretación personal del viaje de fin de carrera.

Otros compañeros se habían ido de juerga a París, Las Vegas, Londres o Tailandia. Nosotros en cambio, habíamos decidido penetrar en la selva brasileña en pleno mes de agosto. Felipe y Álvaro toleran el calor y las picaduras de los mosquitos mucho mejor que yo. Tobías se limita a caminar sin decir nada. Ni siquiera la gruesa ropa le protege de sus mordeduras. Había oído hablar de esta mariposa mucho tiempo atrás en libros especializados. Sería maravilloso obtener un ejemplar.

Hemos probado con toda clase de cremas y ungüentos, incluyendo los de un chamán local de ojos penetrantes con el que nos encontramos en la última población, oculto en una choza cuyo techo amenazaba con caer sobre nosotros en cualquier momento.

—Con esto desaparecerán las picaduras en años. Es una vieja receta de mis antepasados —había dicho con rostro imperturbable.

Para obtener tan prodigiosa fórmula, cincuenta dólares habían cambiado de manos. Cincuenta dólares que escaparían a la jungla camino de la capital para perderse definitivamente en algún garito de la misma.

Las maldiciones que los tres lanzaríamos poco después sobre la pasada transacción superaron con creces a las que el supuesto chamán pudiera haber hecho.

—Tendremos que parar a descansar. Estoy agotado —dijo Felipe.

—¿No dijiste que esta era la zona donde suele verse? —contesté.

—Sí, pero no sé que pasa. No se ve una ni pagando.

—Por favor, no hables de pagar —dijo Álvaro.

Hicimos por fin el alto en un claro. A lo lejos a duras penas podían verse las montañas entre la elevada vegetación.

—Sí salimos de la espesura podremos calcular mejor nuestra posición —dije, mirando la espesa maleza que nos rodeaba por todas partes.

Poco después encendimos una hoguera y comenzamos a preparar algo de comer, para lo cual Felipe y Álvaro procedieron a inspeccionar con aires de *gourmet* los botes de conserva más selectos de nuestras mochilas, colocando en un lado aquellos abollados por los golpes, y en otro aquellos que mostraban óxido en su exterior.

Mientras estábamos ocupados en estos menesteres sentí unas fuertes ganas de orinar. Me alejé un poco. Había visto un curioso árbol unos metros más adelante y pensé que ese iba a ser el objetivo fijado para mi misión cultural a corto plazo.

Mientras me encontraba así concentrado al pie del árbol, eché una mirada a mi alrededor. Un abanico de verde en distintas tonalidades e intensidades se extendía a mi alrededor. Matices que parecían reflejar la también innumerable variedad de especies animales ocultas bajo ese follaje. De repente, una mancha de color rojo pareció flotar cerca de mis ojos. Giré la cabeza rápidamente hacia la derecha en pos de ese movimiento.

Otras tres aparecieron procedentes del mismo lugar. Tres puntos

que se movían juntos. Tres mariposas. Tres ejemplares maravillosos.

—¡Felipe, Álvaro! ¡Venid, están aquí, están aquí!

Hubo que sacar con rapidez los cazamariposas e improvisar una maniobra de bloqueo en torno al árbol, apuntando cada uno como podía, sumidos en la confusión, en el celo febril por hacernos con una de ellas.

Tras ver uno de los puntos rojos flotar muy cerca de mí, giré con lo que pensé era agilidad por mi parte, pero mi entusiasmo no me permitió ver la pequeña zanja que había a mis pies, ni impedir que mi pierna izquierdo se introdujera en ella, cayendo de espaldas en el pequeño riachuelo que iba a engrosar las aguas del Urua unos kilómetros más allá, la red todavía fuertemente cogida en mi mano derecha.

—¿Estás bien Carlos? ¿Te has hecho daño?—dijo Felipe mientras corría hacia mí, haciendo esa pregunta que pronunciamos invariablemente cuando tenemos la certeza de que el interlocutor se encuentra mortalmente herido.

—Sí, sí, estoy bien —contesté, más herido moralmente que otra cosa—. No me he roto nada, pero sigámoslas. ¡Vamos!

Allí estábamos, tres figuras dando saltos con los cazamariposas y nuestros ridículos sombreros de paja.

—¡La tienes! ¡La tienes! —. gritó Tobías surgiendo desde detrás de un montón de abundante vegetación, haciéndome dar un respingo al aparecer de ese modo delante de mí, todo su cabello caído sobre su rostro, mientras señalaba la red que aún sostenía yo en mi mano y de la cual no me había desprendido en ningún momento.

Miré entonces el contenido de la redecilla. Efectivamente, en el interior de la misma se movía agitadamente una forma coloreada.

Había atrapado inadvertidamente al ejemplar en el preciso momento de mi caída.

La guardamos cuidadosamente a continuación en uno de los frascos que habíamos preservado con más mimo que la propia comida, ante el temor de que se rompieran».

Esa había sido la historia.

Volvió a dejar la agenda en el gancho situado junto a la mariposa.

Frente a él colgaba ahora ese espécimen enmarcado.

Una aventura congelada en el tiempo.

En otro rincón estaba la foto de sus antiguos amigos. Allí estaba Felipe con su barba canosa ya entonces. Felipe, que moriría tontamente años después en el arcén de una carretera comarcal, tras haber detenido su coche para tomar fotografías de unas aves en un humedal cercano. Un conductor despistado acabó con su vida en cuestión de segundos.

Había sobrevivido al tifus y a la malaria en Brasil para acabar perdiendo la vida entre Torrevieja y Santa Pola una mañana de abril.

Abril.

El mes más cruel según T.S. Eliot. Un día luminoso y con buen tiempo. A la izquierda de la fotografía, Alvaro. El buenazo de Álvaro había tenido mejor suerte. Recordaba el entusiasmo de éste cuando hablaba de formar un grupo musical y romper los esquemas de la sociedad del momento.

Miró la mariposa y recordó aquella peculiar sensación cuando la tuvo entre sus manos por vez primera. Aquellas curiosas formas sobre sus alas que parecían dibujar el número sesenta y ocho o sesenta y nueve según el caso, las delicadas alas que la naturaleza había diseñado.

Sí, había valido la pena la búsqueda, el esfuerzo en ese calor asfixiante.

Sus amigos habían estado allí. Habían peleado juntos, tanto entre sí como contra los infortunios.

En esa vitrina estaba todo aquel viaje y algo más.

Se dio cuenta de que lo que realmente había querido todo este tiempo era volver a encontrar la ilusión experimentada por aquel entonces, volver a poner pasión en las cosas. Y los manuscritos habían sido tan solo el desencadenante.

Había tenido miedo de buscar y no encontrar, miedo al desorden, a la futilidad de la vida, al amor entre otras cosas. Había aprendido a refugiarse en su castillo de marfil, en su despacho, con cosas cerradas, con teorías de otros que solo tenía que explicar. Era más fácil vivir así.

Más cómodo, más cobarde pero más seguro. Tenía miedo a sentir.

Como mucho el ver despertar la curiosidad en sus alumnos fomentaba en él una especie de esperanza. Podía vivir a través de ellos de modo vicario y en especial a través de Pinedo. Podía lanzarles a una exploración que sin embargo para él se tornaba peligrosa, antojadiza, llena de temores y posibilidades.

El mundo no le había enseñado todavía a Carlos lo suficiente.

Después de tantos años, aún quería que alguien le hablara con ilusión de la imposible primavera, de la tímida flor que surgía, brotando entre la nieve, del Edelweiss triunfante. Aún buscaba la sorpresa en cada día.

Todo eso se agolpaba ahora en esa noche, bajo esa luna que se estaba ocultando detrás de las nubes, en ese momento silencioso. Hoy no se sentía brisa alguna, no había pajarillo alguno a esa hora que distrajera sus pensamientos, nada que rompiera el silencio, tan solo el fluir del río y el suave brillo oscuro de su discurrir entre las luces de la ciudad reflejada en sus aguas, bajo las miradas de los paseantes, de los enamorados de hora tardía que lanzaban una flor, una mirada o una esperanza al río para ver como este la llevaba sobre su superficie.

Todas las leyendas que conocía sobre el Arlanzón vinieron a su mente, esa simbología pasada y experimentada en los meses recientes, las coincidencias significativas en relación con ese curso de agua, siempre perenne, siempre inevitable. El Arlanzón había entregado su herencia. Su secreto había hecho mella en el interior del serio profesor.

¡Cuánto fluir de aguas, cuántas desventuras y alegrías vividas junto a sus orillas!

El de Carlos había sido un privilegio especial. Tenía un vínculo con ese río. Había podido contemplar su discurrir y, al mismo tiempo éste había visto nacer su interés, su crecer académico, sus vagabundeos de juventud frente a ese mismo paseo que ahora se extendía bajo su balcón. Ahora, con la experiencia y perspectiva que solo dan los años, esperaba con gesto amable y comprensivo, recibir algún día la llamada de reconocimiento, como un amante despechado espera ver devuelta la mirada de admiración, como un padre la llamada del hijo que se fue.

Una llamada que estaba a punto de producirse.

—¡Buenas noches, viejo río!

Su figura estaba frente al ventanal. A su derecha el jarrón que Elena le había regalado meses atrás, conteniendo ahora flores recién cortadas, le acompañaba. Lo miró. No estaba solo. No esa noche.

CAPÍTULO 32

EL MAESTRO DE ESCUELA

Del oleaje embravecido, de recuerdos escondidos en viejas cartas y de paseos vespertinos, todo ello acompañado con una reflexión sobre la importancia de las clases de francés y ortografía.

Estaba finalizando noviembre.

La calidez de la madera lo envolvía todo.

Había pasado ya un trimestre desde el nuevo inicio del curso. Un trimestre en el que se había visto envuelto en la corrección de los primeros exámenes que ahora se amontonaban en la mesa de su escritorio, llenos de notas y marcas de rotulador, eso sin contar con las tutorías, las visitas de Arturo y los tés consumidos en compañía de Elena frente a la ventana.

Agradecía el crepitar de la chimenea a sus espaldas y que tanto le había costado encender con las manos ateridas.

Se acercó a la parte norte del salón enfrentada al gran ventanal.

Sobre la pared opuesta estaba colgado su otro cuadro favorito. Esa marina que arrastraba en su oleaje a todo el que osara posar los ojos sobre la misma.

Podía pasarse horas mirándolo. Solo olas y mar. Unicamente azul en sus infinitos matices.

Permaneció inmóvil delante de la pintura, la pipa en la mano.

Intentaba muchas veces analizar por qué sentía una atracción así por esta pintura. ¿Lo salvaje del tema? ¿La soledad, la fuerza de la naturaleza? ¿El hecho de que no apareciera figura humana alguna en él?

Quizá fuera simplemente la belleza de lo natural.

Con toda probabilidad el sentimiento de lo sublime, de saberse débil ante algo que no podemos dominar.

Ese cuadro siempre había estado colgado en el salón de tía Engracia desde que tenía memoria para recordarlo.

Ahora formaba parte de su vida.

Al mirarlo sentía como le poseía la sensación de poder entrar en él, escuchar las olas, sentir la brisa y la calma que inicia la reflexión. Le hacía plantearse de un modo misterioso el sentido de la vida y el de su existencia. Podía recordar al verlo su lejana niñez que solía tornársele hostil a la memoria y en especial las cariñosas palabras de tía Engracia mientras ambos, junto con tío Enrique, contemplaban la pintura.

—Tío Enrique lo compró en una subasta en Londres —le dijo un día su tía al ver su mirada fija sobre él.

Más de una vez se había acercado al pie del mismo para comprobar el nombre y el título: «*Whuthering Storm*» —Richard Wilson 1756 —.

Esta obra así como la madona renacentista que colgaba en el salón, que el Dr. Bordallo había también adquirido de modo similar, habían permanecido ocultos tras un código de seguridad de nueve cifras en una esta casa vacía que nadie ocupaba, que nadie visitaba, hasta que recibió la misma en herencia. ¿Era ese el destino de todos los descubrimientos?

La marina también despertaba en él un extraño sentido del tiempo. Cuando se encontraba frente a la misma las horas parecían no transcurrir y solo el impulso de la vida, casi el instinto, le arrebataba de allí y le hacía volver a conectar con la inexplicable realidad, con su sinsentido.

Y a través de la belleza, todo volvía a tener sentido. Todo volvía a empezar.

¡Qué razón tenía ese poeta inglés, Keats cuando dijo aquello de: «*La belleza es verdad, y la verdad es belleza, eso es todo lo que necesitamos saber*»!

En ese momento recordó que había dejado unos papeles desordenados encima del buró. Cogió la pequeña llave que se encontraba sobre el mismo y abrió uno de los cajones.

Al guardar los folios sus dedos tropezaron con lo que parecía un sobre al fondo del mismo. Un sobre de color manila.

Recordó lo que era.

Se trataba de la carta que aquel curioso hombrecillo le había dado en Soria, tras aquel paseo junto al Duero.

Con los exámenes recientes, las últimas pesquisas todavía en la cabeza, había ido posponiendo su lectura hasta haberse olvidado por completo de la misma. Un sobre más de entre todas las cosas que guardaba en esos cajones, junto a viejas fotografías, folletos turísticos y mementos de sus viajes.

Se colocó en su sillón favorito y encendió la pipa. El gato ya se había hecho un ovillo a sus pies. El único foco de luz provenía de la lamparilla sobre la mesita auxiliar junto al sillón. A su derecha, un oscuro Arlanzón y algunos paseantes de última hora podían verse a través de la ventana.

Con suma profesionalidad, con movimientos lentos, como si de un códice se tratara, abrió la carta. Examinó las manchas amarillas sobre la misma que evidenciaban el paso del tiempo. Sellos casi borrados y la pálida fecha, casi invisible en el matasellos: 29 de mayo de 1965.

La caligrafía era exquisita, una letra apretada que delataba haber sido escrita despacio y cuidadosamente. Cada letra, testimonio de un tiempo en que escribir era una virtud, un arte.

En Soria, a 24 de mayo de 1965.

Soy un hombre ya mayor, me he dado cuenta hijo mío.

Sobre todo me he dado cuenta de que no he hablado contigo lo que debería haber hecho. Me hubiera gustado, y creo que esto es común en muchos de mi generación, haber sido un mejor padre. Pero a veces las palabras adecuadas acuden a la mente cuando ya es tarde, cuando se ha pasado el momento. Hacerse viejo es simplemente acumular remordimientos y no solo momentos.

Te pido perdón sobre todo hijo, por esos instantes, por esos silencios que no llené de explicaciones, por esa frase que me quedó sin decir.

Pero creo que aquí, ahora, en este momento, puedo corregir algo si te hablo desde la sinceridad de mi corazón.

Si tuviera que guardar una enseñanza de todo lo que viví en mi época, si tuviera que rescatar algo de nuestra vida que no hubiera segado la maldita guerra civil, sería la bondad de unas pocas personas a las que conocí.

Y sí, de entre todas ellas, destaca mi maestro. Mi profesor de francés, un hombre bueno y amable. Hay gente que ha hablado mucho de él, que dice haberlo conocido.

Su nombre era Antonio Machado.

A ojos del mundo sería tiempo después el gran poeta de fama internacional.

Para mis compañeros y para mí era simplemente nuestro profesor de francés.

El profesor Machado.

El maestro de escuela.

Mi amigo Alberto y yo solíamos verle paseando, en tardes como hoy, junto a su mujer, apoyados ambos sobre el muro superior que daba al río, junto a la iglesia.

Siempre recordaré su figura junto a la silla de ruedas donde se encontraba su esposa, contemplando los dos la corriente, en silencio. A veces, él se agachaba a su misma altura. Apoyaba la mano en su hombro y, ejerciendo una leve presión sobre este, le musitaba algunas palabras al oído para retomar acto seguido la misma actitud.

Hoy en día es fácil encontrarse con gente que viene a visitar el actual Instituto Antonio Machado, y dentro del mismo, el aula donde éste enseñó. Para estas personas, estos visitantes, ese espacio es un símbolo, un lugar de culto casi. Para mí sin embargo, siempre será mi vieja clase, una parte de mí, de mis recuerdos, de mis impresiones de aquellos lejanos años, a pesar de las reformas que el edificio ha tenido con el paso del tiempo.

Por aquel entonces se dejaban para la tarde el dibujo, la caligrafía, el canto los trabajos y la educación física dejando para la mañana los esfuerzos más arduos del lenguaje y el cálculo.

Mi mente vuelve hacia atrás con el recuerdo de las manchas de tinta en mis pequeñas manos, sudando sobre el pupitre lleno de muescas y huellas de los cientos de estudiantes que allí se habían sentado antes que yo, muescas que solo se detenían por el propio tintero y por la hendidura destinada a colocar los lapiceros o la pluma.

¡Qué dificultad la llenar la plumilla en aquellos primeros intentos! ¡Qué satisfacción cuando, con las manos completamente azules, resultado de mis esfuerzos, lograba que las líneas comenzasen a salir, a cobrar forma, surgiendo por la punta de esa plumilla! ¡Cuántas visitas al aseo y regañinas de mi madre al acudir a casa con el guardapolvo en pésimas condiciones!

La letra, los trazos, las frases, se iban enlazando, cobrando sentido. Poco a poco, el francés se fue desprendiendo de la punta de la plumilla plasmándose, huidizo, de algún modo que yo no alcanzaba a comprender, sobre el papel.

Me encontraba muchas veces mirando por la ventana, viendo las moscas posarse sobre el cristal, con ese sonido que a la vez me irritaba y fascinaba.

—Carmelo... —Una voz amable a mi lado, una mano sobre mi hombro—. Debo de ser muy aburrido, perdóneme usted.

Su voz era cálida, cordial. No había rastro en ella de doble sentido, de ironía o reproche alguno, solo preocupación al sentir que algo se le estaba escapando en su labor docente y quería saber cuál podía ser la causa, al ver mi falta de atención en clase.

Cada mañana, tras saludar a la clase nuestro profesor, solía dejar sobre la mesa el único libro de texto que usábamos en aquella época. Tras abrirlo, miraba por la ventana hacia un punto que no pude localizar, entre los tejados de la Soria que podía verse desde ella.

Fue así, gracias a su influencia como empecé a preocuparme por mi trazo, por mantener la línea, por cuidar la formación de cada una de las letras, con una cuidada caligrafía inglesa. Recuerdo las comparaciones hechas con otro compañero, como si de un máster universitario se tratara, acerca de la conveniencia de usar uno u otro tipo de pizarrín individual, lejos todavía los cuadernos de escritura. Unos abogaban por los de piedra, otros por los de manteca, más blandos y cómodos. ¡Qué de pruebas efectuadas sobre cada una de ellas para comparar sus méritos, texturas y acabado final!

Esta rutina solo se rompería por alguna visita esporádica con la visita de algún inspector.

Más tarde, mucho más tarde, ya lejos de aquella escuela, vería de nuevo a mi maestro ante cada palabra amable recibida y recordaría su palmada de ánimo en la espalda al corregirme el cuadernillo, lleno de mis frases hilvanadas en un francés apresurado.

—Siga así Carmelo, siga así, *«ca c'est tres bien»*.

Fue simplemente un hombre bueno. Y con eso me quedo.

Toda la buena gente de Soria sufrió con él cuando su joven mujer enfermó.

Nunca olvidaré las miradas que el panadero, el tendero o el sereno se cruzaban entre si cada vez que la joven pareja pasaba frente a ellos, camino de la muralla, hacia el río, en ese paseo vespertino hecho diariamente en una lucha contra el tiempo. Como he dicho antes, había un punto allí, en esa muralla, no lejos de la iglesia, que don Antonio gustaba de frecuentar.

Desde ese punto, apoyada siempre su mano sobre el respaldo de la silla de ruedas de la pobre Leonor, contemplaban los dos el río, los álamos, el atardecer.

Una vez, jugando al fútbol con mis amigos, irrumpimos de sopetón en la plaza sin percatarnos de que se encontraban allí.

Nuestro balón rebotó sobre la pared de la iglesia, con un sonido que reverberó en toda la plaza.

Al darnos cuenta de nuestro error, recogimos con rapidez nuestra pelota culpable y nos fuimos en silencio cómplice calle abajo. No hacía falta decir nada.

Esos fueron en suma, unos años marcados por la sencillez de mis creencias, de mis gustos simples y sinceros que a ti podrán parecerte extraños. Pero sobre todo, lo que recuerdo con cariño, dulzura y a la vez dolor fue mi primer contacto con la amabilidad, el cariño y la dedicación desinteresada, de manos de mi profesor de francés.

Luego, ya lo sabes, esa persona se convirtió en algo distinto, histórico.

Desde esa clase, desde esas ventanas, vi crecer la ciudad conmigo.

Hoy veo con cierto aire melancólico y extraño, a la gente entrar en ese lugar, en esa aula y pienso que ahora, solo yo, uno de los pocos supervivientes de mi clase de entonces, guardo en secreto los ecos de las conversaciones que allí tuvieron lugar, de esas vivencias.

No te puedo decir muchas más cosas. He intentado buscar en mi memoria algo que dejarte, algo que pueda ayudarte hijo, pero no quiero decirte nada que no sea sentido. Siempre que me acuerdo de mi maestro y su mujer me viene a la cabeza esa imagen de los dos, de pie frente al río, la vista perdida en la distancia. Supongo que en aquellos tiempos las vidas de los demás eran sentidas con más fuerza o quizás es que, como ya te he dicho antes, me he hecho mayor y me enternezco y compadezco hasta de la piedra a la que acabo de dar una patada. Pero si envejecer significa ser más sensible o estar más conectado con los demás, bienvenida sea la ancianidad. No quiero utilizar verdades que otros han escrito, pero que yo no he experimentado. Solo puedo decirte que la bondad es lo mejor que tenemos dentro de nosotros. Que vale la pena buscarla. Sé por tanto un hombre bueno, por simple que esto te parezca.

Aquella lejana tarde, inconsciente de las tribulaciones que pasaban por las mentes de los chiquillos que habían sido mudos testigos de su presencia en esa plaza, y despreocupado de todo cuidado que no fuera el de la silla de ruedas que llevaba entre las manos, el maestro había encaminado las pequeñas ruedas de la misma hacia la plaza. Las piedras calientes del empedrado agradecieron el breve respiro de sombra que creaba la superficie del vehículo.

No había nadie a esa hora. Mover la silla de este modo se convertía en una tarea placentera. Moverla, avanzar, sentir que iba a algún sitio, que tenían los dos una meta y un destino.

Aunque fuera el pequeño muro sobre el Duero.

Sí, era agradable ese pequeño respiro de paz, los dos situados mirando el monte frente a ellos.

Apoyó la mano sobre el brazo de Leonor sin decir nada, oprimiendo el mismo suavemente, como todo en sus movimientos de los últimos días.

Era su modo de recordarle que estaba allí.

Ella reconoció su presencia tocando con su mano derecha la de él, y volviendo su mirada hacia el lejano paisaje.

El ruido de una pelota inundó de sonido la solitaria plaza, pero ninguno de los dos prestó atención alguna al mismo. En su mundo ya habían hecho el hueco que precisaban.

Un tordo se pavoneaba en la orilla opuesta.

Podría el profesor permanecer allí varios minutos, de hecho a veces así lo hacían antes de regresar a casa tras pasar de nuevo frente a la iglesia.

Las aguas bajaban con fuerza ese día. El profesor pareció sentir que con más fuerza que el anterior.

Era la fuerza de la naturaleza, semejante a la resistencia de los álamos erguidos en las orillas. Antonio se acordó de aquel ejemplar con el que se había encontrado días atrás, su tronco muerto, reseco. Sin embargo un brote verde en su costado parecía anunciar una nueva vida en el árbol.

Tendría que escribir algo sobre eso.

Sobre estos días azules, este sol de la infancia.

Sobre la resistencia de la naturaleza, sobre la vida.

Antes de que fuera tarde.

Carlos dejó la carta sobre el pretil de la ventana. La iluminación navideña de la ciudad atravesaba los cristales y rebotaba en los espejos del interior del despacho, proyectando un arcoíris sobre su rostro. Contemplando ahora el paseo del Espolón, pareciese que fueran otros ojos quienes lo vieran, que esta fuera la primera vez.

CAPÍTULO 33

UN NUEVO COMIENZO

Sonó el timbre de la puerta.

Era Elena.

—Sabes que hace tiempo que no toco el tema desde nuestra última conversación al respecto —dijo esta tras intercambiar unos saludos e interesarse brevemente por la marcha de las clases del profesor—. Me consta y tengo claro que aunque quisieramos no podríamos seguir con la investigación, al menos no del modo en qué querías llevarla. Eso es exactamente lo que le dije a mi colega de Deusto.

Elena se detuvo en este punto, haciendo como historiadora y paleógrafa un hábil uso del manejo de los tiempos de la conversación, despertando así la curiosidad del interlocutor al posponer la información. Una estrategia tan vieja como la humanidad.

—¿Para qué? —dijo Lafuente al cabo de unos segundos.

—Aparentemente desea echarme una mano con cierta investigación.

Hubo silencio en la habitación mientras Elena sostenía entre sus labios el cigarrillo apagado que acababa de sacar del bolso y hurgaba en el interior del mismo en busca del mechero.

—¿Una investigación? —dijo un confundido Carlos, volviendo a caer en la red tan hábilmente tendida por su compañera.

—Bueno, tú y yo sabemos que no podemos seguir dando determinados pasos en la investigación de Kristina, ¿no? —repitió Elena, volviendo a bajar la cabeza, toda su atención concentrada en el encendido del cigarrillo.

— Sí, eso lo tengo asimilado, y todavía no he preparado mis currículums para empezar a enviarlos, si te refieres a eso.

—Solo quería decirte que te entiendo perfectamente, imagínate. Entiendo además que quieras abandonar sobre la base de todo lo que me dijiste antes de tus vacaciones. Esto de no poder examinar el Códex musical y otros documentos similares que puedan encontrarse en el monasterio de las Huelgas, mientras que por otro lado se pueda dar el caso de que cualquier otro investigador del mundo y no solo de España pueda tener acceso a los mismos resulta cuanto menos un poco injusto, ¿no te parece? Entra dentro de lo posible que, incluso alguno lo haya hecho ya, y tenga en su poder esa autorización.

Hasta un paleógrafo concentrado en sí mismo era capaz de detectar el tono burlón del discurso de Elena.

—¿Estás jugando conmigo Elena? ¿Es un acertijo literario tipo Lewis Carroll que te has sacado de la manga?

—No, no es eso, puedo asegurarte que no es así. Pero imagínate por un momento, y esto únicamente a título de ejemplo, claro esta —continuó Elena sin parecer darse cuenta de la reacción de su compañero—, que algún profesor de historia de otra universidad española, movido por un extremado celo profesional, estrictamente profesional claro está, quisiera apoyar a una colega y solicitar en su nombre dicho permiso, ¿qué me dirías?

—¡Por favor, déjate de coñas y dime qué quieres decir!

Elena se levantó de un salto de la silla y se dirigió hacia la cafetera siempre presta en la estancia que simulaba una torre vigía.

—¿Quieres un café? Yo creo que al menos me he ganado un par de ellos hoy. La última de mis clases no ha sido de las mejores —dijo, inspirando el humo del cigarrillo con especial deleite. Dijeran lo que dijeran los detractores, un Winston a media tarde era un auténtico raudal de energía.

Y sin más preámbulos continuó preparando la cafetera con movimientos pausados y perezosos que iban exasperando a Carlos por momentos.

—Por Dios, Elena, ¿puedes dejar ese puñetero café y explicarme qué quieres decir? Cuando empiezas con esos aires teatrales me pones de los nervios.

—No es nada, simplemente que me acordé de mi viejo amigo, Nicolás Pedrosa, ¿recuerdas? Aquel con quien compartí banco durante tantos años en la facultad y que solía tirarme los tejos por aquella época —aquí Elena inhaló su cigarrillo mirando con una sonrisa hacía el campus, quizá evocando la escena—. Pensé que quizás, movido por tiernos sentimientos no precisamente académicos, me podría hacer otro tipo de favor en nombre de nuestra amistad y de arcaicos sentimientos que, precisamente por serlo son históricos, ya sabes...

La cara de Carlos, completamente incapaz de seguir el hilo que le estaba lanzando su compañera, era un poema.

—¿Estoy entendiendo lo que creo? —dijo aventurándose.

—Hay un proverbio chino que dice: «*Nunca te rindas, a veces la última llave es la que abre la puerta*» —dijo esta enigmáticamente con una sonrisa maliciosa, sacando un objeto de su bolso.

Un sobre.

En una de las esquinas del mismo figuraba de modo prominente un sello y un nombre. «Universidad de Deusto, Facultad de Historia».

—Pon tu latín a prueba, ¿recuerdas las palabras de Séneca: «*Ignoranti quem port um petat quilibet ventus suus est*», o dicho en buen burgalés «quien ignora hacia que puerto se dirige, cualquier viento le sirve». ¿No te parece Carlos? En caso de que hubieras estado prestando atención te habrás dado cuenta de que me he permitido alterar un poco la cita original.

El interpelado se levantó, miró a la paleógrafa como si fuera la primera vez que la viera y a continuación a la ventana y la marina que presidía el fondo de la escena, como si el conjunto fuera un decorado para una ópera que se estuviera representando sin el saberlo, el objeto de alguna cámara oculta.

La pintura cobró sentido en ese momento, supo lo que le había atraído de la misma. La eterna lucha de las olas, golpeando sin descanso contra la orilla. Una y otra vez. Aún sabiendo que nunca llegarían a ella.

Se oyó un toque en la puerta.

—¡Adelante, está abierta! —dijo el profesor con voz ausente.

Era Arturo. Arturo, con mirada radiante y la bufanda colocada en un ángulo imposible, dando la impresión de que el pobre chico hubiera intentado estrangularse con ella en la puerta de su cuarto antes de descender.

—Me han dicho que se planea una excursión por aquí. ¿Estoy en lo cierto? —dijo, olisqueando el olor a café que llenaba el lugar—. Para mí solo una cucharada de azúcar, por favor Elena —añadió sonriendo a esta que respondió con un guiño cómplice, a la vez que levantaba una mano en señal de confirmación.

Una leve mueca comenzó a dibujarse en la cara del profesor. ¡Diablo de chico!

—Sí, no te equivocas —dijo tras mirar de uno a otro, una sonrisa invadiendo ya por completo su rostro—, no puedo con vosotros. ¿Dónde está ese Códex musical?

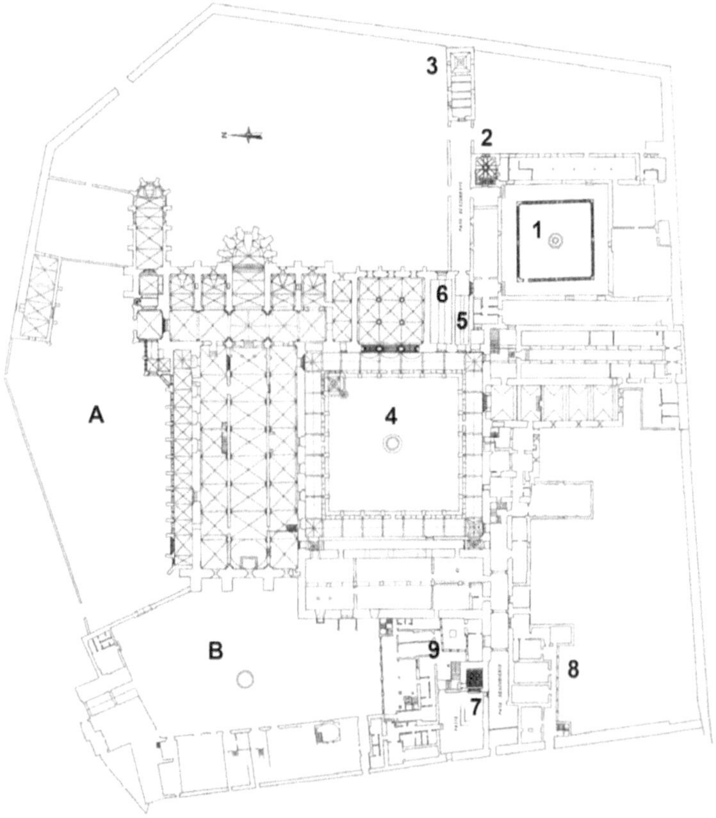

-santa María la real de Las Huelgas (Burgos). Planta general (corpus de arquitectura Monástica Medieval, UaM). a y B. compases. 1. claustrillas. 2. capilla de la asunción. 3. capilla de santiago. 4. claustro de san Fernando. 5. Paso a claustrillas. 6. Locutorio. 7. capilla del salvador. 8. Palacio abacial moderno. 9. Patio de infantas.

CAPÍTULO 34

ARTURO SE TOMA UNA CERVEZA

Divagaciones y música al atardecer.

Una bandada de vencejos cruzó el cielo hacia el oeste y, de repente, a una señal del líder, cambió repentinamente el sentido de su vuelo dirigiéndose hacia la línea del horizonte, como si hubieran divisado allí algo interesante desapercibido para los meros mortales. Unas hojas perdidas quisieron imitarles, alzándose levemente sobre el suelo para caer derrotadas a tierra tras dar unas pocas vueltas.

«La poesía de lo cotidiano, eso es lo que se ve desde esta ventana» —pensó Arturo.

Estaba en el Eloisa, su pub favorito, situado en el mismo paseo del Espolón y muy cerca de la plaza Mayor en compañía de sus amigos.

Necesitaba relajarse un poco.

Habían sido demasiadas sorpresas para un solo día.

El sonido del bar a esa hora era tranquilizador. El mismo ruido de todos los días, el incesante murmullo de infinitas voces contando distintas historias, unas sobre otras, barajando hipótesis acerca de la vida vivida y futura, diferentes modos de poner el lavavajillas o preparar un buen café, en esa eterna pugna de voluntades que es la existencia.

Frente a él, la certeza de esa jarra de cerveza, de la espuma dibujando círculos sobre la mesa, dejando su marca en los laterales de la misma. Lanzó un vistazo perezoso a la carpeta que había dejado a su lado cerca de la ventana, protegida de miradas curiosas. Evaristo le había dejado sus apuntes para su revisión. Evaristo, el afortunado rockero poseedor de aquella furgoneta que había llevado al «grupo» desde Burgos hasta Covarrubias en busca de la tumba de Kristina. Evaristo, compañero de varias vacaciones y tardes de remo sobre el Arlanzón. De paseos entrando y saliendo de la librería Anticuaria Lyda en busca de ejemplares donde el polvo que los había albergado todo este tiempo fuera distinto, para, a renglón seguido, comparar los diferentes olores de sus páginas así como la coloración del moho contenido en su interior. Ambos compartían la teoría de que se podía distinguir un libro basándose en su olor, así como por el tipo y cantidad de polvo que lo cubriera.

Se ajustó el cuello de la camisa. Se sentía cómodo en esa silla frente a la ventana, entre las dos macetitas colocadas allí de modo armonioso por Verónica, la propietaria.

Miró hacia fuera una vez más. La anciana que paseaba a sus dos diminutos perros todos los días cruzaba a esa hora, puntual como siempre; el cuello del abrigo levantado, sonriendo de vez en cuando a algún conocido, viviendo su placentera rutina.

¡Oh, las realidades de una tarde de otoño marcan una expectativa, abren la puerta a sonidos familiares que cierran un día, abriendo paso a otro capítulo del diario quehacer! ¡Qué hermosa sensación experimentaba, abandonado así a la necesidad de la acción inmediata, de la solución pronta a un problema, dejando vagar la mente cerca del calor de la chimenea que ardía en el pub!

Verónica le saludó desde la barra, conocedora de las costumbres del joven estudiante desde que éste llegó a Burgos.

Arturo dejó vagar sus pensamientos que se unían unos a otros por pura inercia, por puro hábito.

Una chica con jersey de cuello alto estaba jugando a los dardos.

Un jersey de lana. *Tweed.* Un cárdigan. Indudablemente de estilo escocés. Las Highlands. Algún día tenía que ir a verlas, cruzar esos valles solitarios de sonoros nombres. Nombres demasiado exóticos para estar tan cerca, en la vieja Europa. Nombres como Portree o Dunvegan, Clay o Fort Williams que parecían llegar desde un país lejano.

Es curioso cómo el cabello forma parte esencial de la belleza de una mujer. Esta joven, de llevar el pelo recogido, ¿ofrecería seguramente otro aspecto, otra identidad quizás? Para un mundo basado en los símbolos, esto era lo único necesario. Otra apariencia, otro símbolo, otra personalidad. Otra manera de ser percibido. La percepción lo es todo.

Hizo un esfuerzo por vaciar la mente de cualquier pensamiento. Habían sido días agotadores. No podía teorizar más. No quería pensar más que en esa jarra de cerveza compartida con sus amigos, Claudia y Pedro. Claudia estaba contando en ese momento su último viaje a Alemania:

—Pues allí estábamos, perdidas con las maletas en pleno Múnich. Vos no nos hubieras encontrado en una situación peor. Solo me quedaba una de ellas y encima se le habían roto las ruedas. Así que me vi obligada a arrastrarla por el metro y por las calles, caminando como podía, llevándola en peso. ¡Dios, cómo llegué a odiarla!

Tras contar esa anécdota, Claudia cogió con la misma naturalidad y aparente facilidad que si estuviera cogiendo entre sus manos una de esas jarras de cerveza que tenían sus amigos entre las manos la guitarra que había reposado silenciosa a su lado y comenzó a cantar como si esto fuera la consecuencia lógica después de narrar algo así.

Era esta una canción que Arturo había oído alguna vez de pasada pero nunca en su integridad:

> *... Cuenta la leyenda que en un árbol*
> *se encontraba encaramado un indiecieto*
> *Guaraní*
> *Que sobresaltado por un grito de su madre*
> *Perdió apoyo, y cayendo se murió.*

Y que entre los brazos maternales
Por extraño sortilegio en chogüí se convirtió.
Chogüí, chogüí, chogüí, chogüí,
Cantando está, mirando allá,
Llorando y volando se alejó.
Chogüí, chogüí, chogüí, chogüí,
Que lindo va, que lindo es
Perdiéndose en el cielo guaraní...

Ese tono de voz, acompañando a esa canción parecía aportar al ambiente el necesario grado mágico y nostálgico, ese mismo matiz tonal con el que, de modo inconsciente, la cantante enamoraría a más de un hombre a lo largo de su vida.

Arturo se sintió atrapado por un extraño sentimiento que nacía en su interior. Sin rostro, sin expresión todavía, pero allí estaba.

Como muchos otros antes y después, Pinedo había sufrido el hechizo de esa canción que, al igual que otras muchas, le haría mirar hacía dentro con la sensación de haber perdido algo de lo que no teníamos conciencia y que a partir de ese momento se tornaría tremendamente vital.

Flotando sobre la guitarra de su amiga, la sensación de sentirse parte del dolor humano, el extraño sentimiento de perdida que no le abandonaba.

Claudia terminó de cantar y dejó la guitarra a un lado. Arturo hubiera deseado que la canción se hubiera prolongado un poco más, solo un poco más. Quizás hubiera podido entonces poner nombre, fijar la emoción que estaba sintiendo. Pero al igual que el pequeño indio de la canción, ésta se había evaporado.

—Y bueno, encontrar alojamiento ya fue otra historia —continuó Claudia tras este breve *intermezzo*, como si la conversación no hubiera cesado en ningún momento—. El metro era caótico. Todos esos nombres en alemán. Dondequiera que fuéramos parecía que estábamos siempre siguiendo los mismos pasillos llenos de tiendas y carteles...

La escuchaba con sonrisa ausente. Sí, volvió a repetirse, era agradable esa sensación de no verse obligado a pensar en nada, de no tener que decidir nada una vez pasado el trámite de pedir un tipo determinado de cerveza.

Otra Paulaner bastaría por hoy.

Arturo miró de nuevo hacia la calle, solitaria en ese momento.

La luz había ido mutando en la ventana, pasando desde los tonos del naranja fuerte a uno más marcado, filtrándose por el ventanal, por el cristal biselado, cayendo sobre la mesa y creando sombras donde antes no las había, formando dibujos extraños, haciendo que la sombra de la jarra, del ordenador, de su bolígrafo parecieran dragones en un caso, barcos surcando el mar abierto en otro...

Su atención recayó sobre el recipiente frente a él, en los dibujos caprichosos que la luz había formado sobre la mesa tras atravesar la jarra y la espuma...

Las formas que desfilaban sobre el mantel semejaban efectivamente barcos viajeros en busca de destino, con tripulación desconocida a bordo, quizás con acreditación dudosa.

Esa luz le recordaba esos horizontes sin fin de las películas de Charlot hacia los que se encaminaba invariablemente el vagabundo. O ese otro horizonte —esta vez en tonos naranja—, por el que cabalgaba un vaquero en incontables *westerns*. La fascinación de la lejanía y del sol poniente. Había algo cautivador en ello. Siempre había sido así en la historia de la humanidad.

Miró con fijeza la jarra.

La sombra proyectada sobre la mesa.

Esas extrañas formas coloreadas, bellas a la vez que fantasmagóricas.

Como decía Truffaut, el ser humano siempre ha estado fascinado por las imágenes proyectadas sobre una pared, incluso desde antes del invento del cine. Antes de éste fue la linterna mágica, y con anterioridad a eso, la cámara oscura, hasta llegar en ese viaje hacia atrás a ver las llamas de una hoguera danzar sobre las paredes de una cueva, en la lejana prehistoria.

∿

CAPÍTULO 35

RETORNO AL MONASTERIO DE LAS HUELGAS

Donde se demuestra que a quien madruga Dios le ayuda o cómo el pájaro madrugador atrapa el gusano.

Carlos se acercó a Arturo con cierto aire de misterio. El estudiante estaba examinado con atención un volumen sobre vidrieras medievales.

—Arturo, me gustaría decirte algo antes de regresar a Nuestra Señora de las Huelgas —dijo el profesor en voz baja.

El alumno, pillado en la consulta del volumen que tenía entre las manos, le miró con extrañeza.

—Lo que hemos pasado en los últimos meses me ha dado mucho que pensar, ¿sabes? Mucho que considerar —continuó el profesor en tono serio, casi solemne—. Te prometo que no volveré a reírme más de tus coincidencias significativas —dijo, trabándose con las palabras—. No creí que fuera a decir esto en un millón de años, pero los acontecimientos de estos últimos días, mis últimas experiencias me han hecho llegar a pensar que es posible que exista de hecho una energía extraña que nos penetre y nos relacione a todos de algún modo. Si antes me hubiera oído hablar así no me lo habría creído. En cualquier caso no he dicho que existan, tan solo admito la posibilidad de la misma.

Elena continuaba examinando los apuntes que tenía dispersos sobre la mesa, lanzando ocasionales miradas inquisitivas a alumno y profesor desde ese punto estratégico.

Temeroso de que esta hubiera escuchado algo del cauce de la conversación, Carlos se volvió a mirarla. Reafirmado en la seguridad de que no era así, prosiguió:

—Es más, quiero que me hagas un favor en esta locura de investigación que llevamos los tres.

—¿De qué se trata profesor? Me está usted intrigando.

—Es bien sencillo. Si por casualidad vuelves a tener una de estas intuiciones, cualquiera que sea, síguela, síguela hasta el final. No luches contra lo que creo es la dirección natural de tu inconsciente.

—Se lo prometo si eso hace que se quede más tranquilo —dijo Arturo, acostumbrado a las excentricidades de su mentor—. Fulcanelli escribe en su libro, «No hay aquí abajo, casualidad, coincidencia, ni relación fortuita», lo que no deja de ser un poco de forraje para la mente en caso de que lo necesite.

Los tres volvieron a concentrarse en su tarea. Tan solo unos segundos había transcurrido cuando la voz de Pinedo surgió nuevamente de entre los papeles, acompañada de una cara que buscaba ser todo lo inocente que pudiera darse en alguien de su edad.

—¿Profesor?

—¿Sí, Arturo?

—Antes de que fuéramos al monasterio por primera vez, vi en televisión a una profesora de la UBU hablando sobre las peculiares vidrieras del monasterio. Su apellido era «abad», ¿cuenta eso como coincidencia significativa?

Al salir de casa aquella tarde del quince de diciembre, Lafuente pudo advertir en el cielo indicios de cambio. La niebla comenzaba a reptar por los márgenes del río entre los que la ciudad abrazaba al Arlanzón, intentando protegerlo de la misma. El cielo era apenas visible bajo una tonalidad gris generalizada, como un fondo extendido de color aplicado a un lienzo antes de aplicar pintura sobre el mismo.

¿Eran las cinco de la tarde o se había ahogado la hora en otro tiempo, en otra dimensión?

—¡Carlos, aquí!

La voz había venido desde su izquierda, al otro extremo del puente. No tardo en ver el Opel Crossland X de Elena aparcado en la esquina, al lado de una cafetería situada al otro lado del río. Pudo distinguir en su interior la cabeza de Arturo moviéndose.

Tras saludarles, Carlos entró en el vehículo donde permaneció en silencio toda la travesía. Al igual que en el viaje anterior nadie parecía tener muchas ganas de hablar.

De nuevo volvieron a realizar el mismo recorrido que la vez anterior. El vehículo giró a la izquierda por una de las calles cercanas a las casas del Compás, deteniéndose al principio de un grupo de ellas, frente a una tasca que ostentaba el nombre «Teresa» pintado en la fachada.

La luz en esas calles parecía teñida en un tono azulado-grisáceo por esa niebla que se empeñaba en deslizarse sobre sus pies y reptar hasta la cintura de los paseantes.

Al girar la esquina todo cambió de repente. La calle del Compás pareció haberse desvanecido de repente. Miraron hacia atrás. El cartel de la tasca era lo único que podía verse a sus espaldas. Frente a ellos su destino había desaparecido, engullido por la niebla. Las casas de la derecha apenas se adivinaban.

El viejo monasterio se había convertido en algo extraño, misterioso y lúgubre, un lugar prohibido. De repente pareció inundado de miles de secretos e innumerables recovecos donde explorar, dando la impresión de que las almas y espectros de sus antiguos habitantes, así como de las figuras yacentes en el mismo fueran a levantarse en aquella tarde para cruzar esos pasillos solitarios, húmedos y silenciosos.

Arturo asomó la nariz por encima de su bufanda, mirando hacia la torre mientras se frotaba las manos a pesar de tener estas embutidas en guantes de piel. Le pareció como si el campanario rasgara esa forma grisácea y húmeda que todo lo envolvía. En una tarde así, la posición de los dos arcos superiores sobre el inferior semejaba un grito de pánico silencioso. Se imaginó por un momento subiendo la escalera de caracol que sabía se encontraba en su interior y la mera idea le hizo estremecerse.

Las gruesas chaquetas y abrigos que portaban transmitían escasa protección frente a esa gélida y casi paranormal sensación que traspasaba cada capa de sus ropas.

Elena golpeó el suelo con las botas.

—¡Dios, no logro que mis piernas entren en calor! Démonos prisa por favor.

—Mucho me temo que el interior no sea más acogedor en un día como hoy —contestó el profesor.

A excepción de la taberna antes mencionada, los paseantes y habitantes de la zona parecían haberse evaporado. Un par de coches aparcados perezosamente en la calle vacía, como apliques fuera de lugar, parecían pedir disculpas por encontrarse en esta época y lugar. Sus luces apagadas y grises les recordaron no obstante que continuaban en el siglo XXI.

Sus narices fueron asaltadas por el inconfundible y penetrante olor a piedra húmeda. Tentaron con sus manos las viejas placas situadas en las paredes para que las mismas les confirmaran que iban por el camino correcto. Las puertas vecinas eran así nuevamente descubiertas por estos osados exploradores de un mundo que se había desvanecido.

¿Estaban en el Monasterio de las Huelgas que habían conocido o se trataba de un lugar semejante perdido en las arenas del tiempo? Sus sentidos parecían haberles engañado esta vez.

La espesa niebla cubría el entorno. El césped exterior, los gruesos muros, la puerta real, la alta torre con sus almenas, todo había sido tragado por este fenómeno.

Un coche aparcado arrancó a la vez que encendía sus luces en el preciso momento en que se encontraban a pocos metros de él, dando así la impresión de que hubiera emergido de la nada.

Dentro del bar que habían visitado la vez anterior brillaba una luz anaranjada, invitándoles a entrar, a refugiarse en él del mundo exterior. Por unos instantes las fuerzas del profesor parecieron flaquear. Era tentador imaginarse en él, fumando una pipa tranquilamente en el interior, quizás tomando un café con leche bien caliente en caso de no contar con apartado para fumadores, mientras veía a los parroquianos jugar a los dardos o discutir las relativas virtudes del Real Madrid y el Barça como había ocurrido durante décadas.

—Vamos, no os entretengáis, os recuerdo que el técnico de Archivo Real nos está esperando —dijo Elena, enarbolando en su brazo derecho el salvoconducto que había conseguido para esta ocasión.

El profesor no tuvo otra opción que olvidarse por entero de todo el concepto. En lugar de ello traspasarían los húmedos muros del monasterio y se enfrentarían una vez más a las estatuas, las tumbas de piedra fría y a un misterio insondable.

Fue Carlos quien dió el primer paso, cruzando sin decir palabra bajo la alta torre donde habían sido encerrados antaño los capellanes en castigo por su desobediencia a las abadesas.

La alta figura de un hombre envuelto en un impermeable pareció surgir de ese entorno, resplandecer entre esa aura blanca, de esa nube que lo envolvía todo en cuanto penetraron en el Compás de Adentro. Su silueta era apenas discernible en ese medio nuboso en que se movía. Semejaba un ángel despistado que esperase una nueva alma a la que guiar en ese punto del viaje. Un débil brillo a la altura de su boca indicaba que estaba fumando un cigarrillo. Luz al fin y al cabo.

En una tarde así hasta los pájaros parecían haberse quedado mudos.

La ausencia de sonidos hacía resaltar el ruido metálico producido por los pasos de aquel hombre que caminaba lentamente, rehaciendo los mismos al llegar al extremo opuesto de su trayecto frente a la puerta que daba entrada a las oficinas.

—¡Buenas tardes! Les estaba esperando. Les agradezco que hayan sido puntuales —dijo una voz profunda atravesando la niebla, como si las palabras provinieran de otro mundo, al adivinar la presencia de los recién llegados.

—¿Había otra opción? Hubiera querido pasear un poco por el parque, pero parece que la meteorología tenía otros planes —contestó Elena.

El hombre hizo un mohín con la boca que podía significar tanto algo afirmativo, como escasa apreciación por el humor de la profesora y arrojó lo que le quedaba de cigarrillo al suelo.

Pudieron reconocer entonces sus facciones bajo la escasa luz que llegaba desde la puerta entreabierta. Habían esperado encontrarse con el anterior técnico, pero la figura que tenían delante no podía ser más diferente. Su rostro pálido y seco, sus ojos cerrados y labios finos, unido todo ello al entorno gris que les rodeaba, hizo que los visitantes dieran un paso atrás.

—Si no les importa, vayamos directamente a la sala de estudio —dijo el hombre, con tono seco, sin parecer darse cuenta del efecto que había tenido sobre los recién llegados, quizás por fuerza de la costumbre, dando pequeños tirones a sus guantes de cuero para asegurar la precisa colocación de los dedos en su interior—. Por lo que me han dicho creo que ya están familiarizados con ella.

Tras seguirle al interior, la puerta que había revelado la luz encarnada y cálida se cerró con brusquedad, con un sonido seco y cortante, dejando atrás por el momento aquel mundo gris.

La niebla les había aguardado, les había esperado, lista para sumergirlo todo.

La sala de consultas se encontraba vacía. Alguien se había tomado no obstante la molestia de dar las luces minutos antes.

Una cierta sensación de irrealidad llenaba el lugar. Quizá era el brillo y el tono de las paredes o quizá la excesiva luz que rebotaba sobre los modernos archivadores colocados a ambos lados.

—La madre archivera acudirá en unos minutos. Acaban de avisarla de su llegada —dijo con tono eficiente el técnico, depositando con sumo cuidado un maletín de cuero sobre la mesa.

Asintieron en silencio esperando de un momento a otro escuchar el familiar canturreo de la madre Amalia.

Elena reparó en el curioso cierre cromado del maletín sobre el que aparecían de modo destacado las iniciales «C.R.».

Arturo, posiblemente influido por la clase de latín que había tenido esa misma mañana empleó el tiempo que permanecieron esperando en la sala en ponderar si tales iniciales no eran sino las de «Cristianus Rex», y el hombre que portaba las mismas, su mensajero.

Pasados unos minutos una religiosa apareció por la puerta del fondo. Unas gafas redondas cabalgaban con reticencia sobre la nariz ganchuda de la hermana. Miró ésta en torno suyo, comenzando primero por la lámpara situada en una mesita a su derecha, al parecer maravillándose de que la misma estuviera encendida, paseando su mirada a continuación por los archivos, el suelo y el muro opuesto para, con cierta contrariedad, terminar posándola, con cierto sentimiento de decepción, en el grupo de personas que se encontraban frente a ella.

—¿No está Sor Amalia, la archivera? —preguntó Elena en cuanto captó la atención de la monja.

—Soy sor Marcela, la nueva archivera. Sor Amalia se reunió con Dios hará escasamente unas semanas. ¡Que Él la tenga en su gloria! —dijo la interlocutora con cierta aspereza mientras se persignaba.

Al ver el asombro pintado sobre la cara de los visitantes avanzó un poco más de información, aunque dando a entender con sus gestos y tono de voz que esto no entraba dentro de sus obligaciones:

—Todo comenzó con una ligera tos por las tardes que se fue extendiendo al resto del día. De repente empezó a apagarse, se quedó en su celda adonde se le llevaba la comida y de donde ya no volvió a salir. Al cabo de unos pocos días, dejó de estar con nosotras.

Arturo guardó silencio, mirando alrededor del cuarto de visitas como buscando allí una respuesta. No había reparado hasta entonces en que el grupito de plantas ya no se encontraba en su esquina habitual. Tampoco era visible el recipiente de cerámica lleno de caramelos.

No era posible que la hermana Amalia se hubiera ido de esta

manera. Su voz resonaba en sus oídos incluso ahora. Sentía que había quedado una conversación interrumpida entre los dos desde la última vez que la vio, que algo había quedado sin decir. Preguntas por hacer.

Sí, estaban en el mismo lugar que la vez anterior, en el mismo cuarto sobrio, pero la niebla exterior parecía haberlo cambiado por completo. Hoy ni Remedios Ponciél, la simpática administrativa del patronato ni Marcos San Lúcar, el anterior técnico de Patrimonio se encontraban presentes.

La juventud se le estaba empequeñeciendo a Arturo. Sentía literalmente que ésta menguaba por minutos.

—Necesito salir fuera un momento —dijo con una voz en la que Elena pareció detectar cierto temblor.

Nada más salir se detuvo en el exterior, bajo el arco apuntado del Paso de Santiago, en aquel estrecho pasadizo que daba a las Claustrillas, aquel lugar donde una tarde le había parecido ver la figura de una mujer cruzando bajo sus arcos.

Miró con atención a su alrededor, a ese lugar lleno de paz y secretos, recordando las agradables tardes, los paseos que había dado por él cuando se tomaba un respiro en las investigaciones, la peculiar sonrisa de la anciana madre cada vez que se había cruzado con ella en este lugar. Y esa última y extraña despedida. Agradeció el aire fresco, la bocanada de niebla en la cara. Sintió que habitaba un mundo de fantasmas. Esa tarde todo parecía posible. Quizás los espectros que poblaban el monasterio les estaban castigando por querer penetrar en sus misterios. ¿Tendría razón el profesor cuando le dijo que era más conveniente dejar el pasado en paz, con sus secretos, con sus verdades a medio decir?

Le vinieron a la mente detalles de sus paseos a esa tardía hora, por estos mismos claustros vacíos, contemplando la obra labrada con paciencia sobre las columnas y los tímpanos de las puertas, sin prestar atención a las sombras siniestras que le hacían guiños desde rincones comprometedores.

· · ·

Arturo agradeció que nadie hiciera comentario alguno cuando regresó a la sala de consulta. El profesor estaba hablando con el hombre venido del más allá mientras Elena escuchaba con los brazos en jarras.

—Solo digo que a veces es precisa la constancia para conseguir algo —decía Lafuente.

—Probablemente tengan ustedes razón y estén en lo cierto, desde luego, y ojalá tengan suerte. Aunque no lo creo, ¿saben? En once años que yo sepa, solo se han producido dos autorizaciones para ver los códices físicos del archivo. Y ustedes ya han logrado en dos meses mucho más por lo que he visto en su ficha —dijo el hombre con cierto sarcasmo, mientras continuaba en su intento de acomodar los dedos en los guantes de cuero.

Transcurridos unos incómodos y vacilantes minutos, reapareció por fin la madre archivera.

Consciente de que todos los ojos estaban puestos en ella, empujaba ésta en silencio la ya familiar mesa de ruedas sobre la cual reposaba un grueso libro que procedió a depositar cuidadosamente delante de ellos.

Los visitantes, que ya se habían colocado previamente los preceptivos guantes, se acercaron con respeto a la mesa.

Allí estaba... El objeto de sus pesquisas. Un volumen de gran tamaño de unos 260 x 180 milímetros, encuadernado en madera de un centímetro de grosor y forrado en tela.

El Códex musical de Las Huelgas.

Lo primero que llamó la atención de Arturo cuando el profesor lo abrió con un cuidado respetuoso y en silencio fue una enorme letra «B» roja sobre el pentagrama. La antiquísima notación musical mostraba en su derredor figuras que semejaban pequeñas moscas que dieran vueltas en torno a la misma, tentadas por su color cobrizo. Esas tonalidades rojizas y azules de las iniciales desvelaron a los presentes una belleza que les dejó sin palabras.

—Esta es, amigos, la representación de la llamada *Ars Antigua*, la música de la antigüedad formada por motetes, *conduits*, *organum* y secuencias —dijo el profesor en voz baja—. La única compilación de la antigua música sacra que ha sobrevivido en el mismo lugar donde se creó durante más de siete siglos —y tras examinarlo en silencio levantó la cabeza mirando de Elena a Arturo—. Todo aquí en diecinueve fascículos de pergamino.

Mientras esta conversación tenía lugar, el técnico no dejaba de mirar con atención a los investigadores, sus figuras inclinadas sobre el códice, notas e impresos que examinaban una y otra albergando quizá cierta esperanza de encontrar algún resquicio que justificara el no seguir adelante con el trámite.

Inconsciente de esta inquietud ajena, el profesor examinaba y cotejaba junto a sus compañeros cada una de las páginas del códice con las copias en facsímil que habían traído consigo.

Sí, allí estaba nuevamente la Anotación marginal que aparecía en algunos folios:

17): «*Johannes Roderici me fecit*» (18), —Johannes Roderici me hizo y «*cantat me sin miedo que Johan rodrigues me enmendi*»— cantadme sin miedo que Johan Rodríguez me corrige—, con un ligero cambio en la forma de escribir el nombre en la segunda frase.

—¡Mirad, nada menos que el equivalente de nuestra moderna fe de erratas! Un aviso de que si algo hubiera ido mal en la composición o en el canto, el copista, con su buen hacer, enmendaría el entuerto una vez avisado para que todo siguiera adelante —dijo Lafuente sonriendo ante esta reflexión.

Arturo miró con cierto reparo por encima del hombro al técnico sentado a su espalda. Por más que lo intentaba no podía encontrar en él nada de la confianza mostrada por su antecesor. Este hombre era en efecto una sombra perenne, fría y gris; tan gris como la niebla de la que había surgido.

Por fortuna, tras unos minutos gélidos, el plúmbeo paso de los minutos fue haciendo mella en la humanidad de este último y, cansado al parecer del examen rutinario y moroso que realizaban los visitantes, y pensando quizá que ya había dado sobrada muestra de su pericia y dedicación profesional y no siendo necesaria una excesiva supervisión, ya que tanto los profesores como el joven usaban los guantes y el códice de modo correcto, se relajó y sacó del bolsillo interior de su gabardina una novela del Oeste dirigiéndose hacia uno de los asientos que allí había.

«Mientras no toquen el manuscrito demasiado todo ira bien» —se dijo para sus adentros—. «¡Qué gente más extraña viene últimamente a examinar los libros! Tendré que hablar con el director del Archivo General. No se puede autorizar así como así» —y procedió a dar un suave tirón a un guante rebelde a la vez que abría la novela, dispuesto a enfrentarse a un tiroteo inevitable en la calle principal.

—Este aprendiz de gánster de Hollywood de 1930 me está poniendo nervioso —dijo Arturo a Elena por lo bajo.

La profesora sonrió levemente mientras su mirada seguía con interés el viaje por el manuscrito.

Tras varias horas de examinar el códice, Lafuente se frotó los ojos, cansados de fijarlos sobre el texto y los minúsculos caracteres. Miró sus notas.

—No veo nada relevante —dijo con un leve hilo de voz, casi un susurro mientras se mordía los labios—. Tampoco esta vez —repitió levantándose de la silla.

—Teníamos que hacerlo, lo sabes. Teníamos que intentarlo —dijo Elena mientras apoyaba una mano sobre sus hombros—. Lo que dijiste sobre la música era plausible.

—Esto es de locos. Tú tampoco ves nada significativo, ¿verdad? Quizá deberíamos estar mirando otro manuscrito en alguna otra parte, pero tengo la tremenda intuición de que está aquí, en algún lugar de Huelgas. Lo sentí así la primera vez que vinimos. Se me debe estar pegando algo de Arturo.

Al oír el nuevo tono del profesor, el técnico levantó la cabeza, presto a imponer silencio de continuar en él.

—Nada —prosiguió Carlos al fin—. No veo nada distinto a lo que tenemos en la copia en facsímil. Me he fijado en cualquier tipo de variación posible de los caracteres, en la coloración de la notación musical, pero nada. Tenían razón. El original es idéntico al facsímil de Higini Anglès.

—¡Maldita sea esta gente de Patrimonio Nacional! Al final tenían razón y todo lo que hemos hecho no sirve para nada —dijo Elena en un susurro.

—¡Tiene que haber algo! ¡Por Dios! ¡Tiene que haber algo! Algo se nos tiene que haber pasado.

—No desespere profesor. Al menos lo hemos intentado como dice Elena —dijo Arturo a su vez acercándose a los dos—. Esta vez lo hemos intentado. Pero esa frase, esa frase en los manuscritos sobre la luz: «en la hora de prima de la luz, la luz»... tampoco hay nada aquí que la aclare, ¿no? Ni una mínima pista. Es extraño, la totalidad de los indicios nos señalaba, nos guiaba hasta aquí, pero no aparece nada en todo el códice que haga referencia, ni siquiera de modo lejano a esa frase o a ninguna de las que aparecen en los manuscritos.

El técnico suspiró y con mirada cansada sacó la documentación que tenía preparada para dar finalización al trámite de consulta.

Elena —bajo cuyo nombre se había hecho la solicitud—, dudó unos segundos antes de firmar en el recuadro que indicaba «consulta realizada». Cuando lo hubo hecho entregó el impreso a este hombre silencioso que comenzó a doblarlo con gestos lentos y profesionales, guardándolo a continuación con mal disimulada satisfacción en el maletín con las misteriosas iniciales.

Una vez lo cerró, frotó con un pañuelo los cierres metálicos hasta que estos ofrecieron el grado de brillo óptimo que le gustaba presentar en sus gestiones.

—Bien, creo que esta vez ya hemos concluido. Si necesitan cualquier cosa, no duden en ponerse en contacto con nosotros. Estamos a su disposición —dijo con una tosecilla cortés mientras una ligera nube de aire helado salía de su boca al decir estas palabras, mostrando en su mirada la esperanza de que esta situación no volviera a producirse en ninguno de los futuros posibles.

El hombre de la gabardina desapareció en sentido contrario en dirección al claustro, cual funcionario del M15 que hubiera procedido a un breve *debriefing* en el despacho de sus superiores.

La madre archivera, tras mirar al mismo de reojo, procedió a llevarse el códice a la vez que sus gafas por la puerta que daba al archivo.

Los tres amigos quedaron solos en el lugar, rodeados de los modernos archivadores. Nadie se atrevía a decir nada, a dar por terminado el día.

A excepción de la escasa iluminación de las velas, únicamente iluminaba la estancia la luz que penetraba por la puerta entreabierta procedente del cercano claustro así como la proveniente de las vidrieras.

—Por cierto, casi se me olvida —dijo la monja, girándose hacia el profesor y Arturo cuando el grupo se disponía a marchar—. ¿Alguno de ustedes dos se llama Arturo?

Este dió un respiro revelando así su identidad. La archivera se aproximó a este con aires misterioso, inclinando la cabeza.

—Unos días antes de morir Sor Amalia me pidió que si volvías a venir por aquí te mostrara un manuscrito para que lo examinases. Me dijo que te podría interesar a modo de curiosidad. Dijo que lo entenderías.

—Bueno, la verdad es que a la vista del día que llevamos hoy... —comenzó a decir Lafuente, con ánimo de dar por cerrada la infructuosa tarde.

—¡Espere un momento, profesor, espere! Me gustaría mucho ver ese libro, hermana —dijo Arturo sintiendo que sus pulsaciones se aceleraban.

—¡Esto es increíble! —dijo Elena mirando de uno a otro—. Nos ofrecen un manuscrito sin tener que pedirlo.

¿Cómo había sabido Sor Amalia que regresarían al monasterio?

Los tres aguardaron en silencio durante unos minutos que se les hicieron eternos.

—Por aquí, por favor —dijo finalmente la madre archivera apareciendo de nuevo y haciendo un gesto con su mano derecha.

Los tres se disponían a hacerlo cuando fueron interrumpidos con gesto grave por la monja.

—¡No! Sor Amalia dijo claramente que solo debía pasar Arturo —dijo con tono firme que no admitía réplica para, a continuación, y mirando al joven—. ¡Pasa, por favor, al locutorio de al lado!

Arturo obedeció y siguió a la madre archivera hasta una estancia más pequeña.

Era imposible distinguir nada en el lugar a primera vista.

Vio entonces en el rincón opuesto a la entrada una mesa, y colocado sobre ella, un curioso libro forrado en piel oscura protegido por un papel que lo cubría. Un flexo solitario le hacía compañía. Las sombras que este proyectaba le habían impedido ver el libro en un primer momento. Sobre este reposaba un pequeño objeto que no pudo distinguir dada la casi completa oscuridad reinante en el lugar.

Un pequeño objeto de forma cuadrada.

Un caramelo.

Abrió el envoltorio. El título del volumen arrancó una sonrisa del joven:

Códex Arturicus.

Entendió la broma que le quiso hacer la difunta madre Amalia desde el más allá.

Se fijó entonces en el papel que había cubierto el volumen. No era un papel normal de regalo, nada de eso. Era papel de estraza. Sobre el mismo, escritos con cuidada caligrafía aparecían unos caracteres.

Acercó el flexo. Pudo leer entonces con claridad los caracteres escritos en el pequeño fragmento de papel.

Solo cinco palabras.

«Quis davit capiti meo aquam».

Y un poco más abajo, en la línea inferior:

«Que se haga la luz».

Nada más.

¿Qué había querido decir la hermana Amalia? De nuevo esa referencia a la luz. Empezó a sentirse como el profesor Lafuente, perdido en un mar de opciones, de pistas, de callejones que se cerraban tan pronto cruzaban las puertas que conducían a ellos.

De camino al exterior para reunirse con sus compañeros, recordó las últimas palabras que la anciana religiosa le había dirigido:

—«Hay algo en ti que brilla. He visto algo de ello en tu profesor, pero eres tú quien entenderá la verdad. La verdad que nadie más sabe ver».

Sentado en el locutorio, mirando el blanco techo con su franja central, meditó sobre el laborioso trabajo que representaba, las numerosas horas empleadas en la realización de los múltiples trazados y arabescos que lo formaban.

La alegoría exacta para su situación actual.

¿Cómo era aquella otra frase del manuscrito inicial? Sí, era una de sus frases favoritas: «Quienquiera ver en Dios una letra distinta la verá». Le gustaba la fácil poesía de la misma, el sentido de destino, de predestinación que parecía impregnarla, y también sí, de aventura escondida tras la puerta. ¿Tenía esto algo que ver con las palabras de la madre archivera?

«La verdad sor Amalia —dijo para sí—, es que creo que si soy elegido para algo es para tener el dolor de cabeza más grande de la historia».

CAPÍTULO 36

ARTURO SE QUEDA DORMIDO

De cómo dormir la siesta en ocasiones despierta el deseo por la vida social.

Dos rayos de sol se filtraban entre las ventanas semicerradas del estudio del profesor Lafuente. Sesgados, semejantes a dos focos buscando un libro interesante que leer, explorando con lentitud primero las estanterías y, solo después, tras haber recorrido estas con minuciosidad, atreviéndose con la mesa y el suelo.

La alfombra saludó agradecida el interés prestado por estos rayos que solo la visitaban unos pocos minutos cada día.

Arturo se había quedado adormilado en su sillón favorito, forrado en terciopelo verde situado justo al lado de la estantería abigarrada de libros aprovechando la ausencia de su profesor y tras haber pasado buena parte de la tarde escaneando y archivando documentos. Ese sillón era su perdición.

Su despertar coincidió con esa mística hora violeta, ese momento mágico en que nada es lo que parece. Parpadeó mirando a su alrededor, intentando situarse. No, esta no era su habitación. Ni rastro de sus pósters ni del remo colgado en la pared enfrentada a su cama.

El viejo tintero sobre la mesa del despacho parecía, atravesado por los rayos, contener fuego líquido, cual matraz forjando el fuego alquímico.

Los cuadros parecían observar desconfiados alrededor del estudio, en prevención de que nadie osara entrar allí y se llevara un libro sin permiso. Tanto el marqués engalanado que ocupaba el rincón oscuro de la izquierda detrás del buró, como el par de campesinos con su carreta cerca del río compartían esa misma actitud vigilante.

Arturo miraba hipnotizado los corpúsculos de polvo que flotaban, desperezándose, ingrávidos sobre esos rayos de sol. Esas franjas solares que habían delatado su implacable movimiento buscando el suelo, los muebles y los libros. El polvo no era más que tiempo materializado. Este, más que cualquier otro factor condensaba al aposentarse esa idea del paso del momento, cayendo, lenta pero inexorablemente sobre las cosas.

Atravesado por la luz de la tarde.

La luz se movía con un movimiento grácil, como una bailarina de ballet. En algunos momentos parecía arrepentirse, volver a ascender como si hubiera engañado al observador para luego, tras haberse ganado la confianza del mismo, volver a caer inexorable al suelo, sobre el libro de Ortega y Gasset, sobre la bola del mundo situada en el alféizar de la ventana, sobre la figura enhiesta del guerrero con su lanza, con el mismo tratamiento desprovisto de distinciones para todos estos objetos.

Arturo comprobó como algunos de esos mismos puntos comenzaban a acumularse sobre sus zapatos negros.

La biblioteca, las viejas sillas de cuero marrón oscuro, los negros perros de porcelana, los cientos de libros que le rodeaban le parecieron distintos.

«¿Qué era lo que había cambiado?» —se preguntaba su mente lógica intentando sobreponerse a una especie de inquietud que le invadía.

El rayo de sol.

La luz cayendo sobre la ventana y saltando desde allí a la alfombra, iluminando esta.

Una nube de polvo flotaba entre él y la ventana. Iluminada. Revelada en su oscuridad y su silencio. Invisible hasta ese momento.

Recordó entonces algo que había estado en su mente, en las dependencias más ocultas de la misma, intentando aflorar. Hasta ahora. Esa frase en latín que vieron por primera vez en los manuscritos de Silos:

«En la hora de prima de la luz, la luz»

La frase que nunca se apartaba de su cabeza.

Sintió que estaba al borde de algo. Sin apenas poder terminar de formular ese pensamiento, se incorporó. Una especie de nerviosismo extraño, de excitación le invadía. Tenía que encontrar al profesor y a Elena. ¿Dónde podrían encontrarse a esa hora?

Habían mencionado algo acerca de ir a pasear cerca del templete.

Efectivamente, allí se hallaban, matando el tiempo antes de dar sus respectivas clases vespertinas. Se habían detenido cerca del bello monóptero junto a un macizo de esa planta que tanto gustaba al profesor, ese bambú japonés, también conocido como nandina que con sus distintos tonos rojizos típicos y diferentes matices de verde, resistía con valor el frío. Los sauces, desnudos de hojas parecían tener celos de la misma y movían sus ramas en conversación con el viento, compartiendo confidencias.

—¡Profesor! ¡Profesor! —dijo un jadeante Arturo dándoles alcance, la bufanda ondeando al aire, a riesgo de perderla— ¿Se acuerda de lo que me dijo hace unos días profesor? ¿Acerca de seguir mi intuición?

—Sí, claro. ¿Qué tiene eso de particular ahora? No me dirás que has venido corriendo solo para decirnos eso.

—Ha llegado el momento. Tengo una de esas malditas cosas.

—¿Y de qué se trata esta vez? —contestó Lafuente intentando una vez más comprender los entresijos de la mente de Arturo.

—Creo que es mejor no romper la magia explicándolo. Por un lado arruinaría el misterio y por otro aún no estoy muy seguro. Pero tenemos que volver a ver el Códex musical.

Lafuente levantó los ojos al cielo para cerciorarse de que éste no iba a caer sobre sus cabezas.

—¡Pero si ya hemos visto el maldito libro con detenimiento, Arturo! Los tres lo hemos cotejado con el facsímil con todo detalle, ¿no es cierto? Incluso el folio ese que te dejó la madre archivera. ¿Qué más quieres? ¿Regresar al monasterio por enésima vez para ver papelujos? No, gracias. Prefiero ingresar yo mismo en uno.

—Es cierto profesor. Lo hemos estudiado. Pero quizás no del modo correcto. No del modo en que hay que verlo.

—¿Y de qué otro modo hay que verlo? ¿Boca abajo?

—Usted consiga que nos den acceso al códice otra vez y se lo demostraré.

—Patrimonio Nacional no va a estar muy contento con la idea. No nos van a volver a dejar ver ese códice en la vida, ni pagando. Nos lo dejó bien claro nuestro amigo de la gabardina gris antes de reunirse con el resto de los hombres de negro.

—No te olvides de mencionar los guantes que llevaba, Carlos —apuntó Elena, solícita en seguir el tono socarrón de su amigo.

—Sí, lo que dice es cierto —dijo Arturo— por el canal oficial no podemos hacer ya nada. Pero nos queda el otro.

—¿Qué otro canal? ¿Entrando por la noche como ladrones?

—Déjese de ironías profesor. No le quedan bien. Me refiero a que todo el mundo sabe que las religiosas tienen acceso interno al archivo al objeto de consultar cualquier documentación que pueda tener relevancia para la administración de los pocos bienes que les han quedado en suerte.

—No se van a saltar el protocolo Arturo. ¡Ni por ti ni por nadie! Eso tenlo por seguro. ¡Maldito sea el día en que te pedí que siguieras tus intuiciones!

Había algo sin embargo en la manera del joven, en la energía con la que había dicho esas palabras que hicieron imposible al profesor resistirse a sus argumentos.

—¡Bueno. ¡Usted hágame saber si obtiene algo! —dijo finalmente Arturo dando por hecha su petición alejándose a la carrera con su mochila a la espalda —. Yo tengo que ir ahora a la hospedería del monasterio.

—¿A la hospedería? ¿Qué se te ha perdido por allí? —gritó el profesor tras él.

—Digamos que forma parte de las pesquisas —dijo Arturo girándose brevemente—. Una de esas cosas que cualquier investigador debe perseguir hasta el final —y dicho esto desapareció a la carrera tras la esquina que daba a la portería del *college*.

—Está visto que hoy todo el mundo va a conversar en código cifrado. Me lo tengo bien empleado por haber hablado de la esteganografía —dijo un desconcertado Lafuente.

ARTURO HABÍA REGRESADO AL MONASTERIO. SE ENCONTRABA EN la mismísima Hospedería de Huelgas. Esperaba la llegada de sor Carmen, la madre portera. Había leído acerca de su especial vocación, del modo en que esta había entrado en la vida cotidiana del monasterio por voluntad propia tras enviudar, dejando su vida civil detrás. Una vida civil en la que había sido madre y abuela.

Mientras aguardaba se acercó a la iglesia. Pudo escuchar de nuevo el canto coral emanar de entre esas paredes. Sintió que había regresado a su viejo colegio y que de algún oscuro rincón fuera a aparecer su profesora para revisar su último examen. Esas piedras y notas musicales le hablaban del pasado de un modo especial. Evolucionaban, subían y, tras rebotar en el techo de la capilla, giraban sobre si mismas. Tenía razón el profesor. Gracias al milagro de la notación musical las mismas notas que alguien había escrito siglos atrás eran ahora reproducidas. Desde aquellos bancos reservados a los visitantes y residentes de la hospedería pudo escuchar al coro de monjas ejecutar ese canto ancestral. Su banco semejaba un lugar privilegiado, una especie de telescopio que permitiera observar el pasado.

—¡BUENAS TARDES, JOVEN! ¿EN QUÉ PUEDO AYUDARLE? —DIJO sor Carmen entrando con energía en el comedor de la hospedería donde Arturo estaba degustando un café con leche. Tal era la energía de la religiosa que el estudiante tuvo la impresión de que quisiera apartar todas las sillas y colocarlas bocabajo sobre las mesas con carácter previo a barrer y fregar la totalidad de la estancia.

—Buenas tardes, madre. Hemos hablado por teléfono estas semanas pasadas, ¿recuerda?

—¡Ah!, el joven investigador, ¿eh? —la monja sonrió ampliamente—, ¿Qué tal os ha ido?

—Bueno, no muy bien. Verá, no quiero abusar de su confianza pero...

—Espera por favor—dijo sor Carmen interrumpiéndole con gesto amable—, antes de que me hagas ninguna pregunta tienes que saber que no podemos romper nuestra regla de clausura y que estamos limitadas en muchas cosas.

—Descuide, comprendo. He leído que entró usted en el monasterio tras enviudar, ¿es cierto?

—Sí, así es —contestó la religiosa con una amplia sonrisa ante la candidez con la que había sido formulada la pregunta—. Tras fallecer mi marido entré por propia voluntad en el monasterio siendo ya mayor, si te refieres a eso. He sido bendecida con hijos y nietos. Puedo decir que he tenido una vida feliz, créeme. Había venido alguna vez con la familia a las Huelgas a visitar el monumento —miró a su alrededor con agradecimiento—. Nada me podía haber dicho entonces que algún día iba a elegir terminar mis días aquí, entregada a los demás, realizando una tarea que, créeme, para mí es muy grata.

Arturo sonrió. Entendió, a la vista de los gestos y el modo en el que sor Carmen ordenaba las mesas y sillas del desayuno sin dejar de hablar, que la mujer se encontraba a gusto en ese lugar.

—A veces vienen mis hijos y nietos a visitarme. Cada vez que lo hacen quieren saber si he cambiado de opinión. ¡Si me he vuelto sensata supongo! —Sor Carmen se rió mirando hacia la ventana—. ¡Como si los que están fuera tuvieran sensatez! ¿No te parece? Luego, tras pasar un rato conmigo los fines de semana o cuándo tienen vacaciones y se quedan una o dos semanas en la hospedería, se marchan con otra opinión. Más cerca de Cristo supongo. Más cerca de su paz interior para aquellos que no son creyentes.

—Madre, ¿conocía usted bien a sor Amalia? —aventuró Arturo sin pensar.

—Claro, por supuesto. Sor Amalia y yo cultivábamos un pequeño huerto en el monasterio, ¿no te lo dijo? Lo que una había dejado a medio arreglar por la mañana la otra lo terminaba por la tarde. Eso cuando no se demoraba contando chistes y comiendo esos caramelos que se tragaba a todas horas. Me temo —dijo mirando al cielo en señal de reproche mientras se santiguaba— que ahora tendré que cuidarlo yo sola.

—Verá, quisiera pedirle un favor. ¿Podría interceder por nosotros ante la madre abadesa para poder acceder a los archivos una última vez? Por lo que creo entender tiene usted muy buena relación con ella. Al menos quisiéramos tener la oportunidad de poder volver a hablar con ella en privado.

—¡Ay, más quisiera yo! Las buenas relaciones entre nosotras no están sometidas al uso u obtención de objetivos personales, eso deberías de saberlo. La madre abadesa ha estado muy ocupada últimamente y con no muy buena salud. La gente de Patrimonio es quién se encarga de todo lo relacionado con el archivo del monasterio, como ya sabrás.

—Perdone si le he parecido algo atrevido. Déjeme que me explique. La actual madre archivera me hizo entrega de un peculiar mensaje de parte de sor Amalia. La verdad es que tengo una ligera idea de lo que podría significar, pero necesito antes hablar con la abadesa. Como cabeza responsable del monasterio puede saber o tener alguna idea de lo que quiso decirme sor Amalia.

—¿Un mensaje dices? ¿Podría verlo? —dijo sor Carmen con sincera curiosidad.

—Sí, no veo por qué no —y Arturo procedió a extraer con cuidado de su cartera el papel con la extraña frase.

—Tienes razón muchacho —dijo la monja tras leerlo. Arturo reparó en que un extraño gesto nervioso había aparecido en la cara de ésta. En una fracción de segundo el rostro de la mujer semejó pasar por un arcoíris de sensaciones, oscureciéndose e iluminándose a continuación, como una bombilla mal ajustada que, parpadeando, iluminase de modo arbitrario y parcial los objetos situados bajo ella—. Tenéis ciertamente que hablar con la abadesa. Pero yo no le repetiré lo que acabó de leer ahí. Decídselo vosotros cuando la veáis. Hazme caso. ¡Sé lo que me digo! ¿Es este tu teléfono, ¿verdad? Intentaré hablar con ella cuando salga del refectorio. Si accede a recibiros te llamaré.

La hermana se fue apresuradamente por el pasillo del fondo, moviendo las manos a ambos lados y dejando a un confundido Arturo en la puerta de la hospedería.

El tañido de las campanas llegó en ese momento desde la torre. ¿El mismo sonido que hace siglos? Posiblemente no. El viejo sonido de las campanas habría sido sustituido por alguna grabación de más fácil manejo y control, con toda seguridad.

Arturo había descuidado su atuendo mientras hablaba con la religiosa. Su querida bufanda colgaba más de un lado que de otro sobre el frontal de su jersey, pero esta vez no perdió el tiempo en arreglarla.

Esta vez sabía lo que había que hacer.

CAPÍTULO 37

CHARLA EN EL JARDÍN

*Carlos Lafuente y la abadesa dan un paseo por el claustro de San
Fernando.*

A la mañana siguiente a la visita de *Laudy,* Carlos acudió al monasterio para entrevistarse con la madre abadesa. Iba solo. Siguiendo sus instrucciones sus compañeros se habían quedado esperándole en el Bar Teresa frente al cual habían aparcado la vez anterior.

Cómo habría dicho el personaje de una de las películas que tanto le gustaban, esto era algo que tenía que hacer solo.

No sabía a ciencia cierta qué estaba haciendo ahí. ¿Qué iba a decirle a la abadesa? ¿Qué uno de su alumnos de postgrado había tenido una intuición que no se había dignado en desarrollar? Ciertamente no podía decir eso, pero la alternativa tampoco era mejor. Porque la verdad era que jamás se había visto tan perdido como ahora.

«—No se olvide de mencionarle lo que le dije profesor —fueron las últimas palabras de Arturo.»

Llevaba esperando ya un buen tiempo tras ser anunciado en

aquel locutorio que tan familiar le era ya, cuando una religiosa se aproximó a él.

—Por favor, sígame caballero. Sor Inés le está esperando.

La abadesa se echó hacia atrás en la silla de su despacho e inspeccionó con detenimiento a la persona que tenía delante a través de sus gruesas gafas, como si el profesor le hubiera propuesto entrar el monasterio como novicio en lugar de solicitarle cierta información sobre los documentos guardados en el mismo. No en vano era la segunda vez que lo tenía sentado en este despacho.

Detrás de ella, unos pocos libros en una diminuta estantería. Al lado de una Biblia de viejas tapas se encontraba —de un modo inesperado en el extremo de la misma, e intentando pasar desapercibido—, un libro de cocina de luminosas tapas a todo color de Karlos Arguiñano. Ambos compartiendo espacio con *Las Moradas* de Santa Teresa. Un poco más a la derecha un viejo reproductor de video VHS Panasonic, sobre el que reposaban varias cintas con el nombre del famoso cocinero en su lateral.

—¡Qué quiere que le diga! —dijo la religiosa al notar que la mirada del profesor había reparado en los mismos—. Una se hace a los tiempos. Aunque en mi caso especial, tanto cuesta acostumbrarse a las nuevas cosas como alejarnos de viejas costumbres. Sé que hay otros aparatos, otros inventos, quizá mejores que este, pero no estoy para ir cambiando de la noche a la mañana.

Sor Inés pareció recordar en ese momento las palabras de la hermana hospedera y el propósito de la visita del profesor.

—¿Qué es lo que está buscando esta vez profesor? Creí haberle dicho con anterioridad todo lo que le podía decir. Tenga en cuenta que he accedido a su solicitud únicamente a ruego de la hermana Carmen. Es un ejemplo para todas y ha hecho mucho por esta comunidad.

Carlos miró directamente a la abadesa antes de comenzar:

—Sé que cuentan ustedes con un acceso discrecional a los archivos para aquellas consultas relacionadas con las propiedades que aún conserva el mismo para su lógico uso privado. Quisiéramos volver a examinar el Códex musical y Archivo Real se niega a darnos un nuevo permiso para hacerlo. Creemos que hay algo en él que no supimos apreciar en el examen realizado —dijo, conteniendo a duras penas el deseo de cerrar los ojos como solía hacer de niño para no ver la reacción de su interlocutora.

—Me sorprende su petición, hijo mío. Como usted mismo ha dicho ese acceso es para nuestro exclusivo uso. Y yo no puedo permitir el examen de material alguno sin la autorización expresa de Patrimonio Nacional o del Archivo Real. Sería una tremenda irresponsabilidad por mi parte si a raíz de saltarme el protocolo se dañaran cualquiera de los documentos guardados en él o se hiciera un mal uso de ellos. En especial, y no se ofenda profesor, el Códex musical no debe ser manipulado a la ligera. Y ustedes creo que ya han gozado de diversas oportunidades para examinarlo.

La madre abadesa miró con seriedad a su interlocutor antes de continuar:

—Hay una cosa que quisiera aclararle. Los muros de los conventos y de los monasterios como este no fueron construidos con la finalidad de aislarnos del exterior como suele interpretarse fuera de ellos. Más bien se alzaron para que el mundo no entrase. Espero que usted, en calidad de profesor universitario, pueda entender la sutil diferencia. Somos nosotras las que elegimos que parte de ese mundo queremos que entre aquí. Dios nos dio libre albedrío para, entre otras cosas, elegir el tipo de vida que queremos vivir. Eso puede ser visto como irresponsable para algunos, como una actitud perezosa, pero desde nuestro punto de vista, la carga de nuestras responsabilidades ya es infinita, créame usted. La vida en sí esta llena de secretos designios.

Carlos Lafuente se levantó de la silla sin poder controlar sus palabras por más tiempo.

—¡Secretos! ¡Secretos! Desde que comenzó esta investigación no he encontrado más que referencias veladas. ¡De todo tipo! Poco hechas, muy hechas y en su punto. Desde el modo particular de regar las plantas en el monasterio hasta una receta especial de cocina que proviene de tiempos medievales. ¡Todo es misterioso, reservado, insondable, esotérico! Incluso hasta el punto diría yo de que la razón original por la que infinidad de ellos permanecieron ocultos, esté olvidada en muchos casos. Ya nadie recuerda que era lo que se guardó con tanto afán y si lo hacen, cuál fue la razón primera por la que se mantuvo oculto.

La abadesa miraba a este hombre que parecía haber perdido la cabeza.

—Disculpe madre, he estado sometido a mucha tensión estos días —dijo Lafuente mirando al suelo al haberse dado cuenta de su salida extemporánea. Tras dar unos pasos mecánicos e indecisos que le alejaron de la silla donde había permanecido sentado, volvió nuevamente ante su interlocutora, sus largos brazos colgando a ambos lados de su cuerpo.

—Lo que no entiendo es su preocupación por una vieja leyenda, por una teoría sin corroborar—dijo la abadesa, en parte recuperada de su sorpresa.

—Yo no seré un gran creyente, esa es la verdad —dijo Lafuente agitando el brazo izquierdo como solía hacer en sus clases—. Posiblemente no lo haya sido nunca. Pero creo que una vez lo fui. Y ¿sabe una cosa? No creo que la fe tal como la entendí pertenezca a ningún grupo de personas, algo que deba quedar en custodia de unos pocos elegidos. Lo que más recuerdo de aquellos años en especial eran las referencias a la bondad del hombre, a la responsabilidad ética del ser humano y esas cosas. Mis profesores me hablaban de algo diferente, ¿sabe? Creo que en este caso deberíamos habernos preocuparnos más de la memoria, del sufrimiento de esa joven solitaria, olvidada y atemorizada que llegó a España, y de su anhelo verdadero—que no creo que fuera como nos interesa ahora pensar en un mundo políticamente correcto—, hubiera sido precisamente la construcción o no de una capilla a San Olaf, San Ataúlfo o a la madre de este último, que Dios me perdone.

La hermana abadesa permaneció en silencio. Empezaba a estar un poco cansada de este hombre que había alterado su rutina y su paseo matutino de ese modo. Un hombre que gesticulaba y alzaba la voz en su despacho, pero que al mismo tiempo mostraba algo en su tono, impregnado de convicción y fervor que la mantenía magnetizada, pendiente de sus palabras y de las evoluciones de sus brazos.

—Venga conmigo —dijo esta tras dudar unos instantes—. He de acercarme a entregar unas cosas en administración. Si no le importa podemos continuar nuestra conversación mientras caminamos por las galerías. Creo que el paseo nos hará bien a los dos.

—Debería importarnos más —continuó el profesor una vez hubieron salido del despacho y se encontraban caminando bajo el Arco de los Caballeros—, el motivo que ella pudiera tener para que se construyera una capilla así. Creo que Kristina sabía en conciencia que había pecado, que había fallado a su padre en la misión que le encomendó. Pero no solo a él si mi razonamiento es válido. Había dejado al hombre que amaba en su Noruega natal para cumplir una misión de estado. Un sacrificio similar al que años, siglos después, realizó la actual emperatriz de Japón, Masako como descendiente legítima de la dinastía Shogun, al casarse con el entonces príncipe Haito en contra de sus deseos personales por mero sentido del deber. Pero eso no es todo. Si lo que pienso es correcto, si mi razonamiento es acertado y mi teoría cierta, la princesa dejó también lo que más quería: un bebé recién nacido al cuidado de este monasterio. Lo supe en cuanto oí ese canto elevarse y descender desde la bóveda de la capilla. ¡Hoy he vuelto a tener esa certeza en cuanto volví a escuchar al coro cantar antes de entrar aquí! Y usted... usted... yo sé que también lo sabe. ¿Qué vamos a hacer ahora? ¿Qué vamos a hacer ahora con ese conocimiento? Esa es mi duda. Esa es mi pregunta. Pero, ¿qué más da eso ahora? Ya tenemos la capilla de San Olaf... la hermandad entre los pueblos y todo eso. ¿Por qué preocuparse hermana? ¿Por qué preocuparse? El monasterio ya forma parte de la historia sagrada, del arte, de lo humano y de lo divino, ya no hay nada más que hacer. Ya lo hicieron todo los antiguos, ¿no es cierto?

—Por favor profesor, no blasfeme, se lo ruego.

—Disculpe hermana. He tenido un mal día. Un mal año podría decir. Eso es todo. Iba a decir que una mala vida, pero reconozco, ahí reconozco que eso sería ir demasiado lejos..., incluso para un agnóstico.

Carlos se dio cuenta de que la conversación les había llevado hasta el extremo del Claustro de San Fernando. Al fondo, una puerta de madera oscura parecía simbolizar todo lo que el Monasterio ocultaba en su interior. ¡Qué cruel sin embargo la luz que se filtraba por los arcos superiores, proyectándose sobre el suelo, sobre el techo ojival, dando a todo el conjunto un aire místico! ¿Le estaba tentando el edificio prohibiéndole por un lado el acceso a uno de sus secretos más guardados, mientras que por otro le sugería que mantuviera la esperanza? Recordó la frase típica que cualquier creyente practicante pronunciaría en ese momento: que Dios le estaba probando. «¡Hay que joderse!» —pensó Lafuente siguiendo la respuesta descreída de nuestro tiempo actual.

—Bien, profesor, creo que aquí debemos separarnos-- dijo la abadesa dando por terminada la conversación cuando llegaron al extremo opuesto del claustro--.Lamento mucho no haberle podido serle de mayor utilidad.

—¡Espere madre, solo un momento más, por favor! —dijo Carlos recordando que todavía tenía en el bolsillo el papel que le había entregado Arturo y que, en el calor de la conversación, había olvidado mostrar a la abadesa.

—¿Sí, hijo mío? ¿Qué ocurre esta vez?

—¿Le dice algo la frase: «*En la hora de prima, de la luz, la luz*»? —dijo el profesor a la vez que le hacía entrega del pequeño trozo de papel.

Carlos tuvo la impresión de que una nube, un velo o una cortina pasara por el rostro de la religiosa al leer el mismo, pero si fue así debió ser muy breve pues cuando prestó más atención, la mirada de sor Inés era tan ausente como al principio. La monja agachó la cabeza, negando con la misma como toda respuesta y se dirigió hacia la puerta de madera oscura que quedaba al fondo.

Carlos Lafuente se dirigía hacia la salida, observando con detenimiento el modo en que las puntas de sus zapatos golpeaban el pavimento. Un paso detrás de otro. Algo mecánico, concreto y previsible sobre lo que cualquier especulación era vana y superflua.

Al cruzar las Claustrillas escuchó un curioso sonido detrás de él.

Un rasgueo extraño, similar a un cascabel.

Intrigado, giró la cabeza.

Una figura venía a paso rápido en su dirección.

Era la madre abadesa.

Se dio cuenta de que lo que había tomado por un sonido peculiar, era el sonido producido por el rosario que la misma llevaba en la mano izquierda, un sonido no muy diferente del que hubiera empleado otra hermana en Cristo que, sirviendo a Dios en un colegio, deseara llamar la atención de un alumno réprobo que se hubiera saltado una clase. Era en resumidas cuentas el modo particular que la santa madre había encontrado para llamar la atención de alguien sin elevar la voz.

Carlos se detuvo.

—Espere, profesor. Quisiera preguntarle una cosa antes de que se vaya —dijo al llegar a su altura.

—Usted dirá madre.

—¿Por qué le es tan importante saber acerca de la supuesta descendencia de la princesa Kristina?

—Madre— comenzó el profesor dispuesto a argumentar nuevamente acerca de los beneficios históricos de conocer la verdad, del deber que como historiador y científico tenía, pero, justamente cuando se disponía a abrir la boca pareció cambiar de opinión:

—Mire, yo creo que esa mujer sufrió, sufrió mucho por esa criatura que llevaba en su vientre. Ni usted ni yo podemos hacer otra cosa que suponer cuánto, pero algo tuvo que pasar para que la abadesa de aquella época se conmoviera de ella. Estoy solo suponiendo por supuesto, pero ésta tuvo que quebrantar su juramento, el protocolo de la orden y cosas que entonces se consideraban sagradas. Creo que usted y yo les debemos un respeto a todas ellas. ¿No cree conmigo que cada uno de nosotros deberíamos de compensar con algún acto de nuestra vida esos desmanes causados por la historia sobre nuestros antepasados? No sabemos nada de ella, eso es cierto, pero, ¿quién conoce algo de alguien? Ni usted ni yo existíamos entonces. Pero ahora estamos aquí. ¡Podemos hacer cierto tipo de justicia, no divina, Dios me libre, pero sí histórica! Creo que estamos unidos con ella a través del tiempo, de la historia y que quizá, sabiendo más de lo que pasó, estemos realizando algún tipo de homenaje, haciendo algo al respecto, tomando un curso de acción. Diga si quiere que digo esto por razón de mi disciplina o vaya usted a saber qué narices, pero no creo que la historia sea simplemente agua pasada.

Y aquí se detuvo, sin ánimo para seguir, abrumado por sus propias palabras, sorprendido de su propia verborrea. El peso de la Historia parecía haberle caído encima de repente.

La abadesa permaneció en silencio. Alargó su mano y tocó el brazo del profesor.

El rostro de la religiosa mostraba una curiosa expresión. Había algo diferente, algo que no había estado allí antes.

—¡Venga conmigo! —dijo.

Sor Inés estaba sentada de nuevo en su despacho. El crucifijo que tenía sobre la mesa parecía abrazarla con su sombra proyectada.

Elena y Arturo se encontraban sentados en silencio a ambos lados del profesor, tras haber aguardado expectantes durante una hora el resultado de la conversación con la abadesa.

Los ojos de la religiosa, de un verde claro perfectamente apreciable ahora que no llevaba las gafas, parecían más vivaces que nunca, mirando de uno a otro de sus interlocutores.

Arturo aguantaba la respiración, sus dedos jugueteando con su bufanda, formando y deshaciendo nudos con ella, pareciendo presentir que algo importante iba a tener lugar.

—Desde que soy abadesa siempre supe que había algo más en mi deber de lo que me habían contado. Algo más que algún día descubriría. No me pregunten que era lo que sentía No sabría qué contestar, pero desde luego no fue como en las películas o novelas. Nada de un pájaro cantándome en una rama ni nada parecido. Ni siquiera una voz surgiendo de un pequeño arbusto en el jardín. Como imaginarán vivir entre estos muros cargados de historia produce un curioso efecto sobre una. A fuerza de guardar silencio entre estas paredes, las hermanas hemos aprendido a interpretar el mismo como si este fuera una conversación, llena de sonidos y matices. Estamos acostumbradas también, después de innumerables horas paseando por los claustros a leer en sus muros, en las antiguas puertas que antes daban a la iglesia, ahora condenadas. Sor Amalia debió de haber hecho de algún modo su particular lectura de este joven estudiante suyo para hacerle entrega de esa nota, eso es indudable —dijo observando a Arturo con curiosidad.

Se echó hacia atrás en la silla de alto respaldo y miró el crucifijo que se encontraba a su izquierda durante un tiempo.

Tras este breve paréntesis, la abadesa continuó su relato:

—Hace ya muchos años, una tarde que me encontraba rezando en el claustro de Santo Domingo, al poco tiempo de tomar el cargo, y tras dar mi paseo habitual se me acercó una de las madres más mayores. Una de las madres que ya residía en la comunidad cuando entré como novicia. Todas la tenían en gran consideración, una santa mujer que había vivido prácticamente toda la vida entre estos muros. Mientras mirábamos a la fuente del jardín me habló por vez primera vez acerca del secreto del cenobio, con toda naturalidad, como si me comentara acerca del estado de la huerta o el balance de compras del mes. Siempre me acordaré. Fue en ese lugar que tenemos ahí delante, precisamente entre esas dos columnas. «El secreto del cenobio». Así es como se le refería en el monasterio y nunca de ninguna otra manera y, a veces, si alguna madre quería ser un poco ocurrente y atrevida podía llegar a decir «el secreto del norte». Una mañana, la mañana en que vinieron ustedes al monasterio por vez primera, esta misma religiosa vino a verme tras dejarles a ustedes en la sala de consultas y me contó muy nerviosa, con un temblor que jamás había visto en ella, que el momento había llegado, que el monasterio debía de abrirse en el más íntimo de los sentidos. Que la carga llevada en silencio durante siglos —siempre con el temor a ser olvidada como una leyenda más entre las historias y dramas de que está hecho el mundo —, debía de ser aliviada.

—Eso está muy bien, pero no nos lleva más cerca de la solución —dijo Arturo interrumpiendo la confesión de la abadesa.

Elena iba a decir algo, pero Carlos levantó su mano izquierda.

—Perdona Elena, pero si el chico tiene una intuición es mejor que la siga. ¡Adelante, Arturo! ¡Adelante!

—Disculpe madre —continuó Arturo—. Esta reverenda madre no era otra que sor Amalia, ¿estoy en lo cierto?

—Sí, así es, lo has adivinado —dijo la abadesa sonriendo ampliamente al joven.

—¿Y usted la creyó? —fue ahora el turno del profesor de interrumpir.

—No, la verdad es que no. Por lo menos no al principio. Sor Amalia era ya muy mayor; había desarrollado alguna excentricidad que otra, como recordarán. Una cosa es leer sobre los milagros de Dios y otras el contemplar o estar cerca de uno. Lo que se aprende desde novicia es a no desear el protagonismo, más bien a ser una más en el grupo y en el trabajo diario. Por lo visto el secreto se había ido transmitiendo durante siglos, de abadesa a abadesa y quizá a alguna hermana más de confianza en caso de que la primera enfermara y muriera antes de haber podido dar las instrucciones oportunas. Luego tuvimos como saben la invasión de las tropas napoleónicas, la desamortización de Mendizábal y la Guerra Civil, sin mencionar las contiendas carlistas. Todo en un corto intervalo de tiempo si lo comparamos con la larga historia del monasterio. Y por supuesto, para rematar todo, el trágico hecho para esta comunidad, como saben, de qué a partir del concilio de Trento se perdieran para siempre las potestades «eternas» que había tenido desde su fundación, sin contar además que bajo el mandato de Pío IX fue suprimida la jurisdicción privilegiada de las abadesas. Lo que yo alcancé a saber podría ser considerado hoy en día una leyenda. No había nada que lo sustentara, nada a lo que agarrarse. Por lo menos no hasta que usted me mostró esta tarde esa nota, profesor y he podido ver la cara de este joven.

—¿Y eso fue...?

—Lo único que saqué en claro con certeza es que había una especie de mensaje oculto, escrito de algún modo desconocido en el Códex musical, como ustedes sospechaban, pero el modo en que había que leerlo supongo que se perdió hace ya años. Me figuro que, conforme avanzaba el tiempo, la abadesa doña María Dolores de Agüero que encargó la realización del Códex a Johannes Rodriges, o Roderici en 1325 quiso asegurarse de su transmisión, quizá temerosa de que el método empleado hasta el momento, el boca a boca no fuera suficiente. Supongo que conforme pasó el tiempo se llegó a pensar que era otra más de esas historias medievales, leyendas sin sentido —dijo la madre abadesa con un gesto de frustración que alguien menos avisado que ellos no hubiera detectado—. Nosotras gustamos de hablar de don divino, ese don que con tanta abundancia se menciona en la Biblia y en los textos sagrados, pero que en tan pocas ocasiones ocurre en la vida real. Tal como están las cosas lo único que puedo decirle profesor es que hay algo en el Códex como usted sugirió, pero en que parte de él se encuentra, en qué consiste y cómo leerlo, eso ya no puedo decírselo, salvo que guarda relación de un modo u otro con la descendencia de la princesa Kristina.

—Usted lo ha dicho madre. Pero la cuestión no es únicamente cómo leerlo —dijo Arturo inesperadamente, poniéndose de pie.

Todos miraron con sorpresa al estudiante, a excepción de la abadesa, acostumbrada ya a que la gente se levantara repentinamente de su asiento.

—Es más, me atrevería a decir que es más una cuestión de dónde y cuándo leerlo —dijo Arturo.

Carlos y Elena inclinaron sus cuerpos hacia delante. Los ojos del profesor se habían abierto, sus cejas enarcadas, como si estuviera viendo moverse una de las estatuas del viejo monumento o incluso a la misma reina Leonor salir de su tumba.

La madre abadesa se inclinó a su vez.

—¿No lo ven? Tenemos que verlo en el lugar adecuado —continuó el alumno volviéndose hacia el profesor con una sonrisa triunfal—. Ayer descubrí el cómo y ahora creo que sé el dónde profesor. ¡Creo que sé cuál es el lugar adecuado!

—¿El lugar adecuado? —dijo Lafuente.

—¿No lo adivina, profesor? —dijo Arturo y a continuación mirando a la abadesa:

—Madre, las vidrieras que se conservan en la sala capitular no estuvieron siempre en ese lugar todos estos siglos, ¿no es cierto?

—No, hijo, estuvieron siempre en la iglesia hasta que en 1965 se colocaron en ese nuevo lugar.

—¡Eso es! Por lo que he podido averiguar, fueron situadas allí por razones que nunca quedaron claras. Ah, otro detalle que puede parecer irrelevante, ¿qué día es hoy?

—Diecinueve, ¿Por qué?

—Lo que suponía, permítanme un momento —dijo Arturo mientras miraba su reloj.

Las cinco menos cuarto.

Abrió a continuación el bloc de notas que tenía abierto sobre sus rodillas y tras consultar el móvil levantó la cabeza con un brillo especial en los ojos.

No había tiempo que perder.

—Debemos de madrugar todos el día 21 y estar en la sala capitular del Monasterio antes de las ocho de la mañana. Y por supuesto —dijo mientras miraba a la abadesa con una enigmática sonrisa—, ¡preparen para entonces el Códex y una pequeña mesita o atril donde apoyar el mismo! Deberíamos de movernos y pronto. ¿Cree que es posible?

En el silencio resultante tras las palabras de Arturo se hubiera podido escuchar el sonido de unos tacones al cuadrarse. A ninguno de los presentes se le ocurrió cuestionar la lógica o el plan de este joven en el que la hermana Amalia se fijó un día.

Se iba a hacer la luz.

～

CAPÍTULO 38

LA AUREOLA DE SAN JUAN

En la hora de Prima de la luz, la luz.

Era el lunes 21 de diciembre.

La hora, las siete de la mañana.

Estaban en la sala capitular.

«Por supuesto» —se dijo Arturo con una sonrisa nerviosa.

Era esta una estancia amplia y casi vacía por la que habían pasado infinidad de veces y a la que tan solo habían prestado una somera atención al estar siempre rebosante de grupos de turistas en pos de una guía.

Ahora, en el silencio, en la quietud, tras haber cruzado la puerta de acceso con forma abocinada rematada con varios arcos apuntados y labrados con dientes de sierra, las vidrieras parecían resaltar en la estancia, hablar con voz propia. Las cuatro columnas allí existentes dotaban al lugar de solemnidad, enmarcando el espacio central como si fuera un escenario.

Cinco eran las personas que se encontraban allí a esa temprana hora. Se trataba de los tres investigadores acompañados por la abadesa y la madre archivera.

Las vidrieras contemplaban la escena desde lo alto así como las elegantes y estilizadas figuras en ellas representadas, situadas por encima de lo divino y lo humano. Un poco más abajo los retratos de las abadesas doña Ana de Austria y doña Antonia Jacinta de Navarra, observaban con atención, especialmente la primera de ellas.

No dejaba de causar cierta impresión en los presentes el saber que bajo sus pies estaban enterradas algunas de las religiosas representadas en esos cuadros.

A esa temprana hora la luz era todavía gris y tenue.

Sobre ellos los nervios de la bóveda se ramificaban desde sus bases en forma de anillo. «Ménsulas» —se dijo Arturo recordando el nombre automáticamente, felicitándose por su memoria en cuestiones de arte.

Sobre una tarima de madera situada en el centro las monjas habían colocado una mesita y, colocado en esta, siguiendo escrupulosamente las instrucciones dadas por Arturo, se encontraba el Códex Musical abierto por una página previamente revisada por este.

El joven observaba los ventanales, las maravillosas vidrieras, dormidas, luciendo aún apagadas una tenue luz que parecía acumularse detrás de ellas insensiblemente. ¿Estaría equivocado en la intuición que había tenido?

Miró su reloj. Si todo resultaba como esperaba, solo faltaban escasos minutos para que se produjera el fenómeno. Escasos minutos.

El Códex se encontraba a la altura de la silla reservada a la madre abadesa cuando esta preside algún capítulo en la sala. La actual no perdía uno solo de los movimientos y preparativos del joven mientras éste se movía con seguridad de uno a otro extremo del recinto como si hubiera ensayado el momento desde tiempo atrás.

Arturo miraba ahora los tapices alineados a ambos lados de la sala. Las columnas centrales parecían sostener el techo como un palio.

«*En la hora de prima de la luz, la luz*» se repetía Arturo una y otra vez. Este tenía que ser el lugar, lo sentía así. Pero, ¿el lugar *exacto*?

—Sor Inés —dijo dirigiéndose a la abadesa—, he leído que el *Armariolum*, el espacio para guardar los libros de lectura y meditación se encontraba aquí, en alguna parte, ¿no?

La mirada de la abadesa hacia uno de los muros fue respuesta suficiente. Volvió sobre sus pasos, fijándose nuevamente en los cuadros de las abadesas colocados sobre las sillas, presidiendo la sala. Las cuatro imágenes que le observaban desde lo alto semejaban un jurado de fin de curso ante el que tuviera que leer su tesis. ¿Sería así llegado su momento? Al contemplar esa especie de trono religioso, sintió una calma y una extraña seguridad crecer dentro de él y disiparse las dudas.

—Vosotras lo sabéis, ¿no es así reverendas madres? —dijo Arturo en voz baja, casi reverencial. Ana de Austria parecía especialmente cómplice a esa hora y bajo esa luz.

Arturo volvió a mirar su reloj. Eran las siete y diecisiete minutos.

La hora Prima.

Recordó que la imaginación popular solía llamar a esta parte del día la «hora mágica».

¿Otra confirmación más de su teoría?

Con extrema lentitud, un cúmulo de luz pareció cargarse tras el cristal rojo de las vidrieras, llenándolo y desbordándolo por fin.

La atención de Arturo se dirigía ahora a la vidriera que presidía el espacio central. En ella, la figura de San Juan destacaba de las demás. A través de la aureola rojiza que rodeaba su cabeza comenzaba ya a formarse una nube de luz. Los ojos de la figura parecían mirar hacia atrás para cerciorarse del origen de esta. El joven bajó la mirada en dirección a los cuadros de las abadesas, todas ellas cómplices secretas y calladas del misterio. Por un segundo tuvo la impresión de que sonrieran.

Arturo permaneció quieto, dudoso, mirando hacía delante, dejando reposar su mirada sobre las sillas o por lo menos sobre el lugar donde la mayoría de las abadesas se habían sentado en otro tiempo, una tras otra, celebrando los capítulos de la orden, administrando tierras, bienes, diezmos, leyes eclesiásticas y civiles. Presidiendo como monarcas ese pequeño reino del cual el monasterio era la cabeza visible.

¿Se había equivocado al calcular la hora? ¿Era este el lugar correcto después de todo? Y por último, ¿era su teoría una locura más suya?

Un pensamiento acudió con rapidez a su mente.

«Johann lo arreglará».

Un pensamiento tan fugaz que no tuvo tiempo de analizar.

—Madre, profesor, Elena, ¡por favor, de prisa, ayúdenme a colocar el códice bajo la vidriera de San Juan! Justo donde me encuentro. ¡Rápido!

Electrizados por las palabras del joven, todos procedieron sin cuestionar las mismas a colocar con cuidado el atril sosteniendo el volumen en el lugar indicado.

Al terminar y mirar de nuevo hacia arriba los presentes tuvieron la impresión de que la figura de San Juan hubiera esperado ese momento. Más bien fue la luz situada sobre su cabeza la que lo había hecho porque, en ese último momento, como una estela precisa y concentrada, un rayo de la misma atravesó la milagrosa corona roja de santidad y cayó sobre la sala capitular, sobre el lugar donde ahora se encontraba el Códex, cayendo implacable sobre sus páginas abiertas, cual rayo divino mostrando la verdad.

Arturo se aproximó con pasos vacilantes hacia el Codex. Carlos y Elena se mantuvieron respetuosamente un paso detrás, toda su fe puesta en su joven compañero. Ansiaban y a la vez temían lo que pudieran encontrar al llegar al libro. Quizás nada. Quizás otro fracaso.

El joven permanecía delante del códice en silencio como si el rayo de sol que continuaba iluminando sus páginas lo hubiera transformado en estatua de sal.

Sus compañeros se miraron.

—Arturo —dijo por fin el profesor con voz débil, sin atreverse a llegar a su altura— ¿Hay algo?

Su alumno no pareció haberle oído. Permanecía inclinado sobre el códice, los ojos entrecerrados, aparentemente leyendo algo en él.

No pudiendo retener más su curiosidad, Elena y Carlos avanzaron. La madre abadesa hizo lo propio.

Allí, junto a una de las grandes letras rojas iluminadas que tanto habían llamado la atención del joven la primera vez que vio el Códex, una frase destacaba en pálidos caracteres.

Reconocieron en ella la familiar cabecera de los despachos expedidos por la abadesa de las Huelgas desde la antigüedad:

«Nos Doña... por la gracia De Dios y de la Santa Sede Apostólica, Abadesa Del Real Monasterio de las Huelgas, cerca de la ciudad de Burgos, Orden del Císter» —. seguida de una retahíla de títulos hasta cansar la vista y la paciencia del lector.

Continuaron leyendo esa prolija frase protocolaria con ansiedad, pasando la página en busca de los renglones siguientes.

Allí había algo:

«Ordeno que la semilla de la princesa Kristina nacida en esta Natividad, quede protegida y educada en familia de arraigo local, en El Monte de oro bajo la atenta mirada del Señor y la tutela de este claustro. Amén»

Nada más.

Volvió a leerlo.

No podía ser cierto.

Por fin.

Después de meses y meses de investigación.

Toda la búsqueda quedaba resumida en un breve párrafo.

Solos unas pocas letras, unas pocas palabras, ¡pero tan cargadas de significado!

Aquí estaban. Las instrucciones, las ordenes a la vista de todo el mundo, tal como había dicho Pinedo y apuntado Lafuente con su teoría de la esteganografía.

Pasados los primeros segundos de asombro, Elena se apresuró a tomar algunas fotografías del texto así descubierto para que quedara constancia documental del mismo; el profesor, con mano aún temblorosa, continuaba pasando las páginas del Códex entre el silencio de los que le rodeaban.

La luz que continuaba cayendo sobre el códice comenzaba ya a perfilar unos leves contornos pardos entre las líneas más cercanas a la letra capital que abría la página. Las siluetas, como en aquella sala de revelado de Isabella, la vieja amiga del profesor, se fueron haciendo más marcadas, uniéndose entre sí; mostrando primero una línea de manchas que semejaban hormigas para, pocos segundos después, revelar todo su contenido.

Otro texto surgió así sobre la página, escrito en una letra algo distinta, formando una breve frase:

«La virgen María, sentada en su templo, se purifica bajo el sol».

Una hora después y tras haber dejado a la madre abadesa en gran estado de agitación y el Codex a buen recaudo, los tres se encontraban en la tasca Teresa.

El estado de ánimo de este grupo era bien distinto al existente en el mismo lugar la última vez que acudieron a él. Ahora las caras joviales, las jarras de cerveza y la copa de vino en la mano de Elena eran un franco contraste con la reunión primera.

—¿Sabes Arturo? —dijo Lafuente—. Hay otra coincidencia o simbolismo en el que no hemos caído ninguno de los tres pese a haberlo tenido delante nuestro todo el tiempo. Incluso yo, un pobre aprendiz en la materia, me he dado cuenta del mismo.

—¿Delante nuestro?

—Bueno, para expresarlo con más sencillez, podría decir que uno de nosotros sería el propio símbolo. ¿Te acuerdas que te dije que había tenido cierto presentimiento respecto de ti? Bien, ahora es el momento de decirlo —dijo el profesor adoptando un aire misterioso —. Ese símbolo eres tú mismo, Arturo. Sí, no pongas esa cara. En la lejana Edad Media hizo falta otro Arturo para sacar una espada de la roca. Y por eso te damos las gracias. Llámalo carga mitológica o simbólica del nombre, pero si he aprendido algo de esto, es que nadie podrá conocer con certeza acerca de esas fuerzas invisibles que mueven el mundo. Pero sí podemos aprender a respetarlas. Y quizás ellas a cambio nos arrojen un poco de luz.

Aquí hizo una pausa de calculado efecto dramático.

—Solo quizás —terminó finalmente Lafuente con un guiño.

Se rieron los tres de buena gana ante la broma del profesor. Carlos estaba exultante mientras consultaba sus notas una y otra vez.

Tras unos segundos de reflexión fue el turno de Arturo de romper el silencio echándose a reír desenfrenadamente. Hacía esfuerzos el joven por parar, pero tan solo lograba indicar a sus amigos que aguardasen con la mano, quizás con la vana esperanza de que aquello iba a ser cosa de un momento, pero la risa se prolongaba sin mostrar indicio alguno de detenerse en un futuro cercano.

—¿Por qué te ríes de esa manera Arturo? Por favor, di algo, estás empezando a preocuparnos. Bebe un poco de agua —intervino Elena alarmada.

—Estoy bien, estoy bien de veras. Ya me encuentro mejor —dijo Pinedo tras una larga inhalación—. Se trata simplemente de que acabo de ver la ironía en toda esta situación. No ha sido tan solo la broma del profesor, no. Por un momento ha sido como si hubiera contemplado la escena desde fuera y contemplado el curioso grupo que formamos. Y en ese momento, todo lo que he estado preparando en mi tesis, el conjunto de lo que hemos estado haciendo hasta ahora ha cobrado un carácter de revelación, de esas epifanías de las que tanto hablaba Ernesto.

—Creo Carlos que has apretado demasiado a este chico para que acabe su tesis a tiempo.

—Te juro Elena que no tengo nada que ver. No sé de qué está hablando.

—Se trata tan solo de que he reparado en que el carácter simbólico de la situación va mucho más allá —dijo Arturo—. Vamos a ver ¿en qué fecha llega la princesa a Burgos?

—Lo sabes de sobra, en diciembre de 1257.

—Sí, sí claro, pero ¿En qué fecha? ¿Qué día era?

—Pues en la Nochebuena, cuando pasó la noche aquí en Huelgas con su comitiva. ¿Estás tonto o qué?

—¿Y qué se conmemora precisamente en la Nochebuena profesor? ¿Qué se celebra? El nacimiento del Niño Jesús, pero redúzcalo a una cosa más simple en términos simbólicos ¡El nacimiento de un niño!

—¡Qué imaginación!

—No se ponga serio y tome distancia, profesor. ¡Tome distancia, lo que usted me ha dicho siempre!... —y aquí adoptó un aire aparentemente serio mientras movía el brazo derecho como si tuviera una invisible pipa en él, imitando a su mentor —. Demos un paso atrás y veamos los símbolos que tenemos delante. Es tan sencillo como eso. Y hete que ahora, aquí, en el siglo XXI, dos profesores y un estudiante de postgrado acuden a este lugar en busca del rastro de un niño en una especie de «adoración» postmoderna de ese hecho histórico. Tiene gracia, ¿no lo ven? Somos la versión moderna de los Tres Reyes Magos y yo, por mi condición de aprendiz en la profesión sería como el rey «negro» en el término peyorativo que antes se usaba sin mofa ni escarnio. Si nos permitimos además la libertad de considerar Montanilla —situado al este de Burgos así como del propio monasterio—, podríamos hasta llegar a decir que tres Magos llegados de Oriente habrían venido siguiendo una estrella, —o una luz en nuestro caso— en busca de un recién nacido.

El joven mostró a sus compañeros de aventura su libreta por el lugar donde tenía escrito con cuidada letra una frase:

«El signo que condujo los Magos a la cueva de Belén, fue a colocarse, antes de desaparecer, sobre la cabeza de El Salvador, rodeándole de un halo luminoso.»

—Y ese signo —continuó Arturo—, la llamada estrella de Belén, que así pareció a los antiguos y que en tiempos más científicos sabemos que fue con toda probabilidad el resultado de la conjunción de Saturno y Júpiter, podremos volver a verlo de noche en unos pocos meses después de ochocientos años, coincidiendo con el octavo centenario de la catedral de Burgos. Pero claro, esto es pura casualidad también, por supuesto... cómo lo es Elena, que tu nombre en griego signifique «Antorcha de luz!» ¿Lo sabías?

—Por otro lado —dijo Elena sonriendo ante la observación e intentando a la vez hacerse un hueco—, como sabéis todas las iglesias tienen una orientación invariable, establecida a fin de que tanto fieles como profanos, al entrar en el templo por Occidente y dirigirse al santuario, miren hacia el lugar por donde sale el sol, hacia Oriente y Palestina, cuna del cristianismo. De ese modo la congregación saldría de las tinieblas y se encaminaría hacia la luz.

Sí.

El significado era literal. Se trataba de un niño.

Un niño que había quedado al cuidado de una familia de gran arraigo local.

El día siguiente encontró al mismo grupo sentado en el despacho de Paleografía del profesor Lafuente.

Esta vez era Elena quién ocupaba el tan codiciado sillón verde, mientras el profesor se encontraba sentado en su escritorio. Este presentaba un aspecto lamentable, cruzado y salpicado de lado a lado por folios llenos de anotaciones, esquemas y círculos. Arturo, por su parte, permanecía apoyado entre el pequeño ventanuco y la torreta de imitación medieval al lado de la escalera de caracol que albergaba entre sus sombras la tan codiciada máquina de café y el juego de té. Ismael esperaba paciente a los pies del joven a que este se marchara para volver a ocuparlo.

—Bueno, querido muchacho —comenzó Carlos—, ahora que nos hemos recuperado de la intriga y el modo en que nos has traído hasta este punto, ¿por qué no nos arrojas tú también un poco de luz? ¿Cómo se te ocurrió la idea? ¿Cómo descubriste que el texto estaba escrito con una especie de tinta invisible? Y sobre todo, ¿La idea de la luz roja? ¿Las vidrieras de la sala capitular? ¡Sin mencionar la página exacta a examinar! Por más que examino mis notas no logro sacar nada en claro de ellas.

—Lo que dijo usted días atrás acerca de un secreto a la vista de todos y que sin embargo no podía ser visto me hizo pensar que quizás el copista hubiera escrito alguna pieza, algún fragmento de texto con alguna especie de tinta invisible —dijo Arturo, consciente del interés despertado, de que éste era el momento de explicarse como si estuviera presentando su tesis, trabajosamente preparada, ante el tribunal

—. Es sabido que en la antigüedad habrían sido varios los compañeros de profesión que, al igual que él, habrían utilizado técnicas similares para ocultar el conocimiento de ojos que no debían verlo. Y hace una semana —¿recuerda?, cuando escuche en televisión a la profesora Pilar Alonso, y supe por primera vez acerca de sus estudios acerca del característico color rojo de las vidrieras de Burgos, un color solo existente en las Huelgas y en la catedral, me hizo pensar acerca de la función que pudiera tener esa consistencia distinta del cristal, la razón de su diferencia. Me acordé de aquella anécdota que me contó sobre su amiga la doctora aficionada a la fotografía y su aventura en aquel cuarto oscuro de Santander. Y Fulcanelli por último en *El misterio de las catedrales* menciona: —«*La llave del arcano mayor consiste sencillamente en un color, manifestado al artesano desde el primer trabajo*», condensando así la esencia de todo conocimiento en un color...

Me pregunté entonces si podría haber sido ese misterioso color el rojo. Un color que por otra parte es el gran protagonista tanto en las iniciales miniadas como en las vidrieras. Y por último amigos míos —dijo Pinedo apoyándose sobre sus pies y empujándose hacia arriba con ellos para remarcar su discurso a la vez que desplegaba las cortinas del despacho—, la diva, la estrella del espectáculo por méritos propios: el sol. El sol, —apareciendo en el equinoccio de invierno—, sería el que revelaría el mensaje a la vista de todos, aunque eso sí, oculto a ojos indiscretos. El mensaje escrito con tinta especial, una tinta realizada con ese ingrediente secreto que aquellos copistas habrían elaborado conjuntamente o en colaboración con los vidrieros, con la misma habilidad con que los orfebres y albañiles construyeron en aquella iglesia el templo, de modo tal que el sol incidiera sobre él. ¿Con ayuda de los alquimistas de la época? Quizás. No sería tan descabellada la idea. Solo hay que unir los puntos para encontrar la figura que se oculta en el libro infantil para descubrir el dibujo escondido. Y respecto al «cuándo»... La hora monástica de Prima, ahora en desuso, fue para los antiguos la hora de la revelación, muy distinta al madrugón de Silos —dijo, mirando al profesor con cierto reproche—, una hora relacionada con la salida del sol, con el despertar, el nacimiento y la resurrección. Un momento de alegría por el nuevo día que comienza.

Arturo se movía con rapidez ante la ventana, señalando hacía el paisaje exterior, como si fuera un prestidigitador que mostrara el lugar por donde entraba parte de ese sol, artífice del milagro de la mañana del día anterior y que ahora empezaba a recoger sus bártulos para retirarse a descansar.

—¿Recordáis la expresión de que el bosque no nos deja ver los árboles? Pues hemos tenido este árbol particular y concreto delante de nosotros todo el tiempo sin ser capaces de verlo.

Y con un gesto teatral marcó con su dedo índice la figura del niño que aparecía en uno de los pergaminos abiertos sobre la mesa.

—Y respecto a la página...no tiene mérito alguno. Esta en ese trozo de papel que me dejó la hermana Amalia, junto con ese libro. Era todo un guiño... las palabras en el papel... «*Quis dabit capiti meo aquam...*»

—«...*Et oculist meis fontem*» —continuó Elena, reconociendo el salmo.

—«¿Quién dará agua a mi cabeza y a mis ojos fuentes de lágrimas para llorar mis pecados de día y de noche?» —recitó triunfante Arturo de carrerilla—. De los 32 *conductus* que existen en la obra, quince son a una voz. Solo seis de ellos aparecen únicamente en el Códex Las Huelgas. He hilado aún más fino... entre ellos hay cuatro cantos funerarios o *planctus,* dedicados en principio a personajes notables. Pero solo en uno de ellos, solo en uno, ojo, el destinatario es desconocido y ese es: «*Quis dabit capiti meo*». ¿Quién pudo ser ese personaje relevante cuya importancia no impidió sin embargo que su nombre permaneciera en el olvido? ... ¿La princesa Kristina quizás? Realmente no hay nada mejor para ocultar una oveja robada que guardarla dentro de un corral con otras cien. Pero aquí, aquí en este códice se está hablando en todo momento de un niño real, de un infante. Nada más sencillo para la literatura católica que disimular los hechos que ocurrieron. Tremendamente fácil hablar de un recién nacido y del cuidado del mismo sin levantar sospechas, ¿no os parece? Fue como si todas las piezas del rompecabezas se hubieran estado

encajando solas en mi subconsciente, sin pensar en ello, una tras otra
—y ahora era Arturo quien se movía de un lado a otro del despacho,
momento que aprovechó Ismael para subirse definitivamente al
ventanuco que había dejado desocupado el joven—. De repente, lo
que habíamos estado buscando, el posible texto o instrucción dejado
en el monasterio, se encontraba a la vista de todos y a la vez oculto.
Por supuesto, la misteriosa nota que me dejo sor Amalia era tan solo
una confirmación de que estábamos sobre la pista. En ella se indicaba
nada menos que la página y el canto preciso del Códex. Pero ¿cuál
era el código? ¿La clave para poder leer el texto que sabíamos estaba
allí?

Aquí Arturo hizo una pausa, agotado por sus propias evoluciones
en torno a la mesa.

—Uní todas las piezas... las letras capitulares iluminadas con ese
precioso tono rojo, la entrevista de la profesora Abad en televisión
sobre las vidrieras del monasterio, la mención oculta en el manuscrito
inicial encontrado en Silos «*En la hora de Prima, de la luz, la luz*», la
aparición en televisión del párroco don Alberto hablando del extraño
fenómeno producido por determinados efectos de luz que se pueden
observar tanto en la iglesia de San Nicolás como en el monasterio de
San Juan de Ortega, ambos en la provincia de Burgos. Todo esto sin
mencionar una experiencia que tuve el otro día aquí mismo cuando
me quede dormido en el sillón —dijo poniéndose colorado—. Y por
último, las palabras de aquella guía mencionando que las vidrieras
fueron cambiadas de ubicación en 1965 y colocadas en la sala capitular. Todo era demasiado fantástico. Pero también eran demasiadas
coincidencias como para no significar algo, como para no apuntar en
alguna dirección. Cada pregunta fantástica que me hacía, cada hipótesis, tenía a su vez una explicación aún más increíble. La razón me
decía que no había modo alguno de que una tinta invisible de las
conocidas como aquellas basadas en el limón u otras sustancias naturales pudiera haber sobrevivido ocho siglos hasta llegar a nuestros
días. Y eso es en breves palabras lo que me llevó a esa intuición.

Y para el que quiera hilar o hacer cálculos matemáticos, unos
años después de la compilación del propio Códex, aparece en él un

canto funerario: «*O moniales conoció Burgensis*» dedicado a María González de Agüero, precisamente la abadesa que ordenó la recopilación del mismo.

—Y claro —apuntó Elena que había permanecido callada por temor a interrumpir la explicación—, las palabras «*Cantat me sin miedo que Johannes rodrigues me enmendi*» que aparecen en varias partes del códice, pueden interpretarse como: «escribe lo que desees que me encargaré de codificarlo adecuadamente».

—Si no es eso, es lo más aproximado que se me ocurre —asintió Arturo— aparte de que fue precisamente a través de San Juan—o «*Johannes*» en latín—, de donde vino la luz.

—Es cierto, pero ahora que lo dices, ¿por qué nos hiciste cambiar de sitio el códice a última hora? ¿Qué te hizo intuir que la luz aparecería por esa vidriera en concreto?

—Me extraña que no hayáis dado vosotros mismos con la respuesta. Fue la parte más fácil, en realidad. Simplemente recordé mis clases de religión. Se trataba de que se hiciera la luz en todos los sentidos, ¿no? Acordaros de que según el Evangelio, San Juan Evangelista es la luz que brilla en las tinieblas, la Luz que el mundo no conoció, precedida por Juan Bautista, el mensajero enviado por la Providencia.

—Sin embargo —apostilló el profesor con un tono neutro en la voz— esa descendencia bajo la tutela del monasterio quedó perdida entre aquellas sujetas al mecenazgo de las Huelgas. Una familia de acogida sí, pero sería tan solo una familia más, un niño más que pediría pan entre los cientos que debía de tutelar la abadía. Siento romper la emoción del momento, pero ahora viene la segunda parte. Como en cualquier juego de enigmas, cada respuesta plantea una nueva pregunta.

—¿Y esa pregunta es... ? —dijo Elena.

—¿Adónde vamos ahora desde aquí? Como dijo sor Inés de la Cruz, bien pudo doña Elvira Fernández de Villamayor, la abadesa de entonces, dar al bebé en acogida a una familia de rancio abolengo de la localidad bajo promesa de juramento eterno a cambio de determinados privilegios o dones eclesiásticos y con amenaza de excomunión en caso de revelarlo. Nada más fácil que eso. Lo más difícil vendría después. El ingeniar, con ayuda de los alquimistas de la época y de los vidrieros artesanos empleados en la construcción de la catedral la orquestación de esa silenciosa conspiración.

¡Curiosa la mente medieval a poco que uno se detenga a pensar en ella!

CUANDO SE HUBIERON IDO SUS COMPAÑEROS Y SOLO LAS manchas sobre el lomo de Ismael quedaron como único testigo, el profesor aún permaneció un buen rato meditando cerca de la ventana. Se hacía difícil creer que todo esto se hubiera montado tan solo para ocultar un nacimiento ilegítimo cuyo protagonista principal fue una princesa desconocida venida a España para una incierta boda todavía sin concretar. ¿Había algo más que Alfonso X conocía? ¿Traía la princesa alguna otra misión relacionada con la famosa cúpula del mundo que pretendía entronizar como emperador de Europa al rey de Castilla?

Si todo había ocurrido como había explicado Arturo, los numerosos recursos técnicos y conocimientos empleados para ocultar el secreto destacaban sobremanera de los usados en la época. Varias mentes habrían trabajado juntas, sincronizado sus esfuerzos para crear esta pequeña pieza de maquinaria suiza, asegurándoselas de que diera las horas de modo preciso, sin errores, durante siglos.

La Cábala, la Obra hermética conteniendo secretos uno dentro de otro, cual gigantesca matrioska, aparecía como un posible colaborador necesario. Un mundo de referencias lo relacionaba todo. Arturo tenía razón. Ahora lo veía claro.

CAPÍTULO 39

FIN DE AÑO

Un ejemplo esteganográfico

Carlos y Elena estaban junto al gran ventanal de la casa del Paseo del Espolón contemplando el río. Acababan de dar las once.

Era el 31 de diciembre.

Había sido una semana frenética. Fascinante.

Arturo se había marchado media hora antes dispuesto a celebrar con sus amigos el año que se iba, agotado por completo, aunque rebosante de entusiasmo.

—Siempre me ha intrigado la mariposa que tienes ahí —dijo Elena súbitamente a la vez que se levantaba de la silla y se colocaba frente a ella—. ¿Cómo te hiciste con este ejemplar?—. Era la primera vez que Carlos le había visto hacer algo así tras no haber mostrado nunca gran afición por los lepidópteros de ninguna clase. Este repentino interés le pilló desprevenido. Tosió levemente, y miró al suelo antes de volver a posar sus ojos sobre Elena.

—Es una historia de juventud. Hace ya mucho tiempo de eso.

—No, por favor, si no te molesta soy toda oídos. Me gustaría conocer una historia que no tenga que ver con la antigüedad más o menos remota. No creo que mi mente aguante más interpretaciones por hoy.

—Bueno, si de verdad quieres saberlo... todo empezó en Brasil en 1985... —comenzó Carlos, los ojos fijos en el marco delante de ellos.

Y así dejaron atrás el despacho durante unos minutos para sumergirse en las maravillas de aquella mariposa que se había resistido a ser capturada, una mariposa que ahora ocupaba un lugar prominente en el despacho, enmarcada sobre la gran chimenea.

Elena permaneció en silencio durante todo el relato, echada ligeramente hacia delante, dando de vez en cuando una calada especial al cigarrillo, esa calada reconocida entre fumadores de todo el mundo que denota un mayor nivel de concentración mental. Mostraba la profesora su interés con leves asentimientos de cabeza, sus manos extendidas frente a ella, una sobre la otra, la viva imagen del interés.

Cuando Carlos terminó su relato, Elena se relajó en el sillón. Sus ojos verde esmeralda hablaban por sí mismos.

—¿Quieres saber acerca de mi experiencia significativa? —dijo al cabo de un prolongado silencio—. La verdad es que no había oído tanto la palabra hasta que sacaste el tema por primera vez en aquella cena en Montanilla tras hacerte cargo de los manuscritos. Durante más de catorce años tuve un pequeño perrillo. Un perrito saltarín, travieso y ladrador que se escapaba constantemente de casa, saltando al jardín en pos de cualquier persona, gato o perro que cruzara la puerta de mi pequeño bungalow. Vamos, lo que mis amigas en lenguaje coloquial y poco compasivo llamaban «un bichejo». Se llamaba *Scotty*. Fue testigo de mis malos años en un matrimonio que nunca había funcionado. *Scotty* se quedó conmigo, fiel hasta el final.

Y aquí la mirada de Elena se perdió en el vacío unos instantes. En esos momentos veía de nuevo a su mascota delante de ella. Quizás se estaba viendo a sí misma también, juntas las dos en el balcón, mirando a la calle aquella tarde después de que el que había sido su marido dejara la casa.

—Murió durante la noche. Me pilló completamente por sorpresa. Debía que acudir a un curso en Vitoria al día siguiente. Tenía ya los billetes de tren comprados para ese día. Impresos y guardados. Mis amigas y colegas que viajaban conmigo me dijeron al enterarse que sería mejor que cancelara el viaje, que el curso no era tan importante después de todo y cosas así, pero me negué. Tenía que ir. No podría quedarme sola en casa en esos momentos sin mi querido *Scotty*. Pero no era solo eso. Tenía que hacer un punto y aparte en mi vida, crear un espacio de duelo. Ya tendría tiempo para tirar sus cosas, sus ropitas, su cuenco de comida y demás detalles a mi regreso. Por eso, tras haber hablado con mis amigas y tomado mi decisión, abrí mi portátil en estado de sonambulismo, con intención de escribir en mi perfil de Facebook. El cursor parpadeaba, esperando delante de mí.

Sentía que debía decir algo a esa criaturita que me había acompañado a lo largo de los años, que había estado conmigo en mis mejores y en mis peores momentos. Testigo de una etapa de mi vida si quieres llamarlo así. Puede parecer fácil que uno cae en una especie de sentimentalismo rápido al hablar así, pero no lo es cuando recordaba los distintos momentos y experiencias pasados junto a *Scotty*. Le debía un poco de poesía a ese ser, ¿no te parece? Y antes de que supiera lo que hacía, mis manos estaban ya moviéndose por el teclado: «Yo sé que no estás muerto —escribí—, sé que estarás en el aire, flotando por ahí, ladrando a todo el mundo, ayudando a volar a las mariposas». Cursi, pero efectivo. Me sentí mejor. Un pequeño homenaje a un diminuto héroe. Con esas breves frases, con esas palabras aparentemente triviales y banales me quedé más tranquila. Cerré el portátil con los ojos llenos de lágrimas. Aún tuve el ánimo suficiente para intentar cenar alguna cosa, acostarme en la cama y cerrar los ojos.

Aún así no me quedé dormida hasta bien tarde y no sin haber dado muchas vueltas en mi cabeza a esa pena que me costaba encajar, que se quedaba dentro de mí, que rehusaba irse. Al día siguiente me dispuse a lavar la ropa acumulada durante los pasados días. No había tenido la mente precisamente para pensar en cosas como fregar los platos, pasar el mocho o cambiar el filtro de la cafetera. Abrí la lavadora medio dormida aún con movimientos mecánicos, después de haber dejado la cafetera en el fuego.

Atraje hacia mí el cesto de la ropa con un movimiento mecánico, como había hecho cientos de veces.

Pero cuando lo abrí de él salió una mariposa roja y grande que permaneció unos segundos frente a mi cara para volar a continuación por encima de la pared del patio trasero de mi bungalow.

Ahora comprenderás por qué no quería ver tus mariposas y te cortaba cuando intentabas hablarme de tu afición —terminó Elena levantando la cabeza que había mantenido agachada durante los últimos minutos y mirando a Carlos a la cara—. Supongo que era mi modo de protegerme, de no querer volver a hablar de mi pasado.

Elena se quedó callada. Permanecía de pie junto a aquella planta que había colocado en ese lugar semanas atrás.

El profesor Lafuente guardaba silencio a su vez tras escuchar las palabras de su colega. La luz de la luna, proyectándose desde lo alto sobre los hombros de su colega, daba un realce luminoso a su silueta, recortándola contra la ventana. Elena levantó los brazos y se soltó la coleta que previamente se había sujetado como era habitual para poder trabajar con cierta comodidad. Fue un movimiento rápido y natural. El cabello cayó o, mejor dicho, pareció desprenderse sobre sus hombros. A Carlos Lafuente le encantaba observar el balanceo del mismo cuando caminaba a su lado, creando diferentes formas y patrones en el espacio mientras lo hacía.

Inspiró hondo. El aire parecía escasear en sus pulmones. Carlos notó dentro de sí un secreto oculto, tardío y profundo.

—¿Sabes? —dijo el profesor antes de reparar en sus palabras—, luces muy bien bajo la luna.

Elena no contestó. Carlos no podía ver su rostro en la semioscuridad existente en ese pequeño espacio junto a la ventana. Solo esa luz lunar desde lo alto, cayendo sobre sus hombros, sobre sus cabellos. ¿Había tenido ella siempre el pelo tan sedoso o era consecuencia del efecto óptico producido por el ángulo en que recibía la luz en la ventana? Qué importaba.

El reloj dió los cuartos para las doce.

—¡Joder! ¡Me había olvidado por completo! —dijo Elena dándose una palmada en la frente— ¡Carlos, es Nochevieja! ¡Corre! ¡Corre! Dejé una botella en la mesa de atrás. Todavía estamos a tiempo de celebrarlo.

Lafuente, no habituado aún al nuevo orden de colocación de objetos en su biblioteca, hizo como se le indicaba, mirando hacia todos los lados de la estancia. Efectivamente, Elena —siempre presta al detalle— había preparado en una mesita cercana una pequeña bandeja sobre la cual se encontraban una botella y dos copas acompañadas de las preceptivas uvas.

Era la de las copas una forma cuidada, tallada en los sitios precisos por el artista, con líneas definidas, exactas, coincidentes con el ángulo de curvatura.

La obra del vidriero, moldeada mediante la técnica del vidrio soplado había creado a partir de una forma imprecisa una figura acariciada por el fuego. Era también la obra del artesano un homenaje a la luz, al modo en que esta se usa para realzar la propia forma del vidrio y que nos permite, en un segundo, al ser así mostrada, apreciar un breve destello salir de un punto imprevisto, sorprendiendo la mirada y causando asombro ante la belleza así percibida.

Y debajo de todo, la base sostiene el conjunto, como el tronco de un árbol soporta y hace destacar su parte superior, resaltando sus ramas.

Era sorprendente el pensar que había tenido ese juego de copas allí varios meses, cerca de la estantería, mientras iba en busca de verdades escritas cuando tenía al alcance de la mano esa otra belleza en la que no había reparado.

Sí, hoy era Nochevieja.

Unos rayos de luz lunar caían sobre las copas que permanecían en la mesa.

—¡Feliz Año Nuevo, Elena! —dijo Carlos con un brindis.

—¡Feliz Año Nuevo, Carlos!

Las copas chocaron entre sí. Un leve sonido, frágil, delicado.

Las dos figuras aparecían recortadas en la ventana del torreón frente a esa luz cenital. El profesor fijó su mirada en la forma de las pupilas de Elena. Estas habían aumentado de tamaño por efecto de la escasa luz existente en ese lugar. Carlos pensó que quizás había hecho una tontería. Como siempre. Otra vez.

—Será mejor que vaya a por otra botella —dijo—, creo que ya no queda mucho cava en mi copa.

Cuando se estaba levantando del sillón notó la mano de Elena en su antebrazo, firme pero suave.

—Todavía hay el suficiente —dijo Elena a la vez que colocaba las manos sobre sus solapas y le miraba con ojos que parecieron surgir desde las sombras dónde habían estado ocultos, iluminados por la lámpara situada en el rincón del torreón en el que ambos se encontraban.

Ella se acercó y Carlos, olvidando toda teoría, plan o estrategia rodeó con sus brazos la delgada cintura de aquella mujer que acababa de descubrir esa noche, y atrayéndola hacia sí la besó frente a la ventana, bajo la gran mariposa enmarcada; suavemente al principio, como una caricia, mientras sus manos comenzaban a explorar nuevos territorios, un mundo que había olvidado que existiera.

CAPÍTULO 40

ARDILLAS EN EL PARQUE

De las notas de Carlos Lafuente

A veces he visto ardillas en el parque de la Isla.

Entre las siete y las ocho de la mañana en especial suelen juntarse en pequeños grupos en aquellas partes menos transitadas del mismo, cuándo el aire de la mañana aún está prendido del rocío, cuándo el último sueño todavía está sujeto al corazón.

Las ardillas, tranquilas y metódicas avanzan a esa hora dando pequeños saltos, diminutas manchas de color marrón sobre la hierba aún húmeda, brillante y fresca.

Hay grupos de paseantes que conocedores de sus costumbres, aguardan ese momento para acercarse, con pasos llenos de paciencia y manos cargadas de nueces o almendras con la secreta esperanza de poder tentarlas hacia sí.

En las inmediaciones del Palacio de la Isla, en el extremo más remoto del parque, los arboles se reúnen a su vez en grupos y encubren entre ellos las andanzas de estos pequeños roedores.

Allí podemos descubrir, entre uno de ellos, al palmito elevado, al ciprés, el álamo blanco y el chopo boleana haciendo compañía al tejo, al sauce llorón y a su primo el olmo llorón, con esa insistencia del parque hacía lo melancólico, obedeciendo quizá al espíritu de su creación como paseo romántico tiempo atrás.

Hay momentos de especial tranquilidad en un parque a esta hora del día, antes de que los servicios municipales de limpieza y las madres portando sus indomables carritos de bebé invadan sus senderos, tomando posesión de él.

Pero antes, mucho antes de que eso ocurra ya han dado comienzo las ardillas a su exploración diaria y diminuta a las diversas ruinas repartidas por el parque. Provenientes de los arcos de los Comendadores han conquistado y protegido para la posteridad la preservada portada románica de la desaparecida iglesia de Nuestra Señora de la Llana así como la fuente de estilo colonial antaño colocada en el claustro del hoy olvidado monasterio de San Pedro de Arlanza.

Ellas, ignorantes de la grandeza y del esfuerzo de sus constructores, han llegado al extremo de esconder bellotas y otros frutos entre los intersticios de la piedra. Allí, estos frutos, ocultos a su vez, protegidos por la atmósfera del lugar, aguardarán al igual que lo hacen otras provisiones escondidas a escasos centímetros bajo la superficie en lugares menos emblemáticos del parque, el momento placentero de un tiempo futuro en que serán desenterrados y disfrutados por la pequeña colonia.

Pero ese momento no existe todavía en la diminuta conciencia de estos animalitos que dan saltos entre las ramas, impulsados por sus largas colas, a lo ancho y largo de este museo al aire libre.

Esta mañana de Año Nuevo, Elena y yo hemos acudido a él.

Quería mostrarle mi rincón favorito.

Entre la amplia variedad botánica del parque había elegido yo este primoroso rincón. Estábamos frente al *Cercis siliquastrum*, comúnmente llamado el árbol del amor.

Al llegar al lugar, Elena —puesta en antecedentes por mí de la experiencia que podíamos encontrar—, introduce la mano en su abrigo y saca unas pocas bellotas.

Tras unos segundos en que nada parece ocurrir, vemos un leve movimiento entre los arbustos situados frente a nosotros.

—¡Mira, mira, allí están! —dice Elena, con voz llena de emoción contenida, como si fuera una colegiala en una salida escolar.

En efecto. Un movimiento rápido proveniente desde el lado izquierdo se planta delante de nosotros durante unos segundos y desaparece por la derecha, con la misma rapidez que vino, con un movimiento convulso.

Por el suelo del parque se extiende lo que parece ser una mancha marrón y peluda—dada la velocidad del fenómeno—, que se revela poco después como una pareja de ardillas, una en pos de la otra. La mancha sube a los árboles, se agita en las copas y vuelve a descender en movimientos circulares por el tronco para repetir idéntica operación en otro árbol unos pocos metros más allá. La vista apenas tiene tiempo de reconocer las formas, las colas que se impulsan. Parecen nerviosas por algún acontecimiento especial que nada tiene que ver con nuestra llegada, con nuestra presencia.

Entretanto un diminuto ejemplar ha hecho su aparición a horcajadas sobre uno de los cercados metálicos que protegen las plantas y los macizos de flores, para, a continuación, colocarse inmóvil delante de Elena.

Otro más emerge de las sombras detrás del anterior y, tras mirar primero a la mujer que tiene frente a sí, y luego a mí con cierta desconfianza, parece considerar nuestra presencia allí, el grado de confianza que podemos merecer. Espero en mi interior que recuerden mis paseos solitarios de tantas mañanas cuando, con el *Diario de Burgos* bien sujeto bajo el brazo o el ocasional libro, he cruzado el parque y me he sentado a la sombra de estos mismos sauces, permaneciendo inmóvil allí durante cerca de media hora inmerso en esa extraña actividad sin perturbar la paz del lugar.

Elena me mira y, a continuación, como si estuviera acostumbrada a hacerlo de modo habitual, se agacha despacio frente a los dos roedores.

El segundo de los ejemplares, quizá más ágil y confiado que el primero —o quizá simplemente más hambriento—, cruza por delante de su compañera acercándose hasta la palma que se le ofrece extendida frente a ella.

Quizá no fuera este un hecho tan remarcable como la conquista de un paso del noroeste o la apertura de una nueva frontera, pero para mí ese momento fue igual de culminante que cualquiera de los hechos históricos que acostumbraba enseñar en el aula.

En ese momento, Elena, agachada con su abrigo gris, las solapas subidas, inconsciente de todo excepto del pequeño animalito que frente a ella comía de su mano, se convirtió en parte esencial del parque.

Este tiene sin duda un ritmo característico, su propia alma. No podemos llevar nuestra dimensión a él si queremos apreciarlo, más bien, somos nosotros quienes debemos permitir al parque entrar en nosotros. Solo así podrá ser visto como lo vemos Elena y yo en esas mañanas. En esas tardes.

No fue hasta años más tarde en que, más familiarizado con los pintores favoritos de mi amada, pude reconocer la luz de atardeceres semejantes en una de las pinturas de Claude Lorrain... en ese penacho de copas de árboles recortados contra una luz etérea que parece salida de otro universo, en esas ruinas convenientemente colocadas para que sobre ellas incida el oportuno rayo de sol que, tras rebotar en su superficie, vaya a caer finalmente sobre el rostro de las personas que por allí deambulen. Congelados convenientemente en el tiempo para gozar de ese momento una y otra vez.

El amanecer trae consigo una perspectiva distinta del parque. El ritmo es otro al igual que es otro el paseante al compás de las horas. Parece que el entorno haya contagiado a la población en estos momentos.

Había estado en otras ocasiones en el Parque de la Isla, ciertamente, pero ese día con Elena fue la vez en que lo descubrí.

CAPÍTULO 41

UN PASEO POR BURGOS

Tras la reciente visita al parque Lafuente tuvo la confirmación de que era hora ya de volver a callejear por Burgos tras un año encerrado en su despacho, de tornar a deambular bajo sus sauces llorones, de notar la lluvia cayendo, la brisa fresca en el rostro.

Paseó así por las calles vacías en esas frías tardes, observando los comercios tradicionales, con la perenne sensación sobre sus hombros de que el tiempo no hubiera transcurrido.

Caminó con pasos lentos, con la mirada llena de sueños, en un estado de paz interior. En estos momentos se sentía unido a Elena como nunca.

Se apoyó sobre el pretil del puente, y, viendo el Arlanzón pasar allí abajo, inspiré largamente. El río, insensible a mi contemplación continuó su discurrir como ha llevado haciendo todo este tiempo, estos años, estos siglos.

El Arlanzón.

Le parecía gracioso pensar que había vivido casi toda su vida junto a él sin saber que podía existir, ser contemplado de este modo. Era ahora cuando inexplicablemente le asaltaba su recuerdo, una extraña añoranza, la necesidad de volver a verlo bajo otros ojos, de saber que ella también había cruzado por estos lugares, quizá dando saltitos y lanzando su risa al aire. Una risa similar al del grupo de niñas que acababan de adelantarme por la acera sin más propósito que el de disfrutar de la tarde.

Dejó atrás el Paseo del Espolón así como la antigua estación ferroviaria y la avenida que ha quedado tras su demolición. Todos ellos fueron la parte final de su paseo antes de tomar un necesario café.

Ya no podría vivir sin este nuevo Burgos. Necesitaba experimentar, recordar estas nuevas sensaciones, unidas de este modo. Ya nada podría separar de su interior la impresión de vivir y percibir la ciudad que había visto crecer a Elena.

Se había confundido toda su vida. Ahora, en mi madurez había encontrado la ciudad que se había perdido. Pero había descubierto maravillado que esta le había estado esperando, paciente y sin reproches. Siempre había estado allí, quieta, anhelando que emprendiera el camino hacia el Norte, como el peregrino que se dirige a Compostela. Pero esta, sin embargo, había sido una peregrinación callada, sin alboroto. En silenciosa soledad.

Se detuvo observando una de esas acogedoras cafeterías que, con luces ámbar en su interior, parecían hablarle de momentos sin prisas y donde el tiempo que había empleado el día anterior junto a Elena, degustando un café con una reinosa, parecía no haber transcurrido.

Contempló los amplios jardines, los carriles bici, los balcones y porches acristalados...

A través de ellos Burgos y Carlos Lafuente mantenían una callada conversación.

Pero la maravilla, el milagro si se quiere, había sido el hecho de poder descubrir los lugares y sentir los olores, las vistas y sensaciones relacionadas con ella.

Y si no había niebla ni lluvia en esos días que recorría la ciudad, volvería una y otra vez a perseguirla, a buscarla, a recordar, persiguiendo el sueño de sus calles junto a Elena.

～

PARTE II
TRAS LA PISTA
EN BUSCA DE LAS RESPUESTAS

Hay un grito en la brisa,
es un grito silencioso,
Que viene desde el Arlanzón,
Que viene desde Sevilla,
Es el lamento por la hija perdida,
en los laberintos del tiempo,
más allá de la niebla y la lluvia de verano,
En un viaje de solo ida más allá de lo impensable.

CAPÍTULO 42

EN BUSCA DE EL DORADO

De planos, carreteras y del juego de la oca.

Aquella tarde del veinte de enero, antes de acudir a la universidad, Carlos Lafuente se acercó a la vecina librería del Espolón.

Al llegar ante ella y antes de entrar echó un vistazo al escaparate como tenía por costumbre. Un libro de portada sobria situado en la parte baja del expositor llamó su atención. Sobre la misma, la figura solitaria de una mujer en medio de la Naturaleza. Al fondo se adivinaban unas montañas grisáceas y borrosas. *El instituto perfumado*, rezaba el título. Se fijó en el autor: Ernesto Santos. ¡Vaya! Este debía de ser uno de esos proyectos que le había comentado cuando se conocieron en Valladolid. En un cartel a la izquierda del escaparate se anunciaba la presentación del libro para una fecha cercana.

El día había comenzado a llenarse de oscuros nubarrones que anunciaban la tormenta que habría de caer poco después.

El campus, que antes había brillado en todo su esplendor, soltaba ese olor especial a césped recién cortado. Las estatuas y el río contemplaban la escena con serenidad ante el tiempo inclemente.

. . .

Dos figuras esperaban al profesor en el despacho de Montanilla bajo los libros con lomos dorados. Una de ellas arreglaba con cuidado las flores de un jarrón situado encima de la chimenea. Una vez acabada tan escrupulosa tarea, volvió a colocarlo en la ventana.

La autora de este hecho pudo entonces ver desde allí la alargada figura de Carlos Lafuente mientras este se acercaba pensativo por el jardín que rodeaba la facultad de Historia, su pipa en la mano, iluminado por la luz cenicienta que reinaba en el cielo, sin parecer importarle el cambiante movimiento de las nubes sobre su cabeza.

Moviéndose de ese modo entre las estatuas, podría haber sido confundido con una de ellas, un apuesto caballero medieval que hubiera dejado la armadura para su limpieza y puesta a punto antes de regresar a la batalla.

—Aún sigue allí —dijo Elena volviéndose hacia Arturo.

Este se encontraba en el sillón verde, un grueso volumen entre las manos, intentando tomarse un rato libre, aunque sin perder de vista la escena que tenía ante sí. El joven sonrió. No había podido por menos de notar éste el cambio apreciable entre sus profesores y ahora amigos.

¿Quién le iba a decir que esa sensación apenas intuida tiempo atrás en Valladolid hubiera desembocado en esto?

—No sé —continuó Elena con el ceño fruncido mientras seguía mirando abajo—. Creí que estaría más tranquilo ahora que hemos terminado con todo esto, pero parece que su mente no haya dejado de girar.

—Es cierto. Debería descansar un poco —ratificó Arturo—. Estos últimos días han sido agotadores para todos. Me acabo de perder dos fiestas de paso de Ecuador de unos amigos y eso jamás me había ocurrido.

Transcurrió una hora antes de que Carlos entrara por fin en el despacho. Pareció sorprendido al verles allí, pese a haberles citado el día anterior a tal efecto.

—Disculpad. Salí a dar una vuelta. No sabía que estabais aquí ya —dijo a modo de disculpa, mientras colgaba la chaqueta.

—¡Vaya! Y yo que pensaba que ibas camino del simposio de Chicago sobre *Historia de los Seminolas y su repercusión en la agricultura moderna* —dijo Elena, con una ironía que pasó desapercibida para el profesor, sumido en sus pensamientos.

Este se sentó en su escritorio y cogió instintivamente la familiar carpeta de cuero negro donde había ido guardando día tras día los datos más relevantes de los últimos meses.

—Bueno, ya se acabó todo por lo que al manuscrito respecta —dijo Elena con una amplia sonrisa, mirando de nuevo al jardín y aprovechando para arreglar las hortensias del jarrón de porcelana que se le habían pasado por alto en su cuidado floral anterior, en un intento de alentar a su colega a mantener una conversación.

Carlos asintió con mirada ausente mientras organizaba los lápices mediante el curioso sistema de sacarlos del cubilete donde se encontraban para, a continuación, volver a colocarlos en su interior.

—¿Ocurre algo? —dijo Elena, acercándose hasta el escritorio y sentándose en una de las esquinas del mismo a la vez que miraba inquisitiva al profesor.

Lafuente tenía la vista fija sobre uno de los folios que había sacado de la carpeta. Se detuvo al oír la pregunta y alzó la cabeza, contemplando la biblioteca frente a él, como si el comentario viniera de muy lejos, pasando a continuación a hojear tres o cuatro folios más antes de repetir la operación anterior.

—Que yo sepa no queda más que dar carpetazo y ratificar el maldito informe que nuestro venerado rector deseaba de modo tan insistente—insistió Elena mientras cogía de la silla situada frente al escritorio su bolso de cuero con cintas marrones para extraer del mismo un cigarrillo—. Una vez demostrada la autenticidad de los manuscritos y correspondiendo su propiedad a Silos —o por lo menos a Huelgas—, el pobre conde no podrá venderlo en ninguna subasta, ¿no? Pobre Dabrowski, en el fondo de mi corazón me da pena. Por otro lado también me apena algo el pobre Manuel Tordesillas con su informe impecable y tan bien hecho. Ahora solo le servirá ahora para espantar las moscas de su despacho.

—Por fortuna eso no es algo de lo que tenga que preocuparme. En cualquier caso Patricio Noguer solo se ha limitado a reconocer la validez de los manuscritos de Silos, nada más. El texto hallado en el Códex no es para él más que una metáfora religiosa de algún tipo.

Así había sido. Aquella tarde, pasada la excitación inicial del descubrimiento bajo la luz de las vidrieras, Carlos Lafuente se había enfrentado a la sólida y estoica figura del rector situado de pie tras su mesa de despacho, bloqueando la visión del jardín, cual estatua sobre un pedestal.

—Me alegro por usted profesor —le había dicho el rector aquel día tras haberle sido expuestas en presencia de una taciturna Elena todas las pruebas obtenidas—. A pesar de haberme desobedecido con sus insólitos métodos con el fin de volver a ver ese dichoso libro. Espero que ahora tengan los dos tiempo para retornar a sus deberes académicos, ¿no les parece? Eso debería de estar en este momento en su lista de prioridades.

La mirada de Lafuente seguía el camino dibujado por el patrón de la alfombra, su mente muy lejos de ese despacho, de la bandeja de té, del jarrón con flores y de la imagen de los sauces llorones que rozaban la ventana con sus ramas.

—Entonces ahora no se trata de la investigación, ¿verdad? Ya no estás tan solo buscando dar sentido a un manuscrito —dijo Elena rompiendo el hielo tras un largo periodo de silencio, balanceando su pierna derecha, recordando a Carlos de este modo que aún se encontraba allí y aprovechando su posición estratégica en la mesa para dar más énfasis a sus palabras. Ahora que sabía que podía provocar terremotos con sus piernas era cuestión de utilizar todas las armas.

—No, supongo que no. Hemos hecho lo que queríamos hacer supongo —dijo Carlos. El suave perfume que llevaba Elena esa tarde llegaba hasta él.

—¿Qué es entonces Carlos? ¿Qué es?

Aún transcurrieron unos segundos antes de responder, segundos durante los cuales el profesor mantuvo la cabeza baja, haciendo leves movimientos con ella.

—Es la mariposa otra vez, ¿verdad? —dijo la profesora.

Como un niño pillado con la chocolatina escondida en el bolsillo, reconociendo la verdad solo cuando la mancha del dulce ya se extiende por el pantalón, Carlos levantó la cabeza.

—Sí, supongo que sí —dijo mientras colocaba el último lápiz en el cubilete de madera.

Acto seguido se levantó, dispuesto a coger la pipa que reposaba obediente en la mesita auxiliar, presta en ayuda de la investigación diaria. Aprovechó la cercanía de Elena apoyada contra el buró, para darle una palmada de agradecimiento en el hombro y acariciar su mano.

—Reconozco lo absurdo de la idea. Me suena idiota hasta a mí mismo. También sé que como profesor he cumplido con mi deber: redactar un informe más o menos elaborado, unas notas que podré presentar más tarde en algún simposio o charla internacional para ser aplaudido por esa misma comunidad mientras nos damos mutuamente palmaditas en la espalda. Hasta he recibido un reconocimiento a regañadientes del rector, si los comentarios con la boca llena la otra noche en el comedor pueden entenderse como tal. Han pasado ocho siglos ya desde que aquellas instrucciones fueron colocadas o dejadas a cargo de las religiosas de las Huelgas. Quizá sea hora de pasar a otra cosa.

—Sí, el tiempo vuela cuando uno se está divirtiendo —dijo Arturo con una mueca que se cortó al ver la seriedad que reflejaba la cara de su mentor.

Lafuente estaba mirando la pared opuesta a la gran librería. En ella colgaba un mapa de la península ibérica sobre el cual los antiguos reinos volvían a cobrar vida día a día. Viéndolo era fácil imaginarlo cruzado por jinetes a caballo yendo y viniendo de una batalla a otra, llevando algún importante mensaje de un reino a otro en pos de posibles tratados.

—Aún así...he estado dándole vueltas a una cosa... —dijo el profesor mientras miraba hacia delante.

—¿Sí, Carlos?

—Aquel bebé que quedó a cargo de la bondad del Císter...

Nueva mirada de Lafuente al jardín y a los papeles sobre la mesa.

—¿Aquel bebé... ? —repitió Elena, intentando sacar las palabras de la boca de Carlos, sintiéndose como la apuntadora del grupo teatral de la universidad.

—Me pregunto si esa familia —de haber tenido descendencia claro—, si esa familia, a pesar de los siglos transcurridos, de las vicisitudes de la historia, de las enfermedades, guerras, familias que desaparecieron, la corta esperanza de vida y todo lo que queráis echarle encima, no hubiera llegado de un modo u otro hasta nuestros días. ¿Qué pasaría si, al igual que hizo Ariadna se tirara de los hilos adecuados en busca de la familia de arraigo? Tomadlo como un juego intelectual, como una especie de Scrabble o Cluedo, como una obsesión si queréis. Parece una locura, lo sé, pero también lo es intentar atrapar una mariposa en la jungla, escalar una montaña que se resiste o pintar los efímeros tonos de la niebla o la lluvia en el caso de un pintor. Por supuesto que esto es algo que la facultad no apoyaría de ninguna manera. Sería algo que, de un modo u otro tendría que realizar por mi cuenta usando mis propios medios. Pero creía que debía de decíroslo. Llegado aquí no puedo detenerme...

—Bueno, Arturo tiene entre una cosa y otra que acudir el año próximo como profesor interino nada menos que a la universidad Ludwig-Maximilians, ¿verdad, Arturo? Por desgracia hay algunos que se resisten a abandonar el mundo real. Es increíble, ¿no es cierto?, pero a veces ocurre —dijo Elena con cara que quería mostrar seriedad, desvirtuada por las comisuras de unos labios empecinados en sonreír.

—Sí, bueno —dijo Arturo, mirando de uno a otro al sentirse así pillado—. Es una consecuencia de aquello que preparé sobre Napoleón y tal, ¿recuerda? Digamos que quería ampliar el trabajo de fin de carrera con mis propias observaciones sobre el imperio austro-húngaro, pero aún así dispondré de cierto tiempo libre.

Eso pareció sacar al profesor de su hilo mental anterior. Se levantó y cruzó la habitación para estrechar la mano de su alumno predilecto.

—¡Qué maravillosa noticia. ¡Mis felicitaciones! No me dijiste nada. Me alegro mucho por ti, Arturo. Serás un hombre de provecho y un profesor aventajado—dijo Lafuente. Miró el profesor a continuación los libros que tenía repartidos por su despacho, la amplia biblioteca que tanto le había confortado en los años pasados hasta que su mirada se posó por fin en la cara de Elena que le observaba con atención, los párpados entrecerrados.

—Es un alumno excelente, Elena —dijo Lafuente con tono más quedo al reparar en su exceso de expresividad.

—Hay cosas peores que un *Cum laude*, créeme. En mi caso que se te quemen las palomitas en el microondas. Por cierto, ¿dónde tienes el manual de cazar mariposas? —dijo la interpelada saltando con agilidad de la mesa en cuya esquina había estado sentada y sacando su estilográfica con rapidez sorprendente del bolsillo interior de su americana, intentando cambiar de conversación al darse cuenta de que las mejillas del joven empezaban a subir de tono.

El profesor sonreía mirando a uno y otro de sus interlocutores.

—Todos somos en efecto esclavos de nuestras pasiones —dijo levantándose a su vez—, pero yo tengo una suerte increíble en ese sentido. Si soy preso de las mías dispongo a cambio de los mejores compañeros de celda que hubiera podido imaginar— dijo colocando su mano sobre la cintura de Elena —¡Gracias!

Arturo no pudo por menos de experimentar cierta ansiedad cuando vio que el profesor se levantaba por fin. Tanto Elena como él adivinaron lo que esto podía significar.

Lafuente se acercó a su carpeta de cuero y tras correr la cremallera con un movimiento preciso, sacó del mismo su reciente adquisición de esa mañana en la librería del Espolón, desplegándola ante su colega y alumno. Se trataba de un mapa detallado de la provincia de Burgos.

—Os presento el plano del territorio —dijo Lafuente con cierto aire teatral que sorprendió a sus compañeros.

Era efectivamente un mapa. Un mapa similar a aquel otro metafórico que había surgido de una cena celebrada en Valladolid meses atrás.

—¡Vaya! ¿Quién dijo de hacer un café? No creo que me sentara mal a esta hora, bien lo sabe Dios. Daría hasta el último maravedí por ello —dijo Carlos dando una palmada y sorprendiendo a los presentes al adoptar una pose heroica que intentaba semejarse a la versión burgalesa de Errol Flynn.

Elena y Arturo se rieron ante la ocurrencia. Arturo estaba descubriendo un nuevo Lafuente en los últimos días y sabía que todo ello era debido a Elena.

El profesor desplegó el mapa por completo. Sobre él, un amasijo de pequeños nombres salpicados aquí y allá. Ríos, montes, pueblos.

—¿No os recuerda nada este mapa? —dijo Lafuente, apercibiéndose de ello.

—Parece talmente el plano de un tesoro —dijo el joven, fijándose en la forma y distribución de los pueblos, sintiendo el espíritu aventurero renacer en él.

—Sí, ¿verdad? —dijo Elena mirándolo con atención.

—De este modo es como os propongo que lo veamos. Os pido que os olvidéis de de la ortodoxia por un momento. Imaginaos que estamos leyendo una novela de suspense tras la búsqueda del asesino. Esa, creo yo, sería la óptica más adecuada para entender mi idea. Fijaos —dijo Carlos mientras señalaba con el dedo sendas claramente identificadas por colores en el mapa—. Hay autovías y autopistas indicadas con claridad junto a las carreteras nacionales. Hay pistas, sí, pero también caminos que no llevan a ningún lado. Más que el plano de un tesoro como dices, a mi me recuerda más un tablero de parchís o de la oca, pues podemos retornar a la casilla de salida infinitas veces. Con ese espíritu de juego y de persistencia creo yo que habría que emprender esta nueva investigación.

—Como aventureros, ¡tiembla Jim Hawkins, tiembla! —dijo Arturo más versado que los demás en la obra de Stevenson.

—Bueno, volvemos a encontrarnos ante una toma de decisiones, ¿no es así? —dijo al fin Lafuente con mirada desafiante no dirigida a nadie en particular—. ¿Alguna idea? Cualquier cosa me vale, cualquier cosa que espolee la imaginación. Pero antes, escuchad los dos un momento. Quisiera que hagáis tabla rasa de todo lo que hemos investigado hasta ahora y en tu caso Arturo, especialmente de mis enseñanzas, si alguna vez he logrado meterte algo en esa cabecita ocupada con teorías esotéricas. Pensad por un momento en otros jugadores que hayan podido pasado por estas rutas. Que han jugado a este juego, desplazado de un punto a otro. Que han hecho hogueras, buscado caza, cultivado los campos. Han dejado señales de su paso, marcas, inscripciones. Los nombres de muchas de estas poblaciones, similares a casillas, pueden haber cambiado drásticamente debido al tiempo y a la propia evolución del lenguaje hasta tener como referentes cosas completamente distintas. Hay que leer a través de ellos. El tapete de juego sigue siendo el original. Las reglas del mismo tampoco han cambiado. Solo nosotros lo hemos hecho, los nuevos jugadores, ahora enfrentados a él. Si tomamos el enfoque de Sherlock Holmes, deberíamos de poder reconstruir las jugadas anteriores analizando la situación de las piezas en la actualidad, ¿no lo veis así?

—La verdad es que nunca se me hubiera ocurrido contemplar una investigación histórica o genealógica desde esa perspectiva. Pero supongo que tiene usted razón profesor —dijo Pinedo sacudiendo la cabeza.

Sí, pensó Lafuente mientras miraba el mapa; miles de vidas habían atravesado estos paisajes yermos, cruzado estos páramos desolados y casi deshabitados. ¿Estaban las almas del ayer aún por allí como creía Pinedo? ¿Habían partido quizás de visita a un pueblo vecino planeando retornar a última hora de la tarde a tiempo para la cena? ¿Traerían consigo mil anécdotas nuevas que contar, risas frescas, llantos y penas nuevos?

LAS SOLITARIAS CONSTRUCCIONES HABÍAN SIDO TAN vulnerables tan vulnerables al viento del invierno como los mismos campos que las bordeaban; casas aisladas a las que éste podía destrozar o perdonar según le viniera en gana. Como esas mismas casas rodeadas de surcos, de cientos, miles de sembrados y cultivos, algunas gentes tristemente no brotarían jamás. Algunos darían lugar a arbolitos que crecerían, que tendrían a su vez descendencia, llegando a formar un pequeño grupito forestal y, pasando el tiempo, incluso un tímido bosquecillo. Aun así, desconocidos de la mano del escriba, sus vidas quedarían perdidas para la Historia.

Otros habitantes más afortunados verían llegar un día por el camino que atravesaba la población, a ese mismo escribano real buscando, recabando la información de los dominios locales, inventariando todas y cada una de las cosas que allí veía. Las familias pasarían de este modo a formar parte del censo real de la nación, ganando con ello la inmortalidad, esa inmortalidad relativa de los registros.

Muchas de esas personas, la inmensa mayoría pasarían su vida de la cuna a la tumba entre esos campos, sin dejar huella alguna de su existencia en esos objetos planos y aparentemente neutros que eran las hojas y el papel del escribano, del notario, del abogado, del párroco, registrando su paso por la vida y la muerte. Sin ese papel su nombre no sería más que un eco en la boca de los viejos del pueblo. Algo de lo que se hablaría cada vez un poco más lejano. Algo que, como la vieja lápida de la tumba —si por fortuna podían contar con un panteón—, podría ser recordado para la posteridad. En los casos menos pudientes, las viejas piedras se habrían ido deteriorando y desgastando, borrando todo rastro de nombres y fechas sobre esa pequeña lápida que albergó los restos de algún tierno infante muerto a los pocos meses de nacer.

Detrás de él seguirían las lágrimas de sus padres hasta que estos también desaparecieran de la escena.

Ya solo la hojarasca, los pasos de otros visitantes cercanos turbarían ese trozo de tierra.

Para el pueblo llano solo quedaría el entierro común en la parroquia. Sin nombre. Sin fecha. Sin identidad. Una sombra más, una hoja más arrastrada por el viento en la tormenta, viniendo desde un punto hacia otro más allá de la distante colina sin saber cuál había sido su objetivo.

Los tres habían dejado la dorada oscuridad de la biblioteca. Se encontraban en los amplios jardines del campus, en esos senderos donde era fácil ver cualquier día de la semana a cualquiera de ellos, inmerso en largos paseos.

Alineadas a uno y otro lado del sendero que atravesaban podían verse copias de estatuaria griega. De esas estatuas con las que poco a poco se había ido sembrando la periferia del campus.

Tan pronto encendió su pipa y dio la primera inhalación, los brazos del profesor se pusieron en acción. Sosteniendo la misma con la mano derecha, dibujó un arco en el aire, como si estuviera delimitando el paisaje que les rodeaba.

—No se trata de buscar un monte cualquiera en el norte de la provincia —comenzó—, sino El Monte. El Monte elegido por las religiosas y, si he adivinado correctamente, estaríamos moviéndonos en pos de las ideas que una mente brillante tuvo al crear este plan secreto, esta maniobra de ocultamiento. De ser así debemos continuar pensando como lo hicieron ellos, fuera el plan inicial obra del escribano, de la abadesa o de un conjunto de personas. Eso no lo sabremos nunca. Bien —continuó—, pongámonos en su lugar entonces. Buscaban —ya lo sabemos—, una familia con arraigo local. Podría tratarse de un noble o, por lo menos, de personas de autoridad cuyo apellido fuera susceptible de perpetuarse o tener cierta garantía de hacerlo a través de la posesión de tierras y títulos.

—Claro, en lo que al monasterio se refiere, ya sabemos que gozaban de potestad sobre tierras y títulos hasta tiempos bien recientes —dijo Arturo.

Oyeron un golpeteo repentino de agua sobre las ventanas cercanas al punto donde se encontraban. Había comenzado a llover con fuerza.

Una lluvia fina y constante. Corrieron hacia el edificio principal.

Con este aguacero vespertino arrancó esa nueva fase de su investigación.

Y así tenía que ser. Este es el modo en que deben de comenzar los juegos de mesa, con gotas golpeando en el exterior de una ventana. Y luego, luego siempre es el impulso por continuar y terminar la jugada más allá del cansancio y de la cena que espera fría en la cocina.

Una vez resguardados los tres en el confort del despacho, Arturo miró de nuevo el mapa como un jugador ante el tablero que pensara el siguiente movimiento, intentando conseguir hacer dama a través de los difíciles corredores del mismo hasta llegar al lado opuesto.

—«Un pueblo el norte, en el monte... en el monte...» —dijo en voz baja, sin darse cuenta de que estaba articulando estas palabras.

—«Donde esconder la semilla dorada» —continuó Elena, como el que recita un encantamiento a fuerza de haber leído ese párrafo miles de veces.

—Haced una lista de los diferentes lugares —intervino el profesor —. Es inútil que estemos los tres sobre el plano como tontos, leyendo y releyendo los mismos nombres una y otra vez. Sería una perdida de tiempo. Es fácil que omitamos uno de ellos haciéndolo así. ¿Tordesilla del Monte podría ser? —y siguió leyendo la larga retahíla de nombres que se presentaban frente a él: Las Alfuacas, Muño, Arlanzón, Jarros, Losa, Rodilla, Quintanilla Sobresierra, Montorio, Carrión, Deseñas. Villamayor de los Montes...dejándose llevar por el suave ritmo de los nombres en contrapunto con el golpeteo de la lluvia sobre el pretil.

El profesor calló de repente. Sacó del buró cercano el plano de las Huelgas, lo miró rápidamente contrastándolo a continuación con el mapa de la provincia desplegado en la mesa.

Sus dedos ya estaban siguiendo un surco sobre el dibujo, como si no acabara de ver las líneas perfectamente trazadas en el mismo.

Volvió a leer la última columna de nombres.

Elena no dijo nada. Seguía el dedo de Carlos con atención.

—¿Elena? ¿Estás pensando lo mismo? —se giró Carlos, extrañado de la ausencia de comentarios de esta.

Su pregunta no obtuvo respuesta inmediata.

La profesora había adoptado la misma actitud de concentración solitaria de la que sus compañeros llevaban haciendo gala en los últimos días, limitándose a hacerles una seña para que guardaran silencio mientras consultaba su ordenador portátil.

La luz, esa luz reveladora que les había dado la clave aquella mañana que tan lejana se les antojaba ahora, penetraba en el estudio del profesor por el ventanal situado a su espalda, atravesando la lluvia, produciendo un curioso efecto sobre la figura de este último.

—¡Es el oro! —dijo finalmente Elena, lanzando un grito.

Los dos hombres se incorporaron ante la exclamación.

—¡Es el oro! ¡La clave está en el oro! —repetía una y otra vez Elena.

La voz de la profesora había llegado a la conciencia del profesor lentamente, con un ritmo propio, como el eco del silbato de un tren que hubiera dejado la estación tras efectuar una breve parada.

--lLas religiosas estaban intentando ocultar un secreto dorado, ¿no? —dijo Elena—. Esas son las palabras exactas usadas en el propio Códex, ¿no es verdad? También según el testimonio de la abadesa, es el oro, o más bien la luz que este simboliza, lo que debemos buscar. Esto es, un lugar dorado en el Monte.

Los tres se agacharon sobre el mapa que habían estado escrutando toda la tarde, lleno de pequeñas poblaciones, la mayoría de las cuales habían sido apenas villorrios casi inexistentes en el siglo XIII.

Por fin, tras quedarse detenida al reconocer un nombre la profesora se levantó y se acercó a la mesa central.

—Creo que aquí sí puedo ser de ayuda —dijo enigmáticamente, mirando de uno a otro de los presentes a la vez que sacaba las gafas de lectura de su estuche.

Elena estaba señalando un punto al norte de la provincia.

Esta vez fue Carlos quien lo vio. Un pequeño pueblo.

Montorio.

—Después de lo que os he dicho ¿No notáis nada peculiar en el nombre? ¿Nada que os llame la atención?

—Creo que es este el que buscamos —dijo Elena con una enorme sonrisa de victoria—. He intentado no sugestionarme con la idea, pero mis ojos vuelven una y otra vez sobre este punto. Solía pasar allí los meses de verano en casa de mis tíos. Supongo que la familiaridad hace que dejemos de ver lo que tenemos delante. Por otro lado tenía miedo de ser subjetiva al respecto.

Carlos consultó en Internet rápidamente. Tres o cuatro golpes de teclado en la página de Google. Unos segundos de espera.

—¿Sabes? sí, podría ser —dijo—. Aquí está... Montorio... en la antigüedad un pequeño núcleo de población. Se fundó gracias a una donación de unas propiedades en San Adrián y San Miguel, unos despoblados en el término de Montorio —o Monte Áureo como también se le conocía en la época —realizada nada menos que el 6 de mayo del 968... Monte Áureo... monte de oro... la semilla dorada escondida en El Monte... Como dirían los ingleses, en una mala traducción de la expresión, ¿no os hace esto escuchar campanillas en la cabeza?

Elena y Arturo se acercaron al mapa.

Carlos se aproximó con un libro que había sacado del estante. Una recopilación de facsímiles de la época.

—Sí, no es nada descabellado. Además la ubicación está relativamente cerca de Burgos, pero si no me equivoco —y aquí hizo una pausa para coger alguno de los apuntes de las últimas semanas—. No, no creo que sea posible. Por desgracia esa zona no estaba bajo el control jurisdiccional, civil o religioso de las Huelgas.

—¿Pero qué me decís de este otro próximo a Montorio? —continuó insistente Elena, sin darse por vencida, señalando con su lápiz otro punto del mapa, una población cercana a la anterior: «Quintanilla Sobresierra».— ¡Fijaos, también tiene el sufijo de «monte» o «sierra» en el mismo, y está a escasos kilómetros del anterior! Quintanilla Sobresierra, o dicho de otro modo, «sobre el monte» para dejarnos fuera de toda duda de que es en ese paraje al que debemos de remitirnos. ¿Estamos ciegos o qué?

—Aquí dice además que esta última población se encontraba bajo la tutela y la jurisdicción civil y eclesiástica del monasterio —dijo Lafuente, la nariz todavía metida en el libro.

No se trataba de un monte en efecto. Era una población.

—Solo falta ahora una cosa sin importancia —añadió Lafuente.

—Por favor profesor, no me lo diga—dijo con voz lastimera Arturo, inmerso en otro volumen—. No sé si podré aguantarlo. Si por lo menos hubiera podido tomarme una cerveza antes...

Carlos dejó la pipa con cuidado sobre la mesa y, cogiendo la escalera de la biblioteca subió a la misma y, tras pasar cierto tiempo moviendo algunos libros en las alturas, descendió.

—Mirad este códice —dijo el profesor mientras mostraba con aire triunfante un facsímil cuidadosamente encuadernado—. *El Becerro de Cardeña* hace también una especial mención a la población que hemos encontrado. Fijaos, aquí dice que en 1077, el presbítero Gundisalvo dona al abad de San Pedro de Cardeña, Sisebuto, todas las heredades que tenía en Monte Áureo.

¿Era esta la mariposa por fin?

—Un último apunte, profesor. Supongamos por un momento que es este el lugar... ¿Por qué nos dijo antes que nos centráramos en el norte de la provincia? ¿Por qué creía que se encontraría allí la población y no en cualquier otra parte? Al fin y al cabo hay varios lugares que tienen el sufijo monte en el mapa.

—Fuisteis vosotros quienes me disteis la idea. Aquellas eternas charlas tuyas sobre Fulcanelli en nuestro viaje a Soria, ¿recuerdas? Y lo que Elena dijo el otro día acerca de la orientación de los templos religiosos para que los creyentes miraran a Oriente al entrar por la puerta situada en occidente. Eso y nuestras experiencias pasadas con los efectos de luces en las Huelgas me hizo pensar si acaso la situación actual de las vidrieras en la sala capitular no obedecía a alguna razón secreta. De hecho recordad que nadie sabe o por lo menos no consta en ningún sitio los verdaderos motivos por los que se hizo ese cambio de ubicación de las mismas en 1965. Pero, con independencia de eso, estaréis de acuerdo en que la sala capitular era el centro de mando por así decirlo de la vida del monasterio, donde se tomaban las decisiones del mismo. Y donde aquel lejano día de Navidad de 1257 o como mucho, unos pocos días después, se tomó la decisión de enviar la «semilla dorada» a una familia de acogida.

—Aún sigo sin entender nada. Ya hemos hablado del símbolo de los Reyes y tal, pero ¿el nombre del pueblo...?

—El pueblo, Arturo, está simplemente situado en el mismo punto cardinal en el que los rayos del sol inciden en la sala capitular.

Y diciendo esto, con gran dominio del efecto teatral que el

profesor sabía había tenido su discurso, plegó los planos con parsimonia, guardándolos bajo llave en su buró.

—Ahora viene lo realmente complicado —dijo.

—¿Lo realmente complicado?

—Sí, —replicó Carlos, mostrando un saquito de tabaco picado que extrajo del bolsillo—, esperemos que esta nueva mezcla sea de mi *agrado*. Me la acaban de llegar hoy desde hoy Inglaterra y estoy francamente ansioso por probarla. «Duke of Queensbury» —dijo pronunciando el nombre con cuidada lentitud y precisión—. Con ese nombre por lo menos se ha ganado mi interés.

Esta era otra etapa. Habían recorrido muchas y cada vez, en cada momento de ellas, habían creído saber lo que necesitaban, aunque al terminar, tras la satisfacción inicial viniera la inquietud que trae consigo el conocimiento. Aquella misma inquietud contra la cual le había prevenido el profesor. La inquietud de querer saber más, en busca de la verdad total que siempre, siempre parecía escaparse a través de puertas aparentemente cerradas.

La pipa se prendió por fin y, tras sacudir la cerilla en el aire para apagarla, el profesor Lafuente se giró mirándoles a los dos, agradeciendo tanto la nueva mezcla de picadura como la idea que ahora brillaba con claridad en su mente.

—El Monte de Oro —susurró.

Los demás asintieron en esa luz crepuscular.

El sonido de la lluvia repiqueteaba de fondo como una banda sonora descolorida, marcando el ritmo de la tarde.

～

CAPÍTULO 43

EL RETORNO DEL NOVELISTA

De cómo un cronista retoma sus obligaciones con la historia.

De las notas de Ernesto Santos

Burgos, 23 de enero de 20...

—¿Ernesto? —la voz sonaba baja y urgente.

—¿Quién es? —la dichosa falta de cobertura que ni el 4G ni el 5G habían logrado evitar, impidió por unos segundos que llegara a mi cerebro la identidad de mi misterioso interlocutor.

—¿Carlos? ¿Carlos Lafuente? ¿Eres tú? —dije al fin, adivinando como buen lingüista la solución al enigma en ese tono seco y frases cortas que me llegaban a través del auricular.

Era él en efecto. Nuestro investigador aventurero al que habíamos perdido el rastro hacía ya casi un año, en concreto desde aquel paseo por Covarrubias en busca de un legado nórdico.

Tras un breve intercambio de palabras, presentí que había algo que Carlos Lafuente deseaba decirme. Era evidente que la llamada no había tenido únicamente como objeto informarme del día luminoso que Burgos estaba disfrutando, eso estaba claro. Conociendo lo parco de este hombre en palabras, más amigo de los mensajes por correo electrónico que de una charla telefónica, intuí que ésta obedecía a otro objetivo.

—¿Tienes pensado acercarte por aquí próximamente? —dijo al cabo de unos segundos, cansado de hilvanar una conversación más o menos coherente.

Tras consultar mi agenda verifiqué que podía programar una firma de mi último libro en Burgos para dentro de un par de semanas. Clarisa, adivinando el tono de la conversación, asentía con la cabeza animándome a la pequeña escapada.

—Nos vemos entonces. ¡Ya te contaré! —dijo brevemente Lafuente una vez le confirmé esta circunstancia y acordando vernos tras pronto llegara a Burgos. De ese modo enigmático había dado por terminada nuestra conversación.

El clic en mi oído me sacó del estado de estupor en el que me había dejado la llamada, similar al de la proverbial gallina ante la raya de tiza.

Lafuente miró a su amigo sentado en el sillón de terciopelo verde frente a él. Había transcurrido tiempo desde la última vez que lo había visto, sí. Su coche podía verse desde la ventana, aparcado al otro lado del río. Un golpe de buena suerte dada la congestión de tráfico a esa hora.

Carlos Lafuente le miraba sonriente, su espalda apoyada contra la cortina, fija la vista sobre el Armazón aunque sin descuidar en ningún momento la atención debida al recién llegado.

—¡Y ahora vamos a la universidad! Tengo en mi despacho algo que debo mostrarte —dijo Lafuente cogiendo su chaqueta y dirigiéndose hacia la puerta antes de que Ernesto tuviera tiempo material para reaccionar.

—Así que vas a hacer la presentación de tu libro en Caja Duero —dijo Carlos una vez llegados a su despacho y ser recibidos por Ismael—. Seguro que te trataran bien. Conozco muy buena gente allí. La mayoría de ellos han editado libros sobre temas de la provincia y cultura local —miró unos discretos segundos por la ventana antes de continuar—. Por cierto, ¿sabes quién va a estar allí también? Te alegrará conocer el dato: Clemente Násera, aquel hombre de curiosa perilla que cenó con nosotros en el Pasaje Olid.

—¿En serio? —dijo Ernesto, echando la cabeza para atrás y lanzando una carcajada—. Todo un personaje sacado de una novela decimonónica de Victor Hugo—. Y a continuación el escritor se levantó para unirse a Carlos en la contemplación del río allí abajo—. Realmente es maravilloso este sitio. Te digo una cosa con franqueza. Si trabajara aquí no avanzaría gran cosa en mi escritura. Con lo que me gusta mirar los jardines y los árboles, me dejaría llevar por la imaginación y permanecería todo el tiempo ante la ventana. Por cierto, hablando de trabajar, ¿no piensas contarme nada acerca de esos manuscritos que estabais investigando sobre la princesa Kristina?

Carlos procedió a resumir con celeridad a su amigo el estado de las cosas hasta ese momento. Plano tras plano de la zona fueron desplegados sobre el escritorio mientras el profesor explicaba a Santos los hechos acontecidos recientemente en el monasterio de las Huelgas.

Ernesto acogió la increíble noticia del descubrimiento con entusiasmo y cierta incredulidad. ¡Quién hubiera imaginado que aquel viaje a Covarrubias fuera a desembocar en este estado de cosas!

—Semeja el argumento de una novela —dijo Ernesto—. Pero lo que dices de intentar dar con el nombre de la familia que acogió al recién nacido me parece altamente improbable.

—Lo sé, aunque gracias al trabajo increíble de Elena y de Arturo, así como de un poco de intuición añadida, hemos podido dar con una hipótesis de trabajo que parece resistir. Hoy nos has pillado en una, digamos, pausa investigadora.

Un golpe sobre la puerta interrumpió la conversación. Esta se abrió tras unos segundos dando paso a la delgada figura de Elena portando una carpeta en una mano y un lápiz en la otra.

—¡Vaya, vaya! ¡Si tenemos aquí al escritor novel que promete arrasar con la novela histórica de este siglo! ¿O sería mejor decir Nobel? ¿Cómo estás, Ernesto? —dijo mientras daba un par de besos a su amigo—. ¿Te ha puesto al día nuestro eminente profesor? ¿Cómo está Clarisa? ¿Es cierto eso de que no ha podido venir contigo?

—Sí, la verdad es que lo ha sentido mucho, pero no ha podido ser en esta ocasión —contestó Ernesto. —La he dejado con unos remordimientos increíbles, créeme.

—Digamos que estamos los dos en proceso de *debriefing* —dijo Carlos, sin poder ocultar su recién ganada sonrisa mientras miraba a su amigo.

—Ya no me extraña nada después de esto —dijo este todavía confuso — ¿ahora es cuándo me decís que no sois de la Tierra?

—Bueno, como siempre digo, las cosas prácticas lo primero —dijo Elena—. Está claro que necesitas asimilar los nuevos conceptos. Esto es como cuando entré por primera vez en la National Gallery de Londres. Hay allí, en una de las salas principales, según entras a la izquierda, un cuadro de gran tamaño que muestra la ejecución de Lady Jane Grey. Esa pintura me impresionó tanto que tuve que quedarme sentada en uno de los bancos mirándolo durante unos veinte minutos antes de poder seguir recorriendo el museo. Mis piernas no me obedecían.

—Me había olvidado de tu tremenda pasión por la pintura, ¡*touche*! —dijo Ernesto.

—Y en tu caso—dijo Elena dando un nuevo beso a Carlos antes de dirigirse hacia la cafetera escondida en el rincón con aires de propietaria, desde que había hecho del despacho del profesor su segunda residencia—, ante lo imposible y la coincidencia, siempre está esa frase que leí en una de mis primeras lecturas, *Veinte mil leguas de viaje submarino*, concretamente cuando el profesor Aronnax, enfrentado a las maravillas de los mares y el prodigio que representa el submarino Nautilus, pronuncia la frase «y sin embargo, se mueve». Bueno, en cualquier caso veo que os he distraído lo suficiente con esta evocación literaria para lograr llegar hasta la cafetera sin que os deis cuenta. Ahora estáis los dos a mi merced.

—Vaya, veo que me he perdido muchas cosas mientras estaba

escribiendo en mi torre de marfil.Voy a tener que revisar mis cursos de literatura creativa —dijo Ernesto mirando perplejo las recientes muestras de afecto entre sus amigos—. La realidad supera la ficción. ¿Esto vuestro dura mucho tiempo?

EL HOMBRE TIRÓ DE MALA GANA EL CIGARRILLO QUE HABÍA encendido solo momentos antes por puro estrés. Llevaba retraso con el reparto. Todavía tenía que subir hasta la universidad de Montanilla antes de realizar cuatro entregas más en Burgos. Desde luego la mañana estaba siendo algo especial.

Con la destreza que daba la experiencia de más de cinco años dedicándose a esta tarea, abrió con brusquedad las dos puertas traseras de la furgoneta y con una sola mano accionó el elevador para proceder a la descarga de las cajas. Comprobó con cuidado el albarán escrito con letra ilegible que llevaba en la mano para poder confirmar el nombre del departamento. Sí, estaba bien claro. Era el despacho de paleografía de aquella profesora tan atractiva. No quería confundirse de nuevo y tener que rehacer los pasos entre esa maraña de pasillos, ascensores y puertas que no iban aparentemente a ningún lado y que, sabía por experiencia, conformaban la universidad de Montanilla.

—ES UNA PENA QUE LAS INVESTIGACIONES NO HAYAN DADO otros frutos, digamos más palpables después del increíble hallazgo del texto escondido en el Códex, pero esa es la norma en nuestro trabajo —explicaba Elena mientras caminaban hacia el despacho de esta última—. Hay avances sí, pero nada del otro mundo, esto no es como el Arca Perdida ni nada semejante a lo que el vulgo pueda creer, por desgracia.

Elena abrió la puerta. El cuadro de Constable parecía reflejar la luz de la mañana sobre la carreta y los bueyes.

—Nos vemos en una hora chicos para la comida. El tiempo justo de preparar mis clases y recuerda Ernesto —dijo antes de cerrar la puerta tras de sí—, que aunque hablemos de ocho siglos y no de la antigua Roma, sigue habiendo una carencia documental importante y hablamos además de algo que salvo un puñado de monjas, mucha gente ha preferido se mantenga secreto.

Al cerrar la puerta tras de sí, Ernesto —que había mantenido la vista fija contemplando el cuadro—, se encontró en su lugar con la placa del despacho que colgaba a la altura de su mirada.

«Elena Serna Serna- Dpto. De Paleografía»

Serna. Bonito apellido.

Carlos sentía cierta sensación de pesar. La conversación había hecho que las dudas volvieran a germinar en su mente. Al igual que las ardillas que acostumbraba ver en el parque, mil y una ideas daban vueltas en su cabeza, entrando desde lo que parecía ser el lado izquierdo de su consciencia, plantándose ante sus ojos y desapareciendo por la derecha, como si estuvieran encaramadas sobre patines, hasta esfumarse. Fugaces. Rápidas. Para ser atrapadas en el momento o verse condenadas a desaparecer. Pero de entre todas ellas ninguna, absolutamente ninguna, había hecho raíces en los últimos días.

—Esa información permanece en el lugar, de algún modo se mantiene aquí a través de los siglos al igual que la que encontramos contenida en el Codex —decía Carlos a un pensativo Ernesto mientras avanzaban a trechos por el pasillo, más para afirmar sus pensamientos que por una verdadera necesidad de comunicación—. Lo siento así. Y al igual que el Códex musical debe de ser algo evidente y a la vez imperceptible.

De las notas de Ernesto Santos

17 de febrero de 20..

Me duele la mano derecha mientras escribo. Espero que el mero hecho de redactar estos breves párrafos ayude a que pase el dolor y que los músculos se ejerciten algo. Todo a causa de un momentáneo despiste. Ha sido esta mañana tras dejar los dos a Elena en su despacho, ambos concentrados en nuestros pensamientos, pero soy yo el único culpable al tener siempre mi mente en una nube como ha sido parte de mi naturaleza durante años cuando me encuentro con algo que estimula mi curiosidad. Y el haberme encontrado con el apellido de Elena de este modo era ciertamente algo curioso.

No vi al repartidor. Sencillamente no lo vi venir.

El choque fue brutal. Sentí un dolor intenso en el costado izquierdo y a continuación percibí un enorme estruendo. Fueron realmente dos sonidos. El primero producido por la pila de cajas al caer al suelo, seguido poco después por el golpetear de una multitud de pequeños objetos que, al abrirse las mismas por efecto de la caída, se desperdigaron a lo largo del pasillo.

Por último el estruendo más lento, más pausado pero no menos intenso y acompañado de un intenso dolor fue el producido por mi caída al suelo. Segundos después una caja perdida cayó sobre mi cabeza. Por fortuna pude pararla con mi brazo derecho evitando así toda la fuerza del impacto.

Carlos se había apartado a un lado, fuera de la dirección de la tormenta a la vez que levantaba su brazo derecho pero esto ya no era necesario. No había ya nada que parar o evitar. Yo había sido el afortunado receptor de todas las cajas sobre mi cuerpo.

El repartidor aún se encontraba allí, sujetando la carretilla mientras intentaba asimilar lo que había ocurrido. Aún sostenía en su mano derecha el albarán de entrega y el bolígrafo. En cuanto al bloc que había estado mirando segundos antes con exquisita concentración para apuntar la entrega como realizada antes de que la misma fuera efectiva con el objeto de adelantar tiempo y salir antes del lugar, temblaba sobre la parte superior de uno de los montones de cajas.

No se había percatado de los dos hombres detenidos en el pasillo frente a él.

No iba a tener suerte ese día.

—Lo siento mucho, de verdad. No les vi. ¿Se encuentra usted bien?— acertó a decir en un hilo de voz.

Al ver que no contestaba Carlos se había agachado para comprobar mi estado.

—¿Qué ocurre? —sonó la voz de Elena abriendo la puerta de su despacho al fondo del pasillo, alertada por el ruido. Al vernos a los dos en el suelo, echó a correr hacia nosotros, acudiendo primero a socorrer a Carlos y, tras comprobar que el mismo había salido ileso y que yo mostraba en cambio un abyecto espectáculo, un curioso patrón sobre el suelo del pasillo, se inclinó hacia mí.

—¿Te encuentras bien Ernesto? —dijo mientras me ayudaba a levantarme, apartando alguna de las cajas que impedían la operación.

—Estoy bien, estoy bien —dije con un hilo de voz mientras intentaba levantarme.

En un radio de unos siete metros en torno al epicentro, el suelo parecía completamente revestido de diminutas tarjetas de visita junto con diverso material de oficina. Parecía que alguien hubiera arrojado al aire diez cajas conteniendo puzzles, tal era el aspecto que presentaba el pasillo en ese momento. El hecho de que hubieran sido impresas en un papel de escaso gramaje había claramente facilitado esta diáspora.

Los cuatro nos agachamos y sin decir palabra comenzamos a recoger y agrupar las tarjetas, colocándolas como pudimos en el interior de las cajas.

Filas y filas de ellas delante de mis ojos, extendiéndose por todo el suelo circundante, como esos recortables que solía hacer de pequeño cuando, aburrido y cansado de jugar me dedicaba a recortar las páginas de los tebeos que había estaba leyendo, troquelando las figuras conocidas de los protagonistas con los cuales luego elaborar una historia propia, fuera de los márgenes cotidianos de la historia que tenía en la mano.

Era esta una tarea casi hipnótica.

Con el hábito que da una vida dedicada a la lectura, acostumbrado a leer todos y cada uno de los carteles que se someten a nuestra atención cotidiana, desde aquellos que indican el camino hacia los aseos, pasando por las diferentes señales de tráfico, direcciones, precios, listas de productos en supermercados y un largo etcétera no pude por menos de leer una y otra vez el contenido de esas tarjetas de visita repetidas delante mío, a pesar de conocer ya su contenido. Leía así una y otra vez su superficie. El nombre sobre la misma, la dirección, el cargo, número de teléfono y correo electrónico:

«Elena Serna Serna -Dpto. de Paleografía». Elena Serna Serna. Elena Serna Serna...

El nombre se extendía *ad nauseam*.

Serna.

Todo un apellido extendido por todas partes.

El repartidor se había alzado entretanto victorioso tras recoger la última caja, la cara completamente colorada, entre avergonzado por la aventura y sudoroso por la práctica de la tarea realizada contra reloj. Sonrió abochornado, con esa cara que indica un profundo deseo de cavar, a modo de refugio, un agujero en el mismo lugar en que uno se encuentra para poder desaparecer en él.

—Este, ¿me puede firmar aquí por favor? Es un envío de gráficas Castilla —le indicó finalmente a Elena a la vez que le extendía su smartphone, un Samsung G7 baqueteado por el uso y que no había servido de gran ayuda para evitar el choque pese al increíble número de aplicaciones que contenía.

—Sí, eso me había parecido —dijo Elena por toda respuesta con una mueca de disgusto mientras señalaba con el boli que llevaba en la mano las cajas agrupadas sobre la mesa auxiliar.

Tras esta última transacción el repartidor se alejó con rapidez, avergonzado y en parte, creo yo, que alegre porque no se había demorado en exceso su labor de reparto.

Poco después, Carlos me acompañaba hacia el aparcamiento. Había sido una larga mañana con aventura incluida. Al salir del departamento de paleografía me volvió a invadir esa sensación de vacío, de esfuerzo inacabado, de tarea pendiente que no lograba quitarme de encima desde hacía días, en concreto desde que había recibido la llamada de Carlos Lafuente. Por un extraño proceso de mimesis, había hecho mía su investigación.

Lo que tan fácil había parecido en un momento inicial, lo que todos habíamos creído posible, ilusionados por la propia búsqueda, no había resultado ser más que un espejismo.

Yo como novelista estaba por al menos disculpado de forjar castillos en el aire. ¡Castillos! ¡Qué metáfora más adecuada dado el tema de la investigación de mis amigos y teniendo en cuenta el nombre de la empresa encargada de imprimir aquellas tarjetas de visita! Me sentía algo culpable por haber contagiado de esa ilusión pintoresca a mis compañeros, en especial a Carlos Lafuente en nuestro encuentro inicial. Le había hecho salir de su torre de marfil para buscar un espejismo. Le había hecho desnudar su alma, pactar con el diablo académico a cambio de nada.

Pero esto no era una novela. Era la vida real.

Una familia de arraigo había dicho Carlos—. ¿Encontrar un apellido castellano que habría estado conservado, preservado en la zona ocho siglos después? ¿Con solo la pista que había aparecido en el Códex musical? Era de gilipollas pensar eso. Sentía deseos de pedir disculpas a Carlos por la parte que había tenido yo en animarle a esta aventura cuando nos conocimos en Valladolid. Por todo el tiempo perdido. Por haberle hecho creer en fantasmas. Y Arturo, a pesar de sus intuiciones, semejantes a las mías, iba a tener que enfrentarse a una decepción igualmente dura.

—Carlos, quería decirte —comencé a decir girándome hacia él cuando entonces, al introducir mi mano en el bolsillo de la americana mis dedos encontraron algo sólido en su interior. Al tacto parecía un objeto rígido y rectangular. Era una de las puñeteras tarjetas de visita objeto del accidente. De algún modo había ido a parar allí tras la hecatombe producida.

La saqué.

«Elena Serna Serna»

La tercera vez que lo leía en un corto espacio de tiempo.

Recordé aquello que me había dicho Elena acerca del origen del mismo:

«Es un apellido muy común en Montorio. Más de un setenta y cinco por ciento de la población se llama así. Y no solo en Montorio sino en los pueblos cercanos. Todos somos familia en uno u otro grado».

Me quedé quieto frente al estanque dorado por el sol, observando el árbol que tenía delante mío. Podía oír los lejanos gritos provenientes del cercano Arlanzón donde algunos estudiantes se estaban entrenando en aquella fresca mañana. Brío y energía en las voces:

—¡Vamos, vamos, vamos! ¡Quiero ver ese maldito *blue* en vuestros gritos!

La voz de Carlos exponiendo los resultados de las últimas investigaciones vino a mi mente:

«*Según se deduce del Códex debe ser un nombre popular, de amplio arraigo local*».

De amplio arraigo local.

Visto en todas partes.

Como ese cúmulo de tarjetas desperdigadas delante de mí en el pasillo.

Serna.

El apellido de Elena.

Serna.

¿Podría ser ese el escurridizo patronímico? ¿La familia perdida? ¿Lo habíamos tenido delante de nuestras narices todo el tiempo?

Una solemne tontería. Un fenómeno habitual en una población con escasa movilidad. Pasa en todas partes.

Pero... ¿Y si no fuera así?

No pasaría nada por intentarlo al menos.

Me encontraba junto a dos estatuas situadas en el lado oeste del pabellón de Historia. Representaban estas a un par de ninfas que, con los brazos levantados se cubrían el rostro, asombradas y a la vez temerosas por lo que veían alrededor. Así me sentía yo en ese momento.

¿Cómo era eso de las coincidencias significativas querido Jung?

Sí, Ernesto sentía inquietud. La idea de las coincidencias de ese apellido habían despertado su curiosidad o más bien su imaginación, siempre presta a tomar como valida o por lo menos digna de estudio cualquier hipótesis por muy descabellada que esta pareciera. Había que ser realista. Este reducido grupo de gente había conseguido en Burgos lo que un ejercito de funcionarios no hubiera sido capaz de lograr en varios años de investigación. Siempre le había gustado ver la llama de la emoción, de una idea brillar en el rostro de una persona. Si además esta ilusión aparecía retratada en el rostro de sus queridos amigos, razón de más para guardarse sus críticas o dudas para sí mismo.

CAPÍTULO 44

EL APELLIDO SERNA

De cómo un apellido puede atrapar el alma y hacernos regresar al pasado.

Carlos Lafuente dejó a un lado el montón de papeles que tenía desperdigados sobre su mesa y levantó la mirada. Gruesos tomos de genealogía e historia local se encontraban apilados en la mesilla auxiliar. En claro contraste con todo ello un par de tarjetas de visita de Elena que Ernesto había depositado allí momentos antes de dejar Burgos al mismo tiempo que un largo y emocionado discurso.

Serna.

Ciertamente el apellido había sido «De la Serna» en la antigüedad. Lafuente se quedó pensativo. El patronímico había permanecido durante siglos sufriendo las vicisitudes del tiempo.

De la Serna.

De la Sierra.

Del monte.

¿Tendría razón Ernesto?

¿Habría sido efectivamente esta la familia refugio de aquella criatura desamparada y tutelada por las religiosas del Monasterio de las Huelgas?

En un lugar prominente de la mesa se encontraba abierto un estudio de una profesora de la UBU sobre el *Becerro de Cardeña* —cuyo facsímil había tenido entre las manos tan solo días atrás cuando dieron con la población de Montorio—. En el mismo aparecía el apellido Serna como claramente conocido ya en el siglo XIII. La profesora que firmaba dicho artículo se apellidaba asimismo Serna, pero claro, eso era otra de esas casualidades.

—¿Es también insignificante que el anterior abad de Silos se hubiera apellidado Serna también? —le había dicho Ernesto— ¿Qué el mismo hubiera querido retomar el apellido «De la Serna» hacía tiempo olvidado? ¿Volver a darle categoría señorial? ¿Qué bajo su mandato el canto gregoriano se popularizara en grabaciones y CD?

Probablemente.

En cualquier caso era la única pista que tenían. ¿Qué podía pasar por seguirla un poco más?

Sintió envidia de la claridad mental de aquel antepasado que había maquinado semejante clave secreta así como todas esas referencias aparentemente ocultas, pero que ahora se veían claras como la luz.

Bueno, quizá la metáfora no fuera la más adecuada; para alcanzar la luz habían tenido que llegar antes a otras deducciones.

EL SERVICIO DE TÉ ESTABA PREPARADO Y DISPUESTO EN LA bandeja. Aun así el profesor dejó enfriar su taza mientras anotaba y subrayaba sin cesar. Elena y Arturo le observaban en silencio mientras bebían a pequeños sorbos.

—Tenemos que el apellido Serna procede de una familia ya existente en la época; en concreto en la zona norte de Burgos, cerca del páramo de Masa —dijo Lafuente tras trazar una última línea—. Una familia de la montaña, de la sierra... esto es... Serna. El Monte que estábamos buscando. La referencia al monte mencionado en el

Códex. El nombre que allí aparece no indicaba tan solo el lugar, sino también la familia de acogida, ¿no lo veis? De un solo golpe de efecto el copista dejó indicadas las dos cosas. ¿Recordáis sus palabras?: *«Cantad que maese Johannes lo arreglará»* ¡Y bien que lo arregló! ¡Qué mejor tutela que la preservación del apellido! ¡Qué mejor llamada de atención a la posteridad, de este modo esotérico, que hasta los Rosacruces o los Templarios hubieran mirado con cierta envidia! El mismo Dan Brown se golpearía la cabeza contra la pared por encontrar una revelación semejante.

—La verdad es que llevándolo por duplicado hace que una se sienta un poco especial —dijo Elena.

—Ya sé, ya sé lo que me vais a decir —continuó Carlos sin parecer haber escuchado a esta última—. La descendencia de la familia original pudo perderse mil veces a través de los siglos hasta no quedar ni rastro de la misma, pero aun así es la única pista que tenemos. Nada más; ni escritos, ni libros, ni leyendas. ¡Reflexionemos, pues! Sabemos que por línea masculina el apellido se preservaría; aun en el caso de que este cayera sobre una mujer, la misma proliferación del mismo —que ya debía ser peculiar en la época—, sería una buena baza para evitar que desapareciera por matrimonio, manteniéndolo en esa población que se resistía a disgregarse. Ayudaría a su preservación dentro de la línea genealógica...

Carlos levantó la mirada mientras recogía uno de los volúmenes del suelo y lo colocaba en una estantería detrás de la Enciclopedia Espasa.

—«La Serna» era por otro lado un término usado antaño para denominar la reserva señorial o *terra indominicana,* en otras palabras la extensión de cultivo explotada directamente por el señor y el servicio que se prestaba a este cultivándole sus tierras o ayudándole a recoger el fruto era llamado «Las sernas del rey». El otro día me preguntasteis —continuó tras una pausa que utilizó para ver el efecto que habían causado sus palabras—, si no podía ser otro el lugar donde encontrar la familia que se hizo cargo de «la semilla dorada». Esa posibilidad ciertamente existía. Bien, ahora mismo podéis ver aquí que los dos parámetros que tenemos se cruzan en este punto —dijo señalando sobre el mapa las poblaciones de Montorio y Quintanilla —. Tanto la referencia a un monte dorado como al apellido De la Serna me hacen creer que estamos en el lugar adecuado.

Elena y Arturo permanecían en silencio, como si hubieran perdido el don de la palabra.

—Elena —dijo Carlos dirigiéndose hacia esta con una sonrisa—. Creo que deberíamos hacer una visita a tu pueblo un día de estos. ¿No te parece?

—Yo también te quiero cariño —contestó está sacándole la lengua.

Lafuente permanecía de pie contemplando el mar que la marina le ofrecía. Esas olas eternamente amenazando con romper, esa eterna espada de Damocles suspendida allí por el pintor.

Saldrían pues en dirección a Montorio al día siguiente. Algo nuevo que hacer para variar. Carlos necesitaba moverse y ni siquiera su amplio despacho de la universidad ni el mismo campus eran lo suficientemente espaciosos para él estos días.

Escribió en un papel las ideas sueltas que no lograba fijar en su mente:

El apellido Serna.

El abad de Silos que creó y fomentó la grabación y populariza-ción de la música sacra.

Los monjes del mismo monasterio que «descubren» el Códex musical traspapelado o perdido entre los manuscritos del archivo de las Huelgas.

La publicación por monseñor de Balaguer de un libro sobre la Abadesa de las Huelgas y sus prerrogativas, obra que, curiosamente apenas es mencionada por el Opus Dei pese a ser la primera escrita por el ahora santo al terminar sus estudios y que algunos argumentan, fue incluso su tesis doctoral.

¿Había formado parte el Opus del gigantesco secreto de oculta-miento como había apuntado Arturo? ¿Había alguna relación entre el mismo y la Orden del Císter? ¿Habían sido los monjes del monasterio de Silos con anterioridad a la desamortización, una especie de ángeles custodios de apoyo a la labor realizada por las religiosas de Huelgas?

Todo eran hipótesis y preguntas. Jamás sabría toda la verdad.

En aquella época en que la religión había sido el lugar donde se depositaba la totalidad del saber, era lógico pensar que cualquier cosa importante fuera confiada a su seno.

CAPÍTULO 45

LLEGADA A MONTORIO

De cómo nuestros héroes buscaron un gran apellido en el punto más pequeño del mapa.

Extracto de las notas de Carlos Lafuente
Viernes, 25 de febrero de 20...

Hemos llegado a Montorio. He pisado por fin estas calles, reivindicado su existencia, su identidad. La carretera nacional lo atraviesa como una cuchilla. Según miramos hacia la izquierda, casi esperamos ver, aproximándose por el oeste, surgiendo tras el horizonte, alguna hueste conquistadora, el pabellón alzado, mostrando orgullosa su blasón, su nombre, mientras avanza por en medio de las casas, solitarias a esta hora del día.

En su lugar escuchamos un lejano zumbido que se va convirtiendo por momentos en un traqueteo mecánico que trota por encima del asfalto. Pronto vemos la causa. Es uno de los tractores que, exhaustos, vienen de roturar los campos en una lucha diaria, más prosaica que antaño, pero no menos necesaria. Solitario avanza renqueando hacia nuestro pequeño grupo mostrando en el verde brillante de su pintura su reciente adquisición.

Al pasar frente a nosotros deja en el aire una mezcla de olores de la tierra de difícil clasificación, hecha de cereal, girasol, maíz y mucho de patata.

Su conductor, extrañado de ver tanta gente a esa hora de la tarde, levanta la mano izquierda en señal de saludo. Seguramente proviene de la cercana cooperativa, responsable importante del cultivo de patata en esta zona.

En efecto, como Elena nos había contado, Montorio es una pequeña población con un puñado de vecinos, un grupo de casas agrupadas y apretujadas. Tan apretujadas como la misma relación existente entre sus habitantes. Una imaginación más cinematográfica que la mía esperaría oír las notas en el aire de una banda sonora de *western* anunciando el tiroteo del mediodía.

—Hace años que no vengo por aquí y eso que está tan solo a unos pocos kilómetros de Burgos —dice Elena en voz baja, un tono culpable en la voz, mirando en torno suyo como si hubiéramos descendido de una nave espacial en reconocimiento del paraje antes de dar el primer paso de exploración.

Por supuesto que había visto fotos del lugar con anterioridad, resultado de mi curiosidad, movido por ese deseo absurdo que las nuevas tecnologías despiertan a veces en nosotros: el deseo, unido a la creencia de que podemos conocer algo antes de llegar, si bien ya he aprendido bastante sobre la imposibilidad de tales fantasías del espíritu y de que nada puede sustituir la presencia física del propio cuerpo situado en un lugar, la sensación cinestésica de moverse por él, de sentir sus olores, escuchar sus sonidos y tocar sus muros, paredes, estatuas e incluso los bancos de los parques.

Intento embeberme del lugar.

Miro a mi alrededor antes de cruzar la calle. No espero ni mucho menos ver el tráfico de la quinta avenida neoyorquina, pero esta tranquilidad puede casi tocarse.

Este es después de todo el sitio que hemos estado buscando, que creemos haber encontrado. Nada menos que el monte dorado que aparece en el Códex. Y eso ciertamente es algo a tener en cuenta.

—¿Qué estamos haciendo aquí aparte de admirar la extensión de la calle mayor y la densidad de población? —dice Elena.

—Solo intento hacerme una idea de la época, nada más —contesto—. Ya sabes, *A sense of place*, como diría Arturo. Imaginar el lugar. Necesito sentir que es un sitio real y no solo una anotación en un manuscrito. Un poco de realidad no viene mal después de tanto libro, ¿no crees?

—Ah, bueno, si solo es eso, me parece genial. Cuando termines dímelo porque creo haber visto un bar un poco más abajo y un bocadillo de chorizo tampoco me vendría mal.

El bar Montorio, el lugar mencionado se encuentra en la cercana calle Burgos. Tras un par de bocadillos consumidos entre la totalidad de los habitantes que parecen encontrarse en ese momento allí reunidos—unas cuatro personas--, amenizados con ruido de vasos y carajillos servidos al compás de una televisión que desgrana los resultados de los últimos partidos jugados, Elena coge su servilleta y la aparta con un gesto que no admite replica alguna.

—Creo que lo más conveniente ahora a menos que quieras continuar con tu *sense of place* es dirigirnos a la asociación de vecinos.

La asociación vecinal «Monte de Oro» se encuentra muy cerca de donde estamos. Pero, ¿qué lugar no lo está realmente aquí?

Elena me ha preguntado qué hemos venido a hacer a su pueblo. Sin una pista concreta, sin ninguna razón más que su apellido y esa toma de identidad con el lugar de la que Arturo habla con tanta frecuencia. Supongo que a estas alturas parte de su visión de la vida se me ha pegado. La relación profesor-alumno guarda mucho del síndrome de Estocolmo, supongo. Tendré que pensar esto con calma. Podría ser objeto de un estudio, algo que lanzar en una charla en uno de esos simposios o congresos aburridos que hay que llenar con cualquier cosa que pase por la cabeza para justificar la asistencia, los gatos de hotel y la suculenta cena o comida que a continuación tenga lugar.

Sí, Elena quiere que vayamos a ver la asociación local.

El número veinte de la calle Félix Rodríguez De Lafuente resulta ser un edificio aislado que se divisa en la distancia, a nuestra derecha, un paso de cebra convenientemente colocado enfrente. Al otro lado de la calle—o más bien carretera dado lo desperdigado de las viviendas que la rodean—, se alzan parte de las casas veteranas de la población, hechas en piedra marrón. Estas edificaciones escuchan calladas, formando un grupo, sus portaladas cerradas y unos arbolitos en régimen de riego por goteo en el exterior. Sus chimeneas permanecen silenciosas también a esa hora del día.

En este punto el olor cercano de los cultivos se hace sentir con mayor intensidad.

El silencio de nuestros pasos sobre la gravilla me despierta del ensimismamiento que me provoca a esa hora del día la ausencia de ruidos. Algunos pájaros se atreven a cantar y volar sin mirar a un lado u otro de la carretera antes de cruzar.

El edificio de la asociación cuenta con un paso de entrada para vehículos a la izquierda del mismo, lo que, unido a la forma de sus ventanas con arco, fácilmente distinguibles en la distancia, le otorgan cierto parecido con un Mac Donald's rural que se hubiera incorporado a la geografía de la población mimetizándose con el ambiente.

Cuando llegamos ante el frontal y levanto la cabeza, reparo en el elaborado cartel que cuelga a la derecha de la puerta blanca de entrada. Allí destacan, relucientes, las letras «Asociación Monte de Oro» y bajo las mismas aparece dibujado un tropel de figuras en número de veinte que, cogidas de la mano, bien podrían reflejar la cantidad real de residentes de la población en un momento dado, todo ello bajo un farol blanco.

Un banco de color verde se encuentra pegado a las ventanas, quizás para que los más viejos puedan reposar tras cruzar el paso de cebra, relajándose allí momentos antes de entrar en la asociación con sus mejores caras.

Honorio Serna —no puede ser otro el apellido—, lleva unos pocos años en calidad de presidente de la asociación Monte de Oro que, junto a otras, representa la inquietud de sus habitantes por participar en la vida cotidiana de ese pequeño rincón perdido al norte de la provincia burgalesa.

Honorio es un hombre amable, de gestos amplios y andares pausados cuyo rostro se extiende en una enorme sonrisa al vernos, evidentemente complacido ante nuestras preguntas, ante la atención que su pueblo ha despertado en nosotros. En su visión de las cosas parece creer que venimos de algún programa televisivo, de algún *reality* que ha elegido el lugar como objetivo. En vano intento convencerlo de lo contrario, explicándole y mostrándole la documentación de la universidad, las acreditaciones y demás textos mínimos para justificar nuestra presencia allí. Para él, Elena es simplemente la vecina desterrada que ha vuelto triunfante desde la cercana capital, convertida en toda una profesora universitaria tras haber sobrevivido al cultivo de la patata local. Una moderna Cenicienta.

Al moverse arrastra los pies, con esa certeza del que camina sin prisas, conocedor de que el devenir no llega antes por levantarlos más del suelo, con la confianza del que está seguro de verdades como patadas en la espinilla durante largos partidos de fútbol jugados en una niñez pasada en las calles del pueblo.

Nos hace de este modo pasar al interior del local. Allí un grupo de tres o cuatro mujeres nos lanzan largas miradas inquisitivas que más de un inspector de aduanas quisiera emular para poder efectuar su trabajo con la mayor precisión a la vez que discreción.

Miradas que sin embargo no evitan la amabilidad ni la sonrisa, que van acompañadas, cuando las saludamos como respuesta a tanta atención, de un asentimiento de cabeza en señal de reconocimiento para seguir narrando a continuación la elaboración de esa receta tan especial para preparar la morcilla de Burgos en finas rodajas o contar que Julián, el hijo de Bernarda, —la de atrás de la iglesia, cerca de la Migueleta— vuelve a ir con la Remedios.

Nos sentamos a continuación frente a una mesita que Honorio llama con orgullo su despacho.

En una pequeña estantería a su espalda se pueden ver varios libros que tratan de la región, las fiestas locales y el propio Montorio.

Elena me lanza una mirada de reojo que parece querer decir:

—«Estamos en la tierra de la princesa Kristina, pórtate bien».

Sí, puede que tenga razón. Tras la oscuridad, tras los misterios de los últimos meses, tras la persecución de oscuros arcanos, claves, numerología y un largo etcétera, es el momento de la claridad diáfana de la luz, una jornada de puertas abiertas.

—¡No me diga que están buscando ustedes la descendencia de un noble! —dice Honorio, una vez ha escuchado lo que nos traído aquí, mirando al mismo tiempo hacia la puerta entreabierta a nuestras espaldas—, por discreción no creímos oportuno dar más información en el pueblo sobre su visita hasta tener algo más sólido, más creíble. En Montorio no ha habido nunca nobles de ningún tipo —dice volviéndose de nuevo hacia nosotros con un guiño—. El pueblo ha tenido siempre cierto reparo ante ellos desde que hace años, un barón de un pueblo cercano quiso imponer una serie de impuestos a la localidad.

—Vamos, que a los lugareños les faltó tiempo para buscar piedras del camino con el objeto de lanzárselas —apunté con una sonrisa que refrené enseguida, pensando que quizás la expresión no había sido de las más afortunadas.

—De hecho cuando años después, cuando el padre Serna, el abad de Silos quiso retomar el antiguo apellido haciéndose llamar «De la Serna» causó cierto revuelo entre la población, no se crean. Podríamos decir, siguiendo el ejemplo que usted mismo me ha dado que se empezaron a buscar piedras al alcance de la mano. ¿Sabían que el mencionado abad es natural de aquí? Por fortuna no llegó la sangre al río y éste deshizo lo andado volviendo a tomar el más comedido Serna a secas para uso diario, guardando el otro para la más secreta de las intimidades.

En este momento parece recordar que Elena se encuentra entre nosotros y su sonrisa se extiende de nuevo por todo su rostro.

—Y a ti, ¡A ver si se te ve más por el pueblo que desde que te fuiste a la capital ya poco te vemos! —dice dirigiéndose a esta a modo de reproche —. ¡Vamos que ni para la romería vienes!

—¿Qué romería es esa? —pregunta Arturo—. Perdone, pero viniendo de Bilbao, no he tenido tiempo de familiarizarme con las costumbres locales.

—Bueno, es una peregrinación que se celebra el veinticuatro de septiembre con objeto de la fiesta local en honor de la Patrona. Sale desde aquí hasta la ermita de las Mercedes, situada a mitad de camino entre Montorio y la cercana población de Quintanilla. Luego tenemos una comida en el polideportivo. Antes se hacía al aire libre bajo una vieja roblencina cercana a la ermita. De todos modos, si van a ir a Quintanilla, esos de ahí al lado le dirán otras cosas, creo yo —dice con una sonrisa—. Son aficionados a apuntarse a la misma.

El párroco parece habernos estado esperando. Tras él, la parroquia de San Juan muestra una cruz sobre uno de sus muros. No es cosa habitual que dos profesores de una universidad de Burgos, y mucho menos la de Montanilla, se desplacen hasta aquí para aprovecharse de sus conocimientos, de sus anécdotas, de esas historias que el escaso tiempo del sermón diario no permite sacar a relucir. Las pocas veces que lo ha intentado se ha encontrado con las miradas torvas de las viejas del lugar que, comenzando a murmurar por lo bajo, llevan su desagrado y desaprobación a casa, vertiéndolo en el puchero junto con las gachas para, poco después, culminar todo ello en la taberna del pueblo en boca de unos maridos que terminan encarándose con él.

Sabe que se mueve entre gente ignorante, o por lo menos, resabiada por sus costumbres, pero él confía en que poco a poco podrá hacer uso de la habilidad de su oratoria para atraer las ovejas descarriadas al redil. Siempre y cuando no le pidan que instale wifi a lo largo de toda la calle Mediavilla donde se encuentra el templo, como han llegado a insinuarle algunos jovenzuelos no hace mucho.

—El archivo parroquial está desde luego a su disposición para cualquier cosa que necesiten —dice, balanceándose ufano de ver tanta expectación por la parroquia en un solo día.

—Creo que os interesará conocer a una de nuestras vecinas y colaboradoras —dice Honorio en cuanto dejamos al párroco—. De hecho fue una de las fundadoras de la asociación en su momento.

—¡Eso sería estupendo.

—Se llama Ana Mari. Ha publicado hace poco un libro sobre su infancia en las calles del pueblo. No vayan a creer que eso de escribir queda solo para gente de la universidad, no...

ANA MARI ES CIERTAMENTE UNA DE LAS VETERANAS DE Montorio. Se ha convertido en un referente. No se puede realizar un plan de fiestas o cambiar la decoración o la posición de las sillas en el interior de la asociación sin consultarla previamente.

Su casa está situada unos metros más allá, en la misma calle Félix Rodríguez de la Fuente. Es una preciosa construcción blanca que forma parte de una fila de casas similares en grupo de cinco cercanas al bar donde habíamos comido horas antes. Su ubicación, en ese punto concreto de la calle hubiera sido el lugar idóneo para pagar un hipotético peaje antes de continuar la marcha hacia el camino de Santiago que, siguiendo la carretera principal, atraviesa la población en dirección al norte.

—¡Pasen, pasen!, ¿quieren un café? Me ha dicho Honorio que estaban haciendo una especie de investigación para la universidad de Burgos, ¿no? —dice la mujer tras hacer el mencionado las presentaciones.

—Bueno, no exactamente, es para la universidad de Montanilla del Arlanzón —digo con un carraspeo.

—Ah, bien, sí, claro, he oído hablar de esa universidad —el viejo gesto familiar de duda cruza con rapidez por la frente de Ana Mari mientras nos sirve los cafés que ha preparado con increíble celeridad —. Aquí también tenemos historias muy interesantes. Y nuestras fiestas siguen siendo importantes, ¿saben? Todavía mantenemos dos romerías desde hace un montón de tiempo.

—Usted habrá conocido mucha gente con el apellido Serna, además de su familia por supuesto —digo con una sonrisa, intentando atraerla al tema que nos ha traído hasta aquí.

—Así es, pero eso ya se lo habrá dicho Honorio —contesta la buena mujer mirando a este con aire de complicidad—. Es fácil saber cuando alguien es de unas manzanas más o menos cercanas por exagerar un poco, dependiendo del número de Sernas que tenga en su apellido. Pero eso vale tanto aquí como en el pueblo de al lado. Esos de Quintanilla, aún teniendo menos población, tienen su pequeña porción de culpa. ¿Sabe usted? Mi marido era de allí, pero sus padres eran uno de cada sitio. Ya ve, estamos condenados a entendernos entre los dos pueblos. De hecho, yo lo conocí en la romería —la mujer sonríe al acordarse—. Pero de eso ya hace mucho tiempo —continúa mientras sorbe el café, dando por zanjado el tema y fijando en mi mente la certeza de que Ana Mari es una de esas duras mujeres del norte que han sufrido lo suyo y que no están dispuestas a soportar más que la porción de tarta que la vida les ha puesto en el plato, ni más ni menos.

Nos despedimos de ella cuando el sol empieza a ponerse, cuando los tonos rojizos invitan a un adiós visto en películas, donde no hay nadie en la calle y solo el caballo o, en este caso, el coche de turno espera a que los visitantes dejen el lugar.

—Y prometan que pasaran a verme cuando terminen ese libro o lo que sea— nos dice Ana Mari desde la puerta de su casa como mensaje de despedida.

CAPÍTULO 46

EL TABLERO DE JUEGO

De la semejanza entre hacer bolillos y la genealogía inversa o una lección de abolengo, estirpe y linaje.

—Todo esto es absurdo profesor —dijo Arturo echándose hacia atrás en el asiento y alejando de si los papeles que hasta ese momento había tenido entre sus manos—. Nadie ha hecho una genealogía inversa tan lejana como la que propone. Es de locos. Y se lo digo yo, Arturo, su estudiante, ¿recuerda? El que cree en los platillos volantes, apariciones, fantasmas y signos cabalísticos. Si por lo menos tuviéramos una pista en el presente, un lazo del que tirar... Pero la única manera segura de dar con una ascendencia es seguir el rastro de nuestros antepasados a través de los registros que podamos encontrar en las parroquias. Ir tirando de los hilos. Todo lo demás es pura novela... ¡Y usted pretende lo contrario!

—Vamos, no hace falta que nadie me diga que una investigación genealógica es por lo general ascendente —contestó Lafuente—. Solo a unos profesores de Montanilla medio locos se les podría ocurrir la idea de invertir la ecuación. Buscar al revés. Sé que la perspectiva es una locura, pero ¿no es una locura maravillosa?

Aquí el profesor hizo una pausa. Viéndole en ese momento a Elena le vino a la mente la imagen de Charlot a punto de ejecutar una pirueta sobre sí mismo.

—Sí, sé que eso es lo habitual —continuó Lafuente—. Sí, es lo científico. Pero no me digas qué es lo cuerdo. A lo mejor no tenemos un lazo, siguiendo con tu metáfora tan literaria. Es cierto, quizá no contamos con eso, pero sí disponemos de hebras, y con ellas y con paciencia podemos llegar a reunir un determinado número y formar algo así como un pequeño cordón, ¿no?

—Parece mentira Carlos que seas tú el que use metáforas semejantes cuando no sabes ni hacerte el nudo de los zapatos —intervino Elena con una carcajada—, pero sin irnos tan lejos en comparar un caso como este, que atraviesa siglos como el que unta mantequilla en el pan, y perdón por la metáfora cogida por los pelos pero creí que era mi turno, aquí contamos con una ventaja. Pondría todas mis canicas de adolescencia en la misma bolsa a que el apellido no se ha desplazado de la zona en siglos, que la familia originaria no se ha movido de aquí. En eso estoy contigo, Carlos.

—A no ser, en un caso más que probable que entre los siglos XVIII y XIX emigraran a las américas o a cualquier otro país en busca de mejor fortuna —insistió Arturo.

—Aun así sería fácil seguir su pista —apuntó Lafuente—. Aunque muy escasos, hay en efecto rastros del apellido en puntos distantes del mundo. No hay más que leer el libro *Los Sernas del mundo* de Louis F. Serna. Sí, sí, no pongáis esa cara. Me he estado informando bien.

—¿Y cómo piensa comenzar a seguir la pista, profesor?

—Teniendo en cuenta que no son muchas las familias que existen en la actualidad en Montorio y Quintanilla sugiero que cambiemos de táctica, que empleemos un ataque más radical...

—¿Radical? —dijo Elena con cierta alarma en la voz, no acostumbrada del todo a los súbitos cambios de Carlos— ¿Qué quieres decir?

—Como ha señalado Arturo y contando con la posible emigración o desplazamientos hacia otras poblaciones, estaréis de acuerdo en que si comenzamos a indagar en la genealogía de la totalidad de las familias de todos los pueblos posibles, la tarea, ingente en sí misma, podría llevarnos considerable tiempo. Por otro lado aún así quizá esto no nos sirviera de nada.

—Muy probable.

—Por otro lado, si pensamos —dijo Carlos dando uno de sus habituales paseos—, si siguiéramos la pista de los registros desde la primera familia a las que la abadesa dejara inicialmente al recién nacido, quizá podríamos...

—Perdón, perdón profesor, pero hasta usted sabe como buen historiador que no existían libros parroquiales ni registros con anterioridad a 1563 o alrededores según el lugar de que se tratara. Por otro lado todo el mundo era enterrado en el mayor de los anonimatos en una fosa común.

—¡Salvo las familias pudientes Arturo! Salvo las familias pudientes que pudieran permitirse una capilla o un enterramiento cercano al altar y que por su propia voluntad se hicieran inscribir en la parroquia para perpetuar así su nombre, ¿recuerdas? De cualquier modo te has adelantado a mi pensamiento amigo mío. Quería deciros antes de que me interrumpierais los dos de ese modo al que me tenéis acostumbrado que, si combináramos los dos métodos encontraríamos quizá un lugar en el que confluyeran las dos investigaciones. Ese lugar sería la época, la familia y la persona, ¿no estáis de acuerdo?

—Y claro —dijo Elena, captando la idea del profesor y levantándose de la silla al entender su línea de pensamiento— si el monasterio dejó al cuidado de la familia Serna o como narices se llamara en la época, el fruto prohibido de la princesa, nuestro particular Niño Jesús, deberían existir menciones claras del hecho al margen de la que consta en el Códex.

—Ahora estás entendiendo mi idea, Elena querida —dijo Lafuente con una sonrisa que rejuveneció su cara—. Me resisto a la idea de creer que las abadesas no firmaran cartas, órdenes, contratos, exenciones o cualquier tipo de documento civil o eclesiástico que mencionara el nombre de esta familia con mayor o menor frecuencia, o cuanto menos, con mayor dedicación que a otras.

Arturo cogió la bufanda que había quedado sobre el respaldo del verde sillón, procediendo a iniciar el rito de anudársela.

—Eso significa también una cosa tal y como la estoy percibiendo yo —dijo— y con la agilidad que me está caracterizando estos últimos días, os dejo. Tengo trabajo que hacer.

—¿Trabajo que hacer Arturo? —dijo el profesor. Elena miró también al joven con ojos inquisitivos— ¿Qué quieres decir?

—Parece mentira que me preguntéis eso a estas alturas. Pues voy a reunirme con nuestra vieja amiga la abadesa para que empiece a buscar entre sus papeles. ¿Recordáis que nos dijo que quedaba a nuestra disposición? No me digáis que no os disteis cuenta de cómo reaccionaba ante mi caída de ojos. ¡Dios! Creo que muchos de esos manuscritos no habrán sido tan hojeados en siglos como lo están siendo en las últimas semanas.

Y con estas palabras Arturo desapareció por la puerta antes de que ninguno de los restantes pudiera decir nada.

—Bien mi querido profesor; ahora que nuestro principal ayudante ha decidido iniciar las pesquisas por su cuenta —dijo Elena tras la marcha de Arturo— ¿Qué nos queda a ti y a mí por hacer? ¿Cómo sugieres que investiguemos la línea genealógica de la totalidad de unos pueblecitos por pequeños que sean? Te recuerdo que aunque la población de Montorio y Quintanilla —por nombrar tan solo los más evidentes—, no supere los doscientos catorce habitantes, no creo que el rector esté muy dado a financiar este tipo de proyectos de investigación. Sin contar con que habría que ampliar la búsqueda a otros pueblos y ciudades como tú mismo has apuntado.

—Ya lo había pensado querida Elena. Y créeme que me ha costado dar con una respuesta a ese problema, aunque creo que podré contestarte. Tengo una vieja conocida —un poco excéntrica la verdad—, a la que no he visto en años. Creo recordar que orientó sus estudios hacia la investigación privada. Es hora de buscar entre mis viejas agendas y ver si en alguna de ellas doy con su teléfono, dirección o cualquier cosa que me permita contactarla. Y en cuanto a la financiación todavía cuento con parte del dinero que me dejo tía Engracia. En su testamento mencionaba que quería que hiciera un buen empleo del mismo y no se me ocurre en este momento otra manera de darle mejor uso.

—Vaya, ahora pasamos del código da Vinci al 007 a la española.

La profesora intentaba bromear, pero sabía que la tarea que tenían por delante era realmente increíble y descomunal.

—He podido encontrar la siguiente documentación en los archivos del monasterio —dijo Arturo mientras depositaba sobre la mesa una carpeta conteniendo un buen número de fotocopias de documentos, cartas, pergaminos, copias de testamentos y un folio aparte conteniendo una larga relación de esa misma documentación.

Y así durante los minutos siguientes Arturo procedió a relatarles la conversación que había mantenido esa tarde con la madre abadesa:

«—Más de una vez me pregunté —le había dicho ésta mientras caminaba por el huerto del monasterio al lado de ese extraño joven que posaba sobre ella unos ojos que parecían viejos, bajo un sol que rehusaba ponerse—, si la misión con la que esta congregación fue obligada podía retomarse en algún momento futuro. Las tardes eran el momento para mi paseo diario cuando, tras haber orado en el claustro empleaba el tiempo aquí plantando y cultivando mi pequeño trozo de huerto; otras veces me detenía ante las figuras del viacrucis existente en la pequeña galería en esa dirección, cerca de las Claustrillas —dijo señalando con el dedo un punto concreto frente a ellos—. Sentía entonces como si el monasterio me hablara, quisiera decirme algo. Pensaba en mis antecesoras, en todas aquellas hermanas que me precedieron en el culto, en la oración y en el servicio a Dios entre estas paredes. Parecía como si en algún momento este nos hubiera dejado sin luz. Con ese estado de ánimo paseaba por aquí, miraba la naturaleza que nos rodeaba todos los días, los frutos que obteníamos del huerto y comprendí que si alguien veía este problema desde fuera solo vería un sinsentido.

Una estupidez.

Al fin y al cabo para el mundo, en el gran esquema de las cosas, fue tan solo la visita fugaz por España de una niña, una extranjera, ¿no es así? —mientras decía esto habían llegado a su despacho en el que entró sin dejar de hablar. Una vez sentada en su mesa abrió uno de los cajones de un viejo buró escondido en un rincón y pareció buscar algo en él—. Pero para esta comunidad significó mucho más. Lo único que encontré a mi alcance después del descubrimiento del escrito en el Codex fue una carta manuscrita de la abadesa de entonces —dijo depositando con cuidado sobre la mesa un documento contenido dentro de un plástico protector.

—El archivo original se encontraba inicialmente cerrado con cuatro llaves —continuó sor Inés—. Una de ellas estaba siempre en poder de la abadesa y las otras en posesión de tres monjas elegidas y nombradas por ella desde la fundación del cenobio--. En este punto comenzó a leer en voz baja el pergamino que tenía frente a sí: --«La niña de ojos rubios se ha ido. Ha dejado aquí una semilla imposible de borrar. Que Dios la perdone y la tenga en su gloria. Recemos por ella, recemos por el mundo que la recibió, por su secreto y por todos nosotros. He dejado en mis plegarias, en la oración, en el canto a Dios todo lo que sé».

Cuando terminó de leer volvió a guardar la carta con sumo cuidado y permaneció unos segundos en silencio antes de continuar:

«—Hablamos mucho las hermanas, se habla mucho por los capellanes en el sermón diario del gozo de Dios y en Dios —continuó la abadesa con un hilo de voz. Arturo se dio cuenta de que no era él el receptor único de esa información. Parecía como si la mujer oculta detrás del cargo estuviese aliviándose así de un pesado lastre, de un deber constante y secreto a modo de acto de confesión—. Pero el gozo de Dios no es nada místico o aburrido. Forma parte de todas nosotras, de nuestro modo de vivir, como cuando nos agachamos en el huerto por donde hemos paseado momentos antes y sacamos un rábano o un tomate, esos otros frutos de nuestro trabajo, cuando terminamos las horas diarias de estudio, lectura y tareas. Ya lo sabéis vosotros, los laboriosos investigadores. En el camino está el premio, ¿verdad? Siempre ha sido la potestad de la abadesa de las Huelgas el interpretar los pasajes oscuros que conlleva la lectura de los textos sagrados y explicarlos como mejor pueda, pero yo no he podido interpretar la parte que me ha tocado en suerte.»

Arturo cayó en la cuenta de a qué se estaba refiriendo la religiosa.

El canto a Dios.

...El Códex musical, claro.

«—Me encontraba con un problema ante este oscuro pasaje escrito. Al igual que nuestra cosecha, los árboles de nuestro jardín y aquellos del cercano Hospital del Rey me hicieron reflexionar en que muchos de ellos, ya centenarios, con toda seguridad fueran el resultado de la semilla de los primeros árboles y plantas originalmente plantados y cultivados en este huerto, todavía dando frutos después de ocho siglos. Solo nos quedaba la certeza de que ciertas instrucciones se encontraban en el Códex, pero habíamos olvidado como leerlas. En algún momento se rompió la cadena. Y así pues, con cada rayo de luz que caía sobre la pared o las diferentes columnas de los claustros ante la que me encontrase paseando o meditando, me parecía escuchar la respuesta, solo que yo no estaba capacitada para leerla. La respuesta, claro, como tú ya sabes era la misma luz.»

—He consultado a los técnicos del Archivo en el Palacio Real sobre documentos relativos a la estancia de la princesa Kristina en el monasterio de Burgos durante la Nochebuena de 1257 —dijo Arturo a la mañana siguiente nada más entrar en el despacho del profesor—. También he buscado datos sobre el apellido De la Serna en esa época.

—¿Y bien? —dijo Lafuente.

—En sus bases de datos no consta dato alguno relacionado con ninguno de los dos. ¿Hemos de dar por echo por consiguiente que la princesa no estuvo en el monasterio o que el apellido de la Serna nunca existió? Sabemos que eso no es cierto, ¿verdad? No. Lo único que prueba mi consulta en los archivos es que no hay documentos que hablen de eso, no la realidad del referente. Igual que el hecho de no poder ver la electricidad no significa que este fenómeno no exista. Y nosotros sabemos por otras crónicas de la presencia de Kristina en España así como que la misma está enterrada en Covarrubias aunque no lo mencione el susodicho archivo.

Y obviamente no hay más que atisbar a nuestro alrededor para saber que la familia Serna existe —terminó el joven lanzando a Elena un guiño.

—¿Y adónde quieres ir a parar? —dijo Lafuente.

—Simplemente hacer hincapié en que la falta de documentos escritos sobre algo no significa que ese algo no exista.

El profesor Lafuente escuchaba con atención las palabras de su alumno.

—A veces —continuó éste último—, creo que para seguir con lo que tenemos entre manos más valdría ser un aficionado a los crucigramas que un paleógrafo o un historiador. Más bien necesitaríamos a uno de esos cerebritos que rellenan los juegos de palabras a velocidad de vértigo en la sala de espera de una consulta médica.

—¿En qué sentido?

—Bueno, esto es en gran parte como encontrar la palabra acertada en un crucigrama buscando en horizontal o vertical para luego darnos cuenta de que no casa con la otra con la que tiene que cruzarse cuatro casillas más abajo, ¿no?

—Recuerdo que mencioné el primer día que nos mostró el mapa de la provincia que este se asemejaba al plano de un tesoro —dijo Arturo mientras contemplaba la mesa de Carlos. Sobre ella se encontraban desparramados varios folios llenos de tachones, de manchas, de trazados que subían y bajaban sin sentido aparente alguno—. ¿Y esos números? ¿Alguna nueva fórmula matemática?

—Eso parece —dijo Carlos mirando y sosteniendo uno de ellos entre sus manos—. Siguiendo con tu ejemplo del mapa esto sería la genealogía que estamos persiguiendo. La correspondiente a esta familia de leyenda sería algo así como las carreteras que unen nuestras ciudades. Fíjate, antes teníamos los llamados caminos reales, los senderos y los caminos de piedra ¿verdad? Después llegaron las carreteras regionales, las nacionales y por último las autopistas y autovías. ¿Qué nos ocurre hoy en día tras habernos acostumbrado a usar estas vías modernas y rápidas? ¡Pues qué nos hemos olvidado de las primeras! Sobre ellas ha crecido la hierba y el tiempo hasta hacerlas desaparecer de la vista.

—Ya entiendo por dónde va. Las modernas autopistas de peaje serían los registros civiles y parroquiales posteriores a 1840.

—Correcto. A partir de ahí sería relativamente fácil seguir la pista de una familia gracias a los libros de boda, nacimientos, defunciones y otros menos conocidos. Luego llegaría la primera ley del Registro Civil que duró hasta 1870. ¿Y sabes qué pasó con muchos de esos registros? Nada dramático, nada escalofriante, a no ser que llamemos así al simple abandono o destrucción de los mismos por causas políticas, revueltas populares o algo similar. Y te estarás preguntando ahora, ¿cómo remonta uno hacia atrás? ¡Pues gracias al concilio de Trento que consideraba que toda la población que quedaba en la península alrededor de 1550, era teóricamente cristiana tras la expulsión de moriscos y judíos, se hicieron obligatorios los registros parroquiales, y *voilà!*, ya tenemos la carretera nacional construyéndose.

—Entonces, ¿cómo pretende seguir el rastro de un apellido desde el siglo XIII hasta el XVI en que aparecen los primeros registros parroquiales aparte de las capillas particulares que mencionó el otro día?

—Te he dicho que los registros fueron obligatorios a partir de 1550 más o menos dependiendo de la población y su implantación, pero no que no existieran antes bajo la buena iniciativa de alguna parroquia, alcalde o escribano. De hecho muchas iglesias —pocas, eso es cierto—, tomaron la decisión por su cuenta llevar esos registros ya alrededor de 1315. Estos serían nuestros caminos rurales. Y sé, sé que aún nos quedaría una larga franja por cubrir, Arturo. La delgada, corta, pero más difícil y tortuosa franja que va desde el año en que Kristina de Noruega llega a España hasta la primera fecha registrada. Ese sería efectivamente el camino lleno de hierbajos hoy olvidado. Y tirando de metáfora ya que estoy en ello, lo mejor serían unos buenos machetes en forma de cartas privadas ocultas en monasterios, testamentos, bodas, contratos o cualquier documento escondido en algún rincón. Ni los saqueos de Napoleón ni la desamortización de Mendizábal, las guerras carlistas o los desastres naturales subsiguientes mejoraron las cosas y por supuesto, para rematar todo, en esta España nuestra amante del drama y que no acababa de levantarse de sus turbulencias internas, surgió la Guerra Civil para culminar el proceso de ruptura, de desarraigo y olvido de su historia, para que el proceso de abandono, de perdida, fuera total.

Los presentes, contagiados de entusiasmo por las palabras del profesor contemplaban esa exhibición de pasos casi de bailarín que el mismo trazaba desde la ventana a la librería para dirigirse a continuación hasta el escritorio y, tras cruzar entre los presentes, volver en dirección a la cristalera para recomenzar el periplo.

—Al trabajar sobre una genealogía descendente tenemos que trabajar con otra mentalidad. Si uno quiere estudiar o seguir el posible hilo del coche de mi ejemplo, circulando por las carreteras del tiempo, perdiéndose una y otra vez hasta encontrar la autopista que le lleve hasta nuestros días.

—Siguiendo con su metáfora tan bonita y todo eso, eso presenta un problema, profesor.

—¿Cuál? ¿No te ha parecido clara mi exposición?

—No es eso, pero simplemente habría que tener en cuenta el hecho de que el conductor no tuviera dinero para pagar el peaje y eligiera en su lugar venir por la nacional.

~

CAPÍTULO 47

ELVIRA

De cómo una diminuta detective ejerce su labor en las parroquias burgalesas.

—¿Recordáis que os hable de una vieja conocida, una detective? He descubierto que montó un pequeño despacho hace unos años. Tan pequeño de hecho que comparte el local con una inmobiliaria —dijo el profesor aquella mañana, una vez el preceptivo café estaba en su mano—. Como os dije creo que puede ser la persona ideal para ayudarnos con la investigación.

De las notas de Arturo Pinedo.

Ciertamente la tarde de hoy pasará a la historia como algo memorable.

Estábamos reunidos como de costumbre en el despacho del profesor como ha sido habitual estas últimas semanas. La logística de tener todos los documentos allí lo hace razonablemente conveniente y práctico. Cuando llegué al mismo alrededor de las cuatro, venía preparado para otra tarde de discusiones teóricas, de rebuscar entre libracos, pero como no tarde en comprobar, estaba muy equivocado.

Habían transcurrido varias semanas desde que el profesor había mencionado a la detective por vez primera sin volver a sacar el tema. Nos encontrábamos los tres revisando con interés algunos árboles genealógicos cuando escuchamos un suave a la vez que nervioso toque en la puerta del despacho.

—Compañeros —dijo el profesor mirándonos con aire enigmático—, creo que vais a tener el placer de conocer a nuestro nueva agregada de investigación.

Y antes de que ninguno de nosotros hubiera tenido tiempo de reaccionar o decir algo, la puerta se abrió rápidamente y una diminuta figura penetró en la estancia, o más bien pareció saltar dentro de ella portando una gruesa mochila.

—Elena, Arturo, os presento a Elvira Redondo de la agencia de detectives Redondo.

Elvira no era precisamente la idea que me había forjado de una detective, habituado como estaba a las viejas novelas de detectives protagonizadas por Marlowe y Sam Spade, o incluso otros clásicos más recientes como Mike Spillane. Elvira no tenía nada de eso. La figura que había cruzado la puerta apenas levantaba un metro cincuenta del suelo. Tenía la tal Elvira un pelo largo y lacio y unos ojos que se perdían detrás de gruesos cristales. Me llamó la atención su extremada delgadez y la rapidez espasmódica de sus movimientos que la hacía parecer que estuviera a la búsqueda de un olor nuevo para, en caso de detectarlo, salir corriendo en pos de su presa dejando la palabra en boca de su interlocutor.

Tras esta presentación sorpresa, el profesor se giró hacia mí y con cierto aire de triunfo dijo:

—No podemos descuidar ya por más tiempo nuestras obligaciones docentes salvo unas pocas horas al día y tú, Arturo, has de ponerte al día con tus estudios y tu tesis, sin olvidar tus prácticas de remo. ¿Puedo recordarte que debes defenderla dentro de un mes y que el tiempo corre? Elvira se encargará del trabajo de campo, de buscar y seguir los registros parroquiales con minuciosidad tanto online como presencialmente en aquellos casos donde no pueda hacerlo de otro modo, y que serán por desgracia la mayoría. Nosotros, aparte de alguna incursión esporádica, nos encargaremos de la interpretación de los datos obtenidos de este modo. Bueno, pero podemos discutir los detalles después de tomar un té, ¿le apetece Elvira? —dijo el profesor al que las extravagancias y movimientos incesantes en su silla por parte de la detective no parecían hacer mella alguna, como si esta se tratara de un espécimen más de su colección de lepidópteros.

—Hola, sí, esto... tomaré un té, sí, sí, pero, aunque... bueno, creo que... ¡Sí, por supuesto. Bueno, pondré esto por aquí —dijo tras intentar diversas acciones simultáneas y optar finalmente por dejar la abultada mochila sobre la mesita auxiliar ante la consternación del profesor.

—Dentro tengo los aparatos que utilizo para investigar, ya saben: micrófonos, grabadoras, cámaras, todo ese tipo de cacharros. No los puedo dejar en el coche, hay demasiado hijo puta ahí fuera —dijo, señalando con la cabeza hacia la ventana a modo de disculpa, mirando de un lado a otro y aceptaba la taza de té que le servía Elena, todo ello con movimientos que parecían amenazar con soltar la misma en el preciso momento en que se le ofrecía para salir corriendo a tomar una nota, ir al aseo o comprobar si la puerta de su coche—un Opel Kadett de color incierto a causa del barro y suciedad que lo cubría—, estaba bien cerrada.

Este era ciertamente el pintoresco espécimen de la deducción que teníamos frente a nosotros y a la que no podía dejar de mirar entre fascinado y divertido. La tarde que había parecido ser torva y gris, se estaba alegrando por momentos.

Elvira cerró la puerta del viejo Opel. Llevaba en su mano la mochila que prontamente se colocó a la espalda, no sin antes haber revisado su interior como tenía por costumbre: una linterna convencional —no se fiaba de los móviles para moverse en lugares poco iluminados, prefiriendo los artilugios que habían sido diseñados para hacer solo una cosa y tan solo una; daban menos fallos. Completaban su equipamiento un micrófono y otros pequeños *gadgets,* al margen de unos auriculares de gran tamaño.

Caminaba con pasos rápidos aunque no tenía ninguna prisa en particular. Era este un hábito adquirido en la niñez cuando tenía que hacer numerosos recados para su familia de cinco hermanos.

Estaba en una nueva población. Frente a ella la primera de las casas que le había tocado en suerte ese día. ¿Qué papel iba a interpretar hoy? ¿El de agente de seguros, vendedora de alarmas, de telefonía móvil, o bien el clásico testigo de Jehová? Debía de cambiar su personalidad con rapidez en virtud de la persona que le abriera la puerta, todo con tal de poder penetrar en su interior y saber algo más de esa familia, averiguar los nombres de los padres, abuelos, hermanos, etcétera, de modo tal que no despertara lógicas reticencias en sus propietarios.

Tiempo tendría después para indagar y contrastar lo averiguado con los datos registrales de las diferentes parroquias con las que se encontraba; comprobaba no solo sus libros de defunción y de bautizos, sino también los de Cofradías, los de Tazmias, que registraban el cobro anual de los diezmos, primicias y su distribución, de Apeos, con el inventario de bienes de la Iglesia, del Hospital —para transeúntes —, de Matrícula, donde se registraban los que confesaban y comulgaban anualmente en Pascua de Resurrección, de Fábrica, con las cuentas anuales de la Iglesia y finalmente, los de las ermitas locales en caso de existir alguna en la proximidad.

Sí. La diminuta detective seguía haciendo su trabajo.

Supo en sus viajes de muchas cosas que hubiera preferido no conocer.

Registro parroquial tras registro parroquial, comenzando por los de Montorio y Quintanilla como habían acordado para seguir a continuación con los de cualquier población cercana a estas dos, así como cualquier otra donde el apellido Serna hubiera dejado un mínimo rastro.

El objetivo, siempre el mismo.

El resultado también idéntico.

Sin novedad.

En algunos momentos echaba de menos los casos habituales por razones de cuernos para justificar un divorcio, las sospechas financieras arrojadas sobre un socio demasiado amigo de la caja de la empresa, el perseguir a un deudor hasta averiguar su domicilio, siempre oculta tras las esquinas o arrodillada en los tejados de las casas, con algún resbalón ocasional en esta última circunstancia. Todo eso daba cierto interés a su trabajo. Esa cantidad de obstáculos le ofrecía algo a lo que enfrentarse en lugar de la aridez de las viejas iglesias y las caras de desconfianza de la gente día tras día. Ahora en cambio se sentía como una ladrona, como una violadora de la intimidad de las familias que visitaba.

Familias de todo tipo, pero en su mayoría familias amables que le abrían la puerta con una sonrisa.

Recordaba en especial el rostro de aquella señora a la que había conocido días atrás, delgada como un pajarito, que la acogió en aquel hogar de reducidas dimensiones, en un salón adornado con mesas y sillas adquiridas en torno a los últimos años sesenta, colocadas sobre un suelo desgastado, pisado millones de veces, pero a los que la mano cuidadosa de su propietaria había abrillantado, adornando pobremente y corrigiendo con su esfuerzo aquello que la cuenta corriente se negaba a enmendar. La mujer le había contado acerca de aquel marido que se fue de casa dejándola con la deuda de la hipoteca que ahora debía afrontar en calidad de avalista de la misma. Le contó asimismo como días atrás había recibido la visita de la comisión judicial para practicar la diligencia de embargo sobre la casa.

Los años vividos se agolpaban en los ojos de la mujer, pugnando por salir e inundar sus ajadas mejillas. Un mundo de juguetes rotos, de esperanzas truncadas se ocultaba allí, todo eso, detrás de los párpados. Y aun así, allí estaba, firme ante ella, forzando una amable sonrisa en ese rostro que ya no recordaba como era la sombra de una risa, de un momento feliz.

—No, gracias, no me apetece nada —había dicho Elvira ante el ofrecimiento de algo de beber por parte de la mujer, mientras guardaba sus papeles con presteza, la vista fija en el suelo para no encontrarse con la mirada de desesperación en los ojos de su interlocutora.

Elvira pudo ver a las cigüeñas despertarse cuando subía a los tejados, haciendo levantar el vuelo a las palomas desde graneros que no habían sido hollados en años, en un paisaje castellano que había permanecido inmutable durante siglos.

Como bien había dicho el profesor a Arturo días antes, los enterramientos habían tenido lugar en las iglesias hasta 1805, por lo que le fue relativamente fácil a Elvira localizar a determinadas familias de este modo, pero los miles de ellas que nacieron y murieron sin dejar rastro al no haber realizado transacción o compra alguna, dictado testamento, desobedecido las órdenes del rey o gobernador local, quebrado ningún mandamiento o sido parte en algún juicio, habían quedado en el olvido.

«—Estos de la universidad están locos —se decía la detective cada vez que llamaba por teléfono para recibir nuevas instrucciones o precisar alguna indicación o dato acerca de algo que acabase de encontrar—. Deberían dejar a los muertos en paz».

—Chico, ponme una cerveza bien fría por favor —pidió Elvira en la tercera aldea en donde había hecho parada aquel día. Se trataba del precioso pueblo de Oña. En él había encontrado este bar próximo al monasterio. Los tres o cuatro hombres que fumaban en la puerta la miraron en silencio. Una mujer sola en un viejo Opel Kadett, cargada con una gruesa mochila a la espalda y con movimientos relampagueantes no era cosa que se viera todos los días. Si a eso se añadía que el coche parecía haber sido usado para la retirada de basuras, lleno hasta reventar de papeles en el asiento trasero, el interés de los parroquianos subía varios grados. Para rematar la ocasión Elvira había tenido el acierto de aparcar el vehículo en el único lugar tácitamente prohibido de la plaza, a saber, justo enfrente de la fuente central del pueblo, añadiendo de este modo vistosidad y colorido a la escena.

—Oye tú, moreno —dijo con tono tajante a un chico que pegó un respingo al ser llamado así por esta extraña forastera, justo cuando se disponía a ir acompañando por su bote de Heineken a echarse un partido de bolos con sus amigos— ¿Por dónde queda la iglesia?

CAPÍTULO 48

EL SUEÑO DE LOS CASTAÑOS

De cómo los lugares sueñan bajo la lluvia acerca de lo que fueron.

Había comenzado a chispear.

Era imposible ver las manos de Arturo, introducidas en los bolsillos del chubasquero de color gris. En la espalda del mismo destacaba el logotipo del equipo de piragüismo: un escudo en color burdeos mostrando en su centro la Puerta de Santa María sobre un fondo blanco.

No era de extrañar que hubiera comenzado a llover en el deambular que esa tarde realizaban profesor y alumno, en ese vagar por las calles del casco antiguo antes de retornar a la confortable casona del Espolón.

Ambos inhalaron el fuerte olor a ozono que impregnaba su paseo.

—En días así uno siente que el tiempo no transcurriera—dijo el joven a su paso por la calle Entremercados—, ¿no opina lo mismo? Fíjese en esa tienda por ejemplo. Seguro que debe llevar siglos en ese lugar, ¿no?

Lafuente miró el punto indicado por Arturo y asintió.

—No tanto como uno quisiera, Arturo. Verás, ese edificio de la esquina cerca de la tienda que señalas fue el lugar donde tiempo ha estuvo Almacenes Campo. Un poco más tarde le siguió la cadena CYLSA. Y ahora, ahora es tan solo un recuerdo después de más de sesenta años. Hasta la tienda de telefonía de al lado fue un comercio de solera... ¡en fin!

Su mirada se iluminó. Una idea le había asaltado.

—¿Quieres ver algo antiguo? ¿Algo realmente oculto y misterioso? Hay cosas que se ven más claras bajo la lluvia —dijo sonriendo con malicia. Era su momento de disfrutar del placer de la paradoja, de la confusión reflejada en el rostro de su pupilo. Uno de los placeres inconfesables de ser docente. La satisfacción de recrearse en ese conocimiento que se suelta poco a poco, produciendo un cosquilleo intelectual tanto en el que lo ofrece como en el que lo recibe.

—¿Qué quiere decir? ¿A qué se refiere?

—¡Sígueme!

Dicho esto y sin dar tiempo alguno a Arturo para una nueva réplica, Carlos se dirigió a grandes zancadas por la calle de Fernán González dejando atrás la siempre visible catedral.

Llegaron por fin a la plaza de los Castaños. Era este un lugar que Arturo conocía bastante bien a raíz de las noches de marcha con sus amigos. Estaba vacía a esa hora, a excepción de las figuras de los dos paseantes, refugiados bajo sus paraguas, rodeados por cinco castaños, los verdaderos dueños del lugar. Las hojas recién caídas a sus pies recibían el agua que fluía como una bendición antes de morir. Habían nacido de ella y con ella se iban.

A un lado de la plaza se encontraban unas cercanas escaleras, apenas visibles, enterradas bajo la hojarasca. Únicamente unos modernos bancos de madera daban la nota discordante con el aire ancestral de la plaza.

De las notas de Carlos Lafuente

Hoy Arturo y yo hemos salido a dar un paseo. El chico ha permanecido callado casi todo el tiempo. Probablemente una parte de su mente esté ya especulando ideas y teorías que no me atrevo a preguntar y mucho menos cuestionar. En cualquier caso durante nuestro deambular por el caso antiguo tuve una curiosa idea. Fue al pasar frente a las viejas tiendas que aún ocupan el lugar en la calle Entremercados. Había comenzado a lloviznar con más fuerza. Quizás la lluvia nos atrae porque nos hace vivir más en el presente, en el aquí y el ahora, estimulando todos nuestros sentidos a la vez.

Su sonido, constante y a la vez diverso, la visión de las gotas en apariencia iguales aunque distintas, cayendo sobre las baldosas, esa sensación de humedad que nos invade, el olor del ozono llenando el aire, emanando del suelo, de la tierra empapada, contribuyen a esta experiencia inmersiva. Quizás sea tan solo que el suelo, antes recalentado, respira con alivio. Y cuando, al tocar la barandilla ocasional, la corteza de algún árbol impregnado de lluvia o el mango del paraguas cómplice que nos transmite el frío del metal, sentimos esa humedad dentro de nosotros.

Nos habíamos acercado a la plaza de los Castaños.

—Ya hemos llegado—dije.

—No entiendo, profesor. No hay nada que ver aquí. Los pubs están cerrados. Los árboles están muy bien y todo eso, pero...

Las fuertes raíces de los castaños de Indias parecieron recibir con agrado este cumplido hecho bajo la lluvia; unas pocas gotas se desprendieron de sus hojas, cayendo sobre el joven.

—Como tú siempre dices no juzgues las cosas antes de tiempo. Cierra los ojos e intenta sentir una de esas percepciones extrasensoriales de las que hablas constantemente. Eso es. Muy bien. ¿Sientes algo? ¿Te viene alguna cosa la cabeza? ¿Algún eco que el tiempo haya dejado en el ambiente? ¿Algo? Por favor, no me discutas, tengo mis razones. Solo inténtalo por unos pocos segundos.

Arturo obedeció. Cerró los ojos bajo ese paraguas sobre el que golpeaban las diminutas gotas.

Las cercanas casas de la plaza callaban. Conocían el secreto muy bien. Sus cimientos lo sabían y se mantenían callados. Las farolas habían alumbrado en algún momento parte de él, aunque en ese instante, apagadas a esa hora de la tarde disimulaban, esperando nuestras palabras.

—Bueno, siento una gran humedad para empezar—dijo Arturo con los ojos cerrados—. Aparte de eso únicamente silencio, mucho silencio, un silencio parecido al del monasterio, aunque supongo que es de esperar dado el día que hace y el lugar, claro.

—No andas desencaminado, porque aquí debajo, precisamente debajo de nosotros se esconde un misterio. Aquí se encuentra enterrada una cripta que contiene la cúpula más antigua de todo Burgos porque en este lugar se alzó la vieja iglesia de San Llórente, mandada construir nada menos que por el mismísimo Fernán González. En 1966 fue desenterrada y fotografiada por última vez antes de ser cubierta de nuevo. Un año curioso ese, ¿no te parece? si tenemos en cuenta que las vidrieras del monasterio de las Huelgas se trasladaron a su nueva ubicación en ese periodo.

Las viejas casas que nos rodeaban enmudecían cómplices.

—Sí, recuerdo haber visto que se hicieron obras de reforma aquí —dijo Arturo al recordar lo difícil que había sido el acceso a los locales de ocio por entonces.

—Así es. La iglesia original se menciona en el manuscrito del *Becerro Gótico de Cardeña*. Pedro Gutierrez, el arquitecto a cargo de su descubrimiento, optó por ocultarlos, intentando preservarlos en lo posible por si en un futuro pudiera reconsiderarse su recuperación.

Frente a nosotros se encontraba el edificio que había mostrado a Arturo momentos antes. Junto al mismo, los bajos de las modernas edificaciones albergaban diversos bares de copas tales como el New La Miel y El Jabato que acabábamos de pasar, haciendo compañía todos ellos a la sede de un partido político.

—Existió en tiempos un túnel subterráneo que permitía acceder a la cripta desde ese edificio anejo a la plaza. Por desgracia al construirlo se cegó el corredor —le expliqué—. Esta zona está llena de ellos, ¿sabes? Vengo aquí con frecuencia para recordar que once siglos de existencia como los que tiene este lugar no se olvidan fácilmente por unas breves experiencias diarias y rutinarias, por unos pocos momentos. Impulsados por lo cotidiano nos hemos acostumbrado a no escuchar nuestro entorno.

—Tiene razón, sobre todo durante los fines de semana, cuando el lugar se llena de gente bebiendo y gritando.

—Sí, el hecho de que coloquemos bares de copas sobre las viejas piedras no basta para suplantar el lugar, para olvidar el pasado. Y aquí viene el dato simbólico que te vendrá muy bien cuando acometas ese libro que sé que escribirás algún día.

Según algunos vecinos de la época, aquellos restos que habían sido sepultados con hormigón y cemento, llamaron la atención de un canónigo de la Catedral. Fue este mismo precisamente quien visitó en persona la cripta en 1966. Y este hombre, al igual que aquel otro que fue sacado de las tinieblas de la muerte, también se llamaba Lázaro. Allí abajo encontró una inscripción, una cartela funeraria que decía: «Gonzalo Ruiz de Compludo y su esposa Elvira». No significan nada para nosotros esos nombres, pero ellos fueron los progenitores de Francisco de Vitoria, el «Padre» del derecho Internacional, disputado entre burgaleses y vitorianos. Por desgracia aquel corredor ya no existe y como te dije no hay modo alguno de acceder a la misteriosa cripta.

—Increíble. No conocía para nada esta historia.

—En cualquier caso, la bóveda sigue allí abajo. Silenciosa.

Aguantando el peso de toda la urbe que se le vino encima después. Sí, ahí está, a la vez presente e invisible. Por eso es necesario que de vez en cuando escuchemos la ciudad, los hechos y los lugares del mismo modo en que hacemos con la lluvia. Con los cinco sentidos. La ciudad lo reclama. Nuestros antepasados lo reclaman. Como te dije al principio de nuestro periplo hay cosas que se explican mejor bajo la lluvia.

Y así, tras dar una palmada sobre el chubasquero mojado de Arturo, dejamos a los castaños seguir canturreando su canción en soledad mientras el aguacero continuaba cayendo. Ellos continuarían guardando el secreto.

CAPÍTULO 49

MEDITACIONES

«O Sole mío» o la relatividad del tiempo seguido de una vista desde el cerro de San Miguel.

El profesor había colocado un disco en el tocadiscos de falso aspecto *vintage* situado cerca de la ventana. Tras depositar la funda del mismo con estudiado mimo en una esquina de la mesa auxiliar hizo descender el *pickup* con igual cuidado ritual sobre la negra superficie, esperando durante unos pocos segundos el chisporroteo inicial del altavoz antes de que las notas de «O Sole mío» comenzaran a sonar en la voz de un joven tenor recién descubierto en un programa de televisión.

En cuanto sonaron las primeras notas, Elena cerró los ojos. Una amplia sonrisa se dibujó en su cara.

—¿Había dicho que era cuestión de tiempo el que encontráramos una pista, verdad? —dijo Arturo mirando al profesor que continuaba de pie junto al tocadiscos.

Este se giró, envuelto todavía por el aria, perplejo ante la pregunta de Pinedo.

—Profesor, ¿puede caminar hacia aquí lentamente por favor?

Carlos cruzó la librería hasta el lugar donde se encontraba el primero sin comprender que había impulsado a su estudiante a tan curiosa petición.

—¿Se ha dado cuenta de lo que ha conseguido con su gesto, con ese simple moverse desde la ventana hasta el lugar donde se encuentra ahora?

—Seguir tus instrucciones, esto es, caminar.

—Ha hecho algo más. Algo completamente distinto. Realmente no había yo apreciado bien lo que nos querían decir esas fórmulas, esos ejercicios que realizábamos una y otra vez en clase de química cuando dividíamos la masa por tiempo y cosas semejantes. Al cruzar el salón ha hecho algo más que atravesar el espacio, ha emprendido profesor, si puedo decírselo así, un pequeño viaje por el tiempo.

—No te sigo chico. No entiendo por donde vas. Demasiado profundo para mí a estas horas de la tarde, quizá.

—Lo que intento decir es que el profesor Lafuente que escuchó mi solicitud ha quedado en el pasado —explicó Arturo—. La figura que estaba prestando atención a mis palabras no es ya más que un recuerdo, una imagen en la retina sí quiere. De hecho mientras hablo ahora, mi voz está viajando por el tiempo de un modo insensible a la vez que imparable. Lo que nos hace olvidar esto es la mera cotidianidad de la acción, repetida a lo largo de toda nuestra vida, fluctuando y pasando a través de nosotros. Y la memoria es otro factor que amortigua el fenómeno. En nuestro caso el recuerdo que yo tengo de usted situado allí, escuchándome junto a la ventana.

—Parece que acabaras de leer *Alicia en el País de las Maravillas* o el *Jabberwocky* de Lewis Carroll, Arturo —sonrió Elena mirando de uno a otro.

—En cierto modo has dado en el clavo Elena —dijo Arturo, girándose hacia esta—, los cuentos son una manera de hacernos entender lo prodigioso, los milagros de lo cotidiano.

—O sea que quieres decir que, en el caso que nos ocupa...

—Sí, la línea de tiempo de la princesa sigue existiendo paralela a la nuestra. Aunque en términos humanos su tiempo se acabó, la línea queda allí, perenne... Es como el efecto de esta misma melodía resonando dentro de nosotros. La música, el arte que juega con el tiempo, nos lo explica con claridad. Después de nuestro paseo por la plaza de los Castaños creo que le debía esto profesor —terminó Arturo mientras se llevaba la taza de café a los labios con gesto despreocupado.

Extracto de las notas del profesor Lafuente

Viernes, 23 de abril de 20...

21:00 horas.

Al igual que aquel aria sonando en el tocadiscos hizo temblar mi interior, reverberar respuestas que no sabía que se encontraban allí con ese sostenido subiendo en el aire, así sentía yo, reteniendo la respiración, que había algo de razón en la improvisada disertación de Arturo.

Después de que este terminara de hablar, por un breve instante, casi un segundo, uno de esos segundos con los cuales se teje el tiempo, noté la presencia del pasado a nuestro lado, en esta misma biblioteca. Sentí que lo que había estado buscando no era una verdad antigua y olvidada, una verdad relacionada con gente que ya no existe, sino algo en cierto modo aún vivo... aunque no supe cómo explicarlo. Media hora después aún prestaba yo atención, concentrado, creyendo oír la voz y la presencia de aquella lejana persona en algún rincón de esa librería en la que los tres nos encontrábamos.

Tras cerrar la agenda el profesor intentó dormir, pero las vueltas y cambios de posición, el ajuste y reajuste de la almohada no produjeron el resultado buscado. Después de varios minutos, cansado del vano intento, se levantó y fue a sentarse frente al ventanal contemplando la noche callada y quieta, la ciudad silenciosa que, como él, no podía conciliar el sueño.

Unos copos de nieve habían comenzado a caer.

Invierno en Burgos.

Allí abajo la acera aparecía ya cubierta de nieve. Nieve a los lados de la portería. Nieve a lo lejos, al otro lado del puente.

No recordaba una nevada como esta desde la que cayó en 2007.

Cuarenta centímetros de espesor, lo recordaba bien. Recordaba en especial haber estar estudiando en su habitación, alzando la cabeza cada pocos minutos para mirar por la ventana y comprobar que la magia seguía allí.

VISTA DESDE EL CERRO DE SAN MIGUEL

Desde otro punto distante, otra persona también contemplaba la ciudad.

Los árboles nevados allá abajo, vistos desde la terraza de la mansión de Patricio Noguer situada en lo alto del cerro de San Miguel, semejaban estrellas aplastadas con diminutas ramificaciones extendiéndose. Desde allí también podía verse a lo lejos el mirador del castillo.

Tras él se alzaba la casa, todas sus ventanas iluminadas, preparada para cualquier eventualidad.

Le gustaba verla de este modo cuando como en este momento solo su esposa y él eran los silenciosos pobladores de sus innumerables pasillos y escaleras, explorando ambos en silencio sus numerosas habitaciones y plantas. Le desagradaba la idea de penetrar en una estancia oscura y tener que molestarse en buscar el odioso interruptor. Por supuesto siempre quedaba la opción de la moderna domótica, pero eso no entraba en su visión del mundo. En cualquier caso hoy existían razones poderosas para esta profusión de aparato eléctrico. Hoy celebraba una fiesta a la que acudirían determinadas personales del mundo político y empresarial de Burgos.

Este era otro privilegio que se había ganado a pulso. Conseguir edificar esta gran casa, esta mansión en este lugar privilegiado, casi prohibitivo de la ciudad, compartiendo esa vista de la misma únicamente con el ruinoso castillo. Sin duda había peleado mil y un permisos municipales para conseguirlo. Este era su triunfo personal. A través de los años había cultivado determinadas amistades y conexiones. Ciertamente era sin duda alguna un hombre que se había hecho a sí mismo. No le bastaba con la universidad, no. Tenía que demostrar a esos ilusos que se habían burlado en el pasado de sus sueños de grandeza.

El chiflado, el grillado era sin duda alguna ese profesor, Carlos Lafuente y su estúpido alumno que iba a perder tanto sus estudios como la regata contra la otra universidad el próximo verano, por no hablar de Elena Serna, esa romántica empedernida que iba detrás de él como perra en celo.

Encaminó sus pasos hacia el interior de la mansión.

Su figura cruzó bajo el arco de medio punto trabajado en madera que mostraba curiosos patrones vegetales mezclándose entre sí hasta hacer irreconocible la forma primaria de su diseño.

Lo primero que hizo al penetrar en la gran librería fue echar un rápido vistazo al correo sin abrir depositado sobre su escritorio cercano a la chimenea neogótica que calentaba la amplia estancia. Varias reproducciones de esa estatuaria griega que tanto le cautivaba, similares a las que se podía encontrar en el campus de Montanilla, podía verse a través de las cristaleras de la misma, adornando los jardines de la finca.

Miró el correo por encima, descartando con rapidez parte del mismo.

Invitaciones para atender distintos simposios, innumerables congresos en el extranjero y un sin número de eventos. De nuevo todo era cuestión de moverse en los círculos adecuados y no de estar dando vueltas por las calles persiguiendo quimeras. Ahí estaba la clave.

—«¡Ese imbécil!» —se dijo para sí, una parte de su mente todavía atrapada en el pensamiento anterior.

Se dio la vuelta y cerró la puerta de la biblioteca antes de dirigirse al saloncito donde se encontraba su esposa, aguardando con burguesa paciencia la llegada de los primeros invitados mientras leía con exquisita concentración alguna gruesa novela de esos autores franceses que continúan cautivando la mente femenina de un modo peculiar.

MEDIA HORA MÁS TARDE, LA ENORME LÁMPARA DE ARAÑA SOBRE la escalera central lo dominaba todo con su entramado de cristales que, colgando, hacían rebotar la luz incidente del salón sobre la entrada.

Cada uno de los invitados que comenzaba a entrar en la mansión e inclinaba la cabeza hacia el anfitrión custodiado por toda esa larga fila de retratos situados a lo largo de las escaleras que ascendían al piso superior, era obsequiado con una pequeña parte del brillante esplendor del lugar.

No se había percatado no obstante don Patricio Noguer al dejar la balaustrada con tanta elegancia y porte de que algo había cambiado en el paisaje exterior. Ciertamente que había estado allí, en ese balcón contemplando el cielo y el paisaje situado justo encima de su cabeza, ese cielo que creía haber adquirido como las estatuas, como el mismo templete de la universidad, pero no se había dado cuenta de que tan pronto cerró la puerta de la terraza a su espalda, la nieve comenzó a caer de nuevo.

CAPÍTULO 51

VIAJE A QUINTANILLA SOBRESIERRA

De cómo el tejido y el aceite ayudan a la deducción lógica así como en la venta de propiedades.

La seis menos cuarto de la tarde. Arturo estaba sentado frente a la ventana del departamento de Paleografía como tantas otras tardes. Esperaba, sin parecer hacerlo, que algo nuevo rompiera la monotonía de los últimos días. Este podría ser quizás el momento. Había estado animando tanto a sus compañeros durante los últimos días que había olvidado la duda en su interior.

Sonó un golpe nervioso en la puerta, seguido casi sin interrupción por otros cuatro. No podía haber lugar a dudas acerca de la identidad del visitante.

La puerta se abrió de golpe y sus sospechas quedaron definitivamente confirmadas cuando en el umbral apareció Elvira cargada con su mochila, los brazos rebosantes de folios y un teléfono móvil que al parecer había estado utilizando hasta el mismo instante de tocar a la puerta.

—Hola, ¿Qué tal? ¿Qué tal? ¿Cómo van las cosas? ¿Ha ido bien el día? ¿Sí? ¿Sí? Un momento por favor —dijo esta vez a la persona al otro lado de la línea —. Sí, después le llamo. Si viene algo me lo manda por mail—. Y luego de nuevo a Arturo—: ¿Todo bien, todo bien? Estupendo, estupendo... ¿No ha venido el profesor aún? Excelente, ¡sí, sí!, ¡superior, sin duda alguna!

Mientras la detective depositaba sus cosas sobre la mesa bajo esa cascada de palabras, Arturo aprovechó esos escasos instantes para practicar sus recientemente adquiridos conocimientos de cartografía haciendo una rápida inspección e interpretación acerca de la procedencia, consistencia e historia de las diferentes manchas que podían distinguirse a simple vista sobre el jersey de la detective. A todas luces no se apreciaba variación alguna en su indumentaria respecto de aquella con que la vieron acudir a ese mismo despacho hacía más de una semana. Eso y una eterna cazadora vaquera. Una mancha situada junto a su pecho izquierdo evidenciaba signos alarmantes de ser chocolate. El frontal por su parte presentaba diferentes puntos que, semejantes a ciudades con historias diversas, mostraban altas probabilidades de ser ketchup, aceite y otras sustancias que habría que investigar con cierto recelo. Un paleógrafo podría incluso descifrar caracteres en ellas. A la vista de las mismas el joven dudaba de si esta mujer tenía tiempo alguno para ejercer el mínimo cuidado o aseo sobre su persona, o si acaso dormía alguna vez. Respecto de la alimentación sus dudas quedaron rápidamente despejadas en cuanto la detective extrajo de su mochila un pequeño paquete envuelto en papel de aluminio, que reveló ser un enorme bocadillo de atún con mayonesa.

Elvira procedió entonces a llevarse migajas del mismo a la boca con la mano derecha mientras introducía la izquierda en el bolsillo trasero del pantalón. Al ver que una gruesa gota de mayonesa amenazaba con deslizarse del bocadillo, Arturo se alarmó.

—¡Elvira, tenga cuidado porque...!

—Deberías leer estos papeles. Os van a interesar mucho, ya lo verás, ya lo verás...

Demasiado tarde. La gota había pasado a engrosar el trazado topográfico del jersey de la detective.

Extracto de las notas de Carlos Lafuente

Viernes, 23 de abril.

He cogido la costumbre de revisar la documentación al final de la tarde, cuando la luz es más tenue. Creo que a esa hora todo se ve con mayor claridad. Incluso los pensamientos parecen más claros, por lo menos en mi proceso mental particular, después de haber estado ocupado en otras tareas. Parece como si, a partir de las diez de la noche, una extraña serenidad me invadiera. Siento entonces, con la ciudad dormida fuera, que el tiempo se hubiera parado y, al igual que hacía con mi antigua radio de transistores mientras estudiaba, pudiera con paciencia sintonizar una emisora lejana de otro país que en la voz de un locutor desconocido me hablara con seguridad de otras realidades.

Elvira ha venido cansada hoy de su periplo diario, lo cual no tiene nada de extraño si no hubiera ido todo ello acompañado por un arrastrar de pies y un murmullo ininteligible en el habla al entrar en el despacho.Ha traído consigo ese olor rancio de archivo que últimamente la acompaña. Ha dejado sus notas en mi mesa y se ha deslizado de nuevo hacia la puerta, los pelos cayéndole sobre la cara. Esta mujer realmente está haciendo demasiado. Se encuentra agotada.

Yo también me encuentro cansado, pero voy a continuar un poco más, unos minutos más. Incluso si no sé muy bien como, encontraré el modo de seguir. No solo por mí, sino también por Elena y por Arturo.

Vamos a seguir adelante.

He intentado recapitular los acontecimientos y los datos que tenemos hasta el momento, las fechas, los nombres de las familias. Sí, no estamos muy desencaminados creo yo. Hemos seguido la pista con cierto grado de seguridad hasta finales del siglo XVIII. Más de uno ya se hubiera vuelto loco de alegría solo con llegar hasta aquí. Entre los papeles que ha traído Elvira hay en cualquier caso un apunte desconcertante. Se trata de una mención arrancada del libro de nacimientos en el remoto pueblo de Quintanaortuño, a solo unos catorce kilómetros de Burgos. En ella aparece el apellido «Ser... » interrumpido por el corte brusco, la rotura firme del pergamino sobre el que fue escrito.

Acaba de resonar un trueno desgarrador que parece provenir de algún punto justo por encima de mi cabeza, como si el cielo se rasgara, como si hubiera entendido el símil y quisiera penetrar en el edificio. Toda actividad ha cesado súbitamente en las calles. Los gritos de unas niñas que hasta hace pocos momentos jugaban en los cercanos columpios, han desaparecido como una televisión que se apaga.

Solo se escucha, intentando sobresalir por encima de la furiosa tormenta, algún grito involuntario de unas pocas personas que aún no han abandonado las calles.

La lluvia lame las casas. En este momento parece que no existiera nada más que el aguacero y el sonido del trueno, descascarillado, repitiéndose en distintos ecos y tonalidades, próximo en un momento, lejano en otras, pareciendo anunciar el fin de la tempestad, solo para volver con nueva fuerza a hacer temblar el momento.

El resto de la noche fue igual de tormentosa. Me encontró sobresaltándome de vez en cuando ante el ruido del trueno que caía mientras yo, olvidado de los elementos, me sentía perdido en ese árbol genealógico que se me escapaba, sentado ante mi escritorio, ante esas ramas de ancestros y descendientes que serpenteaban sobre el papel, mientras yo daba vueltas una y otra vez a las notas que me había dejado Elvira.

Si era un poco de agua lo que necesitaba esta nueva pista, este árbol para dar fruto, para que su copa se abra permitiendo observar el engarce de sus ramas superiores, quizás la tormenta de esta noche haya sido de alguna ayuda.

CARLOS ENTRÓ A LA MAÑANA SIGUIENTE EN EL DESPACHO DE paleografía llevando unos folios bajo el brazo. Como era habitual estaban estos llenos de subrayados y anotaciones al margen. Entre ellos habían algunos escritos por otra mano, doblados y arrugados.

«Los informes de la detective», pensó Arturo al ver estos últimos.

—¡Mirad, información fresca! Nuestra amiga Elvira ha encontrado esto en el archivo histórico de la catedral de Burgos. Corresponde en realidad al volumen I que va de los años 395 a 1431. Fijaos en esta entrada. No tiene desperdicio.

Elena y Arturo se inclinaron sobre la copia del registro así indicado, leyendo aquel fragmento que el profesor había estudiado la noche antes:

26 de mayo de 1319, Burgos

«Teresa de Quintanilla Sobre Sierra, monja del monasterio de las Huelgas, y su hijo Juan Sánchez, capellán del mismo monasterio, venden a Sancho García y a su mujer María Serna dos casas que tienen en Manzanillo, por 380 mrs. A 10 dineros el maravedí».

Volumen 44, folio 4 origen pergamino 280 x 210 mm. Ante Fernando Ibáñez, notario.

Reg.: Mansilla, 294. N. 1162.»

—A primera vista parece una transacción sin importancia, ¿verdad? —dijo exultante el profesor.

—Bueno, —dijo Elena mirando el papel que tenía Carlos en la mano—. Eso parece, aparte del hecho de que la relación de parentesco entre la monja y su llamado "hijo" chocaría a un lector ocasional que desconociera que el matrimonio no había sido abolido para las religiosas hasta mucho tiempo después de esta transacción económica. Aparte de eso no veo nada aquí que nos indique que esto sea una pista como dices.

—Sí, hasta que uno repara en que en esta anotación están todas las piezas del juego: Quintanilla Sobresierra, el apellido Serna y el monasterio de Huelgas —dijo Carlos con aire triunfal.

EL CANÓNIGO ARCHIVERO CAMINABA DELANTE DE LOS investigadores mostrando ese archivo en vías de digitalización, todo ese pasado acumulado en registros de pequeñas parroquias, procedentes de parajes olvidados que habían llegado a morir aquí.

Lafuente y Arturo habían acudido esa mañana al archivo diocesano de Burgos ubicado en la misma catedral; el lugar donde Elvira había encontrado esa escueta referencia a una monja del monasterio de Huelgas.

—¿Ven eso? —dijo el archivero señalando un viejo arcón—. Ese es el llamado cofre del Cid y no porque perteneciera al mismo sino debido a que es tan antiguo que se presume de la misma edad que el personaje. Dentro se guardaban los documentos más vetustos que alguna vez se han tenido en esta catedral.

Se giró en ese momento con cierta amabilidad mezclada con algo de desconcierto ante el hecho de que alguien hubiera dado con datos que él no había indicado o guiado de un modo u otro.

—Supongo que han tenido ustedes suerte en encontrar esa referencia que mencionaron antes respecto a esa monja de Quintanilla, pero no esperen descubrir mucho más aquí—continuó el hombre con voz aburrida por la rutina diaria—. Verán, los libros de Bautizados de Montorio depositados en este Archivo Diocesano dan comienzo en 1567 y abarcan hasta 1926. El de casados un poco antes, desde 1561 hasta 1925 inclusive. Lo siento.

Se había confirmado así la inexistencia de muchos de esos registros parroquiales, a pesar de ser Burgos una de las pocas zonas de España donde se había comenzado la centralización y digitalización de los mismos.

Quintanilla Sobresierra.

La señal a su derecha indicaba con claridad prístina el nombre en caracteres claros y reales. Ya no era un mero punto en el mapa, una de esas casillas que habían estado mirando y remirando durante las pasadas semanas.

Al entrar a la población descubrieron que Julián González Serna —su contacto en la población— les estaba esperando a pie de carretera, en un lugar convenientemente cercano a la cantina. Llevaba el mismo una gorra a cuadros y bajo la misma una sonrisa melancólica. Carlos sintió una ráfaga de familiaridad cuando los dos se dieron la mano.

Quintanilla Sobresierra, apenas un puñado de cuarenta y tres habitantes. Una población perdida al oeste de la Merindad del Río Ubierna, como queriendo escaparse así de la misma. Era este el pueblo que no habían tenido oportunidad de visitar en el viaje anterior pese a estar separado de Montorio por tan solo unos pocos kilómetros, encontrándose la ermita de las Mercedes a medio camino entre las dos poblaciones.

—Así que están tras los pasos de la familia Serna —dijo su nuevo contacto con la misma sonrisa con la que les había saludado—. Bueno, los del lado de Montorio ya les habrán dicho lo que hay. Creo que deben saber que yo también soy un Serna para que conste en sus registros.

El hombre caminaba con las manos en los bolsillos de su chaleco, refugiándose así del bierzo que se sentía a esa hora de la tarde.

—Sé un poco por lo que deben de estar pasando. No tanto como ustedes por supuesto. Verán, llevo unos años escribiendo un libro sobre la historia de mi familia, de mi apellido. Sin prisa alguna, sin premura, pero ahí le andamos dando —. Sonrió para sí, con el aire de alguien que no espera saber el resultado de su tarea, inmerso en el propio placer de ella—. ¡Eso y mi querido C.F. Quintanilla son mis grandes pasiones ahora!

—Hemos encontrado ciertas referencias a habitantes de Quintanilla en el archivo diocesano de Burgos —dijo el profesor—, y nos preguntábamos si nos podría usted ayudar en la consulta de los libros parroquiales. Aunque ya tenemos a una persona haciendo una labor de criba por los pueblos cercanos, he sentido una curiosidad especial por conocer los datos de primera mano, por lo menos los de estas dos poblaciones.

La labor paciente y desinteresada de este hombre, dedicado a la historia de su familia, había atraído la atención de Lafuente desde el primer momento.

—¿Cúando tuvo lugar el último enterramiento en la iglesia? —preguntó Arturo.

—Fue en 1834, creo. El temor a los potenciales contagios de la peste, ya sabes.

—Y de los testamentos, ¿es posible hacerles algún seguimiento, sacar algo de ellos? —dijo Carlos.

—Bueno, eso depende de la suerte que uno tenga. A veces las últimas voluntades aparecían en las partidas de defunción, pero eso era algo opcional, claro. La gente un poco más importante se registraba en los «Protocolos Notariales» que se custodian en el Archivo Histórico Provincial en Burgos, pero si han mirado allí pues ya habrán visto todo lo que se puede encontrar. Eso sí, de existir un testamento propiamente dicho, sería posible saber los nombres de los descendientes y de existir esto en los protocolos notariales, se cuenta además con la ventaja de poder averiguar las posesiones que el difunto haya tenido, lo cual puede ser una pista importante.

Al dejar el pueblo, mirando en dirección hacia las colinas pudieron contemplar más de esos eternos y omnipresentes molinos blancos, silenciosos, llenando todo el horizonte. Carlos hizo un esfuerzo por intentar imaginar una línea del paisaje sin ellos.

—¿Profesor? —dijo una voz a sus espaldas.

Era Julián.

Perdido en sus pensamientos, Lafuente casi se había olvidado de él. Se encontraba éste unos pasos más atrás, aguardando con el teléfono móvil en la mano.

—Me acaba de llamar don Jacinto. Fue el encargado de los registros durante un montón de años. Acaba de llegar a su despacho y nos está esperando. Creo que vamos a tener suerte. Hoy es uno de sus mejores días.

—Aquí están —dijo don Jacinto soltando más que depositando un cúmulo de legajos, libros desmembrados y folios sueltos sobre la mesa—. La verdad es que no entiendo que tiene esto para atraer tanto interés. Llevan bajo los suelos de mi casa más tiempo del que quiero recordar. Mi padre siempre me decía que los guardara. Que a alguien le interesarían algún día decía, pero, pensaba yo ¿quién iba a querer unos papelotes amarillentos, rotos y hechos mierda? Si les digo la verdad ya ni me acordaba de que estaban ahí si no llegan a preguntar por ellos. Creo que la última vez que los vi tendría yo unos veintitantos años.

Don Jacinto era un hombre curioso y no tan amedrentador como la introducción inicial de Julián podría haber dado a entender. Había sido alcalde pedáneo de Villamayor del Monte, un pequeño villorrio de unos escasos quince habitantes por aquel entonces. Le gustaba jugar mientras hablaba con una vieja cartera que sacaba del bolsillo a intervalos regulares, realizando con ella un ritual que no pasó desapercibido a Arturo. La cartera estaba rodeada por dos gomas elásticas que don Jacinto procedía a desenredar y volver a colocar una y otra vez, dando la impresión de que estuviera pensando darles en cualquier momento un par de veinte euros a cada uno para que brindaran a su salud en la tasca del pueblo.

—¿Saben? Debía haberme ido de aquí años ha —dijo con los párpados semicerrados, con una mirada opaca que intentaba ocultar la emoción del discurso—. Siempre he soñado con verme paseando por el centro de Burgos con un paraguas bajo el brazo como un buen burgalés, o incluso por Vitoria, de donde era mi madre. Sin embargo, aquí me tienen, peleándome con la gestión de un pequeño pueblo de apenas treinta y cinco habitantes —dijo soltando en ese momento la última goma que emitió un chasquido sobre la cartera—. No siempre fui el alcalde, claro, pero cuando no ha sido así, he sido la oposición. Dada la situación y la dura competencia que hay no queda otra —y aquí se echó a reír con una risa extraña que semejaba una tos.

Su despacho no ofrecía indicio alguno de esa dura competencia que había descrito. A fuerza de repetirlo había logrado convencerse de que contaba con un despacho oficial, que era un hombre con altura de miras.

Un cuadro del rey y una bandera diminuta detrás de la mesa que él mismo había traído desde su casa, se disputaban con las sillas que allí se encontraban, el escaso espacio existente.

El optimismo municipal puede llegar a veces a extremos semejantes.

Un bote de pintura marrón situado en un rincón denunciaba el intento de don Jacinto por redecorar el mobiliario existente con el menor presupuesto municipal posible. Detrás de la silla, un diccionario de la RAE y un ejemplar del Quijote componían la totalidad de la biblioteca consistorial. De haber sido el observador que allí se encontrara algo más exigente podría incluir en la relación los ejemplares atrasados del diario *Marca* que, colocados sobre una silla alejada, intentaban pasar desapercibidos para dar mayor empaque al cargo desempeñado entre esas cuatro paredes.

—Por otro lado los viajes que he realizado por razón de trabajo a otros pueblos de las Merindades me han producido mucha tristeza. Los veo llenos de recuerdos. Y eso es malo. Porque como ustedes saben muy bien, existe el recuerdo vivo y el muerto. Y si uno es beneficioso el otro no lo es tanto. Acaba uno oyendo los gritos silenciosos de la gente que no quiso irse. Me viene a la cabeza mucho de aquello cuya voz se calló a sabiendas, bien por la barbarie, bien por los que tenían la información, como fue el caso de la población de Huérmeces cuyos registros fueron saqueados y quemados por los franceses antes de poder encontrarse clasificados en el archivo diocesano. Además si me fuera, ¿cómo quedaría esa partida eterna de ajedrez que tengo con el viejo Jesús, el panadero, desde hace más de veinte años? No, eso ya no es para mí. Además siempre cuento con el comité del partido como excusa para poder acercarme a Burgos y creerme por un día que soy un hombre de capital.

—¿Huérmeces, eh? —dijo Arturo girándose hacia el profesor—. La verdad es que hace tiempo que quería visitarlo. Es uno de los lugares que menciono en mi tesis. De hecho, uno de los pocos sitios que el propio Napoleón pisó para supervisar sus tropas, ¿sabe?

∼

CAPÍTULO 52

LOS CAMINOS DEL EMPERADOR

A la mañana siguiente el hombre salió de la casa dispuesto a arar de nuevo la tierra.

El buey esperaba, delgado y mal alimentado bajo el cielo plomizo. Había buscado momentos antes en el granero parte del poco pienso y frutos que había logrado arrebatar al suelo y esconder antes de que llegaran los soldados con el fin de poder alimentar al animal un día más.

Ana y las niñas esperarían en la cueva su regreso.

A pesar del día dorado, de las escasas nubes y de las flores cremosas que sembraban la colina, Ana y las niñas esperarían en la cueva.

A su paso por el Páramo de Burgos, una vez vadeado el descenso de La Varga, el camino Real parecía llorar junto a las encinas.

Huérmeces no había vuelto a ser el mismo.

A lo lejos, la orgullosa torre de los duques de Abrantes alzaba su silueta, arrojando su sombra sobre el paisaje, intentando resistir al invasor.

Los franceses habían acampado en la totalidad de la extensión circundante. La vega, la leña, el ganado, todo había sido arrancado a sus habitantes.

El hombre no sentía tanto inquietud por Ana como por las dos pequeñas. Cualquiera de sus pequeños gritos, de sus risas —risas que sonaban inocentes incluso en esa desesperada situación—, podría dar al traste con todo. Ana procuraba contarles historias de tiempos más felices, de cuando ella y sus hermanas se acercaban a la población vecina de Sotosierra para bailar o jugar con las otras chicas. En ocasiones, el comendador o algún otro gentilhombre daba una fiesta por su cumpleaños y celebraba el mismo con actos en la plaza del pueblo. ¡Qué lejanos le parecían esos momentos a la mujer! Pero había algo en los ojos de la pequeña que daba fuerzas a su madre para seguir contando esas historias y al campesino para aguantar cualquier sacrificio, cualquier cosa que antes le hubiera llenado de temor.

Estaba atardeciendo paulatinamente.

—¿Estás solo? —dijo el aguerrido guerrero al llegar con su caballo a la altura del hombre de pie junto a la vega. Detrás de él otros diez soldados le seguían sobre sus monturas.

El campesino mantuvo la cabeza gacha; esperaba no despertar la ira, la contrariedad o cualquier emoción negativa de cualquiera de estos hombres para volver a fundirse con el paisaje y esperar de este modo sobrevivir un día más.

Al ver que el labriego no parecía entenderle, el que había hablado y que debía ser el capitán prosiguió en un español destrozado por los sonidos guturales de la lengua gala:

—¿Eres un sordo idiota, ¿verdad? ¿No vive nadie contigo? ¿No tienes mujer que nos pueda preparar una sopa de caldo para mí y mis hombres? *N'est ce pas?*

El capitán bajó del caballo y, tras empujar violentamente al campesino provocando que este cayera de espaldas, penetró en la casa.

A los pocos minutos salió de nuevo llevando dos o tres hogazas de pan en los brazos, el único alimento que el labrador había cuidadosamente dejado a la vista en espera de una situación semejante.

—*Cochon de Merde!* Esta gente vive en una pocilga. ¿Cuánto más tenemos que aguantar en esta mierda de país?

Su vecino Marcelo, que vivía a unos pocos kilómetros, se lo había dado esa mañana a cambio de un cubo de leche.

—¿Sólo tienes esta *merde, monsieur*? ¿Pan? ¿Deben los soldados del emperador alimentarse de pan? —continuó el capitán, mordiendo la hogaza y escupiendo el bocado que había tomado. Arrojó el resto al suelo para pisarlo a continuación entre las risas burlonas de sus hombres.

—Lo siento capitán. Ha sido un año duro y han pasado otros soldados por aquí estos últimos días.

—No eres más que un miserable labriego. No tienes nada con lo que obsequiar a las visitas. Hoy me has pillado de buenas, pero la próxima vez que pasemos por aquí mejor será que tengas algo de beber o de comer.

Cuándo los soldados se alejaron, el hombre se quedó aún largo rato sentado sobre el mojón que señalaba el fin de su propiedad. Nunca se había sentido tan solo como aquella noche. El frío le recordó que debía de volver a entrar en la casa. Una vez en ella buscó como pudo entre la semioscuridad que iba llenando la estancia, y tras algunos esfuerzos escarbando en la pared, logró desalojar una de las piedras. Detrás, preparado desde esa mañana, había un pequeño bulto envuelto en unos trapos. Tras mirar con precaución a su alrededor lo introdujo en su zurrón, salió de la casa tras mirar antes a uno y otro lado y se dirigió hacia la sierra. Por lo menos las pequeñas podrían comer algo esa noche.

CAPÍTULO 53

MEMORIA DE LOS PUEBLOS OLVIDADOS

De cómo no son siempre los pueblos quienes olvidan su pasado.

La siguiente población que visitaron fue Alcocero de las Pueblas, a unos escasos quince kilómetros de Villamayor del Monte. Al parecer a lo largo de los años veinte del pasado siglo, una rama de la familia Serna se había mudado a vivir a ese lugar.

Ante su sorpresa se encontraron allí un archivo de gran tamaño.

Un archivo con profusión de expedientes.

Un auténtico archivo.

El lugar despertó el interés del joven estudiante tan pronto la puerta que daba acceso al mismo emitió un ligero chirrido premonitorio, ese chirrido que da pábulo a la más alocada de las fantasias.

Se encontraban en una vieja estancia llena de polvo, de esas estancias que no cuentan con nadie que limpiase los estantes o agrupase los cientos de manuscritos que allí se encontraban. Habían estado amontonados de este modo durante cientos de años, sin que persona alguna hojeara entre ellos para buscar esa fecha, ese nombre, ese dato escrito por una mano olvidada a su vez, perdida en el horizonte del tiempo.

—Hace falta voluntad para dar vida a estas cosas —les dijo con un suspiro Purificación, la viuda del que había sido el último alcalde pedáneo de la población, mientras señalaba las pilas de documentos arrugados, llenos de moho y manchas en claro contraste con el interés que mostraban los visitantes hacía ellos—. Pero parecen volver a la vida en el instante en que uno les presta atención. Me gusta pensar que cuando hacemos algo así en cierto modo resucitamos a nuestros antepasados.

Carlos se limitó a asentir en silencio a la vez que inspeccionaba esos volúmenes, esas hojas que le tendía la viuda.

—¿Y usted ha tenido los libros en esta habitación todos estos años? —preguntó al fin.

—A falta de gente que quisiera interesarse por ellos y después de lo que pasó mi padre en el pueblo durante la guerra, decidí que de aquí no salían —contestó la mujer encogiéndose de hombros—. ¿Dárselos al ayuntamiento de la capital, a la diputación? No, gracias. Mi abuela me habló muchas acerca de mi abuelo, de cuando éste servía en casa de uno de los mandamases. Era uno de los pocos que sabían leer y escribir, ¿sabe usted? Un hombre honrado de los pies a la cabeza, pero aún así le acusaron de fascista ¡fascista él! Por fortuna la misma gente que le quería condenar le defendió finalmente. No paraba mi abuela de repetirme de que tenía que haber sido más listo y haberse quedado con el dinero de la recaudación. ¡A eso le llamaba ella ser listo! —continuó sacudiendo la cabeza—. Luego, tras morir mi marido después de años en la alcaldía decidí que él no iba a ser menos que mi abuelo. ¡No, señor! Los papeles se quedarían aquí y si alguien quería venir a preguntar, tal que ustedes, serían bien recibidos. Como ven, no iba yo muy desencaminada. Verán, cuando era joven, yo también quise ser alcaldesa, pero mi padre no lo permitió, no quería ni oír hablar de ello. Supongo que era su manera de protegerme en ese mundo de hombres en el que, si podíamos acudir al baile que organizaba el cura en la iglesia ya podíamos considerarnos afortunadas. Digamos que este cuarto es mi venganza personal, el único sitio que queda en el que mando yo.

Carlos oprimió con suavidad el hombro de esta mujer leal.

—¡Gracias! Ha hecho usted lo correcto.

—Ahora pueden copiar lo que quieran. Estoy convencida por lo que han dicho antes de que hay gente entre esos papeles de la que vale la pena que se vuelva a hablar. Para mí no son más que nombres desconocidos, años raros y cosas pasadas, claro, pero estoy segura de que ustedes podrán sacar algún sentido de todo esto.

Entre los primeros papeles que cayeron en sus manos Arturo pudo entrever varios folios donde aparecía escrita con claridad la palabra «Serna».

El pueblo se llamaba Orbaruega del Duero.

Así por lo menos rezaba el diminuto indicador a la derecha del camino, oculto entre las ramas de un viejo nogal. Estaba el mismo compuesto por una escasa población de quizá unas veinte casas y otras tantas almas.

Un fuerte olor a vaca, mezclado con el procedente del rebaño de ovejas que habían visto antes de hacer entrada en el mismo desde lo alto de la colina, inundaba la pequeña plaza. Dejaron el coche frente a la escalinata que subía hacia la iglesia.

Le pareció a Arturo que el interior de ésta desprendiera cierto aire siniestro. Esa impresión inicial se vio confirmada al encontrarse con aquella pared desnuda de color ocre detrás del altar y sobre la que destacaba un Cristo negro crucificado, desprovisto de cualquier pan de oro, de cualquier estatua o adorno, si no se contaba como tal un par de velas situadas a ambos lados del mismo.

Un Cristo que no solo había sido crucificado, sino condenado a colgar en esta iglesia.

En ese instante una puerta situada a la derecha del altar se abrió dando paso a un sacerdote que debía ser el párroco, arrastrando tras si una sotana que parecía unos pocos centímetros más larga que su talla, recogiendo a su paso todo el polvo de Dios y de lo humano, precedido por una tos seca.

—Ustedes perdonen —dijo sacando un pañuelo del bolsillo—. Llevo unos días así. Entre las obras que se están haciendo al lado de la

Iglesia y la fiesta del pueblo, todo son tractores y coches pasando por aquí a todas horas y levantando polvo.

Echó una mirada llena de recelo al profesor, ignorando en ella a Arturo, el cual —acostumbrado ya a esta actitud—, aprovechó para observar con curiosidad todos y cada uno de los objetos que había en la sacristía ante la mirada censora del cura al darse cuenta de tal escrutinio.

—¿Qué quieren? ¿Ver los libros? Esto no será para ningún programa de la tele, ¿verdad? Porque no tengo gana alguna de aparecer en esas mamarrachadas. Lo que tiene que hacer la gente es colaborar más en la iglesia. Tú, chaval, por ejemplo ¿Has sido confirmado?

Carlos interrumpió oportunamente en ese momento, diciéndole al padre lo que deseaban a fin de evitar una discusión teológica.

—Vengan por aquí a la sacristía —contestó este escuetamente y, sin decir otra palabra, se dirigió hacia una puerta lateral sin molestarse en comprobar si era seguido por estos visitantes.

Una vez en la sacristía y después de un tiempo que a ambos investigadores les pareció eterno, apareció nuevamente el párroco, balanceándose esta vez bajo el peso de dos gruesos libros en pésimo estado que traía en brazos. Tras un fuerte golpe de tos los depositó sobre una mesa de oscura madera y forma que ocupaba un lateral de la sacristía. Las hojas de uno de los libros, sueltas y arrugadas, hubieran levantado un grito de espanto en cualquier archivero del Palacio Real.

—Menos mal que a alguien se le ha ocurrido llevarse algo de esto —dijo el párroco mostrando en su rostro aún enrojecido el esfuerzo desempeñado.

Allí, entre los documentos desperdigados sobre la mesa pudieron encontrar antiguos registros, apilados sin orden alguno, muchos de ellos con fechas comprendidas entre los años 1700 y 1800. Bodas, nacimientos, muertes, testamentos, todo entremezclado en aquel ingente batiburrillo.

—¡Dios mío! Estos documentos son muy valiosos —exclamó el

profesor—. Pero, ¿por qué no puso su existencia en conocimiento del archivo diocesano, buen hombre?

—¿Se refiere a esta basura? Si los párrocos que me precedieron no se preocuparon por eso, ¿por qué iba a hacerlo yo? De todos modos —dijo el sacerdote—, a veces es mejor no acordarse demasiado de las cosas. Una vez que han sido vividas han desaparecido para bien o para mal. La gloria del Altísimo es lo único importante.

Y tras estas palabras el hombre de Dios cerró de un golpe el libro registral que hasta ese momento había estado hojeando con movimientos mecánicos, marchándose sin cesar de toser como única señal de despedida, deteniéndose únicamente para sacar nuevamente de entre la sotana el pañuelo arrugado, quizá con más polvo acumulado ahora después de la reciente maniobra. Su mente ya había apartado a los visitantes junto con el cúmulo de documentos.

Delante de estos se alzaba el montón de papeles que el sacerdote había dejado tras de sí, con idéntico aire y rapidez que si los mismos hubieran sido la basura del día depositada en la calle para su pronta recogida.

Estaban al «norte del norte», esa zona perdida de Burgos formada de cuevas, quejigos, arroyos, montes y valles.

Muchas de las poblaciones que tanto Elvira como Arturo y Lafuente habían visitado por separado las pasadas semanas se encontraban en tierras de las Merindades, bordeando esa frontera de difícil demarcación al oeste de Montorio.

Todos esos lugares y poblaciones buscaban replegarse, echarse una sábana por encima para quedar ocultos de la vista de los molinos. Estaban todavía soñando con sus carreteras reales, sus caminos de hierba y sus paseantes perezosos. Y así querían seguir. La pesadilla de la *Grande Armee,* del 120º Regimiento de Infantería francés les había sacado de su dulce sueño. Pensaban con razón que quizá había llegado el momento de volver a él, pero, al igual que es imposible retomar un dulce sueño una vez que hemos sido sacados de él, así en vano buscaban las Merindades retornar al meloso estado de sopor anterior.

Las Merindades se habían convertido pues en otro nombre para designar al abandono y al olvido. Tan cerca de la tierra y de lo cotidiano como semejan el cielo y el sol de todos los días y tan remotos como estos mismos.

Estas tierras no fueron conquistadas en su día por las tropas de Napoleón, no. Tampoco lo fueron por la excavadora especuladora.

Había sido el silencio, sí. Fueron invadidas por el silencio y la maleza.

En total, sesenta y cinco de estas poblaciones presumían ahora de una íntima relación con la oscuridad, con la hiedra y las telarañas que cubrían y envolvían muchos de sus rincones.

Pero ellas siguen de algún modo guardando la memoria de lo que fueron. Bien adentro. A veces, por increíble que parezca, no saben que la conservan. Pero ahí está, en cualquier caso. En sus calles, en sus edificios, en la memoria de los más longevos del lugar y cuando no es así, en pliegos, viejos libros, y folios arrugados que junto a flores secas perdidas y dobladas entre las páginas de esos mismos libros, esperan la mano de la nieta o bisnieta, del heredero lejano o en el peor de los casos, de ese comprador anónimo, desconocido que, ignorante de su realidad, se lleva los mismos a casa. Muchos años más tarde, llegado el momento, quizá después de un desayuno o en esa hora lánguida que sigue a la cena, la vista recaiga sobre ese papel doblado con cuidado junto a la rosa seca que mantiene aún sus pétalos, y al abrirlo, vuelva a sentir un poco de esa vida escondida en sus palabras y llegue hasta a engañarse creyendo percibir de nuevo el olor de esa flor.

Hoy le había tocado el turno a Hormicedo.

HABÍAN SALIDO DE MONTORIO HORAS ANTES BUSCANDO ESE rastro de parroquias desconocidas. El archivo diocesano de Burgos había ciertamente recuperado y digitalizado un gran número de sus registros. Pero innumerables de ellos, como ya habían podido comprobar por entonces, no habían tenido esa suerte.

La Merindad del río Ubierna quedó atrás. Incluso se detuvieron para contemplar el cauce del mismo, tranquilo y reposado entre esos cañones y desfiladeros que lo llevaban hasta la civilización.

Arturo mascullaba por lo bajo de vez en cuando, recordando las palabras del profesor días atrás. Esta debía de ser una de esas necesarias incursiones esporádicas «fuera de la interpretación de los datos aportados por la detective.» a que se había referido el profesor aquella tarde en que les presentó a Elvira.

—Un lugar precioso —dijo finalmente mirando a su alrededor tras un largo periodo de silencio.

El profesor asintió sin prestar mayor atención a las palabras del joven y se giró.

Contempló el paisaje que le rodeaba. Intentó una vez más no ver los molinos de viento.

Era un caso extremo de apreciar la belleza por eliminación de un modo similar al empleado para decorar un hogar eliminando cosas superfluas en vez de añadir adornos.

El cielo presentaba un aspecto gris, con una breve rotura anaranjada y transversal atravesándolo, semejante al arañazo de un gato, quizá para dar esa nota de esperanza que cielos así gustan de dar.

Un guiño celestial.

Un pájaro diminuto permanecía inmóvil sobre las ramas secas de un árbol a su izquierda. Lo miro con curiosidad. Al cabo de unos segundos, su cola se movió levemente. Aparte del pajarito, los únicos signos de vida aparente eran los de su propia respiración y el sonido de un avión lejano, seguido a continuación por el murmullo de un vehículo en la distante carretera. Tras unos instantes empleados así, miró el reloj de pulsera y —con ese simple acto—, recuperó el sentido del tiempo que parecía habérsele escapado entre los dedos. Era hora de volver a su siglo, a las tareas pendientes. Era curioso como cada vez que se encontraba en el campo tenía la sensación de que diez minutos pasados allí, fueran experimentados como una hora, como si el día se alargara sin prisa, perezoso, sin agenda alguna, como si la verdadera calma precisara de la ausencia del humano, y las tribulaciones solo existieran aparejadas a nuestra naturaleza.

A esto se habían reducido las luchas de unos pocos para saciar su sed de poder, las penurias, las guerras, las muertes de niños, mujeres, ancianos y hombres fornidos.

A un pajarillo cantando su canción solitaria en una rama.

La rama de un árbol que quizá ya se había erguido aquí antes que todos ellos. Cerró los ojos y recitó los nombres de los pueblos que habían visitado días atrás:

Tamayo, Villota de Losa, Valdearnedo, Castell, Icedo, Hormicedo y recientemente, Hierro, cuyo último habitante había muerto en 2017.

Del diario de Arturo Pinedo

Bajamos por un camino de piedras invadido por la maleza. A lo lejos el horizonte. El silencio. ¿Qué era ese ruido repentino, esa una vibración lejana? ¿El motor de un tractor como en nuestro recorrido por Montorio? ¿Algún tipo de bomba? No habíamos visto restos de siembra o cultivo en nuestro camino de ida. El sonido se fue aproximando en el cielo, revelando ser una avioneta. ¿Qué le había traído hasta las Merindades? ¿Quizá realizar algún reconocimiento geográfico para actualizar los mapas de la región?

Una media hora después llegamos a nuestro destino, un grupo de casas situado un poco más abajo de la carretera. Las botellas de agua que llevábamos en las mochilas de tela negra servían de consuelo intermitente en ese descenso.

Habíamos llegado a Hormicedo.

Hormicedo, si por eso queremos referirnos hoy en día a una iglesia derruida y una casa vecina destacando solitarios en el paisaje. Cruzamos sin intercambiar palabra bajo la puerta de medio punto que aún se aguanta en pie. A nuestra izquierda otra puerta de menor tamaño, sin duda abierta con posterioridad para la entrada de suministros y demás. El techo de la estructura ya no existía.

Esa nave que hace años albergaría quizá a los feligreses habituales; alegres ante una boda, tristes y compasivos frente a la muerte y el entierro de uno de los suyos, no ya era más que un hueco, un grito abierto al cielo. Los restos de escombros y de vigas sembradas por doquier hacían que cruzar entre los mismos fuera más un ejercicio de prudencia que de investigación.

La torre con sus dos ventanas con arco situados en los laterales, mostraba la gloria y el orgullo de sus constructores, y con ello la mezquindad y la insignificancia de las cosas.

Estábamos en Hormicedo, sí, donde el contrafuerte de las eras sigue intentando poner freno a la naturaleza sin reparar en que todo el mundo se ha ido del lugar. Sus sordos oídos de piedra no escucharon un día los carros primero ni los coches después, marcharse cargados de enseres y ropas. No percibieron tampoco los adioses lentos y desgranados con los que, poco a poco, en dramas diminutos, familiares e insignificantes para el resto del mundo, se fueron yendo sus habitantes. En Hormicedo el cantar de los pájaros continua igual, quizá más sonoro ahora, reverberando en el silencio que les rodea. Nos recuerdan que no hay mutismo total, que el tiempo continúa inexorable. En Hormicedo, sí, el campanario surge orgulloso, enhiesto sobre las copas de los árboles. Es inútil su presunción no obstante. Las campanas callaron ya hace mucho. En Hormicedo ya no hay tiempo en el reloj de la torre porque, como un ladrón en la noche, el también se marchó un día sin hacer ruido.

CAPÍTULO 54

ENTRE CORTINA Y CORTINA

De cómo la Virgen, al igual que los mortales gusta del Sol.

—**C**reo que algo que se nos ha pasado por alto —dijo Lafuente, más deseoso de descansar de ese persecución inacabable de los registros de unas parroquias desaparecidas que de perseguir una nueva línea de investigación—. Hay una parte del texto que descubrimos en el Codex al que todavía no hemos prestado la debida atención.

—¿Se refiere al texto que aparece más abajo?

—Precisamente, fijaos —dijo Carlos, desplegando la copia del Códex que guardaba en la librería y comenzando a leer sin darse cuenta que su voz se iba tiñendo de la solemnidad que el texto le producía con cada lectura:

«La Virgen Maria sentada en su templo se purifica bajo el sol».

—Esta línea es más poética que la anterior no hay duda —dijo Arturo.

—Poético y todo no me dice nada —dijo Lafuente.

—¡Mirad! Está claramente escrito por otra mano —intervino Elena, frunciendo el ceño—. Me atrevería a decir que la caligrafía y la forma de las letras y capiteles son más modernas, ¿no? Yo diría que del siglo XVII. Nuestro amigo Johannes en comparación era más bien parco en palabras, el pobre. Primero menciona a la Virgen María en su templo, pero ¿a qué se refiere con esto? ¿Cuál es su templo?

—La catedral, claro —dijo el profesor sorprendiéndose a sí mismo por las palabras que parecían salir sin esfuerzo de su boca.

Claro, eso era. El templo era la propia catedral. Su sede por así decirlo. ¿No había sido la misma construida en su honor?

¿Y qué significa entonces eso de "purificada por el sol? dijo Arturo.

Carlos miró por la ventana. En esa espléndida mañana de mayo le hubiera gustado ver la silueta de la catedral unida al río extendido frente a ella, inspiradora, en ese encuentro idílico de estudiantes en botes de paseo que ora se acercaban, ora se retiraban, movidos por la corriente. Ya era suficientemente duro no poder contemplarla desde la ventana de su casa, aunque a cambio gozara del privilegio de ver el Arlanzón cruzando Burgos.

Un momento. Eso era.

Burgos había sido siempre una ciudad pequeña.

Todo había estado siempre al alcance de la mano.

Recordó entonces el sentido del término «purificación».

—¡Hay un lugar así, Elena. Un lugar para la purificación! —dijo Lafuente con una expresión que a Elena le pareció singularmente bella. El cerebro del profesor saltaba los últimos días de un argumento a otro con agilidad de ardilla, uniendo madejas de células grises, formando conexiones inéditas y sorprendentes.

—Claro... ¿Por qué no? —repitió este de nuevo para sí, afirmándose en la idea que se estaba formando en su mente—. Arturo, ¿quieres alcanzarme ese libro que está en la estantería a tu derecha? El de las tapas en piel marrón.

Arturo lo reconoció enseguida. El volumen en cuestión era aquel que tiempo ha había examinado a su vez. Aquel estudio sobre las vidrieras de la catedral escrito por Pilar Abad.

El profesor lo abrió por una página determinada.

En ella se mostraba la fotografía de una de las capillas de la catedral.

La Capilla de los Condestables.

—¿La Capilla de los Condestables? —dijo Elena acercándose lentamente.

—Sí, también llamada la Capilla de la Purificación de la Virgen —dijo Lafuente mientras miraba a sus compañeros con aire de triunfo —, y lo mejor de ella es su bóveda, fijaros —añadió mostrando otra ilustración en la que se podía apreciar en detalle la parte superior de la capilla—. Una cúpula estrellada, todo un homenaje al Sol, a la Luz. Dedicada a exaltar la luz de Cristo. Al pie de la página se recoge que hace poco Alfonso Rodríguez Gutiérrez de Ceballos y Felipe Pereda demostraron precisamente que el recinto responde a esa idea, la de la exaltación de la luz.

—Y otra cosa en la que acabo de caer profesor —dijo Arturo—. El término «purificación». La Epifanía no es otra cosa que la fiesta de la Purificación, la fiesta de la luz en la iglesia católica, similar al festival judío de Hanukkah.. Los constructores de la capilla hicieron algo más que seguir las directrices genéricas en la construcción de catedrales. Una nueva referencia Elena a lo que mencionaste algo acerca del diseño de los templos y su relación con los puntos cardinales. Considerad todos los detalles. No me cabe duda alguna de que el tal Simón de Colonia debió haber tenido conocimiento de algún modo del críptico mensaje «de la Luz, la Luz» contenido en el Códex, o por lo menos conocido este de boca de la abadesa. ¿Podría esto guardar relación con la pista que hemos seguido por otro lado en relación con algún conocimiento hermético?

—Tenemos que ir a ver esa capilla —dijo Elena—. No sé que podemos encontrar allí, pero intuyo que es importante.

—Hay un problema, no obstante. --dijo Arturo.

—No digas más. Es imposible, ¿verdad? —dijo el profesor.

—Ah, ¿lo sabía?

—Realmente no, solo que me estoy acostumbrando ya a que cada vez que aparece una pista, surja también un obstáculo, así que ¿por qué iba a ser ahora diferente? Anda, dime, ¿qué es esta vez? —dijo Lafuente con voz resignada.

—Lo decía el *Diario de Burgos* hace unas semanas. Las vidrieras de la capilla fueron retiradas hace algunos años siguiendo las recomendaciones del arquitecto ya que corrían peligro de desprenderse a causa del viento y han estado siendo restauradas en el taller de Vidrieras Barrio.

—¿Y? Si no se encuentran allí, nada impide que vayamos.

—Bueno, el hecho es que están siendo preparadas para su nueva colocación. La zona está cerrada al público precisamente desde ayer. Parece ser que algunos restauradores están aprovechando para trabajar sobre las esculturas o aquellas partes adyacentes a las vidrieras antes de proceder con su instalación.

—Quizás los chicos del Arzobispado quieran echarnos un cable al respecto. ¡Quién sabe!

—¿Ahora es la Capilla de los Condestables? ¿Qué ocurre profesor? ¿No han tenido bastante con Silos ni con molestar a todas las religiosas del monasterio de Huelgas? No lo diré más, profesor Lafuente. Tiene usted expresamente prohibido el continuar con esta, con esta... —el rector se mordió el labio inferior llegado a este punto, su rostro enrojeció mientras mantenía los puños cerrados—, esta estupidez, esta farsa. Usted es un profesor de Historia y como tal fue contratado por la universidad. No le voy a negar cierto mérito en el descubrimiento de ese texto en el Códex musical pero esto, esto... De haber sabido su tendencia hacia la especulación más grotesca, hacia estos desvaríos más propios de los seguidores de Allan Kardec o peor aún, de un grupo de espiritistas de la sección de anuncios del *Diario de Burgos* que de un profesor universitario, no hubiéramos llegado a este punto. Le advierto que no me quedaré quieto Lafuente mientras usted pone esta institución en peligro, ¿me ha oído?

—Señor Noguer, permita no obstante que me explique...

—¿Me ha oído usted correctamente, profesor Lafuente?

¿Había detectado Carlos cierto matiz de ironía cuando el rector pronunció la palabra «profesor?»

Era ahora su turno de morderse el labio inferior.

—Para asegurarme aún más su colaboración o falta de ella —

continuó Patricio Noguer—, o como prefiera llamarlo, me he permitido dar instrucciones a todos los organismos tanto locales como nacionales en materia de patrimonio así como a los archivos del arzobispado y monasterios de toda la provincia para que no se le facilite a usted acceso ni documentación alguna salvo expresa autorización por mi parte. ¿Le ha quedado claro profesor?

En aquel momento Carlos Lafuente pudo escuchar el silencio. Un silencio distinto al de la quietud de los claustros y de las calles al anochecer cuando solo un perro ladra en la lejanía, a aquella tranquilidad de sus paseos por el parque de la Isla, sintiendo el resquebrajarse de las hojas secas al ser pisadas. Este era un mutismo espeso, denso, casi atronador en su propia negación del sonido.

El rector hizo un gesto de énfasis con la cabeza mientras replegaba sobre si los brazos, saliendo a continuación del despacho dejando la puerta abierta a sus espaldas.

Carlos se quedó inmóvil unos minutos, escuchando todavía en su cabeza las palabras del rector.

CAPÍTULO 55

ARTURO SE EMBARCA EN UNA AVENTURA

*De como Elvira y Arturo cruzaron
bajo la noche de Burgos la capilla de los Condestables.*

—A la vista de lo que hemos averiguado estos días, es más que probable que la mismísima catedral de Burgos guarde en su interior algo que pueda interesarnos, ¿no te parece amiguito? —dijo Elvira mirando a Arturo a través de sus gruesos cristales.

La voz de la detective resonó en el despacho donde esta y el estudiante habían estado ocupados ordenando y clasificando diferentes tipos de material. Los dos profesores habían ido a dar su acostumbrado paseo por el parque de la Isla.

Arturo, concentrado en la tarea, no prestó mucha atención a las palabras de la detective. Tras la decisión que el rector había tomado la sonrisa había desaparecido del rostro del joven.

Precisamente en este momento, después de meses de dura investigación, de consultar diversas fuentes, cuando todo parecía apuntar a un resultado concreto, ahora, precisamente ahora, se cerraban de nuevo las puertas. ¿Era este el punto final? ¿Se iba a acabar aquí todo el trabajo realizado?

—Sería tan interesante hacer una excursión por esa capilla y comprobar si los guías han pasado algo por alto —dijo Elvira con una sonrisa que quería ser toda una muestra de inocencia angelical.

—Sabes muy bien Elvira que no podemos hacer nada. El rector ha prohibido expresamente cualquier investigación sobre este asunto. Además como dije el área está cerrada al público.

Una mirada maliciosa cruzó sobre el rostro de la detective. Sus ojillos se entrecerraron. Por primera vez desde que la conocía, Arturo se sintió incomodo de encontrarse a solas con ella en aquel despacho.

—Sí, por desgracia soy consciente de ello —dijo esta—, aunque por lo que sé, las únicas personas a las órdenes del rector son el profesor Lafuente y la profesora Serna, ¿no es así? Pero creo que ni tanto tú, un estudiante de postgrado, como yo, una humilde colaboradora externa estamos sometidos al mismo régimen zarista, ¿es correcto?

Una leve sonrisa comenzó a despertarse en el rostro del joven. Cierto, tanto el profesor como Elena se verían en un serio aprieto si intentaban realizar algún tipo de investigación tras la prohibición del rector, pero, ¿qué podía impedir a cualquier mortal que quisiera investigar por su cuenta sobre los mismos hechos llegar a hipótesis y conclusiones similares por otros medios? El hecho de que esas otras personas pudieran ser un estudiante de postgrado y una excéntrica detective sería a lo sumo una mera anécdota, algo que no perturbaría la realidad puramente especulativa de la situación.

Sacudió la cabeza ante tan disparatada ocurrencia y volvió a su tarea de clasificación.

Horas más tarde, tras haber pasado a limpio algunas de sus notas, Arturo escuchó como la diminuta detective volvía a entrar en la estancia. Esta vez Elvira se limitó a permanecer inmóvil en la puerta sin decir palabra, mirando fijamente al joven como si algo se hubiera quedado a medio decir. Permaneció en esa posición durante unos minutos antes de sentarse frente a Arturo, dejando su mochila en el suelo sin dejar de lanzar a este intensas miradas cada pocos segundos.

Interpretando correctamente las señales, el joven levantó la cabeza con impaciencia como si la conversación no se hubiera interrumpido horas antes.

—Aun así, Elvira —dijo—, no podemos entrar en la catedral sin una autorización especial y yo como alumno no dispongo de nada que me capacite para entrar en determinados sitios sin permiso expreso de la universidad.

—Es cierto, tienes razón —dijo Elvira con un ademán de pesadumbre que a Arturo se le antojó burlón y exagerado.

—¿Por qué pones esa cara? —dijo este, exasperado ante tal demostración de expresiones faciales.

—Nada, solo pensaba en que como tú dices nos haría falta un permiso o al menos un modo de acceso para entrar allí.

—Eso mismo —y al decir esto Arturo volvió a dedicar su atención al libro que tenía entre las manos felicitándose por haber convencido con tanta rapidez a la detective. Los libros de autoayuda emocional que había estado leyendo ciertamente estaban dando claros resultados. De aquí a unos años sería un experto negociador.

—Resumiendo —volvió a intervenir Elvira, incansable—. Me estas confirmando que si dispusiéramos de ese modo de acceso, podríamos entrar, ¿no es así?

—Ya te he dicho que sí, ¿no? —dijo el joven, al borde ya de un ataque de nervios ante la insistencia de la diminuta detective.

En ese momento, en silencio, con movimientos lentos y deliberados, Elvira procedió a sacar un objeto de su bolsillo izquierdo colocándolo sobre la mesa delante del joven. Un objeto metálico.

Una llave.

—¿Es eso lo que creo que es? —dijo Arturo, sintiendo como se le abrían los ojos de asombro a su pesar.

La detective asintió, sin perder la sonrisa socarrona mientras seguía mirándole con unos ojos que apenas se veían ya, ocultos entre los gestos de malicia que mostraba su rostro.

—Pertenece a una puerta discreta que da al claustro —dijo Elvira con un guiño.

—¿Cómo te has hecho con ella?

—Podría decirte muchas cosas interesantes sobre el modo en que la obtuve, pero sería, ¿cómo decís vosotros en la universidad? ¡Ah, sí!, "algo prolijo de exponer", ¿puede ser? Temo aburrirte con mis explicaciones, chico. Así que mejor mueve ese culito de estudiante y vamos a ponernos en movimiento. Te recuerdo tus palabras de hace unos momentos. ¡Ah! Y si yo fuera tú, cogería esa bufanda que tienes colgada ahí detrás, porque esta noche sí que la necesitaras. Y otra cosa, ¡hazte con una buena linterna! No es cuestión de ir anunciando nuestra presencia en el lugar donde vamos, ¿no te parece?

—¿Y qué hay del sistema de vigilancia? Porque, obviamente habrá cámaras de seguridad, ¿no? —dijo Arturo en cuánto salieron a la calle, irritado tanto consigo mismo por no haber reparado antes en este hecho tan evidente, como por la aparente despreocupación y rapidez con la que la detective caminaba delante de él.

—Debe de haberlo supongo —dijo Elvira comprobando el contenido de su mochila mientras caminaban, sin prestar más atención aparente a las palabras del joven que si este hubiera manifestado lo fresca que era la noche o el hecho de que hubiera escasos viandantes a esa hora.

Estaban llegando al final de la calle Laín Calvo en esa parte de la misma antes de que ésta se convierta en la de la Paloma. A su izquierda, casi ocultos detrás de los seis diminutos árboles que cierran ese triángulo, se encontraban el Café Latina y el bar Ambrosía. Frente a ellos, esa pareja esculpida en bronce que, al igual que los escasos viandantes, desafiaba al viento, el frío y la lluvia, eternamente sentados en ese banco hecho del mismo material, mirando con envidia el cercano café.

Elvira sacó un trozo de papel de uno de los innumerables bolsillos de su abrigo. Unas burdas líneas aparecían trazadas sobre el mismo.

Bajo la escasa luz que aportaban las farolas de la calle Arturo pudo distinguir que pese a haber sido dibujadas las mismas con mano temblorosa e imprecisa, cobraban un increíble parecido con el plano de la catedral.

Escucharon en ese momento el martinillo dando los cuartos en el cercano monumento. El pequeño autómata continuaba haciendo su trabajo.

Estaban llegando al final de la calle Laín Calvo

—Es la situación de las cámaras de seguridad con las que tanto interés me preguntabas antes —dijo Elvira señalando los manchurrones rojos sobre el plano—. Mi amigo Esteban no es un artista particularmente destacado el pobre. Su trabajo en la empresa de seguridad Consegur por desgracia no le deja mucho tiempo para estudiar Bellas Artes. Pero en fin, ¡no se puede tener todo!

Habían llegado entretanto al final de la calle de la Paloma. A su derecha y un poco más allá se podía ver ya el claustro de la catedral. Al llegar a la altura de la joyería Manacor, Elvira hizo un gesto a Arturo para que se detuviera, colocándose al mismo tiempo bajo la porticada del edificio que se encontraba frente a la misma, el último edificio antes del claustro, al tiempo que hacía gestos al estudiante de que la siguiera con presteza.

La campana del Papamoscas comenzó a dar las doce. Arturo se imaginó al famoso autómata abriendo la boca sin testigos a esa hora.

En este momento se encontraban junto a la panda meridional del claustro.

Algo más resguardados de la luz procedente de las farolas que colgaban de la fachada opuesta así como de las miradas de cualquier paseante ocasional que pudiera transitar a esa tardía hora, Elvira dejó su mochila en el suelo y tras hurgar en ella, extrajo lo que parecía un diminuto aparato. Sin mediar palabra procedió a efectuar algunos ajustes en el mismo.

—¿Qué es ese cacharro? —dijo Arturo después de mirar hacia la imagen de la Virgen de la Paloma que daba nombre a la calle y que desde su hornacina sobre el vecino muro de piedra, parecía reprocharles sus secretas intenciones.

La frase le vino a la mente sin pensar.

«La Virgen Maria sentada en su templo se purifica allí bajo el sol».

Elvira, tras observarle con la misma sonrisa enigmática que había mostrado durante toda la tarde, cogió de nuevo la mochila y echó a andar.

—¿Desde cuándo llevas preparando esta pequeña excursión Elvira? Esto no es cosa de un día. ¿verdad?

—No, la verdad es que confiaba en comunicárselo a tu profesor. Sé que hubiera disfrutado de esta aventura nocturna nuestra —dijo con una mueca que no cuadraba con la imagen de seriedad que daban sus gafas.

Arturo dudaba de que este hubiera sido el caso. No obstante, lamentaba no poder compartir este momento con sus dos amigos. La idea le parecía ciertamente estúpida. Cruzar Burgos de noche como si fueran parte de esos *tours* turísticos en busca de ese Burgos nocturno, pintoresco y escondido.

El joven miró hacia arriba. Las dos torres de la catedral, cual sombreros empinados, parecían seguir con censura y reprobación el avance de esas dos figuras que se acercaban a sus pies, interrogándose si estos advenedizos serian tan atrevidos como para intentar penetrar en su interior, de cruzar y violentar las sombras.

Solo se veían algunas luces encendidas en la lejanía. El silencio parecía poderse tocar.

Estaban en la plaza del Rey San Fernando.

Frente a ellos, la Puerta del Sarmental.

Dos largos tramos de escaleras ascendían hasta ella. En lugar prominente y bajo los arcos de piedra, se encontraban sendas puertas más pequeñas situadas en lugar prominente. ¿Cómo pensaba Elvira que iban a poder entrar sin ser vistos en un lugar así?

—¿La Puerta del Sarmental? ¿La Puerta del Sarmental, Elvira? ¿Te has vuelto loca del todo? ¿Es esto lo que tú entiendes por una entrada discreta?

—Tú sígueme —contestó esta tajante mientras se ajustaba la mochila a la espalda sin más palabras y comenzaba a subir las escaleras de dos en dos hacia las puertas que les esperaban en lo alto—. Y por favor, actúa como si fuéramos a consultar los horarios de visita y no como potenciales ladrones.

Era una sensación sobrecogedora el verse allí en ese momento. Una situación que sin embargo no parecía impresionar a la detective. Esta avanzaba despacio, pegada a las paredes mientras escrutaba con su móvil el pequeño trozo de papel que tenía delante, como si fuera una turista interpretando un mapa bajo esa escasa luz.

¿Por qué no había considerado Elvira el entrar por la puerta de la Pellejería que daba a las Llanas o por la calle Fernán González a través de la llamada Puerta de la Coronaria? Incluso la puerta principal que daba a Santa Maria le parecía a Arturo menos expuesta que esta situación prominente en lo alto de las escaleras. Por segunda vez empezó a evaluar lo cuerdo de la acción que habían emprendido y a maldecir al empleado de Consegur por haber asesorado tan exhaustivamente a su acompañante nocturno.

Iba a decir algo al respecto cuando Elvira sonrió ampliamente. Su interlocutora tenía, oculto en la mano derecha y bajo el plano el diminuto aparato que había visto antes. La detective oprimió en ese momento un botón en su lateral y, tras mirar la pantalla durante unos segundos, sonrió, satisfecha al parecer por el resultado.

Una vez hecho esto, Elvira comenzó a descender a toda velocidad las escaleras ante la mirada asombrada del joven.

A través de su confusión este vio como la detective ya le estaba señalando desde abajo un punto en la pared que daba al claustro. Tras seguirla a su vez descubrió allí una diminuta puerta bajo las escaleras que habían subido antes en estado de suspense. Había pasado frente a ella cientos, miles de veces. Era la desproporción de tamaño de la misma con el resto del edificio la que, en la mayoría de ocasiones, hacía que fuera invisible para los tran-seúntes.

Tras detenerse unos minutos frente a la misma, la detective la dejó atrás a su vez. Caminaba con rapidez y en silencio, seguida de Arturo que intentaba seguir su ritmo.

—¡Pero si estamos volviendo a la calle de la Paloma! ¿Se puede saber qué...? —dijo éste al darse cuenta que estaban retornando sobre sus pasos.

Se calló al ver que habían regresado a la arcada donde se habían detenido antes. Debajo de la Virgen de la Paloma había un arco. Elvira avanzó unos pasos. Bajo este, Arturo pudo ver otra puerta. Una puerta oscura, discreta.

Una puerta más pequeña.

«Más fácil de entrar», fue el pensamiento fugaz que cruzó la mente del joven.

—Perdona la pequeña broma, Arturo —dijo Elvira—. No quería perderme tu cara por nada del mundo. Solo quería mostrarte que hay más entradas de las que tú creías. Además tenía que hacer algo antes en la Puerta del Sarmental.

Como le había recomendado Elvira, Arturo intentaba disimular sus intenciones del mejor modo posible. A tal fin hizo un esfuerzo para recordar su reciente interpretación de Hamlet en la última obra representada en la universidad; los largos ensayos y lecciones here-dados del Actor's Studio, intentando acomodar esas técnicas a las actuales circunstancias, para así encarnar de modo convincente a un paseante casual.

La detective aprovechó entretanto —de modo mucho más pragmático y antes de que Arturo pudiera reaccionar—, para dirigirse sin más demora a la puerta de madera frente a la cual se encontraban e introducir en ella la pequeña llave sin echar ni un vistazo atrás; con la misma naturalidad que si la misma fuera la entrada de su apartamento de verano y volviera a él para pasar un fin de semana.

Pudieron escuchar entonces lo que a Arturo le pareció el escalofriante sonido producido por el crujir de la puerta al abrirse esta justo lo suficiente para que sus cuerpos se deslizaran al otro lado. El sonido desconocido y lejano de la madera en la noche.

Fue entonces, segundos después, cuando, al ver cerrarse la estrecha abertura tras ellos y tomar conciencia de haber dejado la silenciosa calle atrás, que la situación se le hizo palpable a Arturo en toda su dimensión.

Se habían introducido en el interior de la catedral sin permiso. Con el duplicado de una llave y sorteando las cámaras de seguridad.

Elvira encendió una diminuta linterna que sacó de un bolsillo. Esta reveló ser increíblemente potente a la vez que discreta al ser encendida. Arturo reparó en que proyectaba un haz concentrado, lo cual podría ser muy útil para evitar su detección por las cámaras de seguridad. Por lo menos eso sería lo que diría en su declaración en caso de ser detenidos.

—Apaga esa maldita cosa ahora. Elvira. No es cuestión de anunciar en el *Diario de Burgos* nuestra pequeña excursión —dijo Arturo, mirando alerta a su alrededor —. Por lo menos no todavía.

—En momentos cruciales es mejor una vieja cacharra de estas que un iPhone de última generación, ¿no te parece? —respondió esta, con un ligero tinte de orgullo profesional en la voz.

Arturo notó el corazón acelerarse en su pecho. Sus reflejos se habían agudizado de un modo similar a cuando, llegado el momento final de una regata, cada golpe de remo se convierte en esencial y debe ser ejecutado del modo preciso, en el lugar adecuado, sin dudar.

—¿Te importaría mucho explicarme qué has hecho? Ví que había un par de cámaras en lo alto de las escaleras de la Puerta del Sarmental, cerca de las puertas pequeñas, ¿no? —dijo Arturo en voz baja.

—Me preguntaste antes por la situación de estas así como por el aparatito que saqué antes, ¿no? De modo que te voy a dar una buena y una mala noticia al respecto.

—Si no te importa dime la buena primero, por favor.

—La buena es que no todos los lugares están protegidos por cámaras. Aparte de la información que me ha facilitado mi amigo de Consegur, sé muchas de estas cosas gracias al orgullo profesional del mismísimo cabildo de la catedral que ha tenido a bien informar a cualquiera que quiera escuchar o leer entre líneas tanto en prensa como en internet acerca de la situación de las mismas, tipo y características técnicas, llevado indudablemente por su orgullo profesional ante lo bien que estaba protegida la catedral. Eso sí, olvidó mencionar la marca, el precio y el ranking en Amazon —dijo la detective con una de sus muecas características—. Tendré que hablar con ellos algún día al respecto para que lo hagan mejor. Darles algunos consejos sobre seguridad y tal, Arturo. Y no me mires así, son cosas que se hacen entre profesionales. La mayoría de las cámaras CCTV de hoy en día se conectan a un servidor a través de wifi. Solo hay que localizar la dirección IP de la cámara que nos interese y, gracias a mi inhibidor personal que toda mujer debería llevar consigo —dijo dándose un golpecito en el bolsillo de la mochila donde había guardado el pequeño aparato— y, *Voila!*, la cámara deja de funcionar durante unos minutos. Eso es lo que estaba haciendo antes en la puerta del Sarmental, ¿entiendes? Tenía que averiguar previamente a nuestra entrada la IP de las cámaras situadas allí y poder contrastar así la secuencia IP de las que se encuentran aquí.

—¿Y la mala noticia?

—Bueno, las cámaras de aquí son básicamente de dos tipos. Unas son de sensor de movimiento, esto es, se activan en cuanto detectan cualquier cosa que se mueva a unos quince o veinte metros frente a ellas.

—Pero, en la oscuridad, ¿cómo...?

—Veo que no estás puesto en esto Arturo o no ves muchas pelis de espías. Hoy en día todas las cámaras de este tipo utilizan infrarrojos. No saldrás tan favorecido en ellas como en una grabación en color, pero sí lo suficiente para que nuestras figuras queden muy bien en un monitor de la policía. Pero este obstáculo se puede salvar en la mayoría de los casos.

—¿Y qué hay de las otras que has dicho?

—Las otras me preocupan un poco más —dijo Elvira tras quedarse pensativa unos segundos—. Son cámaras que se encuentran en continuo estado de grabación las veinticuatro horas. Por fortuna no están en toda la catedral como te dije.

—¡Menos mal!

—Su situación te hará menos gracia. Unas se encuentran en el museo catedralicio, en el claustro superior lo cual no me preocupa mucho ya que solo tenemos que cruzar por allí durante unos pocos metros.

—Genial entonces.

—No creas, el otro lugar que las tiene es la mismísima Capilla de los Condestables.

«Estoy arruinando mi futuro por una quimera» —pensó Arturo, repasando rápidamente en su mente lo que le había llevado hasta allí, las pilas de libros, planos, teorías y charlas mantenidas con los profesores acerca de la princesa Kristina, el Códex musical, la búsqueda de la familia Serna y solo Dios sabe que más.

Y ahora esto.

«Bueno, llegados aquí tanto más da seguir adelante y salir de dudas de una vez por todas» —se dijo finalmente.

Y dejando de lado esos oscuros pensamientos y cualquier otra cosa que no fuera la precaución inmediata de avanzar con pasos cautelosos en la oscuridad, sintiendo la piedra contra la que apoyaba sus manos, el vago olor a incienso en la catedral tras un día de intensa actividad, mientras seguía tras la figura de Elvira que avanzaba con decisión saltando de columna en columna.

Estaban en el bajo claustro. Tras haber visitado Silos primero y Huelgas después, Arturo sentía que se movía en un entorno familiar. «Cuando papá me decía que estaba siempre enclaustrado con mis libros, no podía saber lo cercano que iba a estar en su profecía», se dijo. Recordó haberle oido contar a este mismo que en su juventud y debido al numeroso tráfico de vehículos que entonces circulaba por la calle de la Paloma, el claustro había estado abierto al paso de peatones. A través de los ventanales se podía adivinar la luz de las farolas situadas en la misma. Le parecía que hubieran transcurrido siglos desde la última vez que habían caminado por ella. Sobre ellos se encontraba el claustro superior, construido para salvar el desnivel existente entre la calle y la ladera de subida hacia el castillo, dando un toque más espectral a la escena.

Quizá debido al silencio y a la oscuridad reinantes, Arturo volvió a experimentar la sensación de haber regresado a la Edad Media.

Una placa sobre una pared cercana indicaba que se encontraban frente a la sala Valentín Palencia. El bajo claustro había sido transformado en un centro de interpretación sobre la historia de la catedral así como de exposiciones ocasionales en esta sala.

Frente a la entrada había un enorme cartel en el que podían fácilmente leer a la luz ambiente:

> Arte sagrado. El siglo XIII pintado en
> la catedral de Burgos.
> Del 15 al 30 de mayo.

Una vez en su interior caminaron entre replicas en piedra de algunas de las esculturas que podían encontrarse en la catedral. Apagadas y discretas a esa hora, parecían estar esperando el nuevo amanecer para ponerse a trabajar y posar del mejor modo posible ante la mirada de nuevos visitantes.

Elvira echaba vistazos periódicos al plano que mostraba la posición de las cámaras, a la vez que avanzaban.

—¡Mira! —exclamó ésta proyectando la luz de su linterna sobre una de las maquetas allí expuestas—. En cierto modo hemos llegado ya a nuestro destino.

Lentamente Arturo se acercó al cono de luz.

La antorcha iluminaba una reproducción de la Capilla de los

Condestables, en concreto una sección del interior, donde en miniatura podía verse en detalle ese espacio con su cúpula calada, vidrieras en color y retablos. Arturo pudo comprobar el cuidado con que se habían incluido en la maqueta, a uno y otro lado, las tallas de los apóstoles y evangelistas procedentes de las claves de la bóveda estrellada. Tres escudos de los arzobispos de Burgos de los siglos XVII y XVIII aparecían junto a los ventanales. Allí, en miniatura, bajo la luz de las linternas pareciera que la capilla no tuviera nada que ocultar. Las figuras yacentes de sus fundadores en el centro, los escudos en piedra sobre las paredes, todo fácilmente asimilable y controlado.

Por fortuna, aunque cerrado, el museo mantenía encendidas las luces de emergencia así como las de algunas de las vitrinas lo cual les permitía moverse con seguridad sin necesidad de encender las linternas más de lo estrictamente necesario.

Amontonados y apoyados sin mucho cuidado contra una pared se encontraban varios embalajes de madera abiertos. Sin duda el resultado del transporte de piezas traídas para la exhibición anunciada en el cartel que habían visto en la entrada. Cajas de todo tipo y tamaño esperaban a que alguien las retirara lo antes posible para que esos rincones y rendijas pudieran recuperar el sueño de la antigüedad.

—Escucha ahora chico y préstame atención —dijo Elvira, su voz súbitamente grave—. Tomate esto como un curso acelerado en cámaras de seguridad si quieres, porque lo vamos a necesitar. Estas cámaras basadas en sensores de movimiento se pueden burlar de varios modos. El más efectivo es usando poliestireno aunque claro, obviamente hubiera sido un cante ir los dos por ahí con dos planchas de ese material, así que esa opción quedó lamentablemente descartada. El segundo método, más elevado y sofisticado como habrás visto, es a través de la inhibición de las señales wifi tras averiguar su dirección IP. El resto, tales como deslizarse a nivel del suelo, moverse muy despacio y procurar caminar pegados a las paredes siempre que se pueda, son un poco más pedestres y menos seguros.

—Eso y que no te vean, claro. ¿Y cómo estás tan puesta en el tema, Elvira? Y no me vengas con la débil excusa de que el profesor Lafuente te ha pagado un curso en la CIA.

—Caliente, caliente... en 2013 tuve la suerte de asistir en Las Vegas a un congreso sobre seguridad, el conocido como Black Hat USA. La gente de Bishop Fox, la empresa organizadora, ciertamente sabía lo que se hacía. Allí vimos de todo, desde teclados de seguridad hasta sensores de ventanas y puertas. ¡No todo iba a ser tomar copas y brindar con los colegas! Lo primero que aprendes es que esta tecnología envejece cada cinco años. Y dudo mucho que el presupuesto del arzobispado sea tan magno como la gloria de Dios para mantenerlas en tecnología punta. Por supuesto que existen otras cámaras más difíciles con las que pelear, pero no creo que este sea el caso aquí. Nada más ver las del exterior pude comprobar que eran prácticamente fósiles, viejas reliquias como mucho.

—Eso está muy bien Elvira. Pero al final todo se reduce a lo de siempre: arrastrarse, moverse despacio e ir pegados a las paredes.

Tomaron las escaleras que ascendían al claustro superior.

Sus figuras cruzaron con rapidez ese amplio espacio cual lagartijas nocturnas que con respeto pasaran cerca del Museo Catedralicio donde se exponían permanentemente los tesoros de la catedral.

—¡Espera! —dijo Elvira con gesto urgente, en uno de esos altos a los que ya se había acostumbrado Arturo— ¡Ahora! Puedes avanzar —dijo pasados unos segundos—. Me preocupaban las cámaras de aquí. Como te dije graban las veinticuatro horas. Y, por Dios, ¡intenta mantener la linterna apagada o en todo caso proyecta la luz hacia el suelo! Como tú mismo dijiste no nos interesa anunciar a nadie que pueda mirar desde los edificios cercanos que hay visitantes nocturnos en el claustro. ¿no te parece? Lo estamos haciendo muy bien hasta ahora para estropearlo tontamente.

Estaban a punto de dejar el claustro. Arturo se detuvo.

—¿Has oído eso Elvira? Me ha parecido oír un sonido. Una especie de clic —dijo girándose y levantando la linterna.

—No es nada Arturo, no es nada. Seguramente habremos dado una patada a algún clavo de los embalajes o algo así. Vamos, deja de comportarte como un colegial asustadizo porque aún nos queda mucho camino que recorrer. Y por lo que más quieras, ¡no levantes la linterna! No se nos ha perdido nada en esta zona. ¡Vamos!

Transcurridos unos minutos y tras consultar de nuevo el plano, la detective exclamó con aire de triunfo:

—Estamos frente a la capilla de Santiago y su anexa es la capilla de San Juan Bautista. Junto a ella está la de los Condestables, nuestro destino. A partir de aquí amiguito, todo es coser y cantar.

Cruzaron con cierta inquietud el lugar pegados a las paredes, moviéndose en silencio del modo que Elvira le había conminado antes con severidad.

Al girar la esquina el haz de la linterna cayó sobre una enorme cancela que les cerraba el paso.

Al otro lado, la iluminación apagada de la nave central parecía burlarse de sus esfuerzos.

—¿Y esta cancela? No aparece en el plano —dijo Elvira con un toque de duda en la voz que había estado ausente hasta ahora.

En vano proyectaron la luz a lo largo de la misma. Arturo tentó una de las hojas. Al hacerlo un leve sonido metálico reverberó en el vacío. Iluminó con la linterna la parte media de la misma. Una gruesa cadena mantenía las dos hojas en su lugar. Estaba cerrada y bien cerrada.

—No eres mucho de ir a misa Elvira. De lo contrario sabrías que no todo está en los planos —dijo el joven—. Esta reja tiene aspecto de llevar cerrada mucho tiempo. ¡Déjame ver ese plano tuyo! De algo tendrán que valerme los estudios de historia del Arte, digo yo.

Y con estas palabras, Arturo procedió a echar un rápido vistazo el plano que le extendía en silencio Elvira. Tras mirarlo unos segundos, dijo:

—Ya está claro. Estamos aquí —y su dedo mostraba el punto donde se encontraban, tentadoramente paralelo a la inalcanzable capilla de los Condestables—. No nos queda más remedio que dar la vuelta y seguir por este lado —y su dedo trazaba un sendero que corría paralelo al camino que habían recorrido hasta detenerse en la antesacristía.

—¡Vaya! —dijo Elvira—, no contaba con eso. Hay que salir a la nave lateral por la antesacristía.

—Bueno, ¿y qué? ¿Qué pasa con todo eso que me habías contado acerca de los inhibidores de señal wifi y demás?

—Pues que las cámaras de la nave central son de sensor de movimiento. Pero esas, a diferencia de las que nos hemos encontrado antes no están conectadas por wifi. ¡Me cago en...! Son de un modelo distinto, un KRT-33 creo, aunque modificado. Pero... —se quedó pensativa unos segundos—. Hay un modo. Es arriesgado, pero hay un modo.

Habían llegado a la nave lateral. El inmenso crucero central se alzaba frente a ellos, rodeado por verjas similares a las que se habían encontrado minutos antes, y como ellas igualmente cerradas.

Elvira levantó la vista del plano.

—Bien, allí frente a nosotros y a mano izquierda está ya la capilla de los Condestables. Escucha chico, Ahí delante, en lo alto del capitel hay un par de cámaras. Como te acabo de decir son de sensor de movimiento. Aunque no son wifi están programadas por fortuna para detectar únicamente los movimientos que se produzcan a un metro por encima del suelo. Al parecer adoptaron esta medida a raíz de colarse una vez un gato en la catedral y volver loco a todo el mundo. De modo que tendremos que arrastrarnos durante unos metros, me temo. Yo iré delante con el plano. Procura seguirme lo más cerca que puedas. Es vital que no te desvíes del camino por donde yo vaya y por favor intenta avanzar lo más despacio que puedas.

Arturo asintió y tragó saliva.

Tras decir esto, la detective procedió a echarse boca abajo sobre las losas de la catedral semejando en ese momento una penitente en cumplimiento de una promesa largo tiempo hecha.

El joven la siguió, procurando apartar otros pensamientos de su mente. Era más fácil dejarse llevar que cavilar acerca de las posibles situaciones de peligro o la posibilidad de ser descubiertos.

En ese momento Arturo vio a la detective bajo una nueva perspectiva y no por razón de estar ambos echados sobre las losas de la catedral. La frase que le había venido inicialmente a la mente "bajo una nueva luz" fue rápidamente descartada al darse cuenta de que la metáfora no era la adecuada dada la escasez de la misma en esos momentos.

La realidad era que, viéndola así, jugándose el tipo de ese modo, hecha literalmente un ovillo que se arrastraba sobre las losas de la catedral no era lo más indicado para despertar admiración. Aun así se le hizo evidente al joven la total dedicación y entrega de Elvira a la causa; la entrega que durante los últimos meses la había hecho recorrer toda la provincia de Burgos en busca de no se sabe qué. Entregada a un propósito por el mero acicate de intentar averiguar lo que estaba al otro extremo del hilo, fuera eso lo que fuese. Como hubiera dicho su profesor de metafísica, esa figura desparramada sobre el suelo de la catedral no era más que la viva encarnación de la materia luchando contra el destino.

Arturo echó la vista atrás para comprobar el camino recorrido hasta ahora. Al mirar de nuevo al frente creyó por un momento haber perdido el contacto visual con Elvira. Era difícil seguirla a nivel del suelo debido a la escasa luz que desprendían las velas eléctricas y luces de seguridad colocadas aquí y allá a lo largo de la nave central que ahora se le tornaba inmensa. Esto hacía que solo pudiera adivinar la forma de la detective moviéndose delante de él mientras arrastraba la linterna consigo y con ella un círculo de luz que hacía resaltar el dibujo del suelo por el que avanzaban.

El corazón del joven parecía que fuera a saltársele del pecho para colocarse junto al altar en una ofrenda de última hora. Notaba este la sangre helándose en sus venas con cada movimiento hacia delante. Con cada uno de ellos tenía la impresión de que sus latidos pudieran escucharse a cientos de metros de distancia.

—Tenemos otra cámara a la vuelta de esa columna —susurró Elvira—. A diferencia de las otras esta lleva el sistema CTV-27. He leído que se pueden desactivar durante unos pocos segundos tras proyectar una luz directamente sobre el sensor de la lente. Escucha atentamente lo que te digo... Cuando cuente tres voy a enfocar la luz de mi linterna directamente sobre la lente. Tendrás exactamente tres segundos adicionales desde que aparte la linterna para cruzar la nave hacia allí, ¿lo entiendes? —dijo señalando el punto de destino como si fueran unos marines a punto de tomar una colina.

Arturo asintió en silencio, maravillado del poder de decisión y ejecución de Elvira en circunstancias extremas.

—¿Estás seguro de que la luz de la linterna será suficiente para desactivarla? —dijo, más para escuchar su propia voz que otra cosa.

Pero ante su alarma sus palabras no encontraron más que el vacío. Elvira ya estaba enfocando la linterna en dirección a la diminuta cámara que se adivinaba sobre el capitel de una columna situada a unos diez metros de ellos, cual grulla nocturna.

—!Vamos, Arturo, ahora! —dijo Elvira con voz que no admitía titubeo alguno mientras apartaba la luz de la cámara.

Arturo sintió como sus piernas obedecían ciegamente impulsándole hacía delante, sus ojos fijos en la columna que tenía delante de sí, mirándola con extrema concentración como si de ese modo pudiera hacer que llegara ante él mucho antes, como si pudiera conseguir tele transportarse, o por lo menos confundirse con la oscuridad que le rodeaba, con la penumbra al menos, esperando a cada momento que su presencia fuera detectada, que una sirena de alarma retumbara a lo largo del crucero.

Por fin la piedra del sillar que hasta ese momento le había parecido tan lejana se convirtió en un objeto tangible bajo sus manos. Lo habían conseguido. Cuando se giró comprobó que la detective estaba junto a él.

De repente sintió una extraña humedad en el pecho.

No tardó en darse cuenta de lo que era.

Su vieja amiga, su estilográfica Mont Blanc, sin duda a raíz de haberse arrastrado momentos antes, había rendido el alma, vertiendo buena parte de su contenido sobre la camisa de Pinedo.

—¡Joder! —exclamó Arturo antes de que la prudencia le obligara a mantener silencio. Mañana iba a ser un día de limpieza intenso, pero en este momento no era cuestión de preocuparse por un futuro que en cualquier caso le parecía lejano e incierto en este momento.

Fue entonces cuando tuvo un mal presentimiento. Rápidamente se palpó en el bolsillo superior de la camisa en un intento de localizar la estilográfica culpable.

Sus manos encontraron el vacío.

La bailarina no solo se había torcido un tobillo.

Se había caído.

—¡Vamos! —dijo Elvira gesticulando con urgencia unos metros más adelante mientras enfocaba la linterna sobre el rostro de su acompañante—, ¿qué ocurre?

—Tengo que volver, Elvira, tengo que volver. He perdido mi estilográfica en algún lado —. La voz del joven era urgente, firme.

—¡Déjala! Ya te comprarás otra, por Dios. O mejor, ya te regalaré yo una las próximas Navidades si logro cobrar alguna vez por mi trabajo.

—No, Elvira. Esta estilográfica significa mucho para mí. Tengo que recuperarla. Debió de caérseme cuando pasamos por el museo catedralicio. ¿Recuerdas aquel ruido que escuché? Tuvo que ser entonces.

Y sin esperar respuesta, Arturo se dio media vuelta en dirección a la antesacristía de donde habían surgido escasos minutos antes.

—Está bien, te espero en la Capilla de los Condestables, entonces. Estaré desactivando las cámaras que pueda encontrar allí y así me entretendré un rato. De todos modos hoy no había quedado —terminó Elvira en voz baja. Sus palabras fueron recogidas por el vacío, por las sombras frente a ella y por el lugar que segundos antes había ocupado el joven. Exhaló un suspiro de exasperación a la vez que se dirigía hacia la reja cerrada frente a sí y se soltaba la mochila.

—¡Me lo merezco por venirme con niñatos a la feria!

Arturo se encontraba de nuevo en el claustro superior, bañado por esa luz indirecta que desde abajo se proyectaba sobre los objetos allí exhibidos. Una luz que al igual que ellos, parecía querer pasearse por el lugar sin hacerse notar demasiado, apenas rozando el perfil de los marcos, de las estatuas, de los retablos allí expuestos.

Caminó despacio, volviendo poco a poco sobre sus pasos, buscando la escalera por la que habían ascendido desde la sala Valentín Palencia en el bajo claustro, intentando recordar el lugar exacto donde había creído escuchar aquel ruido. Sí, éste era el sitio en el que se habían detenido, en concreto frente a esa estatua del siglo XV, o por lo menos de su facsímil en piedra.

Una vez más volvió a encontrarse frente a ese montón de cajas amontonadas y pegadas al muro en desorden de donde muchas de estas figuras habían surgido.

Recorrió con la linterna lentamente y con suavidad las losas del suelo, prestando especial atención a los rincones y las juntas entre las baldosas en caso de que la pluma hubiera decidido quedarse entre alguna de ellas. Siguiendo las instrucciones de Elvira tuvo la precaución de no levantar la linterna más de lo necesario.

Pero no había rastro alguno de la estilográfica.

¿Iba a tener que volver sobre sus pasos hasta la puerta por la que habían entrado?

Se apoyó contra uno de los embalajes de madera. La tapa se encontraba reclinada contra el mismo entre restos de virutas, plásticos, trozos de madera e innumerables planchas de corcho blanco.

Se encontraba a punto de rendirse cuando la vio.

Allí estaba.

La bailarina.

Se encontraba justo al lado del cartel que anunciaba la inminente exposición, como si fuera el puntero de un guía indicando el evento, con la muda inteligencia que solo una Mont Blanc podía tener en momentos así. ¿O bien quería a su vez confundirse con las obras expuestas?

Sí, era aquí donde le había parecido oír aquel extraño clic tras alcanzar el museo desde el bajo claustro. Sí, Meseguer le había prevenido correctamente. Esta pluma soltaba mucha tinta, pero esa misma tinta había sido la bandera de socorro alzada por esta náufraga y que había permitido detectar su perdida, retornar y encontrarla en la oscuridad de la noche.

Bueno, ahora era cuestión de volver, Elvira.

Se levantó con decisión.

Por unos momentos se sintió como el héroe de una novela de aventuras. Comprendió como debió sentirse uno de aquellos lejanos arqueólogos al descubrir las pirámides o la tumba de Tutankhamón por vez primera. Un héroe posando, enamorando a los fotógrafos y cámaras de televisión.

¡Las cámaras!

Por un momento se había olvidado de las malditas cámaras y de todo el sistema de vigilancia.

Allí, tras la puerta de la antesacristía y enfocando su fría lente hacia la misma pudo distinguir uno de esos diabólicos y pequeños cacharros electrónicos, observando, escrutando la penumbra, incansable en la búsqueda de movimientos no deseados.

Y Elvira debía estar en la Capilla, esperándole.

Con cierto nerviosismo extrajo el móvil y buscó el número de la detective. Ese pequeño truco de magia con la linterna vendría muy bien ahora.

Tras unos segundos pudo escuchar la temida alocución con la que ningún usuario de móvil desea encontrarse:

«... El operador al que llama no se encuentra operativo en este momento»

Probó a llamarla en alta voz en un susurro tembloroso que se alzó imperceptible sobre el crucero y perdiéndose en la oscuridad.

—¡Elvira, Elvira! ¿Me oyes?

Nada.

No hubo respuesta.

No se atrevía a alzar más la voz. Como la misma Elvira le había dicho era posible que alguna de estas cámaras pudiera contar con sensor acústico.

¿Qué hacer?

Volvió a la antesacristía. Intentaría llamar a la detective otra vez desde aquí.

No había modo de cruzar por delante de todas esas cámaras sin el diminuto aparato que esta llevaba encima. O cualquiera de las otras opciones que le había dicho...

Un momento.

Tan solo un momento.

«No te vas a quedar sola en la aventura Elvira. No esta vez.» se dijo, mientras una sonrisa casi idiota se dibujaba en su rostro al tiempo que su memoria fotográfica reproducía el pequeño seminario técnico con el que le había obsequiado Elvira al inicio de la aventura.

Y a continuación el joven se volvió de nuevo hacia las escaleras que conducían al claustro inferior, descendiendo las escaleras de dos en dos.

La detective no podía dar crédito a sus ojos. Había logrado abrir la verja con otra de las llaves facilitadas por su amigo y empleado lo que le había parecido una eternidad en inhibir tras mucho esfuerzo las cámaras que controlaban el espacio de la Capilla de los Condestables. Por tercera vez se acercó a la entrada de la misma mirando hacia la nave lateral, presta para acudir en auxilio del estudiante y de su maldita estilográfica mientras lanzaba imprecaciones cada pocos segundos.

Pero esta vez cuando miró hacia la nave central se sobresaltó al ver avanzar por el centro de la misma lo que parecía ser una forma blanca y rectangular procedente de la antesacristía y que se dirigía hacia la nave central.

Conforme la forma se acercaba, Elvira comprobó que no era más que una plancha de polipropileno. No obstante la misma parecía avanzar por sus propios medios.

Cuando solo unos pocos metros le separaban de ella, la luz de su linterna alumbró el rostro sonriente de Arturo que asomaba por uno de los laterales.

Sí, allí estaba Arturo llevando, delante de sí, como si fuera un escudo, una gran plancha de ese material que había extraído de una de las cajas del museo.

—Me acordé de tus lecciones —dijo Arturo con una sonrisa al llegar a su altura—. Todo eso que me dijiste acerca de que no había nada como el polipropileno para bloquear la señal de infrarrojos. Luego dices que no te escucho.

Habían llegado por fin a su objetivo al final de la nave.

La capilla de los Condestables.

Pudieron ver enseguida en el centro y en lugar destacado, del mismo modo en que lo habían contemplado antes en la maqueta, el sepulcro con las dos figuras yacentes de los fundadores, elaboradas en mármol de Carrara: don Pedro Fernández de Velasco y Manrique de Lara, Condestable de Castilla y doña Mencía de Mendoza y Figueroa, hija del marqués de Santillana.

«Una capilla dedicada a la luz.» —pensó Arturo.

La luz, fundamental en la construcción de las iglesias. Pero esta noche en particular, esa luz que había sido la clave en tantos momentos anteriores se encontraba ausente, salvo por el débil hilo desprendido de la linterna de Elvira. ¡Qué terrible ironía examinar la capilla de la luz en la oscuridad!

Miraron en su derredor. Los escudos de piedra se adivinaban sobre las paredes barridas por la luz de las linternas.

—Allí lo tenemos. El sol —dijo Arturo señalando uno de los muros con la linterna—. Otra vez la referencia a la luz: «*De la luz la luz*»

En efecto, en el centro del retablo mayor y en la figuración que se adivinaba en lo alto, bajo la incierta luz de las linternas, aparecía la imagen del disco solar.

Incluso en la oscuridad, sobre las dos paredes enfrentadas, los escudos en piedra del matrimonio Velasco—Mendoza hacían ostentación de su obra. Semejaban dos gigantes de piedra que fueran a luchar de un momento a otro. Pero ahora reinaban en el silencio. Era este el silencio del poder que, emanando desde los sarcófagos situados en el centro de la capilla, parecían vigilar los pasos de los dos intrusos.

—También aparece en la bóveda —dijo Elvira señalando con

cierto temblor en la voz hacia arriba, hacia la estrella de ocho puntas en plementeria calada.

—Sí, es el símbolo de san Bernardino de Siena –dijo Arturo en tono reverente.

Sin duda alguna los viejos masones habían estudiado exhaustivamente la ciencia de su época.

«Es la Gran Obra —pensó Arturo—, la Gran Obra a la vista de todos al igual que lo había estado el Códex musical. Olvidada desde la Edad Media, una vez perdido el solucionario que daría con la clave de todo. Tenía razón el profesor: "Oculta algo a la vista de todos y nadie reparará en ello". Desde el gran rosetón central sobre la puerta principal con sus dos figuras laterales hasta el resto del conjunto solo hacía falta una visión especial de las cosas, un conocimiento oculto para poder leerlo. Tan sencillo y tan complicado como eso. Al igual que los jeroglíficos egipcios que esperaron durante siglos a Champollion y al descubrimiento de la piedra de Rosetta.

En silencio, a la vista de todos, la gran Obra había permanecido allí, en un mundo paralelo y secreto. Arturo y Elvira pudieron ver—o adivinar sería la expresión más correcta, semi oculto como estaba bajo los plásticos protectores y la tenue luz—, el retrato de María Magdalena atribuido a Giampetrino y Leonardo da Vinci.

Consideró Arturo la ironía que suponía el haber llegado hasta aquí prácticamente arrastrándose. Interpretado como homenaje ante estos maestros de la antigüedad no estaba nada mal.

Poco podían sospechar los intrusos que pocas horas antes, en ese lugar bañado ahora por una luz cenicienta, se había encontrado desempeñando su labor diaria de restauración Rus Bermejo, aquella restauradora con la que habían coincidido brevemente en Valladolid.

Algunos de los utensilios de trabajo, los planos y reproducciones, usados por el equipo de restauradores permanecían ahora guardados en estuches cuidadosamente cerrados.

Se encontraban próximos a la sacristía de la capilla, casi oculta esta tras los omnipresentes plásticos protectores y andamios que rodeaban todo el perímetro y que hacían prácticamente invisibles la totalidad de las obras maestras y retablos que allí se encontraban.

¿Cómo iban a poder examinar algo bajo estas extremas condiciones? Había cometido un error haciendo caso a Elvira tan solo para encontrarse en una situación así, con todo el lugar envuelto en tinieblas.

¿Por qué habían decidido los restauradores de Vidrieras Barrio volver a instalar las vidrieras de este modo cuando su retirada tuvo lugar desde el exterior? ¿No hubiera sido más fácil volver a hacerlo así y evitar de ese modo dañar cualquiera de las esculturas del interior?

¿Qué esperaban descubrir aquí? Junto a la puerta que comunicaba la capilla con la sacristía reposaba una caja de herramientas abierta, mostrando en profuso montón todo tipo de objetos capaces de cambiar, modelar y también destrozar la piedra que les rodeaba. Junto a la misma y a unos tres palmos del suelo pudo observar Arturo una curiosa grieta sobre la pared, casi imperceptible.

Llevaban ya varios minutos en el lugar, moviéndose con lentitud entre los plásticos que cubrían las paredes, entre las herramientas dejadas por los obreros, generando con su desplazamiento ese leve susurro que emite este material al ser movido y a través del cual la luz de las linternas se torna difusa.

—Bueno, ¿y ahora qué? —dijo Elvira.

—No tengo ni idea de donde comenzar a mirar. Cualquier cosa fuera de lo habitual supongo. Fuera de mis apuntes de clase y de las notas que tengo en el despacho del profesor me siento perdido –dijo Arturo desalentado a la vez que proyectaba la luz de la linterna sobre el suelo en busca de una pista, algún cartel indicador, la "X" que indicara el tesoro enterrado.

—Siempre puedes escribir algo que te sirva de guía con esa mierda de pluma que te has ido a buscar a riesgo de mandarlo todo al carajo —contestó con sorna la detective acercándose a examinar una de las figuras en la pared adyacente.

Arturo iba a contestar cuando un relieve captó su atención. Al aproximarse al mismo pudo comprobar, reproducidos sobre el mismo, lo que parecían ser unos alquimistas inmersos en su tarea.

Se le ocurrió al joven entonces que probablemente nadie había cruzado este lugar, este inmenso espacio, a la luz de una linterna. Para suministrar una luz semejante en intensidad y tonalidad hubiera sido necesario proyectar en su época varias velas al mismo tiempo sobre estos muros.

La luz de las linternas se paseaba con estudiada morosidad sobre las paredes oscuras, caracoleando algunas veces, otras retrasando una trayectoria en busca de algo que hubiera podido pasarles inadvertido. Arturo presentía la gran claraboya sobre sus cabezas, ese sol apagado a través del cual se apreciaba una luna llena que intentaba emular al sol.

Cuando Arturo bajó la mirada se dió cuenta de que el haz de la linterna mostraba un contorno curioso sobre la pared. Había recorrido varios minutos antes esa parte de la capilla sin haber visto nada peculiar.

Se trataba del muro próximo a la sacristía.

—Elvira, ¡mira aquí! No me había fijado antes en este contorno. ¡Fíjate en este rincón!

Elvira se acercó, iluminando con la linterna el punto indicado por su compañero.

—No recuerdo haber visto esto antes –dijo.

En efecto, en la esquina que unía la capilla con la sacristía, concretamente en una columna situada a la derecha de la puerta y sobre la piedra del suelo, parecía recortarse una sombra que contorneaba la sillería cercana a la pequeña grieta en la que habían reparado antes.

—Estas piedras parecen resaltar sobre las demás —susurró Arturo, a la vez que tocaba con sus dedos el muro.

—Debe de ser resultado de algún trabajo reciente, supongo. Hace poco que se han estado haciendo obras de rehabilitación en varios retablos. ¿Recuerdas los planos que hemos visto antes? La catedral está en continuo proceso de restauración, ya sabes.

—No, no, esto es distinto —dijo el joven con una extraña seguridad en sus palabras.

Arturo experimentaba una curiosa sensación. Algo parecido a la que había sentido en Silos cuando se acercó a hablar con el viejo jardinero o cuando se atrevió a preguntar al archivero por los libros duplicados tras descender a ese almacén donde se guardaban los volúmenes de siglos y siglos bajo una temperatura controlada. La misma sensación que había sentido en Huelgas cuando paseaba por las Claustrillas y sí, también aquella mañana en que el Códex musical les desveló su secreto.

Una extraña fuerza, una sensación de inevitabilidad.

La detective apoyó a su vez la mano sobre la pared en el preciso lugar donde se encontraba la pequeña grieta. Había esperado Elvira encontrar que la piedra en el muro estuviera algo suelta, pero no fue así. La luz de la linterna tendía a crear de vez en cuando una falsa sensación de profundidad en los objetos, haciendo aparecer formas y pequeñas aberturas que de otro modo hubieran sido invisibles a la vista, de modo similar al que producen las llamas de una chimenea en el hogar, agigantando las figuras y los diminutos objetos familiares.

—Quizás las obras hayan producido cierto movimiento de los muros —dijo Arturo—. Aunque es poco probable dadas las medidas de seguridad que se toman para una restauración de ese tipo. Déjame ver —y apoyó a continuación la mano sobre la sillería más cercana a la puerta de la sacristía.

—Arturo, ¡la pared se está moviendo! —gritó Elvira levantando ecos a lo largo de la catedral a la vez que se llevaba la mano a la boca en un acto reflejo.

Arturo retiró con rapidez la suya, retrocediendo unos pasos.

En efecto, el muro que tenían frente a ellos se había movido. Muy poco, era cierto, pero lo suficiente para dejar ver una estrecha abertura en el mismo.

Ambos se acercaron, sus linternas iluminando el hueco que se había abierto ante sus ojos.

Una enorme cavidad en la que la luz de las linternas se perdía.

¿Un pasaje?

Era ciertamente una puerta.

¿Una puerta al pasado?

En todo caso una puerta que había olvidado que lo era.

—Un momento —dijo Arturo mirando a su alrededor, impidiendo con su mano que la intrépida detective se arrojara inmediatamente en el interior de la cavidad.

Cerca de ellos se encontraban varios tubos metálicos de los utilizados para construir todo el andamiaje necesario para llegar hasta las vidrieras. Sin dudarlo, Arturo escogió un par de ellos y los atravesó en el vano del hueco abierto en el muro.

—Así me quedaré más tranquilo. No me gustaría nada que si esto es lo que parece, se nos cerrara tras nosotros la única entrada.

Más seguros tras haber colocado ese obstáculo en la pequeña abertura, Arturo penetró el primero en la oquedad.

De su interior salió una bocanada de aire pútrido. Dieron un paso atrás y esperaron unos segundos. Arturo se llevó a la nariz el pañuelo que había sacado de su blazer. Con toda probabilidad este aire debía de llevar siglos encerrado ahí dentro. Aunque no pudieran ver el pasado, ciertamente estaban respirando su hedor. Era una sensación sobrecogedora.

—Vamos, Arturo... no nos paremos ahora —exhortó Elvira, alentada y al parecer estimulada por la aventura. Esto era mejor ciertamente que seguir a maridos infieles o trabajadores empleados a fondo en una actividad cuando se suponía que se encontraban de baja.

El suelo era de tierra. Era evidente que la galería no había sido adecuadamente terminada ni trabajada.

Se trataba en efecto de un pasadizo. Un corredor de unos escasos ochenta centímetros de ancho y unos dos metros de alto, la medida justa para que una persona no muy gruesa pudiera pasar. Conforme avanzaban a lo largo de él pudieron notar que iban descendiendo paulatinamente. Todo en el corredor que atravesaban, desde los desniveles que encontraban a su paso hasta las diferentes alturas que éste presentaba en diferentes trechos parecía indicar que hubiera sido excavado con premura, como si los trabajadores encargados de su construcción hubieran intentando finalizarlo antes de que algún obstáculo, algún imprevisto, paralizara o detuviera para siempre su tarea.

Sintieron en la nariz un aire húmedo y rancio, un olor profundo a tierra, de esa tierra que parece perennemente húmeda.

El joven sacó el móvil del bolsillo y activó su GPS. Había zonas donde la cobertura, impedida por los gruesos muros de la catedral bajo la que se encontraban, se perdía. En algunos momentos, la galería parecía ascender y fue entonces cuando una pequeña raya en el margen izquierdo de la pantalla del móvil indicó a Arturo que la aplicación volvía a funcionar.

—Mira Elvira, creo que estamos bajo el barrio de San Esteban. Al menos bajo algunas de las calles que estuve recorriendo el otro día con el profesor. ¡Joder, la señal del GPS se ha vuelto a perder! No me llega nada de cobertura —dijo, agitando el móvil como si de este modo pudiera recuperar algo de señal.

Era inconfundible lo dicho por el joven. El círculo rojo que había aparecido en la pantalla del smartphone se había quedado inmóvil en el mismo punto desde hacía varios minutos.

—Espera, creo que tengo lo que necesitas —dijo Elvira sacando un objeto de su insondable mochila y colocándolo en la mano de su compañero.

Una brújula.

—Gracias, Elvira —murmuró el joven con una sonrisa agradecida y con voz ahogada por las pulsaciones de su corazón—. Hoy la vieja tecnología gana la partida.

Repararon unos pasos más allá en la presencia de unas pequeñas aberturas a uno y otro lado; unas ligeras depresiones en la pared de roca. A partir de ese momento las irían encontrando con mayor frecuencia.

Arturo se acercó y tocó la pared más cercana, sintiendo la tierra y la piedra.

—Estoy seguro de que tenía que haber otras entradas semejantes a estas procedentes de muchos de los edificios cercanos, o por lo menos, de las edificaciones que aquí existían antes de ser derribadas —dijo, recordando la conversación con el profesor en la plaza de los Castaños.

En los laterales, algunas bocas, cegadas por gruesas piedras parecían confirmar esta teoría. Rocas amontonadas con rapidez, en un intento de ocultar un secreto que ya no tenía razón de ser.

—Si no me equivoco, ahora mismo debemos de estar en algún punto bajo la calle Hospital de los Ciegos —dijo Arturo mirando tanto la app en su móvil como la brújula—, pero no podría precisar más. La App no recibe señal alguna. ¿Qué podría haber motivado la construcción de este pasadizo? Y por encima de todo, ¿por qué tanto esfuerzo para mantenerlo oculto todo este tiempo?

Arturo se detuvo y tras volver a mirar la pantalla del teléfono apuntó algo en la aplicación de notas.

El pasaje ascendía ahora a la vez que el techo descendía, dando la impresión de que el pasadizo giraba a la derecha.

La luz de la linterna aumentó de intensidad súbitamente.

La causa de ello se hizo aparente poco después cuando el haz de las linternas rebotó sobre un obstáculo delante de ellos. Una superficie calcárea les devolvía la luz con intensidad. Una pared formada por una acumulación de piedras y tierra resultado de una tosca obra de mampostería cegaba el pasadizo.

Arturo observó con atención este obstáculo que se les presentaba. No había fisura alguna en él. Era una obra antigua ya, pero no tanto como el pasaje en el que se encontraban. ¿Quizás unos doscientos años? Era difícil de precisar con la escasa luz de las linternas.

El pasadizo se había cerrado delante de ellos. Un muro de roca y tierra había sido levantado en ese lugar. Un muro físico a la vez que simbólico. Alguien lo había tapado definitivamente.

—Bueno, este es el final de nuestro camino Elvira.

CAPÍTULO 56

EL FOULARD DEL ESTUDIANTE

De cómo un paseo peripatético por las viejas calles del barrio de san Esteban combinado con un fugaz encuentro con la infancia a través del juego del escondite transportan a Arturo a sus años escolares.

Es maravilloso iniciar un paseo en las horas vespertinas. Especialmente a esa hora en que la tarde no tiene nombre de tal sino más bien de sensación. Esa extraña sensación de que el día se alarga en horas indefinidas y eternas. En donde la prisa parece haberse ido del mundo, los pájaros cantan sin cesar y los niños juegan en el parque vigilados de cerca por unos padres llevados por esa modorra que se sostiene sobre los rayos oblicuos del sol, por esa somnolencia propia de tardes similares.

Esa luz de atardecer que al disminuir destaca los objetos y delimita con claridad cada una de las hojas de los árboles, que realiza al mismo tiempo una radiografía de su estructura interna, iluminando a aquella anciana que se entretiene viendo pasar a los niños por delante de su puerta mientras hace un gesto con la cabeza que parece decir que corren como diablos. Esa misma luz dota de nobleza cada una de sus arrugas.

Esa idéntica luz también realza los pliegues de la vieja ciudad y de su muralla, pone a dorar la superficie del río, tintando de oro durante unos breves momentos la fachada de la catedral.

Es una tarde perfecta para el paseo sin meta, sin pensar en nada más que no sea las impresiones que le van asaltando a uno de modo travieso, acusando los diferentes sonidos que se presentan a la experiencia tales como el cierre de la puerta de la casa que se alza frente a nosotros y que parece producido con sordina, la llamada de esa madre detrás de aquel niño que se ha ido de casa sin la merienda o ese grupo de adolescentes que pasa riendo por delante de los paseantes envuelto en un mundo paralelo de su propia creación.

Es tiempo también para los olores. Flotando sobre todos ellos subyace un aroma peculiar en una tarde así, hecho de una suave fragancia, mezcla de un impreciso perfume de mujer, de lavanda, de la frescura del río que se adivina, de los chopos y sauces llorones y ¡cómo no! del bocadillo de chorizo que algún niño lleva en la mano.

Todo eso existe en tardes así.

En una tarde así ni los novios que van abrazados mirándose a los ojos, ni los niños que golpean el balón en la plaza de Santa Ana o en el Paseo de los Cubos más arriba junto a la muralla, ni el paseante ocioso con el *Diario de Burgos* medio metido en el bolsillo del abrigo mientras va cogido del brazo de su esposa reparan en la figura solitaria de un joven que no parece disfrutar de la tarde del mismo modo que ellos.

Se trata de Arturo que, *blazer* cruzado sobre el pecho y *foulard* a juego bien ajustado, se encuentra recorriendo los mismos lugares que estos paseantes en esta placentera tarde de domingo. Pero hay en él algo distinto, algo que hace destacar su figura del resto de personas que se encuentran impregnadas de la luz de esa hora violeta. Su caminar es descompasado; se detiene de vez en cuando, levanta la cabeza, parece abstraído. Su mirada no cae sobre el grupo de bellas jovencitas de su edad con las que se encuentra, ni siquiera repara en el examen al que es sometido por alguna de ellas y cuyo resultado ésta parece compartir entre risas con el resto tras haberse cruzado con este atractivo joven.

Arturo lleva su móvil en la mano izquierda. Cada cierto número de pasos vuelve a consultar su pantalla así como la brújula que le ha prestado Elvira y que guarda en el bolsillo de su blazer. Su mirada es concentrada y llena de propósito.

Su andadura ha dado comienzo una hora atrás en la calle Nuño Rosura, no sin antes haber dedicado una mirada preliminar hacia la fachada de Santa Maria, como buscando un punto de referencia. Se dirige a continuación en dirección a la iglesia de Santa Águeda a la que él prefiere sin embargo recordar por su antiguo nombre de Santa Gadea, más próximo en connotaciones a las gestas heroicas del pasado, y donde la sombra del Cid obligando al rey a jurar que no había participado en la muerte de su hermano aún se siente en el aire.

Arturo ha sacado del bolsillo derecho un papel que consulta de vez en cuando a la vez que alza la mirada. Finalmente se detiene, observa a su alrededor y, tras comprobar que no hay nadie cerca de él que pueda observarle, se dedica a dar largas zancadas como si siguiera el rastro de un tesoro y el trozo de papel que tiene en la mano fuera el mapa. Alguien con cierto trasfondo novelesco podría suponer que se tratara de un moderno seguidor literario que al igual que los fans de James Joyce —recorriendo en el Dublín actual los pasos efectuados por el protagonista Stephen Dedalus en su novela *Ulises*—, intentara a su vez, replicar el recorrido que el mismísimo Cid u otros héroes hubieran efectuado en tiempos pasados.

Cuando Arturo atraviesa la calle de las Brujas, esta parece saber de su escapada nocturna. Las ventanas lanzan sus guiños peculiares al joven, pareciendo decirle, «Sabemos que estuviste aquí chico, pero tranquilo, no se lo diremos a nadie». Así, entre sombras, subiendo los empinados escalones de la calle en el momento en que comienzan a encenderse las farolas, Arturo se da cuenta repentinamente de que está solo en el lugar. De algún modo se siente como si hubiera retornado al pasaje aunque esta vez sin los locuaces comentarios de Elvira a su lado. A esa hora de la tarde, con la luz incidiendo en las fachadas, dotándolas de ese brillo dorado, es fácil creerse cualquier cosa.

Pero las precauciones de Arturo no han contado con algo esencial.

Ese algo es la mirada de la infancia, mirada personificada en dos niñas de entre seis y siete años que le observan con curiosidad unos metros más allá cuando el joven se encuentra en el paseo de los Cubos. Parecen ser hermanas, ya que las dos llevan un abriguito de color *beige* cruzado con enormes botones. Sus progenitores se encuentran a unos doscientos metros atrás. La parte masculina de la ecuación inmersa en dedicada y delicada conversación sobre el último encuentro del Burgos CF contra la Arandina CF. Ellas por su parte aguardan pacientemente el resultado de la conversación para poder continuar caminando, una vez el mundo haya sido arreglado por otro día.

La extrema inmovilidad de las niñas que hasta el momento habían estado jugando al escondite detrás de las farolas que bordean el paseo de los Cubos ha sido la razón de que el joven no haya reparado en su presencia. Estas sí se han dado cuenta desde minutos antes en que éste joven parece estar al igual que ellas inmerso en algún juego fascinante y misterioso. Han seguido por tanto sus evoluciones, sus movimientos y giros, sus miradas hacia arriba y sus anotaciones en una pequeña libreta de color marrón como si estuviera leyendo en la misma unas misteriosas instrucciones.

—¿A qué juegas? —dice al fin la más atrevida de ellas y que parece ser la mayor mirándole con sonrisa nerviosa bajo una gorrita roja de la que cuelga una pequeña borla.

Arturo, sorprendido por la pregunta, ha levantado la cabeza y al ver que son dos niñas las que tiene enfrente, busca azorado alguna frase feliz.

—Es que perdí el otro día una cosa por aquí y estaba buscándola.

—¡No es verdad! —replica la misma chica mientras la otra le da un codazo para que no siga hablando con extraños—, te he visto que apuntabas cosas en esa libreta. ¿Son deberes que te han puesto?

—Bueno —dice Arturo rindiéndose en parte a la evidencia— . Sí, se podría considerar que sí. Tengo que enseñárselo a mi profesor.

Y con una mirada que es a la vez de disculpa por no poderles contar más y de vergüenza por haber sido pillado en plena labor de investigación, continúa su camino aligerando el paso. Las mujeres siempre lograban sacar de él todos los secretos.

Está anocheciendo paulatinamente; la luz dorada de antes se ha ido convirtiendo en ocre, luego en ébano y es ahora de un color impreciso teñido de oscuridad que aclaran de vez en cuando las farolas aisladas de la misma calle Santa Águeda. Las vías vecinas, estrechas y llenas de escalinatas y recovecos, parecen despertar en él un interés inusual ese día, como si fuera un turista recién llegado a Burgos en lugar de llevar ya tres años estudiando aquí. Al fin y al cabo ha recorrido centenares de veces estas escalinatas con sus amigos en dirección a las Llanas de Fuera o de Dentro, siempre en busca de un pub con la cerveza más clara y la luz más oscura posible.

En su descenso atraviesa el Arco de Fernán González, sus pasos le llevan hacia otra zona. ¿Había sido por aquí? Está casi seguro de ello.

El viento, que ha hecho amagos de levantarse desde hace unos minutos, se alza ahora furioso en pos de él, cruzando los cabellos sobre su rostro, cosa que no parece distraer al joven lo más mínimo del examen del plano que tiene entre sus manos.

Las palabras de Carlos Lafuente en días atrás vuelven a su mente. Los secretos ocultos en el subsuelo de la ciudad, o mejor dicho, los otros Burgos, olvidados quizás para siempre, durmiendo sus alegrías y también el dolor están allí abajo, durmiendo.

Todos ellos parecen haberse despertado desde que la noche anterior Arturo respirara el aire de aquel pasadizo sin salida.

La pantalla de su móvil se ha bloqueado tras unos minutos de inactividad. Cuando vuelve a iluminarse tras tocar la pantalla, Arturo busca con rapidez el punto que había marcado con anterioridad. Vuelve a mirarlo y a continuación, saca de nuevo la brújula de Elvira, intentando no dejarse distraer por el entorno. Quiere estar bien seguro.

Sí, es aquí con toda certeza.

Se encuentra en esa parte de la ciudad a espaldas de la catedral que ha gozado del prescindible cambio de los tiempos y de las llamadas mejoras urbanísticas. Más concretamente, está en la calle Hospital de los Ciegos en la que puede encontrarse una mezcolanza de viejos y antiguos edificios.

Ocupado como esta en ese momento en el examen de los dos instrumentos descuida su *foulard*, descuido que, combinado con una fuerte ráfaga de viento, lo desprende de su cuello alzándolo varios metros en el aire.

Alarmado, echa a correr detrás de él hasta que ve con alivio como la prenda queda detenida, enredada a unos cincuenta metros delante de él en una barandilla metálica y en torno a la cual se enreda en busca de refugio.

Tras recogerlo el joven mira abajo y a su derecha, reconociendo las escaleras que descienden hacia los estrechos pasajes que van a desembocar en la calle de la Paloma.

Sobre el papel Arturo ha traducido las referencias que el imperfecto GPS de su móvil, combinado con la información de la brújula le habían facilitado la noche anterior respecto de su posición bajo el subsuelo.

Lentamente, con paciencia y teniendo en cuenta cierto margen de error, ha transcrito toda la información sobre un plano de la ciudad.

El juego está casi terminado.

Teme Arturo que, como en ese otro juego de la oca, tan cerca ya de la meta tenga que volver a la casilla de salida inicial, a la cárcel o al desierto. No quiere pensar en eso. Ya han perdido demasiadas jugadas.

Tiene que articular y pasar a limpio estas notas. Teme —y al mismo tiempo ansia—, el momento en que pueda decirles a Elena y al profesor lo que ha visto, lo que ha podido comprobar esta tarde.

Porque frente a él, se alza un edificio, silencioso a esa hora de la tarde de este domingo. El lado derecho de la construcción ha sufrido alteraciones, añadidos y modificaciones, pero la parte izquierda muestra todavía la esencia de lo que siempre fue, su carácter original. Mira hacia lo alto. Una diminuta virgen observa al paseante solitario, halagada quizás por esa visita inesperada.

Porque lo que menos había esperado encontrar era precisamente ese edificio con una Virgen sobre el muro exterior.

CAPÍTULO 57

VUELTA AL COLEGIO

—Arturo, no puedo estar contento para nada del riesgo que has corrido metiéndote como un colegial dentro de la catedral, sin permiso y por la noche y menos que tú, Elvira —dijo dirigiéndose a esta última que inmediatamente comenzó a consultar sus notas con presteza y gran concentración—, hayas incitado a mi alumno en pos de la misma es mucho peor. No me lo puedo creer. Debería de dar parte al rector. ¡Y todo esto en tan solo un par de días desde que nos vimos!

Aquí hizo una pausa. Esa mañana las revelaciones de Arturo habían caído como una bomba sobre los presentes cuando Elvira y éste irrumpieron en el sanctasanctórum dando así al traste con el café que los dos profesores se disponían a degustar tras haber terminado sus clases.

El pequeño grupo estaba sentado en silencio frente al gran ventanal. Elvira se mantenía sentada un poco más atrás, aparentemente hurgando en su mochila al haber agrupado sus notas en un confuso amasijo en el fondo de la misma.

Arturo, pertrechado en el sillón verde desde primera hora, miraba como el profesor comenzaba a realizar un peculiar trazado sinuoso sobre la alfombra colocada en el centro del despacho, ora formaba una elipse en su caminar, ora un círculo desplazándose de un lado a otro como si fuera una abeja que intentara comunicarse con otra. Elena mantenía la mirada fija en el jardín donde algunos pequeños grupos de estudiantes habían comenzado a formarse bajo los árboles. En momentos así echaba de menos los pequeños secretos de esa edad, secretos tales como ocultar la barra de labios que se había roto o darse cuenta de que el chico de la clase de al lado la había estado mirado unos cuantos segundos más de la cuenta. En lugar de eso se encontraba escuchando una historia particularmente increíble.

—¿Lo ve profesor? —dijo Arturo con emoción escasamente reprimida mientras señalaba sin prestar mayor atención a las palabras de su mentor una cruz que había trazado con lápiz en el plano extendido sobre la mesa—. Por un lado aquí tenemos Santa Gadea, aquí la calle de las Brujas, aquí la zona de la muralla y finalmente aquí, el Paseo de los Cubos a la altura del torreón de doña Lambra... —y con cada palabra volvía a marcar con la punta de su lápiz, rota ya después de tantas indicaciones, los círculos trazados anteriormente sobre cada uno de esos puntos—. Tenemos luego la calle Tenebregosa y la cercana iglesia de san Esteban.

El profesor, ya más calmado tras haber justificado su estatus y desahogado sus nervios, permanecía en silencio con cierto azoramiento como si la conversación anterior no hubiera tenido lugar. Miraba primero el mapa y a continuación las indicaciones del GPS en la pantalla del iPhone para terminar en la figura jubilosa de Arturo.

—Bien, bueno, debo decir que en tu caso posiblemente yo hubiera hecho algo parecido, aunque ciertamente no del mismo modo —dijo al fin—. En cualquier caso ha sido una imprudencia —y a continuación, mirando el mapa frente a si—. Entonces según tú, todos estos puntos...

—Sí, profesor, no puedo asegurarlo al cien por cien claro esta puesto que los túneles estaban cegados —dijo Arturo poniéndose de nuevo en pie con renovadas energías, consciente de que la severidad del profesor había sido más aparente que real—. Pero es demasiada coincidencia, incluso para nosotros, ¿no le parece? No es nada descabellado pensar que, al igual que sucedió en poblaciones similares de la península se construyeran pasajes en lugares como estos para que los nobles o determinadas personas pudieran huir o como mínimo, refugiarse en otras partes de la ciudad, ¿no le parece?

—Bueno, es algo a considerar claro, como diría el rector, pero no acabo de entender...

—Hay otra cosa más. Profesor... Elena... —dijo Arturo mirando a esta última en busca de apoyo. La paleógrafa había permanecido callada durante todo el examen y escrutinio de ese folio que pasaba de mano en mano y que daba la impresión, por el modo en que lo manejaban profesor y alumno, se tratara de un valioso incunable, uno de esos códices a los que tan acostumbrados habían estado últimamente, en lugar de un sucio folio de papel arrugado—. Tomé la precaución de anotar los pasos que Elvira y yo dimos durante nuestro recorrido. Apunté todos y cada uno de los pasajes cegados, de las paradas que hicimos, pero lo más interesante de todo es el lugar donde nos detuvimos y que nos obligó a dar marcha atrás.

—¿Y por qué era tan peculiar si al fin y al cabo no pudiste ver nada ni llegar a sitio alguno?

—Como sabéis a consecuencia de las subidas producidas a lo largo de la historia por los tres ríos que cruzan Burgos, el Arlanzón, el Vena y el Pico, hubo varias inundaciones en la ciudad. Como consecuencia de ello Burgos está llena de canalizaciones ya desde época medieval además de cruzada por puentes y, por supuesto, ¿por qué no? de pasadizos y pasajes. Se me ocurrió que, si estos tenían como finalidad huir hacía otro punto de la ciudad para escapar de una muerte segura o cualquier otra circunstancia que implicara cierto peligro, era posible que pudiera encontrar en la superficie el lugar que se correspondiera con lo que vimos en el subsuelo. O por lo menos alguna pista. Localizar nuestra posición con exactitud era primordial. A eso es a lo que me dediqué ayer. Lo interesante, lo curioso, es el edificio con el que me encontré justo encima del pasadizo cegado.

—¿Te refieres...? —dijo Carlos escudriñando el mapa y reconociendo la construcción marcada en él, intentando descifrar algo más en las palabras de Arturo.

—Sí, el Colegio Saldaña o hablando con propiedad, el Colegio Saldaña de Nuestra Señora de la Visitación. Por supuesto su construcción es más moderna que muchas de las otras zonas que hemos visto en el plano, pero el pasadizo se detenía justamente en este lugar sin duda alguna —el dedo de Arturo, incansable, golpeaba una y otra vez sobre ese punto del mapa—. Aunque su fundación y posterior construcción tuvieron lugar en el siglo XVII, ya había casas en esta zona que fueron inicialmente utilizadas para albergar el colegio en sus principios, ¿lo entiende?

—Esto es muy interesante —dijo el profesor cogiendo el plano dibujado apresuradamente por Arturo. Elena le siguió con la mirada cuando este cruzó por delante de ella camino de la librería. Lo que menos había esperado escuchar ese día era que el colegio al que había asistido su tía Mercedes tiempo atrás surgiera ahora en la investigación.

Por su parte la mente del profesor, encaramado ya en lo alto de la escalera, estaba ya inmersa en especulaciones. De uno de los estantes extrajo un viejo volumen, que al descender se reveló como las *Crónicas de Burgos* escritas por el marqués de Fisones en 1885.

—Sabemos que la capilla fue construida siglos después de la finalización de la catedral en 1460 —dijo tras consultar unos minutos el volumen—. Por lo menos eso está claro. En cualquier caso, si leemos con mayor atención, fue en 1674 cuando se inaugura el colegio fundado por Saldaña y Villegas usando unas casas propiedad de este último cercanas a la ubicación actual, ¿no es eso?

Una pausa. Un nuevo paseo hasta el ventanal.

—Ese túnel, ese pasaje o lo que diablos fuera... —dijo el profesor—. No me encaja la ubicación de esa galería tras la cantidad de obras y reconstrucciones que se han realizado en las Llanas a lo largo de los siglos. Se han hecho cientos de excavaciones arqueológicas allí. Es imposible. No me puedo imaginar esa conexión.

—¡Y sin embargo Elvira y yo estuvimos en uno de ellos profesor! Por otro lado, en esas excavaciones que dice aparecieron cimientos de casas del XVI. Bien podría el pasadizo haber cruzado bajo alguna de ellas. Recuerde que Elvira y yo nos encontramos con constantes cambios de nivel.

—Aun así seguimos sin saber a qué podía obedecer la construcción de ese pasaje entre la Capilla de los Condestables y las inmediaciones del colegio. Toda esa documentación del archivo de Burgos se perdió, desapareció para siempre en el espantoso incendio de 1812 que destruyó el palacio arzobispal. Y luego, como no me canso de repetir, las devastadoras tropas de Napoleón hicieron de las suyas después.

—Entonces, ¿cuál cree que pudo ser la finalidad del pasadizo?

—Posiblemente nunca lo sepamos a ciencia cierta, Arturo. Créeme que jamás me he sentido tan frustrado. Pero si hay algo que podemos aventurar es, como tú mismo apuntaste antes, uno de los usos probables de todos estos pasajes fuera la de obtener un medio para que la población pudiera escapar de ataques enemigos. Pero quisiera recalcar por otro lado Arturo que ayer demostraste dos cosas importantes. Probaste que esa era la capilla de la luz una vez más. Una vez más, a través de la luz se hizo la luz aunque esta vez fuera tan solo el débil rayo proveniente de las linternas transgresoras de un estudiante y una detective rebelde —y al decir esto el profesor lanzó una mirada a Elvira que agachó la cabeza con presteza volviendo a introducirla en su mochila—. ¡Ah! Y otra cosa; he estado hojeando las crónicas existentes en relación con este colegio tuyo. Aquí también aquí nos encontramos una vez más con la barbarie; la barbarie gratuita y descarnada del ser humano destrozando al ser humano. Los incendios, masacres, violaciones y saqueos de los franceses en Burgos y en especial durante la batalla de Gamonal, fueron tales como para poner la carne de gallina a más de uno. De hecho hasta un general francés quedó horrorizado por la memoria de los acontecimientos. El gobierno local, en su intento de proteger la muralla en torno al castillo, mandó destruir varios edificios del barrio. No es demasiado aventurado suponer que cierto número de ellos fueran propiedad del colegio, y, como tales, incluidos en el destino final de alguno de esos pasadizos.

—Quienquiera que los construyera había previsto un montón de circunstancias, de variables de lo que hoy en día llamaríamos un plan B, solo que ellos también contaron con un C, D y sucesivos —dijo Elena—. Eran en resumidas cuentas como decís, vías de escape para que alguien pudiera huir, bien desde cualquiera de las casas vecinas, bien desde el colegio o la propia catedral. Vías de escape.

—Sí, Vías de escape, pero ¿Por qué en el colegio? ¿Para qué? —dijo Arturo.

—No es para qué ni porqué Arturo. Sería más acertado preguntarnos para quién, como bien apunta Elena —intervino Lafuente adivinado el argumento de la paleógrafa—. Recordemos que, por lo que hemos visto, alguien se tomó mucho interés en preocuparse por la descendencia de la princesa.

—La misma persona o personas que se encargaron —intervino Arturo con rapidez—, no solo de encargar la redacción de ese mensaje con tinta especial en el Códex musical, sino de establecer también normas, tutelas y beneficios a la familia que se quedó a cargo de la misma. Por lo que vemos, y no creo aventurarme mucho, hasta la propia logia masónica podría haber estado involucrada.

—¿La masonería? —apuntó Elena —¿Hasta tal extremo Arturo?

—Sí, no soy un gran experto en el tema, claro, pero como sabéis mejor que yo, la masonería de la época no era únicamente una especie de club secreto o secta como tendemos a pensar hoy en día; también preservaba el hacer, determinadas técnicas para lograr lo que ellos llamaban la Gran Obra. Ya le he dicho otras veces profesor —dijo dirigiéndose ahora a este— que las mismísimas catedrales góticas como decía el bendito de Fulcanelli, no eran más que un libro escrito en piedra, transmitiendo todo el saber de la antigüedad. Para él, tanto el Humanismo como el Renacimiento no se limitaron más que a copiar. Fue en la Edad Media donde se trabajó con un saber antiguo y ahora olvidado. Con su ayuda, con sus secretas ramificaciones extendiéndose por los puntos adecuados, hubiera sido tremendamente posible mantener "escondido" el pasadizo por muchas excavaciones que se hayan hecho en la zona. Por lo menos se habría mantenido alejado de los ojos inquisitivos de la prensa y los curiosos.

—Perdonad que os interrumpa entre tanta especulación —interrumpió Elena—, pero creo interesante recordaros al hilo de lo que acaba de decir Arturo de que fue precisamente en el siglo XV, en tiempos del obispo don Luis de Acuña, cuando existió un laboratorio de alquimistas en la catedral, en concreto en el tercer piso del claustro.

—Pero es un hecho probado que el colegio tardó cerca de seis años en terminarse desde que el marqués de Villegas y el propio Saldaña iniciaran el proyecto —dijo Lafuente.

—Sí, es cierto, casi tanto como el tiempo que hubiera sido necesario para construir un túnel semejante, ¿no le parece profesor? —sonrío el joven con cierta malicia—. Como usted ha dicho fueron necesarios seis años tras la iniciativa de Saldaña. ¿Por qué tanta demora? ¿Se estaba esperando, quizás, a la terminación del pasadizo antes de su inauguración? Y si fue así, ¿fue una idea conjunta de Saldaña y Villegas o solo de este último? La idea inicial supongo habría sido la de prever y adelantarse a los cambios del tiempo, para, desconfiando de los gobernantes del momento, poder transmitir el saber por otros medios, fuera de los organismos y de lo establecido. La masonería ya sabía mucho de esto. Había logrado crear vías de comunicación propias. En alguna parte está todo ese conocimiento esperando ser descubierto. De hecho, hay estudios y teorías que plantean que el Santo Grial pudiera estar enterrado en algún punto del triángulo formado por las poblaciones de San Pantaleón, Criales y el templo de Santa Maria de Siones al norte de la provincia.

—El norte de Burgos otra vez —musitó un pensativo Carlos. Su rostro, cansado, serio, pero ahora afable observó con cierto respeto a su alumno para a continuación volver a hundir su mirada en el volumen que había sacado de la estantería. Tras examinarlo durante unos minutos levantó la cabeza a la vez que señalaba con el dedo índice la página abierta frente a sí en ese momento.

—¡Vaya! —dijo—. Esto os va a gustar. Resulta que el marqués de Saldaña tenía entre sus amigos a un tal barón Miralles de Santa Cruz que, cosa curiosa, parece ser que fue el colaborador anónimo que participó en la fundación y sostén primero del colegio Saldaña. ¿Y sabéis cuál era el nombre de familia del mismo antes de recibir su título? De la Serna —dijo el profesor dejando un silencio dramático para resaltar sus palabras—. Y otra cosa que acabo de leer aquí. Según los tratadistas Jerónimo de Villa, Jorge de Montemayor y otros, el apellido tuvo principalmente su origen en la villa de La Serna en Palencia, ¿y a qué no adivináis en qué partido judicial? —y al ver la cara de estupor de sus interlocutores continuó imperturbable—: ¡Pues en el partido de Saldaña, por supuesto! ¿De qué me suena ese nombre? Demasiadas coincidencias, me parece a mí. Esto vuelve a ponerse interesante. Eso, y el hecho de que el colegio fuera fundado como un hogar para acoger a niñas huérfanas o de escasos medios económicos —y tras decir esto cogió la chaqueta que Elena había colocado cuidadosamente en el respaldo de su silla— ¿A alguien le apetece dar un paseo? Hace tiempo que echo en falta volver al colegio. ¿Qué dices Elena? ¡Dejemos por un momento a esta pareja de transgresores descansar de su esfuerzo!

Carlos Lafuente llevaba residiendo en Burgos más de veinte años. Durante ese tiempo y, salvo en pocas ocasiones, nunca se había dejado llevar por sus pies hasta estas calles del barrio de San Esteban. Calles sin tráfico que debieron de haber llamado la atención de alguien dado a los paseos reflexivos como él. Un error. Un craso error. No cesaba de descubrir cosas nuevas en lo cotidiano, ya fuera una nueva tienda en el barrio que nos vio crecer, un restaurante que acaba de abrir sus puertas en la calle por la que ha paseado cientos de veces, cuando en su infancia acudía a realizar algún recado para su madre en contra de su voluntad, en busca de la barra de hielo para la nevera, en busca siempre de ese cuarto y mitad que nunca llegaba a saber del todo lo que era. ¿Hoy iba a ser también uno de esos días?

Su llegada al colegio Saldaña desde la calle Hospital de los Ciegos a esa hora de la tarde, fuera del horario escolar, no tuvo nada de épico, ninguna revelación espectacular saludó la llegada de la pareja de profesores al mismo, nada cambió o hizo tambalearse las expectativas que ambos pudieran tener esa tarde. Hoy Carlos tenía a su lado como compañera de fatigas a Elena, aquella bella mujer morena y elegante, una cómplice con la que no había contado en los días iniciales de esta aventura, dejando tras de sí la estela de su cabello, la huella de su paso.

Elena por su parte pensaba cuan curioso era verse en una tarde como esta precisamente aquí, en el viejo colegio donde su tía había asistido a clase años atrás.

Su llegada al Colegio Saldaña no tuvo nada de épico.

—¡Buenas tardes! —dijo una mujer de mediana edad y cabello corto tras serles abierta la puerta del colegio— Son ustedes los que llamaron antes, ¿verdad?— y, tras hacerles pasar, avanzó delante de ellos con pasos cortos y apresurados, deteniéndose de vez en cuando, como si recordara haberse dejado las llaves de casa en el coche y se dispusiera a ir a por ellas para darse cuenta, en el último segundo, de que las tenía en el bolsillo derecho.

Estaban en el despacho del director. Era este un espacio reducido, funcional, con un cuadro del rey y la bandera de España, colgando detrás de la mesa. No había en ese lugar ni rastro del pasado religioso de la institución. Si una de las antiguas huérfanas acogidas por el marqués de Villegas y por su cofundador el señor Saldaña, hubiera acudido esa tarde en busca de una limosna, cama o cobijo, no habría reconocido allí nada que le recordará ni en lo más remoto la casa en la que se alojó, durmió y oró. El tiempo, piadosamente, se las había llevado para que no sufrieran el desencuentro con los lugares que antes habían llamado hogar.

El director, don Esteban Márquez, era un hombre con un traje gris, de ese gris inidentificable como tal, que desafía su descripción; no era siquiera comparable al gris de un cielo plomizo o del que reviste las cenizas de una chimenea después de llevar horas encendida, mostrando los rescoldos del calor que tuvo dentro escasas horas antes. Era más bien un gris de suelo desgastado, de ese que espera la hora en que alguien acuda a fregarlo al termino de un largo día. Este, después de escuchar las explicaciones de los dos profesores y consultados sus archivos, se dirigió a los visitantes con mirada cansada.

—Lo siento, pero hemos buscado en nuestra base de datos y antiguos ficheros desde que recibimos su llamada y no nos consta en parte alguna nada en relación con la existencia de ningún pasaje semejante al que mencionan en el interior del colegio. Por otro lado, créanme, el argumento de seguir un apellido como el que ustedes me plantean no nos sirve de nada en este respecto, aparte de que, en razón de la ley de protección de datos actualmente en vigor, no podríamos hacer uso de la información relacionada con las familias de los alumnos sin su expresa autorización y consentimiento. Ha habido cientos de personas compartiendo ese mismo apellido. Aquí y en cualquier centro escolar de Burgos y hasta diría de Soria. Como ustedes ya sabrán a estas alturas, las hermanas de la Caridad se llevaron consigo un considerable número de documentación cuando se fueron y entre esta por supuesto, todos los registros escolares. Veo bien por otro lado eso que me dicen acerca de intentar buscar en la genealogía desde el siglo XIII, aunque dudo que puedan obtener algo de ese modo. Miren ustedes; el colegio se llama Saldaña, eso es correcto pero por desgracia poco queda ya de la institución que están buscando. Entre las nuevas regulaciones, los cambios pedagógicos, la marcha de las hermanas de la Caridad y un largo etcétera es casi un milagro que el edificio todavía esté en pie.

El director hablaba con la mirada perdida supervisando inconscientemente las instalaciones mientras paseaban por el patio, sorteando al mismo tiempo los juegos de algunos estudiantes que hacían uso de éste espacio fuera de las horas lectivas. Al lado izquierdo, la antigua construcción, con restos de historia cayendo de sus paredes en forma de moho. En el centro, el patio de deportes, en esa extraña «L» que ofrecían las instalaciones a la vista de los pájaros que pudieran cruzar el cielo en ese momento. A la derecha, las modernas aulas en ladrillo caravista oscurecido por la reciente lluvia. Era esta última una edificación parca, hosca, con barrotes de color rojizo cerrando a la calle la visión de su interior, mostrando ese perfil arquitectónico entre hospitalario y educativo que por desgracia se ha ido extendiendo por el país, comiéndose gradualmente el alma de cada rincón de nuestros recuerdos con los que se haya podido encontrar.

Tan pronto regresaron al despacho del director, éste miró a la supervisora que había entrado tras ellos. Parecía esta aguardar con curiosidad el desenlace de la entrevista para poder tener algo que contar esa tarde en la carnicería mientras esperaba en la larga cola. Tras dudar unos instantes se acercó por fin al director y le susurró unas palabras al oído. Este pareció sorprendido en un principio, con ese tipo de sorpresa que produce el hecho de no haber dado con una idea por cuenta propia. De repente levantó la cabeza, cogió un papel y bolígrafo y se dirigió a los visitantes.

—Se me ha ocurrido una cosa. Creo que como remotos compañeros en lo pedagógico, puedo echarles una mano. Me acaba de recordar la supervisora que hay una persona que podría contarles acerca del pasado reciente del Saldaña. Por lo menos es la única de la que sabemos algo. Su sobrina ha acudido en alguna ocasión al colegio en su representación con motivo de algún evento o aniversario.

Sacudió la cabeza y volvió a mirar a la supervisora en busca de confirmación antes de seguir hablando.

—Trabajó como profesora durante toda la década de los cuarenta y parte de los cincuenta, según creo. Como les dije antes, la falta de registros me impide ser más afirmativo al respecto. Las hermanas de la Caridad siempre tuvieron una mención amable hacia ella. Se retiró de la docencia ya hace muchos años y aunque se la ha invitado a venir en varias ocasiones en razón de varios actos conmemorativos que se han organizado, se ha negado en rotundo a acudir a ellos como les decía. No sé si vivirá todavía, no estaba muy bien de salud según oí la última vez, pero en cualquier caso quizá su sobrina guarde algunos papeles o información al respecto o pueda contarles cosas interesantes del viejo colegio. Lamento no poderles dar más que su dirección. Nunca se nos dejó otro medio de contacto que ese.

Y diciendo esto entregó a los profesores la nota donde había escrito un nombre en letra rápida y aguda, con unas «Ies» que parecían precipitarse al vacío:

Silvia De la Cruz

C/ de la Ermita, 35

Sotopalacios (Burgos)

El cielo se estaba oscureciendo y los tonos de la tarde proyectaban ya su sombra sobre la actual entrada principal del colegio.

Aquel hombre con su traje gris los acompañó hasta la puerta, donde les despidió con gestos precisos que no admitían recurso alguno.

Iban descendiendo la suave cuesta que forma la calle Hospital de los Ciegos cuando el profesor se giró para lanzar una última mirada a la misma. A esa calle encerrada que prometía subir hacia lo alto, hacia la colina, todo derecho hacia los sueños y más allá. En lugar de ello su mirada recayó sobre las casas construidas a su derecha tras el derrumbe de la calle en 1977, sobre las ennegrecidas paredes caravista oscurecidas aún más por efecto de la luz menguante. Y allí, en lo alto, junto a la puerta del colegio, la figura del hombre gris contemplaba su descenso hacia el centro de la ciudad, quizá con cierta envidia, antes de dar la espalda a la reciente visita y fundirse con su entorno.

CAPÍTULO 58

EL OLVIDO DE LA PROFESORA

*O porque no es bueno asistir a clases nocturnas u otras tareas
relacionadas con libros en la oscuridad.*

—Tía Silvia, ya están aquí los profesores de la universidad
de los que te hable.

La anciana estaba arropada con un chal cerca de
una mesa camilla. A pesar de los negros presagios del director del
colegio, aún vivía. "Por su aspecto debe de tener más de noventa
años." pensó Elena. Cuando les vio llegar posó sobre los visitantes
una sonrisa amable y dulce, de esas que transportan a la infancia en
un instante al destinatario de la misma, haciendo que uno se olvidara
de su edad real. La mirada de alguien dedicado a la docencia durante
años. Existen algunas personas así, que hacen sentir al interlocutor
que el tiempo no ha pasado. Por un momento, Lafuente volvió a ser
aquel chaval tímido que, sentado en su rincón, contemplaba el juego
de sus compañeros mientras comía su bocadillo en silencio.

Nada más entrar en el cuarto Elena reparó en varios dibujos
pintados al carboncillo que adornaban las paredes.

En uno de ellos se podía ver a tres niñas jugando a la comba
mientras un perrillo las miraba con curiosidad. En otro una joven

sonreía en escorzo, arrojando miradas incitadoras desde detrás de una sombrilla.

—Siéntense, siéntense, tendrán ustedes frío —dijo la mujer con una sonrisa que transmitía la calidez que faltaba en el exterior, indicándoles con la mano un asiento cercano a ella, cubriéndose aún más con la faldilla de la mesa camilla—. Ana, ¿quieres traer café para estos señores? Porque ustedes tomarán ustedes café ¿verdad? Siempre tomo una tacita a esta hora. Le gustan los dibujos a usted, ¿verdad? —preguntó a Elena al ver el interés que ésta prestaba a los mismos—. Los pinté en mi juventud —dijo con una voz en la que se podía detectar cierto orgullo. Excepto ese del caballo —dijo, señalando una bella estampa de un potro en un paisaje, al que parecía mirar con interés otro perrillo con capa—. Ese fue regalo de una monja del colegio en las fiestas de 1965.

—Sí, me gusta mucho la pintura —contestó Elena sonriendo—. Son realmente unos cuadros preciosos.

—Tía Silvia, estos señores han estado visitando el Saldaña —dijo su sobrina y, dirigiéndose a los presentes en voz baja y con una sonrisa apagada— A pesar de la calefacción no ha habido manera de alejarla de su viejo brasero.

—Vaya, vaya —murmuró la mujer mirándoles con un recelo que pareció caer de repente sobre su rostro al escuchar el nombre del colegio, como una cortina que se desliza tras haberle soltado los cordones que la sujetan. Miró primero a Elena, luego al profesor y finalmente a Arturo. Cierto brillo especial pareció aparecer en aquellos ojos ocultos bajo repliegues de arrugas al caer su mirada sobre este último. Ese fulgor al que Arturo ya se estaba acostumbrando y que ya había visto tanto en el rostro de aquel monje en Silos como en el de sor Amalia en su visita a las Huelgas.

—Les contaré una historia sobre el viejo colegio —dijo al fin con un hilo de voz tras escuchar la razón de la visita—. Posiblemente no les sirva para nada porque además ¿saben? con la edad una empieza a mezclar cosas, fechas, imágenes. A fuerza de recordar las cosas se embellecen, dejan de ser lo que fueron para convertirse en el recuerdo de un recuerdo—. Tras decir esto lanzó una mirada a su obra enmarcada —. Quizá sean como los dibujos colgados en la pared, tan solo el reflejo de algo percibido.

Tras decir esto, la mujer cerró los ojos durante un breve instante antes de comenzar a hablar con una voz débil que fue ganando fuerza conforme avanzaba en su relato. Parecía buscar aliento en los rincones de la memoria, lanzando una mirada a la ausencia:

«No podría precisarles con certeza el año, pero estoy segura de que fue alrededor de 1945 o 1946. Eso sí, sé que era invierno. Lo recuerdo con claridad porque ya estaban cercanas las Navidades y las clases habían finalizado con motivo de las vacaciones. Semanas antes las religiosas habían recibido un comunicado del obispado informando de que se iban a acometer obras de restauración y reparación en la estructura principal del edificio así como de mejora en el suelo de la capilla y presbiterio. Se iba a también a colocar mármol y hacer algunos arreglos en la decoración de la misma. Decían algo acerca de que los cimientos de algunas partes corrían riesgo de hundimiento o no sé qué. En las semanas que siguieron la mayoría de las monjas se trasladaron a conventos cercanos y seminarios en preparación del cierre provisional del colegio. Al día siguiente los albañiles y carpinteros lo llenarían todo con sus máquinas. Solo la biblioteca y algunas zonas más modernas iban a quedar a salvo de los pasos de los obreros, de los cascotes y del yeso. Se había previsto todo para causar la menor perturbación posible en la marcha interna del colegio.

Llevaba más de diez años trabajando en el Saldaña desde que regresé a Burgos tras completar mi formación en Francia como profesora. Pasé antes unos meses en Madrid durante los cuales intenté probar mi suerte en la gran ciudad.

Diez años llenos de alegrías y tristezas. Alegría cada vez que veía las caritas agradecidas de mis alumnas y sentía su cariño. El afecto y aprecio que recibí de mis alumnas fue ciertamente una de las mayores alegrías de mi vida. Y luego, claro, luego vino la inevitable tristeza de verlas partir para el mundo, para la vida como solían decían las monjas. Llegaban niñas y, tras lo que parecía un breve intervalo de tiempo, se iban mujeres. Tal es el curso de las cosas.

Nadie podía haberme dicho entonces que algún día volvería al colegio de mi niñez, a mi querido colegio. Sí, porque hubo una vez en que yo había sido una de esas niñas.

Era yo una de las pocas docentes no religiosas por aquel entonces y me había empleado a fondo el pasado curso. Había esperado y deseado como nunca esas vacaciones de Navidad. A tal efecto había aprovechado bien mi planificación de tareas y terminado a tiempo el repaso de exámenes. Por fin había llegado el día.

Le había preparado un regalo estupendo a mi madre, un dibujo que había realizado, abocetándolo en el escaso tiempo que encontraba en mis obligaciones lectivas, en esos retazos de tiempo que las tardes me regalaban en la sala de profesores mientras mis compañeras tomaban café, hacían ganchillo o leían una novela romántica.

Se trataba de un retrato.

Un retrato de papá al carboncillo. De papá en sus mejores años. Mamá estaría encantada.

Había fijado mi residencia en un pequeño piso que había alquilado en la parte sur de Burgos, cercano a la estación. El ruido del tren no me molestaba, al contrario. Me ayudaba a despertarme y concentrarme en la tarea que pudiera tener por delante ese día. Tan pronto entré en casa esa tarde arrojé las llaves sobre la mesa y me dirigí a la cocina para prepararme un poco de té. No fue hasta entonces en que reparé en algo que la mera ilusión de terminar el día me había impedido ver. Me había dejado el dibujo en el aula, envuelto y apoyado contra mi mesa. Me acordaba perfectamente de haberlo dejado allí, con esa claridad de la imagen retrospectiva, casi cinematográfica con la que recreamos un hecho cuando ya no tiene solución. ¡Qué idiota había sido! Precisamente hoy, el día en que el colegio cerraba sus puertas. Tendría que ir luego, no había otra solución. Por fortuna tenía la llave de la portería lateral. En aquella época todavía contábamos las profesoras con ese raro privilegio de la llave confiada en la mano con la que poder entrar y salir en las tardes de otoño, aburridas de la soledad en una ciudad desconocida para muchas de nosotras. Era la entrada a un momento especial, a un entorno controlable. Allí podía sentarme frente a los trabajos de las alumnas, imaginar sus caras conocidas y sentirme acompañada por sus pequeñas voces.

Pero ese no iba a ser uno de esos días.

La tarde, que había mudado por momentos sus tonos, mostraba ahora un cielo cubierto de un color pardusco. El barrio de San Esteban, en la parte alta de la ciudad, parecía una postal de alguna ciudad de Rumanía. El día se iba apagando delante de mí, llenando de mil variedades de grises los adoquines sobre los que caminaba. Comenzó a llover. Al principio se trataba tan solo de pequeñas gotas, cayendo primero sobre la punta de mis zapatos nuevos y pronto sobre el resto de mi figura. Era culpa mía. Tenía que haber previsto esto, haberme cambiado de calzado. Desde luego, hoy era el día de los despistes. ¡Si me hubiera fijado en los signos claros de la cambiante atmósfera antes de salir de casa...! Al menos llevaba conmigo el pesado paraguas con mango de marfil que tanto me podía servir para defenderme de la lluvia como de potenciales indeseables. Como dije, intentaba que mis pequeños pies, envueltos en ese calzado inadecuado, no pisaran los diminutos charcos que se iban formando por momentos. Saltaba entre ellos cada pocos metros, buscando el ligero promontorio, la piedra fortuita que permitiera el que se mantuvieran secos un poco más.

Un trueno se escuchó a lo lejos anunciando la proximidad de la tormenta.

Levanté la cabeza y comprobé que había llegado a mi destino. Me encontraba frente a la puerta del Lechero, llamada así en memoria de aquellos tiempos en que dicho profesional hacía uso de la misma para entrar en el edificio con el fin de hacer su entrega diaria.

No había reparado en su proximidad hasta ese mismo momento al haber estado ocupada durante mi trayecto únicamente en donde colocar mis pies mientras subía las escalinatas que conducían desde la parte baja hasta la calle Hospital de los Ciegos, concentrada en la coordinación necesaria que exigía el saltar los charcos con agilidad, mi mente ocupada tan solo en coger mi dibujo.

Con la que estaba cayendo, tendría que encontrar algo con que protegerlo, desde luego. Si por lo menos me hubiera sacado el carnet de conducir como alguna de mis compañeras, la cosa habría sido más fácil. Todos los lunes sin excepción, el primer tema de conversación entre ellas era la larga relación de viajes que habían hecho con sus novios o familia durante el fin de semana. Una se había marchado a Salamanca, otra a Santander o Madrid...

Sí, me encantaba entrar por aquí siempre que esto era posible. Este era el auténtico corazón del colegio, la parte que había sobrevivido a los avatares del tiempo y del llamado progreso. Su lado sur, el que daba a la calle Hospital de los Ciegos había gozado por el contrario de la ceguera propia de arquitectos y urbanistas.

Miré hacia arriba, hacia la virgen colocada en la hornacina, apenas visible a esa hora salvo por un débil rayo de sol que se iba despidiendo de ella tras besar sus mejillas, pidiéndole perdón por tener que irse tan pronto y prometiendo volver al día siguiente a la misma hora.

La puerta, si no ha sido cambiada por efecto de las posteriores obras modernas que creo se han hecho en la calle, se encontraba por entonces al fondo de un pequeño callejón de unos cincuenta metros de largo. Al abrirla se accedía directamente al patio vacío, gris y ya casi invisible debido a la oscuridad que lo iba invadiendo todo a esa hora. Las dos porterías de baloncesto se inclinaban cual grullas silenciosas, interrogándose sobre mi presencia allí.

La segunda puerta que usé se abrió a la negrura interior del colegio. Olía a vacío, a silencio.

Aunque sabía positivamente que el interruptor se encontraba en algún lugar a mi derecha, tardé un poco en encontrarlo.

Finalmente mi mano dió con él, con la seguridad que da la rutina de una acción repetida todos los días. Lo pulsé. La oscuridad seguía allí. Lo pulsé de nuevo. Nada. Seguramente los electricistas estaban colocando la nueva instalación y habían quitado los plomos en preparación para el primer día de trabajo.

Desde luego eran ganas de meterse en obras otra vez. Según me había contado alguna de las profesoras más viejas del lugar, entre 1908 y 1910 ya se había realizado una restauración a fondo que supuso en la práctica más bien una nueva construcción en toda regla. Casi todo el edificio fue desmantelado por entonces, conservándose tan solo algunas paredes maestras del interior y algunas zonas destinadas a la congregación. La configuración externa, la que me rodeaba ahora, procedía básicamente de aquella remodelación.

Por fortuna todavía había luz suficiente para iluminar mis pasos si avanzaba con cuidado. No quise arriesgarme no obstante a dar con algún cable suelto. Una mala conexión en la oscuridad no era nada recomendable en ese momento. Recordé entonces que guardaba una linterna en el cajón de mi mesa en previsión de aquellas ocasiones en que un apagón pudiera provocar un predecible revuelo en la clase.

Ciertamente no hay nada más espeluznante que un lugar espacioso pensado para el uso de un gran número de personas cuando estas no se encuentran en él. Tal sucede con un hospital, una cárcel, una vieja mansión, o incluso en un caso tan prosaico como este, un colegio infantil. Los oídos, acostumbrados a los gritos, a las risas, a los juegos, al sonido de pies corriendo en todas direcciones, parecen agudizarse expectantes, buscando con cierta ansiedad ese sonido que se echa de menos. Reconocer su ausencia solo parece aumentar el desasosiego. Desasosiego e inquietud que jamás revelamos a nadie en nuestras conversaciones, pero inquietante al fin y al cabo.

De modo que colocamos muebles modernos, colores y plásticos brillantes sobre los objetos. Ponemos estanterías de aluminio para sustituir las de piedra y vieja madera en un esfuerzo por modernizar y cambiar un espacio. Pero estamos muy equivocados. El vetusto lugar sigue estando allí, de un modo u otro.

Despacio me dirigí hacia el final del pasillo en dirección a la escalera por la que se accedía a mi aula. A ambos lados colgaban las orlas de las promociones de años anteriores, las orlas que durante el día transmitían la ilusión de vivir, la esperanza de futuro de generaciones que habían pasado por aquí, sonriendo ante esa cámara que reflejaba y constataba las amistades y sueños de ese puñado de chicas. Pero esta tarde sin embargo, esos mismos cuadros, esas caras borrosas, sin identidad en la oscuridad, se me asemejaban más bien los retratos de nobles y antepasados que miraran con consciente gravedad desde los muros de una vieja casona inglesa.

Una tenue luz entraba por las ventanas situadas en lo alto de las escaleras, lo cual era de agradecer esa tarde, dada la escasa iluminación de esta parte del edificio.

Sentí como si los retratos me observaran fijamente desde los muros mientras cruzaba frente a ellos.

Los rostros de los mismos parecían, bajo esa extraña luz del atardecer que las sometía a estudio, salir de la oscuridad, de la soledad del corredor a esa hora poco habitual para volver a ella una vez el breve rayo dejaba de iluminarlos tras haber presentado una faz enigmática, distinta, perturbadora. Conforme me acercaba a la escalera percibí en lo alto de las mismas una tenue luz. Alguien se había dejado una luz encendida, y eso que habíamos recibido instrucciones rigurosas de que tuviéramos especial cuidado en revisarlo todo antes de irnos.

Por lo visto la desconexión eléctrica solo había afectado a la planta baja.

Los pasillos, esas viejas escaleras, signos de otro tiempo, parecían hablarme de otros pasos, de otras presencias que durante generaciones habían pisado esos mismos peldaños, ora con prisa, ora lentamente o con determinación según fuera el caso. Supongo que este es el destino de los lugares con historia. Era imposible escapar de esas presencias que todo lo llenaban.

Pero ahora tenía que ocuparse de mi dibujo.

Al subir las escaleras y pasar bajo el cuadro de Nuestra Señora de la Visitación situado en el primer rellano me di cuenta de que la luz que había percibido parecía provenir de la biblioteca. Esta se encontraba situada al final del pasillo tras atravesar la capilla y el comedor.

Mi aula era una de las situadas al fondo, unos pocos metros antes de llegar a las puertas de la biblioteca.

Al subir las escaleras y pasar bajo el cuadro...

Crucé frente a las ventanas que daban hacia la catedral. En ese momento, bajo esa luz, las torres de la misma parecían dos dedos dorados rasgando el cielo.

Anduve por el pasillo, flanqueado este a ambos lados por las aulas envueltas en oscuridad, salvo por unos hilachos de luz que se filtraban por las ventanas. Por el camino me di cuenta de que varias de ellas se habían abierto por efecto del viento que se estaba levantando, dejando un pequeño charco invasor al pie de las mismas.

Me detuve a cerrarlas.

Al asegurar la última y pasar cerca de los baños escuché un sonido de agua. Presté atención. Era un sonido sordo, ¿Un goteo quizá? Sí, no cabía duda alguna.

Entré y divisé enseguida el grifo culpable. Se calló un momento en cuanto sintió mi presencia, como una alumna pillada en falta para luego, descaradamente, proseguir su espaciado gotear. Me asegure de cerrarlo bien antes de abandonar el lugar. No parecía haber ningún otro cómplice involucrado. Alguien se había dejado un peine sobre la agrietada mesa de mármol central. En alguna de las aulas uno o dos cubos habían sido colocados en previsión de posibles goteras ante la lluvia anunciada para los próximos días. Ciertamente hacían falta las reformas.

Llegué a la biblioteca.

La biblioteca...

Siempre que cruzaba sus puertas me embargaba la extraña sensación de que en vez de encontrarme el lugar con sus estanterías llenas de libros, sus mesas y sillas colocadas ordenadamente, fuera a descubrir que todo ello hubiera desaparecido y su lugar se encontrara ocupado por la vieja sala de labor donde hasta hacía relativamente poco tiempo, podía verse a las alumnas inclinadas, no sobre libros sino sobre bordados y agujas, pues a esta ocupación se había dedicado la estancia hasta poco antes de ser yo una estudiante allí.

Cuando entré en ese lugar lleno de luz, casi esperando verlo lleno de alumnas bajo la tutela de la monja encargada de la biblioteca, trayendo y llevando libros de un punto a otro, me sobresaltó precisamente el no ver a nadie allí. ¿Qué había esperado ver? ¿A la empollona de María Angustias en un rincón con un libro de Homero entre las manos o a Rosa de las Heras traduciendo a Herodoto? Sonreí para mí misma.

Lo primero que sentí fue ese aroma reconfortante que emanaba de los libros, ese efluvio de años, ¿quizá de siglos en algún caso? De conocimiento esperando ser rescatado. Me había olvidado ya de esa sensación. ¿O será que conforme anochece los libros desprenden, al igual que las flores un aroma más intenso? Quizá en alguna de sus páginas esté todavía aquella nota que escribí cuando era una nerviosa jovenzuela recién llegada al colegio. ¡Dios me libre de que alguien la encuentre! ¡En qué mala hora se me ocurrió dejarla entre uno de esos volúmenes! Locuras de juventud. Versos escritos al buen tuntún en un momento de arrebato. ¿En qué libro pudo haber sido? Más de una vez en mi duermevela he pensado en esto ¿Habría sido un atlas quizá, de esos que me gustaba comprobar para seguir las peripecias sobre el mundo real de las novelas que leía? ¿O había sido en alguno de los tomos de la enciclopedia Monitor Salvat, quizá entre la voz «jirafa» y «Panamá», entre «Disney» y «disnea» o quizá en algún libro de Salgari, Louise Alcott o Enid Blyton? Difícil saberlo. ¿Encontraría alguien algún día ese jeroglífico, ese trozo de pasado, sin nombre, sin firma?

No recuerdo mucho más de esa época, pero en ese momento, mirando esa biblioteca silenciosa y vacía, me vino a la mente la imagen de un trozo de papel violeta en mi mano, mi mano enfundada en un pequeño guante bordado en encaje. Mi madre me los había regalado sin duda en mi reciente cumpleaños. ¿Pero qué hacía con ellos puestos en el colegio? Es curiosa la memoria, no recuerdo nada de eso, aunque sí puedo evocar la presión de mi dedo sobre el papel, rozando contra el encaje.

Era una sensación peculiar, como si las letras, su significado, fuera tropezando y revelándose al mundo bajo mi dedo, mientras este recorría las palabras en compañía de la pluma. Recordaba eso sí, a esa misma niña tímida que en tardes lluviosas se sentaba frente a una de estas mismas ventanas, en esta misma biblioteca. Esa pupila recién llegada al colegio y sin amigos. Y ahora aquí estaba de nuevo, en el colegio donde había estudiado. Miré a mi alrededor.

Las sillas escrupulosamente colocadas en torno a las mesas centrales parecían estar esperando a que alguien las retirara en preparación para la celebración del baile de fin de curso. El suelo de tarima parecía respaldar esta idea. Las ventanas tenían sus persianas bajadas y cegadas para mantener alejado el mundo exterior. Bajo las mismas continuaban en su sitio un par de viejos radiadores blancos así como la estatua de la Virgen de la Visitación.

Ahora, en la soledad de la noche las cuatro columnas de hierro situadas en los cuatro ángulos de la estancia, pintadas asimismo en blanco, terminaban de dar al lugar un toque decimonónico que solo era roto por los plafones rectangulares de dura luz proveniente del techo.

Noté entonces algo distinto.

Algo que no debía de estar allí. Por lo menos no hoy.

Sobre una de las mesas centrales se encontraba abierto un voluminoso libro.

Era en apariencia un viejo códice. Un volumen en gruesa encuadernación.

Al lado del mismo, unos cuantos folios sobre los que aparecían garabateados algunos caracteres que no pude descifrar a primera vista. Parecían ser nombres. Extraño. Una lista de nombres. El libro y una goma de borrar al lado del mismo eran los únicos objetos sobre la mesa.

Evidentemente alguien se había tomado la molestia de sacar este volumen de los viejos archivos donde se guardaban los documentos más antiguos del colegio desde su fundación, allá por 1650. Siempre había oído hablar de estos archivos custodiados por la congregación aunque nunca había estado tan cerca de una obra contenida en ellos. La cuidada caligrafía y las figuras reproducidas en las letras capitales despertaron mi curiosidad.

Todos esos folios habían sido escritos, o más bien dibujados, pintados con esmero durante meses y años por un esmerado copista.

¿Quién lo había depositado aquí, sobre esta mesa, sin retornarlo al archivo? ¿Precisamente hoy, el día en que todo el mundo había dejado el colegio?

Vinieron a mi mente imágenes de aquellas extrañas visitas al anochecer de las que había sido testigo tiempo atrás. Había sido uno de esos días en que solía quedarme hasta tarde en el aula repasando los trabajos de mis alumnas. Serían cerca de las ocho cuando vi, o me pareció ver —porque todo el mundo se empeñó al día siguiente en decir que estaba todo en mi cabeza—, a esos dos sacerdotes de figura espigada y largas sotanas cruzar el patio con movimientos lentos, a la altura de la Virgen que por entonces se encontraba allí, inmersos en una conversación mientras lanzaban miradas ocasionales a su alrededor. Desde mi ventana solo pude apreciar que uno de ellos era rubio y el otro tenía una curiosa barba blanca terminada en punta. Recordé las reuniones a puerta cerrada que semanas antes habían mantenido las religiosas en el despacho de la directora, reuniones a las que no se permitió el acceso al resto del profesorado no religioso, reuniones por otro lado nada envidiables, ya que la visión de la toca que por aquellos años llevaban las hermanas de la Caridad incitaba más bien a salir corriendo que a la evocación de esa virtud.

Cuando volví a ver fotos de aquella época años después, esa sensación de entonces quedó confirmada al creer detectar en muchos de esos rostros cierta ausencia de predisposición a la piedad en todas sus formas, ya que no a la caridad. ¿O era solo una impresión mía a raíz de lo que viví aquella noche? En cualquier caso tras las reuniones misteriosas no hicimos más caso de aquello. Una se acostumbra a las manías de las monjas, siempre pensando en que tareas tas cotidianas como ir a comprar jamón York a la tienda es una misión de Dios que hay que realizar con sumo cuidado y solo tras haber reflexionado piadosamente sobre el curso a seguir.

Estaba aún contemplando el curioso volumen cuando me sobresaltó un fuerte ruido seguido del sonido de lluvia entrando en el edificio. Parecía provenir de alguna de las aulas situadas al fondo del pasillo que ocupaban las alumnas más mayores, junto a las escaleras.

Dejé aquel libro y salí de la biblioteca, dispuesta a recoger mi dibujo de una vez por todas. Al fin y al cabo, ¿qué me importaban a mí los secretos de algunas monjas chifladas?

Al dejar la estancia comprobé que el ruido que había oído antes parecía provenir del aula anexa a la mía.

Una de las ventanas se había abierto por efecto del viento. Cuando crucé el umbral, la lluvia entraba ya implacable, cayendo sobre la mesa de la profesora, salpicando la pizarra y los primeros bancos, llenando incluso en aquellos más próximos a las ventanas, los pequeños huecos reservados para los tinteros. Si sor Irene, la actual directora lo hubiera visto habría puesto el grito en el cielo a buen seguro. Desde que se había incorporado en 1946 a la dirección del colegio, consciente de la reciente legalización del mismo como centro de enseñanza primaria, intentaba hacer honor a su nombramiento mediante un férreo control disciplinario y administrativo.

Las contraventanas se abrían con violencia una y otra vez como impulsadas por una fuerza sobrenatural. Cuando por fin pude agarrarlas, hice uso de toda la fuerza de la que fui capaz, usando los dos brazos contra el viento y la lluvia invasora hasta que logré cerrarlas. Coloqué firmemente el pasador para evitar que se reprodujera el incidente.

Por fin llegué a mi clase. Recoger el dibujo estaba siendo toda una aventura.

Allí estaba, justo en el sitio que pensaba. Cuidadosamente apoyado contra la mesa tal y como lo había dejado. Eché un vistazo al aula comprobando el estado de las ventanas. No había en ese momento ninguna cabecita atenta o agachada estaba allí realizando su tarea. Nadie salvo los bancos sabrían que había estado allí esa noche.

Solo los bancos.

Tras envolver el dibujo en uno de esos papeles llenos de colorines que usábamos para hacer trabajos manuales y que encontré en uno de los armarios del aula, me dispuse a salir.

Me pareció percibir entonces un pequeño destello con el rabillo del ojo, pero cuando giré la cabeza ya no había nada.

Parecía haber venido del pasillo.

¿La luz de la biblioteca otra vez?

La instalación eléctrica, esos viejos enchufes, esos cables retorcidos que se rompían y quebraban con extrema facilidad, esos plomos tan expuestos a las inclemencias del tiempo eran seguramente los causantes de alguna mala conexión que iba y venía.

Tendría que comprobarlo de camino a la salida.

Lo más probable era que los obreros no se hubieran percatado de tal hecho al no tener previsto realizar tarea alguna en esa zona. Si se enterara la directora de que alguien se había dejado la luz encendida a pesar de todas las advertencias en ese sentido, se iba a poner buena al retorno de las vacaciones. Abrí mi cajón y cogí la linterna que guardaba allí. Me haría falta en el piso inferior; desde que había entrado al colegio la tarde había ido cayendo hasta desaparecer.

Me acercaría nuevamente a la biblioteca en mi camino de salida y apagaría la luz. No me cabía en la cabeza cómo alguien había podido tener la genial idea de construir un colegio contra la pendiente del castillo, impidiendo de este modo que las estancias en esa ala del edificio carecieran de luz natural.

Pero cuando llegué de nuevo a la biblioteca comprobé que las dos hojas de madera blanca estaban cerradas.

Debí haberlo hecho sin darme cuenta cuando salí rauda al oír el ruido de las ventanas. ¡Qué curioso lo que llegamos a hacer de modo automático sin reparar en ello!

A través del cristal esmerilado pude ver que la luz estaba efectivamente apagada. El reflejo tuvo que haber venido de otro lado, quizá de la calle, tras rebotar en el cristal de alguna ventana del pasillo. Percibí de nuevo esa extraña sensación como si estuviera molestando, como si hubiera interrumpido algo. A pesar de todo entré y encendí la luz para cerciorarme de que no había ninguna ventana abierta. No tenía ganas de seguir repitiendo estas operaciones indefinidamente y quería volver a casa. La luz apocada de las bombillas volvió a iluminar la estancia. Todo parecía en orden. Atravesé la biblioteca para alejar una silla que alguien había dejado próxima a la ventana. La fuerza de la costumbre, supongo. Los libros seguían durmiendo en los estantes, molestos por tanta interrupción. Se estaba haciendo tarde. Percibí de nuevo esa extraña sensación como si estuviera molestando, como si hubiera interrumpido algo.

Cogí mi dibujo bien sujeto bajo el brazo y me dirigí hacia la puerta. ¡Qué sorpresa se iba a llevar mi madre! Quizá no era un trabajo minucioso ni tan detallado como el de las ilustraciones del viejo volumen que acababa de ver, pero había sido hecho con amor y bien sabía Dios que había costado su esfuerzo. El rostro de mi padre era ya de por sí difícil de capturar sobre el papel en cualquier circunstancia...

El viejo volumen...

Miré en dirección a la mesa donde lo había visto antes, abierto, con sus letras luminosas al lado de esas notas y de ese lápiz cruzado sobre las mismas...

...pero ya no había nada encima de la mesa.

Miré a las mesas vecinas. Quizá me había confundido sobre el lugar donde lo había visto.

No, había sido en esta mesa con toda certeza. Miré con más detenimiento. Había algo sobre la superficie, una especie de pequeños hilos alargados. Cuando los toqué con las manos reconocí la vieja sensación.

Goma de borrar.

Di un respingo.

No soy una persona dada a los sustos ni a los sobresaltos, pero de repente, allí, en ese momento, sentí algo extraño. Una idea empezó a penetrar en mi cabeza. De repente, la imagen de aquellos dos sacerdotes que tiempo atrás me había parecido ver cruzando el patio, arrastrando sus sotanas y sus alargadas figuras por el mismo vino a mi mente. Al cabo de unos segundos me di cuenta de que era algo más que una idea. Era un pensamiento. No, tampoco era eso lo que experimenté. Más bien fue un impulso; un impulso irracional.

Sal de aquí.

Sal de aquí.

Tuve conciencia en ese momento de que si alguien se encontraba conmigo en el edificio no había querido darse a conocer por algún extraño motivo. En circunstancias normales lo hubiera entendido todo. La explicación razonada y pormenorizada, tan razonada como un diagrama, como la fórmula química o matemática que expondría la causa y el efecto. Pero no esa noche. No en ese momento. No encontraba explicación alguna para mi experiencia. Supuse que había comenzado a acumular manías propias de la madurez.

Era como si mi mente se hubiera quedado bloqueada. No recuerdo nada más. Aunque me he esforzado muchas veces no guardo memoria de cómo salí de allí con el dibujo apretado bajo el brazo. Tampoco recuerdo abandonar el pasillo y descender el tramo de escaleras hasta el nivel inferior, ni cómo atravesé las primeras puertas que encontré a mi paso.

Pero sí me di cuenta en ese momento de una cosa.

El haz de la linterna se posó sobre el cuadro de Santa Tecla que colgaba en el descansillo de la escalera y que mostraba a la misma mirando hacia el cielo. Su rostro no era particularmente amenazante; no obstante su tranquilidad eterna me pareció perturbadora. Otro efecto de la luz de la linterna.

Sentí bajo mi mano la superficie fría del mármol de la balaustrada de mármol rosa.

La balaustrada de mármol rosa.

Fue en ese instante cuando caí en mi error.

No me encontraba en la escalera que llevaba a la puerta del lechero, no, sino en la de santa Luisa que, desde la biblioteca, descendía al interior del colegio. En mi loca carrera había bajado por el lugar equivocado, alejándome aún más de la salida.

Si no quería atravesar el colegio entero en semioscuridad hasta encontrar la puerta principal, no tenía otra opción que volver hacia la puerta del lechero.

Y eso significaba tener que volver a cruzar la biblioteca.

No recuerdo cómo lo hice. Supongo que la vieja expresión de que los pies pueden volar se hizo realidad en aquella ocasión. Recuerdo, eso sí, tras haber bajado esta vez por la escalera correcta, ver frente a mí, lejana, la puerta del lechero. La puerta que, lejos de aproximarse, parecía mantenerse a la misma distancia delante mío, como en esos sueños en que corremos sin movernos un ápice del sitio por mucho empeño que pongamos.

Mientras aceleraba el paso adiviné más que vi las pinturas de las santas que, agazapadas en los rincones, parecían emerger de la nada cuando la luz de la linterna incidía sobre ellas, volviendo a desaparecer en ese mundo de sombras de dónde habían surgido momentáneamente.

Los tablones de madera situados en el último tramo frente a la puerta de salida fueron la prueba definitiva.

El *tump tump* que provocaban mis pies deslizándose a toda velocidad sobre ellos suena todavía en mi mente algunas veces.

De algún modo abrí el portón con manos temblorosas que no acertaban a girar el pomo y pude salir al exterior.

La puerta del lechero se cerró con un fuerte sonido detrás mío, provocando ecos en el interior del edificio. Si alguien en el interior del edificio albergaba dudas de mi presencia en el colegio, estas ciertamente se habrían disipado ya a estas alturas. Recuerdo eso sí, saltar sin miedo entre los charcos que ya se habían formado en el estrecho callejón antes de alcanzar la calle Hospital de los Ciegos. Al llegar a esta última salté una y otra vez en dirección a las escalinatas que descendían hacia el centro bajo la lluvia que caía ya abundantemente, abandonada ya toda moderación. Sonó un trueno fuerte. La tormenta comenzó a arreciar con más fuerza. Ciertamente iba a diluviar esa noche. Miré hacia arriba, intentando sujetar firmemente el paraguas ante esta abundancia líquida, ante este aguacero que formaba una cortina frente a mí. Mi paso se convirtió en una carrera, sin importarme esta vez el estado de mis pobres zapatos. Pero atravesando mi prisa, mi angustia y esa extraña sensación a la que todavía no había puesto nombre, surgió la idea clara de que debía de proteger el dibujo costara lo que costara. Un relámpago se cruzó entre las dos torres de la catedral. Por un momento las mismas semejaron las sombras alargadas de viejos sacerdotes inclinados sobre un antiguo libro de culto. Llegó el trueno que había esperado con cierta aprensión.

Resbalé en uno de los últimos escalones. Intente apoyar mi pie derecho que se deslizó a su vez hacia delante y en ese preciso momento, cuando ya la mente estaba preparándome para sentir la humedad del suelo, la dureza de la piedra sobre la espalda, mi mano derecha, soltando el paraguas, pudo agarrarse a la barandilla metálica con firmeza. Me puse en pie. Reconocí la fachada frente a mí. Se trataba del familiar y reconfortante escaparate iluminado de Casa Quintanilla en el número 18 de la calle de la Paloma.

Inspiré con fuerza, sintiendo como el aire llenaba mis pulmones, alejando esa sensación de ahogo que no me había abandonado en los últimos minutos.

En el reloj de la catedral dieron las diez. Solo media hora había estado dentro. ¿Por qué tenía sin embargo la increíble sensación de que hubiera transcurrido más tiempo? ¿Por qué tuve la impresión de que comencé a hacerme vieja esa noche?

Después de aquel curso nunca volví al colegio Saldaña. Nunca más regresé a Burgos salvo para algún papeleo ocasional. Algo había ocurrido aquella tarde para lo que no estaba preparada.

Siempre había sabido sin que nadie me lo dijera que existían cosas en la vida que no había que explorar demasiado. Supongo que a eso llaman intuición.

Solo una vez había tenido una experiencia similar siendo niña. Tenía trece años. Me encontraba sola en casa. Mis padres habían salido un momento a visitar a unos vecinos y empleé toda la tarde leyendo relatos de terror; me encontraba con esa sensación de desasosiego que se produce debido a la influencia de ese tipo de relatos. Se me ocurrió entonces encender todas las luces de la casa para ahuyentar las sombras, los miedos así como mi calenturienta imaginación. Las formas y presencias fantasmagóricas se irían con la luz, se desintegrarían en la nada.

Así lo hice, pero minutos después, al ver el resultado de todo ese despliegue de luces, todos esos objetos recortados con nitidez delante de mí e imaginarme el resto de habitaciones en el mismo estado, mi confianza comenzó a menguar. Vinieron a mi mente la posibilidad de latentes presencias moviéndose invisibles en ellas, aguardando mi entrada. Me imaginaba así formas que, cual gigantescas amebas semejantes a las que había descubierto esa semana en mi libro de Ciencias, estarían moviéndose en silencio por ellas. Mi mente se quedó en blanco. Cuando me serené reparé en que me encontraba en la calle tras haber cerrado la casa de un portazo. En la calle, sentada en la acera, mirando el tráfico. Y allí permanecí, esperando a mis padres, con todas las luces de la casa encendidas a mis espaldas, como si esta estuviera preparada para una gran fiesta que nunca se produciría, esperando a unos invitados que nunca acudirían. Cuando años después descubrí a Lovecraft en mis lecturas, recordé y entendí perfectamente ese temor primordial, ancestral de que hablaba en sus relatos».

Los ojos de la anciana se habían llenado de lágrimas que escapaban por los pliegues de sus párpados mientras abría y cerraba sin cesar el libro que sostenía entre sus manos.

—Mi colegio, mi colegio… —murmuraba en voz baja, la mirada perdida en un aula que sus visitantes no podían ver.

—Perdonen, pero como ven mi tía se encuentra muy agitada —intervino la sobrina mientras acariciaba las manos de la mujer—. Hacía tiempo que no la veía así. No debía de haber hablado tanto rato, les ruego nos perdonen. Procuramos no recordarle mucho el colegio. Soy la primera sorprendida de que haya deseado contar esa vieja historia.

Minutos después y tras haberse despedido de la anciana, fueron acompañados hasta la puerta por su sobrina. Elena se giró hacía ella en el último momento.

—¿Sabe por casualidad qué pasó con el dibujo que recogió? —dijo, mordiéndose casi la lengua al darse cuenta de la aparente banalidad de la pregunta.

—Bueno, sé que se lo dió a mi abuela si es a eso a lo que se refiere, pero por alguna razón u otra nunca ha querido volver a verlo. Supongo que le recordaba demasiado esa noche. Lo guardé en un arcón junto con todas sus cosas cuando vino a vivir con nosotros.

· · ·

EL PEQUEÑO GRUPO REUNIDO EN CASA DE CARLOS LAFUENTE permanecía en silencio esa tarde, cada uno de ellos inclinado sobre sus respectivas anotaciones.

El tictac del reloj alertaba de que el tiempo iba transcurriendo.

No pudiendo contener más el nerviosismo que se había ido acumulando poco a poco en su interior, fue el profesor quién se levantó dando unos pasos por el estudio.

—Extraña historia. Una extraña historia... —decía una y otra vez.

——La mujer está muy mayor —dijo Elena—. Dado el tiempo transcurrido existe la posibilidad de que haya adornado lo ocurrido como ella misma apuntó y la realidad no fuera ni remotamente similar a lo percibido.

— Aún así y como tú bien dices hay que tener en cuenta su percepción de los hechos, el modo en que los vivió. Posiblemente, la explicación sea tan simple como que alguien se olvidara del libro al igual que hizo ella con el dibujo de su padre, ¿no?, en cualquier caso alguien que no quería ser visto dado lo tardío de la hora y nada más. Eso no es un pecado, ¿verdad?

—¿Te has oído hablar? ¿Quién puede suponer una cosa así? Aunque no creo que se tratara de un cuento de fantasmas ni de un aquelarre al anochecer, es en cualquier caso una historia curiosa, inquietante. Lo que puedo sacar con la mente fría de su relato es que algo se estaba fraguando esa tarde en el colegio aprovechando que no iba a haber nadie en el mismo, y mucho menos una profesora despistada que acudiera a esas horas a recoger un objeto personal.

—Cuanto más examino este caso, más percibo la presencia de algún tipo de sociedad secreta —dijo Arturo en voz baja, más para concretar sus ideas que en busca de una confirmación de las mismas.

—¿Y qué hay del libro? ¿Qué me decís del libro que vio allí? —apuntó Carlos mirando a Elena, sin haber parecido escuchar lo extemporáneo del argumento de Arturo—. Si queréis saber mi opinión, ese oscuro libro del cual nadie ha oído hablar, guarda de algún modo relación con el Códex musical y el misterio que investigamos. Quizá esté relacionado con el misterio de la princesa y esa familia Serna que hemos rastreado por doquier. A no ser, claro está, que seamos unos exagerados y que lo más normal del mundo sea dejar códices abiertos en las bibliotecas de los colegios, en cuyo caso me iré a jugar una partida de billar con Patricio Noguer.

Arturo, inmerso en sus pensamientos no dijo nada mientras se rascaba una y otra vez la coronilla. A fuerza de repetir ese movimiento durante toda la tarde había conseguido levantar un penacho de cabello en la misma que costaría volver a domar.

—No hay duda de que hay más cosas escondidas bajo la agitada historia del colegio de lo que se puede apreciar a simple vista—dijo finalmente—. Por desgracia los cambios que éste ha sufrido a lo largo de la historia no nos ayudan mucho. Demasiados directores, demasiadas organizaciones benéficas o no. Por mucho que se nos haya querido vender de otro modo, lo único que todas ellas han tenido en común ha sido el nombre de la institución y el edificio sobre el que se sostienen.

—Solo nos queda seguir con lo que hemos empezado. Y esperar que nuestra pequeña e intrépida investigadora logre algo —dijo Carlos mientras recogía sus cosas, indicando mediante ese gesto que la reunión había concluido.

Elena no quería sin embargo dar por cerrada la misma y, colocando una mano sobre los papeles que había estado ordenando, sacó de entre ellos una vieja crónica de Burgos de principios del siglo XX.

—¿Y no pensáis que podría haber sido precisamente durante la desamortización —dijo tras echar un vistazo rápido a sus apuntes—, cuando la pista esencial, el nombre de la familia que en ese momento tenía el secreto a buen recaudo se perdió?

—Podría ser —contestó Lafuente—. Hay además otra cosa en la que no hemos pensado. Esa profesora parecía conocer el colegio como la palma de su mano. No obstante, alguien entró en él sin que ella se diera cuenta. Al menos no escuchó abrirse puerta alguna mientras estuvo allí.

—Claro. A no ser que ese alguien ya estuviera dentro —replicó Arturo.

—No lo creo, a juzgar por el modo en que hizo el relato y teniendo en cuenta el tiempo transcurrido y los posibles lapsus de memoria, si había alguien dentro salió sin armar mucho ruido casi en las mismas narices de la mujer, posiblemente haciendo uso de alguno de esos pasajes ahora cegados como el que descubristeis del cual se niega sustancialmente su existencia. Alguien que debía tener la mala costumbre de penetrar de modo poco habitual en el colegio. La pregunta ahora es, ¿para qué querría alguien entrar a esa hora? Podemos encontrar pistas en nuestra historia reciente. Por lo que he estado viendo en la hemeroteca local y en nuestra propia investigación, los años entre 1963 y 1965 parecieron ser testigos de muchos cambios en Burgos. Fue en esos años que las mismísimas vidrieras del monasterio de Huelgas fueron cambiadas de sitio sin olvidarnos de que en 1958, pocos años antes, se había descubierto en Covarrubias la tumba de la princesa. Precisamente cuando se cumplía el octavo centenario de su llegada a España y subsiguiente boda...

—Fijaos en esto —interrumpió Elena abriendo la crónica que había estado hojeando por el año 1905–. Los arreglos sustanciales realizados a principios del siglo XX de que hablaba la profesora fueron supervisados íntegramente por un hermano jesuita de la Merced.

Carlos cogió el libro que le tendía Elena y lo examino en detalle.

—¿No os llama la atención nada respecto de esta remodelación? —dijo al cabo de unos minutos—. Los planos y la dirección fueron ciertamente obra de este mismo padre. No hubo lugar a improvisación alguna y parece ser que tuvo una prisa desproporcionada en llevarla a cabo. Más de sesenta operarios, quince carpinteros y ocho canteros trabajando contra destajo para terminar en escaso año y medio lo que acababa de ser nombrado colegio de primera enseñanza no oficial. Demasiada atención y prioridad para un simple colegio, ¿no os parece?

—Bueno —dijo Arturo consultando a su vez la crónica —, aun así parece que no quedaron contentos con el resultado porque aquí dice que pocos años después, concretamente en 1914, se restauró la capilla del colegio al ser declarada por los peritos de la época en estado de ruina. ¿Es que no se habían dado cuenta de esto cuándo se efectuó la anterior remodelación del centro?

—Sí, muchos cambios en poco tiempo, eso es cierto —continuó el profesor—, y si la teoría del pasadizo que descubristeis es correcta, las obras realizadas en aquella época o con anterioridad bien pudieron haber significado el fin de las salidas a los pocos edificios existentes en el barrio de San Esteban.

—Los recientes cambios parecen apuntar a otro tipo de causa. Una causa no solo de huida, sino más bien de defensa —dijo Elena.

—¿De defensa? —dijo Arturo, siguiendo la idea de la paleógrafa—. Pero si los pasadizos ya estaban cegados por esa época. Si no te entiendo mal, alguien querría seguir protegiendo el secreto.

—Si hacemos un paralelismo con nuestro mundo actual cuando uno se defiende, es porque teme, o sabe que el potencial para ser dañado existe— dijo Lafuente.

—Entonces —apuntó Elena, levantándose despacio de la silla y acercándose a los dos— ¿quieres decir que...?

—Sí, mucho me temo que en este caso no somos los únicos que andan detrás de la genealogía perdida —dijo Lafuente—. Si Silos fue de algún modo un colaborador necesario en todo este lío, me pregunto que hubiera dicho al respecto el anterior abad, el padre Serna. Lamentablemente si él mismo supo algo ya no se acordará de ello ahora.

El destino había hecho su propio truco de desaparición, su magia injusta a la vista de todos en forma del Alzheimer que ahora aquejaba al viejo abad. Nada por aquí, nada por allá.

Y al decir estas palabras el profesor sacudió la cabeza antes de guardar silencio.

CAPÍTULO 59

VISIÓN DESDE LA VENTANA

Patricio Noguer asiste a una clase de pintura.

—Usted dice que yo soy esclavo de mis fantasías. ¡Qué bonita y precisa manera de elegir las palabras! ¿Sabe? Siempre he envidiado a la gente como usted que, gracias a una educación jesuítica han logrado hacer del verbo una herramienta para amoldar el mundo a su verdad. Aunque usted no busca la verdad exactamente ¿no es así?

El profesor hablaba con seguridad. Mantenía su mirada fija sobre el rostro de Patricio Noguer quien se había visto sorprendido por esta visita inesperada en su despacho mientras leía las memorias de Montesquieu. Pero no había sido tan solo la llegada no anunciada del profesor la causa de su sorpresa como el descubrir que la aparente sumisión de este último había mutado en indignación.

—¡Cómo se atreve! —exclamó el rector levantándose de la silla, dejando olvidado sobre el cenicero el habano que se disponía a encender mientras subía el color a sus mejillas.

—Sí, usted está dedicado a una tarea como dice, pero no es aquella que todos esperan de usted, ¿verdad? La universidad es solo una fachada. No se me han escapado los fragmentos, las frases y palabras sueltas que he oído de su boca en los últimos meses. Su determinado empeño en minimizar todos y cada uno de los pasos de la investigación y verificación de los manuscritos encontrados. Ha agotado todos los medios posibles para que dejara de indagar, para que me alejara incluso de la biblioteca universitaria. Sé por otro lado que ha querido tener en todo momento conocimiento del estado de mis pesquisas, ¿por qué ese desmedido interés si estas carecían de valor, si eso no era ciencia, sino mera especulación? ¿Por qué las prohibiciones de toda índole? ¿Las trabas y el papeleo? Al final caí en la cuenta. Persigue usted otra obra muy distinta.

—¿Otra obra? ¿Qué quiere decir?

Una pausa.

Una larga pausa.

—Es evidente, ¿no es así? —dijo al fin Lafuente, mientras miraba directamente a los ojos al rector—, la obra de la masonería blanca. Es usted un servidor del Opus Dei, ¿verdad? ¿En qué grado? ¿Colaborador? ¡No, claro que no! Eso sería demasiado poco. Un supernumerario, por supuesto.

—Es usted un loco. ¡Salga de mi despacho!

—Sabía que lo negaría. Forma parte del código secreto de prácticas que ningún miembro de la orden reconoce, ¿no es así?: «Pídeme y te daré las naciones en herencia —dijo Carlos, enunciando el credo de la hermandad de memoria— y extenderé tus dominios hasta los límites de la Tierra. Los regirás con vara de hierro, como vaso de alfarero los romperás...». Realmente es usted terrible. Dice que soy un loco. Bien, si por eso entendemos que amo la Historia en los tiempos que corren, que me entrego a la verdad de los hechos que ocurrieron, sí, soy un completo chalado. Pero formo parte del grupo de chiflados benignos. Ustedes, con su beatería y su falsa mojigatería han hecho más daño en el mundo que muchos de los dementes más peligrosos.

El profesor había dicho todo lo anterior casi sin respirar. Miró a su alrededor, al escritorio, a la esfera terrestre elaborada en caoba, a la figura del rector frente a él y finalmente a los ventanales y a toda aquella maqueta de un mundo reconstruido visible a través de ellos.

—A lo mejor usted también debería soñar, aunque sea un poco —

continuó—. Pero asegúrese de sintonizar el canal adecuado. Lo malo de usted, de la gente como usted es que rehusan darse cuenta de que son ustedes los que se han convertido en historia. No, y no me refiero a la que se enseña en los libros, no. Me refiero a la otra, la que se olvida, la que se pasa. Ha estado tan ocupado creando este mundo cerrado y perfecto que no se ha dado cuenta de que este es tan solo un juguete —remarcó señalando con el brazo derecho a los jardines—. ¿Y sabe qué? Es bueno en esos momentos tener un profesor de Historia cerca para que se lo diga a uno, mejor si es un paleógrafo para poder interpretar los signos que ya nadie reconoce. No le cobraré nada más por el consejo, aunque seguiré el suyo no obstante. Mañana tendrá mi dimisión en su mesa.

Ya estaba Lafuente camino de la puerta. Detrás de su interlocutor la luz continuaba cayendo sobre los chopos y los sauces llorones de un modo idéntico a minutos antes del encuentro. El olor del césped recién cortado y del macizo de orquídeas situado bajo la ventana llegaban hasta él. Pero de algún modo habían perdido cierta intensidad en ese momento de la tarde.

—Por otro lado —dijo el profesor girándose con un perfecto *timing* dramático en el último momento—, siempre ha dicho que yo era una persona demasiado cauta, extremadamente comedida, ¿recuerda? Pues bien, tenía usted razón, pero por hoy, por hoy voy a hacer una excepción. ¡Por hoy usted y su concepción pragmática de la educación superior se pueden ir a la mierda!

—¿Cómo se atreve? —dijo don Patricio, levantándose de la mesa, los ojos abiertos mientras tensaba los puños apoyados sobre ella, incapaz de articular otras palabras. «Por añadidura» y «algo a contemplar» estuvieron a punto de salir de su boca aunque se dio cuenta a tiempo de que las mismas no venían al caso en la presente situación.

Lafuente permanecía de pie junto a la puerta. Su mirada permanecía fija sobre la pintura que presidía el lugar, sobre la visión falsa e imposible de un Burgos rendido a una perspectiva dislocada para poder ser contemplado desde unas alturas solo creíbles por la visión artística. Ese paisaje idealizado donde no aparecía ni sombra de un moderno molino de viento, con un río serpenteando al pie de los edificios de la universidad. A pesar de la evidente belleza de la composición, la gloriosa puesta de sol le pareció falsa, retorcida y llena de fealdad esa tarde y los paseantes que aparecían en ella, congelados, hieráticos en sus poses. Por desgracia ni los arquitectos de la ciudad ni la propia orografía tuvieron la deferencia de guardar este panorama privilegiado, de modo que Noguer se había visto obligado a recrearla usando de sus influencias, cual moderno Frankenstein.

—Ah, y otra cosa —continuó el profesor— a pesar de todas esas oscuras maquinaciones que haya podido emprender con ayuda de los poderes fácticos de esta ciudad, de esas prebendas que ha logrado para usted y la Obra con maniobras más o menos encubiertas... Sí, sí, ¡ríase! —dijo al detectar cierto rictus en la cara de su interlocutor—, pero a pesar de que haya logrado de algún modo que este tramo de río sea navegable a costa de desperdiciar un montón de dinero público para su fin caprichoso y ególatra hay algo que jamás podrá conseguir. El Arlanzón pasa por Montanilla y por delante de esta jodida universidad. Eso es algo que no puedo negar aunque quisiera. Una universidad que por otro lado podría haber estado llena de sueños, de esas quimeras imposibles que se albergan en la juventud, en esos años privilegiados en que uno puede permitirse dedicarse por entero al estudio. El no poder ser testigo de ese sueño es un hecho que lamentaré, pero es la verdad, una verdad con la que no tendré otro remedio que apechugar. Pero usted me da pena en el fondo. Por mucho que se esfuerce hace falta algo más que el dinero para cambiar la perspectiva de las cosas —dijo señalando el cuadro de dudosa estética romántica —. No importa lo que usted quiera y ambicione, jamás conseguirá que la geografía se doblegue a sus deseos. Desde su ventana nunca podrá ver las cúpulas de la catedral. Pero eso es algo evidente, una *boutade*. ¡Ya me ha demostrado por añadidura en más de una ocasión que es incapaz de ver la punta de su propia nariz!

CAPÍTULO 60

LA BRUJITA CENTINELA

De regatas, brujas voladoras y caminos.

La caseta de botes se encontraba a espaldas de Arturo mientras este terminaba de recoger la canoa. No vio por tanto como Elena había llegado hasta él, un cigarrillo sostenido en su mano izquierda tras haber cruzado el campus.

—¿Qué? ¿Nervioso por la regata? Ya solo quedan dos días, me temo —dijo al llegar a su altura.

El muchacho se volvió y sonrió al ver a su amiga.

—Bueno, si te soy sincero entre unas cosas y otras no me ha sobrado mucho tiempo para pensar en ella. —Bajo un momento la mirada para pasar la cuerda por la parte inferior del bote—.Ya he tenido suerte si he podido entrenar durante estos dos años. Luego había que ponerse con la tesis y todo eso.

—Por lo menos parece que el tiempo va a acompañar— dijo Elena, levantando la cabeza hacia el cielo, retando a este a contradecirla.

Un nudo apretado en torno a los remos dejó zanjada su colocación.

—Además —continuó Elena—, te ha tocado la labor de Watson

interino o de apoyo. Sé por experiencia que Carlos puede ser muy persistente a veces.

—Ya, no sé, no sé... Quizás debí haber estudiado otra cosa en Santander, empresariales como mi padre, tal vez. Probablemente ahora estaría a punto de ser fichado por uno de los cazatalentos de una de las grandes corporaciones o de algún importante grupos bancarios.

—¿Tú? ¿Con esa imaginación llena de elfos y leyendas paranormales mezcladas con hechos históricos? Permíteme que me ría.

Se encontraban sentados al borde del río.

—Sabes que tengo razón Elena. Dudo que la historia sirva de mucho hoy en día. Fíjate en nosotros. ¡Tanto trabajo para nada! —dijo Arturo introduciendo su mano izquierda en la corriente y sin parecer prestar mayor atención a su acción, procedió a continuación a deshilachar la hierba en torno suyo con los dedos mojados.

Elena continuó observando la corriente sin responder. Un par de canoas pasaban en ese momento a gran velocidad por delante de ellos, salpicando agua sobre la orilla, los remos alzándose y hundiéndose en un movimiento rítmico.

—¡Cuidado! —dijo la profesora finalmente —. Ya salió la parte pragmática. Aquí donde me ves, incluso yo tengo mi lado oculto, ¿sabes? También estuve a punto de echarlo todo a rodar en mi último año de carrera en Deusto. Mis amigas y yo no nos conformábamos con tener una educación privilegiada y cara, no, éramos las niñas de papa, siempre atentas a la moda de Morgan y sus últimos vestidos, las últimas tendencias y demás. Sentíamos que el mundo nos debía algo. Nos debía sencillamente lo mejor. Pero entonces se me apareció el lado mágico de la vida, ¿sabes? No he contado esto a mucha gente. Verás, cuando venía de pequeña a Burgos durante el verano mi tía nos solía llevarnos al castillo. Fue durante uno de esos días cuando escuché por vez primera la historia de la hechicera centinela.

—¿La hechicera centinela?

—Sí, así por lo menos la llamaba mi tía —dijo Elena con una repentina sonrisa de niña en el rostro—. Nos llevo a un punto del mirador y nos dijo que si mirábamos con atención al castillo al atardecer desde allí, podríamos ver la figura de una mujer salir volando desde algún punto situado en la torre izquierda de la catedral, volando sobre los tejados de la misma para dirigirse hacia la torre opuesta. Decía mi tía que vivía allí, en la parte alta, entre los pináculos, vigilando y protegiendo a la ciudad de los malos espíritus.

—¡Vaya historia! —dijo Arturo sin poder evitar sonreír al oír el relato—. Nunca había oido hablar de ella.

—Desde entonces cada vez que mi hermana y yo subíamos en compañía de mis primas al castillo con cualquier excusa que nos buscáramos, recordábamos la historia de la brujita y mirábamos allí —continuó Elena señalando con su dedo en dirección a Burgos como si tuviera las torres delante de ella, su mirada perdida en el recuerdo—, buscando así una evidencia de que la ciudad estaba protegida. Y si me preguntas, ahora que no está tu profesor Lafuente delante, yo no diría nunca demasiado alto que la magia o lo oculto sean ninguna tontería.

—Pero uno cambia. Las cosas en las que solemos creer al principio no suelen permanecer igual. Uno evoluciona supongo. Forma parte de la madurez.

—Pues fíjate cuan importante es la influencia de nuestra juventud, de las cosas que nos impulsan al principio que cada vez que miro hacia la catedral o veo su imagen en televisión o reproducida en algún libro, ese recuerdo viene a mi mente. De un modo inconsciente, tonto e idiota, lo sé, pero no puedo escapar de esa idea. Pensar que la ciudad está vigilada me hace sentirme más segura, más tranquila. Supongo que esa es la función de toda superstición. Nunca pude ver a la pequeña bruja, claro está, pero eso no quiere decir que no exista. Lo más probable es que no le hubiera apetecido salir precisamente los días en que mi hermana y yo esperábamos que lo hiciera. Cosas del libre albedrío, ¿no te parece? Y ahora, ¡se acabaron los sueños de hadas, joven! Has terminado de remar, así que ahora toca el estudio y luego, vuelta a la genealogía me temo. Pero tendrás que cambiarte antes de ropa o tu profesor te reñirá por salpicar de agua sus preciados manuscritos.

· · ·

ESA TARDE DE FINALES DE MAYO EL DESPACHO DE CARLOS
Lafuente presentaba un curioso aspecto. Frente a la pared opuesta al
ventanal había sido colocado un tablón de madera sostenido por dos
soportes, ocultando la mayoría de los cuadros y mariposas del profesor. Su superficie estaba salpicada en toda su extensión de papeles
clavados con chinchetas. Un observador ocasional podría pensar que
se encontraba en una comisaría contemplando como un inspector de
la misma, inmerso en la resolución de una investigación, intentara
cuadrar hechos, cifras y circunstancias. Pero en este caso, los papeles
colocados sobre el panel blanco ofrecían un aspecto uniforme y
tedioso. Contenían únicamente nombres y fechas. En todos ellos la
palabra Serna tenía un lugar esencial, obsesivo casi.

Más de tres mil apellidos habían sido investigados, escrutados de
cerca, confirmados y descartados, incluyendo tanto los nacimientos y
matrimonios como las defunciones, ventas de tierras, herencias y
cualquier transacción humana recogida de algún modo en los diferentes libros existentes en las poblaciones que habían investigado.
Libros cuya mera existencia habían sorprendido al profesor al no
haberse visto éste involucrado antes en una investigación semejante.

En el centro del tablón, en lugar destacado, había una lista. Una
lista breve en comparación con toda la documentación que la
rodeaba, engañosa en su aparente simpleza. Escrito en ella, una relación de nombres que Lafuente releía una y otra vez, interrogándola
con la mirada, buscando una respuesta que el panel no le daba.

En la parte superior del tablero destacaba, en una cartulina
amarilla la anotación más antigua:

MARCOS DE LA SERNA MARTÍNEZ N. Montorio Hijo de
Ambrosio (Montorio) y María (Montorio)
casado con CATALINA GONZÁLEZ RICO
nacida en Quintanilla Sobresierra, hija de Diego y María,
casados el 2-5-1632.
MARCOS DE LA SERNA Montorio 6–6-1635
Hijo de los anteriores, casado con BEATRIZ DE LA CUESTA
SOL,
nacida en Montorio el 4-8-1639 padres Alonso y Catalina.
Casados el 9-6-1658.

Seguían a la misma nueve generaciones perfectamente anotadas, con el año y lugar de nacimiento de ambos cónyuges. Montorio en casi el cien por cien de los casos. Parejas que habían contraído matrimonio o bien en su lugar de nacimiento o en el vecino pueblo de Quintanilla.

La última anotación estaba subrayada con rotulador rojo:

ISAÍAS SERNA GONZÁLEZ Montorio 29-7-1895
y MARIA GUADALUPE DIEZ PÉREZ
nacida en Quintanilla Sobresierra el 13-1-1900
casados en Quintanilla Sobresierra el 20-5-1922 y muertos en esta
última localidad.

Todos ellos uniendo sus caminos aunque sin perder el apellido a través de los sucesivos enlaces entre familias como Gómez Serna y Serna Gómez para volver después a cruzarse una y otra vez sobre sus pasos.

Tras la última anotación, un hueco amplio, vacío, un hueco sobre el que los ojos del cansado profesor se habían posado.

Una laguna que representaba a toda una generación.

Lafuente había permanecido escrutando el panel durante lo que se le habían antojado minutos, pero que en realidad, sobrepasaba ya la media hora cuando Arturo se aproximó y posó una mano sobre su hombro, sintiendo la frustración de su mentor.

Más abajo del listado anterior aparecían otros nombres, otras fechas:

«Julián María, Serna Diez, González Alonso, González Serna»

Estos no parecían tener una conexión aparente con la genealogía anterior.

Todo ellos resultado de la labor ardua de Elvira, de su peregrinar, del polvo recogido sobre sus pantalones de pana, de las raspaduras obtenidas al subir y bajar las vallas campestres que había tenido que franquear para llegar hasta la casa de algún pastor aislado, de algún huraño vecino encerrado en su casa durante décadas.

Frente a ellos, presidiendo toda esa larga lista de nombres aparecía colgado uno de los escudos del apellido Serna, en su rama palenciana, mostrando como armas en campo de sinople, una banda de oro. Lo había conseguido el profesor del repertorio de Blasones de la Comunidad Hispánica aportado por gentileza del Instituto Salazar y Castro.

— ¿Te das cuenta Arturo? Todo esto es el resultado de un año de trabajo, de meses de trabajo. Hemos sacado a los antepasados de sus tumbas, molestado su intimidad y la de sus familiares, despertado a los ratones de los sótanos parroquiales, espantado a las arañas de los registros, buscando libros en pueblos perdidos solo para tener esto ahora. Al final todo se reduce a nombres sobre un papel, ¿es esto lo que queríamos? Nombres sobre un papel... y una tremenda laguna.

—Tan cerca y tan lejos. Le entiendo profesor.

—Ya no sé dónde buscar. No deja de ser irónico que el mensaje pueda haberse transmitido durante ocho siglos y que hayamos encontrado el nombre de la familia de acogida solo para que, con la maldita guerra civil se pierdan de golpe los registros en el término relativo de unos pocos años. Para esto más vale que no hubiéramos dispuesto de medios siquiera. Para este resultado, más valdría no haber encontrado nada —dijo, alejándose hacia la ventana, la pipa apagada en la mano. Siguió allí moviendo su brazo como si esta fuera a encender sola por efecto de esta curiosa técnica.

—No diga eso, profesor, ¡Al menos esto confirma todo nuestro trabajo! Hemos avanzado bastante. Sabemos con certeza que la familia perduró, que la descendencia siguió hasta nuestros días...

—Aprecio tu preocupación Arturo y agradezco tu intento de consolarme, de veras. Objetivamente no digo que no comparta tu opinión. Pero nada me podrá arrancar nunca de dentro el no haber podido llegar hasta el final. Solo por una generación o dos. ¡Solo por una generación o dos!

Arturo nunca había visto al profesor tan alterado. El mechón de pelo caía libremente cruzándole la frente, la pipa desatendida sobre la mesa.

—Y en alguna parte —continuó Lafuente—, en alguna puñetera parte está escrito el dato, la fecha o el nombre. ¿Qué crees que sentí al estar en Montorio la última vez? ¿Cuando entramos a aquel bar a tomar un café o bien nos cruzábamos con alguna joven o anciana sentada ante su puerta o alguien nos miraba desde cualquiera de esas ventanas? No podía quitarme de la cabeza que bien pudiéramos estar frente al último descendiente, el eslabón postrero. Si hubiéramos estado investigando sobre hechos ocurridos en las lejanas Kenia o Lasa no me importaría tanto. Para mí, para todos nosotros, habría sido en ese caso algo abstracto, un problema sin solucionar. Pero en nuestro caso, sin embargo, se ha convertido en algo más, en una realidad sin resolver, una verdad a la vuelta de la esquina. Un rompecabezas que nunca acabaré. No hay solucionario al final del periódico o del libro de juegos.

Una vez hubo finalizado sus clases de la tarde, Elena se acercó al despacho y los tres salieron a dar un paseo por el campus. Aunque era una tarde brillante los sauces parecían ese día tener una razón especial para llorar.

Mientras caminaba cogido de la mano de Elena, el profesor continuaba pensando para sus adentros que había hecho el idiota durante el último año. El imbécil. Se preguntaba si se había dejado llevar por sus impulsos en la vana esperanza de hacerse un nombre en el mundo académico. No, eso ya había quedado descartado tiempo atrás, ¿De querer entonces validar una teoría que se le antojaba original? ¿De dar una vuelta a los anquilosados métodos de investigación de la Historia? Tantas y tantas veces había dicho a Arturo que era preciso respetar la historia, los cientos de miles de almas que, citando la inmortal metáfora del Venerable Beda, les habían precedido entrando por una ventana, procedentes de la noche nevada del no ser para —cruzando ese gran salón de la vida—, salir por la ventana opuesta de nuevo a la noche.

Levantó de nuevo la cabeza. No se iba a dejar llevar por el desánimo esta vez. Había hecho lo que la conciencia le dictó en su momento. En eso estaba con su amigo Ernesto Santos. Había que creer en la vida, en toda ella, pasada y futura.

La realidad cruda era que la Guerra Civil y la destrucción de los registros parroquiales desdibujaban la pista, dejando a los investigadores solos con la duda. Jamás sabrían la verdad y eso cada uno de ellos tendría que asimilarlo en forma diversa. Los hilos que mueven el mundo habían dejado algunos hilachos sin atar, eso era todo. Aquello que estaba sujeto se había perdido. ¿Había sido una pelota? ¿Una lámpara? ¿La más bella gema? No había ya modo de saberlo. Solo les servía de bálsamo la realidad de un mundo donde el apellido Serna aún florecía, un mundo en el que los cantos religiosos contenidos en el Códex musical seguían siendo entonados a diario para consuelo del alma torturada tanto de Ernesto Santos como de Carlos Lafuente.

—Aquel bibliotecario de Silos tenía razón —dijo entonces el profesor en voz alta—, ¿te acuerdas de nuestro viejo amigo Arturo?

—¿Cómo olvidarlo? —contestó este con una mueca socarrona, mientras tiraba piedrecitas desde el pretil del puente donde se encontraban en ese momento.

—¿Y qué me dices del odio con el que se refería a aquel otro escritor que acudió a Silos en busca de documentación? ¿Del modo en que le mandó a hacer gárgaras? Esto por desgracia no es una novela. Aquí no podemos cambiar los acontecimientos a nuestro antojo. Puede que en eso tuviera razón Fray Anselmo. La ficción, tanto en la novela como en el cine nos ha acostumbrado a los finales redondos, perfectos o al menos, cerrados en cierto modo.

—Sí, estoy de acuerdo. O como sucede en el remo, que todo fuera cuestión de esfuerzo y entrenamiento, ¿no?

Y tras estas últimas palabras Arturo se quedó callado, a solas con sus reflexiones, recapitulando para sí muchos de los razonamientos del profesor.

Fue así, de este modo, tras haber agotado la totalidad de los medios de búsqueda, los ficheros, direcciones y listados de teléfonos y lograr enfurecer a un gran número de personas, que la evidencia había cobrado peso.

Faltaba un punto de unión.

Quizás fuera como había dicho Lafuente solo una mera anotación, un registro, un matrimonio o un testamento que faltara en los registros. A lo sumo un par de ellos. Al igual que en la teoría darwiniana de la evolución, faltaba el eslabón perdido que uniera la documentación inicial hasta la última rama de la familia Serna, partiendo de ese rayo de esperanza filtrado un día en la sala capitular del monasterio de las Huelgas.

Y solo gracias a un milagro podrían dar con él.

CAPÍTULO 61

EL VIAJE DE KRISTINA

De cómo una princesa escribe una carta de amor y siglos después un monje contesta a la misma.

Ese día de Navidad el silencio del claustro se vio perturbado por el llanto de un recién nacido.

El médico judío hacía ya rato que había dejado el monasterio con discreción y silencio, haciendo uso del privilegio otorgado por el rey Sancho IV por el que cenobios como el de Burgos podían servirse de los semitas sujetos al señorío de la abadesa en calidad de médicos para atender en las enfermedades de las monjas.

El paso del galeno bajo la cálida luz de enero, había alterado el sueño tranquilo y eterno de los claustros. Las oraciones diarias todavía flotaban en el aire y las campanadas de la torre llamaban a maitines.

Doña Elvira Fernández, la madre abadesa, recorría en ese momento una y otra vez el patio interior de las Claustrillas.

—Perdóneme, madre —le había dicho minutos antes, no sin esfuerzo aquella joven extranjera en su lecho en un español quebrado y con una mirada llena de todo el pesar del mundo—. No puedo deciros más de lo que ya sabéis. Ofendería a mi padre el rey Haakon,

¡Él ha confiado tanto en mí! Todo dependía de mí... ¡Todo! Él deseaba tanto la unión de nuestros reinos y ahora... ahora eso no podrá ser. Y todo ha sido por mi culpa. No sabía qué hacer, madre. Recé durante toda la travesía, recé para que ocurriera un milagro. ¡Un milagro! —volvió a repetir la joven agachando la cabeza—. Durante mi largo viaje escuché que es usted poderosa, o por lo menos es lo que me dijeron alguno de mis cortesanos. Vuestro rey, aunque bondadoso y sabio, no lo entendería. Para ser sincero, creo que ni yo misma lo entiendo a mi vez. Pero no pude reunir fuerzas para encontrar una solución durante todo el viaje con... —y en ese momento miró hacia el diminuto bulto a su lado del cual salían unos pequeños gemidos. —¡Oh, madre! ¿Qué puedo hacer? ¿Qué puedo hacer? ... Quisiera morir.

Doña Elvira estaba sola.

Sabía que no podía pedir consejo a nadie. Antes de entrar en el convento siempre había contado con los sabios consejos de su padre. Su padre, Don Alonso Fernández de Valladares, comendador de Navarra. Su tío nada menos que el mismísimo Mayordomo de la reina Doña Berenguela. Su progenitor, con gesto recio a la vez que bondadoso la solía sentar sobre sus rodillas en aquella niñez que tan lejana le parecía antes de darle alguno de estos consejos:

—Elvira —le había dicho aquel día en que ella le expresó su deseo de servir a Dios—, debes ser consciente de que habrá ocasiones en qué no sabrás como actuar. Crees ahora encontrar la sabiduría, saber diferenciar lo que es correcto de lo que no lo es. Pero habrá momentos en que tus lealtades se confundirán, se pondrán a prueba. Vendrá un día en que deberas hacer una pausa, cerrar los ojos y escuchar el mensaje de tu corazón. Los hechos suelen contener en sí mismos la respuesta a condición de no querer imponer nuestra voluntad para cambiar el tono de la misma, su verdad intrínseca. Yo he tardado demasiado tiempo en darme cuenta de eso, hija mía. De ese modo servirás a Dios igual o mejor que aquellos que bajo excusa de hacerlo, buscan solo sus propios fines. Recuerda siempre el origen de tu nombre —continuó—. Nuestro apellido está unido al de grandes hazañas. Los ojos de la ciudad, no solo los de la comunidad religiosa, estarán unidos y fijos en ti. Tu camino se verá iluminado por la verdad.

Los hechos.

Un bebe había nacido el día de Nochebuena. Una niña de padre desconocido cuya madre había buscado asilo y ayuda entre esta comunidad.

Una mujer que había cruzado las fronteras para empadronarse en otro país llevando consigo a un hijo en su seno.

Los hechos.

Estos eran los hechos una vez quitados los nombres, títulos y demás pompa colocada sobre los mismos.

La historia volvía a repetirse.

Doña Elvira reflexionó acerca de sus razones de cuna, en los votos sagrados que había contraído, en su responsabilidad como abadesa. Pensó en Doña Inés Laynez, su antecesora, proveniente al igual que ella del monasterio de Tulebras y descendiente del lejano don Diego Laynez, padre de don Rodrigo Díaz de Vivar. Ella también había sido un ejemplo a seguir.

Pero había otra razón más, una inteligencia poderosa. ¿Por qué no quería ponerle nombre a la misma? ¿Por qué dudaba de la verdad en su interior? ¿Por qué durante toda esa mañana y esa tarde la habían visto rezar mientras daba vueltas a las Claustrillas?

Con esa confusión acudió a misa de Vísperas. Que Dios la perdonara, pero no estaba poniendo sus cinco sentidos en el desarrollo de la liturgia. Esa tarde no olió el penetrante olor del incienso que tanto le había cautivado desde la niñez ni tampoco se fijo en las imágenes cuidadosamente labradas, ni en los sepulcros de los fundadores colocados ante el altar como hacía invariablemente desde que fue nombrada abadesa. Los fragmentos de la lectura sagrada que el capellán iba leyendo a duras penas llegaban a su mente. Poco a poco, en pequeñas migajas, algunos de esos párrafos se iban uniendo, cobrando significado, agarrándose a su atención, suplicando ser atendidos.

De este modo unas frases llegaron a su conciencia.

Unas palabras de Corintios 13:2 que parecían dirigidas expresamente a ella:

«*Y si tuviera el don de profecía, y entendiera todos los misterios y todo conocimiento, y si tuviera toda la fe como para trasladar montañas, pero no tengo amor, nada soy. Y si diera todos mis bienes para dar de comer a los pobres, y si entregara mi cuerpo para ser quemado, pero no tengo amor, de nada me aprovecha*».

—¡Dios, dame fuerzas para obedecer a mi corazón! —rezó la abadesa en su interior.

Supo entonces que este era el momento que había esperado y temido, que todo cuando había escuchado durante años acerca de la prueba a que Dios la sometería no se había referido a la reclusión, ni al aislamiento del mundo exterior para dedicárselo a Él, ni a los continuos rezos, a la asistencia a misas, a las plegarias en baja voz, al trabajo incansable en las labores propias del cenobio. No, se trataba de algo distinto. Esta era la prueba. Se dio cuenta también de otra cosa. Fue consciente como nunca de la responsabilidad derivada del poder que se acumulaba sobre su cargo.

Esta era la oportunidad, el momento para ejercitarlo con sabiduría. Su labor no era solo castigar a capellanes díscolos por faltas más o menos graves o remover trabajadores de sus cargos.

El claustro había enmudecido. Hasta los pajaritos que habitualmente lo poblaban a esta hora habían cesado en su piar. Doña Elvira estaba sola. Y sola tendría que tomar la decisión.

Una parte de sí la estaba llamando con fuerza. Era la mujer que siempre había estado allí, en su interior.

Clara.

Su hermana Clara que se había ido de su lado tan pronto, a tan temprana edad, cuando aún las dos eran niñas. Después de una semana gozosa de juegos, alegrías y risas, se había ido.

Eran niñas felices, inconscientes del mundo y sus problemas.

Aquella tarde Clara había escapado corriendo de su lado riendo sin cesar, agarrando con la mano derecha el cesto de frutas recién compradas en el mercado.

De repente, aquel caballo montado por un jinete presuroso se atravesó en su camino. Clara tropezó y cayó a los pies de la bestia.

Cuando Elvira pudo acercarse al camino convertido en barrizal sobre el que había quedado el cuerpecito de la pequeña rodeada de las manzanas que habían caído de su cesto, cuando pudo cogerla entre sus brazos, arrebatándosela a aquellas otras personas que habían acudido en su socorro, pudo ver como su hermanita aún movía los labios, muy despacio. Una débil sonrisa todavía en su pequeño rostro. ¿Cómo podía estar sonriendo en ese momento? Elvira no quiso ver la brecha en la cabeza, no quería recordar a su hermanita así. Los ojos de la pequeña Clara permanecían clavados en los suyos, pareciendo pedir perdón por la travesura que había hecho alejándose de su hermana.

«—Perdóname Elvira, perdóname, ha sido culpa mía hermana» —fue lo último que dijo, una de las manzanas todavía agarrada en su mano derecha.

Fue rápido su final, ese fue el único consuelo que tuvo.

¿Qué debía hacer como religiosa? ¿Devolver ese bebé al mundo al igual que aquellas gentes que no aceptaron en sus casas a la virgen Maria cuando buscaba asilo del mismo modo? El carácter simbólico de la situación no le pasó desapercibido.

Sabía que su cargo le ofrecía la potestad para corregir injusticias o por lo menos evitar que estas se repitieran. Este era uno de esos días.

Se había quedado mirando la fuente central de las Claustrillas. Cualquier otra hermana que la estuviera observando en ese momento hubiera pensado al ver el modo que se acercaba y a alejaba de ellas tras posar su mano sobre las mismas que estaba calibrando la técnica empleada para tallar las columnas y capiteles que la rodeaban.

Fue entonces cuando supo lo que tenía que hacer. Sí, tenía poder. Jamás una mujer había tenido un poder tan grande dentro de la iglesia. Poder para hacer el bien, para castigar pero también poder para la caridad. Miles de ideas pasaron por su cabeza en esos momentos.

¿Y si…?

¿Qué pasaría si...?

Hizo llamar en silencio a la madre Urraca, siempre dispuesta a secundarla en todas las buenas obras que había emprendido con mayor o menor acierto desde que se encontraba al frente del monasterio.

—Doña Urraca —dijo a esta en cuanto la vio aparecer—, ¡venga conmigo! Dios necesita que hagamos un acto de caridad. Se trata de la princesa del norte.

—¡Pobre criatura!, ¡Que Dios la ampare! —contestó la hermana Urraca, al corriente de la delicada situación de la princesa.

—Llame inmediatamente a la hermana Engracia y a la hermana Inés Laynez y que se reúnan conmigo en la sala capitular.

Contagiada por los gestos de la abadesa, Doña Urraca se apresuró en dejar la celda en busca de las mencionadas.

Esa noche, en secreto, en la tercera hora, cuando el resto de la congregación dormía, cuatro figuras, cuatro sombras se deslizaron por los claustros para reunirse en una pequeña cámara cerca del scriptorium. Llegaron a intervalos de unos diez minutos cada una, procedentes de distintos lugares. En esa cámara, a la luz de una vela, urdieron un acuerdo. Un pacto de fe. Un auténtico pacto religioso. Aquellas hermanas, unidas por una experiencia y formación común en el monasterio de Tulebras antes de haber sido destinadas al de Huelgas, hicieron un voto solemne.

Las hermanas habían tomado una decisión. Las damas de compañía de la princesa fueron llamadas con urgencia.

El bebé viviría. La orden, el monasterio en sí cuidaría de él y de su descendencia. Pero al mismo tiempo se acordó —y todas asintieron en ese momento— que era vital ocultar su ascendencia a fin de no poner en peligro la negociación futura entre las dos coronas así como el delicado equilibrio en Europa. Eran conscientes por otro lado de que una decisión tal era irreversible.

Sería necesario más tarde buscar un lugar, una familia de acogida que protegiera y cuidara al niño, una familia sujeta a su vez a un necesario voto de silencio y bajo la tutela del monasterio. A cambio de esa circunspección y de sus atenciones, la familia y su descendencia gozarían de prebendas y favores especiales del cenobio no estando sujeta al pago de tributo alguno. Era algo justo.

La imagen de la joven a cuyo lecho habían acudido había dejado de una persona con título para aquellas religiosas esa noche. Ya no era la princesa noruega, tan solo una joven amable que estaba sufriendo, que les pedía ayuda.

También se tuvo en cuenta el examen médico que tendría lugar una vez fuera presentada ante su futuro marido. Las mujeres conocían de secretos, sabían ciertamente cómo engañar a un hombre para que creyera lo que ellas quisieran oportuno que creyera. Y si esto traía como consecuencia la salvación de un alma pura e inocente y de un niño, razón de más para dejarlo en manos de Dios.

Ya sabía lo que había que hacer. Su duda ahora era de otra índole.

No había en su decisión nada censurable. Pero, ¿cómo lograr que el resultado de la misma perdurara en el tiempo y en el corazón de las hermanas que habían de sucederla en el cargo? Eso sería algo que habría que considerar más adelante.

EL SELLO ÚNICO DE LA ABADESA HABÍA SIDO ESTAMPADO SOBRE el pergamino. Ricamente detallado este en sus filigranas internas, realizadas muchas de ellas con la única intención de desviar la atención al documento en sí, haciendo que el receptor se fijara más en la filigrana, en el detalle, que en el contenido.

Los caballos aguardaban piafando impacientes en el Compás de Afuera. El séquito estaba dispuesto a continuar su camino hacia Valladolid.

Antes de despedirse de ella oficialmente junto a los demás la abadesa había visitado a la joven Kristina en su celda.

—Querida hija, tu desliz, si desliz insistes en llamarlo, puede ser reprochable frente a los hombres, pero no ante Dios. Quizás no volvamos a vernos en este mundo, pero en los momentos de duda y desazón, ¡confiad, siempre confiad! La providencia es misteriosa.

Habéis amado y os habéis sacrificado por vuestra familia, vuestro padre, vuestro reino y vuestra hija. No hay valores más grandes que esos, pequeña.

—Me siento tan débil y confusa madre. Durante todos estos meses de travesía a través de Francia creí que tendría fuerzas, fuerzas para decir la verdad ante vuestro rey y luego quizá, solo quizá, poder volver a mi tierra. Pero, ¿qué hubiera dicho a mi padre entonces? Mi amado sería desterrado si no algo peor. Sé que mi decisión no fue la correcta y estoy dispuesta, como lo estuve al dejar mi tierra —en lo que creía que eran otras circunstancias—, a no volver a ver Bergen jamás aunque solo mencionar ese nombre me parta el corazón.

—El monasterio cuidará de vuestra hija. No temáis. Manos más sabias que las mías están haciendo todo lo necesario por ella.

—¿Sabéis? Le he puesto de nombre Teresa. Mi padre así lo hubiera querido... una nieta española, con un nombre español —dijo sonriendo con tristeza, recordando aquella última conversación con su padre que aún resonaba en su memoria:

«—Dame un nieto español Kristina, para que nuestra familia perdure más allá del horizonte, más allá de nuestros tiempos.»

Cuando la abadesa se retiró esa noche para orar, le pareció volver a ver en la oscuridad de su celda, los diminutos ojos de su hermana pequeña antes de cerrarse por vez postrera, sonriendo.

Así fue cómo el plan se puso en marcha.

Kristina estaba en el lecho. Habían pasado cerca de tres años desde su llegada a España. Se sentía muy cansada. Su tristeza y su debilidad se habían agravado durante las últimas semanas. A su lado estaba el pergamino donde había escrito rápidamente unos versos de amor, aparentemente dirigidos a nadie en particular.

Ese día hacía un calor sofocante en Sevilla, una canícula muy distinta al aire fresco de Bergen e incluso de aquel Burgos y Soria que había conocido en su viaje de ida.

Burgos...

Si por lo menos hubiera permanecido en aquella ciudad del norte de España donde las dulces religiosas la habían acogido tan amablemente... Aún resonaban en su mente las palabras de la abadesa:

—«Dios guardará a tu hija y a su descendencia, mientras estas pobres manos tengan el coraje de defender lo que es justo bajo la Tierra y como humanos podamos servir a Dios al máximo de nuestras fuerzas. No le ha de faltar cobijo, cuidados y educación».

La abadesa, esa mujer que solo unas pocas horas antes de aquella conversación había sido una extraña en aquel país extranjero al que habían llegado, se había convertido en una figura familiar. Su rostro amable le había traducido las palabras que no lograba entender fuera de las pocas frases en latín que les servían de comunicación. Esa mirada, fija sobre su figura mientras se alejaba del monasterio con su séquito para no volver jamás, nunca la había dejado. La abadesa había permanecido así, aparentemente impertérrita a las puertas del cenobio, rodeada del resto de la congregación mientras los caballos piafaban y golpeaban el suelo con sus cascos, deseosos de emprender la marcha. Esa era la imagen que le venía ahora a la mente y la tranquilizaba como un bálsamo. La imagen de una lejana amiga.

No había tenido lugar la tan esperada unión de los dos reinos. ¿Su sacrificio había sido pues en vano? No obstante, algo prevaleció, siguió existiendo.

Ese algo fue la promesa de cuatro mujeres, el acto de bondad oscuro y oculto, puramente cristiano de una natividad aquel 25 de diciembre de 1257.

Su mente vagaba por los paisajes de su infancia, de su querido Bergen, recordando a su padre al que hacía años que no veía mientras sentía las lágrimas acudir a sus ojos. ¡Había sido tan injusta la vida!

Notó como se le cerraban los párpados, como se le iba la vida, pero esa visión permaneció frente a ella todo el tiempo.

Con esa placentera imagen cerró los ojos lentamente, con una sonrisa.

Transcurrieron los años y las sucesivas abadesas siguieron preservando el secreto, manteniendo el compromiso contraído por sus antepasadas.

Fue en 1320 cuando la abadesa Doña María González de Agüero, siempre preocupada acerca del mejor modo para preservar y transmitir las instrucciones para el cuidado y tutela de la descendencia de aquella familia —siempre y cuando la Naturaleza, no muy prodiga en aquellos duros años con los niños lo permitiera—, creó un método para que los años y la imperfección de la naturaleza humana no fueran obstáculo en la transmisión del mensaje.

Tuvo un instante de inspiración una tarde mientras escuchaba al coro.

Recordó haber leído y oído a hermanas venidas desde otros centros religiosos acerca de determinado escribano especialmente hábil. Había visto muestras de su talento en los códices y manuscritos prestados por monasterios como el de Yuso, Santo Domingo de la Calzada o el de Cañas. Maese Roderici era un escribano excepcional, de eso no cabía duda.

—MAESE RODERICI, —DIJO DOÑA MARÍA GONZÁLEZ ESA mañana en cuanto lo tuvo a su presencia—, como sabéis se os ha encomendado la tarea de recopilar la música empleada en nuestros oficios litúrgicos ¿conocéis alguna técnica que permita reducir el número de ojos que puedan ver lo que pueda escribirse en algunas partes del mismo?

—Estimada madre, hay muchos modos de ocultar algo que no quiere ser visto. Aquellos que tienen sus puertas cerradas no verán la luz —dijo el escribano con una mirada enigmática.

—No me mareéis con vuestra palabrería, Maese Roderici. Solo preciso que me aseguréis que no usaréis de malas artes para vuestro propósito.

—Ciertamente que puedo prometeros eso madre. Únicamente emplearé lo más antiguo que se conoce desde los tiempos del hombre. Técnicas olvidadas, eso sí, pero que ya existían cuando el hijo de Dios pisó este mundo.

—Si es así, comenzad cuanto antes. Y que Dios os bendiga por la tarea que vais a emprender.

Maese Johannes levantó la mirada, fijándola en un punto indeterminado del scriptorium momentos antes de comenzar a escribir en el códice con la tinta especial que tanto trabajo le había costado preparar. El resto de monjes a su alrededor mantenían las cabezas gachas en una extraña concentración sobrenatural. Solo una tos aquí y allá, solo el sonido de unos pergaminos al ser movidos. Era el momento de crear las frases, las relaciones, el cúmulo de conocimientos que los alquimistas y sabios de su época le habían hecho llegar. Y por último, reunir todo ello con ahínco y tesón en unas breves líneas de texto, en un único esfuerzo.

Debía parecer simple, hecho sin esfuerzo. Y dentro, muy adentro, ese mensaje que carecía de sentido para él, pero que sin embargo había jurado no revelar bajo amenaza de excomunión. Los ojos de la abadesa habían sido urgentes, apremiantes. Jamás había visto tanta determinación como en aquella mirada.

Estaba cansado, con un cansancio acumulado y sordo. Era una fatiga que mordía poco a poco en su alma. Su destino estaba ya sellado en alguna de esas tintas, cuyo mercurio, contenido en ellas en distintas cantidades, había acabado ya con más de uno de sus compañeros. No, su cansancio venía más de una realidad que no lograba entender. Ya de niño comenzó su vida en este oficio junto a su padre que le enseñó a leer y a escribir desde temprana edad. Le aleccionó a confiar en los códices y manuscritos y no en los hombres. En ellos encontró una verdad muy especial, la verdad que otros traicionaban con tanta frecuencia. Allí, el consuelo, el gozo y la esperanza.

Cuando cogía la pluma y los tintes y colocaba el pergamino que le tocaba iluminar ante sí, tenía plena conciencia de que esto era algo que sí podía controlar. De que alguien, en alguna parte, algún día, buscaría la sabiduría allí contenida. Y él, al igual que el maestro constructor de catedrales, habría sido parte de ello.

Respiró profundamente.Tenía que concentrarse, recordar los viejos trucos del oficio, el trazo aparentemente fácil, el dibujo minúsculo engarzado dentro de la letra capital. Tenía a su lado las misteriosas anotaciones que debía transcribir, así como esas otras de aspecto más técnico que indicaban la cantidad exacta de tinta a aplicar, su proporción y densidad.

A su lado en el *scriptorium*, varios fragmentos de vidrio rojo que habían despertado los recelos de más de algún monje. No obstante, ninguno se atrevió a preguntarle por su objeto. Todos conocían y respetaban muy bien las calladas leyes que gobernaban su trabajo.

De vez en cuando cogía uno de ellos y lo acercaba al papel, volviendo a separarlo para cambiarlo por otro y repetir la misma operación. Sacudía finalmente la cabeza antes de volver a aplicar esa tinta preparada tan minuciosamente.

Las campanas de la torre se dejaron oír en ese momento. Había sido disculpado expresamente por la abadesa de asistir al oficio religioso. Debía acabar el trabajo esa tarde. Tiempo habría más adelante para pedir perdón por mil y un pensamientos que cruzaban por su mente a la vista del contenido del mensaje que estaba redactando.

Por fin se detuvo y se echó para atrás mientras miraba el pergamino ante sí.

Sonrió.

El encargo estaba terminado. Tras colocar su firma al pie del mismo, se santiguó y se levantó del *scriptorium*.

Los demás monjes seguían trabajando, las cabezas agachadas sobre los diferentes códices miniados que tenían frente a sí, inconscientes del pequeño secreto del viejo Johannes.

Mañana volvería de nuevo al *scriptorium*, pero sería un día distinto y un hombre diferente el que lo haría. Mañana sería un anciano el que se sentara frente a él.

Porque los días más cruciales —su misión, como a él le gustaba llamarla—, ya había terminado al compás de las campanas que aún sonaban al dejar la estancia. Hoy era el día en que presentaría por fin el códice a la abadesa.

«Había sido un trabajo magnífico» —pensó con orgullo tras haber entregado su trabajo, mientras se encaminaba en busca de un poco de descanso hacia el barrio donde se agrupaba el gremio de copistas e iluminadores, perdiéndose entre sus callejas.

Solo tenía un pesar secreto. Mejor dicho, dos.

El primero era saber que no podría mostrar a persona alguna la perfección de su arte.

El segundo era más inquietante.

¿Y si lo había hecho demasiado perfecto? ¿Y si nadie lo leyera jamás?

CAPÍTULO 62

DÍAS GLORIOSOS

Día de fiesta en el Monte Dorado, seguido de otro en Covarrubias.
Ernesto es puesto al corriente del nuevo estado de cosas. Montorio.

Esa tarde del veintitrés de junio Elena, Arturo y Carlos caminaban perezosamente por las calles de Montorio en dirección a la asociación vecinal tras haber dejado el coche aparcado frente al hostal Tía Balbina.

Era extraño encontrarse otra vez aquí, sintiendo el sol en la calle, sin otra preocupación que sentir su calor en el rostro, en los brazos, pensó Lafuente. Cerró los ojos mientras mantenía las manos en los bolsillos y jugueteó con la tela interior de los mismos.

Al aproximarse a la asociación «Monte de Oro», pudieron comprobar que la misma se había convertido en un auténtico torbellino desde la última vez que visitaron el lugar. Su llegada había coincidido con el punto álgido de las festividades que todos sus miembros y habitantes habían aguardado expectantes a lo largo del año. La preparación de la Semana Cultural organizada asimismo por la asociación aumentaba aún más la excitación.

En su interior, Honorio, apoyado en la barra y con sonrisa bonachona contemplaba como un grupo de chavales sacaba del almacén tablones, telas, sillas y un montón de cosas con formas inciertas en preparación para el baile, los juegos y las actividades culturales que iban a tener lugar los próximos días.

—¡Vaya! Me alegra verles de nuevo por aquí. ¡Gracias por venir a las fiestas! Con tanto lío casi me había olvidado de ustedes— dijo bromeando el veterano socio en cuanto vio al pequeño grupo entrar con dificultad en el lugar, estrechando la mano de cada uno de los recién llegados.

El local, de unos setenta metros cuadrados se iba llenando por momentos con una población que parecía haber surgido de la nada. Las largas mesas y bancos se encontraban ya adornados para la ocasión. La estufa de pellets, testigo de animadas reuniones durante el pasado invierno y a la vez recuerdo incómodo del frío, permanecía ahora relegada en un rincón, olvidada la necesidad de la misma. En la espaciosa biblioteca anexa al salón, niños, socios y vecinos entraban y salían, unos con periódicos y libros, otros con juegos, en un torbellino ingenioso que resultaba divertido por su mezcolanza. A este gentío habría que añadir la de aquellos que, procedentes de poblaciones vecinas se habían acercado curiosos hasta allí. También era testigo el lugar de la vuelta de otros que marcharon hace tiempo y que retornaban cual hijo pródigo.

—Últimamente hemos estado muy solicitados, ya sabe a lo que me refiero profesor—dijo Honorio—. Ese escritor amigo suyo estuvo por aquí hace un par de semanas acompañado de su novia. No ha pasado tanta gente por Montorio en los últimos meses desde la reconquista y la invasión de los franceses.

Estaban en la puerta del local. Honorio saludaba a un lado y a otro a los numerosos vecinos y amigos que se iban acercando. Un par de mozalbetes que el resto del año se ocupaban como única actividad aparente en subir y bajar la calle con expresión aburrida montados en sus bicicletas, habían dejado las mismas apoyadas contra el banco verde, acostumbrado y resignado este último a semejante uso. Sí, durante el resto del año la calle era en efecto paso obligado de jóvenes que, al igual que los que acababan de pasar, emprendían esa ruta ciclista una y otra vez antes de dirigirse hacia las consolas que esperaban pacientes en sus casas. A diferencia de la generación del profesor, estos jóvenes habían sido expulsados por sus padres y condenados a salir al aire libre y disfrutar del mismo contra su deseo.

Al fondo del salón y alzando sus copas y botes de cerveza según fuera el caso a modo de saludo pudieron distinguir entre los presentes a los miembros de la cooperativa local dedicada al incansable cultivo de la patata y responsable en gran parte de esos tractores que habían visto recorrer la población durante su visita inicial. Ante esta invitación Arturo y sus compañeros se apresuraron a hacerse unas fotos con ellos.

—¡Que a nadie se le ocurra decir «patata» o le mato! —dijo Sara Serna, uno de los miembros de la cooperativa, en clara referencia a su trabajo durante el resto del año.

Su hermano Nico soltó una risotada no dirigida a nadie en particular, una expresión de júbilo nacida del momento y del día.

Ante tal ebullición y movimiento Arturo miraba con apuro a su alrededor.

Solo dos o tres coches habían tenido la osadía de aparcar en la calle haciendo recordar al viajero ocasional que aún se encontraba en el siglo XXI.

Detrás de las casas situadas enfrente se extendían los montes, salpicados aquí y allá de alguna edificación, aunque en este lugar reinaba el paisaje como había quedado testimoniado por el propio nombre de la calle en la que se encontraban.

—Una socia hizo una foto estupenda de un amanecer desde aquí —apuntó Sara—. Está todavía en Google creo.

—Sí, de hecho la he visto —dijo Carlos—. He de confesar que mi interés por Montorio llegó hasta eso. Muy buena foto si puedo decirlo. Y claro, también me di cuenta de que la tal socia se llama Soledad Serna. Bueno, Honorio —dijo a continuación, sintiendo llegado ya el momento de las despedidas—, siempre nos acordaremos de ti. Tenía razón Elena cuando me dijo por primera vez que éste era en efecto un monte dorado —y al decir esto Carlos pudo ver el sol asomarse tras las nubes que inicialmente habían dado la impresión de estropear el atardecer.

. . .

ELENA LEVANTÓ LA CABEZA DE SU ESCRITORIO Y MIRO sonriente a la pareja que acababa de entrar en su despacho. Ernesto y Clarisa habían estado buscando en vano al profesor Lafuente tras haber llegado esa mañana a Burgos. Una vez hechos los saludos, Elena volvió a sentarse con movimientos deliberadamente lentos en su silla mientras se echaba el cabello hacia atrás.

—Por cierto, mientras esperáis a Carlos creo que estaréis interesados en conocer el destino final de los manuscritos —dijo, intentando dotar de dramatismo mal disimulado a sus frases—. Sé que le hubiera gustado ser el primero en daros la noticia, pero no se puede tener todo, ¿no es así? El caso es que aunque no disponemos por el momento de toda la información al encontrarse las diligencias bajo secreto de sumario, parece ser que el presunto propietario de los manuscritos —nuestro querido y nunca bien ponderado conde Dabrowski—, los habría encontrado en su finca hace ya algún tiempo sin haber desvelado su existencia. Por tanto nada de herencia familiar ni cosa por el estilo. Puro cuento como sospechábamos. Una manera de sacar dinero fácil para un patrimonio en declive. No conocemos todavía el modo en que llegaron a manos de la familia. Posiblemente alguien los robara de Silos o Huelgas. Pero sí sabemos que el condesito intentó venderlos a través de Sotheby's de Londres, a pesar del dictamen final sobre su autenticidad. Por fortuna su intento fue descubierto a tiempo por Interpol y los manuscritos se encuentran ahora donde siempre tuvieron que estar, en las Huelgas, bajo la atenta supervisión de nuestra amiga la abadesa.

—Increíble, si lo hubiera escrito yo, me hubierais dicho que era un argumento cogido por los pelos —dijo Ernesto—. Eso deja zanjado de una vez por todas el tema de los manuscritos ¿Y qué hay de las relaciones con el rector? Después de eso habrán mejorado bastante.

—Sí, no te puedes imaginar cuanto. Digamos que los hechos se han desarrollado de un modo insospechado para él.

—¿Insospechado? ¿Qué quieres decir?

—Sí, verás, después de que Carlos presentara su renuncia motivada un día después de entregar su informe complementario a Patrimonio Nacional y de publicarse poco después tus valiosos artículos sobre nuestro viaje a Covarrubias pasaron cosas. Bueno, para abreviar, tanto la junta universitaria como la fundación repararon en lo cerca que habían estado de perder para siempre esos incunables. Su reacción al respecto no fue muy favorable. La actitud del rector no pareció haber una buena atmósfera en esa reunión. Aparecieron además otras cosas, ya sabes...

—¿Otras cosas? ¿Aparte del informe quieres decir? —dijo Clarisa.

—Sí, al parecer nuestro amigo guardaba a buen recaudo en su caja fuerte determinados documentos que mostraban con luz prístina, ¿cómo decirlo? cierto mal uso de sus funciones al frente de la universidad. No se sabe cómo, pero los detalles de estas circunstancias llegaron a oídos de la junta —continuó Elena mirando a sus amigos con lo que pareció una sonrisa traviesa—. En fin, resumiendo un poco más las cosas, el resultado de todo ello fue que la junta terminó por aplicar a rajatabla los mismísimos principios de rectitud y protección del legado monumental del edificio, así como de la tradición escolástica que el rector siempre había resaltado y remarcado, sin llegar a una completa aplicación práctica en el mundo real por su parte.

Siguió relatando la profesora las inútiles protestas de inocencia que don Patricio Noguer enarboló en su defensa, los conatos de furia, real o fingida que mantuvieron alejados de su presencia durante toda esa semana a su secretaria y asesores personales, repentinamente indispuestos para acudir a su puesto de trabajo. Intentar localizarlos, ya fuera por teléfono o personalmente devino una tarea infructuosa. De nada sirvió tampoco la larga lista de contactos existente en su agenda. El cuadro universitario se vio repentinamente inundado de trabajo en sus tutorías, tesis, tareas de investigación, clases y demás, lo que hizo que la presencia de los mismos en los pasillos, laberintos y pasajes de la venerable universidad se hiciera más bien escasa.

Durante esos días la bicicleta del señor Noguer permaneció en su lugar de costumbre, apoyada contra la pared llena de hiedra de Boston. Esta siguió trepando, creciendo entre las ruedas delanteras y amenazando con incorporarla a la vegetación del jardín. No fue sino al cabo de unas semanas que la misma fue finalmente extraída por dos jardineros que, sin una palabra y tal solo una breve mirada entre sí, procedieron a extraer el pobre velocípedo de su prisión vegetal.

No fue hasta transcurrir una semana de investigaciones que, tanto la junta rectora de la universidad como la propia de la fundación Mogueroles, reunidas en sesión conjunta, —sesión que se prolongó durante todo el día, y que tuvo como único orden del día el examen del abultado y detallado expediente—, votó por unanimidad el cese fulminante del rector. El nuevo cargo recayó por unanimidad sobre un sorprendido Carlos Lafuente.

—¡Felicidades, profesor! —dijo Arturo sonriente, acercándose a su mentor a la media hora de haberse hecho oficial el nombramiento—, me acabo de enterar de la noticia.

Las malas lenguas apuntaron a lo extraño del procedimiento, al modo curioso y casi fantasmagórico en el que habían aparecido esos extraños documentos sobre la mesa de la junta, documentos en los que se relacionaban nombres, cifras y minuciosos apuntes relacionados con las actividades irregulares del rector. Todo ello dentro de un grueso sobre salpicado de manchas de aceite.

Hubo quien, a la vista de estas marcas, señaló hacia Elvira como probable agente mediador en los acontecimientos que dieron al traste con los proyectos del anterior rector. Cuando surgieron estas sospechas por vez primera no hubo forma alguna de que el profesor Lafuente —ahora rector—, pudiera localizar a la misma para corroborar lo que pudiera haber de cierto en esos rumores. El teléfono de la detective aparecía siempre fuera de cobertura y todos los intentos para dar con ella por otros medios resultaron infructuosos. Arturo había tenido la impresión de verla un día cuando, con un grupo de amigos subía las escaleras que daban a la Llana de Afuera, pero con su prudencia habitual juzgó mejor dejar que las cosas siguieran su rumbo. Existían misterios que a diferencia del que habían tenido entre manos durante más de un año era mejor dejar reposar.

Sabía Arturo que la menuda detective había obrado siempre guiada por el cariño y respeto más grande hacia el profesor y hacia el objetivo de su misión, como ella misma había calificado siempre esta búsqueda de su Grial particular.

Había sido ciertamente un año intenso.

Arturo había terminado su máster.

Pero no había logrado solo eso.

Delante de él, enfrentado a la ventana de su habitación y al río que lo había hecho posible, colgada de una cinta bermellón entre las fotos de Cracknell y Pérez, lucía una medalla sobre la cual aparecía reproducida la puerta de Santa María encerrada en un escudo blanco sobre fondo granate, un diseño obra de un artista local que había marcado un antes y un después en la historia de la ciudad.

La Burganda Blue.

«Burganda, nos vamos de viaje» —dijo Arturo a la misma mientras cerraba la maleta antes de partir hacia Italia en unas merecidas vacaciones.

La constancia del muchacho, las largas tardes pasadas en el río habían dado sus frutos. Sí, había conseguido la tan codiciada medalla en esa primera regata entre las dos universidades celebrada el pasado abril, en una victoria fruto de la concentración y del esfuerzo aplicado aquella tarde, salpicado por las aguas del Arlanzón, puesta ahora sí toda su atención en dirigir a su equipo, en los golpes precisos de cada movimiento del remo, golpes que habían llevado a su canoa a la línea de meta con unos escasos segundos de ventaja sobre la del equipo rival.

Sí, aquella tarde de abril, a pesar de los negros presagios de T.S. Eliot en sus versos, no había sido parte del más cruel de los meses para el joven.

En cuanto a Meseguer solo cabe decir brevemente que la cartera de papá dejo de surtir con la liberalidad y afluencia acostumbrada los caprichos de su primogénito y que, bajo esta tesitura, este genio en ciernes se vio obligado a dejar la universidad y probar mejor fortuna en el taller mecánico de uno de sus tíos situado dos calles más abajo de las acristaladas oficinas de su padre.

El año próximo prometía ser asimismo intenso. Había obtenido la beca como profesor de apoyo en la Ludwig-Maximilian de Munich.

Una familiar silueta cruzaba el campus de Montanilla con pasos cortos y decididos.

Otra figura de movimientos desgarbados le salió al encuentro.

—Saludos, bella dama. ¿Puedo hacer algo por vos?

—En principio puedes guardarte tu dialéctica medieval hasta que termine mis clases. Me ha tocado nada menos que un nuevo grupo de primero. Tendré que convencerles de lo espléndido que es mirar hacia el pasado y todo eso —dijo Elena, pues era ella la interpelada mientras caminaba llevando unos libros entre sus brazos cruzados, como si fuera una más de esos estudiantes recién llegados.

—Seguro que lo harás estupendamente. Solo tienes que hablarles de las maravillas de cazar mariposas a la luz de la luna y los tendrás en el bote. Recuerda, luego tenemos café en mi suite —le replicó Carlos con un guiño, marchándose sin esperar respuesta.

Solían mantener ambos largas charlas con su colega, la profesora Abad quien tanto había hecho para esclarecer el misterio, aunque fuera de modo involuntario con su labor paciente y dedicada. Un dato curioso para todos ellos mientras tenían estas conversaciones era pensar que se encontraban en una zona que, aunque ahora formaba parte de la universidad de Burgos, había sido antaño el Hospital del Rey, propiedad a su vez del monasterio de las Huelgas donde todas sus peripecias habían tenido lugar. Un justo broche al tiempo pasado en él.

Se había creado entre los tres lo que pocos meses atrás era difícil de contemplar, una sana camaradería entre las dos universidades.

De las notas de Ernesto Santos

Covarrubias, 24 de julio de 20...

Lucía un día espléndido para la ocasión.

Llegamos ayer tarde en una repetición de la excursión cultural que hicimos a este lugar tiempo atrás. De nuevo nos encontrábamos aquí, en Covarrubias tras haber descansado de nuestro largo viaje. Concretamente en el día que se celebra la fiesta en honor de la princesa Kristina. Este año, sin embargo, iba a ser algo especial. No era para nadie un secreto que la universidad de Montanilla del Arlanzón había estado realizando intensos estudios sobre la princesa. Los periódicos y organismos locales no habían escatimado para apuntarse a este esfuerzo que traía novedad, interés y quizás pingües ingresos extras a la celebración anual.

Clarisa y yo acompañamos por supuesto a nuestros amigos de Montanilla en todas las peregrinaciones y homenajes, con ese *sprit de corps* que en todo momento había caracterizado a nuestro pequeño grupo. Fueron en cualquier caso homenajes privados y callados, lejos de la algarabía y del ruido que llenaba el pueblo. Acudimos de este modo ante la colegiata y depositado flores antes la estatua de Kristina, comprobando que no habíamos sido los únicos ya que el suelo brillaba de colorido por efecto de otras ofrendas similares.

La banda de música noruega estaba preparando sus instrumentos en la plaza central sobre el improvisado escenario montado a los pies del ayuntamiento que habíamos visitado la última vez que estuvimos aquí. En derredor de la plaza se distribuían algunos puestos mostrando en su interior pequeños muñecos de madera y otros objetos que nadie hubiera concebido pudieran existir tan lejos de su tierra y que volvieron a recordarme la aldea de Pinocho.

En ese momento se aproximó a nosotros Hans, nuestro viejo conocido acompañando a una figura corpulenta de barba rubia acompañado por el alcalde de la población y el concejal de Turismo, Ramón Valverde.

—El señor Birk Larsen, el embajador noruego en España —dijo Hans, haciendo las presentaciones.

—¡Vaya! si tenemos aquí a los buscadores del Grial noruego —dijo en inglés el cónsul—. He de felicitarles señores por su admirable labor. Muy inteligente por su parte el pensar en la música

coral como una especie de transmisor del mensaje. ¡*Veldig dyktig!*
—. Y a continuación el cónsul se introdujo en la boca el canapé que
sostenía en la mano izquierda, habiendo dado cumplimiento tanto
a su deber cultural como a su apetito.

—Ha dicho que fue una cosa muy hábil por vuestra parte—nos
tradujo Hans tras haber dejado al embajador.

Carlos y Elena habían estado hablando con alguno de los perio-
distas presentes. Cuando el primero buscó con la mirada a Arturo
comprobó que el joven había desaparecido.

—¡Diablo de chico! Nunca se le encuentra cuando se le
necesita.

Pronto nos vimos concentrados en otra tarea al llegar a nuestro
poder unas jarras de cerveza sujetas por las firmes manos de Hans.

—Traigo esto para vosotros de parte de la legación noruega.
Digamos que es el modo nórdico de agradecer vuestro trabajo —
dijo con la misma sonrisa que nos había mostrado la primera vez
que llegamos a Covarrubias—. Como decimos nosotros «*Kemst Tho
haegt fari*» que es algo así como «arribarás a tu destino aunque
camines despacio».

—Gracias, Hans —dijo Carlos, cogiendo la jarra que le
ofrecía y pasándole la otra a Elena mientras yo hacía lo propio
con Clarisa—. He de confesarte que después de leer tanto sobre
la antigua Noruega en los viejos manuscritos y crónicas me
agrada relacionarme con la contemporánea para variar. Estaba
llegando a pensar que seguíais vistiendo tocados medievales y
esas cosas.

—Eso me recuerda que el pub La Serna donde nos reunimos la
última vez se encuentra cerrado definitivamente. Una pena. —dijo
el noruego.

—Cuánto lo siento –dijo Lafuente--. Justamente ahora hubiera
apropiado reunirnos allí de nuevo para unas copas. Dado el curso
de nuestra investigación hubiera sido lo más adecuado.

—Lo sé —dijo Hans—, pero el propietario no pudo resistir la
poca afluencia de parroquianos. ¡*Skol!*—dijo mientras alzaba su
jarra.

Arturo apareció sonriente, cogido de la mano de una vieja conocida.

Esta no era otra que Remedios Ponciel, aquella joven del patronato de las Huelgas de la cual oí hablar en su día y cuyos movimientos al parecer habían acaparado la atención del estudiante desde la primera vez que la vio.

Reparé en ese momento en toda la gente que había a nuestro alrededor, en los músicos que tocaban, en la chica con gafas de color púrpura que reía junto a un chico de camisa extravagante, así como en un matrimonio de edad avanzada, eminentemente noruego, que mostraba una alegría contagiosa. Y pensé que todo esto estaba motivado porque un día lejano la princesa Kristina puso sus pies en esta tierra. Si bien breve, su vida fue importante, dentro de esa cadena incesante de causa y efecto que había creado este momento feliz.

Levanté mi copa por una vieja amiga que había llegado a conocer en cierto modo. Me invadía una extraña sensación de familiaridad.

—¡Por Kristina!

Brindamos en silencio.

Había llegado el momento solemne de los discursos.

Carlos Lafuente subió con presteza al pequeño escenario montado en la plaza, su figura enfrentada al reloj situado en la fachada del ayuntamiento y que parecía ocupado en una eterna carrera contra el tiempo. Una vez allí el profesor se situó al lado de los instrumentos de música que resonarían con posterioridad con la actuación del grupo de rock «Los Águilas», convenientemente anunciado en el programa de fiestas.

—Hace ocho siglos —comenzó el profesor mirando fijamente a la esfera del reloj, como si estuviera dirigiendo su discurso no al grupo de personas reunido en la plaza, sino al mismísimo Tiempo —, una muchacha noruega inició un viaje lleno de ilusión a la vez que de incertidumbre por su destino, ilusionada en ser la reina de un nuevo imperio. Nosotros hemos rastreado las huellas de ese pasado, de ese pasado lejano, buscando algún resto de ella, de su verdad. Hoy nos hemos juntado en este lugar cerca de su sepulcro después de una aventura que nos ha llevado meses recorrer. Queremos rendirle homenaje hoy, precisamente aquí, su última morada, donde reposa no solo su cuerpo sino el resto de sus sueños y esperanzas. Es lo menos que podemos hacer por ella. Citando aquí al poeta alicantino Miguel Hernández, Kristina ya no es más que polvo, más polvo enamorado. Realmente, desde nuestra humilde pequeñez, poco podemos hacer por esta princesa que miembros de su séquito y personas que la acogieron no hubieran hecho ya en un homenaje diario y cotidiano.

Hoy, la prensa y la televisión aquí presentes así como sin duda las redes sociales, sabrán que estuvimos en este lugar, pero para los que hemos estado involucrados en conocer su figura más de cerca, ella vivirá no solo durante estos instantes por importantes que sean; de algún modo permanecerá en nuestro interior. Tenemos que ser nosotros, los que interpretamos la historia, los que honremos su verdad. No solo la verdad de los que vivieron hace siglos, sino la verdad del hombre corriente, del señor con abrigo gris que compra cigarrillos para la verbena en una tarde de otoño o de la niña que pasea su globo por la plaza mayor en dirección a casa. De este modo esas historias, estos pequeños relatos diarios, servirán de algo, tendrán un propósito.

—¡Felicidades por el discurso profesor! Ha sido soberbio —dijo Arturo al bajar éste de la tarima.

—No tiene mérito algo Arturo, créeme. ¡Es puro Lincoln! —dijo Lafuente con una mueca.

Estos momentos pasados en Covarrubias me han confirmado que hay historias que vale la pena emprender, que vale la pena vivir incluso si el camino es duro y oscuro. Historias aparentemente sin importancia, banales, pero necesarias para poder contar que se han vivido aunque a lo largo de ellas surja la fatiga y el desánimo. Como esas heridas soportadas sobre nuestra anatomía, en rodillas y codos jugando con los amigos en tardes de verano subiendo a la carrera las escaleras del barrio. Por extraño que parezca son este tipo de historias las que nos marcan, nos hacen mejores y gozar del haberlas vivido. Al final del camino podremos volver la vista atrás, a nuestros recuerdos y al revivirlos, agradecer habernos cruzado con esa serie de personas que nos acompañaron parte del camino. Juntos vimos paisajes distintos o incluso siendo este el mismo, la mirada habrá sido diferente, la visión insólita, la percepción cambiante y el resultado siempre, siempre sorprendente.

La fiesta en Covarrubias tuvo lugar el día 24 de julio y la visita de mi amigo Carlos a Montorio un mes antes, concretamente el 24 de junio. Por supuesto una más de esas coincidencias significativas a las que tan acostumbrado estaba ya por ahora.

Como dije todo esto son solo recuerdos ahora, breves retazos del final de aquel año que habíamos vivido en una especie de trance, pinceladas impresionistas, borrosas, desdibujadas, como un paisaje visto a través de un cristal empañado. Supongo que son estos los momentos que uno atesora, que rebobina en la memoria. Es agradable poder hacer una pausa y gozar después de mucho tiempo, del placer auténtico de mantener la mente en blanco y de sentir, sencillamente sentir que se ha hecho todo lo posible en ese esfuerzo diario, en esa constante toma de decisiones que es la existencia.

CAPÍTULO 63

UNA DESPEDIDA

Cualquier paseante vespertino que recorriera el paseo del Espolón podría haber visto en un lugar sombreado del mismo las figuras de dos hombres que, apoyados inmóviles sobre el pretil, observaban con atención el discurrir del río.

La luz del sol, atravesando la nube que por un momento había nublado la escena, reveló que estos no eran otros que Carlos Lafuente y Ernesto Santos.

El punto desde el que los dos habían decidido observar el río con tanto afán se encontraba cercano a la casa del profesor. A su alrededor el paseo del Espolón discurría con su devenir diario; los paseantes cruzaban sin lanzar ni una sola mirada en su dirección. Una familia pasó a sus espaldas, llevando de la mano a una niña pecosa con abrigo amarillo y gorrita a cuadros que llamaba la atención de los perrillos con los que se cruzaba y que tiraban a su paso de sus correas en un vano esfuerzo por olisquearla.

Habían dejado momentos antes durante su paseo el Teatro Real. En una esquina unos pocos metros más allá, comprometiendo todo el romanticismo de la escena, se encontraba la franquicia de una tienda de ropa enfrentada al río y dando señales claras de modernidad contemporánea a ese Burgos que se empeñaba en no desaparecer.

Frente a ellos la vieja librería del Espolón, silencioso testigo de otros paseos realizados en su proximidad. Dentro de ella, Pilar, la librera estaría un día más ordenando los libros y catalogando las nuevas adquisiciones.

—Prácticamente todos los burgaleses han entrado en ella en algún momento u otro —dijo Carlos recordando sus muchas visitas al lugar.

—También es un lugar especial para mí—dijo Ernesto mirando el cercano escaparate—. Aquí fue precisamente donde se vendió mi primer libro, *El instituto perfumado* hace un par de años. Me alegra ver que no ha perdido nada de su especial encanto.

—Bueno, si me permites que vuelva sobre el tema se puede decir que hemos hecho un buen trabajo. No es perfecto, esa es la verdad y me cuesta admitirlo —dijo el profesor con la mirada perdida en el río—. Pero como dice el refrán: «nunca jamás celebres un éxito ni lamentes un fracaso». No se puede negar que está en los genes del ser humano el valorar las cosas que más nos ha costado conseguir. Siempre me ha gustado venir al puente cuando he tenido que pensar, meditar o poner orden en mi vida. Este es de hecho mi punto favorito. Se me hace extraño estar hoy aquí sin tener la misma inquietud de otras veces. Por lo menos no con el mismo tipo de desasosiego, no de idéntico modo.

—Cada uno medita cómo puede según sus circunstancias. Pero claro, hay quien como yo prefiere pasear mientras lo hace que es lo más común.

—Supongo que soy más complicado. En mi caso, cuando me encontraba desanimado, venía aquí y miraba esas mismas aguas que tenemos ahí delante escasas de caudal; me colocaba bajo esos sauces llorones que transmiten cierta melancolía y antes de irme colocaba mis manos sobre el puente para sentir su solidez, su permanencia, como quieras llamarlo. Tenía la sensación de que todo se moviera menos yo. Sentía la dureza de la piedra bajo mis palmas, el calor acumulado en los días de verano y su frío en los de invierno.

Así era. ¡Cuántas veces se había olvidado el profesor de sí mismo en ese duermevela que había descrito, viendo la escasa maleza caer a la corriente y deslizarse delante de sus ojos! El movimiento, quieto y tranquilo de las aguas discurriendo desde un punto a otro hasta desaparecer de su vista, le arrullaba.

Aguas grises, verdes, pardas, de mil colores pero siempre, continuamente sedosas. Enmarañadas, viniendo de no se sabía dónde para dirigirse hacia otra incierta parte. La piedra, la humedad bajo sus manos era algo real a lo que asirse. Estable, invariable.

Más de una tarde, después de cenar, venía aquí con su pipa y, situándose en el lugar del modo que había descrito a su amigo, pasaba allí las horas, olvidándose del tiempo, enmarañado como las mismas aguas.

Y por unos momentos, mientras permanecía allí en compañía de su inseparable pipa, se sentía tranquilo, conociendo algo similar a la paz.

—Creo que ahora empieza una etapa importante para vosotros —dijo el profesor apartando su mirada de las aguas del Arlanzón por un momento y mirando a su amigo cara a cara—. Si no recuerdo mal me dijiste que os mudabais a Canadá, ¿no es así? Cruzar el charco y todo eso, ¿no? Os deseo mucha suerte. Nosotros seguiremos aquí, en este viejo caserón. A Elena se le han ocurrido unas cuantas ideas para restaurarlo interiormente. Creo que quiere traerse su colección particular de paisajes para unirlos con mis marinas y mariposas.

Se miraron en silencio unos segundos antes de darse un fuerte apretón de manos.

Esta vez no hacían falta palabras.

CAPÍTULO 64

CARTAS LEÍDAS AL ATARDECER

De las notas de Ernesto Santos
Prince Edward Island, Canada
21 de diciembre

Ha comenzado a llover. Oigo como el agua golpea sobre el tejado cubierto donde estoy escribiendo. Golpea repetidamente sobre él. Es un martilleo variable pero constante. Me he acostumbrado ya a su sonido antes de ponerme a escribir por las tardes.

—Es algo habitual por aquí. No le llevará mucho acostumbrarse —me había asegurado el camarero del pub Duke of Cornwallis situado a la vuelta de la esquina la primera vez que acudí a él.

Y sí, es verdad, no me tomó mucho tiempo hacerlo. En esperar la hora, ese espacio entre las cinco y las seis de la tarde en que oiría de nuevo el trueno, vería el relámpago a través de las ventanas del estudio como algo necesario antes de dar comienzo a mi tarea diaria.

Este era pues un día perfecto. Esperaríamos a que la lluvia apretase, a que arreciase, a que el sonido sobre los cristales fuera mayor, que la oscuridad del mundo más allá de las ventanas nos recordara tantas lluvias pasadas juntos, tantas tardes viendo los relámpagos, el verde intenso de la maleza, de los árboles, agradeciendo todas y cada una de esas gotas venidas desde arriba.

Una tarde de tormenta mientras se contempla el repetir del relámpago, sintiendo como tiemblan las paredes al mismo tiempo, es el mejor modo de encontrarse cerca del espíritu de la Creación.

Y de repente, tan súbitamente como empieza, se detiene.

¿Volverá a continuar luego? La naturaleza escribe su propia novela de suspense, manteniéndonos alerta a ese fenómeno. La nuestra, más interior, más primaria, no puede hacer otra cosa. Y como en todo fenómeno natural, hay una parte de alarma dentro de nosotros que se mantiene alerta, presta a correr, a huir si la situación traspasa determinada línea.

Sí, en tardes así me acordaba de aquellos amigos hechos a lo largo del camino, al otro lado del océano. De Carlos Lafuente, de Arturo Pinedo y, por supuesto, de Elena. Juntos habíamos hecho algo extraordinario. Juntos habíamos tensado las cuerdas de lo posible, los hilos invisibles que entrelazan los destinos, tan invisibles como una telaraña hasta que uno se encuentra atrapado dentro de la misma. Más de una noche, cuando me encontraba solo, levantaba una copa y brindaba en silencio por nuestra amistad, por nuestro encuentro y por la particular parte que cada uno de nosotros habíamos jugado en esa maraña de coincidencias, de descubrimientos y sí, también de milagros.

Pocos días después recibí una carta con membrete de la Universidad de Montanilla. Era un sobre abultado, de esos que se esperan con cierta aprensión, la promesa de contener información sustanciosa y no la parca carta de cortesía, invitación o consideración profesional.

La abrí con curiosidad. Estaba firmada como me esperaba por Elena Serna, nuestra vieja amiga.

Burgos, 15 de diciembre de 20..

Estimado Ernesto,

Te escribo como te adelanté para informarte de las últimas gestiones realizadas en relación con la genealogía del apellido Serna desde la familia originaria que estuvimos investigando.

No hace falta que te diga que ni Carlos ni yo nos hemos dado por vencidos y consultamos ocasionalmente viejas crónicas, libros de historiadores varios y teorías mil, aparte de los que aportó en su día mi colega de la Universidad de Deusto, Carlos Ensiñar, aunque claro esta, ya no con el empeño inicial. He estado en contacto también con un par de empresas especializadas en reconstrucción de árboles genealógicos. No obstante, si bien parece probado que la línea Serna se mantuvo de algún modo en Montorio y cercanías con anterioridad al establecimiento de la población en el lugar que ahora ocupa, la parte final del mismo, el que conecta desde el siglo XIX hasta nuestros días, aparece roto y desdibujado documentalmente.

Adjunto fotocopias de toda la documentación relacionada donde podrás ver diferenciadas las ramas que se acaban por falta de descendencia, así como aquellas otras que de un modo u otro, se cruzan y entrecruzan en un arabesco singular, pareciendo señalarnos un camino.

Es especialmente frustrante para mí el hecho de que una de las líneas genealógicas, en concreto la recogida en 1895 en la *Crónica de Burgos* escrita por Isais Mendoza Carmona no haya dado sus frutos. Por otro lado, el historiador Francisco Quesada Villegas que escribió una historia de los apellidos locales, fija exactamente el foco especialmente en Montorio y cercanías. Solo cabe especular y como sabes, esa tarea es peligrosa.

Lamento no poder serte de más utilidad ni para ti ni para mí misma. La falta de crónicas, de documentos escritos fehacientes nos abocan a un callejón sin salida. En lo que a nosotros respecta, la línea genealógica sufre de una perdida documental considerable a consecuencia del incendio de muchos de los registros civiles durante la guerra. De hecho tanto a Carlos, a Arturo como a mí ya nos parece milagroso que el Códex musical haya sobrevivido hasta nuestros días.

Aún mantenemos el contacto con nuestros viejos amigos don Clemente Násera y don Rufio Colmenar quienes se interesan por nuestros avances o, como por desgracia es el caso, la falta de ellos, así como por tu trayectoria profesional, con esa curiosidad persistente que les caracteriza a ambos.

De cualquier modo ha sido una aventura maravillosa e inquietante y siento como tú que la dura realidad nos fuerce a enfrentarnos con un callejón sin salida. Estamos como historiadores acostumbrados a este despertar del sueño una y otra vez. Me gustaría poder ceder a la sed de saber y rellenar como tú, con ansia creativa, esos huecos desconocidos, pero lamentablemente mi formación me lo impide.

Un abrazo,
Elena Serna Serna
Departamento de Historia
Universidad de Montanilla

Junto a la primera había otra carta firmada por Carlos Lafuente que, aunque fechada con anterioridad a la de Elena, había compartido el mismo sobre. La dulce Sofía, la secretaria de la universidad había actuado en aras de la economía, no cabía duda. Mis dos amigos se habían confabulado en acercar de este modo el viejo Burgos a mi nuevo hogar.

En Burgos a 18 de diciembre de 20...
Amigo Ernesto,
Hay que saber cuando la evidencia, unida a la realidad de los cinco sentidos, —al que se añade ese poco útil sentido común—, insiste con aspereza, pero continuamente en que le hagamos caso. Me he empeñado durante meses en un esfuerzo sobrehumano y he convencido a muchas personas para que me sigan. Mis días, mis pensamientos, mis inquietudes, mis proyectos de futuro han sido puestos todos al pie de esta ilusión. Durante cerca de dos años hemos bebido del sueño de la princesa, de su recuerdo. No siento pesar por este tiempo sin embargo. Tanto Elena como Arturo comparten conmigo la creencia de que hemos hecho todo lo que nuestro esfuerzo y la ciencia puedan dar de si, y sí, incluso también las ciencias paranormales del joven Arturo puedan haber jugado su

parte en algún momento del camino. Quizás en algún momento futuro una nueva generación pueda coger el relevo, seguir la carrera. Cada uno de nosotros tiene una misión que cumplir en la vida. Elena me está mirando mientras escribo esta carta. Se merece un poco de paz. La veo inclinada ante su caballete, intentando mezclar los colores una vez más, formar un contorno sobre el lienzo, trazar una idea y crear poesía una vez más. Y voy a estar allí.

El eslabón perdido, si es que existe, si es que es humanamente posible encontrarlo, lo será. Pero ya he asumido que no lo será por mí y es sensato reconocer la propia, humana posibilidad de falibilidad. Aun así tenemos muchos motivos para felicitarnos tú y yo. Ambos hemos perseguido un sueño y el hecho de rastrearlo ya es en si la propia victoria. Es lo que nos hace grandes en cierto modo.

Elvira aún sigue dando vueltas a la idea que la puso en marcha cuando empezó a colaborar con nosotros. La detective permanece aparentemente tranquila durante meses. De repente, una palabra, el nombre de una población, una mención ocasional en el *Diario de Burgos* acerca de alguna aldea olvidada, una vieja tradición o la mera referencia a una vieja familia del lugar, la pone en marcha, y la sitúa al volante de su Opel Kadett que, tras emitir unos curiosos ruidos, arranca por fin para enfilarla nuevamente por las rutas de lo desconocido y de la aventura que arde en su interior. Elvira es ya una esclava de ese sueño, de esa pesadilla si quieres que es la búsqueda del saber y que para todos aquellos que la padecemos es a la vez tortura y bendición. Una fiebre que, creo yo, arderá siempre dentro de ella tras haberse acercado demasiado a la llama de la curiosidad que ha permanecido tanto tiempo en este despacho como para no ser a su vez una parte indisoluble de él.

He desistido ya de desanimarla en esas indagaciones. Sé demasiado lo que significa esa búsqueda como para intentarlo siquiera.

¿Y qué decir de Arturo, nuestro nuevo fichaje en la universidad de Montanilla? El nuevo profesor ha logrado hacerse con un buen número de tutorías en razón no solo de su apostura y maneras, sino de su buen hacer, al que acompaña ese magnetismo tan personal que imprime a sus clases y seminarios, transmitiendo a sus alumnos su pasión por el conocimiento. Elena por su parte ocupa ahora la dirección del departamento de Paleografía.

Ella y yo por nuestra parte hemos aprendido a vivir con nuestras limitaciones y de vez en cuando escuchamos alguna información reciente con las que tanto él como Elvira nos amenizan. Nuestras hijas, Clarisa y Kristina, de cuatro y tres años respectivamente, nos agradecen con su ternura y preguntas el tiempo que hemos abandonado en pos de los enigmas del mundo y de la Historia.

Pero nunca, nunca olvidaremos que entre tantos otros misterios de la Historia, fue éste, precisamente éste el que nos unió y el que más me ha acercado a comprender que la genuina sabiduría al igual que el verdadero secreto de esta crónica es algo que únicamente puede ser entendido como un don de Dios.

Dejé las cartas sobre la mesa.

Miré largamente a la pared que tenía frente a mí, luego a la ventana abierta, y finalmente al bosque que se abría a mi mirada.

La pantalla de mi ordenador mostraba la novela sobre la que había estaba sudando las últimas horas.

En aquella tarde somnolienta, la isla parecía extrañamente ausente de preocupaciones históricas, de pasadas quimeras, de secretos ocultos. Pero ¿era realmente así?

CAPÍTULO 65

UNA MIRADA AL MAR

En Santander, a 21 de diciembre de 20...

Tras haber escrito la carta a Ernesto sentí que había cumplido con un deber. Que la tierra separada que mencionaba John Donne en su poema se unía un poco más.

¿Cuales habían sido los términos que usé en mi carta?

¿Qué haría falta un milagro, un don divino para averiguar la verdad, para encontrar la conexión perdida?

Solo mi instinto, ese martilleo incesante en la cabeza, esas pistas desperdigadas por la historia me habían incitado a continuar. De Arturo he aprendido a seguir mi intuición al igual que esta afición desmedida por escribir en mi diario...

De algún modo di con la historia de la princesa nórdica. ¿Había sido por casualidad? ¿Todo esto había ocurrido por azar? ¿Por mera coincidencia, significativa o no?

Cuando se recorren esos viejos edificios abandonados, cargados de la historia que se ha filtrado por los poros de la piedra en cada uno de sus rincones, uno puede descubrir cosas extrañas. Uno recuerda esas teorías parapsicológicas que explican las videncias de algunos médiums como resultado de que los hechos históricos hubieran impregnado el ambiente, como si hubieran sido grabados sobre un viejo disco microsurco que permitiera su reproducción ante una mente sensible capaz de entenderlo y vivenciarlo.

Toda esa información caída en mis manos, inopinadamente, sin buscarla.

Los paralelismos, los símbolos se encontraban ahí, esperando ser descubiertos.

El secreto del Monasterio, celosamente guardado por las abadesas y revelado a su sucesora en su lecho de muerte.

La carta de amor encontrada en el féretro, destinada quizá a un amante desconocido y a aquella criatura que había tenido que dejar atrás.

No me podía quitar de la cabeza la imagen de esa criatura abandonada en el Monasterio de las Huelgas al norte de España, mientras su madre invocaba su presencia a través de los siglos.

Jamás sabría la verdad. Solo una bella crónica romántica perdida en la historia, en las alianzas y guerras de una España que todavía no estaba formada.

Quizás mi exacerbada sensibilidad me hubiera hecho mejor escritor de folletines que historiador.

Tras haber trabajado unas pocas horas en el libro que estaba preparando sobre el Burgos medieval, salí en busca de Elena. Se había marchado a dar su paseo habitual tras dejar la comida puesta a los gatitos.

Caminé unos pasos por detrás de la casa en su búsqueda.

Allí estaba su bicicleta.

No podía estar muy lejos.

La encontré un poco más allá en la pequeña cala próxima al faro, sentada sobre una roca. Mirando hacia el mar. Estaba absorta contemplando el vuelo de las gaviotas, siguiendo con los ojos los variados movimientos del paisaje del que nunca se cansaba. De vez en cuando sacaba la cámara de fotos que le había regalado recientemente por su cumpleaños. Desde donde me encontraba podía oír el clic del obturador inmortalizando alguna de esas criaturas.

El mar sonaba bravío a esa hora de la tarde. La luz violeta la envolvía, recortando su silueta contra el horizonte, contra ese océano plomizo.

Sonreí.

La contemplé en silencio durante unos instantes. Era esta una experiencia de la que nunca me cansaba.

Semejaba la viva encarnación de un misterio que hubiera decidido salir a pasear por las tardes.

Me alejé por el sendero que llevaba hasta nuestra casa. No quise molestarla. No hoy, no ahora. Tenía que hacer algo antes. Quería grabar ese momento, ese recuerdo.

Así es como me gusta recordarla en las escasas ocasiones en que por razones de trabajo he de ausentarme para acudir a algún simposio o a la presentación de algún libro.

No tenía sentido, ahora lo entendí claramente, contarle nada a Elena sobre esa intuición paranormal, o como quisiera llamarlo que tuve un día. No tenía sentido ni para mí mismo. Había sido un viaje de exploración interior, de descubrimiento personal. Sabía eso sí, que era mía ahora la responsabilidad moral de cuidar de ella, de esa herencia mitológica si se quiere llamar así.

Sentí como si la hubiera amado antes de nacer. Al igual que era obvio que debía respirar y estar sujeto a las leyes de gravedad de este planeta, a los miles de circunstancias que implica estar vivo, también lo era mi amor por Elena.

Sí, es así como quiero recordarla, fijada en mi retina para siempre. Que en mis últimos momentos sea ese el recuerdo que me visite llenando de paz mi alma. Con toda la fuerza de su ADN mirando al norte.

Elena observando el horizonte había pasado a ser una nueva persona. Obviamente, mis sentidos me decían que seguía siendo ella, pero yo sabía, percibía que era algo más. Algo a lo que no me atrevía a poner nombre. Quizá lo hiciera algún día.

O quizá nunca.

Ya no tenía inquietud alguna en mi corazón. Ese sentimiento de meses atrás había desaparecido como por encanto.

Sí, como una vez le había dicho a Pinedo, esto era la vida y no una novela que puede ser arreglada para que termine del modo que deseamos. Pero aun así, este era el final que había perseguido en mi vida, incluso con las imperfecciones propias de nuestra humanidad.

Y sentí así, tarde tras tarde ver caer las hojas, nuevas o viejas, con los mismos colores de la estación previa, como continuarían haciéndolo año tras año, siglo tras siglo, con idénticas formas, desprendiendo el mismo olor, como si el mundo no hubiera cambiado.

Una parte de mí habla en silenciosa conversación con aquella antepasada a través de los siglos. Esa mujer de mirada triste y melancólica, frente a la posibilidad y pasión vital que rodean a Elena.

Me siento en deuda con ella y algunas noches, antes de cerrar los ojos, creo escuchar una especie de susurro en mi oido:

—¡Gracias!

Las dos princesas del Arlanzón.

Elena lo había conseguido. Ya era en toda lid una auténtica princesa del Norte alzándose como mascarón de proa en ese promontorio enfrentado al mar.

EPILOGO

UNA ESTATUA EN MONTORIO

Montorio ha sufrido una ligera variación en su paisaje urbano. El motorista que se acerque ahora a la población con la esperanza de atravesarla con rapidez camino del Norte se encontrará con un obstáculo al hacerlo. Un pequeño obstáculo, eso es cierto aunque suficiente para que le obligue a disminuir su marcha por el centro de la población.

Se trata de una pequeña rotonda construida entre la calle Burgos y su prolongación, Félix Rodríguez de la Fuente. En el centro de la misma se alza una estatua en bronce.

Es una escultura modesta y pequeña, pero como en muchos de estos monumentos, cargada de sentido.

Su instalación ha sido posible gracias a la iniciativa de la asociación de vecinos y del nuevo alcalde pedáneo, Roberto Costa, gran amigo del anterior, así como de la colaboración de la legación noruega a través de la fundación princesa Kristina y la no menos valiosa recogida de firmas realizada por los alumnos de la universidad de Montanilla.

La estatua representa a una niña.

Una niña que la imaginación del escultor, quizás recordando esos otros infantes que aparecen en la obra de pintores flamencos y holandeses, en esas pinturas bañadas en el sol de la tarde que se filtra por ventanas situadas al fondo de largos pasillos, la presenta contemplando el sol poniente. Muestra en su alzada mano derecha un pajarillo que se interpone entre su mirada y el horizonte.

A sus pies hay colocada una pequeña placa dorada donde puede leerse:

Al Serna desconocido.
En homenaje a la descendencia perdida de la princesa Kristina de Noruega que residió entre Quintanilla y Montorio desde el siglo XIII hasta principios del XX.

Y a continuación sigue una breve semblanza del triste final de aquella princesa noruega con una extraña misión en España.

Al pie de la estatua hay siempre un pequeño grupo de florecillas que los vecinos se ocupan de cambiar con frecuencia cuando como, a resultas del viento, de la lluvia o de cualquier gamberro se hace preciso tal menester.

Honorio, el presidente de la asociación, se enorgullece de mostrar la misma a los visitantes que llegan hasta Montorio para las fiestas de la Virgen de las Mercedes o cualquier otro evento local.

Los pasacalles incluyen ahora una pequeña vuelta a la estatua antes de proseguir su camino calle arriba mientras la niña de bronce parece sonreír agradecida.

Respecto de la misteriosa elaboración de las vidrieras del Monasterio de Huelgas, así como de la composición de la tinta utilizada para escribir las misteriosas palabras sobre el códice nos consta que son en la actualidad objeto de extensa investigación por varios estudiosos, entre los cuales, aparte de nuestros amigos de la Universidad de Montanilla del Arlanzón, destaca el nombre de la profesora de la UBU, Pilar Abad que, en numerosos congresos y trabajos publicados en revistas especializadas, va dando cuenta del avance de sus estudios sobre el particular. Son muchas las zonas grises que la investigación del profesor Lafuente no hizo sino apuntar, tirar de la esquina de la cubierta que protegía el cuadro, la imagen total. Tal fue el caso de esos secretos alquímicos transmitidos en los códices de un modo similar a como lo habían sido en la propia arquitectura de las catedrales, conventos y monasterios desde la antigüedad.

LA ABADESA RECUERDA

La madre abadesa encontraba solaz en su paseo diario y cotidiano por el jardín y las viñas situadas en la parte trasera del mismo.

Un bálsamo que no podía ser reconocido como tal. Era una calurosa mañana de agosto tras la primera misa del día. Tan solo una leve presencia de nubes en ese día despejado. Agradecía esa diáfana claridad . Le gustaba deambular por el jardín y salir en alguna ocasión al Compás de Afuera con cualquier excusa antes de la llegada de los visitantes y del personal de Patrimonio Nacional, dejándose llevar por el privilegio que significaba vivir aquí todos sus días.

En otras ocasiones, si no había ninguna hermana cerca, osaba acercarse a orar por las Claustrillas o bien, tras atravesar el Paso de las Conversas, dirigirse al jardín del Infante con similar objetivo.

Algunas hermanas habían hablado de su encuentro con una solitaria joven rubia caminando sola por la noche, su silueta apenas esbozada tras algún grupo de columnas. Solo por un momento. Apenas un segundo. Ella también había creído compartir esa visión, pero cuando había mirado con mayor atención comprobó que todo había sido una ilusión.

Una ilusión que no obstante se había repetido en varias ocasiones.

Ciertamente en una mañana como la de hoy en que solo se oía el piar de alguna avecilla perdida buscando su árbol, de algún gorrión o mirlo tardío explorando en busca de comida entre los rincones de los cerrados claustros, era fácil creerse en otra época.

Mirando al muro enfrentado a aquellas ventanas se sintió muy lejos de ese interior que sabía habitado por la presencia de los técnicos y administrativos de Patrimonio Nacional, ocupado por ordenadores, cables y moderna tecnología.

Se sintió lejos sí, de los paseos recurrentes, de las repetidas explicaciones de las guías turísticas, no siempre exactas, resumiendo necesariamente una complicada historia en unas breves frases.

En días así los coches parecían haberse olvidado por unos minutos de transitar por la calle empedrada del exterior.

Estaba sumida en un estado de profunda concentración. Las últimas semanas había vivido experiencias muy diversas y a la vez muy intensas. La antigua fórmula epistolar que desde la Edad Media encabezaba las cartas de sus antecesoras le vino a la cabeza: *«En el Monasterio Santa Maria la Real cerca de Burgos...»*. Sí. El monasterio había pagado un alto precio por estar tan próximo a la ciudad. Sabido era que la orden cisterciense estipuló que por lo general los cenobios se instalaran lejos de los núcleos urbanos para permitir la oración y el recogimiento de las hermanas. El de Burgos había sido una excepción y esa excepción estaba siendo pagada ahora, siglos después.

Alzó la cabeza. Acababa de dejar el Contador Bajo donde se ubicaban las oficinas del despacho abacial. Se encontraba ahora bajo los cinco arcos con rejas de la Portería. Un enrejado que separaba el mundo de la clausura del exterior. Antaño se había colocado aquí, de columna a columna, una cadena de hierro con cinco alcachofas del mismo material esmaltado en oro, formando un borlón en arco, el símbolo de la jurisdicción civil de la abadesa.

Por un momento pensó que si cerraba los ojos y extendía la mano podría sentir el frío del hierro. Frente a ella, en el patio, la fuente continuaba arrojando por su caño ese ruido líquido, constante, repetido, incansable, distinto y a la vez siempre el mismo.

Un coche acababa de entrar en el recinto.

Alguien debería de prohibir de una vez por todas el que estas máquinas horrendas, brillantes y metálicas penetraran en el Compás interior, rompiendo el encanto y el silencio. ¿No podían ver todos estos restauradores y eruditos contratados por Patrimonio Nacional que la presencia de estos vehículos contravenía cualquier sentido básico de la estética, si no ya del recogimiento y respeto debido al propio monasterio? ¿Qué tenía que ver el rojo metalizado de uno de estos coches con los tonos de la vieja piedra? ¿El sonido de un claxon en el Compás de Adentro por involuntario que fuera con el tañir de las campanas? Adivinaba tras los muros la presencia de los técnicos y demás funcionarios con sus ordenadores, sus teléfonos móviles, fotocopiadoras, y faxes, la prisa escrita en sus gestos, cuando no el aburrimiento, el tedio diario producido por un trabajo idéntico al del día anterior teniendo como única distracción un patio casi vacío.

Esperaba no tener que ver mucho más del futuro del cenobio. Sabía que otros centros no habían sobrevivido, que era un privilegio que Huelgas aún se sostuviera en pie a pesar de todas las tribulaciones pasadas, de todas las invasiones.

Sintió algo extraño en la luz que la rodeaba. Una sensación de *déjà vu* la envolvió. Recordó una sensación similar a la que experimentó aquel amanecer en la sala capitular cuando los rayos del sol atravesaron la vidriera de San Juan incidiendo sobre el Codex. Sintió un temor incierto, desconocido. No podía precisar de dónde venía o que lo causaba. Miró en torno suyo. No había ninguna hermana cerca de la reja en ese momento.

Lo recordó entonces. Aquella impresión. Aquella extraña sensación que había olvidado se hacía sentir de nuevo.

Había ocurrido el pasado año, delante de ella, al otro lado de esta misma cancela. Un pequeño grupo acababa de entrar en el Compás. Un hombre y una mujer acompañados de un joven. La mujer llevaba un bonete verde inclinado a un lado dejando al descubierto su media melena. Pero había algo más. Algo que no era habitual.

Sí, había algo peculiar en ella.

Recordó haberse fijado con detalle en las figuras. Turistas, como tantos otros que veía a diario, que miraban a su alrededor, a este espacio por primera vez y comentaban aquello de lo que tantas veces había sido testigo: los muros, la entrada, la fuente y lo hermoso de todo el conjunto. La mujer se separó del grupo y se acercó a la placa fundacional que conmemoraba la construcción del patio, situada en un lateral sobre la fuente y en la que figuraban inscritas las palabras de la abadesa que mandó instalar la misma. Bajo la desgastada placa de piedra el pequeño chorrillo de agua seguía cantando.

Al llegar frente a ella la mujer introdujo una mano en el agua que caía y se la pasó por la cara, girándose a continuación con mirada ausente en dirección al lugar donde se encontraba la abadesa. El hombre que la acompañaba hizo lo mismo. De modo reflejo la religiosa dio un paso atrás, sintiéndose pillada en falta.

Había algo en el modo de andar de esa mujer que llamó la atención de la madre abadesa. Parecía deslizarse de un punto a otro más que caminar. En silencio, con rapidez y precisión. Como un felino. Cuando volvió a mirar la mujer había regresado ya junto al grupo.

Unos minutos más tarde este penetró por la puerta de admisión y venta de tickets desapareciendo de su vista.

¿Por qué había sentido ese estremecimiento al ver a esa desconocida?

MUCHAS VECES DURANTE LOS AÑOS SIGUIENTES, YA CONVERTIDA en una anciana encorvada, sintiendo aproximarse el momento de encontrarse con el Salvador, se sintió en el fondo gratificada por ese secreto que había compartido con aquel grupo de investigadores de la universidad de Montanilla.

Ocasionalmente la imagen de esa desconocida en el patio volvía a ocupar sus pensamientos.

«¡Qué extraño!» —se dijo entonces y tornaba a apartar de su mente esa idea. «¡Aunque la tuve sentada frente a mí en mi despacho, no la reconocí ni siquiera en aquel momento en la sala capitular».

Comprendió ahora como debieron sentirse aquellas hermanas

engañadas al atardecer por la aparente visión de aquella joven rubia en las Claustrillas.

Había aprendido a domar la curiosidad durante toda su vida. Esa disciplina se había mantenido casi intacta salvo por la expectación que en su alma había despertado la visita de los profesores de Montanilla.

Esa curiosidad se mantendría hasta el final de sus días. Solo esperaba que quizás nuestro Señor levantara algún día el velo de esta y otras inquietudes que había arrastrado durante su vida.

—Ave Maria, abadesa —dijo una hermana que se había acercado proveniente del jardín del monasterio—, no la había visto. ¿Qué hace aquí sola?

—Buenos días, hermana Mariana, simplemente estaba disfrutando de esta mañana divina. ¿No le parece hermosa?

—Sí, es un día digno de una princesa —contestó la hermana Mariana mientras se alejaba en dirección a la posada.

CAPÍTULO 3

EL ESLABÓN PERDIDO

En una colina de un lugar que apenas ya nadie transita, se alza una vieja torre mozárabe casi derruida. Ya solo alberga nidos de pájaros que la olvidaron una mañana cuando emigraron a climas más cálidos con intención de volver el siguiente invierno.

Unos pocos árboles rodean los muros caídos, vencidos por la maleza que los penetra. El camino que llega hasta la entrada ya no es ni siquiera recuerdo lo que motiva que, de vez en cuando, un paseante amante de la naturaleza, uno de los pocos que suelen llegar hasta acá, tropiece con algún resto de baldosa o alguna viga oculta por la alta vegetación.

La diputación de Burgos todavía no ha tendido sus manos en esta dirección con planes de desarrollo o de nuevas infraestructuras.

Una cruz recortada en hierro, retorcida sobre una parte de su techumbre delata que el edificio fue en tiempos pasados un lugar de culto.

Hay pocos lugares tan singulares como esta parroquia, como esta vieja iglesia con un endeble porche de madera que cruje con cada soplo de viento, amenazando con desmoronarse por completo sobre el resto de la población uno de estos días cada vez que una tormenta se acerca, ante el temor del alcalde pedáneo y del párroco que no logran reunir el dinero para su restauración y que solo han conseguido de sus esfuerzos y gestiones una construcción provisional donde celebrar el oficio religioso, provocando que este mismo hombre de Dios aumente la frecuencia de sus rezos en un vano intento de evitar que lo peor ocurra.

Sí, no hay muchos lugares como esta iglesia, lugares donde árboles sin hojas la rodeen, tendiendo sus ramas sobre sus tejados cual manos que intentan evitar que el cielo se desplome sobre la misma, procurando que aguante un día más, un mes más, un año más, como esa madre que intenta proteger el sueño del niño que duerme ante la noche oscura, manteniendo una luz en la ventana, una luz que sirva de símbolo de protección, de calor de hogar, tanto para el niño como para ella misma.

No existen muchas parroquias como esta cuyos caminos hayan sido borrados por la maleza que ha crecido durante los años, caminos cruzados por raíces de helechos, de plantas trepadoras que se extienden sobre antiguas losetas que en otra época, niños hace tiempo desaparecidos bajo otras losetas de mayor tamaño en el cementerio local, cruzaban jugando al pillapilla o al «tulallevas.»

No está completamente sola la iglesia sin embargo. La rodean una o dos edificaciones que sobrellevan la peor parte de las tormentas, pero incluso ellas

han sufrido daños y muestran sus paredes derruidas, sus ventanas sin cristales, abiertas para que el aire pueda recorrer aún mejor las dependencias sin techo. Cercano a ellas llega el sonido del cercano arroyo, con un canto saltarín, como un grillo que se alegrara al recibir la visita de un grupo de su especie.

A veces un pequeño pajarillo u otro animal similar viene buscando refugio y se atreve a penetrar en el interior de la torre. Allí, bajo una parte de cornisa medio derruida, se encuentra una placa de mármol borrada por el tiempo, el musgo y el olvido. Sobre ella hay un nombre, único superviviente de todo lo que antes lucía marcado en su superficie.

Una sola palabra.

Serna.

Y bajo él, unas fechas borradas de las cuales solo unos pocos números son apreciables a la vista, dando cuenta de los años: 15...—16...

Allí, en esa vieja iglesia, bajo el viejo altar olvidado, en caso de que el futuro arqueólogo no descubriera la placa anterior, se encuentra una doble baldosa sellada en el suelo ocultando una pequeña cavidad: apenas unos pocos palmos de longitud por uno de profundidad.

En esa diminuta oquedad se encuentra una caja carcomida con unos pocos folios destrozados en su interior.

Sobre la superficie de esos pergaminos que han aguantado el frío de cientos de inviernos, luchando y resistiendo a la humedad exterior, se aprecian unas manchas. Unas manchas pardas, unos signos que, cual hormigas, parecen recorren de un extremo a otro las páginas. Unos signos que apenas recuerdan lo que un día fueron.

Un camino. Un camino al conocimiento.

Letras. Frases.

En alguna esquina, si alguien pudiera ver esta reliquia con la luz adecuada, podría adivinar con cierto esfuerzo el nombre de «Kristina» y unos renglones más abajo las palabras «Noruega» e «infante».

En esas páginas se cuela el apellido «De la Serna» dos o tres veces acompañado de otros patronímicos, de otros lugares.

Y al pie, solo al pie del mismo una firma legible, vigorosa, trazada con energía y propósito.

La firma y sello de la abadesa de las Huelgas doña Maria Teresa Zabarce De Aramburu seguido de un nombre ilegible y la fecha «1905».

Unas pocas páginas, solo un breve resto esperando al escriba, al paleógrafo o arqueólogo que nunca llegaron a posar sus ojos sobre ellas.

Pero sí llegaron hasta aquí las tropas de soldados, como también lo hicieron los gritos de odio años más tarde, odio entre hermanos. Ante todos ellos, frente a todos ellos, los pergaminos resistieron. Lo hicieron durante siglos, esperando el conocimiento.

Pero, al igual que ocurre con todos los esfuerzos humanos no conocidos, el último enemigo les superó insidiosa y lentamente.

Les derrotó el olvido de las gentes.

Porque ya nadie leerá esas páginas.

Y allí lejos, la ciudad de la bruma veía, una vez más como los rayos del sol poniente se filtraban por las callejuelas, pasajes y escaleras que habían permanecido en sombras durante todo el día, iluminándolas por fin y llenándolas de luz.

Serna

AGRADECIMIENTOS

Todo libro nace de una sencilla premisa, de una idea.

Antes de mí, otros autores habían escrito sobre la figura de Kristina de Noruega. En mi caso todo partió de una pregunta.

Una sencilla pregunta. Una pregunta del tipo:

«¿Y si.. ?».

A partir de ahí solo tuve que seguir la pista, el rastro claro dejado por la idea; buscar en los rincones oscuros de la Historia, las partes no explicadas, los argumentos irrebatibles.

El punto de partida era ciertamente alocado, un poco disparatado, pero al igual que esos sueños incoherentes que a veces tenemos en mitad de la noche, seguí el mismo hasta llegar a una conclusión que devino inevitable y que me sorprendió a mi mismo tanto como al potencial lector de estos humildes desvaríos.

La lista de agradecimientos es —y así debe ser en una novela de este tipo—, necesariamente larga.

Por orden de aparición en la escena de su gestación mi más sincero agradecimiento a las siguientes personas:

A la profesora Sonia Serna Serna, reputada paleógrafa de la UBU así como a las también profesoras Elena Rodriguez Diaz y Margarita Gómez de la universidad de Sevilla que fueron pieza clave en este inicio y en especial a la primera por ser «cómplice» del secreto de la princesa Kristina y coprotagonista involuntaria de esta locura paleográfica. Ellas me aportaron su valioso asesoramiento sobre el «modus operandi» del procedimiento paleográfico, un mundo nuevo para mí guiándome en la dirección correcta para entender mejor la labor desarrollada por el personaje principal.

Durante un viaje entre mezcla de placer y de investigación que emprendí a Burgos, Covarrubias y Silos, tuve la suerte de conocer a Begoña, nuestra guía turística que durante una apretada visita al monasterio de Silos y a Covarrubias me ayudó con su complicidad a penetrar en la escondida biblioteca de este último cuyo acceso solo está permitido a los investigadores. Previamente había remitido un correo electrónico al padre Norberto, bibliotecario del monasterio, avisándole de la fecha prevista de mi visita a la población, el cual, a diferencia del fray Anselmo de la ficción, me abrió las puertas de la biblioteca con amabilidad y auténtica paciencia benedictina mostrándome los archivos en detalle y con las sabias palabras que otro personaje usaría en la novela «espero que hagas un buen uso de lo que aquí has visto». Solo espero poder devolverle esa amabilidad con esta obra.

Por su parte el Archivo General de Palacio y Patrimonio en la persona de su director don Juan José Alonso Martín, me asesoró respecto al procedimiento de consulta de los archivos existentes en el monasterio de las Huelgas, dependientes de Patrimonio Nacional.

Las pequeñas poblaciones de Montorio y Quintanilla cobraron realidad en estas páginas gracias a la labor y dedicación de Honorio Serna —en la primera de ellas—, al abrirme este virtualmente las puertas de la asociación «Monte de Oro», la cual preside.

A Julián Gómez Serna, vecino de esta última población por su amabilidad anónima facilitándome datos valiosos sobre las viejas tradiciones y romerías de la zona así como a Elena, la alcaldesa pedánea de Quintanilla Sobresierra por su romanticismo cómplice.

A Burgos la ciudad amada y descubierta.

Gracias especiales a la universidad de Montanilla del Arlarzón por permitirme consultar sus archivos.

Por su parte la agencia de Turismo local de Covarrubias me remitió fotos para poder documentarme acerca del interior del desaparecido pub «La Serna», el cual hace su última aparición en estas páginas.

En Soria tuve la suerte de dar con un guía cuyo nombre lamentablemente no recuerdo y al cual agradezco profundamente su improvisado recitado de Machado sobre el pretil de un puente, permitiéndome descubrir al poeta de un modo real junto al Duero.

Conforme la trama se fue espesando, me tropecé con el libro de la profesora de la UBU, Pilar Alonso Abad sobre la historia del monasterio de las Huelgas. Este y sus trabajos y charlas en relación al llamado «rojo burgalés» aportaron mucha luz —esa luz que es la protagonista de la novela—, a la vez que la necesaria oscuridad novelesca para mis fines. En concreto, una de las fotografías de su libro mostrando la sala capitular me inspiró en la creación de uno de los momentos culminantes de la trama.

Importantísima fue también la ayuda de Belinda Peña, una guía de turismo excepcional que en medio de la reciente pandemia, encontró tiempo para contestar mis impertinentes mensajes y darme el asesoramiento necesario para hacer posible el paseo de Elvira y Arturo por la catedral de Burgos en una noche mágica.

Mi agradecimiento al Circulo de la Unión de Burgos y, concretamente a su presidente, el señor Arevalo que con sus amables palabras de acogida para esta modesta obra permitió que Carlos Lafuente viviera en el edificio donde tiene la sede el mismo.

Gracias especiales al personal del colegio Saldaña y en concreto a la señorita Itziar que me remitió fotografías del interior del mismo, fotografías que, junto con las escasas obras publicadas sobre la institución me permitieron familiarizarme con su interior.

Gracias también a los funcionarios del Archivo municipal de Burgos por su amabilidad, profesionalidad y simpatía.

A la cooperativa patatera de Montorio por mantener vivo el llamado «gen Serna».

Y fuera de este orden cronológico y por encima de él, a mi hija Irene y a Rus mi mujer por su paciencia con las correcciones y por soportar las tardes a las que me dediqué como escritor en ciernes y cuya revisión editorial me fue de gran ayuda.